Les roses écarlates

KAREN ROSE

Les roses écarlates

BestSellers

Titre original : I CAN SEE YOU

Traduction française de BARBARA VERSINI

HARLEQUIN®
est une marque déposée par le Groupe Harlequin

BEST-SELLERS®
est une marque déposée par Harlequin S.A.

Photo de couverture
Rose & fond : © DOUGAL WATERS/ROYALTY FREE/GETTY IMAGES

83/85, boulevard Vincent-Auriol, 75646 PARIS CEDEX 13.
Tél : 01 42 16 63 63
Service Lectrices — Tél. : 01 45 82 47 47
www.harlequin.fr
ISBN 978-2-2802-2264-8 — ISSN 1248-511X

Au lieutenant Danny Agan, retraité de la police d'Atlanta, et au Hat Squad. Merci à vous qui luttez pour que des victimes obtiennent justice. Avec une pensée reconnaissante pour Danny, pour son amitié et pour m'avoir aidée à concrétiser le projet de ce roman.

A Sonie Lasker, ma sempai et amie, dont la rigueur et le dévouement me servent d'exemple. Tes cours me fortifient, ton amitié me nourrit, le regard éclairé que tu portes sur mes personnages me permet d'enrichir mon travail.

Et comme toujours, à Martin, l'homme de ma vie.

Prologue

Minneapolis, samedi 13 février, 21 h 10

Elle était timide. Nerveuse. Effacée. Elle avait dans les quarante-cinq ans, aucune classe, et portait un costume tailleur marron absolument hideux. Il eut un petit sourire. Elle s'était visiblement mise sur son trente et un, une peine qu'elle aurait pu s'épargner.

Martha Brisbane correspondait à ce qu'il avait imaginé. Depuis près d'une heure, il l'observait depuis le fond de la salle bondée. Chaque fois qu'un homme entrait dans le café, elle se redressait, les yeux brillants. Mais, invariablement, l'homme passait devant elle sans la voir et allait s'asseoir ailleurs. A chaque déception, les yeux de Martha s'animaient un peu moins et elle se tassait un peu plus sur son siège. Pourtant, elle continuait à surveiller la porte. Il se demanda combien de temps son manque total d'amour-propre la tiendrait rivée à son siège. A espérer.

Il avait découvert que le fait de les voir se décomposer ajoutait à son plaisir.

Enfin, après un dernier coup d'œil sur sa montre, elle soupira et ramassa son sac et son manteau. Une heure, six minutes, quarante-deux secondes. Pas mal. Pas mal du tout.

Le barman lui jeta un regard compatissant derrière ses lunettes à monture d'écaille.

— Il neige. Il est peut-être coincé.

Elle secoua la tête d'un air résigné.

— C'est sûrement ça, oui.

— Soyez prudente au volant, ajouta le barman avec un gentil sourire.

— Je serai prudente, oui, merci.

Le moment était venu pour lui d'entrer en scène. Il sortit discrètement par la porte de service, juste à temps pour voir Martha Brisbane rejoindre sa vieille Ford Escort, pliée en deux pour lutter contre le vent, à pas mesurés à cause de ses chaussures à talons qui lui boudinaient les pieds. Elle parvint à retenir ses larmes jusqu'à sa voiture, puis ce fut un véritable déluge. Elle pleurait toujours en sortant du parking. Sur l'autoroute, elle sanglotait. Au point qu'il craignit qu'elle ne se fiche en l'air en sortant de la route.

Fais attention, Martha. Je veux que tu arrives en un seul morceau.

Quand elle se gara devant chez elle, elle s'était tout de même calmée et en était à renifler. Le visage rouge, bouffi et gercé par le vent, elle grimpa l'escalier menant à l'entrée de son immeuble, en titubant sous le poids des sacs de litière et de nourriture pour chats qu'elle avait achetés avant d'aller attendre dans cette cafétéria.

L'entrée de l'immeuble était équipée d'une caméra de surveillance, mais il avait veillé à ce qu'elle soit en panne. Il monta lui aussi les marches et la rattrapa.

— Vous m'avez l'air bien chargée, dit-il. Puis-je vous aider ?

Elle secoua la tête, tout en esquissant un pauvre sourire.

— Non, ça va aller, je vous remercie, j'ai l'habitude.

Il lui sourit en retour.

— Ç'aurait été avec plaisir.

Il ne mentait pas. D'ailleurs, il l'aurait bientôt, son plaisir.

Elle monta d'un pas lourd les trois étages qui la séparaient de son appartement, en vacillant sur ses talons et en se dandinant pour équilibrer le poids de la litière et des croquettes. Elle ne fit pas attention à lui.

Arrivée devant sa porte, elle posa ses courses pour fouiller dans son sac à main. Elle ne se douta pas une seconde qu'il était là, à attendre qu'elle glisse la clé dans la serrure.

Grouille-toi ! Je n'ai pas toute la nuit.

Enfin, elle ouvrit et ramassa les sacs, tout en poussant la porte de l'épaule.

Maintenant.

Il bondit en avant et, d'un seul mouvement fluide et rapide, il la saisit et pivota avec elle pour l'entraîner à l'intérieur, tout en posant une main sur sa bouche. Elle se débattit, ses sacs bringuebalèrent, mais il avait déjà refermé la porte et se collait au battant en la serrant contre lui. Comme elle s'agitait de plus belle, il posa un canon de revolver sur sa tempe, ce qui la calma instantanément, comme par magie.

— Si tu te tiens tranquille, je pourrai peut-être te laisser en vie, murmura-t-il.

Il aurait pu, mais il n'en avait pas l'intention. Sûrement pas.

— Et maintenant, pose tes sacs.

Les sacs tombèrent avec un bruit sourd.

— Voilà qui est mieux, approuva-t-il.

Elle tremblait de peur. Bon sang, ce qu'il aimait ça !

Elle marmonna contre sa main quelque chose qui ressemblait à : « Je vous en prie, je vous en prie… » Elles disaient toutes ça. Et ça aussi, ça lui plaisait. Il aimait avoir affaire à des victimes polies.

Il jeta un coup d'œil autour de lui et ne put s'empêcher de ricaner. Il régnait dans l'appartement de Martha une pagaille écœurante. Il y avait des livres et des magazines partout. Son bureau était jonché de tasses de café encore pleines, de Post-it et de journaux entassés autour de son ordinateur, qui, il le remarqua au passage, était un superbe appareil.

Elle portait des vêtements complètement démodés, mais pour son ordinateur, elle avait voulu ce qui se faisait de mieux. Il s'en serait douté. Pour ses incursions dans le monde virtuel, rien n'était trop bon.

Il pressa un peu plus fort le canon contre sa tempe et la sentit tressaillir contre lui.

— Je vais ôter ma main de ta bouche, prévint-il. Si tu cries, je te tue.

Il arrivait qu'elles crient. Et dans ce cas, il n'hésitait pas à tirer.

Il laissa doucement glisser sa main jusqu'à sa gorge.

— Ne me faites pas de mal, geignit-elle. Je vous en prie. Je vous donnerai tous les objets de valeur que je possède. Prenez ce que vous voulez.

— Oh, mais ne t'inquiète pas, j'ai l'intention de me servir, Desiree, répondit-il posément en détachant bien le prénom.

Elle se raidit.

— Comment savez-vous ?

— Je sais tout de toi, Martha. Je sais comment tu gagnes ta vie, je sais ce que tu aimes, ce que tu n'aimes pas, de quoi tu as peur.

Sans cesser d'appuyer le canon contre sa tempe, il plongea sa main libre dans une des poches de son manteau et en sortit une seringue.

— Je vois tout et je sais tout, conclut-il. Tout de toi et de ta vie. Et je sais aussi tout de ta mort. Laquelle est proche, j'ai le regret de te l'annoncer.

1

Minneapolis, dimanche 21 février, 18 h 35

L'inspecteur Noah Webster fixa pendant quelques secondes les yeux écarquillés de Martha Brisbane, puis il poussa un soupir qui resta suspendu dans l'air glacé — comme elle.

Apparemment, Martha Brisbane s'était tout simplement pendue. Elle avait fait passer une corde dans un crochet du plafond de la chambre, corde qu'elle avait attachée avec un nœud tout à fait ordinaire. Ensuite, elle avait grimpé sur un tabouret bien rembourré qu'elle avait écarté du pied. Le seul élément vaguement original, c'était la fenêtre ouverte, et le chauffage que la victime avait pris la peine de fermer. L'hiver était rude dans le Minnesota. Le corps était bien préservé. Ça n'allait pas être simple de déterminer l'heure de la mort.

Comme beaucoup de pendues, Martha s'était habillée pour l'occasion et son maquillage était plutôt chargé. Elle portait une robe rouge au décolleté audacieux, dont la jupe avait gelé autour de ses jambes ballantes. Avant de grimper sur le tabouret, elle avait enfilé des chaussures à talons aiguilles hyper-sexy, rouges, assorties à la robe, mais à présent ces chaussures gisaient sur le sol — l'une sur le côté et l'autre bien droite.

Voilà. Cette scène du crime n'aurait rien dû évoquer de spécial à Noah Webster, inspecteur du département des homicides.

Et pourtant…

Noah rencontra de nouveau les yeux fixes et écarquillés de la victime et sa colonne vertébrale fut secouée d'un frisson qui ne devait rien à la température glaciale de la chambre. Ils étaient censés clore le dossier sans se poser de questions. Encore une femme d'âge mûr, célibataire et déprimée. Une de plus. On pouvait raisonnablement conclure au suicide.

C'était ce qu'attendait celui qui avait passé la corde au cou de Martha. Et pourquoi ne l'aurait-il pas attendu ? Pour l'autre, ça avait marché.

— C'est une voisine qui l'a trouvée, dit l'agent qui était arrivé le premier sur les lieux. Les gars du labo sont en route. Le légiste aussi. Vous avez besoin d'autre chose ?

Il avait visiblement hâte d'en finir. Noah obligea son regard à se détourner du corps de Martha et à se poser sur l'agent.

— La fenêtre, agent Pratt. Elle était ouverte, quand vous êtes entré ?

Pratt fronça légèrement les sourcils.

— Oui. Personne n'a touché à rien.

— La voisine qui vous a appelé, insista Noah. Elle n'a pas ouvert la fenêtre ?

— Elle n'est même pas entrée dans l'appartement. Elle a d'abord frappé à la porte. Comme elle n'obtenait pas de réponse, elle a emprunté l'escalier de secours pour tenter la fenêtre de la chambre. Elle pensait que la victime dormait encore. Et puis elle a découvert ça. Pourquoi cette question ?

Parce que j'ai déjà vu cette scène.

Déjà vu, oui, et cette impression de déjà-vu lui broyait

la poitrine, à tel point qu'il en avait du mal à respirer. Le corps, le tabouret, la fenêtre ouverte, une robe, des chaussures, l'une sur le côté, l'autre bien posée à plat, droite sur son talon aiguille. *Et ces yeux.*

Noah n'arrivait pas à oublier ces yeux grands ouverts, au regard vide. *Ces paupières collées aux sourcils…* Tout ça n'augurait rien de bon. Rien de bon.

— Essayez de trouver la propriétaire de l'immeuble, dit-il à Pratt. Je reste ici pour attendre les gars du labo et le légiste.

L'agent Pratt lui lança un regard aigu.

— Et l'autre inspecteur ?

Noah fit la grimace. Ce n'était pas la première fois que Jack Phelps se faisait attendre. Ces derniers temps, son partenaire se montrait distrait, ou, pour parler franchement, il lui arrivait régulièrement de faire la sourde oreille quand on avait besoin de lui.

— L'inspecteur Phelps arrive, affirma-t-il comme s'il n'en doutait pas.

Pratt grommela dans sa barbe, tout en sortant pour se mettre en quête de la gérante. Noah eut une bouffée de sympathie pour Jack. Des agents qui ne l'avaient jamais côtoyé se permettaient de le mépriser. Tout ça parce qu'il avait fait la première page d'un magazine paru récemment, et dans lequel on présentait les inspecteurs de la section des homicides comme des héros.

Mais la réputation de bellâtre dragueur de Jack ne datait pas de la parution du magazine. Et c'était une honte, parce que Jack, quand il parvenait à se concentrer, se révélait un excellent flic. Il avait l'esprit vif et il voyait ce que bien d'autres auraient laissé passer.

Son portable sonna. *Jack ?* Ce n'était pas Jack, mais son cousin Brock, chez qui il était en train de dîner quand on l'avait prévenu pour Martha. Brock et sa femme étaient flics, ils n'avaient pas été surpris qu'un coup de fil intempestif vienne interrompre leur repas de famille.

— Je suis coincé, dit Noah sans préambule.

— Ton partenaire aussi, répondit Brock.

Noah savait que Brock avait filé au Sal's Bar pour regarder un match. Il en déduisit que Jack s'y trouvait aussi. *Qu'il aille au diable.*

— J'ai essayé de le joindre deux fois, marmonna-t-il.

Et les deux fois, il n'avait eu que son répondeur.

— Il prend quelques verres avec sa nouvelle blonde. Tu veux que j'aille lui parler ?

Le regard de Noah rencontra de nouveau les yeux sans vie de Martha Brisbane et sa colère enfla lentement. Ce n'était pas la première fois que Jack oubliait son devoir, mais ce serait la dernière.

— Non, répondit-il. Je vais demander à un agent de rester sur place. Je tiens à m'occuper moi-même de Jack.

Dimanche 21 février, 18 h 55

— Allez, Eve, sois sympa, c'est juste un petit questionnaire de magazine.

Eve Wilson jeta un coup d'œil à son amie par-dessus le comptoir et secoua la tête d'un air exaspéré, puis elle s'intéressa de nouveau à la pompe à bière.

— En ce moment, j'en ai ma dose des questionnaires, protesta-t-elle.

— Mais celui-ci est drôle, insista Callie. Rien à voir avec ton projet de recherche alambiqué. Ne t'inquiète pas, tu obtiens toujours la note maximum. Et puis, il s'agit d'une seule question.

Si seulement il avait pu s'agir simplement de note… Il y a quelques mois, collectionner les A était encore l'unique sujet de préoccupation d'Eve. Il y a quelques mois, les sujets qui lui servaient à illustrer sa thèse n'étaient encore pour elle que des numéros sur une page, sans visages et sans noms. Le bock était plein, elle le remplaça par un autre. Ce soir, il y avait du monde. Elle avait espéré que le travail l'empêcherait de ruminer, mais ce n'était visiblement pas très efficace. Elle ne cessait de s'inquiéter.

Quelques mois plus tôt, elle ne se serait pas crue capable d'enfreindre les règles de l'université et celles de son éthique personnelle. Pourtant, elle avait fait les deux. Aujourd'hui, Desiree, Gwenivere et les autres n'étaient plus de simples numéros, mais des personnes. Des personnes dont la vie commençait à déraper sérieusement.

Desiree avait disparu depuis plus d'une semaine. *Je devrais agir. Mais comment ?* Elle n'était même pas supposée la connaître, encore moins savoir que son vrai nom était Martha Brisbane. Les sujets qu'elle étudiait auraient dû rester dans l'anonymat.

Mais ils n'y étaient pas restés parce qu'elle avait enfreint les règles. *Et je vais le payer cher.*

De l'autre côté du comptoir, prenant le silence d'Eve pour un assentiment, Callie s'éclaircit la gorge avant de se lancer.

— Question numéro un : « Avez-vous déjà accepté de dîner en tête à tête avec… »

— Je n'ai pas le temps, coupa Eve.

Dans l'immédiat, elle ne pouvait rien faire pour Martha et les autres, mais Callie l'agaçait. *Croyez-vous au coup de foudre ? Mes fesses, oui ! Je déteste ces stupides questionnaires…*

— Ecoute, Cal, j'ai accepté de prendre ta place derrière le bar pour que tu puisses sortir, pas pour que tu me harcèles.

Callie haussa l'épaule que sa robe de cocktail laissait dénudée.

— Bien répondu. C'est vrai que je t'ai demandé de me remplacer et que tu devrais être en train d'étudier.

Elle avait raison. Eve attrapa trois bocks dans chaque poing, en serrant les dents à cause de sa main droite qui lui faisait mal. Un an plus tôt, cette même main n'aurait pas pu tenir une tasse, aussi acceptait-elle volontiers la douleur en échange de la mobilité et de l'autonomie qui allaient avec.

Elle déposa les bocks dans les mains de l'agent Betz, un grand gaillard au sourire doux, et le côté sensible de son visage esquissa un sourire en coin qui passait pour une coquetterie.

— Vous ne cessez de commander depuis tout à l'heure, mais vous n'avez pas bu une goutte ; ça cache quelque chose, dit-elle en agitant discrètement un doigt accusateur. Vous avez perdu un pari ou quoi ?

— Ne le répétez pas à ma femme, murmura-t-il sur le ton de la confidence. Elle me tuerait.

Eve acquiesça d'un air docte.

— Une serveuse ne parle jamais de ce qu'elle voit. Ça fait partie du boulot.

Il eut un regard reconnaissant.

— Je sais, dit-il.

Puis il se tourna vers Callie.

— Un rendez-vous galant ?

— On peut dire ça, acquiesça Callie.

Depuis qu'elle était entrée tout à l'heure, avec ses talons aiguilles ridiculement hauts, tout le monde la regardait d'un air intrigué, mais ça n'avait pas l'air de la déranger. Quant à sa petite robe, elle lui aurait probablement valu de chouettes pourboires si elle l'avait portée derrière le bar. Mais elle n'avait pas besoin de ça.

Callie visait l'école du barreau et travaillait comme stagiaire dans le bureau du procureur. Elle avait récemment décidé d'arrondir ses fins de mois en servant chez Sal's le week-end, et sa timbale de pourboires était toujours pleine. A présent que les clients l'avaient vue dans cette robe qui laissait déborder sa généreuse poitrine, la timbale aussi allait déborder…

Eve espéra que ça ne donnerait pas des idées à leur patron. *Je n'enfilerai jamais une tenue pareille, pourboires ou pas.*

Eve tenta de refréner sa jalousie. Callie n'était pas une prétentieuse, juste une femme superbe bien dans sa peau. Après tout, elle aurait bien aimé pouvoir en dire autant d'elle-même.

— Celui qu'elle attend l'emmène dîner Chez Léon, fit-elle remarquer d'un ton dégagé.

Jeff Betz émit un sifflement admiratif.

— C'est pas donné, là-bas, commenta-t-il.

Puis il fronça les sourcils.

— On le connaît, ce gars ?

Ce « on » désignait les flics qui traînaient chez Sal's. Quatre-vingts pour cent de leurs clients travaillaient dans la police, ce qui faisait de ce bar l'établissement le plus sûr de la ville. Sal étant lui-même un ancien flic, il était considéré comme l'un des leurs. Ils formaient une grande famille. C'était comme avoir une centaine de grands frères. Eve trouvait ça plutôt sympa.

— Je ne pense pas, dit Callie.

L'homme en question était avocat de la défense, une tare pour la population du Sal's. Pour Callie aussi, mais c'était précisément la raison qui l'avait poussée à accepter ce rendez-vous. Eve admirait cette capacité qu'avait Callie de remettre sans cesse en question les fondements de son petit univers.

— En tout cas, il est en retard. Pour passer le temps, j'essaye de convaincre Eve de répondre aux questions d'un test.

— Ce n'est pas ce torchon de *MSP*, que vous avez dans les mains, celui qui présente Jack Phelps en couverture ? demanda Jeff avec une moue méprisante.

MSP était un magazine féminin local qui se chargeait de colporter les ragots de Minneapolis-Saint Paul. Il traitait aussi de sujets culturels et publiait des articles d'intérêt général. Le dernier en date, concernant le département des homicides, avait transformé les habitués du Sal's en célébrités. L'article n'était pas trop mauvais, mais il comparait les inspecteurs du Hat Squad à des chevaliers des temps modernes, et c'était tout de même un peu exagéré.

Jeff posa sur Eve un regard compatissant.

— Ma femme aussi m'oblige à répondre aux questionnaires des magazines qu'elle lit.

Eve fit la moue.

— Vous vous en sortez bien ?

— Evidemment. Un homme qui veut rendre sa femme heureuse doit être un expert dans ce genre de bêtises.

Il lui adressa un clin d'œil et s'éloigna avec les bières qu'il devait à ses camarades — tous des flics qui considéraient Sal's comme leur domicile bis et y venaient régulièrement quand ils n'étaient pas en service.

Callie leva les yeux au ciel.

— S'il consacrait à sa femme la moitié du temps qu'il passe ici, il n'aurait pas besoin d'être expert en « ce genre de bêtises ».

— Ne le juge pas, murmura Eve en versant deux doses de gin dans un verre rempli de glaçons. La femme de Jeff travaille en soirée à l'hôpital. Il attend ici qu'elle ait terminé, et ensuite il va la chercher.

Callie fronça les sourcils.

— Et leurs enfants ? Qui s'en occupe ?

— Pas d'enfants.

Ce n'était pas faute d'avoir essayé, lui avait confié Jeff un jour que le bar était vide et qu'il avait un peu trop bu. Cet échec avait failli détruire son mariage. Eve comprenait beaucoup mieux qu'il ne pouvait l'imaginer. Mais elle ne le lui aurait jamais avoué. Ni à lui ni à personne. Pas même à Callie.

— Je suppose qu'il trouve sa maison bien vide, acheva-t-elle.

Callie soupira.

— Que devrais-je savoir d'autre, pour éviter de mettre les pieds dans le plat ?

Eve ne pouvait pas lui confier que l'un des flics installés à la table de Jeff était en train de se faire plaquer, ni que la femme assise au bout du comptoir venait d'apprendre qu'elle souffrait d'un cancer du sein.

Tant de secrets… Elle savait écouter les clients, c'était sa façon à elle de les aider. Elle préparait un diplôme de troisième cycle en psychologie. Si elle terminait un jour sa fichue thèse, elle échangerait son travail de serveuse à l'oreille attentive contre celui de thérapeute, plus prestigieux et rémunérateur, mais au fond pas si différent.

Cet endroit va me manquer. Elle allait regretter Sal et sa femme, Josie, qui lui avaient donné sa chance quand elle était arrivée à Minneapolis. Jeff aussi, elle allait le regretter, ainsi que tous les habitués qu'elle considérait comme des amis plutôt que comme de simples clients.

Elle devait reconnaître que certains lui manqueraient plus que d'autres. Il y en avait un, surtout, qui ne venait que le lundi… Noah Webster… Chaque fois qu'elle voyait s'encadrer dans la porte sa large silhouette, elle en avait le souffle coupé. Mais il n'était pas pour elle.

Elle leva les yeux vers Callie qui attendait toujours sa confidence. Elle soupira. Puisqu'il le fallait… Elle lui désigna un couple.

— Ces deux-là sont amants, dit-elle.

Callie regarda discrètement par-dessus son épaule.

— Comment le sais-tu ? Ils te l'ont dit ?

— Non, mais ils ne frayent avec personne et ne cessent de vérifier leurs portables sans jamais répondre. Elle, elle tripote son alliance. Lui, il est nerveux quand il s'approche du bar pour venir chercher leurs verres de vin. Donc, soit ils sont amants, soit ils préparent un braquage de banque.

Callie pouffa et Eve fit la moue.

— Je vote pour la première option, conclut-elle. Par ailleurs, ils sont mignons. Ils croient que personne ne les a remarqués.

Callie secoua la tête.

— Pourquoi les gens s'imaginent-ils toujours être invisibles ?

— Ils ne voient pas les autres, donc ils s'imaginent que les autres ne les voient pas.

Callie désigna un homme jeune au visage triste, seul à une table.

— Et lui ?

— Lui, c'est Tony Falcone.

Tony racontait son histoire à qui voulait l'entendre, aussi, Eve se sentit libre de parler.

— Il a trouvé la semaine dernière sa première suicidée et il a été drôlement secoué.

— Il l'est toujours, à en juger par sa mine, dit doucement Callie. Pauvre gosse.

— Il dit qu'il n'arrive pas à oublier les yeux de la

femme. Elle s'était collé les paupières aux sourcils avant de se pendre.

Callie fit la grimace.

— Mais quelle horreur ! Comment font tous ces flics pour dormir la nuit ?

— Ils apprennent à supporter, répondit Eve.

Son regard rencontra celui de Callie.

— Comme toi.

— Comme *nous*, corrigea posément Callie. Tu en sais plus que moi sur le sujet.

Oui. Je supporte. Mais jusqu'à quel point ? La chirurgie pouvait réparer une main et réduire des cicatrices, mais ensuite il fallait *être*. Ici, au milieu de ces gens qui côtoyaient quotidiennement la laideur du monde, c'était plus facile. Mais quand le brouhaha ambiant cessait, les souvenirs revenaient en force…

Gênée, Eve s'absorba dans la préparation d'une boisson.

— Nous faisons tous ce que nous avons à faire. Certains compensent avec des addictions, d'autres avec des passe-temps, d'autres encore viennent dans ce café.

Elle haussa les épaules.

— J'appartiens à la troisième catégorie.

— Pour oublier un peu la vie, murmura Callie.

Puis elle reprit un ton enjoué :

— Je vais porter ce plateau. C'est le moins que je puisse faire pour toi. Après tout, c'est à cause de moi que tu es toute seule derrière le bar ce soir.

Eve haussa son sourcil droit, l'un des rares mouvements d'expression qu'elle pouvait se permettre.

— C'est pour l'inspecteur Phelps et sa bimbo du jour.

Ils s'exhibaient à la table la plus en vue, celle qui se trouvait juste en dessous de l'écran. Eve ne se demanda même pas s'il s'agissait d'un choix délibéré. Jack Phelps aimait montrer ses nouvelles conquêtes.

Il aurait dû prendre exemple sur son trop sérieux partenaire. Eve retint un soupir. Ou l'inverse. Jack Phelps lui faisait du plat dès qu'il s'approchait du comptoir, mais Webster s'en était toujours tenu à « S'il vous plaît » et « Merci » quand elle lui servait son eau gazeuse.

Il venait pourtant tous les lundis, avec Phelps qui commandait pour eux de l'eau gazeuse et un gin. Le gin était toujours pour Phelps et l'eau pour Webster. Ensuite Phelps se mettait à draguer pendant que Webster sirotait son eau à petites gorgées, avec ses yeux verts au regard vif et indéchiffrable qui scrutaient la salle par-dessus son verre.

Au début, elle avait vaguement cru qu'il venait pour elle, mais elle avait vite abandonné ses illusions. De toute façon, il n'était pas question d'une liaison avec lui — ni d'ailleurs avec personne d'autre —, donc c'était sans importance. Et pourtant, elle continuait à fantasmer sur ce qu'elle aurait répondu à Noah s'il avait tenté une approche.

Mais le monde du rêve coïncidait rarement avec le monde réel. Cela, Eve l'avait compris depuis longtemps.

— N'exagère pas, Eve, fit sèchement remarquer Callie. Katie est plus que la bimbo du jour. Ça fait maintenant trois semaines qu'elle sort avec Jack. Je me demande si ça ne constitue pas pour lui un record.

Katie avait fait son entrée en scène en même temps que d'autres groupies, après l'article de *MSP*. Et Jack lui avait mis le grappin dessus. Ou bien l'inverse. Peu importait. Ce qu'il fallait savoir, c'était qu'avec Jack ça ne durait jamais bien longtemps.

— Disons alors qu'elle est le parfum du mois, concéda Eve. Tu les leur apportes, ces boissons ?

— Ah non ! Katie ne m'apprécie pas beaucoup. Je te les laisse.

— Je m'en doutais. Ce n'est pas grave, il fallait de toute façon que je dise un petit mot à ce monsieur. Le magazine qui t'amuse tant est l'exemplaire de Sal. Avant de l'accrocher, il voudrait un autographe de Phelps sur la couverture.

L'un des murs du Sal's était occupé par l'écran de télévision, mais les autres étaient couverts de photos, des portraits de flics, la plupart réalisés par Sal lui-même. Un mur entier était dédié au département des homicides, plus connu sous le nom de Hat Squad, ainsi baptisé parce que les inspecteurs portaient tous un chapeau. Ce mur avait même été à l'origine de l'article de *MSP* : un journaliste l'avait découvert par hasard en venant boire un verre, et il avait trouvé que ça ferait un excellent sujet. Pour le public, les chapeaux n'étaient qu'un signe distinctif amusant et original, mais pour ceux qui les portaient avec fierté, ils représentaient bien plus qu'une médaille.

Quand un nouvel inspecteur arrêtait son premier meurtrier, on lui offrait un chapeau au cours d'une cérémonie solennelle. C'était la tradition. Ensuite il lui revenait de compléter sa collection avec des pièces adaptées à son style, à ses goûts, aux saisons — du feutre pour l'hiver, de la paille pour l'été.

Noah Webster ne portait que des chapeaux de feutre noir et ça lui allait très bien.

— Je comprends maintenant pourquoi Sal a ménagé une place au centre, commenta Callie en montrant du doigt un vide sur le mur. Mais tout de même, il a prévu grand… Phelps a la grosse tête, mais pas à ce point…

Eve pouffa.

— Sal a préparé un collage avec toutes les photos de

l'article. Il veut que tout le monde signe. Phelps, bien sûr, occupera la place de choix, au milieu.

Elle redevint sérieuse.

— Mais il a refusé de signer.

Callie haussa un sourcil étonné.

— Par modestie ? Permets-moi d'être étonnée.

Eve contempla Jack qui vérifiait son portable pour la troisième fois en une demi-heure. Puis l'appareil retourna dans sa poche, et ses lèvres vers les lèvres boudeuses de Katie.

— Difficile de savoir pourquoi les types comme Jack font ce qu'ils font, dit-elle d'un air songeur.

— Ils le font parce qu'ils se croient tout permis, il ne faut pas chercher plus loin, répondit Callie en fronçant les sourcils. Pauvre Sal.

— J'ai promis à Sal d'insister auprès de Phelps, dit Eve en soupirant.

Callie ferma le magazine et le visage de Jack la contempla depuis la couverture. Il était le portrait craché de Paul Newman, jusqu'à son regard bleu d'enfant perdu. Eve songea qu'il le savait, probablement.

— Tu vas t'abaisser à flatter son énorme ego ? s'offusqua Callie. Mais tu le détestes autant que moi !

Eve sourit.

— Je le déteste, mais j'aime Sal. Je lui dois beaucoup et ce mur est important pour lui. Depuis qu'il a retrouvé de vieilles photos de lui avec son chapeau, il a décidé de mettre le Hat Squad à l'honneur sur ce mur.

Elle parlait de photos datant d'avant cet accident qui avait obligé Sal à abandonner sa carrière.

— Pour Sal, je peux bien passer de la pommade à Jack pendant quelques minutes.

— Tu as vraiment un bon fond, Eve, commenta Callie.

Gênée, Eve posa les verres sur un plateau.

— Surveille le bar en attendant que je revienne, dit-elle en s'éloignant.

Elle n'avait pas fait un pas que la sonnette de la porte tinta. Un air froid s'engouffra dans la salle. Ses yeux dérivèrent vers l'entrée, instinctivement, même si l'on était dimanche.

Et justement, dimanche ou pas, il était là. Noah Webster. Encadré dans l'embrasure de la porte.

L'oxygène de la pièce se raréfia.

Vêtu de noir, du chapeau aux chaussures, il était large au point d'obstruer l'ouverture de la porte. Il paraissait tout droit sorti d'un vieux film policier. Sa mâchoire carrée arborait une barbe de plusieurs jours. Il y avait dans son allure quelque chose de menaçant, un côté mauvais garçon qu'elle aurait bien voulu ne pas trouver attirant. Comme si elle avait eu le choix…

Quand il referma la porte derrière lui, Eve soupira d'angoisse. Elle ne s'était pas attendue à le voir et se sentait prise au dépourvu.

— Dois-je interpréter ton silence comme un oui ? demanda doucement Callie.

— Oui à quoi ? demanda Eve tout en suivant d'un regard avide Noah qui traversait la pièce à grands pas pour rejoindre la table de Jack.

Il était furieux, elle le devina à sa démarche.

Jack le devina aussi, apparemment. Eve remarqua la brève lueur d'inquiétude qui passa dans ses yeux quand il aperçut Noah — lueur aussitôt remplacée par un air sournois, puis par une expression faussement surprise. Il sortit son portable et fronça les sourcils comme s'il découvrait des appels en absence. Quel sinistre crétin ! Son partenaire avait besoin de lui et lui il restait là, à s'exhiber avec sa nouvelle conquête.

— Oui, pour la question six, poursuivit Callie. « Croyez-vous au coup de foudre ? »

Eve se tourna vers Callie qui avait de nouveau ouvert ce fichu magazine à la page du questionnaire.

— Mais tu vas arrêter à la fin ? La réponse est non. N.O.N.

— Ah… Tu crois plutôt au désir, alors. Remarque, je ne te donne pas tort.

Elle chercha l'article et s'arrêta sur la photo de Webster.

— Je dois reconnaître qu'il est mieux en vrai que là-dessus. Il est drôlement bien bâti et son air ténébreux en impose. Cette photo ne lui rend pas justice.

Eve détourna ostensiblement le regard de la photo. Elle l'avait contemplée des milliers de fois. Chez elle. Seule. Elle était gênée et mécontente que Callie ait surpris sa réaction quand Noah était entré. Elle espéra que les clients n'avaient rien remarqué, et que personne n'avait pitié de sa fascination d'adolescente pour cet homme qui ne lui adressait même pas la parole.

Elle rougit et s'en voulut aussitôt. Quand elle rougissait, la cicatrice de sa joue, pratiquement invisible sous le maquillage, se détachait en blanc sur son visage cramoisi. Elle se détourna vivement pour attraper une bouteille d'eau gazeuse. Puis elle la reposa. Jack et Noah avaient une conversation animée. De toute évidence, Noah était passé pour rappeler son partenaire à l'ordre. Il n'allait pas rester.

Eve s'occupa à verser du café brûlant dans deux gobelets, puis y ajouta du sucre.

— Tu ne pourrais pas lâcher ce magazine ? demanda-t-elle à Callie d'un ton excédé.

— Eve, je m'en suis aperçue parce que je suis ta meilleure amie. Les autres n'ont rien vu, tu peux être tranquille.

Eve eut un rire amer.

— Tu dis ça pour me faire plaisir.

Callie sourit gentiment.

— Et ça marche ? demanda-t-elle.

— Non, répondit Eve en levant les yeux au ciel.

Jack Phelps se leva en enfilant son manteau.

— Phelps s'en va. Comme ça je n'aurai pas à lui demander son autographe.

— Mais il reviendra, malheureusement.

Noah aussi reviendrait. *La prochaine fois, je ne me laisserai pas surprendre et je ne regarderai même pas du côté de la porte.*

Elle ajusta les couvercles des gobelets.

— Rends-moi un service. Offre-leur ça. Il fait froid, ce soir.

— Merci, répondit Noah en prenant le gobelet des mains de la nouvelle serveuse du Sal's.

Elle était blonde et bien roulée. Un sacré morceau.

Mais lui, il venait pour l'autre, la brune, celle qui se tenait en ce moment derrière le comptoir et écarquillait ses yeux noirs. *Elle me regarde.*

Eve Wilson lui faisait penser à une biche aux aguets. Il se demandait souvent ce qui avait bien pu lui arriver. En tout cas, elle en avait bavé. Ce regard de bête traquée, la fragilité qui se dégageait d'elle, tout la trahissait, pas besoin d'être inspecteur pour le deviner.

Six mois plus tôt, une balafre sur sa joue témoignait encore de la violence de son passé. Mais la chirurgie plastique faisait maintenant des miracles et la balafre était devenue pratiquement invisible. Le bruit courait que le collier de cuir noir qu'elle portait autour du cou dissimulait une autre cicatrice, plus vilaine encore que celle de la joue.

Noah avait été plus d'une fois à un clic de découvrir ce

qui avait mis sur le visage d'Eve cette expression méfiante, mal dissimulée par son calme affiché. Il s'était toujours retenu au dernier moment. Il essayait de se faire croire qu'il tenait à respecter sa vie privée, mais c'était faux, il avait tout simplement peur de ce qu'il risquait de découvrir. Parce qu'ensuite tout aurait changé… Il était si émotif…

Eve, au contraire, manifestait en toutes circonstances un calme impressionnant. Elle supportait sans broncher les grossières avances des clients qui avaient trop bu. Il avait parfois été tenté de venir à son secours, mais elle s'en était toujours sortie sans son intervention — seule ou avec l'aide d'un autre flic.

Ici, les hommes l'appréciaient et prenaient soin d'elle. Ils tournaient autour de Callie, mais n'osaient pas avec Eve. Noah s'en réjouissait secrètement. Il n'aurait pas voulu qu'elle soit la cible de leur concupiscence. Parce qu'il la désirait. Mais il lui suffisait de jeter un coup d'œil aux bocks de bière et aux verres d'alcool autour de lui pour se souvenir que rien n'était simple. Que rien n'était réglé.

Ce soir, pour une fois, elle avait perdu son air impassible. En ce moment, par exemple, elle écarquillait ses grands yeux noirs de biche. Quand leurs regards se croisèrent, une lueur étrange anima brusquement ses prunelles, durant une brève seconde — une lueur affamée qui réveilla les émotions qu'il tentait d'étouffer. Mais il était venu chercher Jack. Et de toute façon, ça n'avait pas d'importance. Même si Eve s'intéressait à lui, ça ne changeait rien aux raisons pour lesquelles il avait décidé de conserver ses distances.

Il tourna de nouveau son regard vers Callie qui était toujours là, debout devant lui, et le dévisageait avec la plus grande attention.

— Eve a pensé que vous apprécieriez une boisson chaude avant d'affronter le froid, dit-elle en frissonnant dans sa petite robe noire qui ne dissimulait presque rien de son anatomie.

— Dites-lui que c'est très gentil de sa part et que j'apprécie beaucoup, répondit-il posément. Mais vous devriez vous éloigner de la porte, c'est vous qui allez prendre froid.

Callie eut un sourire contrit.

— La coquetterie nous fait faire bien des choses, à nous les femmes, minauda-t-elle en s'éloignant.

Noah jeta un coup d'œil par-dessus son épaule et la suivit des yeux quand elle déposa l'autre gobelet de café sur la table de Jack. Elle ne lui dit pas un mot et Jack ne lui prêta aucune attention. Il était bien trop occupé à câliner Katie qui boudait parce qu'il devait partir. Noah se mordit les lèvres et se retint d'aller leur dire ce qu'il pensait des caprices de Katie et du mauvais sketch de Jack à propos du téléphone portable et de l'absence de réseau dans le bar.

Il sortit son téléphone et y jeta tout de même un coup d'œil pour vérifier. Comme il s'en était douté, il y avait du réseau… Il se demanda si Jack croyait à ses mensonges ou s'il le prenait pour un imbécile. Ou tout simplement s'il se fichait qu'on le croie ou pas. L'ennui, c'était qu'il allait être obligé de le signaler. Il s'absentait trop souvent.

L'idée de dénoncer son partenaire le rendait malade. Jack était tout de même un bon flic. Quand il s'intéressait à son travail. Si seulement il avait pu garder sa braguette fermée pendant les heures de service, il n'y aurait pas eu de problèmes.

— Noah, je suis là, appela Brock en lui faisant de grands signes.

Noah se dirigea vers la table qu'il occupait au fond de la salle.

— Je vois que tu es venu chercher Jack, commenta-t-il tranquillement.

Noah acquiesça.

— J'ai besoin de lui sur la scène du crime, dit-il.

Il songea à Martha Brisbane qui se balançait toujours au bout de sa corde, avec ses yeux grands ouverts.

— Ça va être une sale affaire, soupira-t-il.

— Appelle-moi si tu as besoin de moi, proposa Brock.

Il jeta un coup d'œil du côté du bar, vers Eve qui préparait un cocktail tout en survolant la salle du regard.

— Tu peux me parler de tout, ajouta-t-il en insistant sur le dernier mot.

— Je n'y manquerai pas, promit Jack.

Brock secoua la tête d'un air accusateur.

— Ouais… Tu dis toujours ça. Il faut lancer ta ligne ou remballer ta canne à pêche, mon gars. Ça a assez duré. Chaque fois que tu entres dans ce bar, tu joues avec le feu.

Il avait raison.

— Je sais, dit Noah en haussant les épaules. Quand j'aurai résolu cette affaire.

— Ça aussi, tu le dis toujours.

Eh oui… Il se promettait sans cesse de ne plus remettre les pieds ici, mais il revenait. Il n'avait pas encore réglé son problème avec l'alcool et les bars lui étaient interdits, mais Eve Wilson l'attirait irrésistiblement. Elle était devenue son talon d'Achille. Elle le mettait en danger.

— Je sais, répéta-t-il tout en tendant le bras pour attraper les quatre sachets de sucre qu'il mettait dans son café.

Brock éloigna la boîte à sucre.

— Si j'étais toi, je goûterais d'abord, c'est peut-être déjà sucré.

Noah trempa ses lèvres dans le liquide brûlant et poussa un soupir satisfait. Brock ne s'était pas trompé, Eve avait pensé au sucre. Il n'avait commandé que deux fois du café dans ce bar et l'avait sucré lui-même. Elle s'était pourtant souvenue des quatre sachets… Brock lui lança un regard éloquent. Lui aussi en avait tiré les conclusions qui s'imposaient.

— Ça fait partie de son boulot, dit Noah. Je suppose qu'elle sait aussi ce que tu bois.

Brock leva les yeux au ciel.

— Quel crétin tu fais !

Noah soupira.

— Oui, je sais, je suis un crétin. Remercie encore Trina pour le dîner. Moi, il faut que j'y aille.

Jack venait de sortir, avec Katie pendue à son bras. Il allait passer chez lui pour se changer, puis rejoindre Noah sur la scène du crime où ils s'efforceraient de rassembler des indices pour démasquer l'assassin de Martha Brisbane. Noah aimait son travail. Quand il avait atteint le fond, c'était le travail qui l'avait sauvé. Il s'efforçait de ne pas l'oublier.

Mais, tandis qu'il se dirigeait vers la porte, il sentit peser sur lui le regard d'Eve. Il s'arrêta net. Sa décision était prise. Il ne reviendrait plus ici. Plus jamais. Déjà, il évitait les abords du comptoir — Jack ne se faisait pas prier pour passer commande pour eux deux depuis que la cicatrice d'Eve avait disparu. Quel crétin superficiel, ce Jack ! *Et toi, tu crois que tu vaux mieux que lui ?*

Je suis un imbécile. Il se détourna lentement et avança tranquillement vers Eve. Elle le regarda approcher sans ciller, mais il devina le battement de son pouls qui s'affolait sous le collier en cuir, et il sut aussitôt qu'il ne s'était pas trompé sur la nature du regard qu'elle avait posé sur lui tout à l'heure. Il éleva son gobelet. Un million de mots se bousculaient dans sa tête. Il aurait eu tant à lui dire.

— Merci, dit-il seulement.

Elle acquiesça d'un brusque mouvement de tête, en avalant sa salive.

— Ce n'est qu'un peu de café, inspecteur.

Ce n'était pas qu'un peu de café, mais une véritable attention — une façon de lui manifester qu'elle s'intéressait à lui.

Détourne-toi et file. Mais il ne bougea pas et baissa les yeux vers les mains d'Eve. La gauche serrait convulsivement la droite, celle qui était blessée. Une cicatrice en dents de scie enveloppait le pouce, puis disparaissait sous la manche d'un pull noir — assorti à ses cheveux —, au décolleté parfaitement dosé, pas trop plongeant, pas ostensiblement, mais suffisamment éloquent pour qu'un homme ait envie d'y regarder à deux fois.

Elle posa tranquillement ses mains à plat comme pour lui signifier qu'elle n'avait rien à cacher, mais son regard vacilla quelques secondes, le temps pour lui d'apercevoir une lueur de désir tellement ardent qu'il en eut le souffle coupé. Puis cette lueur disparut, aussi vite qu'elle était venue. Elle était de nouveau calme et maîtresse d'elle-même.

— Prenez soin de vous, inspecteur.

Il effleura le rebord de son chapeau.

— Vous aussi.

Et adieu.

Tout en se dirigeant vers sa voiture, il but une longue gorgée de ce café chaud qui, en dépit du sucre, lui laissa un goût amer. « Il faut lancer ta ligne ou remballer ta canne à pêche, mon gars. » Il avait décidé de remballer. Aujourd'hui Eve s'était trahie. Elle avait tiré sur l'hameçon, à peine, mais suffisamment pour qu'il ne puisse pas l'ignorer.

Il était temps pour lui de disparaître. Avant de la faire souffrir. Elle en avait suffisamment bavé comme ça. *Pas question de l'entraîner au fond avec moi.*

*
* *

Dimanche 21 février, 19 h 15

Lindsay Barkley se réveilla en hurlant. *Les chiens*. Ils grognaient et montraient les dents, ils la poursuivaient. *Cours !* Mais elle ne pouvait pas courir. Elle était attachée et elle ne pouvait pas courir. Déjà, ils la rattrapaient. Elle sentait leurs canines se refermer sur ses mollets…

Elle hurla de nouveau. La morsure des dents cessa. Les grognements furent remplacés par le silence.

Un rêve. Elle haleta. Juste un mauvais rêve. Un cauchemar. Elle tenta de remuer et la terreur la submergea de nouveau. Le lit sur lequel elle était attachée était bien réel, comme la pièce sombre dans laquelle elle était enfermée. Des liens mordaient ses chevilles et ses poignets. L'air était très sec. Elle avait la sensation d'avoir de la craie dans la bouche, l'oreiller sous elle sentait la sueur et le vomi. Ses yeux la brûlaient.

Elle tenta de battre des paupières, mais ses yeux restèrent ouverts sur la pénombre. Il lui avait collé les paupières aux sourcils. Elle était nue. Elle avait froid. Si froid. *Non. C'est impossible.*

A l'aide !

Elle avait voulu hurler, mais il n'était sorti de sa bouche qu'un gémissement rauque. *Trop sèche*. Elle avait la gorge trop sèche pour crier. *Il va me tuer.*

Non. Je dois m'enfuir. Réfléchis. La dernière chose dont elle se souvenait, c'était d'avoir été poussée sur le plancher, à l'arrière de son 4x4 noir. Et aussi d'une piqûre au niveau du cou.

Il lui avait paru pourtant tellement… convenable. Correct. Digne de confiance. Quand elle lui avait annoncé son prix, il avait souri poliment. Elle était donc montée sans méfiance dans le 4x4. D'habitude, elle évitait de s'enfermer dans les voitures des clients, mais il faisait si froid… *J'ai froid. A l'aide !*

Il lui avait parlé d'un hôtel, un endroit chaud, confortable et sympa. Mais il avait menti. Il avait arrêté la voiture, il l'avait fait passer de force à l'arrière, en pointant un revolver sur sa tempe. Puis il avait planté une aiguille dans son cou, tout en riant et en lui murmurant qu'elle allait se réveiller au milieu d'une horde de chiens méchants. Et aussi qu'elle allait mourir ce soir.

Il avait eu raison à propos des chiens. *Je ne veux pas mourir.* Elle pria, en espérant que le Seigneur l'entendrait. *Ne me laissez pas mourir. Qui prendra soin de Liza ?*

Une porte s'ouvrit, puis se referma, et elle entendit le déclic d'un verrou. *Il vient.* Quand il alluma la lumière, le pauvre cœur affolé de Lindsay s'arrêta de battre.

Toutes ces chaussures…

Les murs étaient recouverts d'étagères sur lesquelles s'alignaient des chaussures. Tant de chaussures. Jamais elle n'en avait vu autant. Groupées par paires, les talons vers l'extérieur. Tout au bout de la dernière rangée, elle remarqua les talons aiguilles léopard qu'elle avait sortis de son placard quelques heures plus tôt.

Mes chaussures. Seigneur, aidez-moi. Je jure de ne plus faire le trottoir. Je suis prête à vendre des hamburgers, tout ce que vous voudrez, n'importe quoi, mais, pitié, pitié, ne me laissez pas mourir ici.

Il descendait maintenant les marches de l'escalier et elle tira désespérément sur ses liens. En vain… Ils étaient trop solides et trop bien noués. Alors, elle emplit d'air ses poumons, pour crier. Mais une fois de plus elle ne parvint à émettre qu'un minable son rauque.

Il entra dans son champ de vision. Il paraissait furieux.

— Tu es réveillée ? Merde… Je ne me suis pourtant absenté que quinze minutes.

— Je vous en prie, supplia-t-elle. Je vous en prie. Ne me tuez pas. Je ne dirai rien, je vous le jure.

Une vague de douleur la heurta quand il la frappa du revers de la main. Elle eut un goût de sang dans la bouche.

— Je ne t'ai pas autorisée à parler, dit-il sèchement. Tu n'es rien. Moins que rien.

La terreur se referma sur elle comme un étau.

— Je vous en supplie…

La seconde fois, ce fut sa bague qui s'écrasa sur ses lèvres et la douleur fut plus violente.

— Silence.

Il était nu et en érection. Elle s'efforça de se rassurer. Il voulait du sexe, rien de plus. Sans doute était-il un adepte du bondage. Elle posa ses yeux endoloris sur son pénis, en s'efforçant de prendre un regard langoureux.

— Je vais te faire du bien, dit-elle. Tu auras ce que tu veux.

Elle cria quand sa paume vint s'écraser sur sa joue.

— Comme si j'allais souiller mon corps en le frottant au tien, cracha-t-il avec mépris.

Il grimpa sur le lit et s'installa sur elle à califourchon.

— Tu ne vas rien me donner, c'est moi qui vais me servir.

Il referma ses mains sur son cou et serra. *Je ne peux pas respirer. Seigneur… Pitié !* Des lumières dansèrent devant ses yeux et elle se débattit, pour remplir ses poumons d'air, une fois. *Une dernière fois, Seigneur.*

Il éclata de rire. Au loin. Très loin. Comme à l'autre bout d'un tunnel. Elle entendit son gémissement de plaisir et sentit sa semence tiède sur sa peau gelée. Et puis… Plus rien.

*
* *

Toujours haletant, il contempla le visage maintenant détendu de la fille. Elle était morte. Il ôta ses mains de son cou et serra les poings. Il se sentait déçu. *Ç'aurait pu être mieux... Merde.* Elle avait repris conscience plus tôt que prévu et il avait raté les hallucinations du réveil — autant dire le meilleur moment. Quel dommage.

Quand elles se réveillaient, elles vivaient ce qu'il leur avait murmuré à l'oreille à l'instant où elles sombraient. Il adorait cette terreur sans nom dans leur regard quand elles ouvraient les paupières… Contempler la peur était plus efficace que n'importe quelle drogue pour lui donner des orgasmes qui l'envoyaient dans la stratosphère.

Mais aujourd'hui, il n'y avait pas eu droit. Il glissa à bas du lit, en prenant soin de ne pas effleurer le sang qui coulait lentement de la bouche de sa victime. Il se méfiait, avec les déchets humains qu'il ramassait. Des putes et des camées… Elles étaient souvent malades. Elles le dégoûtaient.

Il était tard. Il devait se doucher, débarrasser sa peau de la puanteur de cette fille, s'habiller, se préparer à poursuivre. Il espérait que quelqu'un avait découvert le corps de Martha Brisbane. Il attendait depuis des jours pour passer à la victime suivante. Il n'avait pas le droit de s'attaquer à une femme tant que sa dernière victime n'avait pas été découverte par la police. C'était son unique règle.

Les règles, c'était important. Les règles garantissaient l'ordre et protégeaient du chaos. Il n'aimait pas le chaos. Le chaos l'aurait mis en danger. Alors il respectait les règles qu'il s'était fixées.

Il contempla le corps étendu sur le petit lit. Elle avait tout de même rempli son rôle. Elle avait fait diversion le temps que quelqu'un découvre Martha. Quand le désir de tuer devenait trop fort, il fallait qu'il passe à l'action, sinon il ne cessait de ruminer les différentes manières de procéder et ça l'empêchait de se concentrer. Il ne pouvait pas se permettre d'être distrait. Il lui fallait au contraire une vigilance aiguë, de tous les instants. Y compris dans son travail. Et maintenant plus que jamais.

Il attrapa la poignée scellée dans le sol. La dalle coulissa lentement, sur des gonds bien huilés, révélant la fosse où il avait déjà jeté des douzaines de corps. Rien que des putes et des camées, des paumées. *Il faut débarrasser la terre de cette vermine.* Des douzaines... Et la police ne l'avait jamais soupçonné de rien.

Il renifla avec dédain.

— « Les chevaliers des temps modernes », murmura-t-il en citant l'article stupide qui avait récemment vanté les mérites du département des homicides.

Les inspecteurs prétendaient être gênés par le compliment... *Tu parles.* Ils étaient ravis, ils lissaient leurs plumes, ils se rengorgeaient.

Les flics n'étaient que des voyous qui avaient obtenu l'autorisation de porter un gros revolver. Ce n'était pas difficile de les manipuler, il en savait quelque chose, lui qui les menait en bateau depuis des années sans qu'ils se doutent de rien.

Mais il en avait marre de les voir se pavaner et tout ça allait changer. Il avait l'intention de les mettre plus bas que terre, de les humilier publiquement, de montrer à tout le monde ce qu'ils valaient réellement. Son plan était simple. Il allait continuer à tuer des femmes sous leur nez, comme il le faisait depuis si longtemps. Il baissa les yeux vers la fosse. Mais pas comme ça. Pas discrètement. Et pas avec des rebuts de la société auxquels personne ne s'intéressait.

Il passa mentalement en revue les six femmes qu'il avait choisies. Des célibataires, des filles apparemment normales, avec une famille et des amis qui se manifesteraient haut et fort quand la police piétinerait. Le Hat Squad allait en prendre pour son grade.

Les six élues attireraient l'attention et la sympathie du public dont la colère ne cesserait d'enfler — pas comme quand il s'agissait d'une pute infestée de poux et de maladies.

Bien entendu, ces élues étaient elles aussi des putes, même si elles ne faisaient pas le trottoir. Elles exerçaient différemment et se défonçaient plus discrètement, mais ça revenait au même.

Pour elles, il avait modifié la procédure. Il ne les emmenait pas ici, mais chez elles, pour qu'on les trouve. Bien sûr, il ne prenait pas le risque de les étrangler à mains nues. C'était un peu dommage, ça enlevait du piquant à l'affaire. Mais il n'avait pas le choix.

Pas question non plus de jouir sur elles. Un tueur qui laissait de l'ADN derrière lui n'était qu'un crétin. Ça lui posait tout de même un problème de se retenir, aussi il se permettait de temps en temps une vraie putain pour évacuer le trop-plein de tension. Comme aujourd'hui avec Lindsay.

De toute façon, le jeu en valait la chandelle. Il voyait déjà les gros titres : LE TUEUR EN SÉRIE SÉVIT TOUJOURS. LA POLICE PIÉTINE. Eh oui, ils allaient piétiner. Un tueur en série en liberté, ça faisait frémir les bonnes gens. Bon sang ! Dommage qu'ils ne puissent pas savoir que ça faisait des années qu'il sévissait tranquillement parmi eux.

Combien vais-je devoir en tuer avant que les flics fassent le rapprochement entre les différents meurtres ? Martha était la troisième. Mais ils n'avaient pas encore trouvé Martha, et lui commençait à trouver le temps long. Heureusement, il était suffisamment discipliné pour s'en tenir à son plan et il pouvait se défouler avec ses activités habituelles, plus discrètes.

Il traîna le corps de la pute jusqu'au trou de la fosse et

le fit rouler à l'intérieur. Ensuite il jeta ses vêtements, sauf les chaussures. Les chaussures, il les conservait.

Il enfila le bleu de travail qui avait appartenu à l'homme qu'il avait engagé vingt ans plus tôt pour creuser cette fosse — et l'avait aussitôt inaugurée avec une balle dans le crâne. Puis il prit le bidon de chaux et en versa sur le corps, pour le recouvrir.

La chaux vive accélérait la décomposition et évitait les odeurs. Mais c'était un matériau à manier avec prudence, sensible à l'humidité, aussi avait-il équipé sa cave de déshumidificateurs, ce qui permettait par ailleurs de conserver les chaussures.

Les ballerines qu'il avait ôtées des pieds de sa première victime, près de trente ans auparavant, étaient en aussi bon état que les talons aiguilles des trois dernières semaines.

Il acheva de donner une sépulture décente à la prostituée en recouvrant la chaux de terre, puis fit glisser la dalle pour refermer le trou. Comme tant de fois auparavant.

Tout au long des années, ces meurtres avaient rempli leur fonction, mais ce n'était rien à côté du feu d'artifice qui se préparait. Il songea avec plaisir au sentiment de triomphe qui l'envahirait quand les flics se rendraient compte qu'ils avaient un tueur en série sur les bras.

2

Dimanche 21 février, 19 h 55

— Désolé, il faut vraiment que je change de téléphone, dit Jack en entrant dans la chambre de Martha.

Noah lui lança un regard furieux. Jack avait prétendu qu'il passait chez lui pour se changer, mais son air comblé n'aurait pas trompé grand monde : il avait aussi pris le temps de faire l'amour avec Katie, pendant que la victime se balançait au bout d'une corde. Il avait vraiment dépassé les bornes. *Il va l'avoir, son rapport.*

— Peu importe, répondit-il sèchement.

Si Jack perçut la froideur du ton, il ne le montra pas.

— Présente-moi donc cette femme qui a les yeux de Bette Davis, dit-il.

Le légiste et son équipe avaient voulu dépendre le corps, mais Noah avait tenu à ce que Jack voie la scène du crime telle qu'il l'avait découverte. *On se demande bien pourquoi… De toute façon, j'aurai bientôt un nouveau partenaire.*

— Martha Brisbane, dit-il. Quarante-deux ans, célibataire. C'est une voisine qui l'a trouvée.

— Il fait un froid de canard, ici. C'est la voisine qui a ouvert la fenêtre, ou c'est Mlle Brisbane ?

— La voisine dit qu'elle a trouvé la fenêtre ouverte.

— Ç'aurait pu être pire. En plein mois d'août, par exemple… Merde ! Elle a les paupières collées aux sourcils ou quoi ?

— Ouais. Les paupières collées.

Comme l'autre.

— C'est pas banal, commenta Jack.

Puis il haussa les épaules.

— Bah, en tout cas, c'est vite vu. Suicide. L'affaire est bouclée. Je serai peut-être rentré à temps pour le dessert. Si tu vois ce que je veux dire…

Noah se mordit la langue. Heureusement, Isaac Londo, un technicien de la morgue, lui épargna la peine de répondre.

— Maintenant que l'inspecteur est là, on peut la descendre ?

— Non, répondit Noah.

— J'ai misé vingt dollars sur le match de ce soir, grommela Londo d'un air mécontent. Je suis pressé d'en finir.

Micki Ridgewell, du labo, posa son appareil photo et jeta un regard intrigué du côté de Noah.

— Pourquoi attendre ? Elle a enfilé cette corde, elle a donné un coup de pied au tabouret, et elle est morte. C'est évident, non ?

Jack fronça les sourcils, comme s'il prenait brusquement conscience de l'état d'esprit de Noah.

— Quel est le problème ? demanda-t-il.

— Cette scène, murmura Noah. J'ai déjà vu la même.

— Bien entendu, intervint Micki d'un ton apaisant. Au bout de quinze ans de métier, tu as déjà tout vu. Comme moi.

— Non. J'ai déjà vu exactement la même scène. Au détail près. Jusqu'à la position des chaussures.

— Pas moi, dit Jack qui n'avait plus envie de plaisanter. Tu as vu ça quand ? J'étais où ?

— Vendredi matin, il y a une semaine. Et toi, tu étais chez toi, au lit… Malade…

Il avait marqué une hésitation avant de prononcer le dernier mot. Jack rougit.

— J'étais vraiment malade, protesta-t-il d'un ton offusqué.

Noah n'insista pas. Ce n'était pas le moment de mettre leurs problèmes sur le tapis.

— C'était Gus Dixon qui était chargé de l'enquête. Je devais interroger un témoin et j'avais oublié mon appareil pour enregistrer.

Pour une affaire qu'il avait bouclée sans Jack, parce que Jack n'était soi-disant pas en état de travailler…

— J'avais emprunté le sien à Gus, mais il en a eu besoin et je suis passé le lui rendre.

— Et c'est ça que tu as vu ? demanda Jack en plissant les yeux. Une pendue ?

— Exactement ça. Avec le tabouret placé à la même distance du corps et selon le même angle. La femme portait une robe identique à celle-ci et des chaussures du même style. L'une était couchée, l'autre soigneusement posée à terre. Le crochet, le nœud, la fenêtre ouverte… Tout y était. Absolument tout.

Micki fronça les sourcils.

— Tu es sûr de ne pas être victime d'une impression de déjà-vu ?

— La cause de la mort est bien la pendaison, ça ne fait pas de doute, fit remarquer Londo. Les pétéchies au niveau des yeux et les traces sur le cou en témoignent. Tout concorde.

— Comme pour la victime de Dix, insista Noah. Laquelle avait les paupières collées, comme celle-ci.

Jack fit la grimace.

— Je plaisantais, pour les yeux de Bette Davis.

Il contempla attentivement la pièce et montra le tabouret du doigt.

— Tu en as terminé, avec ça, Mick ? demanda-t-il.

Comme elle faisait signe que oui, il le prit et alla le placer sous la victime, puis recula.

Il manquait environ dix centimètres pour que les pieds de la femme touchent le tabouret.

— Saloperie ! murmura Londo. C'était la même chose pour l'autre ?

— Je n'en sais rien, répondit Noah. Quand je suis arrivé, elle était déjà dépendue.

— De toute évidence, cette femme n'a pas pu se passer la corde au cou et pousser le tabouret du pied, fit posément remarquer Micki. Quelqu'un l'a aidée.

Les yeux de Noah plongèrent dans le regard vide et écarquillé de Martha.

— Ce quelqu'un l'a tuée, murmura-t-il.

— Et il s'est donné beaucoup de mal pour nous faire croire au suicide, compléta Jack. Serait-il allé jusqu'à nous écrire un mot d'adieu ?

— Nous n'en avons pas trouvé, répondit Noah.

Micki prit quelques photos rapprochées des chaussures rouges à talons aiguilles.

— Elles n'ont pas été portées, fit-elle remarquer.

Elle en prit une et la compara aux pieds de la victime.

— Et elles sont trop petites pour elle. Pourquoi une mise en scène si étudiée et une erreur aussi grossière ? C'est étrange…

— Je me demande si notre homme est responsable d'autres pendaisons, à part celle-là et celle de Dix, murmura Jack.

— Je me pose la même question que toi, répondit Noah.

Il se tourna vers Londo.

— Tu peux la descendre, à présent.

— Fouillons l'appartement, proposa Jack. Et ensuite nous interrogerons la voisine qui l'a découverte.

— Elle s'appelle Sarah Dwyer. Martha était censée arroser ses plantes pendant son absence.

— Elle s'est absentée longtemps ?

— Quinze jours, répondit Noah. D'après l'agent Pratt, Dwyer est rentrée aujourd'hui et elle a trouvé ses plantes complètement desséchées. Elle était furieuse. Elle est venue frapper à la porte de Martha, mais comme personne ne répondait, elle est passée par l'escalier de secours pour essayer la fenêtre de la chambre. C'est là qu'elle l'a trouvée.

Micki haussa les sourcils.

— Elle a pris le risque de grimper l'escalier de secours ?

Jack fit la moue.

— Tu as droit à trois réponses pour deviner le nom de ces plantes rares qui l'ont poussée à jouer les cascadeuses.

— Je trouve aussi que c'était prendre beaucoup de risques pour des plantes, reconnut Noah. Finissons ici. J'ai déjà fouillé la chambre et la salle de bains. Prends la cuisine, je m'occupe du salon.

Noah constatait que les tiroirs du bureau étaient étrangement vides, quand Jack sortit de la cuisine en brandissant de la nourriture pour chats.

— La victime avait un chat, annonça-t-il.

— Deux faux suicides et une disparition de chat. Ce n'est pas bon. Tu as trouvé quelque chose ?

— Rien. Et le bureau est anormalement bien rangé. Allons chez la voisine. On appellera la famille après.

— Tu t'occupes de la voisine, dit Jack. Je vais frapper aux autres portes de l'immeuble, pour savoir si quelqu'un a vu Martha au cours des deux semaines précédentes.

*
* *

Dimanche 21 février, 20 h 20

Dell tendit la main.

— Passe-moi le zoom, dit-il.

Harvey secoua la tête.

— Tu n'avais qu'à apporter tes outils de travail.

Dell remua sur le siège du passager.

— Ça fait un moment qu'ils sont là-dedans, commenta-t-il.

— Ça veut dire que c'est une grosse affaire, répondit Harvey. C'est bon pour nous, ça. Plus l'affaire sera grosse et plus on pourra leur tomber dessus.

— Les salauds, murmura Dell. Et dire que l'article les présente comme de preux chevaliers.

Le ton haineux n'échappa pas à Harvey. Et il était d'accord.

— C'est pour ça qu'on est là, mon fils. Pour faire éclater la vérité. Mais c'est aussi pour ça que je t'interdis de sortir ce revolver de ta poche.

Dell serra les dents.

— Comment tu sais ?

— Je ne le savais pas, tu viens de me l'apprendre. Mais je me suis dit que c'était le genre de bêtise dont tu étais capable. Si tu leur tires dessus, ils deviennent des martyrs, en plus d'être des héros. Et toi, tu vas en prison.

Il lui jeta un regard en coin.

— J'ai déjà perdu un fils. Je ne veux pas en perdre un deuxième. Soyons patients. Observons-les, prenons des photos, montrons à tout le monde qui sont vraiment ces types.

— Ils méritent la mort, grommela Dell.

— Oui, ils méritent la mort. Mais quand les gens sauront ce qu'ils valent, ils iront en prison.

Il haussa les sourcils.

— Tu sais ce qu'on fait aux flics qui se retrouvent derrière les barreaux.

Dell sourit entre ses dents.

— Ils vont regretter de ne pas être morts, ricana-t-il.

Dimanche 21 février, 20 h 25

Noah posa son magnétophone de poche sur la table basse de Sarah Dwyer.

— Ça m'évite de prendre des notes, expliqua-t-il, vu qu'elle considérait l'appareil d'un air méfiant. Connaissiez-vous bien Martha ?

— Je la croisais de temps en temps dans la buanderie de l'immeuble, mais nous n'étions pas vraiment des amies.

— Vous lui aviez pourtant confié les clés de votre appartement.

— Elle habitait le même immeuble que moi, répondit Sarah Dwyer d'un ton agacé. Nous étions voisines, il nous arrivait d'échanger quelques mots.

Noah remarqua qu'elle se triturait les mains.

— Vous me paraissez nerveuse, fit-il remarquer.

Elle plissa les yeux.

— J'arrive de Hong Kong et ça fait vingt-quatre heures que je n'ai pas dormi.

Elle désigna une serre miniature sur la table de salle à manger.

— En rentrant, j'ai trouvé mes orchidées desséchées et ma voisine pendue à une corde. Et vous trouvez bizarre que je sois nerveuse ? Pour un peu, vous m'accuseriez de l'avoir poussée au suicide…

— Personne ne vous accuse de quoi que ce soit.

Le décalage horaire et le choc suffisaient à justifier sa nervosité.

— Quel était le travail de Martha ?

— Elle était expert en informatique. Elle travaillait chez elle. Je crois.

Noah revit le bureau de Martha. Vide, sans un papier, sans un CD. Rien qu'un ordinateur. Ça ne collait pas tellement avec un travail d'expert en informatique.

— Vous a-t-elle paru récemment inquiète ou déprimée ?

— Pas du tout. Mais nos conversations se bornaient à des commentaires sur la vieille Mme Kobrecki, la gérante de l'immeuble, que nous haïssions toutes les deux, et qui s'entendait particulièrement mal avec Martha.

Il avait tenté d'envoyer plusieurs fois des messages à la vieille dame en question, mais elle n'avait pas encore répondu.

— Et pourquoi cela ?

— Kobrecki traitait Martha de souillon. C'est tout ce que je sais. Si vous voulez des détails, il faudra interroger Mme Kobrecki.

Elle fit la grimace.

— Ou son petit-fils.

— Vous n'avez pas l'air de l'apprécier non plus, fit remarquer Noah. Peut-on savoir pourquoi ?

— C'est un malade. Une fois, je l'ai surpris en train de renifler mes sous-vêtements qu'il venait de sortir de la machine séchante. Il traîne en bas tous les soirs, je ne fais plus de lessives le soir.

— Son nom ?

— Taylor Kobrecki. Pourquoi ?

— Je collecte des informations, mademoiselle, ça fait partie de la routine. Connaissiez-vous les proches de Martha ?

— Sa mère vit dans une maison de retraite. A Saint Paul.

Noah se leva et lui tendit sa carte.

— Merci. Si vous vous souvenez de quoi que ce soit, n'hésitez pas à m'appeler.

— Mais pourquoi ? demanda-t-elle d'un air méfiant. Martha ne s'est pas suicidée ?

— Suicide ou pas, il y a enquête, c'est la procédure habituelle, mademoiselle Dwyer, répondit Noah en souriant.

— Ouais, répondit-elle. N'empêche que ce soir je dormirai avec mon revolver chargé et à portée de main, sur ma table de nuit.

En sortant de l'appartement de Dwyer, il tomba sur Jack.

— Alors ? demanda celui-ci. Tu as quelque chose ?

— Peut-être. Et toi ?

— Que dalle. Tu as l'adresse d'un proche ?

— Sa mère est à Saint Paul dans une maison de retraite. La gérante de l'immeuble ne t'a pas encore rappelé ?

— Non. Et les locataires que j'ai rencontrés n'ont pas l'air de se soucier d'elle.

— La gérante a un petit-fils, dit Noah en haussant les sourcils. Qui aime les sous-vêtements de femmes.

— Intéressant. Il a peut-être un dossier chez nous, ce fétichiste.

— Je me charge de lui, et toi de la mère de Martha. Tiens-moi au courant, j'irai te rejoindre à la maison de retraite.

— Tu as appelé Gus Dixon ? demanda Jack.

— On trouvera ses rapports sur notre bureau.

Jack jeta un coup d'œil à sa montre.

— Pas de dessert pour moi ce soir, soupira-t-il.

— On ne peut pas dire que tu sois souvent privé de dessert, fit remarquer Noah en souriant. Je dirais même que tu en abuses.

Jack ricana.

— Evidemment, si tu compares avec toi. Depuis combien de temps es-tu privé de dessert ?

Noah secoua la tête. Jack avait une mine de déterré, mais il n'avait pas l'air de s'en rendre compte.

— Va voir la mère de Brisbane. Je te rejoins là-bas.

— J'appelle Abbott pour le tenir au courant de ce qui se passe, dit Jack.

Abbott était leur capitaine.

— C'est fait. Je m'en suis chargé pendant que tu prenais un petit dessert vite fait, avant de venir.

Les yeux de Jack brillèrent, mais il ne chercha pas à nier.

— Et non, je ne lui ai pas dit que tu n'étais pas encore arrivé, acheva Noah.

Jack poussa un soupir de soulagement.

— Je te revaudrai ça, dit-il.

Noah le fixa droit dans les yeux.

— Je voudrais surtout que tu fasses en sorte que je ne le regrette pas, Jack, murmura-t-il.

Jack détourna le regard.

— Je t'appelle dès que j'ai localisé la mère de Brisbane.

Dimanche 21 février, 20 h 45

Devant l'écran plat du Sal's, les clients étaient en plein délire. Tom Hunter, le plus jeune des joueurs de l'équipe de Minneapolis, venait d'intercepter le ballon. Tout le monde attendait qu'il marque.

Eve suivit des yeux son plus vieil ami qui volait littéralement à travers l'écran pour lancer son ballon dans le panier avec une aisance déconcertante. Un hurlement s'éleva dans la salle. Eve en fut secouée au point de vaciller.

— Oui, murmura-t-elle tout bas avec ferveur.

Puis elle sursauta quand un jet frais mouilla sa manche et retira précipitamment de dessous la pompe à bière le bock qui débordait. Elle secoua son bras en grimaçant. *Quelle idiote !* Elle n'avait pas le temps de se changer, il n'y avait plus qu'à attendre que ça sèche.

Elle était seule ce soir derrière le comptoir, et les clients faisaient la queue pour obtenir leurs boissons, mais ils étaient si absorbés par le match qu'ils ne songeaient pas à se plaindre. Les joueurs passaient la balle à Tom Hunter chaque fois qu'ils le pouvaient, et celui-ci s'empressait de marquer. S'ils continuaient comme ça, ils étaient sûrs de gagner. Et tant qu'ils gagneraient, tout le monde serait de bonne humeur.

— Ton copain est vraiment doué, fit derrière elle la voix de Sal.

Eve sursauta. Pour un homme qui avait une jambe amochée, Sal se déplaçait avec une légèreté et une agilité surprenantes. Ce soir, de toute façon, on ne s'entendait même pas penser, avec l'ambiance de folie qui régnait dans le bar. *Elle* ne s'entendait pas penser. C'était exactement ce qu'il lui fallait.

— Je sais, répondit-elle.

Elle avait compris que Tom ferait un joueur exceptionnel la première fois qu'elle l'avait vu sur un terrain miteux de Chicago, avec son vieux T-shirt noir. Elle n'avait alors que quatorze ans et Tom dix, mais ils avaient déjà beaucoup vécu…

Ensuite, ils avaient grandi tous deux dans le foyer qui les avait recueillis, sous la protection de trois femmes qui étaient devenues la famille d'Eve.

Plus tard, c'était Tom qui l'avait poussée à s'installer à Minneapolis. Quand il avait obtenu une bourse pour entrer dans l'équipe de basket d'une des universités les plus prestigieuses du comté, il l'avait mise au défi de le suivre. De laisser derrière elle son passé pour commencer une nouvelle vie.

Elle avait relevé ce défi. Tom était en train de devenir une légende du basket, comme son père adoptif, Max Hunter. *Et moi je suis enfin sortie de l'ombre.*

— Avec Tom, ça paraît tellement facile, dit-elle. Quand je pense qu'il chausse du quarante-huit ! Comment fait-il pour courir avec de si grands pieds ?

— Je ne faisais pas allusion à son jeu, corrigea Sal. Je parlais de ce qu'il a dit aux élèves de Josie.

Eve lui jeta un regard surpris. La femme de Sal, Josie, était conseillère d'orientation dans le lycée d'un quartier populaire de Minneapolis.

— Il a vu les élèves de Josie ? Quand ça ?

— La semaine dernière. Il a l'intention d'entamer une tournée des établissements scolaires pour convaincre les jeunes d'être assidus à l'école. Il a promis aux gamins de Josie de revenir jouer dans leur équipe, en remplaçant. Ils ne cessent de parler de lui.

Eve eut un sourire ému.

— Je le reconnais bien là. Il a de qui tenir.

Sal la poussa gentiment de l'épaule.

— Tu as été élevée avec lui, fit-il remarquer.

— Pas exactement.

La mère de Tom, Caroline, était une des femmes qui l'avaient recueillie. De sa mère à elle, elle ne savait rien, pas même si elle était toujours en vie.

— Mais j'ai eu la chance de rencontrer des gens chouettes partout où je suis passée, ajouta-t-elle en jetant à Sal un regard éloquent.

Elle finit de remplir un deuxième bock qu'elle posa avec le premier dans la main tendue d'un client. Elle avait appris à ne plus faire la grimace à cause des douleurs. Sa main l'élançait en permanence, mais elle le cachait plutôt bien.

— Il faudrait mettre de la glace sur ta main, fit remarquer Sal.

Elle allait protester, mais il l'arrêta net.

— C'est un ordre.

— Oui, monsieur, dit-elle docilement.

Elle mit des glaçons dans un sac en plastique, puis le posa sur sa main.

— Qu'est-ce que tu fais là ? demanda-t-elle. C'était Rich, ce soir.

— Il a appelé pour dire qu'il était malade, répondit Sal tout en préparant les commandes avec dextérité. Et toi ? Que fais-tu là ? C'était Callie, ce soir.

— Elle avait un rendez-vous, j'ai accepté de la remplacer.

Le rendez-vous avait fini par arriver, avec un énorme bouquet de roses, en s'excusant d'avoir été retardé par un client — une sombre histoire de pugilat après un match de hockey.

Sal fronça les sourcils.

— Tu as travaillé tous les soirs, la semaine dernière.

— J'ai besoin d'argent. Pour réparer la fuite de mon toit. Elle ne cesse d'empirer.

Il secoua la tête.

— Il faudrait que tu sortes, toi aussi. Tu es bien trop jolie pour te cacher derrière ce comptoir.

Elle était toujours surprise qu'on la trouve jolie. Et elle n'appréciait pas qu'on dise qu'elle se cachait.

— Je ne me cache pas, rétorqua-t-elle un peu trop sèchement. Plus maintenant.

Elle tourna le dos à Sal, mais elle sentit peser sur elle ses yeux attentifs. Pendant des années, les gens l'avaient dévisagée comme une bête curieuse en croyant qu'elle ne se rendait compte de rien, mais elle avait toujours eu conscience de leurs regards horrifiés et de leurs murmures. Mais ça aussi, c'était fini. Son chirurgien avait accompli un miracle. Il aurait mérité d'être canonisé.

— Je suis désolé, dit Sal. Je ne voulais pas te blesser. Mais tu travailles dur ici, ensuite tu rentres chez toi pour étudier, puis tu vas en cours. Et dès que tu as un moment de libre tu le consacres à *Fantasy Island*, ce jeu bizarre avec des aviateurs et des orgies. Je ne trouve pas ça normal.

Le jeu en question ne s'appelait pas *Fantasy Island*, mais *Shadowland*. Il s'agissait d'un jeu de rôle *online*. On n'y trouvait pas de M. Roarke en costume blanc impeccable, mais, comme dans l'émission de télévision à laquelle Sal faisait référence, on pouvait choisir son personnage et interagir avec des millions d'avatars.

Eve avait découvert *Shadowland* après l'agression qui lui avait pris sa vie — au propre comme au figuré. *Shadowland* avait été son unique lien avec le monde extérieur pendant les trop nombreuses années où elle s'était terrée, honteuse de ses cicatrices.

Heureusement, elle n'en était plus là. Comme Tom Hunter, elle avait une nouvelle vie et *Shadowland* ne représentait plus pour elle qu'un outil de recherche.

Malheureusement, cet outil était devenu pour certains des sujets qu'elle étudiait une sorte de gouffre qui les coupait du monde réel. Son sujet de thèse, un projet porteur d'un formidable potentiel thérapeutique, s'était transformé en un piège mortel pour les individus les plus fragiles.

— Il ne s'agit pas d'aviateurs, mais d'avatars, corrigea-t-elle d'un ton agacé. Les personnages se nomment des avatars. Et d'où sors-tu cette histoire d'orgie ? C'est de l'affabulation.

Une lueur espiègle passa dans les yeux de Sal et elle comprit qu'il la taquinait.

— J'ai dit ça parce que je suppose que la plupart des hommes fantasment sur les orgies et qu'ils profitent de l'anonymat des sites pour donner libre cours à leurs plus secrets désirs. Pas moi, ajouta-t-il précipitamment. Josie n'aimerait pas ça.

— J'en suis sûre, déclara sèchement Eve.

Puis elle haussa les épaules.

— Je ne perds pas mon temps, comme tu le prétends. *Shadowland* est un outil pour ma thèse et tu le sais.

Les yeux de Sal cessèrent de pétiller.

— C'est là que je voulais en venir. Tu ne penses qu'à ton travail. Quand es-tu sortie pour la dernière fois avec un homme ?

Cinq ans, onze mois et sept jours.

Elle fut terrifiée de constater que la réponse lui venait si naturellement et si précisément.

— C'est bien ce que je pensais, reprit Sal d'un ton sentencieux, comme elle ne disait rien. Tu subis trop de stress en ce moment. C'est à cause de cette fichue thèse que tu as les yeux cernés. Je veux que tu te reposes. Prends des vacances. Va en Floride, au soleil.

Eve déposa le sac de glaçons dans l'évier et prépara le cocktail d'un client qui attendait sagement son tour.

— Les vacances, ça coûte de l'argent, Sal. Et de l'argent, je n'en ai pas beaucoup.

— Je t'en prêterai, dit-il simplement. Dis-moi combien il te faudrait.

Elle reposa brutalement le shaker, la gorge nouée.

— Bon sang, je déteste quand tu es trop gentil. Tu ne pourrais pas jouer les mauvais patrons de temps en temps ?

Elle s'efforça de contenir ses larmes et tapota la large épaule de Sal.

— Garde ton argent. Je vais très bien.

Il secoua la tête.

— Non, tu ne vas pas très bien. Tu es inquiète. Je le devine à tes yeux.

Elle avait fini le cocktail. Elle passa à la commande suivante.

— J'aimerais que vous cessiez de guetter l'expression de mon regard, tous autant que vous êtes, marmonna-t-elle.

Callie lisait dans ses yeux quand elle regardait Noah. Et maintenant, Sal s'y mettait aussi. Elle en avait assez…

Elle cherchait un moyen de détourner la conversation quand ses yeux tombèrent sur le magazine que Callie avait laissé sur le comptoir.

— Jack Phelps était là tout à l'heure, mais il est parti avant que je lui demande de signer la couverture.

— Parti, parti…, marmonna Sal. C'est plutôt Webster qui est venu le chercher, d'après ce que j'ai entendu dire.

Eve contempla son profil.

— Comment le sais-tu ? demanda-t-elle.

Il lui jeta un regard en coin.

— Je suis au courant de tout ce qui se passe dans mon bar, qu'est-ce que tu crois ? Je suis étonné que Webster ait mis tant de temps à réagir. On a même lancé les paris sur le moment où il allait craquer et signaler son partenaire. Ou lui casser la gueule.

Eve se sentit étrangement excitée par la dernière perspective.

— Et qui a gagné ?

— Personne. Il tient encore le coup. Ce type est un idiot ou un saint.

Il lui jeta de nouveau un regard en coin.

— Peut-être les deux.

Eve songea à l'air triste et résigné de Noah quand il l'avait remerciée pour le café. Il n'avait dit que « Merci », mais ça avait sonné comme un adieu.

— Peu importe, dit-elle. Je pense qu'on ne le reverra plus ici.

Et c'était tant mieux. Elle avait à peine assez de temps pour son travail, ses études et ce que Sal appelait *Fantasy Island*.

Sal soupira.

— Je suis désolé, ma chérie.

Elle se força à sourire.

— Pas la peine.

Elle versa son cocktail dans un verre. La boîte d'olives était vide et ça lui fournissait une excuse pour s'isoler. Juste une minute. Une précieuse minute de solitude.

— Nous n'avons plus d'olives, dit-elle. Je te laisse le bar.

Dimanche 21 février, 21 h 10

Enfin… Les gars du Hat Squad avaient fini par flairer le problème. Ça leur en avait pris, du temps… Trois homicides déguisés en suicides. Mais pour Martha Brisbane, ils avaient compris.

Il se rendait compte à présent à quel point il avait attendu avec impatience qu'ils entrent dans son jeu. Mais, bien que frustrante, cette attente n'avait pas été inutile. Au contraire, en mettant en évidence l'incompétence du Hat Squad, elle avait servi son but.

Ils allaient bientôt abandonner leur insupportable suffisance. Ils cesseraient de se pavaner avec leurs badges et leurs armes. Et leurs fichus chapeaux. Il voulait leur faire toucher le fond, qu'ils sachent qu'ils n'étaient que de petites merdes.

Il avait prévu qu'ils ne verraient rien à la première victime. Et peut-être même à la deuxième. Qu'ils auraient hâte de clore les dossiers et passeraient à côté des indices qu'il leur laissait. Il ne savait pas ce qui leur avait mis la puce à l'oreille, pour Martha. Avaient-ils trouvé quelque chose sur la scène du crime, ou bien avaient-ils fait le rapprochement avec la mise en scène des deux autres ? Peu importait, le rapprochement, ils ne tarderaient pas à le faire et ils seraient bien obligés de reconnaître qu'ils avaient laissé passer deux crimes.

Ils en étaient déjà à la troisième victime, la moitié de ce qu'il avait prévu.

Ces crétins allaient commencer par culpabiliser, parce qu'ils s'étaient crus infaillibles. Ils s'en voudraient de ne pas avoir été plus malins, plus rapides, plus compétents. De ne pas avoir compris dès la première, de ne pas avoir sauvé les deux autres.

Et plus le nombre de victimes augmenterait, plus ils seraient obligés de ravaler leur insupportable prétention. Le mirage de leur puissance se mettrait à vaciller. Ils verraient qu'ils n'étaient pas aussi forts qu'ils le croyaient.

Mais on n'en était pas là. Pour le moment, ils avaient compris pour Martha Brisbane, alias victime numéro trois sur six, alias Desiree. Le jeu avait officiellement démarré.

Il était temps de passer au numéro quatre. Il ouvrit son portable et entra sur le site qui était devenu son nouveau terrain de chasse. Il y aurait eu beaucoup à dire sur l'anonymat supposé des membres du monde virtuel de *Shadowland*. Ses victimes venaient là pour s'amuser, elles se dévoilaient, leurs barrières tombaient parce qu'elles se croyaient à l'abri.

Mais elles se trompaient. Il les avait choisies en toute connaissance de cause.

Il avait leur nom et leur adresse, il savait à quoi elles passaient leur temps, si elles étaient mariées ou non, et — très important — il connaissait leurs phobies, leurs peurs cachées. Il avait donc préparé pour chacune un scénario sur mesure et il profitait largement du moment de terreur intense qu'il leur faisait vivre avant de mourir — même s'il ne s'autorisait pas à jouir en les étranglant, comme pour les putes et les camées qui dormaient dans sa fosse pour l'éternité.

Jusque-là, il s'était contenté d'injecter de la kétamine à ses victimes pour provoquer des cauchemars dont il n'avait eu que des bribes. Mais à présent il faisait beaucoup mieux. Dans le monde virtuel, ces femmes jouaient avec leurs peurs. Il se chargeait de les mettre en scène pour qu'elles meurent terrifiées dans le monde réel.

La première avait été claustrophobe… Il sourit en revoyant la scène… Après quelques minutes enfermée dans une boîte, Amy était devenue hystérique. Quand il lui avait passé la corde au cou, son petit cœur battait la chamade, elle était paralysée… Il lui avait fallu une certaine dose de sang-froid pour se retenir d'éjaculer.

Une fois rentré chez lui, il avait joui en y repensant, mais son orgasme n'avait pas été aussi fort que s'il s'était autorisé à aller jusqu'au bout en direct, sur le moment, quand elle avait rendu son dernier souffle.

Samantha, la deuxième, avait été obsédée par l'idée d'être enterrée vivante. Il l'avait donc débarrassée à sa manière de cette obsession. Il l'avait crue morte quand elle s'était évanouie sous la couche de terre qui la recouvrait, avec un tuba pour respirer. Heureusement, elle s'était débattue comme un animal sauvage quand il l'avait déterrée. Ç'avait été grandiose.

Martha l'avait un peu déçu. Il s'était avéré qu'elle n'avait pas si peur que ça de l'eau et il avait dû improviser. Il avait compris, en découvrant son appartement, qu'elle était obsessionnelle et que les cochonneries qu'elle accumulait étaient sacrées pour elle. Il lui avait déclenché une crise d'angoisse en l'obligeant à tout jeter. Ensuite, il l'avait menacée de s'en prendre à son chat, auquel elle tenait énormément, et ça aussi, ça avait produit son petit effet.

Après cet intermède, elle avait craqué quand il avait recommencé avec l'eau. A la fin, elle l'avait supplié de l'achever. Il leva les yeux au ciel. Il s'était fait un plaisir de lui rendre ce service.

Christy Lewis serait la quatrième. Il avait mis de grands espoirs en elle. *Oh oui…* Il ricana. La phobie de Christy était salée…

« Gwenivere, tu es là ? », tapa-t-il sur son clavier.

Bien sûr qu'elle y était. Gwenivere était le pseudo de Christy, comme Desiree avait été celui de Martha. Mais, comme le disait si bien le slogan de *Shadowland* : « Vous aimeriez parfois vous rendre là où personne ne connaît votre nom. »

— Personne sauf moi, murmura-t-il.

Gwenivere se trouvait au Neuvième Cercle, la boîte de nuit où elle se rendait chaque soir. Là, elle était une ex-miss Univers, rien que ça, et aussi entraîneuse. Elle dansait toute la soirée et elle était très appréciée.

Shadowland était vraiment un endroit où l'on prenait ses désirs pour des réalités.

« Tu me manques, Gwenivere », écrivit-il.

L'avatar de Christy lui sourit. Elle avait choisi un des plus beaux du Palais des Mille Visages, la boutique de

Pandore. Lui aussi avait investi dans un beau visage et un corps musclé. Pandore proposait un grand choix d'avatars plutôt bon marché.

Il fallait bien se présenter sous son meilleur jour pour chasser les paumés qui circulaient sur ce genre de sites. Il n'hésitait pas à dépenser de l'argent. Notamment pour se payer une table au Neuvième Cercle, ou un compte à la table de poker la plus prestigieuse du casino.

« Ça fait longtemps, répondit Christy. Où étais-tu passé ? »

J'attendais que quelqu'un découvre le corps de Martha Brisbane, songea-t-il.

Son avatar prit le tabouret que Christy avait gardé près d'elle. Avec ses longues jambes, il pouvait s'asseoir sans que ses pieds quittent le sol. Il était grand et musclé, bien sûr, pour mieux piéger ses proies.

« J'étais en voyage d'affaires. Acheter une île, construire un hôtel, gagner un gros paquet. Tu vois le genre ? Je peux t'offrir un verre ? »

L'avatar de Christy sourit de nouveau.

« Un seul, alors… »

Il allait discuter avec elle un petit moment. La faire parler, surtout. Christy abandonnait très vite Gwenivere et passait aux confidences. Une fois, elle lui avait même appris qu'elle vivait à Minneapolis. Et ensuite elle s'était déclarée surprise de s'être lâchée à ce point-là.

Bien sûr qu'elle se lâchait. C'était même pour ça qu'il l'avait choisie.

Elle avait déjà suggéré à plusieurs reprises une vraie rencontre, mais il avait toujours refusé. Parce qu'il attendait qu'on trouve Martha. Ce soir, il comptait lui proposer un café dans le monde réel, histoire de faire connaissance.

Elles disaient toujours oui. La tactique était simpliste, mais pourquoi en changer, puisqu'elle fonctionnait ?

Dimanche 21 février, 21 h 55

— D'habitude, nous n'autorisons pas les visites à cette heure-ci, protesta l'infirmière.

— Il nous a fallu plus de temps que prévu pour retrouver Mme Brisbane, s'excusa Jack.

— Si elle dort, vous serez obligés de revenir demain. C'est le règlement. On ne réveille pas les pensionnaires.

— Nous comprenons, dit Noah tout en songeant que Martha avait choisi un bel endroit pour sa mère.

Un bel endroit qui avait dû lui coûter un paquet de fric.

Sa propre mère passait l'hiver en Arizona pour des raisons de santé. En y mettant la retraite de son père décédé et un pourcentage considérable de son propre salaire, il avait réussi à l'installer décemment. Cela représentait un sacrifice financier, mais elle était sa mère et il n'aurait pas voulu qu'il en soit autrement. Martha avait sans doute raisonné comme lui.

— Vous croyez que son cœur supportera une mauvaise nouvelle ? demanda-t-il à l'infirmière.

— Sans doute, oui, si elle en avait un, répondit-elle.

Elle soupira.

— Je suis désolée. Je n'aurais pas dû faire cette remarque.

Elle ouvrit la porte de la chambre. Une silhouette disparaissait sous les draps blancs.

— Madame Brisbane, ces hommes sont des inspecteurs de police. Ils veulent vous parler.

La vieille femme sortit la tête des draps en plissant les yeux.

— A quel sujet ? demanda-t-elle d'un ton méfiant.

Noah se sentit désarçonné par cet accueil.

— Je suis l'inspecteur Webster et voici mon partenaire, l'inspecteur Phelps, dit-il le plus doucement possible. Nous venons au sujet de votre fille, Martha. Elle est morte, madame. Nous sommes désolés.

Ils s'étaient mis d'accord pour s'en tenir à la version du suicide tant qu'ils n'auraient pas reçu le rapport du légiste. Mais ils étaient certains que le Dr Gilles conclurait à un homicide et entamaient déjà leur enquête.

— Elle se serait apparemment suicidée, poursuivit-il.

— Elle a bien fait. Car le salaire du péché, c'est la mort. C'est aussi simple que ça, inspecteur.

Elle ferma les yeux, une façon de leur signifier qu'elle ne voulait pas en entendre plus.

Jack se racla la gorge.

— Nous aurions quelques questions à vous poser, si ça ne vous dérange pas, madame, insista-t-il.

— Ça me dérange, répondit sèchement Mme Brisbane en ouvrant les yeux. Faites-les sortir, infirmière, je vous prie.

— Vous avez entendu, dit l'infirmière en les entraînant dans le couloir.

Elle referma la porte de la chambre, tout en haussant les épaules.

— Elle n'était pas de trop mauvaise humeur, dit-elle.

— Vous trouvez ? demanda Jack d'un ton incrédule. Eh bien…

— Mme Brisbane est en total désaccord avec la manière dont sa fille mène sa vie, expliqua l'infirmière. Mais je serais bien incapable de vous dire pourquoi.

— Ce désaccord dure depuis longtemps ? demanda Noah.

— Non. Depuis qu'elle est ici, je crois. Ça remonte à six mois.

— Quand Martha est-elle venue ici pour la dernière fois ? demanda Jack.

— Il y a un mois. Et elle est partie avec une mine de chien battu. J'ai essayé d'intervenir pour qu'elles se réconcilient, mais Mme Brisbane m'a demandé de ne plus jamais la mentionner devant elle. Voilà, je n'en sais pas plus.

— « Car le salaire du péché, c'est la mort », répéta Jack d'un air songeur tandis qu'ils sortaient sur le parking.

— C'est une citation de la Bible, expliqua Noah. De l'Evangile selon saint Jean, pour être précis. J'avais un oncle ministre du culte.

Jack fronça les sourcils.

— Ton oncle est un ancien flic.

— Tu parles de mon oncle paternel, le père de Brock. Celui qui était ministre du culte, c'est le frère de ma mère.

Il était mort depuis maintenant cinq ans et ses précieux conseils manquaient à Noah.

— Peu importe. La mère de Brisbane sait quelque chose. Nous retournerons la voir demain. Celui qui a fait ça n'en était pas à son premier coup, il risque de recommencer.

— Cherchons donc les points communs entre Martha et la victime de Dix, c'est le meilleur moyen de l'empêcher de recommencer.

Dimanche 21 février, 22 h 55

— Lindsay ?

Liza Barkley referma la porte en soupirant. Personne ne répondait. Lindsay n'était pas là. Elle avait espéré que sa sœur viendrait la voir jouer et l'applaudir ce soir. Il ne s'agissait que d'une pièce pour le club de théâtre du lycée, mais tout de même, elle avait travaillé dur pour apprendre son rôle.

Mais Lin aussi travaillait dur. Pour régler leur loyer. Pour le gaz. Pour les courses. Elle se chargeait de tout et insistait pour que Liz étudie. « Continue à avoir de bonnes notes. Décroche une bourse. » Il ne leur restait plus d'économies pour financer des études, tout était parti en fumée dans les honoraires des médecins qui n'avaient pas été capables de sauver leur mère. Elle était morte depuis un an, mais elle lui manquait toujours autant.

En ce moment, Lindsay passait ses nuits à faire le ménage dans des toilettes de bureaux. *Un jour, moi aussi je paierai les factures.*

Liz frissonna. Il faisait si froid dans leur appartement qu'elle faisait de la buée en respirant. Mais le chauffage, ça coûtait cher, aussi elle enfila deux pulls supplémentaires et empila des couvertures sur son lit. Puis elle régla le réveil sur 5 h 30. Demain, elle terminerait ses devoirs tout en accueillant Lin qui rentrerait épuisée et affamée. *Je ferai ma trigo tout en lui préparant des œufs frits,* songea-t-elle vaguement avant de sombrer.

3

Dimanche 21 février, 23 h 30

Eve se recroquevilla dans son fauteuil en remerciant intérieurement Sal de l'avoir libérée plus tôt. Aussitôt rentrée chez elle, elle s'était connectée sur *Shadowland*, pour faire un tour au Neuvième Cercle, la boîte de nuit, bar, et lieu de rendez-vous du site. Comme d'habitude, elle avait trouvé l'endroit tamisé, enfumé, et grouillant d'habitués.

Il faut que tu y sois, Desiree.

Mais l'avatar de Desiree ne s'était pas montré au Neuvième Cercle depuis une semaine. Martha était peut-être en vacances. Pourtant, Eve en doutait.

Si elle ne se manifestait pas très vite… *Il faudra que je réagisse. Mais comment ?*

Elle se voyait déjà en train de déclarer la disparition d'une personne imaginaire rencontrée sur un site internet. Les flics la prendraient probablement pour une cinglée.

Pour l'instant, elle devait se contenter de surveiller virtuellement Martha et les autres. Et, même ça, elle n'était pas censée le faire. Pas censée connaître leurs vrais noms. On ne devait pas enfreindre les règles d'un protocole en double aveugle. Elle l'avait pourtant fait.

Sur la scène du Neuvième Cercle, un groupe virtuel

animait la soirée. Dans le monde réel, ce groupe se résumait probablement à un homme, la cinquantaine, avec un synthé. Certains prétendaient qu'il copiait le style AC/DC — de vieux puristes, sûrement, qui n'avaient qu'à baisser le son de leur ordinateur.

Eve se classait parmi ces puristes. Elle coupa le son, tout en se demandant depuis quand elle était passée dans le camp des vieux.

Cinq ans, onze mois, sept jours… Cela faisait deux fois en une soirée que ce décompte lui venait à l'esprit et elle en fut agacée. Pourtant, son passé était derrière elle et elle parvenait en général à l'y laisser.

Non, Evie, il n'est pas derrière toi, murmura dans son crâne une petite voix qui appliquait une logique implacable.

Et elle n'était plus Evie. Evie était restée à Chicago.

— Je m'appelle Eve, à présent, dit-elle tout haut pour entendre le son de sa voix.

Son appartement était trop calme, trop silencieux. Maintenant qu'elle avait fait taire le groupe du Neuvième Cercle, elle n'entendait plus que l'eau qui gouttait depuis le plafond, dans le seau qu'elle avait placé sous la fuite du toit.

Il faut que je fasse réparer ce toit avant de devenir folle. Mais son salaud de propriétaire continuait d'ignorer ses réclamations. Myron Daulton avait hérité cette maison de sa mère, mais il n'avait pas endossé les responsabilités qui allaient avec. Les autres locataires avaient fini par se décourager et partir. Il ne restait plus qu'Eve.

Sans doute attendait-il qu'elle craque et qu'elle vide les lieux. Les promoteurs rachetaient volontiers les vieilles demeures qu'ils rénovaient pour les louer ensuite à des prix prohibitifs. Quand sa mère était encore vivante, Myron ne lui rendait pas visite et ne l'appelait même pas pour lui souhaiter son anniversaire. Eve avait vu la pauvre femme pleurer à cause de lui.

Elle avait eu de l'affection pour la vieille Mme Daulton et elle était bien décidée à empêcher son affreux fils de tirer un centime de plus de son héritage. Elle avait réparé elle-même la plomberie, elle avait réglé le problème des souris, elle avait même remplacé le vide-ordures. Mais le toit, ça coûtait beaucoup plus cher.

Pas question que je déménage. Donc, elle allait devoir se débrouiller pour s'occuper aussi du toit. Elle remit le son de l'ordinateur pour ne plus entendre le goutte-à-goutte. *Retrouve Desiree et Gwenivere. Comme ça, tu pourras cesser de penser à elles et te concentrer sur ton travail.*

Le soir, elle servait chez Sal's, mais dans la journée elle bûchait pour obtenir ses diplômes. Dans dix heures, elle avait à rendre un devoir de douze pages. *Je ne devrais pas être en ce moment sur* Shadowland, *à espionner mes sujets.* L'ennui, c'était qu'elle se sentait responsable de Desiree, de Gwenivere, et de bien d'autres.

Elles avaient signé des décharges en acceptant de participer à cette étude, mais, décharge ou pas, Eve n'aurait pas voulu qu'il leur arrive quoi que ce soit. Au fond, ça n'avait rien de surprenant. On n'était pas impunément élevée par trois femmes qui consacraient leur vie aux autres…

Eve guida son avatar au milieu des danseurs virtuels pour rejoindre la table de Desiree. Quand elle l'aperçut, son cœur se serra. Une fois de plus, la place de Desiree était vide.

Elle se déplaça vers la trop belle et trop sexy Gwenivere, de son vrai nom Christy Lewis, secrétaire le jour dans le monde réel, danseuse la nuit dans le monde virtuel. Christy passait toutes ses nuits sur le site et récemment elle se ménageait même des escapades dans la journée, depuis son poste de travail. Elle le lui avait avoué la semaine dernière, lors d'une visite dans la boutique de Pandore — en ajoutant qu'elle risquait tout simplement le renvoi si son patron s'en apercevait.

Eve ne voulait pas avoir ça sur la conscience. Elle en avait suffisamment avec Martha Brisbane. Martha-Desiree avait elle aussi fréquenté régulièrement le Neuvième Cercle et la boutique des avatars gérée par Eve. Au cours des trois derniers mois, elle avait amélioré six fois son avatar.

Jusqu'à la semaine dernière, Martha Brisbane avait passé jusqu'à dix-huit heures par jour sur *Shadowland*. En comptant qu'elle avait dormi de temps en temps, cela signifiait qu'il ne lui était pas resté grand-chose pour le reste. Martha n'avait jamais su se modérer, Eve l'avait classée dans le groupe des utilisateurs compulsifs.

Pour ce groupe, ils avaient eu tant de candidats qu'ils avaient dû en refuser. Décidément, trop de gens n'existaient qu'à travers *Shadowland*. *Comme moi autrefois*. Ces gens, Eve voulait les ramener au monde réel, en pleine lumière. *Comme moi*.

« Je peux vous offrir un verre ? »

Eve cessa de scruter la foule et fronça les sourcils en découvrant le message qui s'affichait sur son écran. Elle manœuvra pour voir le visage de l'avatar. Pas mal… Marchandise de qualité. Elle avait bien le droit d'apprécier, c'était elle qui l'avait conçu.

Mais le joueur n'avait pas besoin de le savoir. Aujourd'hui, elle n'était pas Pandore, la créatrice d'avatars, mais Greer, une détective. Greer cherchait Christy Lewis, et elle n'avait pas de temps à perdre.

« Désolée, mais je ne suis pas intéressée », tapa-t-elle en réponse.

« Dans ce cas, pourquoi êtes-vous ici ? », demanda-t-il.

Il n'avait pas tort. On venait ici pour faire des rencontres.

« Vraiment pas intéressée, insista-t-elle. Bonne soirée à vous. »

Elle lui tourna ostensiblement le dos et se remit à passer la foule en revue, en espérant qu'elle s'était montrée suffisamment impolie pour qu'il comprenne.

Ah, elle était là, Gwenivere, alias Christy Lewis. Christy avait cinquante-deux ans et un physique quelconque, mais Gwenivere était grande, élancée, et son visage était l'un des plus beaux de la boutique de Pandore — ou plutôt de celle d'Eve.

Elle fit la grimace. Si Donner apprenait qu'elle se mêlait incognito aux membres de *Shadowland* et qu'elle surveillait leurs cobayes… Eh bien, s'il l'apprenait, elle serait tout simplement exclue du programme de recherche et de l'université Marshall. Et ça, elle ne voulait même pas l'envisager. Elle avait travaillé trop dur pour en arriver là, pour vivre de nouveau en pleine lumière, pour repartir de zéro.

Mais à quel prix ?

Au début, elle avait cru à son projet de recherche…

Et maintenant ? Maintenant elle ne savait plus. Mais elle n'allait pas résoudre ce problème ce soir. Christy était en pleine forme. Elle flirtait, comme d'habitude, avec un très bel avatar masculin dessiné par Claudio. Eve avait repéré cinq autres femmes qui commençaient à abuser du site et qu'elle considérait comme des utilisatrices compulsives — trois se trouvaient ici, au Neuvième Cercle, les deux autres traînaient au casino où elles dansaient et jouaient au poker. Elle décida de vérifier que tout se passait bien de leur côté, puis de se mettre à la rédaction d'un devoir dont le sujet était : les troubles mentaux chez les tueurs en série.

Eve tressaillit en se rendant compte qu'elle suivait du bout de l'index sa cicatrice. Pour ce travail, elle n'avait pas besoin de se documenter, son expérience lui suffirait. Elle n'avait rien oublié. Elle entendait encore cette voix qui la narguait. Et, après cinq ans, onze mois et sept jours, le traumatisme était toujours gravé sur son visage.

Dimanche 21 février, 23 h 55

Noah referma sa porte. Il était épuisé. Il avait épluché avec Jack les éléments du dossier de la pendue de Dix pour tenter de trouver un point commun entre elle et Martha Brisbane, mais il n'en était rien sorti, à part qu'elles étaient mortes dans des circonstances identiques. Pourquoi elles ? Qui ?

Ensuite, ils s'étaient plongés dans les récents dossiers de suicide. A leur grand soulagement, ils n'avaient pas trouvé de pendue aux paupières collées. Mais cette lamentable lecture avait plombé le moral de Noah.

Il se laissa tomber sur son lit. Jack ne manifestait aucune compassion pour ceux qui mettaient volontairement fin à leur vie. *Mais moi, si. Je ne les comprends que trop bien.*

Une nuit, dix ans plus tôt, il avait été si près de… Il s'était assis là, sur ce même lit, avec son revolver dans une main et leur photo dans l'autre.

La même que celle qui trônait encore sur sa table de nuit et dont le cadre était devenu lisse à force d'être caressé. Le petit garçon n'avait que deux ans et ressemblait terriblement à la femme qui le tenait dans ses bras. Une femme qu'il regrettait encore. Au bout de douze longues années, il aurait donné n'importe quoi pour la serrer encore une fois contre lui.

Mais il l'avait perdue. Son univers avait basculé pour

toujours quand sa voiture était sortie de la route. Il avait sombré pendant deux ans dans la dépression et l'alcoolisme.

Le soir où il avait pointé le revolver sur sa tempe, il avait suffisamment bu pour trouver le courage d'appuyer sur la détente. Il n'était pas mort… Alors il avait appelé Brock. Brock était venu, il l'avait emmené aux urgences, il avait sauvé sa putain de vie.

Dix ans. Dix ans maintenant que je n'ai plus touché à l'alcool. Mais il lui arrivait encore d'être tenté de boire, comme ce soir, quand la douleur revenait, aiguë et lancinante comme au premier jour.

Sauf que ce soir il souffrait surtout de la solitude. La maison était si calme… Brock ne pouvait pas comprendre. Il avait Trina et les enfants. *Et moi, qu'est-ce que j'ai ?*

Il prit le roman qu'il gardait à portée de main pour les nuits où il ne pouvait pas dormir, et sortit la photographie colorée qui lui servait de marque-page. Elle venait de Sal. Sur la photo, il y avait Sal et Josie, encadrés par leurs employés. Sal avait passé un bras protecteur autour des épaules d'Eve. Il la tenait fermement, comme s'il voulait l'empêcher de partir. Eve arborait son petit sourire en coin, mais son regard était grave. Sombre.

Eve lui avait plu à la seconde où il avait posé les yeux sur elle, et il avait souvent pensé à l'approcher. Mais une petite voix intérieure l'en avait empêché. *Je suis Noah, un alcoolique.* Le fardeau était trop lourd à porter. Il ne voulait pas demander à une femme de le partager. Et surtout pas à une femme comme Eve.

Il suffisait d'avoir des yeux pour se rendre compte qu'elle avait son propre fardeau. Le cœur lourd, il rangea la photo dans son tiroir.

Ce soir, après avoir lu les rapports sur les suicides, il avait eu terriblement envie d'un verre. Bon sang… Heureusement qu'il n'avait pas d'alcool chez lui, sinon il aurait craqué. Si ça continuait, il allait devoir appeler Brock pour lui demander de lui servir de partenaire sur le ring. Quelques rounds lui suffisaient en général à vaincre le manque.

Il se sentit vaguement attristé à l'idée qu'Eve lui faisait moins d'effet qu'un combat de boxe. Il songea à ses mains délicates et à son regard douloureux quand elle empoignait un bock de bière un peu trop lourd. Il s'était retenu plus d'une fois d'intervenir pour le lui enlever. Parce que en plus de la douleur les yeux d'Eve reflétaient une détermination qui forçait le respect. La détermination et la fierté d'avoir surmonté une épreuve, il comprenait.

Il savait par Brock que l'une des mains d'Eve était paralysée quand Sal l'avait engagée. Elle avait travaillé deux fois plus, avec l'autre, celle qui était valide, pour y arriver tout de même. Cette femme avait vécu un enfer. Et elle avait tenu le coup.

Elle méritait mieux que… *Mieux que moi.* Brock avait raison, il se mettait en danger chaque fois qu'il entrait dans ce bar. Il se promit de ne plus y retourner. De ne plus voir Eve. Pour leur salut à tous les deux.

Il allait se concentrer sur son travail. Sur le meurtre de ces deux femmes. Trouver leur assassin.

Et ensuite ? Ensuite, il verrait. A chaque jour suffisait sa peine.

Lundi 22 février, 2 h 20

Christy Lewis avança les lèvres vers le miroir en mimant un baiser. Elle vérifia que son rouge à lèvres était bien appliqué et jeta un dernier coup d'œil à son maquillage. Ce rouge à lèvres, elle l'étrennait aujourd'hui, comme cette tenue qu'elle avait précieusement conservée pour une occasion exceptionnelle.

Ses yeux brillaient de plaisir anticipé. Jamais elle n'avait fait une chose pareille. Elle avait rencontré l'homme sur *Shadowland*, au Neuvième Cercle. Il lui avait dit s'appeler John. Il avait menti, probablement, comme il avait menti en prétendant être divorcé. Elle n'aurait pas été étonnée d'apprendre qu'il avait une femme et une ribambelle de gosses. Plus un chien. Mais elle n'avait pas l'intention de lui poser la question. Elle préférait ne pas savoir.

Il était dans le commerce et il voyageait beaucoup. Elle lui avait laissé entendre que s'il passait par Minneapolis... Et voilà... Ce soir, il y était. Pour une nuit. Une rencontre d'une nuit... L'expression enflammait son imagination. Ça ne lui était jamais arrivé. Pas même à l'université où c'était monnaie courante. D'ailleurs, pour ce soir, rien n'était fait. Ça dépendrait de lui. Et d'elle. Il fallait tout de même qu'ils se plaisent.

Elle ne s'attendait pas à ce qu'il ressemble à son avatar. *Aucun d'entre nous ne ressemble à son avatar. Sinon nous n'aurions pas besoin de nous réfugier dans un monde virtuel.*

Mais il était peut-être mignon et correct. Et dans ce cas pourquoi pas ? Ça faisait longtemps qu'elle ne s'était pas éclatée. Les hommes ne se gênaient pas. Son minable d'ex-mari ne s'était pas gêné.

A présent, c'est mon tour.

Et sa femme, ses gosses, son chien ? Les épaules de Christy s'affaissèrent. Si c'était le cas, elle ne pourrait pas poursuivre avec lui. Elle savait ce que ça faisait d'être une femme trompée.

Mais, après tout, elle n'était sûre de rien. Elle laissa tomber son rouge à lèvres dans son sac. Peut-être disait-il la vérité. Et si elle découvrait que non, elle se contenterait de boire un café avec lui. Un café avec un type en chair et en os, c'était déjà ça. Et ensuite elle rentrerait chez elle. Seule. Comme tous les soirs.

Enfin… Il avait cru qu'elle ne sortirait plus. Il suivit des yeux la voiture de Christy Lewis et attendit qu'elle s'éloigne avant de s'engager dans son allée. Elle habitait en dehors de la ville, à la campagne, et son plus proche voisin se trouvait à quatre cents mètres de chez elle. Ce n'était pas très pratique d'un point de vue logistique, mais une fois qu'ils seraient tous les deux dans la place, il n'aurait pas besoin de lui mettre un bâillon, comme aux autres. Elle allait pouvoir hurler tout son soûl, personne ne risquait de l'entendre.

Et elle crierait, ça oui. Ou bien elle serait tellement terrifiée qu'elle en aurait la gorge nouée et ne laisserait pas échapper un son. On ne savait jamais comment réagissaient les gens quand on les confrontait à leurs phobies. De toute façon, peu importait. Il sentait que ce soir ça allait être exceptionnel.

Il jeta un coup d'œil à l'arrière et sourit. La phobie de Christy était enfermée dans une boîte en métal dont le couvercle était percé de trous. Bien fermée, la boîte, on n'était jamais trop prudent. Il n'avait pas peur, mais il n'était pas du genre à prendre des risques inutiles. Il avait l'intention de déposer cette boîte dans la maison, là où son occupant pourrait se réchauffer. Quand il reviendrait avec Christy, il serait parfaitement réveillé.

Il prit la boîte par la poignée. A l'intérieur, ça bougeait un peu. Tout allait bien. Il commençait à se manifester. Il allait avoir faim, mais il avait prévu de quoi le nourrir. Il attrapa une cage dans laquelle dormait un petit animal à la fourrure blanche.

Il en frissonna d'excitation. Oh oui… La séance avec Christy promettait d'être exceptionnelle.

Lundi 22 février, 2 h 40

Brock essuya du revers de la main ses sourcils trempés de sueur.

— Ça va mieux ?

Noah se laissa aller contre les cordes en haletant. Il se sentait complètement vidé. Ils avaient installé ce ring de boxe dans le sous-sol de Brock des années plus tôt, avec des haltères et des punching-balls. Pour aider Noah à résister au besoin d'alcool.

Il était venu ici tant de fois qu'il en avait perdu le compte. Se dépenser physiquement lui permettait de surmonter l'envie de boire et l'empêchait d'atteindre un point de non-retour. Le plus souvent, le punching-ball suffisait, mais quand ça allait vraiment trop mal, il lui fallait quelqu'un pour rendre les coups.

Brock avait encaissé tant de coups qu'ils n'osaient pas en tenir le compte.

Noah souffla lentement. Le pire était passé.

— Je crois que oui, dit-il.

— Ouf…, murmura Brock.

Il cracha son protège-dents et se redressa en gémissant et en tâtant sa mâchoire.

— Tu ne m'as pas loupé, avec ton dernier crochet.

Ils étaient de force égale, mais il arrivait, comme ce soir, que le manque décuple l'énergie de Noah. Il s'était réveillé en sursaut, en tremblant comme un gosse. Puis l'envie d'un verre l'avait littéralement assailli. Cela faisait longtemps qu'il ne s'était pas senti si près de craquer.

— Je suis désolé, dit-il en ôtant ses gants avec ses dents.

Il jeta un coup d'œil au visage de son cousin et fit la grimace.

— Je t'ai touché à l'œil. Bon sang, Brock, je suis vraiment désolé…

— Ça va.

Brock voulut lui aussi arracher son gant avec ses dents, mais sa douleur à la mâchoire l'en empêcha.

— J'ai vu pire. Ça faisait longtemps que tu n'avais pas été aussi déchaîné, mais j'ai vu pire.

— Vous devriez cesser ce petit jeu, fit remarquer Trina en se levant.

Elle était restée assise sur la dernière marche de l'escalier menant à la cave, hors de leur vue. Elle vint les rejoindre et tendit les bras par-dessus les cordes pour enlever le gant de son mari.

— Un de ces jours, il va t'écrabouiller.

Brock fronça les sourcils.

— Quelques mots de réconfort, ça serait trop te demander ?

Elle le regarda droit dans les yeux.

— Je vais te préparer de la glace.

Noah se retint de sourire. Il adorait Trina. Ils avaient fait l'école de police ensemble et c'était lui qui l'avait présentée à Brock. Il était le parrain de leurs deux enfants. Trina était un excellent flic, couvert de décorations, et il la considérait comme une sœur. Elle savait tout de lui et elle l'aimait tout de même.

Elle se tourna vers lui et le fixa avec un regard d'aigle.

— Ça ne me dérange pas de regarder deux beaux mecs lutter dans mon sous-sol, mais tout de même, qu'est-ce qui t'est arrivé, aujourd'hui ?

Noah s'essuya le visage avec une serviette.

— Un cauchemar, dit-il seulement.

— Je vois.

Elle sortit deux bouteilles d'eau fraîche des poches de sa robe de chambre et lui en tendit une. Puis elle appuya l'autre sur l'œil de Brock qui virait déjà au violet.

— Le sac de glace pour ta mâchoire t'attend au-dessus, dans la cuisine, dit-elle. Et j'ai aussi préparé du café. Venez.

Ils la suivirent et elle les servit, avant de s'occuper de la mâchoire de Brock.

— Ça devait être un sacré cauchemar, commenta-t-elle posément.

— Ouais, répondit Noah en se passant la main sur le visage. Ce soir, j'ai eu une pendue. Un meurtre maquillé en suicide, de toute évidence.

Il savait qu'il pouvait tout leur raconter. Rien de ce qu'il dirait ne quitterait cette pièce.

— Et c'était la deuxième.

— Merde, murmura Trina. Tu penses à un tueur en série ?

— Peut-être. Jack et moi, on a épluché pendant des heures les dossiers de suicidées, mais on n'a pas trouvé de cas similaires pour l'instant.

Trina but lentement son café.

— Et ton cauchemar ?

Noah soupira. Il répugnait à en parler. Les sensations étaient encore trop précises et dérangeantes.

— J'ai rêvé que c'était moi, le pendu.

— Tu es à bout, énonça posément Trina. Ce n'est pas la première fois que tu rêves que tu te suicides… Jamais tu n'as amoché à ce point le visage de Brock.

— Je ne suis pas si amoché que ça, protesta Brock.

Elle lui tapota la main.

— Tel que je te vois, je t'assure que ce n'est pas terrible.

Puis elle se tourna de nouveau vers Noah.

— Alors ?

— La victime d'aujourd'hui avait les paupières collées aux sourcils. C'était particulièrement macabre et impressionnant.

Il haussa les épaules.

— Dans mon rêve, il y avait des yeux qui me fixaient. Des yeux sombres de biche, qui exprimaient la douleur.

— Les yeux des victimes ? demanda Trina.

Noah secoua la tête.

— Non, ceux de quelqu'un que je connais.

Brock lui lança un regard aigu.

— Ceux d'Eve ?

Noah baissa le nez vers la tasse qu'il tenait à la main.

— Ceux d'Eve, oui, avoua-t-il.

Trina soupira.

— Ça veut dire que tu es allé chez Sal's ce soir. Je comprends mieux. D'habitude, c'est le lundi soir que tu as besoin du ring.

Noah se sentit horriblement mal à l'aise d'être à ce point deviné.

— J'ai décidé de ne plus y mettre les pieds, assura-t-il.

— Ravie de l'apprendre, dit Trina d'un ton sceptique. Et Eve ?

— Je ne peux pas approcher Eve, répondit Noah en faisant mine de ne pas avoir perçu la déception dans la voix de Trina. Je vais passer à autre chose.

— Pour de bon ? demanda-t-elle d'une voix dégagée. Dans ce cas, j'aurais quelqu'un à te présenter. Une amie. Elle est institutrice à l'école maternelle de Joey. Elle est mignonne et elle apprécie les mêmes philosophes pessimistes que toi. Tu sais, ceux qui te donnent envie de plonger la tête dans un seau d'eau.

Brock détourna le regard, mais son petit sourire n'échappa à personne.

Trina paraissait ravie de sa bonne idée.

— Je vais vous inviter à dîner tous les deux, insista-t-elle. Tu pourrais apporter une tarte. Demain soir, ça t'irait ?

Noah détestait quand Trina le devinait trop bien.

— Je suis occupé, dit-il.

— Alors, jeudi ? Vendredi ? Tu seras aussi occupé ?

Elle ricana.

— Tu es un piètre menteur.

Il fronça les sourcils.

— Je ne retournerai pas chez Sal. Tu as ma parole.

— Possible. Mais ne me mens pas au sujet d'Eve. Tu n'es pas décidé à passer à autre chose. Bien au contraire. Tu te complais dans le malheur.

— Pas du tout, protesta-t-il. Brock ?

Brock secoua la tête.

— Je ne m'en mêle pas. Tu m'as suffisamment cogné pour ce soir.

Trina échangea un regard complice avec son mari, puis elle redevint sérieuse et se tourna vers Noah.

— Tu n'as pas besoin d'entrer dans un bar pour rencontrer cette fille. Je suis sûre qu'elle a une vie à l'extérieur et…

Elle s'anima.

— Je parie qu'elle mange, tu vois. Mais, j'y pense, c'est elle que je devrais inviter à dîner !

Noah serra les dents.

— Je ne veux pas, Tree. Laisse tomber. Promets-le-moi.

Trina s'écarta de la table en affichant un air contrarié.

— Très bien. Je te le promets. Tu es satisfait ?

Pas vraiment. Une partie de lui regrettait qu'elle ait abandonné si vite. Mais il se leva, déposa un baiser sur sa joue et prononça les mots qui convenaient.

— Oui. Va te coucher, à présent. Je rentre chez moi.

— Je te raccompagne à la porte, dit-elle.

Il se retint de soupirer. Elle n'en avait donc pas terminé avec lui. Il la suivit docilement dans l'entrée où elle boutonna son manteau, comme elle l'aurait fait pour l'un de ses fils. Puis elle leva vers lui un regard ému.

— Tu sais que j'ai de l'affection pour toi, n'est-ce pas ?

— Oui, dit-il sans hésitation, en souriant tristement.

— Ce soir… Tu m'as fait peur, Noah. Quand vous vous êtes arrêtés, j'étais sur le point d'intervenir pour vous séparer. Tu paraissais tellement furieux.

Il ferma les yeux, submergé par une vague de honte.

— Je comprends, dit-il.

— Tu seras toujours le bienvenu ici, mais tu ne peux pas continuer à te défouler comme ça sur Brock. Il ne dira rien parce qu'il a sa fierté, mais un de ces jours, tu vas sérieusement l'amocher. Et puis, il y a autre chose…

Elle tira sur son manteau.

— Bon sang, tu vas me regarder à la fin ?

Il ouvrit les yeux et avala sa salive. Elle posait sur lui un regard farouche, plein d'amour, sans l'ombre d'une accusation.

— Eve a touché en toi quelque chose de profond dont tu n'as aucune envie de te passer. C'est pour ça que tu cognais si fort ce soir, pas à cause d'un cauchemar ou d'une affaire de meurtre.

— Tu ne m'apprends rien, murmura-t-il d'un ton misérable. Mais je ne sais pas quoi faire.

Trina le secoua.

— Tu es quelqu'un de bien, Noah Webster. Tu ne mérites pas de passer le reste de ta vie tout seul.

Elle lui lança un regard plein de sous-entendus.

— Tu n'es pas le seul à faire des cauchemars. Moi aussi je vois tous les jours des horreurs. Et Brock aussi.

— Et qu'est-ce que tu fais quand tu es réveillée par un cauchemar, Tree ?

— Parfois je me rue sur le frigo pour chercher du chocolat. D'autres fois je me rue sur Brock pour faire l'amour.

Il laissa échapper un petit rire gêné et surpris, et elle haussa un sourcil.

— Quoi ? Tu ne crois pas aux vertus thérapeutiques du sexe ? Tu as tort. Tu devrais essayer.

Il eut aussitôt à l'esprit l'image d'Eve, longue et fine, son corps nu glissant contre le sien. Il songea au désir qu'il avait lu dans ses yeux tout à l'heure, et frissonna en serrant ses poings dans ses poches.

— Je ne veux pas l'entraîner dans mon enfer, dit-il.

— Noah, le bonheur est parfois à portée de main.

— Tu avais promis…, lui reprocha-t-il mollement.

— Mouais, j'avais promis. Mais il arrive que le destin fasse irruption dans votre vie pour vous secouer. Tu crois pouvoir dire de quoi cette femme a besoin ?

Elle ricana.

— Commence d'abord par réfléchir à tes propres besoins.

— J'ai besoin de dormir, répondit-il en lui embrassant le bout du nez. File maintenant, tu vas attraper froid.

Lundi 22 février, 4 heures

Christy attendait dans le box près de la fenêtre depuis près d'une heure. Elle avait déjà bu quatre cafés et terminé la gaufre qu'elle s'était crue obligée de commander quand la serveuse avait commencé à manifester une certaine impatience.

Il n'osait pas entrer. Dans ce relais d'autoroute, il risquait de faire tache. On y servait toute la nuit et la plupart des clients étaient des routiers. Il y avait aussi quelques automobilistes affamés. Plus Christy Lewis.

— Ça y est, elle en a marre d'attendre John, murmura-t-il en la voyant fouiller dans son sac.

Elle paya la note, puis disparut quelques minutes du côté des toilettes pour dames. Elle revint avec un visage marbré, sans doute parce qu'elle avait pleuré, puis se dirigea vers sa voiture, en courbant la tête contre le vent.

Une heure, vingt minutes, cinquante-cinq secondes. Elle avait battu le record. La soirée commençait bien, à part que la voiture dans laquelle il l'avait attendue était petite et donc inconfortable. Même pour lui. Mais la petite voiture faisait partie du plan, comme le choix de l'établissement où Christy l'avait attendu. Des indices pour le Hat Squad… Il allait les rendre fous. Christy avait mangé, et ça, c'était une bénédiction pour le légiste. Ils allaient remonter jusqu'à l'établissement, mais ça ne les avancerait pas à grand-chose.

Christy venait de s'installer dans sa voiture. Elle abaissa d'un geste rageur le miroir du pare-soleil et se remit du rouge à lèvres. Puis elle referma le tube et le lança contre le pare-brise. Il espéra que sa colère la pousserait à conduire vite. Il fut parcouru d'un frisson d'anticipation en songeant à ce qui les attendait et démarra en même temps qu'elle.

Lundi 22 février, 4 h 35

Christy claqua la portière de sa voiture et le bruit résonna dans la nuit. *Je suis une idiote.* Elle savait bien, pourtant, que les gens racontaient n'importe quoi sur internet. *Tu aurais dû te méfier.* Mais là, pourtant, il s'agissait de *Shadowland.* Pourquoi mentir ?

Il est peut-être venu, mais quand il t'a vue il a filé.

— Merde.

Elle grimpa sur le trottoir et trébucha sur les chaussures à talons qui lui avaient presque coûté l'équivalent d'un mois de courses. *Tu n'es qu'une sombre crétine.* Jerry avait raison. Elle se débattit avec ses clés, ses mains tremblaient. Elle entendait encore la voix de son ex-mari. « Tu es moche et sans charme. Aucun homme n'aura envie de se réveiller près de toi le matin pour contempler ta sale gueule. »

Il a raison. Personne ne s'intéresse à moi. Ce soir, elle s'était comportée comme la reine des idiotes, à attendre pendant des heures un salaud qui ne s'était pas montré et n'avait probablement jamais eu l'intention de le faire. John, quelle que soit son identité, devait être en train de rigoler de sa naïveté.

Comme Jerry avait ri quand elle l'avait surpris avec cette pute. *Dans mon propre lit.*

Elle enfonça la clé dans la serrure en fronçant les sourcils. Et si…

Jerry…

Pourquoi pas ? Son ex connaissait bien les ordinateurs. Et de toute façon, il n'aurait même pas eu besoin de fouiller pour se procurer son pseudo, elle restait en permanence connectée sur *Shadowland.* Elle avait changé les serrures, mais ça ne l'avait sûrement pas arrêté. Il était entré dans la maison. Ses joues s'enflammèrent.

Il a lu mes conversations online.

Bon sang, mais qu'est-ce qui lui avait pris de les sauvegarder ? Et de les relire, encore et encore, comme une paumée qu'elle était, pour se faire croire qu'elle avait une vie.

— Il m'a piégée, marmonna-t-elle. Ce fils de pute m'a piégée.

Elle poussa brutalement la porte.

Elle allait le coincer, cette espèce d'enfoiré, et il allait voir. Elle…

Une main se posa sur sa bouche et son cœur fit une embardée. *Jerry.* La haine prit aussitôt le dessus sur la peur. Cette fois, il allait trop loin. *J'aurai ta peau, salaud.*

Mais sa colère se dissipa en un éclair quand elle fut tirée en arrière sans ménagement et que sa tête heurta une épaule dure. *Ce n'est pas Jerry. Pas Jerry.*

— Bonjour, Gwenivere, roucoula-t-il dans son oreille.

Elle se débattit. *Sauve-toi. Sauve-toi.*

Elle sentit une piqûre d'aiguille au niveau de son cou.

— Bienvenue à Camelot, le pays du bonheur et des plaisirs…

Il entama lentement un compte à rebours, tandis que son corps devenait mou. Il la lâcha. Elle vacilla. S'effondra.

— Des serpents, l'entendit-elle encore murmurer.

Loin, cette fois. Très loin.

A présent, elle flottait. *Partir. Je dois partir.* Mais elle ne pouvait pas bouger. Il s'agenouilla près d'elle et souffla son haleine tiède sur son oreille.

— Tu es dans un nid de serpents, Christy. Tu ne peux pas leur échapper.

Non. Non. Partout. Ils sont partout. La fosse aux serpents était profonde. Ils rampaient autour d'elle en sifflant. Son cœur battait à cent à l'heure et elle était couverte d'une sueur glacée. *Ne bouge pas. Ne respire pas. Seigneur…* Quelque chose de visqueux glissa sur son pied et elle ferma les yeux. Elle reçut un corps mou sur son épaule et hurla. *Cours. Cours !*

A l'aide… Christy Lewis entendit le cri avant de prendre conscience qu'il sortait de sa propre gorge. Elle ouvrit les yeux, le cœur battant, aspirant l'air à grandes goulées. *Ce n'est qu'un rêve.* Elle était dans son salon. *Mais…* Ses yeux balayèrent la pièce plusieurs fois avant qu'elle comprenne. On avait tout déplacé. Poussé les meubles contre le mur. Elle sursauta. *Non.*

Je ne peux pas bouger. Elle se débattit sauvagement, tandis que son esprit luttait pour se débarrasser du brouillard. *Il n'y a pas de serpents. Ce n'est qu'un rêve. Mais je ne peux pas bouger.* Ses bras étaient rivés à son corps, ses chevilles la brûlaient comme du feu, sa tête… Seigneur, ce qu'elle avait mal à la tête. *Peu importe. Réfléchis.*

Elle battit des paupières, mais cela ne changea rien à l'image de son salon. Ses bras… Elle était assise. Coincée. Un sentiment d'horreur l'envahit quand le brouillard de son esprit se dissipa. Ses chevilles étaient attachées à la chaise par une corde et elle sentait une horrible pression au niveau des tempes, comme si elle était prise dans…

— Dans un étau… ? murmura-t-elle d'un ton incrédule.

— Oui, ma chère, fit une voix derrière elle. Un étau et une camisole de force.

Cette voix. Soudain, elle se souvint de tout.

Elle était sortie pour rencontrer John. Elle l'avait attendu, longtemps, mais il n'était pas venu. Et à présent il était là. Elle tenta de tourner la tête, pour le voir, mais la douleur la fit hurler.

— Je te conseille de ne pas bouger, dit-il sèchement.

— Pourquoi ? supplia-t-elle.

Ses yeux se remplirent de larmes et elle battit des paupières pour les chasser.

— Peut-être parce que ta petite tête de piaf est en ce moment coincée dans un étau, suggéra-t-il d'un ton satisfait.

— Non ! protesta-t-elle.

Elle aurait voulu paraître furieuse, mais sa voix était geignarde et pitoyable.

— Pourquoi moi ?

— Parce que tu étais là, à ma portée. Toi ou une autre, quelle importance… Tu as apprécié les serpents, Christy ?

Elle frissonna. Elle avait la phobie des serpents. Mais comment pouvait-il le savoir ?

— Allez au diable, dit-elle.

Il eut un rire sardonique et elle frissonna de nouveau.

— Ssssi je veux, siffla-t-il à son oreille.

Elle eut la nausée.

Non. Reste concentrée. Tu dois t'enfuir. Fais attention à ce qui t'entoure. Enregistre des détails qui seront utiles à la police.

— Ils n'étaient pas réels, murmura-t-elle.

— C'est vrai, concéda-t-il. Ceux que tu as vus tout à l'heure n'étaient pas réels. Mais par contre…

Une main gantée passa dans son champ de vision pour lui montrer quelque chose du doigt. A travers le gant en latex, elle aperçut un anneau doré.

Un anneau. C'est un détail important qui intéressera la police.

Mais par contre… Son cerveau enregistra l'information au moment où son regard se posa sur l'objet en métal que lui désignait la main. Une sorte de boîte à outils avec un couvercle percé de trous. Une longue ficelle était accrochée à la serrure. La main réapparut dans son champ de vision, en tenant un des bouts de la ficelle. Elle tira d'un coup sec. Ce fut à ce moment-là qu'elle l'entendit.

Une sorte de bruit de hochet. Menaçant. Sa respiration s'accéléra.

— Ce n'est pas réel, protesta-t-elle.

— Oh, si, il est bien réel, murmura-t-il. Et en plus il a faim et il n'aimerait pas qu'on le dérange. Va-t-on se risquer à le déranger ?

— Non, gémit-elle.

Elle ferma les yeux, mais il l'obligea à en ouvrir un en lui pinçant la paupière. Il appliqua une crème froide et visqueuse en dessous de son sourcil et y appuya sa paupière. *De la colle…* Elle voulut battre des cils, mais impossible.

— Tu vas regarder, dit-il d'un ton mauvais. Parce que je le veux.

Il colla son autre paupière, puis posa une cage devant elle. A l'intérieur, elle distingua une boule de fourrure blanche parfaitement immobile. *Une souris…*

— Elle n'est pas morte, expliqua-t-il. Je l'ai droguée, elle aussi, pour qu'elle dorme et qu'elle se tienne tranquille. Je me demande si elle sera aussi terrifiée que toi.

Il sortit la souris de la cage et la posa près de son pied. La fourrure lui chatouilla la peau. Elle tenta de se rétracter, mais ses chevilles étaient solidement attachées et il n'était pas question de bouger, pas même d'un millimètre. Puis il tira de nouveau sur la corde et il y eut encore ce bruit de hochet. Elle fit un effort pour inspirer, se remplir les poumons.

Respire. Respire. Il vient. Sauve-toi. Elle se débattit et tenta de crier, mais il ne sortit de sa bouche qu'un pitoyable gémissement de terreur. *Coincée. Je suis coincée.*

Il tira une dernière fois sur la corde, d'un coup sec, et le couvercle tomba avec un bruit métallique.

La bête se dressa pour regarder autour d'elle. *Vers moi.*

Paralysée par la peur, elle ne pouvait plus détacher ses yeux de ceux de l'animal.

— Il vient, murmura-t-il à son oreille. Il vient à toi.

Lundi 22 février, 6 h 15

Harvey n'en pouvait plus. Il avait suivi Noah Webster pendant des heures, et ensuite, quand il était rentré chez lui, il avait trouvé la maison vide. Pas de Dell. Il s'était installé devant la porte d'entrée pour l'attendre. Enfin, elle s'ouvrit et Dell apparut. En le voyant, il eut l'air surpris.

— Où étais-tu ? demanda Harvey d'un ton sec.

— J'étais sorti.

Harvey se leva d'un bond.

— Ne me réponds pas comme ça.

Dell recula prudemment.

— Je ne suis plus un gamin. J'ai le droit de sortir.

Les yeux d'Harvey se plissèrent. Il venait de détecter les effluves d'un parfum de femme. Il saisit le bras de son fils, mais celui-ci se dégagea d'un coup sec.

— Qui est-ce ? grogna Harvey.

Dell eut un petit sourire.

— Quelqu'un que tu n'auras jamais l'occasion de rencontrer. A présent, si tu veux bien m'excuser…

Harvey contempla son fils qui s'éloignait en reculant. Il était de plus en plus furieux.

— Si tu fous en l'air notre projet à cause d'une pute…

Dell ne s'arrêta pas.

— T'inquiète pas pour ça. Et maintenant, je vais me coucher. La nuit a été longue.

4

Lundi 22 février, 7 h 25

Le capitaine Bruce Abbott alla droit à leurs bureaux.

— Je vois que vous êtes fidèles au poste de bon matin, approuva-t-il. Des progrès dans l'affaire Brisbane ? Vous avez les rapports de la victime de Dix ?

— Samantha Altman, récita Noah. Trente-cinq ans. Elle vivait seule. Récemment divorcée et au chômage. Ce sont ses parents qui l'ont trouvée. Ils affirment qu'elle n'était pas dépressive.

— Les parents disent toujours ça, commenta Abbott. C'est un mécanisme de défense.

Jack se frotta le visage pour tenter de se réveiller.

— Dix est effondré, capitaine, dit-il. Il ne cesse de relire son rapport en se demandant ce qu'il a bien pu laisser passer.

— Dix a fait ce que la plupart d'entre nous auraient fait, assura Abbott. Ça avait toutes les apparences d'un suicide, donc il a classé l'affaire. Il se souvient de quelque chose qui ne figurerait pas dans le rapport ?

— Seulement que les parents ont juré que les chaussures n'appartenaient pas à leur fille, répondit Jack. Dix les leur a tout de même rendues avec la robe. Espérons que les Altman ne les auront pas jetées.

— Quelque chose qui permettrait d'établir un lien entre les deux femmes ?

— Pas pour l'instant, répondit Noah. Tout les sépare, au contraire. Martha était un peu plus âgée que Samantha. Martha était travailleuse indépendante, Samantha avait été employée d'usine. Samantha a été trouvée par ses parents, deux jours après sa mort. Martha était morte depuis au moins une semaine quand une voisine a découvert son corps, mais personne n'a déclaré sa disparition. Nous n'avons pas pu mettre la main sur son carnet d'adresses. Je suppose que son assassin l'a pris. Par ailleurs, son bureau était étrangement vide.

— Les gars du labo sont en train de passer son ordinateur au peigne fin, intervint Jack. Elle était consultante en informatique, donc elle doit au moins avoir une liste de ses clients.

— Un mobile ? Des suspects ?

— La mère de Martha sait quelque chose, répondit Noah. Nous allons lui rendre visite aujourd'hui, pour la deuxième fois.

— Et nous n'avons toujours pas pu joindre Mme Kobrecki, la propriétaire de Martha, ajouta Jack.

— La grand-mère du fétichiste ?

— Il a un dossier, déclara Noah. Trois anciennes locataires de l'immeuble ont porté plainte contre lui pour harcèlement. Mais c'était sa parole contre la leur et il n'y a pas eu de poursuites.

— Allez donc interroger les femmes qui ont déposé ces plaintes, il en sortira peut-être quelque chose d'intéressant. Et tâchez de savoir si notre fétichiste a eu des contacts avec la victime.

Il marqua un temps de pause.

— Et enfin, la dernière question, celle à cent mille

dollars… Vous croyez qu'il y a d'autres victimes, à part Martha et Samantha ?

— Non, répondit Noah. Nous avons lu tous les rapports de police concernant les suicides de ces deux dernières années et rien ne semble correspondre.

Abbott parut soulagé.

— C'est déjà ça. Des nouvelles du légiste ?

— Pas encore, répondit Jack. Mais il ne va pas tarder à nous appeler. Ian commence ses autopsies tôt le matin, et il sait que celle-ci est une priorité absolue.

— Qu'il se dépêche. Je ne voudrais pas que la presse ait vent de l'affaire avant que nous n'ayons quelque chose à dire. C'est la poisse ! Nous venions tout juste de nous débarrasser des journalistes de ce fichu magazine.

— J'ai vu des journalistes, hier, fit remarquer Jack. Ils nous suivent depuis trois semaines.

— Ils suivent tout le monde, répondit Abbott en s'écartant du bureau de Jack. Ne sortez pas de la routine, c'est le seul moyen de les décourager.

Le téléphone sonna et Jack décrocha.

— Ian a quelque chose, dit-il. Allons-y.

Lundi 22 février, 7 h 30

Liza Barkley fronça les sourcils en consultant son téléphone. Lindsay n'était pas rentrée, elle n'avait pas appelé, elle ne répondait pas. D'habitude, quand elle avait du retard, elle prévenait.

Elle se mordit les lèvres. Que faire ? Elle ne connaissait pas les amies de Lin et n'avait pas le numéro de l'endroit où elle faisait des ménages.

Et si elle ne partait pas tout de suite, elle allait rater son bus scolaire. *Lin a peut-être pris son petit déjeuner dehors avec une amie.* Elle l'espérait. Lindsay travaillait trop, sa vie sociale était en danger — bien plus encore que la baleine bleue qu'elle étudiait en ce moment au cours de sciences. Elle referma son téléphone et le glissa dans sa poche. *Appelle-moi, Lin. Je t'en prie. Dis-moi que tout va bien.*

Lundi 22 février, 8 h 15

Il replia le journal. Le suicide de Martha n'occupait qu'une toute petite place à la page locale, mais il était tout de même mentionné. Bientôt, il ferait les gros titres, il n'en doutait pas. Le délai serait fonction de la compétence du médecin légiste. Et quand les flics découvriraient Christy Lewis qui se balançait en ce moment au plafond de sa chambre, là, il y aurait du grabuge.

UN TUEUR EN SÉRIE RÔDE PARMI NOUS.

Il se réjouissait d'avance à l'idée de la belle collection d'articles que ça ferait. *Je vais les encadrer et les accrocher dans ma cave.*

Coup de chance, c'était le duo-vedette de la criminelle qui avait eu droit à l'affaire Brisbane. Les journalistes allaient dépecer chacune de leurs phrases, analyser le moindre mot, examiner au microscope la plus petite erreur.

LA POLICE PIÉTINE.

Il se demanda dans combien de temps on découvrirait Christy Lewis. Ça ne serait pas aussi long que pour Martha, probablement. Ses parents étaient morts et elle avait divorcé, mais elle travaillait et elle avait des contacts réguliers avec le monde réel. Pas comme Martha, qui n'avait vécu qu'à travers *Shadowland*.

Demain, sûrement, quand elle ne se présenterait pas à son travail pour le deuxième jour consécutif, ses collègues s'inquiéteraient de ce qui avait pu lui arriver. Il n'allait pas avoir le temps de souffler. Il avait intérêt à mettre en place dès maintenant le scénario pour la cinquième victime.

Lundi 22 février, 8 h 32

— Tu as fait du super-boulot, Ian, commenta Noah. Je ne m'attendais pas à ce que tu nous appelles aussi vite.

— Je n'ai encore rien d'officiel, fit remarquer Ian Gilles. Où est Jack ?

— Je suis là, dit Jack en s'encadrant dans la porte.

Il paraissait contrarié.

— J'ai été retardé par un journaliste qui voulait savoir pourquoi nous avions fait venir deux camionnettes d'experts pour un suicide.

— Qu'est-ce que tu lui as dit ? s'inquiéta Noah.

Jack haussa les épaules.

— Pas de commentaires. Qu'est-ce que j'aurais pu dire d'autre ? Alors, Ian, qu'est-ce que tu as pour nous ?

Ian inclina la tête de Brisbane de façon à leur montrer sa gorge.

— Je n'ai pas encore entamé l'autopsie, mais je tenais à ce que vous constatiez ça… Regardez, là, au milieu de la trace laissée par la corde, on distingue une piqûre d'aiguille. La corde a été placée de manière à la camoufler.

— Et qu'est-ce qu'on lui a injecté, d'après toi ? demanda Noah.

— Je n'en sais rien encore. On n'a rien trouvé dans les

urines. J'espère que les analyses de sang nous renseigneront. J'aurai les résultats cet après-midi. A part ça, pas de traces de blessures ou de rapports sexuels, pas de fractures.

— Tu as comparé avec la suicidée de Dixon ? demanda Noah.

— C'est Janice qui s'est occupée d'elle. Elle assiste en ce moment à la Convention nationale des médecins légistes, mais j'ai pu lire son rapport.

— La Convention nationale des médecins légistes ? A quoi ça peut bien servir ? Peu importe, je ne veux même pas savoir.

— Ça vaut mieux, dit Noah d'un ton amusé. D'après Janice, le moment du décès était difficile à établir parce que la fenêtre était ouverte et que le corps était resté exposé au froid.

— Comme pour Martha, fit remarquer Jack en désignant du menton le corps allongé sur la table.

— Exact, approuva Ian. Et les paupières de Samantha étaient collées à ses sourcils, comme celles de Martha.

— Et ça n'a pas étonné Janice ? demanda Jack.

— On voit tant de gens faire des trucs bizarres… A part ça, tout concordait pour conclure à un suicide.

— Est-ce que Janice a remarqué une trace de piqûre sur le cou ? intervint Noah.

— Non, mais je crois qu'il y en avait une. Janice a pris une photo de la blessure laissée par la corde et je l'ai fait agrandir. On perd un peu en résolution, mais je crois bien avoir distingué un petit point suspect. Il faudrait que je réexamine le corps pour en être certain. Malheureusement, nous l'avons rendu à la famille il y a une semaine.

Jack fit la grimace.

— Ça veut dire qu'on va devoir réclamer une exhumation.

Noah acquiesça d'un air résigné.

— Tu penses pouvoir examiner le corps dans combien de temps ?

— Je commencerai dès qu'il sera là. Je me suis procuré les échantillons de sang conservés par Janice pour pratiquer des tests. C'est tout ce que je peux faire dans l'immédiat.

Noah remit son chapeau.

— On doit interroger aujourd'hui la famille Altman, annonça-t-il. On en profitera pour évoquer l'exhumation avec diplomatie. Tu nous préviens quand tu as fini avec Martha ?

— Bien entendu, répondit Ian en poussant la civière vers la salle d'autopsie.

— Direction la famille Altman ? demanda Jack en sortant.

— Oui, c'est moi qui conduis.

Ils venaient d'atteindre la voiture de Noah quand son portable sonna.

— Webster, dit-il en décrochant.

— C'est Abbott, fit une voix mécontente. Les journaux parlent déjà du suicide de Brisbane. Je viens d'avoir un coup de fil d'un journaliste qui voulait le mentionner en première page comme un homicide, mais son rédacteur en chef a refusé en disant qu'il fallait attendre une confirmation. Apparemment, il a obtenu cette confirmation parce qu'il a déjà le titre de son prochain article : « Plus qu'un suicide ». Lequel de vous deux a lâché le morceau ?

— Aucun des deux. Un journaliste a tenté d'approcher Jack, mais il n'a rien tiré de lui. Comment s'appelait le type qui t'a téléphoné ?

— Kurt Buckland. De votre côté, vous avez des éléments pour corroborer la thèse de l'homicide ?

— Ian commence tout juste l'autopsie, mais il est à peu près certain que Martha a été droguée. Nous allons interroger la famille de la victime de Dix. Ian va réclamer l'exhumation du corps.

— Très bien. Je ferai une déclaration officielle dès que Ian nous fournira les conclusions définitives de l'autopsie. Ça va couper l'herbe sous le pied de notre journaliste. J'ai prévu une réunion à 16 heures. Dites à Micki que je veux qu'elle y assiste.

— D'accord. Tu as pensé à un psychiatre ? Il faudrait établir un profil.

— Carleton Pierce sera là. Et s'il le faut je ferai appel à Sutherland et Kane.

— Compris, dit Noah.

Puis il raccrocha et rangea son téléphone dans sa poche.

— Allons-y, dit-il à Jack. Nous devons avoir fini avant 16 heures.

Lundi 22 février, 9 h 35

Eve reposa lentement le téléphone sur son socle.

— Je t'emmerde, crétin, murmura-t-elle.

Callie ricana. Elle fit pivoter sa chaise pour lui faire face.

— Je le sentais venir, fit remarquer Callie. Tu appelais pour quoi ?

— J'ai une nouvelle fuite dans le toit, juste au-dessus de mon lit, cette fois. J'ai déplacé le lit, mais avec le bruit des gouttes qui tombaient dans les deux seaux je n'ai pas pu fermer l'œil de la nuit.

— Mais enfin, il faut que tu déménages ! Il y a justement un appartement libre dans mon immeuble.

— Les appartements de ton immeuble sont deux fois trop chers pour moi.

— Tu n'as jamais entendu parler de la colocation ?

rétorqua Callie d'un ton enflammé. Moi, je partage avec une autre fille. On divise les factures par deux et tout le monde est content. Tu pourrais faire la même chose.

— Non.

Eve avait vécu des années en collectivité, elle ressentait maintenant le besoin d'être seule.

— Mon loyer n'est pas cher, je ne quitterai pas cet endroit.

— Ton loyer est donné, tu veux dire… Tu as eu de la chance que cette vieille femme se prenne d'affection pour toi.

Eve sourit.

— Mme Daulton appréciait tout le monde.

— Je sais. Et je sais aussi qu'elle te manque. Ton bail est valable encore combien de temps ?

— Six mois. Et je veux bien être damnée si Myron Daulton récupère mon appartement une seconde avant le délai légal.

— Eve, je te rappelle que cet appartement n'est pas le tien, mais le sien.

— C'est un salaud. Il a réussi à faire fuir les autres locataires. Ça ne m'étonnerait pas qu'il soit monté percer le toit avec un pic à glace.

— Tu deviens parano. C'est lui que tu avais au téléphone ?

— Non. Je parlais à un type censé réparer les toits, mais il ne répare pas, il refait les toitures à neuf, pas les petites réparations. Qui peut bien avoir besoin qu'on refasse toute une toiture ?

— Toi, on dirait. Et d'ailleurs, tu ne devrais pas payer des réparations de ce genre pour un appartement dont tu n'es pas propriétaire. Non seulement ce n'est pas à toi de le faire, mais c'est peut-être même illégal.

— Inutile de discuter, je n'ai pas le choix. J'ai l'intention de m'intéresser aux réparations de toits. J'en suis capable. Récemment, j'ai fait un peu de plomberie et d'électricité et…

Callie ouvrit des yeux ronds.

— Tu n'es pas sérieuse ! Tu ne peux pas monter sur le toit, tu as le vertige…

— Mon vertige me tracasse moins que ma haine pour Myron. J'ai déjà pris contact avec un vieil ami pour qu'il me donne des conseils sur la façon de procéder.

— Et qu'est-ce qu'il t'a dit ?

— Je n'ai eu que son répondeur. Il va me rappeler quand il aura fini son boulot.

— C'est quelqu'un que tu as rencontré au bar ?

— Non, c'est un ami de Chicago. Il est pompier.

— Chaque fois que tu parles de Chicago, tu touches ta cicatrice, fit doucement remarquer Callie.

Eve retira précipitamment sa main de sa joue.

— C'est pourquoi j'évite d'en parler, murmura-t-elle.

— Ta famille adoptive te manque ? demanda Callie.

Dana, Caroline, Mia. Quand elle pensait à elles, le cœur d'Eve se serrait. Oui, elles lui manquaient. Tous les jours.

— Oui, avoua-t-elle. Mais je ne pouvais plus rester là-bas. Rester, c'était vivre dans le souvenir. Dans l'ombre.

— Au moins, tu as Tom, ici, commenta Callie. L'ennui, c'est qu'on ne peut pas t'aider pour le toit.

— Tom s'est proposé. Il m'a dit qu'il viendrait avec une demi-douzaine de copains quand la saison sera finie.

Le sourire de Callie se figea.

— Tom Hunter. Sur ton toit. Avec une demi-douzaine de basketteurs. En plein hiver. Mais tu es folle ! Tu devrais au moins attendre cet été.

— Si j'attends l'été, tout ce que je possède sera sous les eaux et Myron Daulton aura gagné. Bon, il faut que j'y aille. J'ai un cours de psychopathologie à 15 heures.

Elle allongea le bras vers son ordinateur pour l'éteindre, puis s'arrêta net.

— Oh mon Dieu ! s'exclama-t-elle.

— Eve ? Qui est Martha Brisbane et pourquoi as-tu demandé une alerte Google à partir de son nom ?

Eve avait réclamé cette alerte une semaine plus tôt, quand Martha avait disparu de *Shadowland*. Pour être prévenue si les médias parlaient d'elle.

Et voilà, ils en parlaient… Le cœur au bord des lèvres, elle relut le court entrefilet publié dans le *Mirror*.

> *« On a découvert hier soir, dans son appartement, le corps de Martha Brisbane, quarante-deux ans. Elle se serait pendue. »*

L'article poursuivait en évoquant les statistiques des suicides pour Minneapolis-Saint Paul, mais Eve n'alla pas jusqu'au bout.

Elle s'est suicidée. J'aurais dû le prévoir. J'aurais pu faire quelque chose.

Martha passait déjà dix-huit heures par jour sur *Shadowland* avant de signer pour participer à sa recherche, mais ils n'avaient pas détecté de tendances suicidaires au moment de son inscription. Et pourtant…

Et Eve n'était même pas supposée être au courant de son existence.

— Eve ? appela Callie en lui tapotant gentiment l'épaule. Qui est cette femme ?

— Une vague connaissance.

Quelqu'un que je n'aurais pas dû connaître.

Elle referma son ordinateur d'un coup sec.

— Il faut que j'aille en cours.

Mais Callie était une amie curieuse et têtue.

— Tu comptes assister à son enterrement ? insista-t-elle en la dévisageant intensément.

Eve rangea l'ordinateur portable dans son étui.

— Si j'arrive à savoir où ça se passe, oui.

— Tu voudrais que je t'accompagne ?

Eve poussa un petit soupir.

— Je veux bien, oui, merci.

— En attendant, je t'interdis de grimper sur le toit.

Eve se força à sourire. Le toit était brusquement devenu le cadet de ses soucis.

Lundi 22 février, 9 h 40

— Merci de nous recevoir, dit Jack en posant son chapeau près de celui de Noah, sur la table basse.

Mme Altman se tenait bien droite, les poings fermés sur ses genoux.

— Quel est l'objet de votre visite, inspecteurs ? demanda-t-elle.

— Nous venons vous parler de votre fille, madame, commença Noah.

Il avait perdu à pile ou face, une fois de plus. C'était donc à lui d'annoncer la nouvelle.

— Le suicide est un péché mortel et Samantha était une bonne catholique, croyante et pratiquante, murmura Mme Altman d'un ton las. Je ne peux pas croire qu'elle se soit donné la mort.

— Nous pensons comme vous que votre fille ne s'est pas suicidée, madame. Nous sommes là parce que nous envisageons la thèse du meurtre.

Mme Altman ferma les yeux.

— Seigneur Dieu…, murmura-t-elle.

Jack lui laissa le temps d'intégrer la nouvelle.

— Avez-vous conservé les vêtements qu'elle portait quand on l'a trouvée ?

— Nous avons tout rangé dans une boîte, répondit-elle d'une toute petite voix.

— Et le tabouret ? demanda Jack.

— Je l'ai donné dans un dépôt-vente. Je ne supportais pas de le voir.

Noah se retint de soupirer.

— Vous pouvez nous dire lequel ?

— Celui qui se trouve sur Grand Avenue. Pourquoi ?

— C'est peut-être important, répondit Noah.

Le moment était venu d'aborder le sujet le plus délicat. Noah pesta intérieurement d'avoir encore décroché le sale boulot. Il perdait un peu trop souvent… A croire que Jack cachait dans sa poche une pièce truquée. De toute façon, il était trop tard pour en discuter. Il se lança.

— Pour conclure à un homicide, il faudrait que nous puissions examiner de nouveau le corps de votre fille.

Les yeux de Mme Altman se remplirent de larmes.

— Non. Je ne le permettrai jamais. Ce serait une profanation.

— Je ne dirai pas que je comprends ce que vous ressentez, parce que je ne suis pas à votre place, déclara doucement Noah. Mais sachez que si nous vous le demandons, c'est que nous le jugeons nécessaire. Si votre fille a été tuée, il faut punir son meurtrier.

A présent, les larmes roulaient sur les joues de Mme Altman et elle se balançait lentement d'avant en arrière.

— Vous ne pouvez pas lui faire ça, gémit-elle.

— Madame Altman, insista Noah. Songez que ce criminel pourrait recommencer. Vous ne voudriez pas qu'une autre famille passe par où vous passez en ce moment…

— Non, murmura-t-elle. Nous ne voudrions pas.

Elle détourna le regard, puis ferma les paupières.

— Entendu, dit-elle dans un souffle.

— Merci, répondit Noah. Dites-nous où vous avez rangé ses affaires et…

Elle se leva, toujours en larmes.

— Dans l'armoire de la chambre d'amis.

— J'y vais, intervint Jack.

Mme Altman se couvrit le visage de ses mains et se mit à sangloter.

— Asseyez-vous, madame, dit Noah en lui tapotant gentiment le dos.

Jack ne tarda pas à revenir avec la boîte. Il prit son chapeau sans un mot. Mme Altman se leva.

— Nous vous tiendrons au courant des progrès de l'enquête, assura Noah. Et ne vous inquiétez pas, nous veillerons personnellement à ce que la tombe soit remise en état, telle qu'elle était.

Mme Altman secoua la tête.

— Samantha n'est pas encore en terre.

Noah haussa un sourcil.

— Pardon ?

— Le sol de notre cimetière de famille est gelé et on ne peut pas creuser une tombe. Nous avions prévu d'enterrer notre fille au printemps.

Elle redressa le menton et soutint sans ciller le regard de Noah.

— Ça va vous faciliter la tâche, n'est-ce pas ? Vous trouverez plus vite le monstre qui a assassiné ma fille.

— Oui, madame, acquiesça Noah. Ça va nous faciliter la tâche et accélérer les choses. Merci.

Il sortit, suivi de Jack. Ils n'échangèrent pas un mot jusqu'à la voiture. Là, Jack se racla la gorge.

— Je suis content que tu aies perdu, dit-il d'un ton grave. Je n'aurais pas su quoi dire.

— Elle me rappelle ma mère, murmura Noah.

Une mère veuve de flic qui avait vu son mari mourir en service et ne cessait de s'inquiéter pour son fils.

— A partir d'un certain âge, toutes les femmes te rappellent ta mère.

— Je pense souvent que je voudrais bien que quelqu'un s'occupe d'elle, si je meurs avant elle.

Jack fronça les sourcils.

— Ne parle pas comme ça.

— Nous devons tous partir un jour, commenta sombrement Noah.

Jack connaissait la phrase pour l'avoir souvent entendue dans la bouche de son partenaire. Il lui fit la même réponse que d'habitude :

— Je ne suis pas pressé. A présent, allons chercher ce tabouret.

— Ensuite nous filerons à l'appartement de Brisbane. En espérant que Mme Kobrecki sera rentrée.

— Ainsi que notre renifleur de petites culottes.

— Exactement.

Lundi 22 février, 11 h 15

Le cœur battant, Eve attendait devant le bureau de son directeur de thèse. Pendant son cours de psychopathologie, elle n'avait pensé qu'à Martha. *Martha est morte*.

Le suicide de Martha n'avait sans doute aucun rapport avec sa thèse. Pourtant, elle se sentait coupable. Et d'ailleurs, comment savoir ?

Elle songea aux cinq femmes dont le temps de présence sur *Shadowland* avait carrément décollé au cours des dernières semaines. C'était inquiétant.

Elle frappa doucement à la porte.

— Docteur Donner ?

Donner leva les yeux.

— Mademoiselle Wilson… Je croyais que nous avions rendez-vous jeudi, pour faire le point.

— C'est le cas. Mais je tenais à vous parler de quelque chose d'urgent.

— Entrez, dit-il en baissant de nouveau les yeux vers la revue qu'il était en train de lire.

Eve n'était étudiante à l'université Marshall que depuis deux ans, mais elle n'avait jamais apprécié cet homme. Il avait demandé à superviser sa thèse, parce que, disait-il, elle l'intéressait. Mais Eve n'était pas dupe. Donner espérait que leur travail serait *publié* — mot magique dans le milieu universitaire. Donner était arriviste et rigide, et elle craignait sa réaction quand elle lui exposerait le problème.

— Eh bien ? fit-il en posant son journal sur une haute pile de dossiers. Que puis-je pour vous, mademoiselle Wilson ?

— Je suis inquiète à propos de certains individus appartenant au groupe que nous étudions, docteur Donner.

Elle ouvrit son carnet pour consulter les numéros sous lesquels les sujets étaient enregistrés. Comme si elle ne les connaissait pas par cœur. Comme si elle ne connaissait pas leurs véritables noms.

— Eh bien ? s'impatienta le Dr Donner. Qu'aviez-vous à me dire concernant ces gens ?

— Ils ont augmenté leur temps de jeu de plus de trois cents pour cent. Je crains qu'ils ne mettent en danger leur qualité de vie, voire leur travail.

Donner la fixa avec tant d'intensité qu'elle eut envie de s'excuser et de sortir. Mais bien sûr elle ne le fit pas. Elle avait déjà affronté des monstres bien plus effrayants que lui.

— Mademoiselle Wilson, comment pouvez-vous évaluer le temps qu'ils passent à jouer ?

Elle s'était préparée à cette question.

— A tout moment, je peux savoir qui est connecté sur *Shadowland*. J'ai programmé mon ordinateur pour qu'il effectue une recherche plusieurs fois par jour, à intervalles réguliers.

— Pas mal, murmura-t-il. Mais rien ne vous prouve qu'ils jouent. Ils peuvent avoir tout simplement oublié de se déconnecter.

Je sais qu'ils jouent parce que je joue aussi. Je les surveille. Je leur parle.

Comme elle ne répondait pas, le regard de Donner devint plus aigu.

— Mademoiselle Wilson ? Est-ce que votre ordinateur fait la différence entre ceux qui sont simplement connectés et ceux qui sont actifs ?

— Non, mentit-elle.

— Ils ont rempli récemment le questionnaire-test ?

— Oui. Les résultats sont très prometteurs. Vingt pour cent d'entre eux assurent accomplir plus aisément une action dans le monde réel quand ils l'ont testée dans le jeu. Mais, pour d'autres, j'ai bien peur que la frontière entre réel et virtuel ne soit de plus en plus ténue.

Il fronça les sourcils.

— Ont-ils manifesté des changements notables de personnalité ou des signes de dépression ?

— Non. Mais ils n'ont pas passé récemment de tests pour évaluer ces éléments. Ils doivent le faire dans quelques semaines.

Il se détendit.

— Eh bien, quand ce sera leur tour, nous verrons s'il y a lieu de s'inquiéter.

Ce sera trop tard pour Martha Brisbane. Elle est déjà

morte. Et dans quelques semaines Christy Lewis aurait probablement perdu son emploi.

— Nous devrions raccourcir les délais entre les tests, déclara-t-elle d'un ton ferme.

— Vous me l'avez déjà réclamé, répondit-il d'un ton condescendant. Et comme j'ai déjà tenté de vous l'expliquer, nous devons faire appel à des organismes indépendants pour ces tests, car les sujets doivent rester anonymes pour nous. Cela coûte de l'argent.

— Il reste des fonds sur le budget test. J'ai vérifié.

— Si vous demandez aux gens de vous consacrer encore plus de temps, ils vont vous lâcher.

— Mais monsieur…

Donner l'arrêta d'un geste de la main.

— Mademoiselle Wilson, dit-il d'un ton sec.

Il souriait, mais le sourire sonnait toujours étrangement faux sur son visage.

— Eve… Votre sujet de thèse aidera sans doute beaucoup de gens. La psychothérapie a recours depuis longtemps aux jeux de rôle, mais personne n'a encore exploré les effets de tels jeux *via* internet. Votre recherche me paraît utile et pertinente.

Utile et pertinente… Et surtout publiable. Elle redressa le menton.

— Mais si ceux qui ont accepté de nous servir de cobayes deviennent dépendants des jeux de rôle au point d'en oublier le monde réel, ça me pose un problème. Je me sens responsable d'eux.

Le sourire de Donner s'effaça.

— Je vous rappelle que ces gens se sont portés volontaires et qu'ils ont signé une décharge. Nous ne sommes donc responsables de rien. Ne sous-entendez jamais que nous pourrions l'être. Ni oralement ni par écrit. Par ailleurs, j'ai un cours à midi. Donc, si vous voulez bien m'excuser…

Eve ne bougea pas de sa chaise.

— Docteur Donner, je vous en prie. Que ferions-nous si l'un de nos sujets manifestait des signes de dépression, voire des tendances suicidaires ?

— Nous ferions en sorte qu'il soit pris en charge par un thérapeute indépendant et compétent.

Eve baissa les yeux vers ses mains. *Trop tard pour Martha.*

— Et si je possédais des éléments concrets indiquant qu'un de nos sujets présente des signes de dépression ? insista-t-elle.

— Je ne vois pas l'intérêt de parler de ça, déclara-t-il d'un ton sec qui sonnait presque comme un avertissement. Pour l'instant, aucun élément concret ne justifie que l'on s'arrête sur la question.

Elle leva les yeux. Il la dévisageait intensément, comme s'il voulait lui signifier qu'il lui interdisait de poursuivre sur ce terrain.

— Et si je possédais tout de même de tels éléments ? insista-t-elle.

— Si vous possédiez de tels éléments, mademoiselle, cela signifierait que vous auriez bafoué le protocole de recherche et seriez exposée à des sanctions disciplinaires. Peut-être même au renvoi.

Elle aurait voulu fermer les yeux et se réfugier dans le noir. Mais elle était dans le monde réel. Et Martha était vraiment morte. S'ils avaient effectué plus fréquemment des tests, ils auraient peut-être constaté qu'elle avait besoin d'aide. Un an plus tôt, quand elle avait appris que son sujet de recherche était accepté et qu'on lui attribuait des fonds pour le mener à bien, elle avait été si heureuse qu'elle n'avait pas jugé bon de se battre pour des détails. Mais aujourd'hui la situation avait changé.

Elle prit la photocopie de l'article mentionnant le suicide de Martha.

— Cette femme était notre sujet numéro quatre-vingt-douze, dit-elle.

Elle lui tendit la photocopie par-dessus le bureau — et sa main ne trembla pas.

Il contempla fixement la feuille, puis la prit. Quand il la lut, son visage se ferma. Eve déglutit péniblement. C'en était fait. Elle était exclue du programme de recherche.

— Je suis persuadée que nous aurions pu l'aider si elle avait passé des tests plus fréquemment, plaida-t-elle. Je me sens responsable de sa mort, docteur Donner. Et je ne veux plus avoir à déplorer d'autres suicides.

Il glissa la feuille dans sa déchiqueteuse et appuya sur le bouton. Elle disparut aussitôt, en même temps que le peu de respect qu'Eve éprouvait encore pour lui.

— Je n'ai jamais vu ce document, lui dit-il. Et vous non plus. Est-ce bien clair, mademoiselle Wilson ?

Eve n'en menait pas large, mais elle se garda bien de le lui montrer.

— Clair comme de l'eau de roche, dit-elle avant de sortir.

Une fois chez elle, elle demeura longtemps assise devant son bureau, à réfléchir.

Qu'est-ce que Dana aurait fait à ma place ?

Dana Dupinsky Buchanan était l'une des femmes qui s'occupaient de Hanover House, le foyer de Chicago qui l'avait recueillie. Dana avait risqué sa liberté et sa vie pour aider des femmes meurtries à recouvrer leur dignité. *Et pour aider des fugueuses comme moi.*

Dana aurait fait ce qui lui semblait juste.

Je vais le faire aussi.

Elle dialoguait régulièrement sur *Shadowland* avec les avatars de celles qui avaient accepté de participer à sa recherche. Il lui restait à présent à leur parler — dans la vraie vie.

Si Donner l'apprenait, elle serait fichue. *Mais je préfère risquer ma thèse plutôt que de ne plus oser me regarder dans une glace*. Il suffisait d'agir intelligemment. *Avec un peu de chance, personne ne s'apercevra de rien et Donner pourra publier son précieux article.*

Ensuite, elle chercherait un nouveau directeur de thèse.

Mais d'abord, Christy. Elle surveillait Gwenivere depuis des mois sur *Shadowland*. Il était temps de vérifier que Christy se portait bien dans le monde réel.

Lundi 22 février, 14 h 10

On lui avait décrit Mme Kobrecki comme une mégère. Aussi, quand une charmante vieille dame à l'air doux leur ouvrit, Noah dut faire un effort pour dissimuler son étonnement.

— Madame Kobrecki ?

— Vous êtes sûrement les inspecteurs, dit-elle en ouvrant le battant en grand. Entrez et asseyez-vous, je vous en prie.

— Merci, répondit Jack avec un sourire rassurant. Vous n'êtes pas facile à joindre, chère madame.

— La batterie de mon téléphone portable m'a lâchée. Je me suis absentée pour le week-end et ne suis rentrée que ce matin. Je vous ai appelé dès que j'ai vu le cordon jaune. Pauvre Martha…

— Depuis combien de temps connaissez-vous Martha Brisbane ? demanda Noah.

— Depuis huit ans. Nous avions quelques désaccords, mais je n'ai jamais souhaité qu'elle finisse comme ça.

— Quels genres de désaccords ? intervint Noah avec un sourire encourageant.

— A propos de son appartement, voyons, répondit-elle d'un ton condescendant, comme s'il s'agissait d'une évidence. Je sais qu'il ne faut pas dire de mal des morts, mais cette jeune femme vivait dans un taudis.

Noah songea à l'appartement impeccable de Martha…

— Quand l'avez-vous vue pour la dernière fois ?

— C'était un samedi. Il y a dix jours environ. Je l'ai croisée alors qu'elle sortait. Ça m'a paru bizarre, elle ne sortait presque jamais.

— Vous a-t-elle dit où elle allait ? demanda Jack.

— Non, répondit Mme Kobrecki en pinçant la bouche.

— Vous vous êtes disputées ? demanda Noah.

— Oui. Je lui ai dit que si elle ne nettoyait pas chez elle, j'allais la mettre dehors. Elle m'a ignorée. J'étais folle de rage.

Elle soupira.

— Mais je n'aurais jamais souhaité qu'elle finisse comme ça.

— Nous en sommes persuadés, affirma Noah d'un ton conciliant. L'avez-vous vue rentrer, ce soir-là ?

— Non. De toute façon, je n'ai plus cherché à la rencontrer.

Elle plissa les yeux, soudain méfiante.

— Pourquoi ?

— Nous vous posons les questions de routine, madame. Nous tentons d'établir le jour et l'heure de sa mort. Pour la famille, vous comprenez.

— A mon avis, sa mère ne s'inquiétera pas de savoir à quelle heure elle est morte.

Noah feignit la surprise.

— Martha ne s'entendait pas avec sa mère ?

— Non. Mais j'ignore pourquoi. Une fois, je m'apprêtais à frapper chez elle pour me plaindre une fois de plus de l'état de l'appartement, quand je l'ai entendue à travers la porte. Elle téléphonait à sa mère et ça se passait plutôt mal. Elle est venue m'ouvrir en pleurant.

— Et que disait-elle à sa mère ? demanda Jack.

— Elle disait qu'elle « faisait ça pour elle ». Je suppose qu'elle s'excusait de ne pas aller la voir assez souvent. Elle travaillait dur pour payer la maison de retraite.

— Cela vous a paru normal de ne pas croiser Martha la semaine dernière ? demanda Noah.

— Il m'arrivait de ne pas la voir pendant un mois entier. Le soir où je l'ai croisée, c'était un pur hasard. J'avais déjà décidé d'entamer une procédure légale pour l'expulser. Mon avocat m'avait conseillé de l'avertir une dernière fois et de prendre ensuite des photos de l'appartement. Sa sortie m'a donné l'occasion de le faire.

— Vous avez donc pris des photos ? demanda Jack.

— Oui. Après son départ. Je n'ai pas pour habitude de violer l'intimité de mes locataires, mais il fallait que je trouve un moyen de la faire partir avant que tout l'immeuble ne soit infesté de cafards.

— Nous pourrions avoir un exemplaire de ces photos pour nos dossiers ? demanda Noah en s'efforçant de dissimuler sa joie.

Mme Kobrecki alla les chercher dans son bureau.

— Oh, je suppose que vous serez aussi intéressés par son courrier, dit-elle en leur tendant une imposante pile. Le postier me l'a apporté vendredi, au moment où je partais. La boîte à lettres de Martha était pleine, je n'ai pas pu y glisser quoi que ce soit, alors j'ai tout vidé.

— Ça ne vous a pas étonnée qu'elle ne relève pas son courrier ? demanda Noah.

— Cela lui arrivait régulièrement, parfois pendant des semaines entières. Comme si elle vivait dans une bulle.

— Elle payait son loyer régulièrement ?

— Oui. Une fois, l'année dernière, elle a oublié de payer, parce que, m'a-t-elle dit, elle travaillait sur un projet qui l'avait beaucoup absorbée. Ensuite elle a décidé de me régler par virements automatiques, pour que ça ne se reproduise pas.

Jack se mit à passer en revue le courrier, Noah prit les photos. Eh bien… La vaisselle sale débordait de l'évier de la cuisine, la poubelle d'assiettes en papier. Le bureau croulait sous les saletés, les tasses de café, les piles de papier. Le salon était envahi par des journaux rassemblés en tas, à tel point qu'on ne voyait plus les murs.

Jack se racla la gorge.

— Madame Kobrecki, nous voudrions jeter un dernier coup d'œil à l'appartement de Martha avant de clore le dossier. Vous pouvez nous l'ouvrir ?

— Bien sûr. Je vais chercher mes clés. Ne bougez pas.

Les gars du labo ayant posé des scellés sur la porte, Jack n'avait pas besoin des clés de la brave dame, il voulait l'éloigner quelques minutes.

— Qu'est-ce que tu as trouvé dans le courrier ? lui demanda Noah qui avait compris.

— Un truc qui ressemble à un chèque d'honoraires, murmura Jack. Et aussi un relevé bancaire. Tu devrais discuter avec cette charmante dame, pendant que je vais dans la voiture effectuer une ou deux vérifications.

Mme Kobrecki revenait, et ils se levèrent.

— Allons-y, dit-elle.

— Je dois commencer à rédiger le rapport, s'excusa

Jack. Veuillez m'excuser si je ne vous accompagne pas. Merci beaucoup, madame Kobrecki.

Noah suivit la vieille dame à l'étage.

— Je suis désolé, nous n'avions pas besoin de vos clés. Mon partenaire avait oublié que les techniciens de la police scientifique avaient apposé des scellés sur la porte de Martha, en même temps qu'un cadenas nous appartenant. Nous remettrons tout en état dès que le dossier sera clos.

— Je ne me doutais pas qu'un suicide donnait lieu à une enquête, fit remarquer Mme Kobrecki d'un ton soudain méfiant.

— Nous ne faisons que suivre la procédure habituelle, assura Noah. Qui habite l'appartement mitoyen de celui de Martha ?

— Personne. Il était occupé par les Smith, mais ils ont déménagé il y a trois mois.

Une petite sonnette d'alarme tinta dans le crâne de Noah.

— Vous voulez dire que cet appartement est vide ?

— Oui. Et je ne risque pas de le louer de sitôt, après ce qui vient de se passer.

— Vous pourriez ouvrir cet appartement ?

Mme Kobrecki se raidit.

— Je n'ai pas la clé sur ce trousseau.

Noah n'en crut pas un mot.

— Je pensais que vous utilisiez un passe.

— C'est le cas. Mais les Smith avaient rajouté un verrou.

Ils étaient arrivés devant la porte de Martha.

— Vous voulez bien vous dépêcher ? demanda-t-elle. J'ai hâte d'en finir avec ça.

— Bien sûr, dit Noah.

Il ouvrit la porte en grand, tout en guettant sa réaction.

Elle poussa un cri qui résonna dans le couloir.

— Seigneur ! Mais elle a été dévalisée ou quoi ?

— Son ordinateur, c'est nous qui l'avons emporté au labo. Mais pour le reste nous n'avons rien touché. Vous remarquez des changements par rapport à ce que vous connaissiez ?

— C'est le jour et la nuit, vous voulez dire… J'avais entendu dire que certaines personnes distribuaient leurs affaires à leurs amis et à leurs proches avant de se suicider. Il leur arrive aussi de faire le grand ménage chez elles ?

— C'est ce qu'a fait Mlle Brisbane, apparemment. Vous êtes certaine qu'il régnait toujours une pagaille noire dans son appartement ?

— Oui. Et de plus en plus. Elle avait toujours été désordonnée, du genre à laisser la vaisselle s'accumuler, mais elle a commencé à dépasser les bornes il y a un an environ.

Noah se demanda ce qui avait pu arriver à Martha un an plus tôt.

— Qui se charge de l'entretien et des réparations de l'immeuble ?

— Mon petit-fils, dit-elle.

— J'aimerais qu'il vienne témoigner, si c'est possible.

Elle lui lança de nouveau un regard méfiant.

— Pourquoi ? Je vous laisse les photos de l'appartement de Martha. Qu'est-ce que Taylor pourrait avoir à vous apprendre ?

— Nous suivons la procédure, comme je vous l'ai déjà dit.

Elle était sur ses gardes. Ça en disait long.

— Taylor n'est pas en ville et il ne reviendra pas avant plusieurs semaines.

— Puis-je avoir son numéro de téléphone ?

Elle fit la moue.

— Ce numéro est enregistré sur mon téléphone, celui qui est hors service. Je vous appellerai plus tard pour vous le communiquer.

Décidément, elle ne voulait pas qu'ils parlent à Taylor…

— N'oubliez surtout pas, madame Kobrecki, que je compte sur vous. Et merci de votre patience.

Elle rougit.

— De rien. Si vous avez besoin de quoi que ce soit d'autre, n'hésitez pas.

— Merci, madame, dit-il d'un ton affable. Vous nous avez été très utile, merci encore.

Elle s'éloigna avec un air pincé, tandis qu'il refermait la porte et remettait le cordon jaune en place. Il avait de plus en plus envie d'interroger ce Taylor Kobrecki.

5

Lundi 22 février, 14 h 45

Eve n'avait pas pu rencontrer Christy, qui ne s'était pas présentée à son travail et n'avait pas prévenu de son absence. Elle avait probablement passé la nuit *online* et n'avait pas réussi à se lever. Peut-être même était-elle toujours sur *Shadowland* en ce moment.

Frustrée et poussée par le besoin d'agir, Eve avait roulé jusque chez Martha, dans l'intention de se renseigner sur la date et le lieu de son enterrement. Elle venait de poser ses deux pieds sur le petit paillasson qui souhaitait la bienvenue aux visiteurs, devant la porte de la gérante de l'immeuble, mais son poing restait suspendu à quelques centimètres du battant. Elle hésitait à frapper.

Et si elle me demande comment je connais Martha ?

Tu n'auras qu'à dire que tu l'as connue au travail. Ce ne sera qu'un demi-mensonge.

Elle inspira profondément. Elle allait se décider à frapper, quand une vieille dame apparut et passa droit devant elle pour entrer.

— Je n'ai besoin de rien, lui dit-elle en lui claquant la porte au nez, si fort que les murs en tremblèrent.

— Je crois que j'attendrai le faire-part dans les journaux, murmura Eve.

Elle allait s'engager dans l'escalier quand elle entendit des pas. On venait. Elle eut aussitôt une sensation de malaise, une sorte de sixième sens auquel elle avait appris à se fier. Elle recula prudemment dans le couloir.

Elle vit bientôt apparaître un homme. Entièrement vêtu de noir. Jusqu'à son chapeau de feutre.

Oh! Elle avait à peine poussé un soupir, mais il l'entendit tout de même. Il s'arrêta devant la porte de la gérante, puis fit lentement volte-face. Le ventre d'Eve se noua. Comme chaque fois qu'elle le voyait.

Monsieur Eau Gazeuse. En personne. Il s'approcha d'elle. Elle ne voyait pas ses yeux qui disparaissaient dans l'ombre projetée par le rebord du chapeau.

— Eve?

Il paraissait surpris. Autant qu'elle.

— Inspecteur, parvint-elle à articuler.

Le reste ne passa pas la barrière de ses lèvres. *Qu'est-ce qu'il fait ici ? Et pourquoi est-ce que mon cœur bat comme un tambour ?*

— Qu'est-ce qui vous amène ici ? demanda-t-il.

Elle avança résolument et alla se planter devant la porte de la gérante.

— Je venais me renseigner sur la date des funérailles de Martha.

— Je ne suis pas plus au courant que vous, dit-il. Comment avez-vous connu Mlle Brisbane ?

Elle leva vers lui des yeux qui ne cillaient pas, mais elle avait la bouche sèche.

— Au travail.

Il haussa ses sourcils noirs.

— Chez Sal's ? Je ne l'ai jamais vue là-bas.

— Non. Pas chez Sal's. Pour les funérailles, ce n'est pas grave, je guetterai le faire-part dans le journal.

— Eve ! Attendez ! Je n'ai pas fini ! Vous l'avez rencontrée au travail, mais pas chez Sal's ?

— Je voulais juste la date de son enterrement… Veuillez m'excuser.

Elle s'enfuit, en sentant sur elle son regard abrité par le rebord du chapeau.

Mais que vient faire le Hat Squad sur les lieux d'un suicide ?

Elle fit volte-face.

— J'ai lu que Martha s'était suicidée, marmonna-t-elle.

— C'est ce que disent les journaux, en effet, répondit-il en la fixant d'un regard trop pénétrant.

— Mais vous êtes de la criminelle.

— Nous enquêtons aussi sur les suicides.

Elle se souvint de sa colère rentrée, la veille, quand il était venu chercher Jack chez Sal's. Elle se rapprocha encore de lui, jusqu'à voir les yeux sous le rebord du chapeau.

— Est-ce que Martha s'est vraiment suicidée ?

Elle vit tressaillir sa mâchoire. Imperceptiblement.

— Pourquoi cette question ?

Si elle ne s'est pas suicidée, je n'aurai pas sa mort sur la conscience. Mais… si elle ne s'était pas suicidée, cela signifiait qu'on l'avait tuée. Qui ? Pourquoi ? Martha passait dix-huit heures par jour sur *Shadowland*. Comment avait-elle pu se faire un ennemi dans le monde réel ?

Eve inspira une goulée d'air frais.

— Je m'intéressais à Martha.

Le regard de l'inspecteur changea. Elle vit passer dans ses yeux une lueur de tristesse et de colère. Lui aussi s'intéressait à Martha.

Elle faillit tout lui dire et en fut littéralement terrifiée.

— Elle ne s'est pas tuée, murmura-t-il enfin. Où l'avez-vous connue ? Vous devez me répondre, je vous en prie.

Je ne suis pas responsable de la mort de Martha… Elle en frissonna de soulagement.

— J'ai fait sa connaissance par l'intermédiaire de son travail, répéta-t-elle.

Puis elle se détourna et partit.

Il ne tenta pas de la retenir.

— C'est bien Eve de chez Sal's que je viens de voir passer ? demanda Jack quand Noah le rejoignit dans la voiture.

— Oui. Elle venait se renseigner à propos de l'enterrement de Martha. Elle prétend qu'elle avait fait sa connaissance « par l'intermédiaire de son travail ». Je cite.

— Vraiment ? Je n'ai jamais vu Martha chez Sal's.

— Non, elle parlait du travail de Martha.

Jack battit des paupières. Il paraissait désarçonné.

— Ah ? Bien, bien, bien. Il faut se méfier de l'eau qui dort… C'est bien ce qu'on dit ?

— Mais qu'est-ce que tu racontes ?

Jack lui mit un chèque sous le nez.

— Un chèque d'honoraires provenant de Siren Song.

— Siren Song ? Jamais entendu parler.

— Moi non plus. J'ai donc demandé à Faye de chercher.

— Et ?

Faye était leur secrétaire.

— Siren Song est une entreprise qui vend du sexe par téléphone.

— Quoi ?

— Oui, j'ai appelé le numéro qui figure sur le registre du commerce, mais je n'ai obtenu qu'une messagerie. Voici l'adresse. Je propose de leur rendre visite.

— Attends, dit Noah dont le cerveau s'était mis à fonctionner à toute allure. Eve travaille pour cette boîte ?

Jack parut amusé.

— Je te parle de Martha. Notre victime. Tu te souviens ?

Noah ouvrit la bouche, puis la referma.

— Merde, dit-il.

Il démarra, tandis que Jack haussait les épaules.

— J'ai également eu le temps de vérifier le compte en banque de Martha. Elle dépensait presque tout son fric pour payer la maison de retraite de sa mère. Elle avait besoin d'argent. Peut-être qu'Eve aussi a besoin d'argent. Après tout, le téléphone rose, c'est légal.

Sans doute… *Mais je suis déçu.* Jamais il n'aurait cru Eve capable de ça. Quand il l'avait vue tout à l'heure, il avait pensé que le destin la mettait sur son chemin, comme disait si bien Trina. Mais à présent… Hôtesse pour le téléphone rose ?

— Les serveuses gagnent pas mal d'argent.

— Elle est aussi étudiante, fit remarquer Jack. L'université, ça coûte cher.

Le visage de Noah se rembrunit encore plus.

— Comment sais-tu qu'elle est étudiante ?

— Tu crois que je me levais pour aller chercher ton verre parce que je suis un type serviable ? Ça fait six mois que j'essaye de convaincre cette fille d'accepter un rendez-vous. Depuis que… Enfin, tu vois.

Il voyait très bien. Jack ne s'était jamais intéressé à Eve avant qu'elle ne passe par la chirurgie réparatrice. Monsieur ne voulait que ce qu'il y avait de mieux.

Jack émit un bruit de bouche.

— Ne me regarde pas comme ça, Web. Toi, tu n'as pas bougé le petit doigt. Ni avant ni après les cicatrices.

Un de ces jours, je jure que je vais lui foutre mon poing…

Noah agrippa le volant et posa la question qui lui brûlait les lèvres.

— Et comment a-t-elle répondu à tes avances ?

— Par des pirouettes. C'est une femme pleine de délicatesse.

Noah songea à la manière dont elle lui avait tourné le dos tout à l'heure. Pas si délicate que ça. Il avait eu la sensation qu'elle lui cachait quelque chose. Il ne s'était pas trompé, mais n'avait pas pensé à un truc aussi énorme.

— Je suis sûr qu'elle s'en sort super-bien, ajouta Jack tandis que Noah sortait du parking.

— De quoi tu parles ?

— Du téléphone. Avec sa voix chaude et sensuelle, elle doit se faire pas mal de fric.

Noah se rendit compte que Jack le faisait marcher, mais il ne put s'empêcher de réagir.

— La ferme, Jack !

Jack ricana.

— Bon sang, ce que c'est facile avec toi ! Mais vas-y, aborde cette fille. Elle te dira non et tu passeras à la suivante.

— Non, protesta Noah.

Puis il s'en voulut d'avoir encore mordu à l'hameçon. Le mieux était de ne plus répondre aux provocations de Jack.

— Comme tu voudras, répliqua Jack.

Il redevint sérieux.

— Il est possible que l'assassin de Martha soit un de ses clients de Siren Song, dit-il.

Noah fit un effort pour se concentrer sur l'affaire Brisbane.

— Possible. Faye a le relevé des communications téléphoniques de Martha ?

— Oui. Et elle a repéré un numéro vert que Martha appelait une dizaine de fois par jour.

— J'imagine qu'il s'agit du numéro avec lequel elle se connectait sur la ligne de Siren Song.

— C'est ce que je pense aussi. Et si Samantha appelait elle aussi ce numéro, nous aurons trouvé le lien entre nos deux victimes.

— Bon sang ! Si le tueur en série choisit ses victimes parmi les hôtesses de cette société… Eve y travaille…

— Allons donc nous assurer que les autres hôtesses sont en vie et en parfaite santé, dit Jack en se frottant les mains.

— Ce n'est pas drôle, protesta Noah.

Jack soupira.

— Je ne cherchais pas vraiment à être drôle. Les plaisanteries sortent toutes seules de ma bouche. Je n'y peux rien, c'est génétique. Mon père est un comique.

— Ton père était pédicure, qu'est-ce que tu me chantes ?

— Depuis qu'il est à la retraite, il s'est inscrit à un club de théâtre où il travaille ses sketchs. Il dit qu'il a passé toute sa vie le nez sur des cors aux pieds et qu'il a bien le droit de s'amuser un peu. Il n'est pas mauvais du tout, tu sais. Henny Youngman n'a qu'à bien se tenir.

Noah éclata de rire. Jack trouvait toujours le moyen de l'amadouer en faisant de l'humour.

— Regarde les choses du bon côté, Noah. Eve n'est pas aussi coincée qu'elle en a l'air, c'est plutôt une bonne nouvelle. L'un de nous la convaincra peut-être de laisser tomber le téléphone et de passer à la pratique. Si tu vois ce que je veux dire…

Noah fit mine de considérer la proposition.

— On verra, dit-il d'un ton conciliant. En attendant, nous devrions manger. Ensuite nous passerons à Siren Song, puis à la maison de retraite interroger la chère maman de Martha.

— Ça me semble parfait, comme programme.

*
* *

Lundi 22 février, 15 h 2

Liza Barkley ouvrit son téléphone en franchissant la grille du lycée. Elle l'avait rallumé discrètement plusieurs fois dans la journée pour vérifier si Lindsay avait appelé. Mais rien. Et toujours rien.

Malade d'inquiétude, elle composa les renseignements téléphoniques et demanda à être mise en relation avec la société de nettoyage Schotz.

— Bonjour, je m'appelle Liza Barkley et j'essaye de joindre ma sœur Lindsay. Elle n'est pas rentrée à la maison hier soir, après son service chez vous. Sauriez-vous où elle est ?

Il y eut un long silence à l'autre bout du fil et l'estomac de Liz se noua. Elle s'arrêta net devant son bus scolaire.

— Est-ce que ma sœur va bien ? murmura-t-elle.

— C'est que… Nous avons cessé d'employer Lindsay en juin dernier. Les affaires marchaient mal et…

Liza contempla fixement le sol, sans comprendre… *En juin dernier ?*

— Mais elle part tous les soirs en me disant qu'elle va travailler pour vous, murmura-t-elle. Elle m'a effectivement parlé de vos problèmes, en m'expliquant qu'elle était obligée de prendre le service de nuit.

— Je suis désolée, mais nous n'avons pas de service de nuit. Bonne chance.

Pendant quelques minutes, Liza demeura figée, complètement sonnée. *Lindsay m'a menti.* Qu'avait-elle fait durant tous ces mois ? C'était incompréhensible. Elle décida de remettre cette question à plus tard. Lindsay avait disparu, rien d'autre ne comptait.

— Liza ? fit le chauffeur du bus en se penchant vers elle. Il faut que tu montes. Nous partons.

Tu dois agir.

— Je ne rentre pas chez moi. Quel bus prend-on pour se rendre au bureau de police ?

Lundi 22 février, 15 h 35

Eve se laissa tomber dans l'unique fauteuil de son coin salon. Quelqu'un avait tué Martha. Une femme qui passait dix-huit heures par jour sur internet. Est-ce que son assassinat avait un rapport avec *Shadowland* ?

— C'est impossible, dit-elle tout haut. Personne ne savait qui était Desiree dans le monde réel.

Toi, tu le savais. Elle se figea. Christy Lewis ne s'était pas présentée ce matin à son travail.

Seigneur… Et s'il était arrivé quelque chose à Christy ?

Elle se connecta aussitôt sur *Shadowland* et se rendit au Neuvième Cercle avec Greer, l'avatar détective. Mais Greer ne trouva pas de Gwenivere. Elle l'envoya donc du côté de la maison virtuelle de celle-ci et… Ce qu'elle découvrit lui coupa le souffle. Une couronne noire, symbole de la mort d'un avatar, était accrochée à la porte d'entrée. Le cœur battant, Eve fit entrer Greer.

Elle contempla l'écran, interdite, immobile. Le gémissement qui sortit de sa gorge la ramena à la réalité. Gwenivere était pendue, une corde autour du cou, tellement maquillée que c'en était grotesque. Ses chaussures rouges avaient glissé de ses pieds. L'une bien droite, l'autre sur le côté.

— Seigneur, murmura-t-elle.

Elle se leva et se mit à arpenter la pièce. Son pouls battait à une allure folle. Martha s'était prétendument pendue. L'avatar de Christy se balançait au bout d'une corde sur *Shadowland*. C'était peut-être une coïncidence…

Tu sais bien que non. Appelle le 911.

Pour dire quoi ? Qu'un personnage appartenant au monde virtuel d'un site web venait de se pendre ?

Ils vont me rire au nez.

Ne leur parle pas de Shadowland. *Demande-leur de vérifier que tout va bien pour Christy.*

Ils vont me demander pourquoi. Je leur répondrai qu'elle ne s'est pas présentée à son travail aujourd'hui. Et ils m'enverront paître.

Je ne peux pas appeler le 911, mais il faut tout de même que j'en parle à quelqu'un.

A une personne de confiance.

A Chicago, elle aurait appelé l'inspecteur Mia Mitchell qui l'avait élevée, avec Dana et Caroline. Mais Minneapolis n'était pas Chicago et elle devait se débrouiller sans Mia.

Elle prit le temps de se calmer, jusqu'à entendre l'eau qui gouttait dans les seaux. Et enfin elle entrevit une issue. *Olivia Sutherland.* Olivia était la sœur de Mia et elle appartenait au Hat Squad. Olivia avait bon cœur, elle l'avait aidée à obtenir sa place chez Sal's. Elle accepterait sûrement de vérifier si tout allait bien pour Christy. En cas de problème, elle signalerait Christy à Noah Webster, en restant discrète sur ses sources.

— Ça, c'est une bonne idée, murmura-t-elle.

Elle composa le numéro et demanda l'inspecteur Sutherland. On lui passa son poste, mais Olivia ne décrochant pas elle dut se résoudre à lui laisser un message.

— Olivia, c'est Eve Wilson. Pourriez-vous me rappeler rapidement ? C'est assez urgent.

Elle raccrocha et contempla l'avatar de Christy qui se balançait toujours au bout de sa corde, sur l'écran de l'ordinateur.

Et maintenant, qu'est-ce que je fais ?

Tu dois aller chez Christy.

Elle tapa son nom sur l'annuaire électronique avec des mains qui tremblaient. Malheureusement, il y avait douze Christy Lewis à Minneapolis-Saint Paul.

Elle songea aussitôt que l'adresse des sujets sélectionnés pour sa recherche se trouvait dans un dossier, sur le compte du Dr Donner. Elle avait déjà réussi à y accéder une fois, depuis l'ordinateur de son secrétaire, Jeremy Lyons, au moment où celui-ci enregistrait les noms, tout au début du programme de recherche.

Jeremy n'était ni méfiant ni prudent, et il laissait son poste de travail sans protection quand il s'absentait pour aller aux toilettes — ce qui lui arrivait un certain nombre de fois dans la journée. Il n'avait fallu que quelques minutes à Eve pour ouvrir le dossier et recopier les noms des sujets qu'elle savait fragiles. Mais elle n'avait pas eu le temps de noter les adresses, d'autant qu'elle n'avait pas pensé, à l'époque, que cela pouvait présenter un intérêt.

Et puis, elle n'avait pas voulu en savoir trop sur la vie des gens qui participaient à l'étude. Aujourd'hui, elle le regrettait amèrement.

— Tu devrais appeler Noah Webster, dit-elle tout haut. Ce serait plus simple.

Pour lui dire quoi ? *Et pourquoi pas la vérité, tout simplement ?* Elle avait failli tout lui raconter quand elle s'était trouvée face à lui, dans l'immeuble de Martha. Il y avait un je-ne-sais-quoi dans son regard… Quelque chose qui lui inspirait confiance. La confiance était une denrée rare et précieuse.

Ma place à l'université aussi est précieuse. Elle devait absolument accéder au serveur, mais sans qu'on puisse retrouver sa trace. Elle connaissait quelqu'un capable de l'aider. Le mari de Dana, Ethan, était un expert de l'informatique en réseau. Quand elle vivait encore à Chicago, elle avait travaillé pour lui à temps partiel, et il lui avait appris pas mal de choses.

Si ça ne marche pas, je m'adresserai à Webster et je lui avouerai tout. Elle croisa les doigts en composant le numéro et faillit pleurer de joie et de soulagement en reconnaissant la voix familière de Dana.

— Evie, comment vas-tu ?

— Je vais bien.

Dana était enceinte et devait accoucher dans un mois. Eve n'avait pas envie de lui faire porter le fardeau de ses soucis.

— Puis-je parler à Ethan ? J'ai encore un problème avec mon disque dur.

— Je vais te chercher Ethan, puisque tu me le demandes, répondit Dana d'un ton sibyllin. Mais je ne suis pas dupe. Tu me diras plus tard ce qui te préoccupe.

Il arriva au bout de quelques minutes.

— Eve… Ça va bien, ma petite ?

— J'ai connu de meilleurs jours. Ethan, il faudrait que j'accède au serveur de l'université, mais sans laisser de traces.

— Pourquoi ? demanda-t-il simplement.

Au-delà du ton dégagé, elle perçut son inquiétude.

— Je t'ai parlé du sujet de ma thèse, dit-elle.

— Oui. Tu travailles sur le renforcement de l'estime de soi à travers les jeux de rôle virtuels. Tes sujets doivent jouer toute la journée sur *Shadowland*. J'aurais bien voulu faire partie de ton groupe témoin.

— Tu as tort. Je me fais du souci pour un certain nombre de mes sujets, justement. J'ai besoin de leur adresse. Tu voudras bien me faire confiance et ne pas m'en demander plus.

— Oui. Mais si tu as des ennuis, dis-le-moi. Je peux venir, tu sais. Ça ne me prendrait que quelques heures.

Le cœur d'Eve se serra.

— Merci. Mais non. J'ai seulement besoin de ces adresses.

Elle lui donna le nom d'utilisateur de Jeremy et son mot de passe.

— Il l'avait noté sur un sticker collé sous son ordinateur, expliqua-t-elle.

— C'est un crétin, murmura Ethan. On ne laisse jamais traîner un mot de passe.

— Tu sais bien que beaucoup de gens le font, répondit-elle.

— Et heureusement… Parce que c'est grâce à ça que j'ai du boulot, plaisanta-t-il.

Une minute passa dans le silence. Puis une autre. Eve attendit en fixant l'avatar de Christy qui se balançait au bout de sa corde virtuelle.

— J'y suis, annonça enfin Ethan. Qu'est-ce que je fais, maintenant ?

— Tu me donnes tout de suite l'adresse de Lewis Christy, Ou Christy L., et tu m'envoies par mail le reste du dossier.

— Christy Lewis habite 5492 Red Barn Lane à Woodfield. Pour l'envoi, c'est fait.

Woodfield… Ce n'était pas en ville. Ça allait lui prendre du temps d'y aller.

— Merci.

— Eve, attends… C'est sérieux, tes ennuis ?

— Je n'ai pas respecté le protocole de procédure en double aveugle. Si quelqu'un s'en aperçoit, je serai virée.

— Oh…

Elle l'imagina en train de grimacer.

— C'était très imprudent de ta part.

— Je sais, mais je n'avais pas le choix.

— Je vois, tu as été élevée par Dana, commenta-t-il tranquillement. Ça ne m'étonne pas. N'hésite pas à m'appeler si tu as besoin de moi. Je n'en parlerai pas à Dana. Pas pour le moment. Mais elle est solide et le bébé aussi. Ne t'inquiète pas.

Eve raccrocha, les yeux toujours fixés sur l'avatar de Gwenivere.

— Ne pas m'inquiéter, murmura-t-elle. C'est facile à dire. On voit que tu n'as pas ça sous les yeux.

Lundi 22 février, 16 h 5

— On peut désormais officiellement parler d'un homicide, déclara Ian en rejoignant l'équipe qui s'était rassemblée dans le petit bureau d'Abbott. Martha a été étranglée. Entre autres.

— Entre autres ? répéta Noah. Nous t'écoutons.

Ian allait poursuivre, mais il l'arrêta d'un geste.

— Attends. Est-ce que tu connais Micki Ridgewell et Carleton Pierce ?

— Bien sûr que je connais Micki, répondit Ian en souriant à Micki avec un drôle d'air. Et je connais aussi le Dr Pierce, pour avoir travaillé avec lui sur une enquête l'année dernière. Ravi de vous revoir.

— Moi aussi, répondit Carleton.

Il avait posé devant lui les photographies des victimes. Il montra du doigt celle de Samantha.

— Tu as pu l'examiner ? demanda-t-il.

— Pas encore, répondit Ian. On m'apporte le corps demain. Pour l'instant, je ne peux vous parler que de

Martha Brisbane. D'après ses analyses, on lui aurait injecté de la kétamine.

— D'où la trace de piqûre sur son cou, murmura Noah. On lui a injecté un sédatif.

— Exactement. La kétamine est parfois utilisée pour les anesthésies en chirurgie, car elle présente l'avantage d'endormir et de paralyser en même temps. Je voudrais que vous regardiez ceci.

Il sortit une photo de son dossier.

— Voici les poumons de Martha.

Micki fronça les sourcils.

— Ils sont bleus. Pourquoi les as-tu teintés ?

— Je ne les ai pas teintés, ils étaient comme ça.

— J'avais entendu dire qu'on devenait tout bleu quand on retenait sa respiration, fit remarquer Jack. Mais je ne pensais pas que ça marchait à ce point-là. Qu'est-ce qui s'est passé ?

— Elle a inhalé du sulfate de cuivre. J'en ai aussi trouvé sur la paroi de sa trachée et dans son estomac. C'est ce truc qu'on met pour déboucher les canalisations et qui fait tant de bien aux arbres. Vous en mettez dans vos toilettes, aussi.

Micki fit la grimace.

— Et ça bouffe les racines des arbres ?

— Les racines des arbres et la peau. Elle en avait sur le visage, sous son maquillage.

— Tu veux dire qu'il lui aurait plongé la tête dans les toilettes ? demanda Noah.

Ian acquiesça.

— Oui. Plusieurs fois et suffisamment longtemps pour qu'elle ingère du liquide. S'il ne l'avait pas étranglée, le sulfate de cuivre l'aurait probablement tuée. A part ça, elle a fait le ménage avant de mourir. J'ai trouvé sous ses ongles des débris d'éponge et des traces d'eau de Javel.

— Sa logeuse prétend qu'elle vivait dans le désordre et la saleté, commenta Noah. Mais quand nous avons découvert l'appartement, il était impeccable. Ce salaud l'a obligée à faire le ménage avant de la tuer ?

— C'est original, souligna Jack. Pas de signe d'agression sexuelle, Ian ?

Ian secoua la tête.

— Cela faisait un moment que cette femme n'avait pas eu de relations sexuelles.

— Du moins, pas d'une manière classique, murmura Noah. Tu as fini, Ian ?

— Pas tout à fait. J'ai remarqué un cal sous son oreille gauche. J'ai déjà vu ça chez des gens qui travaillaient au téléphone. Le cal est en général dû au casque.

— Martha passait en effet pas mal de temps au téléphone, intervint Jack. Nous n'avons pas trouvé de casque chez elle, ce qui signifie que l'assassin l'a pris. Il est parti avec ses outils de travail, il l'a maquillée, il l'a obligée à faire le ménage… Spécial…

— Martha travaillait pour Siren Song, expliqua Noah. Un téléphone rose.

Micki battit des paupières.

— Tu veux dire qu'elle répondait au téléphone à des types qui voulaient du sexe ?

— Pas besoin de se demander pourquoi sa mère ne s'entendait pas avec elle, intervint Abbott.

Noah soupira.

— Martha ne devait pas considérer qu'il s'agissait d'une forme de prostitution. Nous pensons en tout cas qu'il faut chercher l'assassin en suivant la piste de Siren Song.

— Le tueur pourrait être un de ses clients, ou bien un justicier qui n'aime pas les prostituées, précisa Jack.

— Il nous faut la liste des femmes qui prêtent leur voix

à Siren Song, poursuivit Noah. Pour vérifier si Samantha y figure et aussi pour protéger une éventuelle future victime.

Eve, par exemple.

— Samantha Altman était au chômage depuis peu, elle avait peut-être accepté un emploi à Siren Song en attendant mieux, ajouta Jack.

— Je me charge de réclamer un mandat auprès du procureur, déclara Abbott. Mick, de ton côté ?

— Toutes les empreintes correspondent à celles de la victime, sauf une que nous avons relevée sur les tuyaux et les ampoules. Je suppose que ce sont celles de l'homme d'entretien de l'immeuble.

— Taylor Kobrecki, précisa Noah. C'est lui qui s'occupe de l'entretien et des réparations, mais il reste introuvable.

— Nous avons aussi fouillé l'ordinateur de Martha, poursuivit Micki. Apparemment, son disque dur a été nettoyé.

— Tu peux faire un de tes tours de passe-passe et retrouver les données ? demanda Jack.

— Sugar s'en occupe, répondit Micki. S'il y a quelque chose, elle trouvera. Le tabouret que vous avez rapporté du dépôt-vente est le même que celui de Martha. Je n'ai pas encore pu déterminer son origine et je ne peux rien faire des empreintes que j'y ai trouvées. Les vêtements et les chaussures des deux victimes sont identiques et viennent de la même boutique *online*, le Fashion Club. Ils ont vendu ces modèles par centaines, mais Martha et Samantha ne figurent pas parmi leurs clientes. Si nous trouvons un suspect, la liste que nous fournira cette boutique nous servira à confirmer nos soupçons, mais on ne peut pas tabler là-dessus pour nous aider à démarrer.

— Si c'est le tueur qui a acheté ces robes, ça signifie qu'il connaissait les tailles des victimes, intervint Carleton d'un air songeur. Le moins qu'on puisse dire, c'est qu'il prépare son coup.

— C'est ce que je pense aussi, approuva Micki. Il a préparé son coup et il n'a pas commis d'erreurs, à part qu'il a oublié quelques poils de chat sur le tapis de Martha. Nous avons retrouvé de la nourriture pour chats et un paquet de litière, mais pas de bac.

— Et pas non plus de chat, fit remarquer Jack.

— Ce n'est pas bon signe, énonça tranquillement Carleton. Les tueurs en série commencent souvent par tuer l'animal de compagnie de leur future victime.

— Super..., dit Abbott en secouant la tête. Et la corde, rien de spécial ?

— Rien du tout, répondit Micki. Il a pu l'acheter n'importe où. Pareil pour le crochet du plafond. Celui de Martha était particulièrement haut, elle n'a pas pu le fixer elle-même. Il lui aurait fallu une échelle.

— Ou un homme d'entretien, fit remarquer Noah. Comme notre célèbre mais invisible Taylor Kobrecki.

— Le fétichiste serait donc numéro un sur notre liste de suspects, dit Abbott.

— Mme Kobrecki prétend qu'il n'est pas en ville, intervint Noah. Mais je suis sûr qu'elle l'a déjà prévenu de ce qui se passe et qu'elle est en contact avec lui. On s'intéresse à ses communications téléphoniques.

— Il pourrait très bien se cacher dans l'appartement mitoyen de celui de Martha, qui est vide pour le moment, fit remarquer Jack.

— Il nous manquait un motif pour réclamer un mandat pour fouiller cet appartement, dit Noah. A présent, on peut considérer que nous l'avons.

— Je vais intervenir auprès du procureur, assura Abbott. Carleton, tu as des suggestions pour le profil ?

— Un homme, de race blanche, entre trente et quarante ans, QI élevé. Il prépare soigneusement ses crimes et il aime la mise en scène. Il est aussi très soucieux du détail.

Il fouilla parmi les photos et en prit deux qu'il contempla d'un air rêveur.

— Les yeux, ça représente quelque chose de particulier pour lui.

— Ce truc avec les yeux, c'est à vous donner la chair de poule, murmura Micki.

— Tout à fait d'accord, dit Carleton. Quand il a tué Samantha, la mise en scène a fonctionné et nous avons cru au suicide. Il a donc recommencé à l'identique pour Martha. Il est intéressant pour nous de constater qu'il a utilisé de la kétamine par injection. Cela indique un certain niveau de confiance. A part Ian, lequel d'entre nous oserait pratiquer une injection dans une veine du cou ?

— Tu penses qu'il possède des compétences médicales ? demanda Noah.

Carleton haussa les épaules.

— Des compétences, ou au moins une pratique.

Abbott acquiesça.

— Nous allons nous renseigner pour savoir si notre fétichiste joue au docteur. Ian, je voudrais que tu vérifies les rapports d'autopsie des pendues sur plusieurs années. Cherche s'ils mentionnent des traces de piqûres.

— On s'occupe d'obtenir la liste des employées de Siren Song, dit Jack. Je ne pense pas qu'ils accepteront de nous livrer celle de leurs clients sans un mandat ; il faudrait donc lancer la procédure.

— On va aussi interroger les autres locataires de l'immeuble de Martha et les trois femmes qui ont porté plainte contre le fétichiste. Quelqu'un doit savoir où il se planque.

Faye passa la tête à la porte.

— Noah, un appel sur la une. Une femme. Elle dit que c'est urgent.

Noah décrocha le téléphone d'Abbott.

— Webster.

— Inspecteur, c'est Eve Wilson. Venez tout de suite au 5492 Red Barn Lane, à Woodfield.

Eve ? Sa voix ne tremblait pas, mais elle était chargée d'angoisse.

— Que se passe-t-il ?

— Il y a une femme ici. Elle est morte. Elle est pendue dans sa chambre.

Noah reçut un coup au cœur. Ils avaient une victime de plus sur les bras, ce qui confirmait la thèse du tueur en série. Et puis… Il ne pouvait plus nier qu'Eve était impliquée dans cette affaire.

— Vous êtes entrée dans la maison ? demanda-t-il.

— Non. Je la vois de l'extérieur. Par la fenêtre. Elle s'appelle Christy Lewis.

— Et vous l'avez connue par l'intermédiaire de son travail.

— Oui, avoua-t-elle d'un ton résigné. Mais dépêchez-vous.

Elle raccrocha. Noah se leva aussitôt.

— Nous en sommes à trois victimes, annonça-t-il.

— Je file sur place avec mon équipe, répliqua Micki.

— Je vous retrouve là-bas, dit Ian. Cette fois, je veux voir la scène du crime.

Carleton se leva aussi, en boutonnant son manteau.

— Moi aussi. Je te suis, Ian.

Jack mit son chapeau.

— Allons-y, dit-il.

Abbott les laissa partir, mais il retint Noah.

— Tu restes et tu fermes la porte.

Noah obéit. Il savait ce qui allait venir et il le redoutait.

— Qui ? Comment ? Pourquoi ? demanda Abbott.

— Eve Wilson, répondit Noah d'un ton morne.

— Eve Wilson ? La serveuse de chez Sal's ?

— Oui. Je l'ai croisée ce matin dans l'immeuble de Martha. Elle m'a dit qu'elles travaillaient pour la même société. Et apparemment ce serait aussi le cas pour la victime numéro trois.

Abbott eut l'air abasourdi.

— Je ne l'aurais jamais imaginée en hôtesse du téléphone rose. Donc, elle sait quelque chose. Arrange-toi pour apprendre quoi. J'envoie tout de suite sur les lieux du crime la voiture de patrouille la plus proche, au cas où le gars serait toujours dans les parages. Et aussi pour m'assurer que Mlle Wilson ne va pas filer.

Lundi 22 février, 16 h 55

Eve était assise à l'arrière d'une voiture de police. Elle fixait les menottes, tout en s'efforçant de ne pas s'affoler et de ne plus penser à la femme qui se balançait au bout d'une corde, tout près, dans la maison.

Il devait y avoir une erreur, parce qu'on l'avait menottée sans ménagement et poussée sur ce siège sans explication. Les flics l'avaient empoignée, bousculée… Pendant quelques secondes, elle avait eu de nouveau dix-huit ans et elle avait été au bord de la crise d'angoisse.

Heureusement, elle avait appris à se contrôler et elle n'avait pas été obligée de réclamer un sac pour respirer.

Avant l'arrivée de la police, elle avait eu la présence d'esprit d'envoyer un texto à Callie pour lui dire où elle se trouvait. Puis elle avait été entourée de voitures, d'ambulances, de lumières. Mais elle ne regrettait rien. Elle l'avait fait pour Christy. Christy dont elle ne parvenait pas à oublier le terrifiant regard fixe.

— Pour l'amour de Dieu ! Vous lui avez passé les menottes ? Vous n'étiez pas censés l'arrêter !

Noah Webster. A travers la vitre, elle rencontra son regard sombre, sous la lisière de son chapeau. Il ouvrit la portière et lui ôta les menottes.

— Il s'agit d'un malentendu, Eve, je suis désolé, poursuivit-il.

Eve massa ses poignets endoloris.

— Vous l'avez vue ? dit-elle.

— Votre amie ? Non, pas encore… Venez.

Il la tira par le bras et la fit sortir.

Elle se dégagea. Elle sentait de nouveau venir la panique.

— Où m'emmenez-vous ?

— Dans ma voiture. Elle a des vitres teintées. Je ne veux pas que les journalistes vous photographient.

Elle le suivit docilement, mais, quand il ouvrit la portière arrière, l'angoisse la saisit de nouveau à la gorge.

« Tes parents ne t'ont jamais dit qu'il ne fallait pas monter dans la voiture d'un étranger ? »

Sa voix… Celle de Winters, l'homme qui l'avait laissée pour morte cinq ans, onze mois et huit jours plus tôt. Cette voix qui revenait la hanter chaque fois qu'elle devait monter dans la voiture d'un homme.

— Vous vous sentez bien ? s'inquiéta Webster.

— Oui, ça va, ça va, répéta-t-elle en s'efforçant de respirer.

Elle s'installa sur le siège et tressaillit quand il claqua la portière.

Il fit le tour et se glissa à l'avant, derrière le volant.

— Je veux que vous m'écoutiez attentivement, commença-t-il en regardant devant lui, raide comme la justice. Nous sommes au courant, pour votre travail.

Elle s'efforça de ne pas montrer son inquiétude. *Il savait ? Mais comment ?*

— Vraiment ? demanda-t-elle.

— Vraiment, dit-il sèchement. Vous êtes peut-être en danger. Ne bougez pas de cette voiture pendant que j'examine la scène du crime.

Le mot « danger » l'inquiéta.

— Epargnez-moi les menottes, je vous en prie, murmura-t-elle.

— Je n'y songeais même pas, assura-t-il.

— Comment avez-vous appris, pour mon travail ?

Il se tourna vers elle.

— Pour le moment, c'est moi qui pose les questions. Quand êtes-vous arrivée ici ?

Il y avait de la désapprobation dans son regard. De la part de Donner, elle aurait compris. Mais Webster n'avait aucune raison de mal la juger. Elle avait enfreint les lois d'une étude scientifique, pas la loi.

— Environ trois minutes avant de vous téléphoner, dit-elle.

— Qu'étiez-vous venue faire ?

— Christy ne s'était pas manifestée au travail aujourd'hui. J'étais inquiète.

— Vous la connaissiez donc bien ?

— On peut dire ça.

On pouvait le dire, oui. Quand elle venait dans la boutique de Pandore, Christy-Gwenivere s'était souvent confiée à elle, comme quelqu'un qui se sent seul. Au bout de quelques visites, elle lui avait raconté sa vie — la vraie — et lui avait même dit où elle travaillait.

Et maintenant elle est morte.

— Ses yeux, murmura Eve en avalant sa salive. Ils n'avaient plus rien d'humain.

— Je sais. Est-ce que Martha ou Christy avaient des problèmes avec quelqu'un au travail ?

— Vous voulez dire en dehors du tueur ? demanda-t-elle sèchement.

Elle baissa les yeux vers ses mains.

— Non… Je ne crois pas. J'aimerais bien vous aider, mais je ne vois pas qui aurait pu faire ça.

— J'aimerais bien aussi que vous puissiez nous aider, murmura-t-il. Pour l'instant, vous êtes le seul lien entre trois victimes.

Eve leva la tête.

— Trois ?

— Oui. La troisième s'appelait Samantha Altman.

Eve tenta de passer mentalement en revue la liste des sujets témoins. Le nom de Samantha Altman ne lui disait rien.

— Je ne la connais pas, dit-elle.

— Elle ne travaillait pas avec vous ? demanda-t-il.

Toujours avec ce ton désapprobateur et déçu.

— Je ne pense pas.

Elle surprit son regard accusateur.

— Je vous jure que non, insista-t-elle. Je ne vois pas pourquoi je vous le cacherais.

La réponse parut le satisfaire, du moins pour le moment.

— Restez ici, dit-il. Je vais demander aux agents d'empêcher les journalistes d'approcher. Vous êtes notre témoin numéro un. Je ne voudrais pas que vous laissiez filtrer quoi que ce soit.

— Ne vous en faites pas pour ça, répondit-elle tristement. Je n'ai aucune envie de me confier aux journalistes.

Il acquiesça, tout en effleurant le rebord de son chapeau.

— Je reviens, dit-il.

Elle le regarda s'éloigner, les sourcils froncés, tandis qu'une foule de questions se pressaient dans sa tête. Mais que savait-il, au juste ? Et par qui avait-il été renseigné ? Qui était Samantha Altman ?

Elle sortit son portable de sa poche et appela Ethan.

— Je ne peux pas te parler longtemps. Je ne veux pas qu'ils sachent que je t'appelle.

— Qui ça, *ils* ?

— La police. C'est grave. Christy Lewis est morte. Et elle n'est pas la première victime.

Il y eut un silence choqué à l'autre bout du fil.

— Seigneur ! Tu tiens le coup ?

— Oui. Ça va. Bien qu'ils m'aient passé les menottes et interrogée.

— Ils t'ont passé les menottes ? murmura-t-il d'un ton fiévreux, mais tout bas, comme s'il craignait d'être entendu par Dana.

— Ne t'en fais pas, l'inspecteur Webster me les a enlevées. Ses collègues avaient fait du zèle, on ne leur avait pas demandé de me coffrer. Tu as conservé une copie du dossier que tu m'as envoyé ?

— Eve ? Qu'est-ce qui se passe ?

— Je n'en sais rien. Si quelqu'un me surprend en train de parler avec toi, je dirai que je suis en train de te demander de me trouver un avocat. Je n'en aurai probablement pas besoin, mais ce sera crédible. Tu l'as, ce dossier ?

— Oui.

— Tu peux vérifier s'il y a une certaine Samantha Altman sur la liste des participants ?

Il y eut un court silence, le temps qu'il cherche.

— Pas d'Altman sur la liste, dit-il.

— C'est bien ce que je pensais. Parmi les trois victimes, deux seulement participaient à mon travail de recherche. Les flics pensent que je suis le seul lien entre les femmes assassinées, mais ils se trompent.

— Ne dis plus un mot tant que tu n'as pas vu ton avocat, déclara fermement Ethan.

— Ils ne me soupçonnent pas, Ethan. Ils pensent au contraire que je pourrais être une cible pour le tueur.

— Et c'est censé me rassurer ?

Deux camionnettes de la police scientifique venaient d'arriver, avec le 4x4 du médccin légiste, et une belle Mercedes.

— Pas vraiment. Si je suis arrêtée, c'est toi que je préviendrai, d'accord ?

— Et d'ici là ? demanda Ethan.

— Il faut attendre. Je raccroche. Ne t'en fais pas pour moi. Je suis parfaitement en sécurité, ici.

Lundi 22 février, 17 h 10

Noah fixait la scène du crime sans un mot, avec, de nouveau, cette impression de déjà-vu tellement dérangeante. Christy Lewis se balançait au bout d'une corde attachée à un crochet vissé au plafond de sa chambre. Sa robe était identique à celles de Martha et de Samantha, comme ses chaussures, qui gisaient sous elle, l'une bien droite et l'autre sur le côté. Le maquillage, le tabouret rembourré, la fenêtre ouverte… Rien ne manquait au tableau.

— Mon Dieu…, murmura Ian.

Il contourna le corps de la victime.

— C'est… Ça fait une drôle d'impression. Comme si ça n'était pas réel.

— Tu as raison, approuva Carleton qui l'avait suivi. L'ennui, c'est que c'est bien réel.

— Tu pourrais nous donner approximativement l'heure de la mort, Ian ? demanda Noah d'un ton las.

— Pas comme ça, non. Pétéchies au niveau des yeux, comme les autres… Et la corde est placée exactement au même endroit. On peut dire qu'il s'applique.

Il secoua la tête et se mit à examiner le corps.

— Tu as vu Eve ? demanda Jack à Noah.

— Oui. Ces crétins d'adjoints au shérif lui avaient passé les menottes.

Micki était en train de prendre des photos ; elle s'arrêta net et se tourna vers Noah, les sourcils froncés.

— J'espère que tu les lui as enlevées, dit-elle.

Elle avait paru surprise quand Noah lui avait annoncé que le coup de fil venait d'Eve, puis outrée quand il lui avait parlé du téléphone rose. Elle avait protesté qu'il s'agissait probablement d'une erreur, avec tant de véhémence qu'il s'était demandé ce qu'elle savait au sujet d'Eve.

— Bien sûr que je les lui ai enlevées, répondit Noah en la dévisageant fixement. Pourquoi ?

Micki secoua la tête.

— Elle en a déjà suffisamment bavé comme ça, c'est tout.

Noah connaissait bien Micki. Inutile de la questionner plus avant, elle n'en dirait pas plus. Mais il se promit de revenir à la charge plus tard.

— J'ai l'impression de revivre un truc que j'ai déjà vécu, murmura posément Jack.

Noah leva les yeux vers Christy.

— Je sais, dit-il seulement.

— Seigneur ! s'exclama Ian en se redressant brutalement.

Il se mit à regarder autour de lui d'un air préoccupé.

— Quoi ? demanda Noah.

Il chercha du regard ce qui pouvait bien inquiéter à ce point Ian, mais ne trouva rien d'anormal. Du moins rien de nouveau par rapport à Martha.

— Regardez, répondit Ian en écartant le bas de la robe de Christy.

Elle portait des traces de brûlures de corde autour des chevilles.

— Il l'a attachée, c'est ça ? demanda Noah.

Puis il les vit. Deux minuscules points rouges sur le côté du pied.

— Oh, mon Dieu ! murmura-t-il.

Jack recula de quelques pas. Il était devenu tout pâle.

— Merde. Un serpent. Je hais les serpents…

— Eux aussi ont peur de nous, si ça peut te rassurer, fit remarquer Micki avec un petit sourire. Mais peut-être pas autant que toi d'eux, ajouta-t-elle.

— La peau est nécrosée autour de la morsure, expliqua Ian. Il s'agissait probablement d'un serpent venimeux.

Jack pâlit un peu plus.

— Put…

Il ne put même pas prononcer le mot en entier.

— Jack ? demanda Carleton en le dévisageant. Ça va ?

— Oui, bredouilla Jack.

Mais son visage et sa respiration haletante indiquaient que non.

Carleton jeta à Micki un regard plein de reproches.

— Ce n'est pas drôle, dit-il sérieusement.

Micki eut pitié de Jack.

— Tout le monde dehors pour nous laisser travailler, ordonna-t-elle.

Jack ne se le fit pas dire deux fois.

— J'y vais. Je vous attends près des voitures.

Carleton vérifia sa montre.

— Une chance, j'ai donné rendez-vous à un patient à 18 h 30. Je me vois donc dans l'obligation de vous laisser à votre chasse au serpent.

Il jeta un dernier coup d'œil à la victime.

— Ce tueur a une personnalité fascinante. Je crois n'avoir jamais entendu parler d'un cas de ce genre. Je ferai tout de même quelques recherches ce soir et j'appellerai des collègues pour en discuter avec eux.

— Tu pourrais vérifier que Jack va bien, en passant ? demanda Micki. Je me sens vaguement coupable de m'être moquée de lui.

Carleton fronça les sourcils.

— Oui, ce n'était pas très malin, dit-il sur un ton de reproche. Et oui, je vérifierai qu'il va bien.

Il sortit avec Ian.

— Je vais dehors, avec Jack, dit Noah.

Il ne restait plus que lui et Micki. Et la victime, bien sûr. Il songea à Eve Wilson, qui attendait toujours dans la voiture.

— J'aimerais bien savoir ce que Mlle Wilson a à voir avec tout ça. Tu sais quelque chose, Mick ?

— Ce que je sais, c'est qu'il lui est arrivé un truc moche à Chicago. Vraiment moche. Elle n'avait pas besoin de ça.

— Qu'est-ce que tu me suggères ?

Les yeux de Micki s'assombrirent.

— Si elle ne veut rien dire, appelle Olivia Sutherland.

— Olivia ?

Olivia Sutherland était une de ses collègues du Hat Squad.

— Quel rapport avec Eve ?

— C'est une amie de la famille. Sois… Sois gentil avec cette fille. Et dis à Jack de se tenir correctement.

6

Lundi 22 février, 17 h 15

L'inspecteur Olivia Sutherland fixa d'un air écœuré le dîner de son partenaire.

— Jennie te tuerait si je lui disais ce que tu as englouti.

Elle agita les mains pour faire circuler l'air.

— Mais je n'aurai pas besoin de le lui dire, l'odeur d'oignon la renseignera.

— Jennie n'est pas là, répondit Kane. Elle ne rentre que jeudi.

Il fit danser ses sourcils et elle ne put s'empêcher de rire.

— Ça aurait pu être pire que des oignons. Des sardines, par exemple.

— Bon sang, je suis contente que tu aies abandonné les sardines. J'avais oublié à quel point ça puait.

— Et toi, tu manges quoi ?

— Après ce que je viens de voir, je n'ai plus faim. De toute façon, j'ai quelques kilos à perdre.

— Je te trouve très bien comme ça.

C'était ce qu'il lui répondait chaque fois, mais elle n'était pas d'accord. Elle avait pris plusieurs kilos après une opération, quelques années plus tôt, et elle n'avait jamais retrouvé son poids. Son métabolisme avait ralenti à trente et un ans, c'était tout de même un peu tôt. Kane, lui, pouvait manger tout ce qu'il voulait sans prendre un gramme. Ce n'était pas juste. Et il y avait plus grave…

— C'est parce que je suis trop grosse que je n'ai pas réussi à rattraper ce type, tout à l'heure, murmura-t-elle.

Etre semée par un gamin, d'accord, mais par un dealer qui sniffait au réveil et qui avait au moins quarante ans, c'était humiliant. Elle ne s'en remettait pas.

— Liv, il s'est engouffré dans une rue transversale, c'est sûr. De toute façon, le procureur n'a pas besoin de lui avant la semaine prochaine. D'ici là, il aura refait surface.

— Tu as raison, murmura-t-elle.

Son téléphone sonna et elle sut qu'il s'agissait d'Abbott en reconnaissant les premières notes de *Bad to the Bone* — la sonnerie qui servait à l'identifier.

— Sutherland, dit-elle.

— J'ai besoin de vous deux pour l'affaire des pendues. Il faudrait nous dénicher une certaine Cassandra Lee qui dirige une société de téléphone rose appelée Siren Song.

— Mais nous sommes censés chercher Dustin Hanks, fit-elle remarquer. Le procureur veut le faire comparaître à la barre la semaine prochaine.

— Laissez tomber. Faye va vous donner tout de suite l'adresse de Mlle Lee.

Olivia tendit le téléphone à Kane.

— Faye va te dicter une adresse, lui dit-elle. On nous met sur l'enquête de Webster. Et ne crache pas d'oignons dans mon téléphone.

*
**

Lundi 22 février, 18 h 45

Au moins, ils ne lui avaient pas passé les menottes. Eve attendait dans la salle d'interrogatoire depuis près d'une heure. Elle avait devant elle une tasse de café à laquelle elle n'avait pas touché et dont l'odeur lui donnait la nausée. Et, devant les yeux, l'image dc Christy pendue à cette corde.

Trois femmes étaient mortes. Tuées par un malade. *Et ils pensent que je connais l'assassin.*

Il faut que tu leur parles, Eve. Que tu leur dises tout.

Elle tourna la tête vers le miroir sans tain. Ses propres yeux la contemplaient. Sombres et pleins de colère.

— Très bien. Je le ferai.

— Pardon ?

La porte s'ouvrit et Webster entra, suivi de Jack Phelps. C'était Jack qui venait de parler.

— Nous n'avons pas entendu ce que vous venez de dire, ajouta-t-il.

— Vous m'avez surveillée pendant tout ce temps ?

— Non, nous venons d'arriver, dit Webster en posant un sac sur la table. Nous vous avons apporté un sandwich.

Elle le repoussa.

— Je n'ai pas faim. Mais merci quand même.

Webster s'installa de l'autre côté de la table, en face d'elle.

— Nous essayons depuis tout à l'heure de joindre votre employeur, mais ce n'est pas facile, apparemment, fit-il remarquer.

Elle parvint à conserver un visage impassible, mais son estomac se noua. Donner allait mal le prendre. Elle n'était qu'une étudiante, elle avait transgressé les règles du protocole de recherche et tout le monde allait le savoir. *Je ne peux compter que sur moi.*

En aidant la police, elle risquait sa place.

— Mon employeur…, répéta-t-elle d'un ton morne, un peu surprise de cette appellation.

Webster la dévisageait calmement. Il n'y avait plus trace dans ses yeux de la désapprobation de tout à l'heure. Elle n'y lisait à présent que de la douceur. De l'inquiétude. De la compassion.

Il sait.

Quand les gens savaient, elle le sentait. Personne ne lui avait jamais posé de questions au bar — sauf parfois quelques poivrots que Sal mettait aussitôt dehors. Mais quand quelqu'un était au courant elle le voyait au regard qu'il posait sur elle.

— Oui, dit-il. Votre employeur. Il nous faut la liste du personnel.

Elle fronça les sourcils.

— Pourquoi ?

— Parce qu'elle représente pour nous la liste des personnes à protéger.

Des personnes à protéger ? Mais ça n'avait pas de sens… Elle allait le lui faire remarquer quand la porte s'ouvrit sur un homme d'une trentaine d'années, vêtu d'un élégant costume.

— Ne dites plus un mot, intima-t-il aussitôt à Eve.

Elle reconnut l'avocat de la défense qui sortait avec Callie.

— Je suis Matthew Nillson, l'avocat d'Eve Wilson, annonça-t-il. Puis-je m'entretenir quelques instants avec ma cliente ?

— Quand avez-vous appelé un avocat ? demanda Webster.

Eve haussa les épaules en ouvrant de grands yeux surpris.

— Je n'ai pas appelé d'avocat.

Nillson lui jeta un regard d'avertissement.

— Et n'oubliez pas d'éteindre le micro, inspecteur, ajouta-t-il à l'intention de Noah.

Il attendit qu'ils sortent pour s'installer.

— Vous savez ce que signifie « plus un mot » ?

Elle ne répondit pas et alla droit au problème qui la tracassait.

— Je n'ai pas les moyens de me payer un avocat, dit-elle.

— Aucune importance. Il m'arrive de travailler juste pour la gloriole. C'est Callie qui m'a prévenu. Depuis votre texto, elle se fait un sang d'encre.

— Je ne voulais pas l'inquiéter. Ecoutez, Matt, j'apprécie vraiment votre geste, mais je ne crois pas avoir besoin d'un avocat. Dès demain, je vais devoir songer à ma reconversion professionnelle, mais je ne risque pas d'aller en prison.

— Callie m'avait prévenu que vous refuseriez mon aide. Ils vous ont laissé votre téléphone portable ?

Eve soupira.

— Non.

Il acquiesça d'un air entendu, comme s'il considérait que cela suffisait à prouver qu'elle était en mauvaise posture.

— Racontez-moi tout, Eve. Et je vous dirai si vous avez besoin de moi ou non.

— Je parle à mon avocat, c'est bien ça ? Donc ce que je vous confierai restera entre nous ?

Il haussa un sourcil.

— Oui.

— Je n'ai tué personne. Je suis prête à témoigner, mais il me faudrait une garantie d'anonymat. Si vous pouviez leur arracher ça, ce serait formidable. Je vais commencer par le début… Quand j'ai choisi mon sujet de thèse…

*
* *

Lundi 22 février, 19 heures

Abbott, Jack et Noah observaient Eve et son avocat à travers le miroir sans tain.

— Je veux qu'elle nous dise ce qu'elle sait, grommela Abbott. Au diable ces avocats…

— Elle s'inquiète parce qu'elle travaillait pour un téléphone rose, commenta Jack. Nous aurions dû l'interroger dans la voiture.

— Et pourquoi ne l'avez-vous pas fait ? demanda Abbott d'un ton de reproche.

— J'ai essayé, protesta Jack. Mais le preux chevalier que tu vois à mes côtés ne m'a pas autorisé à ouvrir la bouche.

Noah lui jeta un mauvais regard.

— Elle était sous le choc, se défendit-il. Je ne voulais pas qu'il la bouscule.

Et, maintenant qu'il savait par quoi elle était passée, il n'allait sûrement pas le regretter.

Abbott soupira.

— C'est malin. Avec l'avocat, ça ne va pas être la même chose.

— Elle n'a pas tué cette femme, Bruce, fit remarquer Noah. Tu ne la soupçonnes tout de même pas ?

— Je préfère ne pas la soupçonner. Mais tant qu'elle ne nous a pas dit ce qu'elle sait, elle figure parmi les suspects.

Noah ouvrit la bouche pour protester, puis la referma.

— Compris, dit-il.

— Que savons-nous d'elle ? demanda Abbott.

— Elle a été agressée, il y a six ans, et laissée pour morte. En fait, elle est morte cliniquement deux fois sur le trajet de l'hôpital.

Il eut un goût de bile dans la bouche en songeant à ce

qu'elle avait enduré. Son agresseur l'avait poignardée, puis étranglée.

— Elle s'en est plus ou moins remise. Deux ans plus tard, elle a été à nouveau victime d'un enlèvement.

— Par le même individu ?

— Non, un autre. Elle travaillait pour un foyer qui recueille les femmes battues. Vous vous souvenez de cette histoire, à Chicago, il y a deux ans ? La femme qui avait enlevé un gamin dans un foyer et tué une douzaine de personnes.

— Ouais, répondit Abbott.

Il montra Eve du doigt.

— Tu veux dire qu'elle… ?

— Oui, l'employée, c'était elle. D'après les flics, c'est elle qui aurait sauvé la vie de l'enfant. Elle n'a pas tué ces femmes, Bruce.

Abbott poussa un long soupir.

— Mais elle sait qui l'a fait.

— Elle sait quelque chose, oui, mais elle ne connaît pas l'assassin, j'en suis persuadé.

— Tâchez de la faire parler de Siren Song. Ce serait bien si elle pouvait nous indiquer où trouver Cassandra Lee. J'ai mis Sutherland et Kane sur le coup, ils la cherchent en ce moment.

— Et ils l'ont trouvée, fit la voix d'Olivia Sutherland.

Elle entra dans la salle d'observation.

— Trouvée et perdue. Faye m'a dit que vous seriez ici. Cassandra habite le quartier chic de la ville. Quand nous sommes arrivés chez elle, elle avait filé. Son portier lui a appelé un taxi, mais il prétend ne pas avoir entendu où elle allait.

— Et vous l'avez cru ? demanda Noah.

Olivia haussa les épaules. Elle était blonde, la trentaine, avec beaucoup d'allure. C'était une belle femme et un excellent flic. Micki avait dit qu'Olivia connaissait la famille d'Eve. Noah brûlait d'envie de la questionner, mais il jugea que le moment était mal choisi.

— Non, dit-elle. Mais on ne peut pas prouver qu'il ment. Nous allons tenter de la pister avec sa carte de crédit. Nous avons alerté les aéroports, les stations de bus, les agences de location de voitures.

Elle aperçut Eve derrière la vitre et eut l'air abasourdie.

— Qu'est-ce qu'elle fait ici ? demanda-t-elle.

— C'est elle qui a découvert la troisième victime et qui nous a prévenus, répondit Noah.

Olivia pinça les lèvres.

— Qu'est-ce qu'il y a ? demanda Abbott.

— Elle m'a appelée aussi, dit Olivia. En début d'après-midi. Elle a laissé un message sur mon répondeur, au bureau. Je m'apprêtais justement à la rappeler. D'où connaissait-elle la victime ?

— *Les* victimes, corrigea Abbott. Elle connaissait aussi Martha. Par Siren Song.

— Impossible. Eve ne fréquente pas ce genre de filles. Laissez-moi lui parler.

— Elle est avec son avocat, dit Jack. Bonne chance.

Olivia frappa à la vitre du miroir sans tain et Matthew Nillson vint les rejoindre.

— Je suis une amie de la famille, dit-elle. Je veux lui parler.

Elle fit mine de rejoindre Eve, mais Nillson la retint.

— Ma cliente est très désireuse de collaborer avec la police, mais elle a peur des répercussions que cela pourrait avoir sur son travail.

— Des répercussions ? s'étonna Jack. Des types l'appellent, ils prennent leur pied, elle touche son fric. Je ne vois pas de quelles répercussions vous parlez.

Nillson le contempla fixement.

— C'est moi qui ne vois pas à quoi vous faites allusion, dit-il.

— Votre cliente travaille pour une société, Siren Song, qui vend du sexe par téléphone.

— C'est ce que vous croyez ?

— Elle m'a avoué avoir connu Martha Brisbane par son travail, intervint Noah. Martha était hôtesse chez Siren Song.

— Je crois qu'il y a là un grave malentendu, déclara posément Nillson. Eve prépare une thèse en psychologie. C'est par le biais de ses travaux de recherche qu'elle a connu Martha et Christy. Nous nous demandions pourquoi vous aviez besoin d'une liste du personnel. A présent, je comprends.

— Eve n'a donc aucun lien avec Siren Song ? demanda prudemment Abbott.

Nillson secoua la tête.

— Absolument aucun.

— Je vous l'avais dit ! triompha Olivia. Pourquoi aurait-elle besoin d'un avocat ?

— Parce qu'elle se trouve acculée. Pour avoir accès à certaines informations, elle a enfreint le protocole de recherche. Ces informations l'ont menée à deux des victimes. Si ça se sait, elle risque l'exclusion de l'université. Elle voudrait obtenir un statut d'informateur confidentiel.

— Un statut d'informateur confidentiel ? répéta Noah en contemplant Eve qui fixait le miroir, dans leur direction.

Elle avait son regard de biche inquiète, celui qu'il avait déjà remarqué chez Sal's. Maintenant qu'il connaissait son passé, il se l'expliquait mieux.

Jusque-là, il avait pensé qu'il devait la tenir à distance

pour ne pas lui imposer un homme comme lui. Mais maintenant il pensait surtout qu'elle avait besoin de protection. De *sa* protection.

Il s'éclaircit la gorge.

— Je pense que nous pouvons accepter cette proposition. Tu es d'accord, Bruce ?

Abbott aussi contemplait rêveusement Eve. Il acquiesça.

— J'accepte. Pour le moment.

— Dans ce cas, allons-y, dit Matthew. Elle a une histoire intéressante à vous raconter.

Lundi 22 février, 19 h 20

Eve soupira de soulagement en voyant entrer Olivia. Webster et Phelps la suivaient, avec leur capitaine. Matt referma la porte derrière lui. Olivia vint s'asseoir près d'elle.

— Ils sont d'accord pour ne pas mentionner votre rôle dans cette affaire, annonça Matt en prenant un siège.

Eve acquiesça, mais elle était visiblement sur ses gardes.

— J'apprécie le geste, dit-elle.

Webster s'installa en face d'elle. De nouveau, quelque chose avait changé dans son regard. Il ne reflétait plus ni colère ni compassion, plutôt une sorte de soulagement. Quant à Matt, il paraissait amusé.

Abbott lui tendit la main par-dessus la table.

— Je suis le capitaine Abbott, dit-il. Nous avons hâte d'entendre votre histoire.

Jack Phelps n'avait encore pas ouvert la bouche, ce qui ne lui ressemblait pas. Il restait à l'écart, adossé au mur. Il avait l'air… déçu.

Eve jeta un coup d'œil du côté d'Olivia.

— Qu'est-ce qui se passe ? J'ai raté quelque chose ?

Olivia lui répondit par un petit sourire en coin.

— Je te raconterai plus tard. Ça vaut son pesant d'or.

— Si nous commencions, coupa Webster d'un air gêné.

Eve rencontra son regard et, de nouveau, elle eut la sensation qu'elle pouvait lui faire confiance.

— J'ai plusieurs fois pensé à tout vous raconter, mais je me suis dit que vous ne me croiriez pas. Moi-même, j'ai du mal à y croire… Je prépare une thèse en psychologie. Ça fait longtemps que je veux devenir thérapeute. Pour aider les victimes d'agressions violentes.

Webster acquiesça.

— Je comprends.

Il comprenait, elle n'en douta pas.

— Je vais tout vous dire, mais je voudrais d'abord savoir à quelle heure est morte Christy.

Dites-moi que c'était avant notre rencontre dans l'immeuble de Martha.

Quand elle avait vu l'inspecteur Webster, elle avait surtout pensé à se protéger. Et maintenant elle ne cessait de culpabiliser à l'idée que son égoïsme avait peut-être coûté la vie à Christy.

— Tôt ce matin, d'après le légiste, répondit Webster d'une voix douce.

La réponse lui ôta un grand poids.

— Merci, murmura-t-elle. Bien… Ma thèse porte sur l'utilisation du monde virtuel pour asseoir l'estime de soi.

— Qu'entendez-vous par « utilisation du monde virtuel » ? demanda Abbott en fronçant les sourcils.

— Je parle de jeux de rôle, répondit Eve.

Comme il continuait à froncer les sourcils, elle crut bon de préciser.

— Sur internet. Par exemple, *Shadowland*.

— *Shadowland*, c'est un jeu, non ? demanda Olivia.

— C'est beaucoup plus qu'un jeu, corrigea Eve. C'est une communauté. On peut y rencontrer des gens, y trouver un emploi, y acheter une maison. Tout cela dans l'anonymat le plus complet. Du moins, en théorie.

— Je me souviens de leur slogan, intervint Jack. « Vous aimeriez parfois vous rendre là où personne ne connaît votre nom. » J'ai joué sur *Shadowland*. Un peu.

— Bien des gens ne se contentent pas d'y jouer « un peu ». Martha faisait partie de ces gens-là. C'est pour cela que nous l'avons sélectionnée pour mon travail de recherche. Mon but est de montrer qu'une expérience dans le monde virtuel permet d'acquérir des compétences qu'on va ensuite réinvestir dans le monde réel. Un peu comme pour un pilote qui utilise un simulateur de vol, sauf que là il s'agirait d'aptitudes concernant la vie de tous les jours. J'aimerais pouvoir aider les gens qui se sentent paralysés dans le monde réel, en les amenant à lever leurs inhibitions dans le monde virtuel.

— Par exemple, une personne qui aurait du mal à communiquer pourrait apprendre à le faire dans le monde virtuel, proposa Webster.

— C'est cela. Nous proposons aux gens des situations qu'ils peuvent ensuite reporter dans la réalité. Ce travail compte beaucoup pour moi. Je me suis donné du mal pour arriver là où je suis, pour obtenir mes diplômes et… Je ne veux pas tout perdre. C'est pour cela que je ne me suis pas manifestée plus tôt auprès de vous.

— Très bien, dit Noah. Nous comprenons. Parlez-nous maintenant de la place de Martha et de Christy dans votre travail.

— Pour ma recherche, nous avons recruté trois groupes de sujets. Des sujets qui n'avaient jamais joué, comme Christy Lewis. Des sujets qui connaissaient le monde virtuel, mais en usaient modérément, comme l'inspecteur Phelps. Et enfin, des sujets que nous appelons les « utilisateurs compulsifs », comme Martha Brisbane. Martha passait jusqu'à dix-huit heures par jour sur *Shadowland*.

— Dix-huit heures ! s'exclama Abbott en secouant la tête. Mais elle n'avait plus de vie !

— Comme vous dites. Je me demandais d'ailleurs comment elle gagnait sa vie, parce qu'elle était tout le temps en ligne.

Webster rougit et Eve se rendit compte qu'ils regardaient tous ailleurs d'un air gêné.

— J'ai vraiment raté quelque chose ? demanda-t-elle.

Olivia soupira.

— Martha travaillait pour un téléphone rose. Et comme tu as dit que tu connaissais Martha par l'intermédiaire de son travail…

Eve en resta bouche bée.

— Je comprends…

Elle se sentit rougir et songea à sa cicatrice qui devait se voir.

— Soyons clairs, murmura-t-elle. Je ne travaille pas pour un téléphone rose.

Webster se racla la gorge.

— Nous sommes désolés de l'avoir pensé, dit-il.

Un rire hystérique monta dans sa gorge, mais elle le retint.

— Entendu. Continuons.

— Tu parlais de ta recherche, intervint Olivia.

— Nos sujets sont censés pratiquer des exercices. Par exemple, trouver trois personnes avec lesquelles ils ont des points communs. Au début, ils choisissent des gens qui leur ressemblent physiquement, ou qui ressemblent à leurs avatars. Ensuite, ils vont plus loin et découvrent ceux qui partagent avec eux des passe-temps ou des passions.

— Leurs avatars ? demanda Abbott.

Puis il haussa les épaules.

— Désolé, je suis un peu vieux jeu. Je me sens dépassé.

Eve lui sourit.

— Ce n'est pas si compliqué. Un avatar, c'est une pièce du jeu qui vous représente. Quand vous jouez au Monopoly, vous choisissez quel jeton ?

— La chaussure, dit-il.

— Moi, c'est le fer à repasser, dit-elle en souriant.

Abbott lui rendit son sourire.

— L'avatar, c'est donc le personnage que vous faites évoluer à votre place dans le monde virtuel. Martha était une bombe sexuelle et s'appelait Desiree, Christy avait choisi une ancienne miss Univers, championne de danse, et le pseudo de Gwenivere.

— Et vous ? demanda doucement Webster.

Elle sursauta, surprise par la question, puis elle haussa les épaules.

— J'ai plusieurs avatars, répondit-elle comme si ça n'avait pas d'importance. Mais pour les besoins de mon projet de recherche, j'ai commencé par Pandore. Pandore possède une boutique nommée Le Palais des Mille Visages et elle vend des avatars.

— Vous vendez ? demanda Abbott en se penchant en avant avec des yeux luisants de curiosité. On peut vendre dans un monde virtuel ?

— On peut vendre tout ce qu'on veut. Quand vous vous inscrivez au jeu, vous configurez votre avatar en utilisant un gabarit. Mais si vous souhaitez quelque chose de plus personnel, il faut payer. Je ne prends pas cher pour mes avatars, c'est pour ça que j'ai beaucoup de clients, surtout parmi les gens qui viennent d'arriver.

— Et donc parmi les sujets qui participent à votre recherche, proposa Webster.

— Vous avez tout compris.

— Cette boutique vous donnait l'occasion de les surveiller, poursuivit-il.

— Oui. C'est là que j'ai commencé à déraper.

— Pourquoi ressentiez-vous le besoin de les surveiller ? demanda Webster.

— Je craignais que certains ne deviennent accros. Et je ne parle pas des utilisateurs compulsifs… Ceux-là, nous savions qu'il fallait les suivre de près. J'avais peur que d'autres se laissent happer par le monde virtuel, et j'ai donc mis leurs passages sous surveillance. A part ça, nous leur proposons des tests pour évaluer certains paramètres comme les changements d'humeur, les problèmes de sommeil, les absences au travail. Et détecter d'éventuelles tendances suicidaires.

— Je vois, dit Webster avec un éclair de compréhension dans le regard. C'est pourquoi, quand vous avez lu que Martha s'était suicidée, vous vous êtes sentie coupable.

— Oui. J'avais demandé que les sujets sensibles soient soumis tous les mois à une batterie de tests, mais mon directeur de thèse a refusé. Il m'a imposé tous les trois mois, mais je craignais, et je crains toujours, que ce ne soit pas suffisant.

— Donc, comme vous ne pouviez pas surveiller ces sujets depuis votre travail, vous avez décidé de le faire de l'intérieur, dit Abbott. Pas bête.

— Pas bête, mais contraire au protocole de recherche, capitaine. J'étais censée connaître des numéros, pas des gens. Quand j'ai constaté que certains passaient de plus en plus de temps sur *Shadowland*, j'ai eu peur qu'ils deviennent dépendants. Je me sentais responsable d'eux.

— Tu as donc décidé d'agir dans le jeu, cachée derrière ton avatar, dit Olivia.

Eve acquiesça.

— J'ai ouvert Le Palais des Mille Visages et j'ai attendu que les clients viennent à moi. C'est ce que j'ai trouvé de moins intrusif comme méthode. Ça me permettait de dialoguer avec les gens et de me faire une idée de leur humeur. Martha-Desiree était l'une de mes plus grosses clientes. Elle passait son temps à améliorer son avatar. Et puis, brusquement, il y a une semaine, elle n'est plus venue.

— Et qu'avez-vous fait ? demanda Noah.

— Je me suis inquiétée. J'ai d'abord espéré qu'elle était partie en vacances, mais je me doutais bien que je me trompais. Elle était trop accro, depuis trop longtemps, bien avant que je mette en place mon projet de recherche.

Webster fronça les sourcils.

— Elle jouait depuis combien de temps ?

— Il faudrait que je vérifie mes notes pour vous répondre précisément, mais… Un an, je pense.

Webster jeta un coup d'œil à Jack Phelps, par-dessus son épaule.

— Ça correspond à la période où sa façon de vivre a changé.

Phelps acquiesça.

— Oui. Son appartement est devenu un taudis, elle a oublié de payer son loyer, et peu après elle s'est disputée avec sa mère. Ça concorde. Donc, vous disiez que Martha avait disparu. Et ensuite ?

— Je me suis connectée régulièrement sur *Shadowland* pour la chercher, mais je ne l'ai pas trouvée. Par contre, j'ai remarqué que Christy y passait pratiquement ses nuits. C'était une habituée du Neuvième Cercle.

— De l'enfer ? demanda Webster en grimaçant. Charmant…

— C'est une boîte de nuit, expliqua Eve. Christy-Gwenivere y était entraîneuse. Je me suis servie de Greer, un autre de mes avatars, pour la surveiller, en même temps que les sujets que je considérais comme « sensibles ».

— Et vous avez beaucoup de sujets sensibles ? demanda Webster.

— J'en ai cinq et une douzaine qui sont en passe de le devenir. Mais hier soir, quand je suis rentrée du bar, je ne me suis intéressée qu'à Christy. Elle dansait et flirtait, comme toujours.

— Vous saviez déjà qui elle était dans le monde réel ? demanda Jack.

— Oui… J'ai foulé aux pieds le protocole du test en double aveugle. Et c'est grave.

Ils échangèrent des regards avec l'air de ne pas comprendre.

— Un test en double aveugle est un test au cours duquel je ne connais pas les sujets que je teste. Eux, de leur côté, ignorent dans quel groupe ils se trouvent. Transgresser ce protocole, c'est prendre le risque de fausser les résultats.

— Mais toi, tu l'as fait, murmura Olivia.

— Et pas qu'un peu, répondit Eve en massant sa nuque endolorie. Je n'avais que les numéros de ceux qui me paraissaient en danger, aussi j'ai ouvert le fichier contenant leurs noms.

— Et aussi leur adresse, intervint Webster.

Eve ferma les yeux, en se demandant comment elle allait s'arranger pour ne pas mentionner Ethan.

— L'adresse, je ne l'ai eue qu'aujourd'hui. Je sortais de chez Martha et vous veniez de m'apprendre qu'elle ne s'était pas suicidée. Et…

Elle s'arrêta et fixa Webster.

— Pour que vous compreniez, il faudrait que je reprenne depuis le début… J'avais installé une alerte Google pour Martha. Ce matin, j'ai donc vu apparaître l'article mentionnant son suicide. Je ne savais que faire, j'ai aussitôt songé à me confier à mon directeur de thèse. Je lui ai tout dit pour Martha.

— Vous avez admis avoir enfreint les règles de votre procédure de recherche ? demanda Webster. C'était courageux.

— Je n'avais pas le choix, murmura-t-elle.

Une lueur d'admiration passa dans le regard de Webster.

— Je ne voulais pas avoir un autre suicide sur la conscience. Mais lui, il n'a rien voulu entendre. Quand je lui ai montré l'article, il l'a mis dans sa broyeuse en me demandant de ne plus jamais le mentionner.

— Quel salaud, murmura Abbott.

— D'un point de vue technique, il n'avait pas tort. Mais je suis d'accord avec vous, c'est un comportement de salaud. En sortant de chez lui, j'ai décidé de mettre en garde celles qui me semblaient en danger. Je savais où travaillait Christy parce qu'elle me l'avait dit — ou plutôt parce que Gwenivere l'avait dit à Pandore. A l'époque, elle avait besoin de parler… Elle passait tellement de temps sur le jeu qu'elle craignait de perdre son poste. Mais elle ne pouvait pas s'arrêter.

— Elle était devenue dépendante, déclara posément Webster.

Eve acquiesça tristement.

— Quand je me suis présentée au bureau de Christy, j'ai appris qu'elle n'était pas venue aujourd'hui. Comme je ne pouvais rien faire de plus, je suis allée chez Martha pour me renseigner sur la date de son enterrement. Et vous étiez là, inspecteur Webster.

— Et c'est ensuite que tu m'as appelée ? demanda Olivia.

— Pas tout de suite, répondit Eve, dont le cœur commençait de nouveau à s'accélérer. Je suis d'abord retournée chez moi pour me connecter, dans l'espoir que Christy serait en ligne. Je ne l'ai pas trouvée au Neuvième Cercle, donc j'ai voulu lui rendre visite chez elle, c'est-à-dire dans la maison qu'elle possède sur *Shadowland*. Et là, j'ai trouvé une couronne noire sur sa porte et... Et un truc incroyable...

Elle déglutit péniblement.

— Elle était pendue dans sa chambre. Et elle avait perdu ses chaussures.

— Qu'est-ce que ça veut dire ? demanda Webster d'un ton incrédule.

— Ça veut dire que j'ai vu Christy pendue sur internet, exactement comme dans sa chambre. J'ai pensé à appeler le 911, mais je me suis dit qu'on me prendrait pour une folle. Alors j'ai appelé Olivia, ici, au commissariat, parce que je n'avais pas son numéro de portable.

— Il va falloir remédier à ça, intervint Olivia. S'il t'arrivait quoi que ce soit, ma sœur ne me le pardonnerait pas.

Eve eut un pauvre sourire.

— Je voulais te demander de te procurer l'adresse de Christy et de vérifier que tout allait bien pour elle. Je savais que tu me prendrais au sérieux.

— Comment avez-vous eu cette adresse, au bout du compte ? demanda Webster d'un ton plus calme.

— Ne répondez pas, intervint Matt.

Puis il haussa un sourcil en voyant que Noah faisait la moue.

— Pour le moment, précisa-t-il.

— Je suis allée chez Christy, poursuivit Eve. J'espérais que la scène sur internet n'était qu'une mauvaise blague. Je me trompais, malheureusement.

— Est-ce qu'il y avait aussi une couronne noire sur la porte de la maison virtuelle de Martha ? demanda Webster.

— Je n'ai pas pensé à vérifier, j'étais trop secouée. Hier, en tout cas, elle n'y était pas.

— Nous vérifierons ensemble tout à l'heure, proposa Noah. Et Samantha Altman ?

— Elle ne fait pas partie de mon programme de recherche. Je suis désolée.

— Comment le savez-vous ? demanda Noah.

De nouveau Matt Nillson intervint.

— Tout ce que ma cliente peut vous dire, c'est qu'elle a vérifié sur sa liste et que Samantha Altman n'y figure pas.

Webster secoua la tête.

— Deux des victimes y figurent. Ça ne peut pas être une coïncidence.

— C'en est une, je vous assure, affirma Eve. Il faut chercher un autre lien. Christy et Martha dépensaient beaucoup d'argent dans le monde virtuel, peut-être que la troisième aussi. Ce qui est sûr, c'est que celui qui a tué Christy savait qu'elle jouait sur *Shadowland*.

Elle soupira.

— Il a probablement choisi et piégé ses proies sur ce site.

Christy n'aurait jamais fréquenté ce site, si on ne l'avait pas sollicitée pour un sujet de recherche. Eve préférait ne pas y penser pour l'instant. La culpabilité, ce serait pour plus tard.

Webster secoua la tête.

— Et vous croyez qu'il aurait pu tomber par hasard sur deux de vos sujets ?

— Ce n'est pas impossible, s'il est de Minneapolis. Nous demandons aux sujets de se déplacer jusqu'à l'université pour les tests de contrôle et, pour des raisons de commodité, nous avons choisi des gens résidant à Minneapolis-

Saint Paul. Donc si le tueur cherche des femmes venant de Minneapolis-Saint Paul, il a pu tomber sur deux de mes sujets.

— Ça se tient, reconnut Webster.

— Je vous ferai remarquer que nous ne savons toujours pas si Samantha jouait sur *Shadowland*, intervint Abbott.

— Siren Song pourrait aussi être le lien entre ces femmes, fit Jack.

— Ou n'importe quoi d'autre, murmura Abbott.

— Nous savons tout de même que cet homme a rencontré Christy sur *Shadowland*, dit Webster. C'est là que nous devons commencer à le chercher. Vous nous aideriez, Eve ?

— Bien entendu. Je ferai ce que vous voudrez.

Lundi 22 février, 19 h 45

En sortant du commissariat, Liza avait réussi à retenir ses larmes jusqu'à la maison. Assise à la table de la cuisine, elle contempla le papier que lui avait remis l'agent qui l'avait reçue. Elle lui avait donné le nom de sa sœur et il l'avait entré dans son ordinateur.

Puis il s'était tourné vers elle en fronçant les sourcils.

— Vous prétendez que votre sœur travaille pour une société de nettoyage ?

— Oui, bien sûr, c'est ce qu'elle fait.

— J'ai bien peur que non, avait-il répondu.

Il avait tourné l'écran pour qu'elle puisse lire par elle-même.

Deux heures plus tard, elle n'arrivait toujours pas à croire ce qu'elle avait découvert. « Racolage sur la voie publique »…

— Nous avons interpellé votre sœur il y a deux mois, vous ne le saviez pas ?

Lindsay avait vendu son corps… Et à présent elle avait disparu. *Il faut que je la retrouve.*

Mais par où commencer ?

Rencontrer des prostituées dans la rue. Les interroger. Quelqu'un connaissait forcément sa sœur. Quelqu'un savait.

Il faut que je sache.

Lindsay était peut-être blessée, seule, attendant du secours.

Elle a besoin de moi. Je dois l'aider.

7

Lundi 22 février, 20 h 15

— Surprenant, commenta Abbott.

Eve leur montrait *Shadowland* et Abbott paraissait fasciné par ce qu'il découvrait. Noah, lui, était surtout fasciné par l'expression concentrée d'Eve.

L'avocat était installé à la table ronde, un peu en retrait, près d'Olivia. Noah songea qu'ils étaient là pour protéger Eve. *Je ne suis pas le seul à vouloir prendre soin d'elle.*

Elle lui jeta un regard en coin.

— Vous voyez l'écran, inspecteur ? demanda-t-elle.

Il comprit qu'elle en avait assez de se sentir dévisagée.

— Oui, répondit-il. Vous pouvez nous montrer la boutique de Pandore ?

— Je croyais que nous devions attendre l'inspecteur Phelps.

— Il est retourné sur la scène du crime. Il nous rejoindra dès que possible.

— Très bien.

Elle tapota sur son clavier.

— Bienvenue au Palais des Mille Visages, dit-elle.

Abbott laissa échapper un sifflement.

— Tous ces visages… C'est à vous donner la chair de poule.

Elle eut son petit sourire en coin à la Monna Lisa, celui que Noah avait cru soigneusement étudié. Il savait à présent qu'un monstre lui avait tailladé le visage en endommageant les nerfs d'un côté.

— Oui, on se croirait dans un vieux film d'horreur, dit-elle.

Elle cliqua pour faire apparaître un avatar de femme, une blonde au visage doux.

— Je vous présente Pandore, la propriétaire de cette boutique.

Pandore… Eve songea qu'elle avait bien choisi son pseudo… Comme si elle avait toujours su que son intrusion dans *Shadowland* serait source de problèmes.

— Les clients viennent ici essayer des visages, expliqua-t-elle. Pendant ce temps, nous parlons à bâtons rompus… Comme on le ferait dans n'importe quelle boutique.

— Je vois, commenta Abbott. Montrez-nous l'avatar de Martha Brisbane.

— Voici les six derniers avatars de Desiree. Tous de première qualité. Martha dépensait pas mal d'argent pour *Shadowland*.

— Mais où le trouvait-elle, cet argent ? demanda Noah, tout en admirant les visages éthérés qui s'affichaient à l'écran.

— Je l'ignore. Les participants qui prennent *Shadowland* au sérieux sauvegardent leurs gains et leurs dépenses. Vous devriez trouver des traces de ses comptes dans son ordinateur.

Mais Micki n'avait rien tiré de l'ordinateur de Martha. Noah espérait qu'elle aurait plus de chances avec celui de Christy.

— Que fais-tu de l'argent que tu gagnes en vendant tes avatars, Eve ? demanda Olivia.

— Presque tout passe dans mon loyer et dans la publicité pour le Palais. Le reste, Pandore le donne à une association caritative de *Shadowland*.

De nouveau, elle eut son petit sourire.

— Elle aime aider la communauté.

— C'est vous qui avez dessiné ces visages ? demanda Noah.

Elle acquiesça.

— Autrefois, je voulais devenir une artiste. Ma main droite étant abîmée, je me suis tournée vers le dessin assisté par ordinateur. Je manipule plus facilement une souris qu'un crayon.

Il fut touché par cette confidence.

— Vous êtes douée, dit-il seulement.

Elle en rosit de plaisir.

— Merci. Je m'intéresse beaucoup aux visages. Les traits et l'expression d'un visage en disent long sur quelqu'un... Selon le type d'avatar que choisissent mes clients, je sais à quoi ils aspirent. Déformation professionnelle, je suppose. Où voulez-vous aller, à présent ?

— Dans la maison virtuelle de Martha, répondit Noah.

— C'est Greer qui va nous y emmener, annonça-t-elle en faisant apparaître à l'écran une rousse plantureuse et assez peu vêtue.

Abbott faillit s'étrangler de rire.

— Celle-ci est plutôt originale ! s'exclama-t-il.

— C'était l'idée, avoua Eve d'un air gêné.

Puis elle leva les yeux au ciel.

Noah se retint de sourire.

— Je comprends la signification du pseudo « Pandore », mais pourquoi Greer ? demanda-t-il.

Elle haussa ostensiblement les épaules.

— Cela signifie « gardienne » ou « protectrice ».

— Je vois, dit-il.

Non seulement il voyait, mais il appréciait. De plus en plus. Le destin… Peut-être…

Un téléphone portable sonna.

— C'est le mien, dit Olivia en ouvrant un message. Mlle Lee, de Siren Song, vient d'enregistrer pour un vol à destination de Vancouver. Je rejoins Kane à l'aéroport. Vous me tiendrez au courant ?

— Bien entendu, répondit Noah. Toi aussi, tiens-nous au courant.

— Merci, Olivia, dit Eve. Nous nous trouvons dans le quartier branché de la ville, commenta-t-elle tandis que Greer avançait d'un pas décidé sur un trottoir bondé. Martha-Desiree avait les moyens.

— Il fait toujours nuit, sur *Shadowland* ? demanda Abbott.

— Pas du tout. Le temps s'y déroule comme dans le monde réel. Mais ceux qui travaillent dans la journée ne voient que la nuit, forcément.

— Il y a aussi ceux qui y passent dix-huit heures par jour comme Martha, intervint Noah.

— Ils sont plus nombreux que vous ne pensez, soupira Eve. Trop nombreux.

Greer poussa la porte d'un immeuble.

— Il y a une couronne noire sur la porte de Martha ! s'exclama Eve.

On ne pouvait pas la rater. Elle était aussi large que le battant.

— Et elle n'y était pas hier, c'est bien ça ? demanda Noah.

— Non. Vous voulez que j'entre chez elle ?

— Ça dépend, répliqua Noah d'un ton pince-sans-rire. Est-ce qu'il nous faut un mandat virtuel ?

Eve sourit.

— J'ai des connaissances. S'il faut un mandat, je l'obtiendrai plus tard.

— Alors, allons-y.

Greer ouvrit. Et ce qu'ils découvrirent leur ôta l'envie de plaisanter.

— Seigneur ! murmura Noah. C'est exactement comme ça que nous l'avons trouvée. Tout y est. Jusqu'aux chaussures.

Eve fit un gros plan sur le visage de l'avatar.

— Il a accès au compte de Martha, murmura-t-elle. Il a maquillé son visage comme celui d'une prostituée.

— Mais je croyais que c'était vous qui aviez dessiné cet avatar, s'étonna Abbott.

— Mes clients peuvent apporter des modifications à leur avatar s'ils le désirent. Ils ont accès à mon logiciel de dessin.

— Certains doivent en profiter pour dessiner eux-mêmes, fit remarquer Noah.

— Ça arrive, oui. Mais la plupart du temps ils se contentent de modifier des détails. En tout cas, celui qui a fait ça avait accès au compte de Desiree. Il a peut-être laissé des traces de son passage. Vous avez l'ordinateur de Martha ?

— Oui, mais il est vide, répondit Noah. Nous tentons de retrouver des données dans le disque dur.

— C'est *une* manière de procéder, dit-elle en insistant sur le « une ».

Noah se pencha vers elle, imperceptiblement.

— Vous en connaissez une autre ?

Elle recula, insensiblement.

— Eh bien… Oui. Plusieurs. Vous pourriez demander gentiment aux *webmasters* de ShadowCo de vous laisser entrer dans le dossier de Martha. Ou bien… Vos experts pourraient y accéder par des voies moins traditionnelles, depuis l'un de leurs ordinateurs.

— Mais vous, Eve, vous ne sauriez pas le faire, n'est-ce pas ? demanda Abbott.

— Eve, intervint Matthew.

Noah avait presque oublié sa présence. Il aurait bien voulu se débarrasser de lui.

Eve sourit.

— Ce n'est pas si compliqué que ça. Un lycéen en serait capable.

Elle n'avait pas dit oui, mais elle n'avait pas nié non plus. Cela n'échappa pas à Noah.

— Emmenez-nous maintenant au Neuvième Cercle, ordonna-t-il.

Le Neuvième Cercle était indiqué par une enseigne au néon représentant un château dont les tours étaient en feu. Greer entra d'un pas décidé et tranquille. Noah ne put s'empêcher de penser qu'Eve aussi avait cette démarche de conquérante. Il se demanda comment c'était possible, avec tout ce qu'elle avait vécu.

— La musique est nulle, dit-il en faisant la grimace.

— Oui, mais comme personne ne vient pour la musique ça n'a aucune importance. Que voulez-vous voir ?

— Est-ce que le personnage qui dansait hier soir avec Christy est là ce soir ? demanda Noah.

Il fallut à Eve quelques minutes pour chercher au milieu de la foule d'avatars qui se trémoussaient.

— Non, dit-elle enfin. Il n'y est pas. Je me souviens que son avatar venait de la boutique de Claudio, l'une des plus chères de *Shadowland*. C'est tout ce que je sais.

— Vous pourriez nous le décrire ? demanda Abbott. Nous tenterons de le retrouver par son inscription.

— Il a pu utiliser un faux nom, même pour son inscription ; c'est ce que font la plupart des gens. Le seul endroit où vous trouverez des renseignements exacts, c'est dans les banques virtuelles.

— Même dans le monde virtuel, il faut suivre la piste de l'argent, à ce que je vois, fit remarquer Noah.

Elle se déconnecta.

— J'y retournerai tout à l'heure, dit-elle. Depuis chez moi. S'il est là, je vous préviendrai.

— N'entrez pas en contact avec lui, prévint Noah. Nous nous en chargerons.

Elle acquiesça d'un air grave en se levant.

— Bien entendu.

Elle mentait, mais il ne s'en inquiéta pas. Elle projetait de pirater le site. Qu'elle le fasse. Ça leur ferait gagner du temps.

Matthew Nillson se leva aussi.

— Je vous raccompagne chez vous, Eve, proposa-t-il.

Sûrement pas, songea Noah. Il revit le regard affamé qu'elle avait posé sur lui hier. Et aujourd'hui ils se rencontraient en dehors du bar… C'était le destin.

— Je préférerais qu'on me raccompagne jusqu'à ma voiture, dit-elle. Elle est toujours chez Christy.

— Je vous y emmène, s'empressa de répondre Noah. C'est une scène de crime, ajouta-t-il en voyant que Nillson ouvrait la bouche pour protester.

— Ne vous inquiétez pas, dit Eve à Nillson. Je ferai attention à ce que je dis.

— Ce n'est tout de même pas prudent, je vous aurai prévenue, fit-il remarquer.

Elle lui sourit, puis lui adressa un clin d'œil.

— Merci d'être venu à mon secours, dit-elle. Je ferai à Callie un excellent rapport sur vous.

Elle se tourna vers Noah.

— Inspecteur, je suis prête. Nous pouvons y aller.

Lundi 22 février, 21 heures

La personne qui renseignait Webster s'était rendue chez Christy et, dans la panique générale, elle avait perdu ses clés. Tout en grimpant les trois étages qui menaient à son appartement, il songea qu'elle était bien négligente… Elle n'était pas encore rentrée, mais elle finirait bien par revenir. Il ne lui restait plus qu'à l'attendre.

Quelqu'un allait la raccompagner, puisqu'elle n'avait pas ses clés de voiture. Elle n'était sûrement pas aussi stupide que Christy, qui avait eu la déplorable habitude de laisser un double de son trousseau sous le paillasson et sous sa voiture.

Il espéra que celui qui la ramènerait la déposerait en bas et filerait sans attendre. Il était prêt à en tuer deux, mais c'était plus compliqué.

Tout le monde penserait qu'elle avait quitté la ville pour quelques jours. Après tout, découvrir un cadavre, ça vous secouait. Il fallait museler Eve. Personne ne devait découvrir que les pendues faisaient partie des sujets qu'elle testait pour sa thèse. Elle-même n'aurait pas dû savoir que Christy participait à sa recherche. Peut-être d'ailleurs ne le savait-elle pas. Mais il ne voulait pas prendre de risques.

Il ouvrit la porte de son appartement et se glissa à l'intérieur. C'était mignon et bien rangé, mais le toit fuyait. Comment faisait-elle pour supporter ce goutte-à-goutte permanent ? Il y avait de quoi devenir fou.

Mais ça n'allait plus la déranger très longtemps. Le revolver qu'il avait dans sa poche la convaincrait de monter dans son 4x4. Et la seringue — dans l'autre poche — la ferait tenir tranquille pendant le voyage. Ensuite, il la mettrait dans sa fosse, là où personne ne la trouverait. Et entre le voyage et la fosse… il s'offrirait un petit extra.

Elle avait laissé son ordinateur posé sur l'accoudoir d'un grand fauteuil. Il en fut surpris. Tant mieux. Il l'emporterait. Mais elle avait peut-être des notes. Il lui fallait tout ce qui pouvait permettre de faire le lien entre les victimes et la thèse. Il fouillait son bureau quand il entendit claquer la porte de l'immeuble. *Merde*. Il aurait préféré la coincer en bas.

— Evie ? fit une voix d'homme.

Des bruits de pas dans l'escalier.

— Evie ?

Il avait laissé la porte entrouverte et il était trop tard pour la refermer. Le cœur battant, il s'engouffra dans la penderie. *J'aurais dû embarquer l'ordinateur et filer.*

— Evie ?

L'homme poussa le battant. A travers une fente dans le bois du placard, il le vit entrer dans le salon et s'arrêter à quelques centimètres de sa cachette. Son cœur battit bruyamment à son oreille quand il leva les yeux pour évaluer la dangerosité de l'inconnu. Il était grand, beaucoup trop grand pour qu'il puisse le maîtriser suffisamment longtemps — le temps de lui planter une aiguille dans le cou —, même avec l'avantage de la surprise. *Tire. Tout de suite.* Mais il y aurait eu du sang partout, et descendre ce gorille du troisième étage aurait relevé de l'exploit.

Des gouttes de sueur froide perlèrent à son front. Il resta là, immobile, le doigt sur la détente.

— Evie, tu as encore oublié de fermer ta porte, poursuivit l'homme sur un ton de reproche.

Comme il n'obtenait toujours pas de réponse, il parut brusquement s'affoler et courut vers la chambre.

— Evie !

Prends l'ordinateur.

Il sortit sans bruit du placard et se dirigea vers le fauteuil. *Merde*. Des pas. Il fit demi-tour vers la sortie et dévala l'escalier au moment où le visiteur d'Eve revenait dans le salon.

Il s'engouffra dans sa voiture, galvanisé par l'adrénaline. En regardant autour de lui, il remarqua une camionnette rouge à plateau qui n'était pas là quand il était arrivé.

Il chargea sur son BlackBerry un site permettant de localiser la provenance d'une plaque d'immatriculation, et tapa le numéro de la camionnette. L'homme venait de l'Illinois et il s'appelait David Hunter. Ce nom ne lui disait rien… Il espéra qu'il ne tarderait pas à partir.

Sinon, il serait obligé de se débarrasser de lui. Parce qu'il devenait urgent d'éliminer Eve.

Lundi 22 février, 21 h 15

— Je peux vous ramener demain pour que vous cherchiez vos clés à la lumière du jour, proposa Webster tout en quittant l'allée de Christy.

— J'ai dû les lâcher quand ils m'ont passé les menottes.

Il hésita.

— Ils ne vous ont pas malmenée, au moins ?

Dès que les gens savaient, pour l'agression, ils devenaient précautionneux avec elle. Elle avait l'habitude et ne s'en formalisait plus. Mais ce soir, venant de cet homme, cela lui fit mal.

— Non, répondit-elle sèchement.

Puis elle soupira.

— Quand quelqu'un est au courant de ce qui m'est arrivé,

son comportement avec moi change. J'en ai marre qu'on me traite comme si je risquais de me briser en morceaux au moindre souffle d'air.

Elle sourit, pour adoucir un peu ses paroles.

— Tout le monde veut savoir d'où viennent mes cicatrices, qui m'a agressée et pourquoi, et quel effet ça fait de mourir, et si j'ai vu une lumière blanche ou le Seigneur. Vous avez sûrement des tas de questions à me poser. Cessez de tourner autour du pot. Allez-y carrément, je vous écoute.

Il lui lança un de ses regards indéchiffrables, puis fixa de nouveau la route. Quelques minutes s'écoulèrent dans le silence, mais il ne posa pas de questions. L'atmosphère de l'habitacle était de plus en plus chargée. Epaisse. Dangereuse.

Pourtant, elle se sentait en sécurité avec lui. Même enfermée dans sa voiture, à sa merci... Le danger ne venait pas de lui, mais d'elle. Elle avait la sensation de marcher au bord d'un précipice, comme chaque fois qu'elle le voyait s'encadrer dans la porte de chez Sal's.

Et cette fois elle fit un pas dans le vide...

— Pourquoi venez-vous dans un bar pour boire de l'eau gazeuse ?

Il sursauta.

— Pardon ?

— Je vous sers de l'eau gazeuse depuis un an. Vous n'avez jamais commandé autre chose. Pourquoi ?

— Parce que je suis un ancien alcoolique, lâcha-t-il.

Puis il lui jeta un coup d'œil apeuré et surpris, comme s'il regrettait déjà de le lui avoir dit.

— Je n'ai pas l'habitude d'en parler, murmura-t-il.

— Ne vous en faites pas. En tant que serveuse, je serai muette comme une carpe. Mais vous avez mal interprété ma question. Ce que je vous demandais, c'était pourquoi vous veniez.

Elle connaissait la réponse, mais elle ressentait le besoin un peu pervers de le lui entendre dire. *C'est cruel, Eve. Pourquoi le pousser à avouer qu'il s'intéresse à toi, puisque tu ne peux pas lui donner ce qu'il veut ? N'insiste pas. Laisse-le tranquille.*

— Je crois que c'est pour observer les autres. J'aime ça.

— Moi aussi. Votre partenaire, par contre, n'est pas du genre à se contenter de regarder.

— Jack n'est pas un contemplatif, murmura Noah. Et il sait profiter de la vie.

— C'est ce qu'il veut faire croire à tout le monde, mais j'ai plutôt l'impression qu'il se sent terriblement seul.

— Je ne pense pas qu'il serait content de vous entendre, fit remarquer Noah.

Mais elle comprit qu'il était d'accord.

— Je sais. Mais je le lis dans ses yeux chaque fois qu'il cherche à me draguer, quand il vient chercher votre eau gazeuse.

Les poings de Noah se crispèrent sur le volant.

— Vous voulez que je lui dise de vous laisser tranquille ?

— Peu importe. De toute façon, il ne m'intéresse pas. Je ne suis pas… disponible. Ni pour lui ni pour personne.

Elle n'avait pas trouvé de manière plus délicate de le lui annoncer.

Il laissa échapper un soupir.

— Je vois.

Il voyait, oui. Et ça se sentait.

— Je suis désolée, Noah, reprit-elle d'une voix douce.

Elle ne mentait pas. Elle était vraiment désolée. Pour elle autant que pour lui.

— Je n'aurais jamais osé vous en parler, dit-il piteusement en pétrissant le volant.

— Je le sais. Et je suis flattée de l'intérêt que vous me

portez. Mais je ne veux pas que vous perdiez votre temps. Vous êtes trop gentil pour ça.

Il eut un sourire triste.

— Parfois, je suis gentil, oui. Je suis prêt à poser ma question, ajouta-t-il.

Elle étudia son profil, en essayant de se convaincre qu'elle posait sur lui un regard de professionnelle. Mais c'était faux. Souvent, elle serrait les poings pour s'empêcher de toucher sa cicatrice, mais en ce moment, c'était plutôt pour s'empêcher de caresser la joue de Noah, et cette barbe de plusieurs jours qui la recouvrait et qui devait piquer…

Mais elle ne saurait jamais ce que ça faisait d'effleurer cette joue, et la pilule lui parut brusquement très amère à avaler.

— Posez-la, dit-elle.

Il tourna la tête pour la regarder droit dans les yeux.

— Pourquoi n'êtes-vous disponible pour personne ?

Elle reçut un coup au cœur, mais elle parvint à conserver un visage impassible.

— Et si je vous répondais simplement que cette question est trop personnelle ?

— J'accepterais la réponse. Vous avez le droit d'avoir des secrets.

Mais il lui avait confié un secret, aussi elle se sentit obligée d'en faire autant.

— Je suis une femme brisée. Donc indisponible.

Un muscle de sa mâchoire tressaillit.

— Je n'en crois pas un mot, dit-il.

— Vous ne me connaissez pas.

Il demeura silencieux quelques secondes.

— Admettons. Mais ça peut changer. Je ne demande qu'à vous connaître. Laissez-moi vous approcher.

— J'aimerais tant vous répondre oui, murmura-t-elle d'une voix qui tremblait.

Elle se tut, le temps de se reprendre.

— Mais je ne peux pas, poursuivit-elle d'un ton plus ferme. Je serais ravie de vous aider dans votre enquête. Mais pour le reste, vous n'avez rien à attendre de moi. Je suis désolée.

Elle le vit avaler sa salive.

— Très bien, dit-il enfin d'une voix altérée. Parlez-moi des femmes qui passent leur temps sur *Shadowland*.

— Pourquoi ?

— Parce que le tueur a trouvé au moins deux de ses proies sur ce site. Il comprend ces femmes, ou du moins leur avatar. Pour le coincer, je dois penser comme lui. Aidez-moi à les voir comme il les voit.

Elle faillit sourire. Accéder à sa requête signifiait livrer une partie d'elle-même. Et il le savait, probablement.

— Très bien, dit-elle. J'accepte.

Lundi 22 février, 22 heures

La salope. Il tourna le dos à cette allumeuse, une blonde décolorée, et fut vaguement tenté de laisser tomber son plan et d'en faire sa prochaine victime.

« Va te faire foutre », avait-elle répondu.

Dès qu'elles parlaient sous couvert d'anonymat, les femmes devenaient grossières. Il lui avait proposé de lui offrir un verre, histoire d'occuper son avatar. Dans le Neuvième Cercle, celui qui restait immobile attirait l'attention. Il ne voulait surtout pas attirer l'attention.

Il était furieux de ne pas avoir trouvé Eve chez elle. Et encore plus furieux d'avoir été obligé de partir en courant.

Il s'était connecté sur *Shadowland* depuis sa voiture, le temps de se calmer. La colère poussait à commettre des erreurs — et il n'avait pas droit à l'erreur.

Les flics étaient en contact avec Eve, donc ils savaient, pour *Shadowland*. Pour l'instant, il n'y pouvait rien. Heureusement, personne ne pouvait deviner qu'il piégeait ses proies sur ce site. Et même si les flics s'en doutaient vaguement ils ne connaissaient pas son avatar. Et surtout, ils ignoraient qui serait sa prochaine cible.

La salope blonde ne figurait pas sur sa liste. Il se mit en quête de celle qu'il était venu chercher. Rachel Ward.

Rachel s'était mariée très jeune, mais elle n'avait pas eu le temps de fêter son cinquième anniversaire de mariage. Elle avait tout saboté en prenant des amants pendant que son mari conduisait des camions pour gagner l'argent du foyer. Il s'en était aperçu et l'avait mal pris. Il avait mis le feu au motel dans lequel elle donnait rendez-vous à ses conquêtes.

L'homme qui s'envoyait en l'air avec Rachel ce soir-là était mort. Elle, elle avait failli mourir intoxiquée par la fumée. Aujourd'hui, cinq ans plus tard, le mari incendiaire croupissait en prison. Et elle, elle avait conservé de cet épisode une peur panique du feu.

Le jour, elle travaillait. Mais la nuit, elle devenait Delilah, une danseuse de cabaret qui se produisait sur scène quatre fois par semaine au Casino Royale. Ce soir, elle ne dansait pas au casino, donc elle aurait dû traîner au Neuvième Cercle, prête à rentrer chez « elle », dans sa maison virtuelle, avec le premier qui lui offrirait un verre, pour coucher — virtuellement.

Il avait été plus d'une fois le premier et elle s'était laissée aller à quelques confidences sur l'oreiller virtuel. Lui, de son côté, lui avait avoué être plutôt timide avec les femmes et n'avoir pas de liaison dans le monde réel. Il avait prétendu se noyer dans le travail et être souvent en déplacement. C'était pour cela qu'il éprouvait le besoin de remplir sa vie avec une existence virtuelle et de sortir danser sur *Shadowland* pour rencontrer des femmes. Elle avait eu pitié de lui. Elle aussi se sentait seule…

Bien entendu qu'elle se sentait seule ! Cinq ans de célibat après avoir été une pute, c'était probablement très dur. Le sexe virtuel devait lui paraître bien morne…

« Si tu passes par Minneapolis, fais-moi signe, avait-elle proposé. Nous pourrions prendre un verre. »

Ce soir, il comptait lui faire signe, lui dire qu'il serait là demain, pour une nuit.

D'ici à demain, il aurait le temps de se préparer.

Delilah mettait le feu à la piste de danse, mais demain, ce serait Rachel qui serait face au feu.

Il leva les yeux. *Des phares…* Il referma précipitamment son ordinateur en espérant que le conducteur n'avait pas aperçu la lueur de son écran. C'était Noah Webster qui raccompagnait Eve chez elle.

Il jeta un coup d'œil à sa montre et fut surpris de constater qu'il était beaucoup plus tard qu'il ne le pensait. Il avait l'impression de n'avoir passé que quelques minutes sur *Shadowland*, mais sans doute était-ce parce que le jeu fonctionnait au ralenti quand il se connectait en Wi-Fi. *J'ai eu tort de perdre mon temps à chercher Rachel, j'aurais dû me concentrer sur Eve.*

Avec cet homme qui se trouvait toujours chez elle, sa seule chance de la coincer aurait été de l'intercepter en bas, dans l'entrée. A présent, il était trop tard. De toute façon, Webster n'allait pas la déposer et filer. En preux chevalier, il songerait probablement à s'assurer qu'elle était vraiment en sécurité.

Il ne risquait donc pas d'embarquer la belle Eve, à moins d'éliminer Webster, ce qu'il préférait éviter. Pas parce qu'il répugnait à tuer un flic, ça non. *Si Webster meurt, il aura la vedette.* Les journalistes parleraient avec respect de ce flic modèle mort en service, et il n'aurait plus aucune chance d'humilier le Hat Squad.

Il décida donc d'attendre. Il avait maintenant les clés d'Eve et pouvait revenir dès que le type à la camionnette rouge serait parti. Il fronça les sourcils. A condition qu'il parte. C'était sans doute son petit ami… Eh bien, tant pis pour lui. Il y passerait aussi. Il attendrait qu'il dorme pour lui tirer dessus. Ensuite, il n'aurait aucun mal à emporter Eve dans sa cave.

Oui, décidément, cette option était la bonne. Les flics, il les tuerait après, quand l'opinion publique serait déjà contre eux. Il rangea son ordinateur dans son étui et démarra, avec l'intention de revenir plus tard.

Lundi 22 février, 22 heures

Harvey Farmer arrêta sa voiture à un pâté de maisons de celle de Noah. Les inspecteurs s'étaient séparés, Dell suivait donc Jack Phelps, et lui Noah Webster. Harvey n'était pas certain que ce soit vraiment une bonne idée. Il espéra que l'unique fils qui lui restait possédait assez de bon sens pour ne pas tuer Phelps avant qu'ils aient eu le temps de ruiner sa réputation.

Harvey voulait écraser Phelps moralement avant de l'éliminer physiquement. Son but n'était pas de faire passer les flics pour des martyrs.

Il avait suivi Webster depuis le bureau de police jusqu'à la scène du crime, et maintenant ici, devant la maison de cette femme qui cherchait ses clés qu'elle ne retrouvait pas. Il se demanda ce qu'elle venait faire dans cette histoire. C'était la deuxième fois aujourd'hui qu'il la voyait avec l'inspecteur.

Il surveillait Webster depuis un certain temps et ne l'avait jamais surpris avec une femme. Le samedi, il entraînait bénévolement une équipe de petits qui jouaient au basket. Le dimanche, il dînait avec son flic de cousin. Le lundi, il passait la soirée chez Sal's. Le mardi, il se rendait à son club d'alcooliques anonymes.

L'idée que Webster avait peut-être une petite amie le fit grincer des dents. V. aussi avait eu une fiancée avec laquelle il avait prévu de fonder un jour une famille. Mais il n'avait pas eu le temps. Webster et Phelps lui avaient volé son avenir. Sa vie. Et ils avaient rendu Dell à moitié fou de chagrin.

Et moi avec. Cela faisait un an qu'il n'avait pas dormi une nuit entière. Mais ça valait le coup. Pour l'instant, Webster n'avait pas fait de faux pas, mais ça lui arriverait un jour, il suffisait d'être patient.

Il tourna la tête quand un 4x4 noir passa devant sa voiture. Il ne voulait pas se faire remarquer tant que le moment n'était pas venu.

Lundi 22 février, 22 heures

Noah avait écouté attentivement Eve lui parler de Gwenivere et de Desiree. Il avait l'impression de mieux les connaître, de mieux les comprendre. Et aussi de mieux comprendre Eve. Ils avaient beaucoup de points communs, mais il se garda bien de le lui faire remarquer. Elle n'était pas encore prête à l'admettre.

— Merci, dit-il. Maintenant que je sais que le monde virtuel provoque des addictions, je cerne mieux le problème.

Il soupira discrètement. L'addiction, forcément, il savait ce que c'était…

— Quand un individu ne parvient pas à atteindre ce à quoi il aspire, il arrive qu'il cherche une échappatoire, plutôt que de lutter pour obtenir ce qu'il veut.

— Et l'addiction est une échappatoire.

— Oui. Certains passent leur temps sur *Shadowland* parce qu'ils y trouvent ce qu'ils cherchent en vain dans le monde réel. La joie de vivre. L'attention. L'amour.

Elle haussa les épaules.

— Un peu comme ceux qui boivent ou se droguent.

Il aurait voulu l'écouter encore longtemps, mais il était tard et elle enfilait déjà ses gants.

— Comment allez-vous faire pour entrer chez vous sans clés ?

— J'ai confié un double à mon amie Callie. Je lui ai envoyé un texto pour qu'elle me l'apporte. Elle sera là dans quelques minutes. Vous pouvez partir, si vous voulez. Je ne risque rien.

Noah tâcha de contenir son agacement.

— Même si Samantha Altman ne participait pas à votre travail de recherche, deux de nos victimes figuraient bel et bien sur votre liste. Vous ne croyez pas que vous avez tout de même des raisons de craindre pour votre sécurité ?

— Peut-être que si, convint-elle.

Mais il comprit, au ton, qu'elle pensait le contraire.

— Vous ne me paraissez pas vraiment inquiète, murmura-t-il.

Elle fit tambouriner ses doigts sur ses genoux.

— J'ai longuement réfléchi à la question, dit-elle.

— Ça ne me surprend pas vraiment, commenta-t-il.

Elle sourit.

— Admettons que le tueur ait rencontré ces trois femmes sur *Shadowland* et dialogué avec elles. Il arrive fréquemment que les gens oublient qu'ils jouent un personnage et se laissent aller à parler d'eux-mêmes. Comme Christy quand elle venait au Palais des Mille Visages. Elle a dû se confier à cet homme. Peut-être même a-t-il pu savoir où elle habitait en lui posant des questions détournées. On parle beaucoup des gamins qui se font piéger, mais les adultes ne sont pas à l'abri.

— Très bien. Il s'arrange pour découvrir où elles habitent, ou bien il leur donne rendez-vous dans un lieu public.

— Exactement. « Vous aimez les couchers de soleil, moi aussi. Vous adorez les longues promenades dans les paysages enneigés, moi aussi. Nous avons tant en commun. Rencontrons-nous dans le monde réel. »

Elle soupira.

— Ils conviennent d'un rendez-vous. Les femmes l'emmènent chez elles. Ou bien il les suit. Il est possible qu'il choisisse ses proies à Minneapolis, mais il peut tout aussi bien sévir dans tout le pays.

— Voilà qui me rassure, commenta Noah d'un ton sarcastique.

— Mon but n'est pas de vous rassurer, rétorqua-t-elle. Ce que je veux, c'est éviter d'avoir de nouveau du sang sur les mains.

— Vous admettez donc que les meurtres ont un lien avec votre recherche.

— Je ne sais pas. Je me sens coupable parce que Christy a commencé *Shadowland* à cause de moi. Pas comme Martha, qui y jouait déjà. Et encore moins comme Samantha qui ne faisait pas partie des sujets que je suivais. Ce qui est sûr, c'est que le tueur prend contact avec ses proies *online*.

Je n'ai pas l'intention d'accepter un rendez-vous avec un membre de *Shadowland*, donc je ne cours aucun danger. Vous vous faites trop de souci pour les autres.

— Vous aussi, Greer la gardienne, murmura-t-il tout bas.

Elle rougit et il songea que ça lui allait bien. Il aurait voulu allonger le bras pour effleurer cette charmante joue rosie, mais elle se serait sûrement dérobée. La veille, il s'était juré de ne plus la revoir, mais le destin l'avait placée sur son chemin. Un signe qu'il ne pouvait ignorer…

Ils se trouvaient tous deux à un moment décisif de leur vie, mais elle prétendait vouloir poursuivre seule. Il n'allait pas insister ce soir. Plus tard…

— Touché, murmura-t-elle en ouvrant sa portière. Merci de m'avoir raccompagnée. Vous pouvez y aller.

— Ne soyez pas stup…

Il se retint à temps.

— Ne soyez pas bornée, reprit-il.

Il vit passer une ombre devant une des fenêtres de son appartement.

— Vous avez une colocataire ? demanda-t-il en fronçant les sourcils.

Elle leva des yeux inquiets vers l'étage.

— Non. Si c'était le cas, je n'aurais pas eu besoin de réclamer le double des clés à Callie, il m'aurait suffi de frapper à la porte.

— Venez, dit-il. Mais restez en bas.

Il grimpa l'escalier en courant et poussa le battant, revolver au poing, en reculant quand il s'ouvrit. Un homme était là, en jean, torse nu, une serviette autour du cou. Des yeux gris acier contemplèrent le revolver, puis le visage de Noah.

— Je peux faire quelque chose pour vous ? demanda calmement l'homme.

Mais ses poings se crispèrent sur la serviette.

« Je ne suis pas disponible », avait-elle dit. A présent, il voyait pourquoi. Jack passait pour séduisant, mais à côté de ce type…

— Qui êtes-vous et comment êtes-vous entré ? grommela-t-il.

Le visage parfait de l'homme se figea.

— Je suis un ami de la personne qui habite ici, répondit-il sèchement.

Je m'en doutais.

— Soyez raisonnable, ne bougez pas, dit Noah.

Il avança d'un pas, sans quitter le regard de l'homme.

— Eve ! appela-t-il. Voulez-vous monter, je vous prie ?

Elle grimpa en courant, puis s'arrêta sur le palier.

— Oh, mon Dieu ! s'exclama-t-elle. David ?

Puis elle passa devant Noah et se jeta dans les bras de Monsieur Parfait, lequel la fit virevolter, avant de la reposer.

— Laisse-moi te regarder, murmura David en la prenant par le menton. Mais tu es superbe… On devine à peine…

Il se tut en voyant qu'elle ne souriait plus.

— Je suis désolé, murmura-t-il.

— Ce n'est pas grave, dit-elle en souriant de nouveau. Mon chirurgien est un magicien. Qu'est-ce que tu fais là ?

Noah commençait à en avoir assez qu'ils se comportent comme s'il n'existait pas.

— Comment êtes-vous entré ? demanda-t-il.

Eve fronça les sourcils en fixant David.

— C'est vrai, ça… Comment es-tu entré ?

— Tu avais laissé ta porte ouverte. Une fois de plus.

Elle secoua la tête. Elle avait pâli.

— Non. Sûrement pas. Je ne laisse plus ma porte ouverte.

— Elle l'était, insista David. Il faut que tu sois plus prudente, Eve.

— Mais je ferme toujours ma porte, c'est un réflexe, protesta Eve. Oh, Seigneur… Mon ordinateur…

— Il est là, fit remarquer David.

Elle poussa un soupir de soulagement.

— Et qu'êtes-vous venu faire ici ? reprit Noah.

David haussa les sourcils.

— Je suis là pour réparer son toit. Et vous, qui êtes-vous ?

— David, je te présente l'inspecteur Webster, intervint précipitamment Eve. Inspecteur, je vous présente un vieil ami de Chicago, David Hunter.

Noah serra à contrecœur la main que lui tendait Hunter.

— Vous êtes venu de Chicago pour réparer son toit ? demanda-t-il.

Il aurait bien voulu dissimuler son agacement, mais c'était au-dessus de ses forces.

— Elle m'avait laissé un message pour que je lui explique comment procéder. Je ne voulais pas qu'elle grimpe sur le toit et j'avais justement quelques jours de vacances. Ecoutez, je gèle, pourquoi ne pas entrer et fermer la porte ?

— Inutile, je dois partir. Puis-je parler à Eve une minute, en privé ?

Il attendit qu'elle le rejoigne sur le palier et qu'elle tire le battant.

— Il vient souvent pour vos réparations ?

— C'est la première fois qu'il se déplace, répondit Eve d'un air songeur. Je pense qu'il y a une autre raison à sa venue, mais je m'en tiendrai au toit pour l'instant. La journée a été longue… Rentrez chez vous, je suis en sécurité avec lui.

Il n'en doutait pas.

— Vous avez mon numéro de portable, dit-il. Si vous décidez de retourner sur *Shadowland*…

— Greer n'entrera pas en contact avec l'avatar qui a

abordé Gwenivere la nuit dernière, je vous le promets. Si je le vois, je vous préviens aussitôt. Et je n'accepterai aucun rendez-vous. J'ai compris.

— Très bien, dit-il.

Il avait descendu un étage, quand elle le rappela. Il leva la tête. Elle était penchée par-dessus la rambarde.

— Je ne sors pas avec David, murmura-t-elle. Cela ne change rien en ce qui nous concerne, mais je ne voudrais pas que vous pensiez que je vous ai menti.

Il acquiesça.

— Nous restons en contact. Et fermez votre porte.

Lundi 22 février, 22 h 20

Quand Eve revint, David avait décroché son téléphone.

— Un flic l'a raccompagnée, disait-il.

Il se tourna vers elle et lui jeta un regard grave.

— C'est Ethan, expliqua-t-il.

Elle fit la grimace.

— Zut ! Je l'avais oublié.

— Oui, en effet, tu l'avais oublié.

Il lui tendit le téléphone.

— Il veut te parler.

— Tu te rends compte que je me suis fait un sang d'encre ? lui lança Ethan.

Il parlait tout bas, signe qu'il n'avait encore rien dit à Dana. Tant mieux.

— Je suis désolée, Ethan. Je viens juste de rentrer du bureau de police et je n'ai rien avalé aujourd'hui. Est-ce que je peux te rappeler dans un petit moment ? Je vais avoir besoin de conseils pour pirater un site.

Ethan poussa un soupir las.

— Appelle-moi sur mon portable, pas sur le fixe, les gamins sont couchés.

Quand elle raccrocha, David la contempla d'un air méfiant, tout en boutonnant sa chemise.

— Je vais te préparer à dîner, et pendant ce temps tu m'expliqueras ce qui se passe.

Le voir s'activer dans la cuisine raviva chez Eve de vieux souvenirs.

— Tu faisais souvent la cuisine pour moi, dit-elle.

Il se figea, puis se remit à fouiller dans son réfrigérateur.

— Quand nous attendions ensemble le retour de Dana, fit-il remarquer d'une voix douce.

Dana était rentrée plus d'une fois en pleine nuit avec une femme terrifiée qui fuyait un mari violent. Elle la trouvait en général sous un arrêt de bus et devenait parfois elle-même la cible de la colère du mari. David l'avait toujours soutenue et aidée, notamment en s'occupant des réparations du foyer qu'elle dirigeait.

Il avait été amoureux de Dana et il l'était encore, probablement. D'après ce qu'en savait Eve, il ne s'était jamais déclaré. Puis Ethan était entré dans la vie de Dana. Ça devait être dur pour David d'apprendre que leur famille allait encore s'agrandir.

Il posa des oignons et des poivrons sur une planche à découper.

— Où sont les couteaux ? demanda-t-il.

— Sur l'étagère du haut, dans la boîte qui ferme à clé. La clé est scotchée sous la boîte.

Il lui jeta un coup d'œil par-dessus son épaule.

— Tu fais toujours des cauchemars ?

Elle haussa les épaules. Elle préférait ne pas s'étendre sur le sujet.

— Parfois. Comment as-tu deviné que j'avais appelé Ethan ?

— J'étais inquiet de ne pas te trouver chez toi. J'ai rappelé le dernier numéro que tu avais composé, c'était celui d'Ethan. Il était complètement survolté. Il m'a dit que tu avais été embarquée par les flics et qu'une femme était morte.

— J'aurais dû penser à le rassurer.

— Oui, tu aurais dû. Mais j'imagine que tu avais d'autres soucis.

Elle le regarda couper ses légumes avec une dextérité digne d'un grand cuisinier.

— Pourquoi es-tu venu ici ? demanda-t-elle.

— Dana grimpait régulièrement sur le toit. J'ai eu peur que tu décides de suivre son exemple et que tu te brises le cou. J'ai vidé tes seaux, au fait. Ils étaient sur le point de déborder.

— Merci. Pour mes seaux et pour être venu à mon secours. Mais un coup de fil aurait suffi, tu sais. Je n'avais pas l'intention de me promener sur le toit.

— J'avais quelques jours de congé, je me suis dit que ce serait une bonne manière de les utiliser. Je commencerai les réparations demain.

Les yeux d'Eve tombèrent sur le calendrier aimanté à son réfrigérateur. Le jeudi était entouré en rouge.

— C'est jeudi que Dana fête son futur accouchement avec ses copines, dit-elle. Chez ta mère.

Les larges épaules de David s'affaissèrent et elle comprit qu'elle ne s'était pas trompée. Il l'aimait toujours. Leurs familles étaient proches et se fréquentaient beaucoup. Il avait dû beaucoup souffrir.

— Tu connais un jeu qui s'appelle *Shadowland* ? demanda-t-elle pour changer de conversation.

Il versa les légumes dans une poêle.

— « Vous aimeriez parfois vous rendre là où personne ne connaît votre nom », récita-t-il.

Puis il se tourna vers elle en souriant. Mais ses yeux ne souriaient pas.

— Tu joues ? demanda-t-elle, surprise.

— Ça m'arrive, quand je suis de service, entre deux appels au secours. Ça fait passer le temps.

— Eh bien, mon cher David, j'ai une histoire à te raconter.

8

Lundi 22 février, 22 h 45

Micki et Jack se trouvaient dans le bureau d'Abbott quand Noah revint. Jack et Mick relisaient de vieux rapports. Abbott était absorbé par ce qui se passait sur son écran.

— Qu'est-ce qu'il fabrique ? demanda Noah à Jack.

— Il joue, répondit Jack. Il est complètement fasciné par *Shadowland.*

— Pas du tout, protesta Abbott. J'enquête au Neuvième Cercle.

Noah observa l'avatar guidé par Abbott, qui se frayait un chemin parmi la foule.

— C'est toi, ça ?

— Oui. Je n'espère pas attirer une beauté comme la Greer d'Eve, mais c'est tant mieux. Ma femme n'apprécierait pas.

— Mais où t'es-tu procuré cet avatar ?

— Je l'ai acheté dans la boutique de Pandore.

Noah battit des paupières.

— Tu l'as acheté ? Mais je croyais que tu n'y comprenais rien.

— C'est ce que je voulais faire croire à Eve, pour qu'elle nous explique tout par le menu, ce qu'elle a fait avec beaucoup d'application, je dois le reconnaître. Mais ce n'est pas très compliqué de se débrouiller, notre tueur n'a pas besoin d'être un expert en informatique. Par ailleurs, l'endroit est vraiment surprenant.

Noah secoua la tête et alla rejoindre Micki et Jack.

— C'est incompréhensible, murmura-t-il.

— Je sais, répondit tout bas Micki. Ça fait des années qu'il fait l'idiot avec moi, mais maintenant il s'est démasqué.

— J'entends tout, fit la voix d'Abbott.

Micki leva les yeux au ciel.

— Du nouveau ? demanda Noah.

— Nous avons trouvé le serpent, répondit Jack en faisant la grimace. Enfin, ce qu'il en restait.

— Un serpent à sonnette, annonça Micki. Dehors, dans la neige. Sans tête.

— Je croyais que les serpents à sonnette appartenaient à une espèce menacée, fit remarquer Noah.

— C'est le cas, répondit Micki. Et on en trouve rarement à cette période de l'année, puisqu'ils sont censés hiberner. Je pense que celui-ci vivait en captivité. Nous appelons les zoos et les universités. Pour l'instant, pas de disparition, mais on espère que ça donnera quelque chose.

— Mais pourquoi un serpent ? murmura Noah. C'est nouveau, par rapport aux précédents scénarios.

— Parce qu'il est complètement malade, voilà pourquoi, grommela Jack.

— Un malade qui connaît bien le travail de la police scientifique, fit remarquer Micki. Il n'a pas laissé une empreinte, pas un poil, pas un cheveu. Rien.

Le téléphone sonna et ils se turent quand Abbott décrocha.

— Olivia, leur dit-il.

Puis il se tut pour écouter.

— Ils ont la liste des employées de Siren Song, annonça-t-il en raccrochant. Cassandra Lee s'est montrée coopérative quand elle a su de quoi il s'agissait.

Noah soupira.

— Christy et Samantha ne travaillaient pas pour elle, c'est ça ?

— Non. Webster, procure-toi la liste des sujets qui participent à l'étude menée par Eve, et arrange-toi pour trouver quel est le lien de Samantha avec tout ça. Micki, on a réussi à tirer quelque chose du disque dur de Martha ?

— Pas encore, répondit-elle d'un air contrit. Celui qui l'a nettoyé a fait du bon travail. C'est comme si elle ne s'en était jamais servie.

Noah se figea.

— Mick, tu as les photos de l'appartement de Martha ? Celles où il y a la pagaille ?

— Dans mon dossier, répondit Micki en les sortant pour les étaler sur la table.

— Merde ! Elle avait deux ordinateurs sur son bureau ! s'exclama Noah en montrant l'une des photos. Nous n'en avons trouvé qu'un. Et celui qui manque a l'air beaucoup plus récent que celui que nous possédons. Je me demandais pourquoi une consultante en informatique se contentait d'une vieille machine, j'ai la réponse.

Micki fit la moue.

— J'ai perdu mon temps à fouiller le disque dur d'un ordinateur qu'elle n'utilisait plus.

— Ce type est vraiment très fort, intervint Jack d'un air songeur. Très malin.

— Il a emporté l'ordinateur de Martha pour qu'on ne trouve pas de traces de son activité sur *Shadowland* dans son disque dur et dans ses caches, commenta Micki. Parce qu'il savait que nous pouvions reconstituer ses déplacements sur le site, et même savoir avec qui elle avait communiqué.

Abbott paraissait démonté.

— Dans ce cas, il faut absolument que nous ayons accès aux dossiers de Christy et de Martha pour ce jeu. Quelqu'un a modifié leurs avatars. Si nous trouvons qui, nous tenons notre assassin.

— Tu parles de piratage ou tu voudrais passer par la grande porte ? demanda Micki.

— Par la grande porte, répondit Abbott. Jack, accélère un peu les recherches pour notre fétichiste, Taylor Kobrecki. Pour l'instant, nous n'avons pas d'autres suspects. Noah, procure-toi la liste des sujets d'Eve. Rendez-vous ici demain matin, à 8 heures.

Lundi 22 février, 23 h 15

— Tu peux rentrer chez toi, tu sais, dit Eve à Callie qui était arrivée avec ses clés peu après le départ de Noah. David est là, je ne risque rien.

— Oui, c'est ce que je vois, murmura Callie tout en contemplant rêveusement le beau David qui battait vigoureusement une sauce avec un fouet électrique.

Eve soupira. Toutes les femmes étaient sensibles au charme de David. Elle-même y aurait probablement succombé s'ils s'étaient rencontrés dans d'autres circonstances. Mais, pour elle, David était l'homme à qui elle avait pu faire confiance quand elle n'avait plus eu confiance en personne.

— Laisse-le tranquille. Je veux mon dîner.

— Très bien. Tu veux ton dîner. Mais pourquoi l'as-tu envoyé acheter deux téléphones jetables ?

— Il devait sortir pour se procurer la crème fraîche qui lui manquait pour sa sauce. La mienne était périmée.

— Ne joue pas aux plus fines avec moi. Je t'ai procuré un avocat, tu pourrais me tenir au courant de ce qui se passe.

— J'ai apprécié la présence de Matt et il a fait du bon travail. Je te remercie de me l'avoir envoyé. Mais je ne voudrais pas te mettre en difficulté. Moins tu en sais, mieux ça vaut pour toi. Rentre chez toi.

— Cette réponse m'inquiète encore plus. Je ne rentre pas chez moi. Laisse-moi au moins t'aider.

— Tu n'es pas responsable de tout ça, Cal. Tu n'as aucune raison de t'impliquer dans l'affaire.

— Toi non plus, tu n'es pas responsable, protesta Callie. Tu n'as pas obligé ces femmes à jouer.

Eve songea à Christy Lewis, qui n'avait jamais entendu parler de jeux de rôle, avant de lire dans les journaux l'annonce réclamant des volontaires pour une étude.

— Tu te trompes, Cal, je suis responsable pour certaines.

— Seigneur ! Mais pourquoi veux-tu toujours porter toute la misère du monde sur tes frêles épaules ?

— Je sais d'où elle tient cette manie, intervint David depuis la cuisine. Vous ne pouvez rien contre ça, Callie. Je crois que maintenant c'est gravé à jamais.

— Merci, dit Eve en souriant.

Il lui rendit son sourire, avec un regard triste.

— Callie a raison, Eve. Tu n'es responsable de rien. Laisse la police faire son travail.

— C'est ce que je fais. Plus ou moins.

Elle appuya sur une commande du clavier de son ordinateur et le Neuvième Cercle apparut à l'écran.

— Le tueur est peut-être là, en train de choisir sa prochaine victime. Je ne vais tout de même pas rester les bras ballants. Il faut que je fasse quelque chose.

David secoua la tête d'un air résigné.

— C'est du Dana tout craché, murmura-t-il.

— Merci, dit-elle de nouveau.

Il grimaça.

— Je ne l'entendais pas comme un compliment, rétorqua-t-il. Qu'est-ce que tu fais, exactement ?

— Je lis les blogs des employés de ShadowCo. C'est très instructif.

— Et donc, qu'as-tu appris ? intervint Callie.

— Rien encore. Je cherche un contact dans la compagnie. Pour m'infiltrer dans le système.

— J'en était sûre ! s'exclama Callie d'un ton triomphant. Je peux assister à cette tentative de piratage ?

Eve s'esclaffa.

— Bien sûr. Si j'ai de la chance, le type de la section commerciale, celui qui se plaint que son patron l'exploite, est toujours à son poste.

— A cette heure-ci ? s'étonna David.

— Si c'est comme dans les cabinets d'avocats, les gens travaillent parfois très tard, affirma Callie.

— De plus, ils sont basés à Seattle, ajouta Eve. Ce message provient d'un crétin qui indique son titre et son numéro de téléphone après avoir critiqué le directeur de ShadowCo, lequel vient de recevoir un bonus de plusieurs millions de dollars.

— Comment les gens peuvent-ils être assez stupides pour poster des messages contre leurs patrons sur des blogs ? s'étonna Callie. N'importe qui peut les lire.

— Eh bien, le nom de cet idiot est Clayton Johnson, annonça Eve.

Elle prit le téléphone portable et composa le numéro de Johnson.

Il décrocha au bout de la sixième sonnerie.

— Johnson, répondit-il d'un ton exaspéré.

— Monsieur Johnson, dit Eve d'une voix assurée. Je suis

Gillian Towsend et je travaille pour la société Attenborough, spécialisée dans la maintenance en informatique. Nous sommes mandatés pour améliorer votre système en réseau.

— Et alors ? Je n'ai pas le temps de…

Eve se dépêcha de lui couper la parole avant qu'il raccroche.

— Nous vérifions les serveurs et je vois que vous êtes connecté en ce moment. Je voulais vous informer que nous allons réinitialiser la connexion dans quelques minutes.

— Non ! protesta-t-il. J'ai un compte rendu à terminer et…

— Ne vous inquiétez pas, coupa-t-elle de nouveau. Ça ne durera que quelques secondes. Si je valide votre compte depuis mon poste, ça sera quasiment instantané.

— Oh, dit-il d'un ton radouci. Dans ce cas, d'accord…

— Votre nom d'usager et votre mot de passe, s'il vous plaît ?

Elle leva les yeux vers Callie, qui la regardait comme si elle ne l'avait jamais vue. David, lui, arborait un air résigné.

— Johnson CL et sonicsrule, en un seul mot, répondit Johnson.

Eve sourit.

— Merci beaucoup. Vous verrez, vous ne vous en apercevrez même pas. Par contre, n'oubliez pas de changer votre mot de passe demain matin. D'accord ?

— D'accord. Merci.

— Je vous en prie. Passez une bonne soirée.

Elle raccrocha.

— Voilà, c'est fait.

Callie paraissait abasourdie.

— Tu as menti à cet homme.

— Oui, je lui ai menti. Et lui, il a confié par téléphone son nom d'usager et son mot de passe à une étrangère.

— Tu as menti à cet homme, répéta Callie. En te servant du téléphone que David t'a acheté.

— Pourquoi crois-tu qu'elle voulait un téléphone prépayé ? demanda David. Mais Evie, et si ce Johnson était viré à cause de toi ?

— C'est pour lui éviter d'être viré que je lui ai demandé de changer son mot de passe. Il pourra se défendre et dire qu'il était conscient d'un problème de sécurité. Et puis ne t'en fais pas. Une fois que tout ça sera terminé, je demanderai à Ethan d'appeler ShadowCo pour leur expliquer que leur système n'est pas suffisamment sécurisé.

David battit des paupières.

— C'est comme ça qu'Ethan recrute ses clients ?

— Parfois. Pirater une société est un bon moyen de recruter des clients. J'en ai piraté quelques-unes, quand je vivais à Chicago et que je travaillais pour lui. On mettait en évidence les failles du système et ensuite on se faisait payer pour y remédier.

— Mais c'est malhonnête ! s'exclama David en secouant la tête.

— Mais non, puisqu'on utilisait ce qu'on savait pour les aider. C'était un piratage honnête.

— Un piratage honnête ? demanda Callie.

— Un piratage motivé par des intentions louables. Quand un chef d'entreprise répondait à Ethan qu'il ne voulait pas de ses services, il lui montrait tout de même la faille. Faille qu'un gamin aurait pu détecter, la plupart du temps.

— Mais les gens ne se mettaient pas en colère quand ils apprenaient que vous les aviez piratés ? s'étonna Callie.

— Ils voulaient surtout qu'on règle leurs problèmes avant de se faire bouffer. Comme ça, tout le monde était content. Qu'est-ce que tu dirais si le serveur de ta banque avait un gros défaut ?

— Ça ne risque pas, affirma David.

Puis son visage se décomposa.

— C'est possible ?

— Tu te souviens du premier versement de Dana et Ethan pour leur foyer d'orphelins ? Ethan avait gagné cet argent en aidant ta banque dont le système avait été piraté. Les responsables ont regretté de ne pas avoir connu Ethan plus tôt, tu peux me croire.

— C'est tout de même malhonnête, répéta mollement David.

Il lui apporta une assiette de pâtes en sauce et s'installa sur l'accoudoir du fauteuil.

— Alors, tu as pénétré leur système ? demanda-t-il.

— Non. Johnson n'était qu'un petit poisson. En tant que commercial, il n'a pas accès à grand-chose. Il va falloir que je vise plus haut pour ouvrir les dossiers des clients. Ça va me prendre du temps.

— Et pourquoi n'as-tu pas visé tout de suite plus haut ? s'étonna David. En t'adressant à l'un de leurs informaticiens, par exemple.

— C'est ça… Pour qu'il m'envoie les flics.

— Tu vas appeler quelqu'un d'autre, maintenant ? demanda Callie, qui paraissait fascinée.

— Pas ce soir, répondit Eve. Je vais lancer des *exploits*, tant que j'y suis. Jusqu'à trouver une faille plus intéressante que Johnson.

— Tu pourrais traduire ? marmonna David.

— Les *exploits* sont des codes créés par les pirates pour chercher les failles d'un système. Pour un pirate, le système de protection d'un réseau est comme un Rubik's Cube dont il faut aligner les faces. Vous me suivez ?

— Je vois, dit Callie. Pour résumer : ils s'amusent.

— Exactement. Ils créent des codes qui testent le mur de

protection, jusqu'à trouver une brique qui bouge. Ensuite, ils n'ont plus qu'à pousser cette brique pour entrer.

— Ils s'amusent à faire des trous et d'autres se font payer pour les reboucher, grommela David.

Eve lui sourit.

— Oui, comme pour les toits. Certains piratent pour leur propre compte, pour se procurer des informations sur des cartes de crédit, par exemple. D'autres s'amusent, comme tu dis, tout simplement. Et ils mettent leurs *exploits* en ligne parce que ça leur permet de se faire valoir. Espérons que l'une de ces séquences m'aidera à trouver un trou dans le mur de ShadowCo. Ensuite j'aurai accès aux comptes de Martha et de Christy, je saurai ce qu'elles ont fait sur ce site, à qui elles ont parlé, qui a modifié leurs avatars.

— Et, bien entendu, tu transmettras toutes ces informations à l'inspecteur Webster, déclara David.

— Je te le promets. Je préviendrai aussitôt les flics pour qu'ils réclament un mandat. Ils arrêteront le tueur et je n'aurai plus de morts sur la conscience.

Elle lança le processus, afficha de nouveau le Neuvième Cercle, et se mit à manger ses pâtes.

— Et ne me dites pas que je ne suis responsable de rien, parce que c'est faux, ajouta-t-elle.

Cette fois ils ne protestèrent pas. Sans doute avaient-ils compris qu'elle ne changerait pas d'avis.

Elle tapota gentiment la main de Callie.

— Rentre chez toi. Avec David, je ne risque rien.

— Vous restez, n'est-ce pas ? demanda Callie à David. Elle n'a pas l'air de craindre ce psychopathe, mais moi je me fais du souci.

— Je reste, confirma David. J'arrive à m'assoupir sur le lit de camp de la caserne, je crois que je pourrai dormir aussi sur ce vieux canapé. Il est tard, Callie. Je vais vous préparer une assiette et vous raccompagner jusqu'à votre voiture.

Quand ils sortirent, Eve resta seule, dans un silence rythmé par les gouttes qui tombaient du plafond. Elle mit le son pour entendre le groupe qui jouait au Neuvième Cercle et dont la musique lui paraissait, ce soir, moins insupportable que le silence.

Elle chercha pendant quelques minutes l'avatar qui avait dansé la veille avec Christy, puis, ne le trouvant pas, elle s'intéressa à sa liste des sujets problématiques. Il en restait cinq, dont trois femmes : Rachel Ward, Nathalie Clooney, Kathy Kirk. Sur *Shadowland*, Rachel était danseuse de cabaret, Nathalie passait pour la reine du poker, Kathy vendait des propriétés.

Ce qu'elles étaient dans le monde réel, Eve l'ignorait. Mais ça allait bientôt changer. Elle repéra en premier l'avatar de Kathy, sur son tabouret habituel, près du comptoir, qui négociait l'achat ou la vente d'un terrain. Nathalie se trouvait au casino. Rachel ne travaillait pas le lundi au casino, mais elle aurait dû traîner au Neuvième Cercle.

Elle cherchait Rachel quand on frappa à la porte. Elle sursauta. Ce n'était que David, sûrement, et elle se leva pour aller lui ouvrir.

— Il va falloir que je te donne une clé, dit-elle.

Puis elle se rendit compte que l'homme qui se tenait sur son paillasson n'était pas David.

Les yeux de Noah Webster étaient dissimulés par l'ombre de son chapeau, mais elle vit tout de même qu'ils pétillaient de malice.

— C'est très flatteur, dit-il. Mais n'est-ce pas aussi un peu prématuré ?

Un étrange frisson, vaguement dérangeant, courut le long de la colonne vertébrale d'Eve.

— Je vous avais pris pour mon ami, s'excusa-t-elle.

— Je suis déçu, protesta-t-il. Et vexé : vous ne me demandez même pas pourquoi je suis revenu.

— Je ne voulais pas...

Gênée, elle baissa le nez vers ses chaussures, le temps de se reprendre. Quand elle leva de nouveau les yeux, Noah la fixait avec ce regard perçant qui la troublait tant.

— Entrez, dit-elle.

Il ôta son chapeau avec une gaucherie touchante.

— J'ai vu votre ami en bas, reprit-il. Il regardait sous le capot de la voiture de Callie. Je crois qu'elle ne veut pas démarrer.

— La voiture de Callie est encore plus vieille que la mienne. Mais David trouvera le problème.

Il fronça légèrement les sourcils.

— En plus de réparer les toits, il répare les voitures ?

— David est très bricoleur, dit-elle. Il est aussi pompier. Et il cuisine à merveille.

— Rien que ça, grommela-t-il d'un ton aigre.

Elle ne put s'empêcher de pouffer.

— Je n'ai jamais rencontré une femme capable de lui résister, commenta-t-elle d'un ton dégagé.

— A part vous ? demanda-t-il.

Il n'avait pas l'air de plaisanter et elle en fut émue.

— A part moi, affirma-t-elle.

David avait su gagner sa confiance. Mais ce n'était pas grâce à son physique. Elle s'était juré de ne plus juger un homme à sa mine... Plus jamais.

Mais pourquoi donc avait-elle eu confiance en Webster au premier regard ?

Elle dut s'avouer qu'elle avait été séduite par sa beauté, même si c'était vaguement dérangeant.

— Pourquoi êtes-vous revenu, inspecteur ?

Il balaya la pièce du regard et elle se rappela, un peu tard, qu'elle avait laissé le téléphone prépayé sur l'accoudoir du fauteuil, bien en vue. Il marcha vers le fauteuil et prit le petit appareil.

— Un téléphone prépayé ? dit-il.

— Eh bien oui, ce n'est pas un crime, tout de même, répondit-elle d'un ton neutre.

Mais sa gêne n'échappa pas à Noah.

— Non. Mais si vous appreniez quelque chose de nouveau, vous me le diriez, n'est-ce pas ?

— Vous seriez le premier au courant. Si j'apprenais quelque chose de nouveau.

— Bien entendu.

Il fixa l'ordinateur.

— Vous avez vu l'homme qui parlait avec Christy ?

— Pas encore. Je l'ai pourtant cherché plusieurs fois au cours de la soirée.

Elle ne voulait pas qu'il rôde autour de l'ordinateur.

— Asseyez-vous, inspecteur, je vais vous préparer du café.

Mais c'était trop tard.

— Nemesis… Qui est-ce, Eve ? demanda-t-il en montrant le coin en haut à gauche de son écran, là où s'affichait l'icone de son avatar actif. Ce n'est pas avec Greer que vous sortez ce soir ?

En effet, elle n'avait pas utilisé Greer, elle avait ressuscité un vieil avatar.

— Il fallait que je change sa tenue, dit-elle. Je ne voulais pas qu'elle attrape froid.

Il s'installa dans le fauteuil et prit l'ordinateur sur ses genoux.

— J'ai cru que vous aviez conçu un nouvel avatar pour approcher ce danseur sans trahir votre promesse.

Elle s'assit sur le canapé.

— Je n'y ai même pas pensé. Il faut croire que je ne suis pas suffisamment rusée.

Il ne sourit pas.

— Hum… Et comment s'appelle cette nouvelle facette d'Eve ?

Elle lui prit l'ordinateur des mains.

— Vous ne m'avez toujours pas dit ce qui vous amenait ici, fit-elle remarquer.

Il contempla fixement l'écran avec des yeux brillants.

— J'ai besoin de votre liste de participants, dit-il.

— Matt Nillson ne va pas apprécier.

— Je ne dirai à personne où je l'ai obtenue, assura-t-il.

— De toute façon, j'avais prévu de vous l'imprimer et de vous la donner demain. Ne bougez pas. Je reviens.

Noah attendit qu'elle ait disparu dans la chambre, l'ordinateur sous son bras, puis il vérifia son téléphone. Elle n'avait appelé qu'un seul numéro dont l'indicatif était 206, justement le même que ShadowCo. Il le savait parce qu'il avait dû se le procurer pour remplir sa demande de mandat.

Eve projetait donc de pirater *Shadowland*, si ça n'était pas déjà fait. *A sa place, je le ferais aussi.* Il reposa le téléphone et songea à l'ordinateur.

Il avait eu le temps d'entrevoir son nouvel avatar, une femme élégante et ténébreuse, différente de celles qu'elle dessinait d'habitude. Mais le visage lui avait paru étrangement familier et il avait compris qu'il avait devant lui l'Eve d'autrefois, celle d'avant l'agression qui l'avait défigurée.

Elle l'avait appelée Nemesis et ce nom avait probablement une signification. Il fit une rapide recherche à partir de son téléphone portable. « Némésis, déesse de la Vengeance dans la mythologie grecque… » Eve s'apprêtait donc à faire justice dans le monde virtuel. Cela n'aurait pas dû lui plaire, pourtant, il aurait menti en niant qu'il se retenait de sourire.

Elle revint, avec une pile de papiers dans la main.

— Il a fallu que je l'imprime, s'excusa-t-elle.

Il prit les papiers.

— Combien de gens participent à ce projet de recherche ?

— Cinq cents. Mais vous n'avez pas besoin de surveiller les cinq cents.

Elle se pencha pour montrer une des pages, en prenant soin de rester à distance. Elle n'avait pourtant pas hésité à se jeter au cou de David Hunter et il ressentit une pointe de jalousie. C'était stupide et déplacé, mais il n'y pouvait rien.

— Nous avons trois groupes, expliqua-t-elle. C'est sur le groupe C que vous devez vous concentrer.

— Le groupe qui joue sur *Shadowland.*

— Et dont les sujets pratiquent des exercices destinés à améliorer leur estime de soi. Il est divisé en trois sous-groupes : ceux qui ne jouaient jamais avant de s'inscrire chez nous, ceux qui jouent quelques heures par mois, ceux qui jouent plusieurs fois par semaine. Nos sujets doivent nous communiquer leur temps de jeu, mais les joueurs compulsifs ont tendance à l'évaluer à la baisse.

— Comme Martha.

— Martha ne mentait pas. Voici les joueurs compulsifs.

— Martha et Christy sont toujours sur la liste, fit-il remarquer.

— Je ne suis pas supposée savoir que je dois les enlever, rétorqua-t-elle.

Il y avait de la culpabilité dans sa voix et Noah eut envie de l'en décharger un peu, du moins autant qu'il le pouvait.

— Quand vous seriez-vous aperçue de leur absence ?

— Dans quelques semaines, quand elles ne se seraient pas présentées pour les évaluations de personnalité.

Il la regarda droit dans les yeux.

— Vous avez raison de feindre l'ignorance. Vous n'auriez pas pu empêcher ces meurtres. Par contre, en nous aidant, vous sauvez peut-être la prochaine victime. Ne sous-estimez pas votre contribution.

— Merci. Ça me fait du bien de m'entendre dire que je ne suis pas coupable.

Il soutint son regard un instant, jusqu'à ce qu'elle se détourne, mais il eut le temps d'y lire une immense solitude qui lui broya le cœur. Il songea à ce que lui avait dit Trina : « Tu ne mérites pas de passer le reste de ta vie tout seul… » Et il dut s'avouer que non, en effet, il ne le méritait pas. Et il ne le désirait pas non plus. Il aurait donné n'importe quoi pour rencontrer l'amour.

— Encore une question. Vous voulez aider les gens pour que leur vie prenne un sens dans le monde réel, c'est bien ça ?

Elle lui jeta un coup d'œil méfiant.

— Oui. Pourquoi ?

— Vous pensez que la vie a un sens quand on est seul ?

Elle tressaillit et marcha jusqu'à la porte d'entrée qu'elle ouvrit en grand.

— Appelez-moi si vous avez besoin d'autre chose, dit-elle.

Il la contempla fixement pendant quelques secondes, puis se leva et sortit. Le battant se referma derrière lui avec un bruit sec et il entendit le déclic du verrou. Il soupira et se mit à descendre l'escalier, mais, au palier du dessous, il tomba sur David Hunter, assis sur une marche, qui grelottait de froid.

— Tout va bien ? lui demanda-t-il.

Hunter se leva.

— Je me suis dit que vous aviez besoin d'être seuls pour parler de ce qui s'était passé ce soir.

Noah plissa les yeux.

— Elle ne vous a pas dit de quoi il s'agissait ?

— Elle m'a dit qu'elle avait trouvé un cadavre et qu'elle avait fait une déposition. Pourquoi ? Elle a des ennuis avec la police ?

— Non.

Noah continua à descendre. Quand il se retourna pour regarder derrière lui, il surprit le regard de Hunter.

— Tout va bien, inspecteur ? demanda gentiment celui-ci.

— Non, répondit Noah tout en scrutant son visage trop parfait. Vous la connaissez bien ?

— Oui.

Ce simple mot sonnait comme un avertissement.

— J'ai lu un rapport sur ce qui s'est passé il y a quatre ans, au sujet de l'enlèvement de cet enfant et du rôle qu'elle a joué pour le sauver. Et aussi sur ce qui s'était passé deux ans avant cet événement.

Le visage de Hunter se ferma.

— Vous voulez savoir quelque chose au sujet d'Eve, inspecteur ?

Oui, il aurait voulu savoir quelque chose, mais il n'aurait pas su dire quoi.

— J'ai vu un téléphone jetable chez elle, fit-il remarquer.

L'expression de Hunter se radoucit.

— Je sais. Il est à moi. J'ai oublié le chargeur de mon portable à Chicago et ma batterie est à plat. Je l'ai acheté pour me dépanner ici.

Noah constata qu'il mentait avec un aplomb surprenant, sans un battement de cils.

— Ecoutez, dit-il. Je sais qu'Eve va essayer de pirater

Shadowland. Quand elle le fera, vous auriez la bonté de me prévenir ?

— Pour que vous lui passiez encore les menottes ?

— Je ne lui ai jamais passé les menottes, je les lui ai enlevées, au contraire. Si je tiens à être prévenu de ce qu'elle fait, c'est uniquement pour la protéger.

Cette fois, les yeux gris de Hunter trahirent l'inquiétude.

— Je la convaincrai de vous tenir au courant, promit-il.

— Merci, dit Noah.

Il parut hésiter, puis se lança.

— Pourquoi vous êtes-vous déplacé jusqu'ici, Hunter ?

— Pour réparer son toit. Je considère Eve comme ma petite sœur. Je crois que je ferais n'importe quoi pour elle.

Noah se sentit soulagé.

— Merci. A bientôt.

— Inspecteur, appela Hunter. Vous ne portiez pas un chapeau en arrivant ?

Noah acquiesça.

— Je viendrai le récupérer demain.

— Ne la faites pas souffrir, murmura Hunter. Elle a déjà eu plus que sa part de malheur.

— Je sais.

Eve ouvrit à David. Elle était encore bouleversée et furieuse. Elle s'était efforcée de ménager Noah et de se montrer honnête avec lui, mais il avait dépassé les bornes avec son commentaire sur les gens qui vivaient seuls.

— Je suis certaine d'avoir fermé ma porte en partant tout à l'heure, murmura-t-elle en bouclant le verrou. Je me revois en train de sortir les clés.

— Tu étais perturbée, fit remarquer David. Et tu l'es encore.

— Evidemment que je suis perturbée, s'énerva-t-elle. Deux femmes que j'avais recrutées pour ma recherche ont été assassinées.

Il la dévisagea.

— Et l'inspecteur Noah Webster s'intéresse à toi, ajouta-t-il.

Elle soupira.

— Je sais. J'aurais préféré que ce ne soit pas le cas. Je lui ai clairement signifié qu'il n'avait aucune chance.

— Pourquoi, Evie ? demanda gentiment David.

— C'est comme ça, laissons tomber, marmonna-t-elle en attrapant son assiette de pâtes qui avait refroidi.

— Laissons tomber quoi ? Toi et Webster ? Ou toi et moi parlant de toi et Webster ?

« Est-ce que la vie peut avoir un sens quand on est seul ? »

— Les deux.

Il haussa les épaules.

— Très bien. Alors, tes fameux *exploits* ont trouvé une brèche dans le mur de ShadowCo ?

Elle ouvrit son portable.

— Pas encore.

— Dans ce cas, je vais préparer du café. J'ai bien l'impression que la nuit sera longue.

Il s'affaira quelques minutes dans la cuisine, puis revint avec deux tasses. Elle remarqua un appareil ressemblant à un talkie-walkie qui pendait à sa ceinture. Un appareil rose. De ceux qu'on utilisait pour surveiller les bébés à distance.

— Qu'est-ce que c'est que ça ? demanda-t-elle tout en prenant la tasse qu'il lui tendait.

Il haussa un sourcil.

— Du café.

Elle leva les yeux au ciel.

— Non. Ça ! répéta-t-elle en montrant l'objet du doigt. Qu'est-ce que c'est que ça ?

— Ah, ça…

Il le détacha et le tourna vers elle. Il y avait même un petit écran.

— C'est pour surveiller les bébés. C'est le récepteur.

Il le posa sur la console, près de la lampe, et s'installa sur le canapé pour sortir son ordinateur portable de son sac à dos et l'installer sur ses genoux. Comme s'il trouvait parfaitement normal de se déplacer avec un appareil pour surveiller les bébés dans une maison où il n'y avait pas de bébés. *Et où il n'y en aura jamais.*

— Mais qu'est-ce que tu fais avec ça ? insista-t-elle.

— Je comptais l'offrir à Dana. Je l'ai dans ma camionnette depuis une semaine.

Elle l'observa avec un intérêt non dissimulé.

— Où est la caméra ?

— *Les* caméras, corrigea-t-il. Il y en a deux. L'une est déjà installée au-dessus de ta porte. L'autre dehors, devant l'entrée de l'immeuble. Ça marche sans fil, ça a une portée de cinquante mètres, et c'est équipé d'une vision infrarouge.

— Impressionnant. Et quand as-tu installé ces caméras ?

— La première, celle d'en bas, quand j'ai raccompagné Callie à sa voiture, et l'autre, maintenant, après le départ de Webster. J'ai activé le récepteur pendant que je préparais le café. Ce n'était pas très compliqué.

— Qu'est-ce que t'a dit Webster ? demanda-t-elle en le fixant d'un air soupçonneux.

— Ce que j'avais déjà compris. Que tu n'as pas conscience d'être en danger, mais que lui pense que tu l'es.

Il but lentement une gorgée de café, sans la quitter du regard.

— Et qu'il s'intéresse à toi.

Elle ferma les yeux quelques secondes.

— David, je t'en prie…

Il ne s'excusa pas et elle soupira. Puis elle ramena la conversation sur le petit appareil rose.

— Si j'étais en danger et qu'un tueur vienne jusqu'ici, cet appareil le ferait fuir, tu ne crois pas ?

— Pour qui me prends-tu ? Là où j'ai placé les caméras, on ne les remarque pas. Et en admettant qu'il les remarque et qu'il s'approche pour les enlever nous verrions forcément son visage.

Il relia la caméra à son ordinateur.

— Nous avons une vidéo munie d'une alarme qui se déclenche si l'une des caméras est débranchée, annonça-t-il fièrement.

— Sur un appareil pour surveiller les bébés ? Mais c'est dingue !

— Tout ça pour la modique somme de trois cents dollars. La technologie est à la hauteur de la paranoïa des parents, ajouta-t-il.

Puis il haussa les épaules.

— Et aussi de la mienne. Je me suis dit que ce serait pratique pour Dana d'utiliser ça, plutôt qu'un appareil audio classique, avec tous ces orphelins qui vont et viennent chez elle. La plupart ne sont pas de mauvais bougres, mais elle pourrait tomber un jour sur un tordu.

Eve fut émue qu'il se soucie à ce point de Dana. *Il l'aime toujours… Quel beau gâchis…* Il passait sa vie à attendre une femme qui ne viendrait jamais.

— C'est vraiment très gentil de ta part de lui faire ce cadeau, dit-elle. L'ennui, c'est que je l'aurai utilisé, mais bon…

— Je compte lui en acheter un autre. Et demain je te trouverai quelque chose de plus discret qu'un appareil rose. Mais pour ce soir ça fera l'affaire. Une femme qui vit *seule* n'est jamais trop prudente. Une femme qui vit *seule* et qui a entendu parler de deux meurtres dans son entourage devrait être terrifiée.

Le mot « seule » lui fit l'effet d'une flèche en plein cœur et elle entendit à peine le reste.

— J'ai un revolver, protesta-t-elle.

— Donne-le-moi. Si quelqu'un passe cette porte, cette nuit, je veux être prêt à l'accueillir.

Elle fut secouée d'un frisson.

— Mais c'est que tu es sérieux…

— A propos de ta sécurité ? On ne peut plus sérieux. A présent, bois ton café avant qu'il refroidisse.

Mardi 23 février, 0 h 35

Noah rentra chez lui en se demandant s'il n'avait pas franchi avec Eve la mince frontière qui séparait la sollicitude du harcèlement. Il ne voulait pas qu'elle souffre ou qu'elle s'inquiète à cause de lui. Hier encore, il ne songeait qu'à s'éloigner d'elle pour la protéger. Mais la donne avait changé. De plus, elle ne lui avait pas dit qu'elle ne voulait pas de sa protection. Donc, ça signifiait qu'elle l'acceptait.

Elle prétendait être une femme brisée. Il comprenait, mais il refusait d'y croire. Il s'assit sur son lit. Machinalement, par habitude, il prit la photo qu'il avait tant de fois tenue dans ses mains et se souvint à quel point il s'était senti perdu quand Susan et le bébé avaient disparu de sa vie.

Il avait affronté sa souffrance à sa manière. Comme Eve. Au fond, ils n'étaient pas si différents. Ils avaient fui tous deux la réalité. Lui s'était réfugié dans la bouteille, elle dans le monde virtuel. Et ensuite ils avaient fait l'effort de revenir.

Et pour quoi ? Pour travailler. Pour protéger et aider des innocents. Il pensa à Nemesis, l'avatar d'Eve. Il reposa la photo et se prépara à se coucher en se demandant comment on s'y prenait pour punir un avatar sur *Shadowland*. Décidément, l'intérêt du monde virtuel lui échappait… Eve lui avait dit que certains joueurs entretenaient des liaisons suivies sur le site, voire même qu'ils se mariaient.

Il se demanda quelle satisfaction un homme pouvait bien retirer d'une relation virtuelle. Puis il se mit à passer en revue les quelques femmes qu'il avait côtoyées ces dernières années. Il les avait quittées sans regret. Et réciproquement. Le sexe lui avait un peu manqué et il aurait parfois aimé ne pas dîner seul, mais il n'avait rien d'autre à en dire.

Au fond, une relation virtuelle, ça n'était pas très différent de ce qu'il avait vécu.

Et là, dans sa maison trop silencieuse, assis sur son grand lit, il eut l'impression de comprendre ceux qui invitaient un avatar dans leur lit virtuel.

Il se coucha, mais le sommeil mit du temps à venir. Et, quand il s'endormit enfin, ce fut pour rêver d'Eve dans une ambulance, avec des infirmiers penchés sur elle qui la ranimaient avec des chocs électriques.

Il ouvrit les yeux et contempla le plafond. Ce n'était pas un rêve. Cette scène, il en avait lu la description dans un journal des archives. Eve était morte cliniquement deux fois sur le trajet de l'hôpital…

Greer signifiait « gardienne », ou « protectrice », avait-elle dit. Il comprenait maintenant tout le sens qu'elle donnait à ce pseudo. Dana protégeait des femmes battues et Eve, en travaillant avec elle, les avait protégées aussi. Et aujourd'hui elle avait décidé de protéger des innocentes traquées sur internet par un fou.

Il poussa un soupir qui résonna dans le silence de la chambre. Lui aussi, autrefois, avait été le gardien et le protecteur d'une famille. Mais il avait lamentablement échoué.

Et maintenant tu es seul. Il était seul, mais il avait un but dans la vie, comme en témoignait son badge. Il allait coincer ce tueur, rédiger son rapport, passer à l'affaire suivante.

Et ainsi de suite.

Une perspective sans fin et pour le moins déprimante. Il n'avait pas bu depuis des années, mais il eut tellement envie d'un verre, soudain, qu'il en eut presque un goût d'alcool dans la bouche. Il se souleva sur un coude, attrapa son téléphone, hésita…

Il ne pouvait pas continuer à malmener Brock.

Le téléphone qu'il tenait à la main sonna. Il sursauta. C'était Brock, justement.

— Brock ? Qu'est-ce qui se passe ?

— Rien, c'est juste que… Je ne t'ai pas vu chez Sal's ce soir. Je me suis fait du souci.

— Je suis sur une affaire de tueur en série, Brock. Et puis je t'ai dit que je ne viendrais plus chez Sal's, ajouta-t-il d'un ton agacé.

— Pardonne-moi si je ne t'ai pas cru, mais ce n'était pas la première fois que tu me l'annonçais, rétorqua sèchement Brock. Eve n'y était pas non plus. D'après Sal, elle a eu un empêchement de dernière minute.

Brock avait toujours été du genre à mettre les pieds dans le plat. Les sous-entendus, il ne connaissait pas.

— Je sais. Elle était avec moi.

— C'est bien, murmura Brock d'un ton précautionneux. C'est bien ou pas ?

Noah s'énerva.

— Non. Ce n'est pas bien. Elle se trimballe avec une cible sur la figure. Et elle n'était pas avec moi au sens où tu sembles l'entendre. Apparemment, elle ne veut personne. Ni moi ni personne.

— Euh… Tu veux qu'on passe un petit moment sur le ring ?

Non, il ne voulait pas, il l'avait suffisamment amoché la veille.

— Non. Mais tu accepterais de prendre un café avec moi dehors ? J'ai besoin de sortir.

De cette maison vide.

— Bien sûr, s'empressa de répondre Brock. A l'endroit habituel ?

— Oui. Dans une demi-heure, ça te va ?

Mardi 23 février, 2 heures

Ce Hunter ne veut pas décoller d'ici. Tout en buvant du café sur le siège glacé de son 4x4, il contempla la camionnette rouge immatriculée dans l'Illinois qui était toujours garée quelques pâtés de maisons plus loin. Ils avaient éteint la lumière dans le salon. Apparemment, David Hunter allait passer la nuit chez Eve. Tant pis. Ce serait plus facile de lui tirer dessus pendant son sommeil.

Webster était venu, puis reparti. De quoi pouvait-il bien parler avec Eve ? Que savait-elle ?

Aucune importance. Même si Eve savait pour *Shadowland,* ça ne l'avançait à rien. Inutile donc de s'en inquiéter. D'autant plus que l'heure tournait. Il était temps de passer à l'action.

Hunter avait dissimulé quelque chose derrière un buisson,

près de la porte d'entrée de l'immeuble d'Eve. *Voyons ce que c'est…*

Il approcha lentement, en faisant la grimace quand la neige entra dans ses chaussures. *Encore une paire foutue.* Il se pencha au-dessus du buisson, en baissant la tête et en remontant le col de son manteau pour dissimuler son visage.

Il distingua un drôle de petit objet rose… Il le prit, puis obtura l'objectif, tout en jurant tout bas. Heureusement, il n'avait pas abordé la caméra de face… *Reste calme.* Il n'y aurait que son pouce à l'image et il portait des gants. *Reste calme.*

Il plaça la caméra dans la neige et l'y enfonça avec la semelle de sa chaussure. *Qu'est-ce que c'est que cette caméra de surveillance rose ?*

Il avait déjà posé la main sur la poignée de la porte d'entrée de l'immeuble, quand il entendit des pas, puis des murmures. Quelqu'un venait. Hunter et Eve. *Tue-les.*

Le doigt sur la détente, il recula dans l'ombre, en attendant qu'ils sortent. Mais ils ne se montrèrent pas. Il approcha, aussi près que possible. A travers la vitre de la porte, il les entendit discuter tout bas, mais il ne parvint pas à les voir.

— Appelle le 911, disait Hunter. Fais-le, pour l'amour de Dieu.

— D'accord, d'accord. Je compose le numéro. Mais ne sors pas, David. Ne sors pas.

— Je croyais que tu disais que ce n'était qu'un chien, reprit Hunter. Que ça ne valait même pas la peine de s'en occuper.

— Je ne suis pas sûre que ce soit un chien. Je ne veux pas que tu aies un problème. Allô ? J'appelle pour signaler que quelqu'un rôde autour de chez nous. Non… Nous ne sortons pas.

— Donne-moi ce téléphone que je leur explique, intervint Hunter. Et prends le mien pour appeler Webster et lui dire de venir tout de suite.

Il ne pouvait pas les voir à moins de se mettre carrément devant la porte, et là, ils l'auraient vu aussi. Si seulement ils avaient pu faire quelques pas vers l'escalier, il aurait pu les viser.

Casse ces carreaux.

Pour réveiller tout le voisinage ? C'était le meilleur moyen de se faire coincer. De toute façon, la police était sûrement déjà en route et il ne lui restait plus qu'à filer. *Merde.* Il prenait la fuite pour la deuxième fois aujourd'hui. Tout en maudissant intérieurement Hunter, il recula en repassant sur ses traces et en les effaçant.

A présent, Eve allait être sous surveillance. Il ne lui restait donc plus qu'à l'attirer dans un piège. Il remonta dans son 4x4 et démarra. Quand il aperçut dans son rétroviseur la voiture de patrouille derrière lui, il bifurqua dans une rue adjacente en braquant le volant d'un coup sec — et en regrettant de ne pas pouvoir en faire autant avec le cou d'Eve Wilson.

Il plongea une de ses mains dans la poche de son manteau et sentit la seringue qu'il avait préparée pour elle. Après tout… Puisqu'il était prêt… *Une. Rien qu'une. Sinon je ne pourrai pas dormir ce soir.*

Il prit la direction du centre-ville. Il savait où trouver ce qu'il cherchait.

9

Mardi 23 février, 2 h 25

Noah avait reçu l'appel d'Eve au moment où il commençait à parler d'elle avec Brock. Il avait aussitôt renvoyé Brock vers Trina et son lit douillet. Et il était revenu chez Eve pour la troisième fois, avec un mélange d'excitation et d'appréhension.

Il leva les yeux vers la caméra rose installée au-dessus de sa porte d'entrée. Il avait hâte qu'on lui explique ce qu'elle faisait là. L'agent envoyé par le 911 était déjà sur place, la porte était ouverte. Eve était assise dans son fauteuil, recroquevillée, les bras autour des genoux. Il rencontra son regard las et résigné.

— Merci d'être venu, dit-elle. C'est David qui m'a demandé de vous appeler.

Hunter était installé sur le canapé, les bras croisés sur la poitrine.

— Bien sûr que je le lui ai demandé.

— Qui a installé cette caméra ? demanda Noah.

— C'est moi, répondit Hunter d'un air sombre.

— Que faites-vous là, inspecteur ? demanda l'agent du 911. Il ne s'agit pas d'un homicide.

— C'est personnel, répondit Noah en jetant un regard

en coin du côté d'Eve. Vous avez trouvé trace du passage d'un intrus ?

— Il y avait quelqu'un dehors, affirma l'agent. J'ai remarqué des traces de pas en partie effacées, et l'autre caméra était enfoncée dans la neige. Vous voulez que j'interroge les gens du voisinage ?

— Les experts vérifieront le périmètre quand il fera jour et ils en profiteront pour interroger les voisins. Envoyez-moi une copie de votre rapport.

L'agent sortit, avec son partenaire, et Noah referma la porte derrière eux.

— Que s'est-il passé ? demanda-t-il.

Hunter raconta son histoire, pendant que Noah examinait le récepteur rose.

— Le système est équipé d'une alarme qui se déclenche dès qu'une caméra est débranchée, termina Hunter. Quand le type a enfoui la caméra dans la neige, l'alarme m'a réveillé.

Il hésita.

— Eve possède une arme. Une arme enregistrée. Elle me l'avait confiée pour la nuit. Je suis aussitôt descendu, mais elle m'a suivi.

— C'est mon appartement, intervint Eve d'un air buté. C'est aussi mon problème et mon arme.

Hunter secoua la tête.

— C'est tout. Nous n'avons pas vu l'homme et nous ne l'avons pas entendu non plus.

— Vous avez eu le bon réflexe, affirma Noah en regardant Hunter droit dans les yeux.

Hunter secoua de nouveau la tête.

— J'aurais dû sortir pour le poursuivre.

Noah surprit Eve qui levait les yeux au ciel, mais il ne fit pas de commentaire.

— Il était peut-être armé, fit-il remarquer. Il y a déjà trois morts dans cette affaire, il faut être prudent.

— Qu'est-ce que je t'avais dit ? grommela Eve.

Hunter émit un grognement mécontent.

— Et maintenant ? demanda-t-il à Noah.

— A partir de maintenant, il faut surveiller Eve de très près, répondit Noah. Eve, vous ne vous déplacez plus seule tant que nous ne savons pas à quoi et à qui nous avons affaire.

— Qu'est-ce que je t'avais dit ? triompha Hunter.

Pas de doute, ces deux-là se comportaient comme un frère et une sœur. Noah se sentit soulagé.

Eve se leva d'un bond.

— David a préparé du café, inspecteur. Vous voulez que je vous serve un gobelet à emporter ?

Elle le mettait gentiment dehors. Elle n'avait pas changé d'avis à son sujet.

— Non, merci, murmura-t-il. J'ai déjà bu trop de café. N'oubliez pas : il vous est interdit de sortir seule.

— Ne vous inquiétez pas pour ça, assura Hunter. Et merci d'être venu, ajouta-t-il d'un ton radouci.

— Oui, merci, renchérit Eve en évitant le regard de Noah. David, je suis fatiguée, tu veux bien te charger de raccompagner l'inspecteur ?

Elle n'attendit pas sa réponse et alla s'enfermer dans sa chambre.

— Eh bien, commenta Hunter en gonflant les joues.

Noah fronça les sourcils.

— Eh bien quoi ? demanda Noah.

— Vous lui plaisez, assura Hunter en le raccompagnant jusqu'à la porte. Laissez-lui simplement un peu de temps.

— J'ai le temps, murmura Noah.

Puis il plissa les yeux.

— Pourquoi rose ?

— C'était un cadeau pour une amie qui doit bientôt accoucher. Vous connaissez l'inspecteur Sutherland ?

Noah fut surpris par cette question qui tombait comme un cheveu sur la soupe.

— Olivia ? C'est un excellent flic. Je la connais bien, oui, pourquoi ?

— Sa sœur Mia est l'une de mes meilleures amies, répondit Hunter. Elle aussi est un excellent flic. J'ai rencontré Olivia au mariage de Mia. Quand vous la verrez, saluez-la de ma part.

— Je n'y manquerai pas. Et encore bravo pour ce que vous avez fait. J'étais sincère, vous savez. Vous avez peut-être sauvé la vie d'Eve.

Les yeux gris de David Hunter devinrent froids comme l'acier.

— Ce type sait qu'Eve vous aide. Mais comment peut-il être au courant ?

— Je me pose la même question que vous, murmura Noah. Enregistrez mon numéro sur votre téléphone, pour pouvoir m'appeler rapidement en cas d'urgence.

— Je vais le faire. Et n'oubliez pas votre chapeau.

— Je le laisse ici, répondit posément Noah.

Ainsi, il avait une excuse pour revenir.

— Merci et au revoir.

Mardi 23 février, 2 h 25

Lindsay n'aurait pas apprécié qu'elle se mêle à cette portion de l'humanité. *Trop tard, grande sœur…* Liza attendait le bus qui devait l'emmener dans un autre quartier. Elle cherchait depuis trois heures et se sentait sur le point de laisser tomber. A cette période de l'année, les prostituées traînaient dans les bars et les hôtels, plutôt que dans les rues. Dans les bars, on ne la laissait pas entrer parce qu'elle avait moins de vingt et un ans. Et dans les hôtels personne n'avait vu Lindsay.

Un videur plus gentil que les autres l'avait autorisée à se réfugier dans un bar quelques minutes, le temps de se réchauffer. Là, une serveuse lui avait offert un café — mais ni l'un ni l'autre n'avaient vu Lindsay. Elle avait dans sa poche le papier sur lequel le videur avait noté des adresses où elle pouvait tenter de se renseigner. Il lui restait juste assez d'argent pour s'y rendre en bus et ensuite payer le retour.

Et si tu ne trouves rien ?

Je ne sais pas.

Elle contempla d'un air abasourdi une fille qui sortait de l'établissement qu'elle venait tout juste de quitter, en vacillant sur des talons aiguilles qui ne devaient pas faciliter sa progression sur le sol gelé. Ses jambes nues dépassaient d'une minijupe qui dissimulait tout juste ses fesses et elle portait une longue perruque exubérante. Elle avança en se déhanchant jusqu'au bout du trottoir et s'adossa à un feu. Quelques minutes plus tard, un 4x4 noir s'arrêta et une vitre descendit.

— Ne monte pas, murmura Liza.

Comme si ça pouvait servir à quelque chose.

La fille grimpa dans le 4x4 qui fit demi-tour en pleine rue, avant de s'éloigner.

Mardi 23 février, 3 h 25

Il poussa un long soupir quand l'orgasme le secoua. Puis il lâcha lentement le cou de la prostituée et se laissa retomber sur le corps qu'il chevauchait — ce corps sur lequel luisait sa semence. Sous sa perruque, il avait découvert de courts cheveux noirs et, au moment où il l'avait étranglée, il avait imaginé le visage d'Eve.

Il aurait bien voulu avoir Eve sous lui en ce moment, allongée sur ce matelas crasseux et puant, avec ses yeux fixes et grands ouverts qui auraient contemplé le néant. Malheureusement, ce n'était pas Eve.

Mais le tour d'Eve viendrait bientôt, et il pourrait lui murmurer à l'oreille les mots qu'il avait murmurés à la pute au moment où elle avait sombré dans la léthargie provoquée par la kétamine : « Une corde s'enroule autour de ton cou, elle se resserre, elle t'empêche de respirer. »

Elle s'était réveillée, haletante, en croyant qu'on l'étranglait. Et donc il l'avait étranglée. Il aimait le moment où rêve et réalité se confondaient.

Il sauta à bas du lit et atterrit sur le sol dur. Puis il contempla la trappe donnant sur sa fosse et fit la grimace. La chaux n'avait pas encore décomposé le corps de celle de dimanche. Deux jours. C'était la première fois qu'il ne laissait passer que deux jours entre deux filles.

Tout en faisant rouler le corps dans le trou, il songea qu'il devait se montrer plus prudent. Ce soir, il était retourné dans la rue de dimanche, et ça aussi c'était une imprudence. En partant de chez Eve, il s'était senti poussé par une force qui le dépassait, et il n'avait pas pris le temps de réfléchir.

C'était le stress. Quand tout ça serait terminé, il reprendrait ses vieilles habitudes et tout rentrerait dans l'ordre.

Il enfila sa combinaison, versa la chaux sur le corps, jeta les vêtements de la fille dans la fosse. Ensuite il referma soigneusement la trappe et prit les vilaines chaussures à talons de la fille pour aller les placer, talons vers l'extérieur, près de celles de Christy — des Manolo qui avaient dû coûter une fortune.

Il recula pour mieux apprécier sa collection — une rétrospective de trente ans de mode féminine en matière de chaussures. La plupart des modèles étaient plutôt vulgaires, et une femme convenable aurait préféré mourir plutôt que de les porter. Il y avait surtout des petites pointures, parce qu'il choisissait des victimes de petite taille pour les maîtriser et les transporter plus aisément. Il préférait économiser son énergie pour ce qui se passait dans cette cave.

Son regard se porta vers l'étagère la plus basse, sur la gauche. Près de la paire de bottes ayant appartenu à l'homme qui avait creusé ce trou dormait une vieille paire noire, pointure quarante-cinq, absolument immonde.

Des chaussures de matrone, déjà démodées trente ans plus tôt, quand *elle* les avait sorties de la poubelle — avec d'autres vêtements qui ne méritaient même pas de finir en chiffons. Mais elle, elle n'avait pas hésité à les prendre. Et elle avait pris aussi plusieurs pantalons, trop grands pour son cadet et trop petits pour son aîné. Mais ça ne l'avait pas dérangée que les gens sachent qu'elle et ses fils ne portaient que des loques venant des poubelles. Ni que ceux-ci soient la risée de toute la ville.

Cette femme n'avait jamais eu d'amour-propre. Elle n'avait jamais eu honte de rien. Rien d'autre n'avait compté pour elle que sa soif inextinguible. Il prit dans ses mains l'une des chaussures et la contempla longuement. Elle était très abîmée. Celle qui les avait portées tombait souvent, parce qu'elle était imbibée d'alcool.

Autant que les types qui défilaient à la maison et dont elle avait besoin pour obtenir ses bouteilles. Eux aussi étaient des poivrots. Et certains réclamaient une tout autre récompense que celle qu'elle leur offrait.

Ses doigts se crispèrent et il dut faire un effort pour desserrer son poing. Ça ne valait pas le coup d'abîmer la plus précieuse de ses reliques. Il se souvint du jour où il lui avait ôté ces chaussures, juste après avoir ôté ses mains de sa gorge.

Après lui avoir ôté sa misérable vie.

Il n'oublierait jamais le magnifique spectacle de son corps se balançant au bout d'une corde, devant la caravane rouillée qu'elle avait le culot d'appeler une « maison ». Décidément, cette femme n'avait eu aucun amour-propre et honte de rien.

Il avait pris le temps de choisir une branche suffisamment solide pour soutenir son grand corps. Parce qu'elle était grande. Grande et baraquée. Pas comme lui. Elle avait d'ailleurs souvent ri de sa taille en disant qu'il n'avait pas pris grand-chose de son côté.

Lui aussi avait ri quand il l'avait hissée pour la pendre à cette branche et qu'il avait vu ses pieds se balancer. Il avait eu du mal, plus qu'il n'aurait cru, mais ça avait valu le coup. Le nœud ne lui avait posé aucun problème. Il avait eu le temps de s'entraîner. Dans la prison pour mineurs, on s'ennuyait ferme et on s'occupait comme on pouvait. Il avait passé le plus clair de son temps à se protéger et à imaginer le moment où ses mains se refermeraient sur son cou.

Il s'était attendu à éprouver une satisfaction morale, et même un certain frisson de plaisir. Mais jamais il n'aurait cru qu'il éjaculerait au moment où elle rendrait son dernier soupir. Il balaya du regard sa collection. Depuis, il avait eu l'occasion de constater que la jouissance était toujours au rendez-vous.

Il baissa les yeux vers la chaussure qu'il tenait à la main. Il avait hissé la femme, puis il l'avait regardée se balancer. Tout le monde avait cru au suicide et personne ne l'avait pleurée. Il ne regrettait rien. Sauf peut-être de lui avoir laissé la robe qu'elle portait ce jour-là, celle qu'elle avait sortie des poubelles, alors qu'elle aurait mérité d'être exposée aux regards de tous avec une robe de pute, comme la pute qu'elle avait été. Il regrettait aussi de ne pas avoir eu sa fosse, à l'époque. Il aurait éprouvé un véritable plaisir à passer au-dessus d'elle chaque fois qu'il venait ici avec une fille.

Il reposa la chaussure sur l'étagère, à sa place, bien alignée. Bientôt, la paire de Rachel Ward, victime numéro cinq sur six, viendrait agrémenter sa collection. Rachel avait déjà accepté de le retrouver demain. Ou plutôt ce soir, vu l'heure qu'il était.

Mais le prochain corps à rejoindre la fosse serait celui d'Eve. Il avait déjà écrit le scénario qui lui convenait. Elle était morte deux fois, d'après ce qu'on disait. Jamais deux sans trois.

Mardi 23 février, 4 h 30

Quand Dell rentra enfin, frigorifié et épuisé, son père l'attendait, assis dans la cuisine. En le voyant, il se mit à tambouriner sur la table d'un air exaspéré.

— D'où viens-tu ? demanda-t-il sèchement.

— J'ai suivi Jack Phelps, comme prévu.

Quelque chose dans le ton de Dell déplut à Harvey. Et en plus, il sentait le parfum de femme. Une fois de plus.

— Et qu'est-ce qu'il a fait ?

— Il est allé dans un bar et ensuite il a attendu des types, à l'extérieur.

Harvey haussa des sourcils intéressés.

— Des types ? Vraiment ?

— Non, ce n'est pas ce que tu crois. Phelps n'aime que

les femmes. Il a attendu qu'ils sortent pour noter le numéro d'immatriculation de leurs véhicules. Je pense que ce sont des suspects.

Il se passa la main sur le visage.

— Ton plan, il est bidon.

— Il n'est pas bidon. Nous devons être patients, c'est tout.

Il sursauta quand Dell abattit sa main sur la table.

— J'en ai marre de patienter. Depuis combien de temps est-ce qu'on les suit en attendant ce fameux faux pas ?

Le visage d'Harvey se ferma.

— Depuis que j'ai enterré ton frère.

— Et on avance ? Non.

— Oui, on avance. Nous avons rempli des pages entières de notes. Nous savons ce qu'ils ont fait, qui ils ont vu… Tu te consacres entièrement à ça.

Parce que tu as perdu ton boulot à cause de l'article qui décrivait ton frère comme un assassin…

Harvey comprenait la colère de Dell, mais il se rendait compte à présent qu'il devait la contenir avant qu'il ne commette une folie.

— Ils sont sur une grosse affaire, poursuivit-il. Ils vont être sous pression, il leur faut un coupable.

Dell ricana.

— Ils sont nuls. Ils ne trouveront pas.

— Je sais. Et comme ils ne trouveront pas ils chercheront un bouc émissaire.

— Comme V., murmura Dell.

— Comme V., renchérit Harvey. Tiens, voilà les photos de Webster.

Il tendit à Dell la carte mémoire de son appareil.

— Mets-les dans le même dossier que celles de Phelps et imprime-les. On se retrouve demain matin.

*
* *

Mardi 23 février, 6 h 45

— Tu es arrivé tôt, fit remarquer Jack en se laissant tomber dans son fauteuil.

— J'ai eu une nuit plutôt agitée. Quelqu'un a essayé d'entrer chez Eve hier soir.

Jack plissa les yeux.

— Pourquoi ne m'as-tu pas appelé ?

— J'ai essayé. Je t'ai même laissé un message sur ton portable. J'ai pensé que tu dormais, je n'ai pas insisté. Si j'avais trouvé quelque chose, je t'aurais appelé sur ton fixe, pour te réveiller.

Jack vérifia son téléphone, les sourcils froncés.

— Je n'ai aucun appel en absence, murmura-t-il.

Noah eut envie de lui dire d'arrêter de se foutre de lui, mais il n'en avait pas la force.

— Tu devrais penser à changer de téléphone, dit-il d'un air las. J'ai demandé à Micki de vérifier le périmètre autour de l'immeuble d'Eve. On verra bien si elle en tire quelque chose. Il y en a un pour moi ?

Jack avait apporté deux gobelets de café.

— Les deux étaient pour moi, mais j'ai l'impression qu'il t'en faut un.

Il poussa un des gobelets vers lui.

— Qu'est-ce que c'est que ça ? demanda-t-il.

— La liste des personnes qui participent à la recherche d'Eve. Je la compare à celle des récents suicides.

— Elle t'a donné la liste ?

— Sans se faire prier. La bonne nouvelle, c'est qu'à part les deux que nous connaissons déjà je n'ai pas trouvé d'autres noms communs aux deux listes. Du moins pour l'instant.

— La mauvaise nouvelle, c'est que tu n'as pas fini de les comparer, que la liste d'Eve est très longue, et que nous ne savons pas qui sera la prochaine cible du tueur.

— La liste d'Eve n'est pas si longue que ça. Pour l'instant, je m'intéresse uniquement à ce qu'elle appelle les « joueuses compulsives ». Le tueur cherche à rencontrer des filles qui jouent souvent, pour avoir le temps de les amadouer et de les convaincre de le rencontrer à l'extérieur.

— Ça tombe sous le sens, convint Jack.

Noah s'adossa à son siège et repoussa la liste.

— Et toi, pourquoi es-tu venu si tôt ? demanda-t-il.

— J'ai trouvé des copains de Taylor Kobrecki, hier soir. Dans un bar que la grand-mère avait appelé dès que tu as tourné le dos.

— Je parie qu'ils t'ont dit qu'ils ne savaient pas où il était, et aussi qu'il ne ferait pas de mal à une mouche.

— Presque mot pour mot. Je leur ai demandé leur nom et ils m'ont répondu n'importe quoi, alors j'ai attendu qu'ils sortent et j'ai relevé leurs plaques d'immatriculation. J'ai leurs adresses. Taylor se cache peut-être chez l'un d'eux.

Il ôta son chapeau et le posa sur son bureau.

— Mais je peux déjà te dire que si son QI est aussi élevé que celui de ses potes, il ne risque pas d'être l'homme que nous cherchons.

— Tu as interrogé les femmes qui ont porté plainte contre lui ?

— J'en ai vu deux sur les trois. Elles l'ont toutes les deux surpris en train de mater par la fenêtre de la chambre. Après leur plainte, elles ont eu brusquement des tas de problèmes dans leur appartement. Elles ont déménagé parce qu'elles n'avaient pas le choix. D'après elles, Mme Kobrecki protège férocement son petit-fils.

— Ce type est donc un voyeur et un renifleur de petites culottes. De là à passer au meurtre…

Jack haussa les épaules.

— Comme je viens de te le dire, si on se fie aux gens qu'il fréquente, il n'a pas le cerveau suffisamment développé pour être notre homme. Mais on va le surveiller tout de même, ne serait-ce que pour le rayer définitivement de la liste.

— En parlant de liste, il faut que je continue avec la mienne. Il va falloir décider si on prend ou non contact avec les joueuses compulsives pour les prévenir du danger. En sachant que si on le fait Eve est grillée.

— Si on ne le fait pas, on risque d'en trouver une pendue à une corde. Nous n'avons pas le choix, Web.

— Je sais, soupira Noah. Et Eve le sait aussi.

— Donne-moi la moitié des noms, proposa Jack. Je pense que repérer les victimes potentielles est plus utile que de pourchasser Taylor Kobrecki.

— Tu as raison, convint Noah en lui passant la moitié de la pile. Concentrons-nous sur les joueurs.

Ils travaillèrent en silence pendant une vingtaine de minutes, puis Jack s'anima brusquement.

— Je crois que j'ai Samantha Altman, dit-il d'un ton morne.

Noah leva la tête.

— Quoi ? Mais Eve nous a dit qu'elle ne figurait pas sur sa liste.

— Pas en tant que Samantha Altman, répondit Jack en lui tendant une feuille par-dessus le bureau. J'ai coché le nom, regarde.

— Samantha Porter, lut Noah.

Puis il se souvint.

— Elle venait de divorcer. Porter était son nom d'épouse et elle venait de reprendre celui d'Altman.

— Et quand elle a signé le protocole de recherche avec Eve elle était toujours Samantha Porter.

— Eve l'avait inscrite dans le groupe des usagers occasionnels : entre zéro et cinq heures par semaine.

— Elle ne risquait pas de jouer, si elle était morte, fit remarquer Jack.

Il fronça les sourcils en voyant Noah décrocher le téléphone.

— Qu'est-ce que tu fais ?

— J'appelle Eve.

— A cette heure-ci ?

— Ça ne la dérangera pas.

Il composa aussitôt son numéro.

— Noah ?

Elle avait la voix rauque de sommeil et il repoussa la vision dérangeante d'une Eve endormie et toute chaude dans son lit.

— Que se passe-t-il ?

— Nous avons trouvé sur votre liste Samantha Altman, la première victime.

Il entendit grincer les ressorts du sommier.

— C'est impossible. J'ai vérifié moi-même la liste. Deux fois.

— Elle avait divorcé et avait repris son nom de jeune fille, mais vous l'aviez enregistrée en tant que Samantha Porter. Elle se trouvait dans le groupe des usagers occasionnels.

Il y eut un temps de pause, puis un soupir.

— Parce qu'elle était morte, murmura Eve.

— Pouvez-vous vérifier ses temps de jeu et nous dire à quel moment elle a cessé de se connecter ?

— Je suis en train de le faire. Attendez… Il y a trois

semaines, elle a brusquement chuté de six heures par jour à zéro. J'aurais dû m'en apercevoir. Comment ai-je pu passer à côté ?

— Même si vous l'aviez vu, vous en auriez conclu qu'elle ne s'intéressait plus au jeu.

— Vous avez raison, soupira-t-elle. Il vaut mieux que je reste calme, ça ne fera pas avancer les choses si je craque. Que voulez-vous ?

Noah admira au passage son sang-froid.

— Vous n'avez toujours pas revu l'avatar qui dansait avec Christy le soir de sa mort, d'après ce que je comprends.

— Il ne s'est pas connecté.

Elle se tut quelques secondes.

— J'avais réussi à me convaincre que le tueur était tombé par hasard sur deux femmes participant à ma recherche. Mais à présent trois sur trois... Je suis obligée d'en conclure que quelqu'un a accès à notre liste.

— Jack est avec moi. Je vais mettre le haut-parleur. Qui a théoriquement accès à cette liste, Eve ?

— Jeremy Lyons, le secrétaire du Dr Donner. C'est lui qui a entré les noms dans le programme. Et toute personne ayant accès à son bureau, parce qu'il conserve son pseudo et son mot de passe sur un Post-it collé sous son ordinateur.

— On peut accéder à ces fichiers depuis n'importe quel poste ?

— Oui. Une personne qui se connecterait depuis un autre ordinateur au serveur de l'université pourrait y accéder.

Elle hésita.

— Avec le mot de passe de Jeremy, ce serait très facile.

Il comprit comment elle s'était procuré l'adresse de Christy.

— Qui peut entrer dans le bureau de Jeremy ?

— Tous ceux qui entrent dans le bâtiment. Jeremy

s'absente souvent pour aller aux toilettes et il laisse son ordinateur sans protection. En fait, n'importe quelle personne au courant de cette recherche peut avoir consulté les fichiers.

Il aurait préféré entendre autre chose.

— Et ça inclut qui, exactement ?

— Le Dr Donner, les membres du comité qui a approuvé mon sujet, ceux qui participent au dépouillement des résultats, c'est-à-dire bon nombre d'étudiants de troisième cycle, et aussi ShadowCo.

Noah fronça les sourcils.

— *ShadowCo ?*

— Ils financent en partie le projet. Ils n'ont pas mis des sommes énormes, mais suffisamment tout de même pour que leurs chargés de communication puissent se vanter d'investir de l'argent pour un usage responsable des jeux de rôle.

— En résumé, ça fait un paquet de monde, intervint Jack.

— Il faut chercher autrement, soupira Noah. Espérons que quelqu'un aura vu le tueur avec Christy lundi soir. Il n'est pas entré par effraction, c'est donc qu'il est arrivé avec elle. Donc, ils se sont montrés à l'extérieur. Est-ce que *Shadowland* conserve des traces des dialogues échangés par les joueurs ?

— Chaque joueur conserve ce qu'il veut. Certains ne veulent laisser aucune trace et effacent tout après chacun de leur passage. L'anonymat et le secret font tout l'intérêt de ce genre de site.

— Mais si le joueur choisit de sauvegarder ses conversations, où sont-elles stockées ? demanda Jack.

— Sur son disque dur. ShadowCo pourrait techniquement les stocker sur son serveur, mais ça m'étonnerait que les choses se passent comme ça. C'est comme si un fournisseur conservait les textos de ses clients. Vous avez l'ordinateur de Christy ?

— Oui, mais… Il y a peu de chances que nous y trouvions quoi que ce soit.

— Nous allons devoir nous en tenir aux bonnes vieilles méthodes, conclut Jack avec un petit sourire.

Noah n'avait pas envie de sourire.

— Eve, je vais vous demander la liste de tous ceux qui auraient pu accéder aux dossiers. Nous commencerons par vérifier les alibis de Donner, de Lyons, et des étudiants de troisième cycle. Je vous rappelle.

Il raccrocha et s'adossa à son fauteuil.

— Alors ? dit-il.

Jack haussa un sourcil.

— J'avais raison. Elle aurait fait un malheur sur le téléphone rose.

— Jack ! lança Noah.

— Tu n'as vraiment aucun sens de l'humour !

Noah serra les dents.

— Revenons à Christy Lewis, dit-il sèchement. Le dimanche, vers minuit, elle est *online* et elle chatte avec des avatars. Ensuite, nous savons qu'elle est morte avant 9 heures du matin le lundi, puisqu'elle ne s'est pas présentée à son travail.

Jack fit la grimace.

— Nous savons aussi qu'il y avait un serpent.

Noah prit le gobelet de café apporté par Jack et y ajouta ses quatre sachets de sucre habituels.

— Tu as raison, il y avait un serpent. Pourquoi un serpent ?

— Parce que c'est un taré. Tu n'as pas besoin de tout ce sucre. Ce café est délicieux.

Il en avait besoin, si, parce que le sucre était devenu sa drogue de substitution quand il avait arrêté l'alcool.

— Je mets toujours quatre sachets, rétorqua-t-il. D'accord, nous savons que c'est un taré et qu'il a tué trois femmes. Mais que vient faire le serpent là-dedans ?

— Ian nous en dira peut-être plus quand il aura terminé l'autopsie, proposa Jack.

Noah se leva.

— Il devait s'y mettre hier soir. Allons voir s'il a terminé.

Mardi 23 février, 6 h 45

Liza fit cuire le dernier œuf qui lui restait. Elles n'avaient jamais eu un réfrigérateur plein, mais depuis que Lindsay avait disparu elle n'osait plus dépenser un sou. *Et si elle ne revient pas ?* La police ne la recherchait pas. Personne ne s'inquiétait d'elle. *Personne, sauf moi.*

Elle ferma les yeux. Elle était si fatiguée… Elle avait parcouru la veille des kilomètres de trottoir, tout ça pour rentrer bredouille. Personne n'avait vu Lindsay.

Elle est morte.

Une vague de désespoir la submergea. *N'abandonne pas.* Si Lindsay avait été agressée et qu'elle soit restée dehors, dans la rue, son corps avait eu le temps de geler. *N'abandonne pas.*

Elle se redressa. Aujourd'hui, elle avait une interro d'anglais. Si elle la ratait, Lindsay allait lui botter les fesses quand elle rentrerait.

Elle fila dans sa chambre pour se préparer.

*
* *

Mardi 23 février, 7 h 25

Noah et Jack trouvèrent Ian à son bureau, en train de taper son rapport.

— Je pensais vous l'apporter à la réunion de ce matin, à 8 heures, dit-il. Vous n'étiez pas obligés de descendre le chercher.

— On est obsédés par le serpent, expliqua Noah. On se demande ce qu'il vient faire dans l'histoire et on espérait que tu pourrais nous éclairer.

— Il a utilisé un serpent parce qu'il est complètement taré, proposa Ian d'un ton aigre.

— Je te l'avais dit, déclara Jack.

— Je m'attendais à une explication plus scientifique, rétorqua Noah. A part ça, tu aurais des remarques, Ian ?

— J'en ai plein…, répondit Ian en prenant sa feuille. Elle présentait sur le cou la même trace de piqûre que Martha, et on a retrouvé de la kétamine dans son sang. On lui avait attaché les chevilles. Les traces des liens sont visibles sur le devant.

— Elle était donc ligotée à une chaise, intervint Noah.

— Je pense. Ses coudes étaient enflés.

Il leva vers eux un regard triste.

— Et ça, ça signifie qu'elle est restée longtemps les bras croisés, ajouta-t-il en mimant la position. Mais ses bras et ses poignets n'ont pas été entravés.

Jack fronça les sourcils.

— Une camisole de force ?

— On dirait bien, répondit Ian. Il n'y a qu'une camisole de force pour immobiliser sans laisser de traces. J'ai trouvé aussi des ecchymoses autour des omoplates. Je pense qu'elle s'est débattue en se cognant contre le dossier de la chaise.

— Pour échapper au serpent, murmura Jack d'une voix horrifiée.

— Il l'aurait attachée à une chaise et aurait ensuite lâché le serpent ? demanda Noah.

Jack paraissait au bord de l'évanouissement.

— Si elle s'est débattue, c'est qu'elle n'était pas endormie, murmura-t-il. A quoi a servi la piqûre de kétamine ?

— Bonne question, approuva Ian. Je pense qu'il l'a mise sous sédatif pour lui passer la camisole. A part ça, c'est l'étranglement qui a causé la mort.

— Il s'est amusé à la terrifier, fit remarquer Noah. Mais pourquoi ? Et ne me répondez pas que c'est parce qu'il est complètement taré.

— Certains tueurs s'amusent à terrifier leurs victimes, juste parce qu'ils savent qu'ils en ont le pouvoir, répliqua Jack.

Noah soupira.

— Tu as raison. Mais le serpent ? Comment savait-il qu'elle avait peur des serpents ?

— Beaucoup de gens ont peur des serpents, intervint timidement Jack. C'est une phobie très répandue.

— Je suppose. Mais ça me semble tout de même louche. Autre chose, Ian ?

Ian haussa les épaules.

— Elle a mangé des gaufres quelques heures avant sa mort. Avec du sirop d'érable.

— Et elle serait morte à quelle heure ? demanda Noah.

— Entre 5 et 6 heures du matin.

Noah fit un rapide calcul mental.

— Elle a donc mangé ses gaufres entre 1 heure et 4 heures. Reste à savoir si elle les a préparées elle-même, ou si elle est sortie les manger quelque part.

— Elle n'avait pas fait la cuisine chez elle, affirma Jack. Donc, elle est sortie. Et à cette heure de la nuit il n'y a pas beaucoup d'endroits qui servent à manger. C'est un bon début.

— Il ne reste plus qu'à montrer sa photo dans tous les endroits qui vendent des gaufres, dit Noah.

— Elle a pris de l'essence, ajouta Ian. Elle avait des traces d'hydrocarbure sur les mains.

— Un endroit qui vend des gaufres, près d'une station d'essence, compléta Noah. Le corps de Samantha arrive quand ?

— Un peu après 8 heures. Je vais rester ici pour entamer l'autopsie dès qu'on me l'apportera. Je vous tiens au courant.

Mardi 23 février, 7 h 45

Eve faisait frire des œufs quand un David mal réveillé entra dans la cuisine, en se frottant les yeux.

— Il te faut un nouveau canapé, Evie. Les ressorts m'ont broyé le dos.

Elle lui tendit une tasse de café.

— Je sais. Je l'ai acheté dans un vide-grenier.

— Je m'en doutais. C'est agréable d'avoir quelqu'un qui me prépare à manger, pour une fois.

Elle posa leurs assiettes sur la table.

— Et tes collègues pompiers, ils ne cuisinent pas ?

— Pas vraiment. Ils sont plutôt hamburgers. Dis donc, c'est bon…

— Je sais tout de même faire cuire un œuf. Alors, tu vas réparer mon toit aujourd'hui ?

— S'il ne pleut pas. Qui t'a appelée, ce matin tôt ?

Elle planta sa fourchette dans son petit déjeuner.

— Noah Webster. Pour m'annoncer que la troisième

victime figurait sur ma liste. Elle s'était enregistrée sous son nom d'épouse. Et depuis elle avait divorcé.

David soupira.

— Ça craint… Mais ça ne te rend pas responsable pour autant.

— Samantha et Christy n'avaient jamais joué avant que nous leur présentions le site. Elles se sont trouvées là, à la merci du tueur, parce qu'elles ont signé pour ma recherche.

— Si tu leur avais demandé de se promener tous les jours une heure dans un parc et qu'on les ait agressées, tu te serais sentie responsable ?

Il avait raison, mais ça ne la soulageait pas beaucoup.

— Non, dit-elle.

Il se remit à manger.

— Tu as réussi à pirater *Shadowland* ? demanda-t-il.

— Pas encore. J'ai réussi à aller un peu plus loin dans leur système, mais je n'ai pas encore les clés du royaume. J'ai tout de même bien avancé. Ça ne devrait plus être très long.

— Tu as l'intention de passer ta journée là-dessus, n'est-ce pas ?

— Non. Je ne vais pas y passer la journée. Ça t'arrangerait, je sais, parce que tu pourrais me surveiller.

Il fronça les sourcils.

— Où dois-tu aller aujourd'hui ?

— Sur le campus. Le tueur a forcément eu accès à nos fichiers.

Il fronça les sourcils.

— Et si tu le trouves, tu comptes faire quoi ?

— Ne t'inquiète pas, je n'ai pas l'intention de l'arrêter. Si je le trouve, j'appelle aussitôt Webster.

— Et s'il profite d'un moment où tu es seule pour t'attaquer sur le campus ?

— Je possède une licence qui me permet de porter une

arme chargée. Je ne quitte jamais la maison sans emporter mon arme et mon ordinateur.

Elle se mordit la lèvre.

— Sauf hier… J'étais tellement bouleversée d'avoir trouvé Gwenivere que… j'ai oublié beaucoup de choses.

— Etant donné qu'on t'a interpellée et menottée sur les lieux d'un crime, c'est plutôt bien que tu n'aies pas eu ton arme… Je vais t'accompagner sur le campus. Quand tu seras prête, dis-le-moi.

Mardi 23 février, 8 h 5

Abbott jeta le *Mirror* du matin sur la table.

— Ce salaud de Buckland se trouvait hier sur la scène du crime, grommela-t-il. Qui s'est occupé de sécuriser le périmètre ?

Jack fronça les sourcils.

— C'est moi, et je n'ai pas vu Kurt Buckland, protesta-t-il.

Micki était installée près de Carleton. Elle tourna le journal de leur côté.

— Je ne l'ai pas vu non plus, dit-elle. La maison de Christy est isolée. S'il s'était approché en voiture, nous l'aurions repéré. Il a dû se garer à distance et utiliser un téléobjectif.

Noah parcourut du regard la première page du journal qui affichait en gros titre :

LE TUEUR À LA ROBE ROUGE
A ENCORE FRAPPÉ.

Et en plus petit :

DÉJÀ TROIS VICTIMES.

— Il donne le nom des victimes, poursuivit Abbott d'un ton rageur. Y compris celui de Samantha, dont il cite la mère : « Nous savions que notre fille n'avait pas pu se suicider. »

Il tendit le journal à Jack.

— Je suppose qu'il vous suivait quand vous êtes allés hier chez elle, conclut-il.

— Ce crétin mentionne aussi le serpent, fit remarquer Jack en repoussant le journal d'un air écœuré. Nous aurions voulu garder ce détail pour nous.

— Trouvez où il se cachait, ordonna Abbott. Je veux comprendre comment il sait pour les robes rouges et pour les serpents. Et dorénavant je veux aussi qu'il soit tenu à distance des scènes de crime.

Carleton eut l'air gêné.

— Tu es sûr que c'est la bonne réaction ? demanda-t-il. Ça risque de l'exciter encore plus. Nous devrions plutôt en faire notre allié.

Abbott fit une drôle de tête.

— Pas question. Je n'engage pas de journaliste dans mon équipe.

— Je n'ai pas dit qu'il fallait l'enrôler dans l'équipe, protesta Carleton. Mais je suis habitué à ce genre de personnage. Si tu lui refuses l'accès aux informations, il va passer à l'offensive.

— Carleton a raison, intervint Jack. Je préférerais m'en faire un allié pour contrôler les informations qui filtrent jusqu'à lui. Enfin, réjouissons-nous, le pire est évité : il ne parle pas du lien entre les victimes.

Carleton dévisagea les membres de l'équipe.

— Et quel serait ce lien ?

Noah se dépêcha d'intervenir. Il ne voulait pas que Jack

mentionne Eve. Carleton était psychiatre, il se sentirait peut-être obligé de prévenir Donner. Question de déontologie.

— Tu as déjà entendu parler d'un jeu en ligne nommé *Shadowland* ? demanda-t-il.

— Je ne m'intéresse pas aux jeux sur internet. Mais d'après ce que je comprends, c'était le cas des victimes.

— Plutôt, fit remarquer Jack. Elles jouaient plusieurs heures par jour.

— J'ai quelques patients qui sont des accros du jeu. Ils me parlent beaucoup de *World of War.*

— *Warcraft,* corrigea Jack. C'est un peu le même principe.

— Ces trois femmes participaient à un projet de recherche mené par l'université locale, expliqua Abbott.

Noah aurait voulu protester, mais c'était trop tard.

Carleton haussa les sourcils.

— Et comment l'avez-vous découvert ?

— Nous avons un informateur confidentiel, se hâta de répondre Noah.

— Et vous n'envisagez pas de confier le nom de cet informateur à l'équipe ? demanda doucement Carleton.

Noah comprit qu'il était mécontent et reconnut qu'il y avait de quoi.

Abbott acquiesça.

— Nous mentionnerons ce nom si cela devient absolument nécessaire.

— Pour le moment, nous ne voudrions pas te mettre dans une position qui t'obligerait à signaler notre informateur à ses supérieurs, ajouta Noah.

— Satanée éthique, grommela Carleton avec un sourire forcé. Très bien… J'accepte l'argument… A part votre informateur, il est évident que quelqu'un savait que ces trois femmes jouaient. La question est donc : qui ?

— Nous cherchons, assura Noah. Ton profil nous y aiderait.

— Je ne suis pas sûr qu'il soit encore d'actualité. Il faudrait que je le repense en y intégrant le facteur jeu. Et aussi le fait que le tueur est au courant d'une recherche menée par le département de psychologie d'une université.

Sa voix était dure et aiguë.

— J'ai peut-être perdu cinq heures cette nuit à établir un profil complètement obsolète.

Noah ferma les yeux.

— Je suis désolé, Carleton. Je n'avais pas vu les choses sous cet angle.

— Je suppose que non, répondit sèchement Carleton.

Il pressa un doigt sur sa tempe, la tête baissée. Quand il la redressa, il n'avait plus l'air furieux, mais simplement agacé.

— Dites-moi tout ce que vous pouvez, murmura-t-il.

Mardi 23 février, 8 h 45

— Excusez-moi, je cherche Eve Wilson.

L'insupportable Jeremy Lyons la montra du doigt.

— Elle est assise là-bas, dit-il.

Eve referma précipitamment son ordinateur. Elle était à deux doigts d'accéder au compte de Martha sur *Shadowland*, mais le type venait maintenant vers elle. Il avait les cheveux courts et il était bien habillé, mais elle remarqua une lueur désagréable dans son regard. Il ne lui inspira pas confiance.

— Mademoiselle Wilson, dit-il en lui tendant la main. Je suis Kurt Buckland, du *Mirror*.

Elle secoua la tête.

— Monsieur Buckland, je n'ai pas de temps à vous accorder, je suis très occupée.

Il fit mine de ne pas avoir entendu.

— Que savez-vous au sujet des récents meurtres ?

En travaillant dans le foyer d'accueil de Dana, elle avait appris à jouer l'innocente avec les maris qui recherchaient leurs femmes. Mais elle eut du mal à dissimuler sa surprise et battit des paupières.

— Des meurtres ? Vous ne vous adressez pas à la bonne personne, monsieur Buckland.

— Vous conduisez bien une vieille Mazda bleue avec un pare-chocs cabossé, n'est-ce pas ?

— Oui. Mais je ne vois pas à quoi vous faites allusion.

— Votre voiture est toujours garée devant la maison de Christy Lewis. Et vous êtes passée aussi chez Martha.

Il lui tendit une photo. *Noah et moi…* Son cœur fit une embardée.

Il savait. Et, bientôt, tout le monde saurait que sa thèse avait fait le malheur de ces femmes. Le tueur comprendrait que la police était au courant, pour *Shadowland*, et il serait encore plus difficile à coincer.

— Sur cette photo, on vous voit parler avec l'inspecteur chargé de l'enquête, fit remarquer Buckland. J'aimerais savoir ce qu'il vous a dit.

Elle comprit brusquement que ce n'était pas le tueur, mais cet homme, un journaliste, qui s'était introduit chez elle la veille.

— C'est à lui que vous devez poser vos questions, dans ce cas, répondit-elle.

Elle pivota sur sa chaise pour lui tourner le dos, en espérant qu'il abandonnerait.

Mais il s'adossa à la paroi transparente qui isolait son bureau.

— Dites-moi, Eve… Quel effet ça fait de mourir deux fois ? Avez-vous vu une lumière blanche ? Dieu ? Des anges ? Ou plutôt les feux de l'enfer ?

Il était révoltant, mais elle parvint à conserver son calme.

— Servez-vous de votre imagination, rétorqua-t-elle froidement. Apparemment, vous n'en manquez pas.

— Je dirais plutôt les anges. Quand cet homme vous a étranglée, vous avez souffert ?

Oui. Et elle souffrait encore, dans ses pires cauchemars. Et, pire, elle avait honte. *Assez.*

Elle se leva lentement, bien décidée à ne pas se laisser faire.

— Oui, ça fait mal, articula-t-elle lentement. J'ai encore une cicatrice à l'endroit où il a serré. Vous voulez la voir ?

Elle défit le collier de cuir qui la dissimulait et se pencha vers lui.

— Vous voulez la toucher, peut-être ? Comme ça, vous pourrez mieux la décrire à vos lecteurs.

Les yeux de Buckland lancèrent des éclairs.

— Vous ne m'impressionnez pas, dit-il. Je veux ces informations, ou c'est sur votre histoire personnelle que portera mon article. Parlez-moi de ces trois femmes et je ne violerai pas votre vie privée.

Elle sourit. Pas avec son petit sourire étudié. Avec un vrai sourire, qui engageait tout son visage. Elle savait que c'était affreux et effrayant.

— Vous la violez déjà, dit-elle à voix haute. Tout le monde dans cette pièce est en train de taper mon nom sur Google. Ils sont bien trop polis pour venir me poser des questions, mais ils vont parler entre eux. Vous avez eu tort d'élever la voix comme vous l'avez fait, vous avez perdu votre monnaie d'échange.

— Mes lecteurs ne seront pas aussi polis que vos

camarades, fit-il remarquer. Eux, ils vous montreront du doigt et poseront des questions.

Eve croisa les mains, délicatement, lentement, posément. Pourtant, son ventre était si noué qu'elle se sentait au bord du malaise.

— Si vous voulez de quoi écrire un article, adressez-vous à Webster. Vous ne tirerez rien de moi. Pas un mot.

Il se redressa de toute sa hauteur et laissa tomber le sourire.

— Soyez certaine que vous recevrez un exemplaire du journal de demain, dit-il. Pour votre album. Nous avons déjà la photo, il ne manque plus que le texte.

Il posa sur son bureau la photocopie d'une page d'un journal à scandale et elle crut qu'elle allait se trouver mal. *C'est moi.* Une photo d'elle, le jour où elle était sortie de l'hôpital, six ans plus tôt, avec ces affreuses cicatrices sur son visage et des yeux écarquillés d'horreur. Mais elle n'était plus cette enfant terrifiée. Elle avait grandi. Elle se sentait forte.

— C'est votre dernière chance, reprit-il tranquillement. Pour que personne ne voie ça.

Eve prit la photo et alla droit au tableau d'information, la punaiser au centre. Puis elle se tourna vers Buckland, avec son demi-sourire.

— Je n'ai pas peur de vous, dit-elle. Partez, maintenant.

Un des étudiants, Jose, un grand gaillard bâti comme un joueur de rugby, vint la rejoindre. Il posa ses énormes mains sur ses épaules et contempla fixement Buckland.

— Je crois que cette jeune dame vous a demandé de partir, dit-il.

— Et ne vous approchez plus de mon appartement, prévint Eve. Ou je serais obligée de réclamer une injonction judiciaire.

Buckland la contempla fixement.

— Je ne me suis jamais approché de votre appartement.

— Gardez vos explications pour le juge. Et restez loin de moi.

Il lui jeta un dernier regard furieux et partit. Elle soupira.

— Merci, Jose. Je te revaudrai ça.

Il décrocha la photo.

— Tu veux que je la détruise ? demanda-t-il.

Eve la lui prit des mains.

— Non, je te remercie. Je vais la conserver.

Elle avait toujours les doigts crispés sur le collier. Il le lui prit et le noua autour de son cou.

— Tu savais déjà, n'est-ce pas ? dit-elle.

Il haussa les épaules.

— Depuis la semaine dernière. Je faisais des recherches sur la psychologie des tueurs en série, tu sais, pour le devoir…

— Je vois, murmura-t-elle.

— Je suis tombé sur un article parlant de Rob Winters, poursuivit-il.

Elle fit la grimace.

— Je suis désolé, Eve.

— Ce n'est pas grave.

Elle se força à sourire.

— On ne peut tout de même pas l'appeler « celui qui n'a pas de nom », ça serait un peu long.

— De toute façon, l'appellation est déjà prise, fit-il remarquer. Je ne savais pas quoi dire, alors j'ai décidé de ne pas t'en parler. C'est ta vie privée, après tout.

— Tu as raison, c'est ma vie privée, c'est bien ce que j'ai voulu signifier à ce crétin de journaliste.

Elle eut une bouffée de joie à l'idée qu'elle lui avait tenu tête.

Mais sa joie fondit quand elle surprit le regard du secrétaire de Donner, qui la fixait d'un air intrigué par-dessus ses lunettes. Elle avait attendu toute la matinée qu'il s'absente pour télécharger les fichiers depuis son ordinateur. Elle aurait pu le faire depuis son poste, mais elle ne voulait pas laisser de traces. Elle ne voulait pas non plus mêler encore Ethan à ça.

Malheureusement, Jeremy n'avait pas bougé de son siège, et Donner, qui donnait un cours en ce moment, n'allait pas tarder à revenir. Elle ne voulait surtout pas le voir. Après l'épisode Buckland, elle n'était pas sûre d'avoir l'énergie de l'affronter. Il avait sûrement lu le journal. Elle craignait qu'il ne lui demande de rendre des comptes à propos de Martha.

De plus, Donner avait accès aux fichiers de Jeremy. *L'un des deux pourrait être impliqué.* Elle y avait songé des centaines de fois depuis le coup de fil de Noah ce matin. Tout de même, c'était dur à croire… Donner était un universitaire ambitieux et Lyons un chafouin. Mais elle ne les croyait pas capables de meurtre.

Elle songea à Rob Winters. Lui non plus, elle ne l'avait pas cru capable de meurtre…

— Jose, tu pourrais occuper Jeremy pendant quelques minutes ? Je voudrais sortir d'ici sans qu'il me remarque.

Jose plissa les yeux.

— Je hais ce troll. Je me charge de lui.

Il alla se planter devant son bureau et se mit à parler avec lui. Eve en profita pour se glisser discrètement hors de la pièce, en jubilant. Une fois dehors, elle déchanta. *Je n'ai pas de voiture.* Puis elle aperçut Jeremy qui sortait en courant du bâtiment, suivi de Jose. Instinctivement, elle se précipita dans une allée transversale, sur le côté. De là, elle pouvait les voir et les entendre, sans être vue.

— Mais où elle est, merde ? demanda Jeremy.

— Elle est rentrée chez elle, répondit Jose. Fiche-lui la paix.

Jeremy parut affolé.

— Je suis un homme mort, murmura-t-il.

Il ne fallait sans doute pas le prendre au mot, mais l'expression affola Eve. Elle se mit à courir, tout en sortant son téléphone portable.

10

Mardi 23 février, 8 h 45

— Le tueur repère ses victimes sur internet et reproduit la scène du crime dans leur maison virtuelle ? demanda Carleton d'un ton incrédule. C'est vraiment déroutant. Et ces nouveaux éléments modifient son profil, en effet.

— De quelle manière ? demanda Noah.

— Il fait preuve d'un niveau d'intelligence et d'une capacité d'organisation tout à fait inhabituels. Vous dites qu'il est entré sur le compte de ces femmes et qu'il a modifié leurs personnages ?

— Leurs avatars, corrigea Jack.

— Leurs avatars, répéta Carleton. Il possède donc des connaissances en informatique. Ou bien il apprend vite. Le degré de cruauté aussi est un élément original. Je dois vous avouer que je n'arrive pas à oublier ce que j'ai vu hier. Il a pris le risque de manipuler un serpent dangereux et il a immobilisé cette femme… Je préfère ne pas imaginer ce qu'elle a traversé. Certains de mes patients ont la phobie des serpents, je sais ce que ça déclenche.

Micki jeta un regard contrit du côté de Jack.

— Nous ne savons toujours pas où il a pu se procurer cet animal, dit-elle. Mais pourquoi l'a-t-il introduit pour

Christy ? Pourquoi changer sa manière de procéder au bout de la troisième victime ?

— Et qu'inventera-t-il la prochaine fois ? ajouta Jack d'un air sombre.

— Je ne veux pas entendre parler d'une prochaine fois, intervint Abbott. Micki, du nouveau sur la scène du crime ?

— Oui.

Elle jeta de nouveau un regard précautionneux vers Jack.

— Le serpent venait de manger une souris.

Jack fit la grimace.

— Quelle horreur !

— Il ne l'avait pas encore digérée. Je pense qu'il l'a avalée juste avant que le tueur ne lui coupe la tête. La souris présentait elle aussi une trace de piqûre. Il l'avait droguée à la kétamine.

— Mais pourquoi ? demanda Jack d'une voix à peine audible.

Noah songea à la morsure à la cheville de Christy. Il comprit aussitôt ce que venait faire la souris dans le tableau et il en eut la nausée.

— Il fallait que la souris attire le serpent jusqu'à Christy, dit-il. Et pour ça il devait l'immobiliser, mais sans la tuer.

— Elle a servi d'appât, renchérit Carleton d'une voix horrifiée. Seigneur…

Abbott se racla la gorge.

— Arrangez-vous pour que cette histoire de souris ne filtre pas jusqu'aux journalistes.

Jack enfouit son visage dans ses mains.

— Je ne veux même plus y penser. Donnez-moi quelques minutes pour dresser la liste des endroits ouverts la nuit et qui servent des gaufres. Et on file.

— Le dernier repas de Christy a été des gaufres, expliqua Noah. Il semblerait qu'elle les ait mangées en pleine nuit, nous cherchons donc des établissements ouverts toute la nuit, non loin de chez elle.

Faye, la secrétaire, passa la tête à la porte.

— C'est Ramsey, du bureau du procureur, capitaine. Vous avez votre mandant de perquisition pour l'appartement voisin de celui de Brisbane.

— Merci, répondit Abbott. Je mettrai Sutherland et Kane sur le coup. Et Taylor Kobrecki ? Nous en savons un peu plus à son sujet ?

— J'ai rencontré les gars avec qui il traîne habituellement, dit Jack. Il s'est peut-être réfugié chez l'un d'eux.

— J'enverrai quelqu'un vérifier. Nous donnons une conférence ce matin et nous avons l'intention de confier à la presse des photos de Christy. Au cas où quelqu'un l'aurait vue avec le tueur, dimanche soir.

— Est-il toujours question d'alerter les victimes potentielles ? demanda Micki.

— Nous saurions qui alerter ? s'enquit Carleton.

— Parmi les femmes participant à cette recherche, nous avons sélectionné les plus accros, expliqua Jack. En tablant sur le fait que le tueur cible des personnes qu'il peut rencontrer fréquemment.

— Attends, interrompit Carleton en levant la main. Je ne te suis pas. Comment avez-vous pu sélectionner les accros ?

— Sur la liste que nous a confiée notre informateur, les sujets sont classés selon le temps qu'ils passent à jouer. Nous pensons donc posséder les noms des cibles potentielles.

Abbott hésita.

— Et ça en fait beaucoup ?

— Cinq cents en tout, mais quand on se limite aux personnes qui jouent plusieurs fois par semaine, le nombre descend à soixante. Et à cinq si on prend les joueurs comme Martha qui y passent tout leur temps.

— Donnez-moi cette liste, dit Abbott. Je vais réfléchir à la question.

— Nous allons interroger le directeur de recherche et son secrétaire, reprit Noah. Ils ont tous deux un accès direct à cette liste. Ensuite, on passera en revue les endroits qui vendent des gaufres.

Il s'était déjà levé quand son portable sonna. Le numéro d'Eve s'afficha à l'écran.

— Que se passe-t-il ?

— Connaissez-vous un certain Buckland, journaliste ? demanda-t-elle d'une voix angoissée.

Le cœur de Noah fit un bond.

— Oui. Et si vous me posez cette question, c'est qu'il est venu vous harceler. Comment est-il remonté jusqu'à vous ?

— Il a vu ma voiture chez Christy. Il m'a rendu visite aujourd'hui. Je pense qu'il va nous créer des problèmes.

— Il nous en crée déjà. De quoi vous a-t-il parlé ?

— De pas mal de choses… Mais il voulait surtout me poser des questions au sujet des meurtres. Je ne lui ai rien dit, évidemment. Ecoutez, j'ai besoin de ma voiture. Est-ce que quelqu'un pourrait m'accompagner chez Christy pour que je la récupère ?

Elle paraissait à bout de souffle… Noah fronça les sourcils.

— Vous êtes en train de courir ? demanda-t-il.

— On peut dire ça, oui. Je fuis le secrétaire de Donner, qui me cherche sur le campus.

— Qu'entendez-vous par « me cherche » ?

— Quand je suis sortie de la salle de travail après Buckland, Jeremy est sorti derrière moi. Et maintenant il fait le tour des bâtiments et des voitures. Il me cherche.

Il sentit la peur dans sa voix.

— Je me cache dans les allées transversales. On se croirait dans un mauvais film d'horreur. C'est complètement fou.

Fou, oui, c'était le mot.

— Vous pouvez aller jusqu'au Deli ? Ils servent un pastrami absolument délicieux.

Deli était une cafétéria proche du campus et aussi de chez Sal's, un endroit fréquenté par les étudiants et les flics.

— Oui. Je peux. Je vous y attends ?

— Il y a sûrement des agents qui tournent dans le coin, je les envoie tout de suite sur place. Vous n'êtes pas obligée de vous afficher avec eux, mais ils veilleront sur vous en attendant que j'arrive.

Il se tourna vers les membres de l'équipe réunis autour de la table.

— Notre informateur a des ennuis, annonça-t-il.

Jack boutonnait déjà son manteau.

— J'adore le Deli. J'adore le pastrami.

— Attendez, dit Carleton en se levant. Je sais que votre but est de protéger votre informateur, mais je ne fais pas partie d'un comité d'éthique, tout de même. Je n'ai pas la moindre intention de le dénoncer. Je pourrais peut-être même lui rendre service.

— Et comment ? demanda Noah.

— Je crois comprendre qu'il ne veut pas que la hiérarchie de l'université sache qu'il vous renseigne. Je connais du monde, à l'université. Il ne me serait pas très difficile d'intervenir pour aplanir ses difficultés.

Noah acquiesça.

— Pour l'instant, le problème semble surtout venir d'un simple secrétaire, et pas de la hiérarchie. Mais je lui ferai savoir que tu as proposé ton appui. Merci beaucoup, Carleton. Vraiment.

— Nous te communiquerons bientôt le nom de cet informateur, Carleton, intervint Abbott. Nous te faisons confiance, tu sais.

Noah comprenait qu'Abbott se sente mal à l'aise vis-à-vis de Carleton. Ils travaillaient depuis longtemps avec lui et il avait établi pour eux des douzaines de profils. Mais ils avaient promis le secret à Eve…

— Je sais, Bruce, soupira Carleton. Je ne suis pas d'accord avec vous, mais vous êtes visiblement persuadés que vous me placeriez face à un conflit d'intérêts en me communiquant le nom de cette personne. Je respecte votre point de vue. Je vous proposerais bien un autre psychologue pour établir le profil de votre tueur, mais vous auriez le même problème avec lui. De plus, la personnalité de notre malfaiteur est particulièrement complexe et intéressante. Je me sentirais frustré de ne plus pouvoir me pencher sur ce cas.

— J'ai hâte que tu puisses te pencher sur ce cas d'encore plus près, répliqua sèchement Abbott. Quand il sera derrière les barreaux, par exemple.

Il fit signe à Noah et à Jack de partir.

— Je vais envoyer une voiture de patrouille au Deli. Appelez-moi quand le problème sera réglé.

Mardi 23 février, 9 h 30

Eve commanda un café en attrapant au hasard un magazine sur le présentoir, pour mieux se fondre dans la foule des clients. Le Deli n'était pas simplement une cafétéria où l'on servait de délicieux sandwichs, mais un bistrot chic où étudiants et professeurs — et flics — venaient pour se rencontrer, pour parler, pour voir et pour être vus. Un peu comme le Neuvième Cercle, mais sans la musique.

— C'est une star, maintenant, fit la voix du barman.

Eve baissa les yeux. Elle avait pris *MSP… Au hasard.*

Un acte manqué, probablement. *Oui, probablement*... Le barman lui adressa un clin d'œil.

— Je serais fier d'être arrêté par lui...

— Oui. C'est une star...

Mais elle préférait le partenaire de la star. Elle commençait même à croire qu'il comptait vraiment pour elle... Elle lui avait dit le contraire, mais c'était lui qu'elle avait pensé à appeler quand elle avait eu peur.

Elle soupira et alla s'asseoir près de deux agents qui buvaient eux aussi un café. Elle ignorait si c'était Noah qui les avait envoyés ou s'ils prenaient leur pause, mais elle se sentit plus en sécurité.

Elle feuilleta distraitement les pages du magazine, puis se rendit compte qu'elle s'était arrêtée sur la photo de Noah. Jack était beau, on ne pouvait pas le nier. Mais Noah... Noah avait un visage aigu, une beauté plus masculine, plus... plus sauvage.

Et beaucoup plus inquiétante, même s'il y avait parfois beaucoup de douceur dans ses yeux verts. *Et avec lui, je me sens bien.*

La sonnette de la porte du Deli tinta et elle vit entrer Jeremy, qui balaya la salle du regard. Il marcha droit sur elle et la rejoignit en quelques secondes — laps de temps durant lequel elle décida qu'elle appellerait les deux agents à son secours si nécessaire.

Si tu fais ça, tu reconnais que tu collabores avec la police. Elle voulait que ça se sache le plus tard possible. Si le tueur apprenait que la police était au courant, pour *Shadowland,* il risquait de ne plus s'y montrer et de recruter ses victimes ailleurs.

— Puis-je m'asseoir avec vous ? demanda Jeremy en haletant. Merci, ajouta-t-il sans attendre sa réponse.

Il ôta ses lunettes et essuya la buée qui recouvrait les

verres — à cause de la différence de température entre l'extérieur et l'intérieur.

— Vous êtes plutôt du genre fuyant, ma chère, fit-il remarquer. J'ai eu du mal à vous trouver.

Elle se concentra pour chercher le ton qu'il convenait d'adopter, celui d'une jeune femme blessée par son altercation avec un journaliste indélicat.

— Je ne savais pas que vous me cherchiez, dit-elle.

— Donner m'a chargé de vous surveiller. Il craint que vous ne parliez aux journalistes. Il se doutait bien que vous n'étiez qu'une sale hypocrite.

Aux journalistes… Donner craignait donc les journalistes, pas les flics. Il pensait sans doute qu'elle chercherait à s'attirer la sympathie du public pour se couvrir. *Pourquoi ne suis-je même pas étonnée ?*

— Je n'ai pas appelé les journalistes. Ce type est venu me trouver de lui-même. Et au cas où vous n'auriez pas bien compris, j'ai refusé de coopérer avec lui.

— Très convaincant, votre petit duo. Mais vous vous êtes empressée de sortir après lui. Et là, vous l'attendez. Ne me prenez pas pour un imbécile.

Eve secoua la tête.

— Mais de quoi parlez-vous ?

Il tendit le doigt pour montrer quelqu'un derrière elle.

— Je parle de votre journaliste. Il est là.

Eve se retourna. Buckland était là, en effet, et il la contemplait avec un grand sourire.

— Vous serez virée du programme de recherche, déclara Jeremy d'un ton satisfait. Ce n'est que justice, parce que vous n'auriez jamais dû y être admise.

Elle fit volte-face vers lui, en tremblant — et en espérant que ça ne se voyait pas.

— Et pourquoi cela ?

— J'ai trouvé votre parcours scolaire *online*. Vous avez obtenu vos diplômes dans une école d'Etat.

Elle tenta d'oublier le serpent qui rampait derrière elle, pour se concentrer sur ce chafouin.

— Et alors ?

— Et alors, on vous a admise parce que vous étiez une pauvre victime, et pas parce que vous possédiez la qualification nécessaire.

Sa voix était pleine de venin. Ses yeux brillaient de jalousie.

— Tandis que vous, vous la possédez, je suppose ?

Il redressa fièrement le menton.

— Largement plus que vous.

Elle comprit tout, brusquement.

— Votre projet de recherche n'a pas été sélectionné, murmura-t-elle. C'est pour cela que vous n'êtes que le secrétaire de Donner, et pas son assistant.

Un muscle de sa joue tressaillit.

— J'ai été sélectionné. Mais ils vous ont prise, vous, à ma place, parce qu'un type a pensé que vous apporteriez un point de vue intéressant, à cause de votre passé.

Cela lui fit mal d'apprendre qu'elle avait été choisie pour son passé, et pas seulement pour ses compétences. Le fait que Buckland assiste à la scène ajoutait encore à son humiliation. Mais, au moins, Jeremy n'avait toujours pas mentionné la police.

Où es-tu, Noah ?

— Mais d'où tirez-vous cette information, Jeremy ? demanda-t-elle doucement.

— Je sais tout, cracha-t-il d'un ton méprisant. Je sais tout et je vois tout. Je connais votre passé médical, vos diplômes, votre couleur préférée. Je sais que vous détestez les betteraves et qu'il vous suffit de grimper sur une échelle pour avoir le vertige.

« Je sais tout »... Ses diplômes, ses goûts... *Le salaud. Il a piraté le serveur pour accéder à mon dossier personnel.* Elle hésitait entre rire de cette ironie du sort et se mettre en colère. Elle opta finalement pour une lassitude qui n'était pas feinte.

— Je n'ai pas pris contact avec ce journaliste, murmura-t-elle. Vous pouvez donc faire votre rapport au Dr Donner et lui expliquer que je n'ai rien dit. Rien.

Jeremy haussa les épaules.

— Je ne bouge pas d'ici tant que Donner n'est pas arrivé. Si vous n'avez pas parlé à la presse, c'est aux flics que vous avez craché le morceau. Sinon, vous n'auriez pas passé la soirée au bureau de police, hier.

C'était sa première remarque sensée depuis le début de leur conversation.

— Donner va venir ? Mais pourquoi ?

— Pour vous escorter jusqu'à son bureau. Il a l'intention de vous virer officiellement du programme.

Une sonnette d'alarme se mit à hurler dans son crâne. *Donner vient. Il vient me chercher.*

— Ce qui laissera une place vacante pour vous ? demanda-t-elle en se forçant à sourire.

Il acquiesça.

— Oui.

Elle s'efforça de conserver un ton amical.

— Et vous pensez donc que j'ai parlé à la police... Et j'aurais dit quoi, exactement ?

— Je l'ignore, admit Jeremy.

Il baissa les yeux vers le magazine.

— C'est Webster, n'est-ce pas ? L'inspecteur de la criminelle avec lequel je vous ai aperçue.

Oui, c'était Webster. Et Webster était justement en train de sortir de la voiture qui venait de s'arrêter devant le Deli. Il allait bientôt entrer et se diriger vers elle, ce qui confirmerait Jeremy et Buckland dans leurs soupçons. Il ne lui fallut que quelques secondes pour prendre sa décision.

Il n'y avait pas trente-six manières de justifier sa présence chez Martha et Christy — et de clouer le bec au chafouin et au serpent. Elle espéra que Webster comprendrait et qu'il jouerait le jeu.

Elle sourit et effleura la photo du bout des doigts.

— Oui, c'est mon Noah, murmura-t-elle. Je trouve que c'est lui qui aurait dû faire la couverture, mais je suis un peu de parti pris, je dois l'avouer.

Elle se leva pour héler Noah qui poussait la porte.

— Noah, chéri, je suis là.

Les yeux de Webster se posèrent sur Jeremy, puis, sans la moindre hésitation, il s'approcha, le sourire aux lèvres. Le cœur d'Eve se mit à battre. Et elle fit ce qu'elle avait à faire. Ce que Greer ou l'un de ses avatars aurait fait à sa place. Elle se jeta au cou de Noah et déposa un baiser sur ses lèvres, en s'attardant quelques secondes, un peu plus que ne l'exigeait son rôle.

Il la prit dans ses bras, avec une aisance surprenante, comme s'il l'avait déjà fait des milliers de fois. Son corps était dur et musclé, solide comme un roc, tel qu'elle l'avait imaginé, mais elle fut surprise par la douceur de ses lèvres tièdes. *Seigneur… Qu'est-ce qui m'a pris ?*

Elle s'écarta légèrement de lui et surprit dans ses yeux une lueur d'étonnement. Puis de désir.

Mais ce n'était pas le moment de rêver. Elle se souvint qu'il s'agissait de donner le change et le prit par la taille, tout en se tournant vers Jeremy, lequel les contemplait bouche bée.

— Noah, je te présente Jeremy Lyons. Il travaille pour mon directeur de thèse, le Dr Donner.

Noah serra la main de Jeremy.

— Ravi de vous connaître, dit-il.

Puis il passa ses bras autour des épaules d'Eve et les pressa gentiment.

— Moi de même, murmura Jeremy.

— A présent, Jeremy, vous savez. J'espère que vous resterez discret. Nous n'avons pas envie que tout le monde soit au courant. Mais…

Elle haussa les épaules.

— Je crois que le pot aux roses est découvert, Noah.

— Ce n'est pas grave, répondit Noah d'un ton rassurant. On savait, de toute façon, qu'on ne pourrait pas garder le secret encore longtemps.

Sa voix douce la fit frissonner et elle dut se secouer pour ne pas oublier qu'ils jouaient la comédie. Que tout cela n'était pas plus réel qu'une rencontre sur *Shadowland.*

Rien n'est possible avec lui, cesse de rêver. Mais c'était difficile, maintenant qu'elle savait ce qu'on ressentait dans ses bras.

Noah se racla la gorge.

— Je suis désolé, mon chou, je ne peux pas rester. Il faut que je retourne travailler.

— Oh…, s'exclama-t-elle en feignant d'être déçue. Je comprends. Tu pourrais me déposer chez moi ? J'ai eu une matinée difficile.

Webster posa sa joue sur son crâne, et elle s'autorisa à rêver quelques secondes de plus.

— Bien sûr, dit-il. Allons-y.

Elle rassembla ses affaires et il l'entraîna en la prenant par les épaules. Dehors, l'air frais lui fit du bien et elle poussa un soupir de soulagement. Phelps les attendait, assis sur le siège du passager. Il n'avait visiblement rien perdu de leur démonstration et affichait un air mécontent.

Webster fit monter Eve à l'arrière.

— Il va falloir me confier votre clé, maintenant, pour être crédible, plaisanta-t-il.

— « Mon chou » ? railla-t-elle.

— J'ai paniqué, répondit-il avec un petit sourire. Bouclez votre ceinture, ajouta-t-il avant de claquer la portière.

Jack attendit qu'ils aient bifurqué au premier carrefour pour les dévisager, l'un après l'autre.

— Vous auriez la bonté de m'expliquer ? demanda-t-il. C'était… ?

C'était très agréable, faillit répondre Eve.

Elle se retint de se lécher les lèvres pour profiter du goût que Noah y avait laissé.

C'était un rêve.

— Il fallait bien limiter les dégâts, murmura-t-elle.

Mardi 23 février, 9 h 55

Le cœur de Noah était mis à rude épreuve. Il s'était emballé quand il avait tremblé pour Eve, puis il avait battu la chamade quand elle s'était jetée à son cou pour l'embrasser. Il avait frôlé la crise cardiaque et elle osait appeler ça « limiter les dégâts ».

Et maintenant qu'elle racontait les détails de la visite de Buckland, son pauvre cœur battait encore, et cette fois de rage.

— Il vous a menacée ? demanda-t-il en crispant les poings sur le volant.

Il surprit dans le rétroviseur son regard méfiant.

— Je me suis bien débrouillée, s'empressa-t-elle d'assurer. Il croyait avoir barre sur moi, mais il s'est trompé.

Une fois de plus, il ne put s'empêcher de l'admirer.

— Peu importe, il vous a tout de même menacée et il n'en avait pas le droit.

En effet, il n'en avait pas le droit. C'était odieux de tenter de lui soutirer des informations en la faisant chanter avec l'agression qui avait bouleversé sa vie.

— Vous ne me facilitez pas les choses, murmura-t-elle.

Elle avait raison.

— Je suis désolé, répondit-il.

Mais il ne l'était qu'à moitié.

— Buckland ne nous lâche plus, poursuivit-elle. Il vous avait probablement suivis chez Christy et ce matin il m'a suivie au Deli.

— Il était là ? intervint Jack. Au Deli ?

— Oui. Je me suis dit qu'en vous voyant arriver il penserait que je vous avais prévenu. C'est pour ça que… Que j'ai fait ce qu'il fallait pour le détromper.

Pour limiter les dégâts. Oui, il avait compris.

— Je comprends.

— J'espère que Buckland et Jeremy ont cru à notre petite démonstration. Mais soyez prudents. Buckland ne vous lâchera pas tant qu'il n'aura pas obtenu de quoi écrire son article.

— Il nous suit en ce moment, fit remarquer Jack. Depuis le Deli, je suppose.

Noah jeta de nouveau un coup d'œil dans son rétroviseur, en se concentrant cette fois sur les voitures, et pas sur la jolie femme installée sur la banquette. Une Subaru noire roulait derrière eux, à distance.

— Il est tenace, c'est une qualité qu'il faut lui reconnaître, commenta Eve avec une pointe d'amusement dans la voix. Vous avez l'intention de le semer lors d'une folle course-poursuite ? C'est pour ça que vous m'avez demandé d'attacher ma ceinture ?

En dépit de la colère qui lui nouait la gorge, Noah ne put s'empêcher de rire.

— Désolé, dit-il. Le règlement nous interdit les courses-poursuites.

— Dommage. Ça fait des années que je n'y ai pas eu droit.

Jack pivota vers elle.

— Si je vous promettais une course-poursuite, vous m'embrasseriez comme vous avez embrassé mon partenaire ?

Le ton était dur et presque méprisant. Noah lança à Jack un regard furibond.

Dans le rétroviseur, le sourire d'Eve s'effaça et elle détourna les yeux, gênée.

— Non, répondit-elle.

— Jack…, grommela Noah.

Jack s'enfonça dans son fauteuil, avec un soupir résigné.

— On ne peut pas en vouloir à un homme de tenter sa chance, Web, protesta-t-il.

Noah se mordit la langue.

Concentre-toi sur l'affaire, oublie que tu as envie de lui casser la figure.

Eve dut penser la même chose, car elle se hâta de remettre l'affaire sur le tapis.

— Que faisons-nous, à présent ? J'ai tenté de semer le doute dans leur esprit, mais je ne suis pas sûre que ça ait marché.

— Si, si, vous étiez très convaincante, je vous assure, ricana Jack.

— Jack…, murmura de nouveau Noah entre ses dents, tout en reconnaissant intérieurement que Jack avait raison.

Moi aussi je l'ai trouvée convaincante. Et, du coup, il espérait une suite.

— En tout cas, vous avez convaincu tous les clients du Deli, ajouta Jack comme si Noah n'avait rien dit.

— Tout ça est très sérieux, rétorqua Eve d'un ton mécontent. Je ne comprends pas que vous plaisantiez.

— Il plaisante tout le temps, intervint Noah d'un ton résigné. Qui peut faire le lien entre vous et *Shadowland* ? ajouta-t-il.

— La plupart des étudiants de troisième cycle savent que ce site me sert de creuset pour ma thèse. Mais je ne pense pas qu'ils renseigneraient Buckland, après ce qu'ils ont vu ce matin.

— Tant mieux, soupira Noah.

Il faillit lui demander si elle avait réussi à pirater le site, mais elle ne le lui aurait pas dit, aussi préféra-t-il s'abstenir.

— Et maintenant, qu'est-ce que nous allons faire de vous ? demanda-t-il.

— J'ai une idée, murmura Jack d'un ton sarcastique.

Noah serra les dents, si fort qu'il en eut mal.

Tu vas l'avoir, ton rapport. Il aurait dû le rédiger depuis longtemps. Il savait que tout le monde pariait sur le moment où il craquerait et signalerait son partenaire. Mais lui, comme un idiot, il n'avait cessé d'espérer que Jack reviendrait à un comportement normal, qu'il reprendrait le dessus.

— Que voulez-vous dire ? demanda Eve d'un air inquiet.

Elle n'avait apparemment pas entendu Jack.

— Si Buckland fait le lien entre vous et l'affaire, il ne va pas se gêner pour le divulguer dans un article.

— Il a déjà divulgué pas mal de choses, fit remarquer Jack d'un ton aigre.

— Qu'est-ce qu'il a divulgué ? demanda Eve.

Noah hésita.

— Il a parlé des robes rouges et du serpent.

— Du serpent ? Quel serpent ? Un vrai serpent ?

— Un vrai, répondit Jack. Un serpent à sonnette qui a mordu Christy à la cheville.

— Il avait utilisé un serpent pour Martha ? demanda-t-elle d'un ton angoissé.

— Non, répondit Noah. Et nous ne savons pas pourquoi il a introduit ce serpent dans son scénario pour Christy.

— Est-ce qu'il l'a agressée sexuellement ? insista-t-elle.

Jack fronça les sourcils.

— Pourquoi posez-vous la question ?

— Il l'a fait ou pas ?

Jack secoua la tête.

— Non.

— Cet homme choisit ses victimes dans le monde virtuel, il s'introduit chez elles, il les étrangle, il met en scène un suicide par pendaison. Et à présent il utilise un serpent pour les terroriser. La phobie des serpents est très répandue.

Noah lui jeta un coup d'œil dans le rétroviseur. Elle ne disait plus rien et paraissait perdue dans ses pensées.

— Vous savez pourquoi il a utilisé un serpent, Eve ? demanda-t-il.

— Peut-être. Je viens de repenser à quelque chose que m'a dit Jeremy. Il m'expliquait pourquoi mon projet de recherche n'aurait jamais dû être validé par l'université Marshall, et j'ai découvert qu'il était au courant de certains détails personnels…

— Par exemple ?

— Ma couleur préférée. Le fait que je déteste les betteraves. Et que j'ai le vertige, ajouta-t-elle lentement. Je ne me souviens pas en avoir parlé autour de moi, à part à une amie. Mais par contre j'ai rempli un questionnaire au cours duquel j'ai dû répondre à des questions sur mes goûts et mes phobies. Il se trouve que nous faisons justement remplir un questionnaire de ce genre aux sujets qui participent à ma recherche.

Noah comprit aussitôt où elle voulait en venir.

— Donc, s'il a accès aux dossiers, il a pu lire le questionnaire de Christy.

Eve acquiesça.

— Elle avait peut-être la phobie des serpents… Avez-vous découvert quelque chose de particulier lors de l'autopsie de Martha ?

— Des poumons bleus, murmura Jack.

— Elle avait les poumons bleus ? s'étonna Eve. Pourquoi ?

— Le légiste pense que l'assassin lui a plongé la tête dans la cuvette des toilettes, expliqua Noah. Eve, nous devons absolument consulter ces dossiers. Il faut que nous sachions si Martha et Christy souffraient de phobies. Et sans mandat nous ne pouvons pas y accéder.

— Je sais, dit-elle.

Elle marqua un temps d'hésitation.

— Je peux m'arranger pour vous procurer ces dossiers sans mandat, reprit-elle.

— Et dans le plus grand secret, intervint Jack. De façon que votre collaboration avec nous ne soit pas mentionnée, n'est-ce pas ? ajouta-t-il d'un ton goguenard.

— Jack…, dit Noah en lui jetant un regard d'avertissement.

— Non, protesta Jack. Je ne vais pas me taire. C'est toi qui vas m'écouter. Tu sais très bien que tout ce qu'elle obtiendrait en piratant le site serait un fruit empoisonné. Le procureur ne pourrait rien faire de nos découvertes. Il foutrait tout à la poubelle et nous avec. Pas de piratage. Nous ferons ça dans les règles.

Il y avait dans sa voix une colère contenue que la situation ne suffisait pas à justifier, mais Noah n'eut pas le temps de s'interroger sur les raisons de cette colère. Eve intervint, d'une voix calme, mais sèche.

— Mon rôle dans cette affaire finira par se savoir, inspecteur Phelps. J'en ai parfaitement conscience. J'ai déjà accepté l'idée d'être convoquée par le comité disciplinaire de l'université et, probablement, d'être exclue du programme de recherche. Ma carrière est donc d'ores et déjà fortement compromise, et ce n'est donc pas de ça que je m'inquiète.

— Et de quoi vous inquiétez-vous ? rétorqua Jack tout aussi sèchement.

— Je m'inquiète des réactions du tueur. Si vous abattez vos cartes et que vous lui montriez que vous savez comment il procède, il risque de changer de scénario. Mais ça ne l'empêchera pas de tuer. Il tue par plaisir. Il continuera.

Elle avait prononcé les dernières phrases d'une voix étrange et monocorde, comme si elle était en transe. Noah en eut la chair de poule.

— Comment pouvez-vous le savoir ? demanda-t-il.

Elle détourna le regard.

— Simple déduction. Demandez votre mandat. Je vous donnerai des détails sur les renseignements contenus dans les dossiers, ça devrait convaincre votre procureur. Et à présent, si ça ne vous ennuie pas, j'aimerais rentrer chez moi.

Mardi 23 février, 10 h 35

— Vous n'aviez pas besoin de monter jusqu'ici, inspecteur, dit Eve en ouvrant la porte.

Noah la suivit à l'intérieur de son appartement et referma la porte derrière lui. Elle se montrait de nouveau distante et polie. Il la préférait quand elle baissait sa garde, comme tout à l'heure, au Deli… Mais il lui faudrait probablement attendre un certain temps pour que ça se produise à nouveau.

— C'était nécessaire, rétorqua-t-il. Où est Hunter ?

— Probablement en train d'acheter ce qu'il lui faut pour réparer le toit. Il ne va pas tarder à rentrer.

Elle lui adressa un faible sourire.

— Comme vous le voyez, on s'occupe de moi. Votre partenaire vous attend dans la voiture, allez le retrouver.

Elle s'arrêta devant la fenêtre, dos à lui, et ferma les yeux.

— Je m'en vais, assura-t-il.

Mais au lieu de partir il la rejoignit et s'arrêta derrière elle. Il fut tenté de poser une main sur son épaule, mais se retint, parce qu'elle l'aurait probablement repoussé.

— Je sais que ce n'était pas pour vous protéger que vous vouliez nous aider, dit-il.

— Vous me paraissez bien sûr de vous, rétorqua-t-elle d'un ton las. Après tout, votre partenaire avait peut-être raison.

Cette fois, il allongea le bras et osa la toucher. Elle se raidit, mais, dans la vitre, le reflet de son visage demeura impassible. Il lui pressa doucement l'épaule, en regrettant de ne pas pouvoir l'embrasser de nouveau.

Il la lâcha.

— Je ne veux pas que vous restiez seule ici, dit-il.

Elle haussa les épaules.

— C'est probablement Buckland qui est passé chez moi hier soir, et pas votre tueur, fit-elle remarquer. Donc je ne suis pas en danger.

— Si Buckland parle de vous dans ses articles, le tueur comprendra que vous collaborez avec nous. Il pourrait décider de s'en prendre à vous.

Elle pinça la bouche et redressa le menton.

— Qu'il vienne. Je l'attends de pied ferme.

Il fronça les sourcils.

— Eve, vous n'êtes pas dans le monde virtuel, où vous pouvez envoyer Greer ou Nemesis régler son compte à un méchant sans prendre le moindre risque. Cet homme a déjà tué trois fois. Il n'hésitera pas une seconde à vous éliminer.

— J'en ai parfaitement conscience, rétorqua-t-elle. Eve ne vit pas dans le monde virtuel, et c'est pour ça qu'elle possède une arme chargée qu'elle sait utiliser. Ça fait partie de ma panoplie de survivante.

Il savait qu'il aurait dû partir, mais il ne pouvait s'y résoudre.

— Et elle comprend quoi d'autre, cette panoplie ?

— Pas mal de choses. Je n'ai pas toujours été comme ça. Après mon agression, je suis restée deux ans enfermée, pratiquement dans le noir. Je ne pouvais pas me regarder dans un miroir, je ne quittais la maison que si c'était absolument nécessaire, et avec une épaisse couche de maquillage. J'avais peur.

— Peur de quoi ? demanda-t-il doucement.

— Du regard que les gens posaient sur moi. Avant l'agression, j'étais jeune et belle. Et brusquement je suis devenue un monstre. Les gens me regardaient d'un air horrifié, tout en se félicitant que ça ne leur soit pas arrivé, à eux. Personne n'osait me regarder droit dans les yeux. Une fois, un enfant s'est mis à pleurer en me voyant.

Elle avait baissé les yeux, comme quelqu'un qui a honte, et le cœur de Noah se serra à lui faire mal. Mais il ne trouva rien à lui dire, aussi resta-t-il là, immobile, avec un terrible sentiment d'impuissance. Au bout de quelques secondes, elle releva la tête et rencontra son regard dans la vitre.

— Je me suis réfugiée dans le monde virtuel où je pouvais continuer à communiquer avec des êtres humains, murmura-t-elle. C'est grâce à ça que j'ai remonté la pente et que je ne suis pas devenue folle. Quand j'ai enfin réussi à sortir de l'ombre, aider les gens à se sentir libres d'exister est devenu mon but dans la vie. Ce but fait aussi partie de ma panoplie de survivante.

— Je sais, dit-il. Mais je ne veux pas qu'il vous arrive quoi que ce soit.

— Il ne m'arrivera rien, Noah. Je vais bientôt devoir renoncer à ce qui me pousse à me lever chaque matin.

Elle déglutit péniblement.

— Et ça me tue. Mais si je ne fais rien, si je me conduis comme une lâche, je vais glisser de nouveau dans le noir. Je le sens. Je pense sans cesse à cet endroit où je ne risquerais plus rien. J'ai envie de m'y réfugier. Mais je ne le fais pas, parce que je sais que ce n'est pas bon. Bien sûr, je ne peux pas m'attendre à ce que vous compreniez.

Elle avait tort. Il se revit, en train de lutter pour oublier l'alcool. Pour sortir de l'ombre. Pour vaincre ses démons. Il se battait encore pour ne pas flancher.

« A chaque jour suffit sa peine »... Autrefois, ce proverbe lui paraissait ridicule. Mais à présent il le comprenait mieux que personne.

— Je vois très bien de quoi vous parlez, dit-il en se forçant à sourire. C'est pour ça que je bois de l'eau gazeuse.

Elle poussa un petit soupir et ouvrit de grands yeux.

— Je suis désolée. Je ne pensais pas que...

Il lui effleura le bras. Très légèrement. Une seule fois.

— Peu importe. Ce qui compte, c'est que vous sachiez que je vous comprends.

De nouveau, il sourit.

— Vous essayez toujours de pirater *Shadowland* pour avoir accès au compte des victimes ?

— Vous voulez que je le fasse ? demanda-t-elle.

Il prit le temps de réfléchir à sa réponse.

Elle tenait à ses études et à son projet de recherche. Mais pour l'instant il s'inquiétait surtout de la garder en vie. Et de lui éviter la prison.

— Ce que je veux, c'est arrêter cet homme avant qu'il tue de nouveau. Mais je n'ai pas l'intention d'enfreindre la loi. Jack a raison. Tout ce que nous apprendrons de manière illégale sera irrecevable par un procureur. Si nous coinçons le tueur, il faudra le relâcher. De plus, si vous agissez dans l'illégalité, je ne pourrai pas vous protéger.

— Je n'attends pas votre protection.

Elle fit brusquement volte-face et leva vers lui un regard sombre, presque noir, terriblement intense. Il n'aurait pas pu s'en détacher s'il l'avait voulu.

— Vous voulez que je cesse de chercher à pirater ShadowCo ?

Le désir s'abattit sur lui comme un ouragan et il serra les poings pour ne pas poser ses mains sur elle.

Ce n'est pas le moment, Webster. Concentre-toi.

— Vous êtes près d'aboutir ? demanda-t-il.

Il remarqua que les yeux noirs d'Eve lançaient des éclairs. Elle aussi sentait qu'il se passait quelque chose.

— Très près.

Il s'obligea à penser à Martha, à Christy, à Samantha. Puis à Eve, mêlée à cette horreur par hasard, et qui refusait de lâcher prise. Puis il songea aux noms sur la liste et se demanda qui serait la prochaine victime.

— Non, murmura-t-il d'une voix rauque. Je ne veux pas que vous cessiez.

Elle se détendit.

— Très bien. Je vous appellerai dès que j'aurai trouvé quelque chose d'utile pour vous.

Il leva la main et lui effleura précautionneusement la joue.

— Tout à l'heure, au Deli…

Ses joues rougirent sous ses doigts.

— Ça ne se reproduira pas, dit-elle.

Si, ça se reproduira. Mais la prochaine fois ce ne sera pas pour limiter les dégâts.

Il recula d'un pas et abandonna sa joue.

— Je dois y aller, dit-il.

Elle acquiesça, en vacillant, et Noah se sentit ému.

— N'oubliez pas votre chapeau, murmura-t-elle.

Il prit son chapeau qui était toujours sur l'étagère, là où il l'avait laissé la veille. Les questions se bousculaient dans son crâne, trop nombreuses pour qu'il puisse faire le tri. Mais elle lui avait ouvert la porte de sa vie et il voulait en profiter avant qu'elle ne la referme de nouveau.

— J'ai lu ce qui vous est arrivé il y a six ans, dit-il. Mais aucun article ne mentionnait les raisons qui ont poussé cet homme à vous agresser.

— Il cherchait sa femme et son fils. Ils s'étaient enfuis parce qu'il les battait depuis des années. Je les connaissais et je les aimais tous les deux. Je ne voulais pas que cet homme transforme de nouveau en enfer la vie de Tom et de Caroline.

— Il voulait donc vous empêcher de les prévenir ?

— En partie, oui. Mais il était armé. Il aurait pu simplement me tuer. Heureusement, il ne l'a pas fait.

Elle avala sa salive.

— Au lieu de ça, il m'a poignardée à huit reprises. Il m'a lacéré le visage. Il m'a presque coupé la main. Et ensuite il m'a étranglée.

— Juste parce qu'il éprouvait du plaisir à le faire, murmura Noah.

— Oui.

Elle croisa ses bras sur sa poitrine, comme pour se

protéger, comme si le simple fait d'évoquer cet homme la mettait en danger.

— J'ai eu l'occasion d'approcher de très près le genre de monstre que vous poursuivez, Noah. Mon agresseur, je l'ai regardé droit dans les yeux quand il m'a passé la corde au cou. Votre tueur ne va pas s'arrêter tant que vous ne l'arrêterez pas.

— Et votre tueur à vous ? demanda-t-il.

Il avait la gorge nouée et il devait faire un gros effort pour que les mots franchissent ses lèvres.

— Je n'ai pas su l'arrêter, dit-elle.

Il fut frappé par la noirceur de ses yeux et la solitude qu'ils reflétaient.

— Il hante encore mes rêves parce que je n'ai pas su l'arrêter, reprit-elle. C'est pourquoi je ferais n'importe quoi pour aider à arrêter le vôtre.

Il acquiesça.

— Fermez votre porte à clé, dit-il en sortant.

Il attendit qu'elle ferme le verrou pour s'éloigner, puis il regagna la voiture où Jack l'attendait en tambourinant sur le tableau de bord.

— On peut continuer ? demanda-t-il d'un ton aigre. Il me semble que nous avons du pain sur la planche.

— Dans une minute, répondit sèchement Noah en composant un numéro. Abbott, c'est Web. Eve va bien, mais Buckland, du *Mirror*, lui file le train, ainsi que le secrétaire de son directeur de thèse.

— Et où est-elle, en ce moment ? demanda Abbott.

— Nous venons de la raccompagner chez elle. Nous retournons sur le campus, interroger Lyons et Donner, puis nous ferons le tour des endroits qui servent des gaufres. Faye a trouvé des renseignements au sujet de Jeremy Lyons et Donald Donner ?

— Je lui demande et je vous rappelle, répondit Abbott.

— Il nous faut un mandat en bonne et due forme pour que l'université nous donne accès aux dossiers, annonça Noah.

Cela lui coûtait de réclamer ces dossiers. Mais il le fallait bien.

— D'après Eve, les participants devaient signaler leurs phobies dans le questionnaire, acheva-t-il.

— Tu penses au serpent, fit remarquer Abbott. Je comprends… Mais dès que nous présenterons ce mandat, Eve sera soupçonnée d'avoir collaboré avec nous.

— Elle le sait, et elle est prête à en assumer les conséquences.

Abbott soupira.

— Carleton pourrait intervenir pour que les sanctions ne soient pas trop dures.

— Pour limiter les dégâts, murmura Noah en songeant à leur baiser. J'espère qu'il y arrivera.

Quand il raccrocha, Jack le regarda de travers.

— Et à présent on peut s'y remettre ? lâcha-t-il.

Noah jeta un coup d'œil dans le rétroviseur avant de démarrer.

— Oui, dit-il seulement.

Mardi 23 février, 10 h 45

Harvey suivit des yeux la voiture des inspecteurs qui s'éloignait.

— Qui habite ici ? demanda-t-il en fronçant les sourcils.

Dell était occupé à entrer l'adresse sur un site qui recensait les taxes foncières.

— L'immeuble appartient à un certain Myron Daulton, annonça-t-il.

— Webster est passé voir cette femme trois fois hier. Elle est importante pour lui.

Dell ricana.

— Jette un œil là-dessus.

Harvey se pencha sur la photo que lui montrait Dell. On y voyait Noah Webster et la femme s'étreindre passionnément.

— D'accord, dit-il. Webster utilise sa voiture de service, celle que le contribuable paye, pour promener sa copine. Mais ça ne suffit pas.

— Non, murmura Dell. Ça ne suffit pas.

— Dell. N'oublie pas notre plan.

Dell sourit.

— Bien sûr. Ce plan qui fonctionne tellement bien…

Harvey lui donna une claque sur la bouche.

— Fais attention à ce que tu dis.

Dell tâta précautionneusement les commissures de ses lèvres.

— On fera comme tu voudras, papa, murmura-t-il tout en posant sur son père un regard dur et mécontent.

Harvey se demanda s'il aurait encore longtemps le dessus sur son fils.

— Ils ont pris quelle direction ? demanda Harvey.

Dell jeta un coup d'œil à son écran. C'était lui qui avait eu la bonne idée de placer un petit appareil muni d'un traceur sous la voiture des inspecteurs — et il n'en était pas peu fier.

— Vers le centre-ville.

— Suis-les. Je serai juste derrière toi.

Dell sortit de la Subaru et regagna sa voiture, tandis qu'Harvey méditait sur le fait que Webster avait une petite amie. Les femmes étaient des êtres faibles. Il ne serait pas difficile de soutirer à celle-ci tout un tas d'informations intéressantes. Il suffisait de la motiver.

*
* *

Mardi 23 février, 12 h 15

— Merci, dit Eve en jetant un regard distrait sur le sandwich que David venait de poser près de son coude. J'apprécie que tu te charges des courses, ajouta-t-elle en s'intéressant de nouveau à son écran.

— Je me suis dit que j'avais intérêt à m'en charger si je voulais manger, dit-il. Tu y es ?

— Oui, j'ai tout de même fini par entrer. Le site de ShadowCo est bien protégé. Ça m'a pris plus de temps que je ne pensais.

— Et tu trouves ce que tu espérais ?

— Ce à quoi je m'attendais, plutôt. Pour maquiller Martha et Christy, le tueur a modifié leurs avatars. Il a aussi changé des éléments dans leur maison virtuelle pour y placer une corde et des chaussures.

— Oui, d'accord, mais tu sais qui a fait ça ?

— Pas pour l'instant, parce qu'il a utilisé l'identité des victimes pour entrer sur leur compte. Mais les deux avatars ont subi exactement les mêmes modifications. En fouillant, je me suis aperçue qu'il avait utilisé des codes assez maladroits pour le graphique.

— Maladroits, répéta David en lui jetant un regard amusé. Donc, c'est un amateur.

— Un amateur doué : il a tout de même modifié ce qui l'intéressait. Mais un programmeur aurait fait ça plus élégamment, c'est certain.

— On croirait entendre parler Ethan, commenta David d'un ton neutre. Lui aussi, il parle de l'élégance d'un programme.

— Ethan m'a beaucoup appris, répondit-elle d'un ton précautionneux.

David aimait Dana, il aurait pu haïr Ethan… Ce n'était pas le cas. Pourtant, elle évitait de vanter devant David les mérites de l'homme qui avait fait son malheur.

— Il t'a appris à pirater un site, je sais, commenta David. Et ça pourrait te valoir la prison.

— On croirait entendre Noah.

— Tiens, à propos de Noah, je remarque que son chapeau n'est plus sur ton étagère.

Agacée, elle continua à fixer l'écran et changea de conversation.

— Tu as trouvé ce qu'il fallait pour réparer le toit ?

— J'ai dû commander les fournitures. Je vais les chercher après 15 heures. J'en profiterai pour te déposer à ta voiture, si tu veux.

— Merci. Je te rembourserai les fournitures.

Elle avait mis un peu d'argent de côté. Elle espéra que ça suffirait.

— Oh, oui, je sais que tu es riche, plaisanta-t-il. Je ne veux pas que tu me rembourses, poursuivit-il en reprenant son sérieux. Mais sais-tu au moins que c'est à ton propriétaire que tu rends service ? Quand tu partiras, il aura gagné un toit tout neuf.

— Mais il aura appris qu'on ne peut pas virer les gens quand on veut. Et en tout cas pas moi.

Puis elle comprit.

— Tu m'aides parce que tu ne veux pas qu'il me vire, murmura-t-elle.

— Tu as réussi à surmonter des épreuves dont la plupart des gens ne se seraient pas remis. C'est pour ça que je veux t'aider à surmonter celle-là. Je suis fier de toi.

Les yeux d'Eve se remplirent de larmes et sa gorge se noua. Elle ne répondit rien. Mais il comprit.

— Concentre-toi sur ton vol avec effraction et oublie ton toit, je m'en charge. Mais en échange je te demande de laisser une chance à Noah. C'est mon prix.

Il la laissa seule, mais elle ne parvenait plus à se concentrer. Elle revoyait le visage de Noah, tout à l'heure, quand il se reflétait dans la vitre, avec cette expression pleine de sollicitude. « C'est pour ça que je ne bois que de l'eau gazeuse. » Elle se demanda ce qui avait pu lui arriver pour qu'il sombre dans l'alcool.

Elle s'en voulut de ne pas avoir prêté attention à ce qu'il ressentait. Lui aussi avait souffert… Elle s'autorisa à songer au goût de ses lèvres. Elle s'était sentie si bien, dans ses bras.

Mais de là à lui donner une chance… Non. Certainement pas. Pas même pour faire plaisir à David. Parce qu'elle ne voulait surtout pas faire souffrir Noah Webster, ni aucun autre type bien qui cherchait une histoire sérieuse, avec un avenir. Aucun avenir n'était envisageable avec elle. Sa réalité à elle, c'était ça. Elle n'était ni Pandore ni Greer.

Elle battit des paupières pour chasser ses larmes et voir de nouveau son écran. Après le départ de Noah, elle avait appelé Ethan et elle était passée par plusieurs serveurs avant d'accéder à *Shadowland*, pour brouiller ses traces. Mais ShadowCo pouvait tout de même remonter jusqu'à elle et le blâme risquait de rejaillir sur Noah.

Et cela, elle voulait l'éviter. Parce qu'il ne le méritait pas.

Il y avait sûrement un moyen d'arrêter le monstre qui tuait toutes ces femmes. Ils savaient maintenant qu'il sévissait sur *Shadowland*, mais ça ne suffisait pas. Elle devait se débrouiller pour l'obliger à se montrer dans le monde réel.

Ça n'allait pas être facile. Il était malin… *Il ne me reste plus qu'à me montrer plus maligne que lui.*

Mardi 23 février, 14 h 30

Liza sortit discrètement par une petite porte. C'était la première fois qu'elle faisait l'école buissonnière. Elle ne séchait pas un cours, juste une conférence sans intérêt, avec des athlètes. Elle n'allait tout de même pas écouter des imbéciles débiter des lieux communs. Elle n'avait pas de temps à perdre. Elle devait chercher Lindsay.

— Hé ! Vous auriez du feu ?

Elle fit volte-face, surprise. Un jeune homme se tenait près de la porte, le dos rond, les épaules rentrées, les mains dans les poches.

— Non, je suis désolée, répondit-elle. Je ne fume pas.

Elle continua à marcher d'un pas mal assuré. Le manque de sommeil et la faim lui donnaient des vertiges. Malheureusement, il ne lui restait que les quelques dollars dont elle avait besoin pour prendre le bus.

L'arrêt de bus se trouvait un peu plus loin, aussi baissa-t-elle la tête pour résister au vent et continuer à avancer. Puis, sans savoir comment, elle se retrouva sur les fesses, avec son sac éventré et ses papiers qui s'envolaient.

— Oh ! s'exclama-t-il. Laissez-moi vous aider.

Il était vraiment grand pour un lycéen. Mais peut-être était-il étudiant. Il rassembla ses feuilles et les lui apporta.

— Certaines sont un peu salies, dit-il d'un ton désolé.

— Ce n'est pas grave, merci, répondit-elle.

Elle les fourra dans son sac et, prise de vertige, se leva en titubant. *Il faudrait que je mange.*

— Vous vous sentez bien ? s'inquiéta-t-il.

Elle dut lever les yeux très haut pour fixer son visage. Pourtant, elle mesurait un mètre soixante-douze. Ce géant devait frôler les deux mètres.

— Oui, oui, ça va, s'empressa-t-elle de répondre.

Il fronça les sourcils en la dévisageant.

— On ne dirait pas, vous êtes très pâle.

— Ça va bien, vraiment.

Puis elle soupira d'exaspération en voyant passer le bus.

— Sauf que je viens de louper mon bus, gémit-elle. Et que le prochain est dans vingt minutes.

Elle accéléra l'allure et il lui emboîta le pas, sans difficulté.

— Vous êtes passée par la porte des fumeurs, non ? demanda-t-il.

Elle le regarda fixement.

— Vous avez l'intention de me dénoncer ?

— Non. Mais... Pourquoi est-ce que vous séchez les cours ? Vous n'avez pourtant pas le genre...

— Et ce serait quoi, mon genre ? grommela-t-elle entre ses dents, en songeant à l'agent qui avait refusé de prendre en compte la disparition de Lindsay sous prétexte qu'elle se prostituait.

— Le genre à prendre la littérature anglaise en option. J'ai vu passer votre devoir sur *Au cœur des ténèbres*. De plus, vous avez les yeux rouges. Vous avez pleuré.

— Je souffre d'allergies.

— En février ? demanda-t-il en secouant la tête. Trouvez quelque chose de plus convaincant.

— Je suis pressée, dit-elle en levant de nouveau les yeux vers lui. Ça vous ennuierait de me fiche la paix ?

— Où allez-vous ?

Elle leva les yeux au ciel.

— Qu'est-ce que ça peut vous faire ?

— C'est un peu ma faute si vous avez raté votre bus. Je me sens coupable. Je peux vous déposer quelque part ?

Elle lui lança un regard méfiant.

— Non. Je vais justement à la police. Si vous ne me laissez pas tranquille, j'en profiterai pour porter plainte contre vous.

— C'est à cause de votre sœur que vous allez au commissariat ?

Elle s'arrêta net.

— Comment le savez-vous ?

— L'un des papiers que j'ai ramassés était un rapport de police sur une certaine Barkley, Lindsay. Le nom sur votre devoir de littérature anglaise est Liza Barkley, et vous avez une mine de chien.

Elle secoua la tête.

— Vous vous prenez pour un inspecteur de police ?

Il sourit.

— Non. Mais on dirait que vous avez besoin d'aide. Et je me sens vraiment gêné de vous avoir retardée. D'ici, vous pouvez prendre un taxi pour vous rendre au bureau de police.

— C'est ça, oui, bonne idée, marmonna-t-elle en s'éloignant. Je n'ai pas de quoi m'acheter un sandwich et ce crétin me propose de payer un taxi.

— Je vous l'offre, le taxi.

Il s'était remis à la suivre et lui tendait un billet de vingt dollars.

— Et achetez-vous aussi à manger. Vous avez vraiment mauvaise mine.

Elle s'arrêta de nouveau et contempla fixement le billet.

— Vous me faites peur, dit-elle.

— Vous savez quoi, reprit-il, voyant qu'elle ne prenait pas l'argent. Ils vendent des sandwichs, juste là, en face de l'arrêt de bus. On pourrait s'y réfugier au chaud pour attendre et je vous achèterai à manger.

Elle hésita.

— Je ne veux pas de votre charité.

— Ne soyez pas stupide. Vous avez faim. Venez.

Il lui prit son sac des mains et l'entraîna.

— Hé ! protesta-t-elle. Ce sont mes affaires de classe.

— Liza, je vous demande de me faire confiance jusqu'à cette cafétéria, ce n'est tout de même pas grand-chose, protesta-t-il.

— Vous ne me laissez pas vraiment le choix, grommela-t-elle en le suivant.

Il entra dans la cafétéria et posa le sac sur une table.

— Asseyez-vous, dit-il. Je reviens.

Elle obéit et, quelques minutes plus tard, il était de retour avec un sandwich et des frites.

— Mangez, dit-il.

Elle ne se fit pas prier et se mit à dévorer.

— Plus lentement, reprit-il. De quand date votre dernier repas ?

— J'ai mangé un œuf ce matin. Et hier j'avais déjeuné.

Elle se tut et dévora son sandwich, puis ses frites. Et ensuite ses frites à lui.

Il fut impressionné par son appétit.

— La plupart des jeunes filles de votre âge picorent du bout des lèvres avec un air écœuré. Je suis Tom Hunter.

— Ravie de vous connaître, Tom. Et merci pour le repas. J'avais effectivement très faim.

— Pourquoi avez-vous séché votre cours ? demanda-t-il.

A présent qu'elle avait l'estomac plein, elle pouvait de nouveau aligner deux idées.

— Je n'ai pas séché un cours, juste une conférence. On nous supprime un cours pour nous conseiller de ne pas louper les cours. Vous ne trouvez pas ça ridicule ? Et une conférence animée par des athlètes, en plus. Comme si les athlètes connaissaient quoi que ce soit à l'école…

Il se retenait visiblement de rire.

— Quoi ? demanda-t-elle. J'ai dit quelque chose de comique ?

— Je suis l'un des « athlètes » qui animent cette conférence. Je suis étudiant et j'ai obtenu dernièrement la note maximale à mes examens, ajouta-t-il.

Liza devint écarlate.

— Zut alors, je suis vraiment désolée…

— Ce n'est pas grave. D'autant plus que vous n'avez pas tout à fait tort. Et si je passe dans les écoles, c'est pour inciter les jeunes à poursuivre leurs études. Même s'il n'y en a qu'un qui change d'avis grâce à moi, ça aura valu le coup. Qu'allez-vous faire au bureau de police ?

Elle le dévisagea. Il était séduisant. Blond avec des yeux bleus. Tom Hunter… Il était joueur de basket, d'après l'affiche qui annonçait la conférence. Un excellent joueur, à en croire les garçons de sa classe qui transpiraient de joie à l'idée de le rencontrer.

— Pourquoi est-ce que vous vous intéressez à moi ? demanda-t-elle.

Il haussa les épaules.

— Ma mère travaille dans le social. Je crois que c'est dans mes gènes, d'aider les gens. Et puis, j'ai une petite sœur. Elle s'appelle Grace. Si elle avait des problèmes, j'aimerais que quelqu'un l'aide. Je ne vous ferai pas de mal. Je peux au moins vous écouter. Je sais écouter. Pourquoi pleuriez-vous, Liza ?

Elle soupira.

— Ma sœur a disparu.

Elle lui raconta tout, en se gardant bien de lui préciser qu'elle vivait seule depuis la disparition de Lindsay.

— J'ai appris hier qu'elle se prostituait. Par le rapport de police. Cette nuit, j'ai fait le tour des prostituées de la ville pour demander si quelqu'un l'avait vue. Et tout à l'heure je me suis dit qu'elle avait peut-être été interpellée avec quelqu'un, la première fois.

— Et vous voudriez que la police vous dise avec qui ?

— Je dois tout tenter. Personne d'autre que moi ne s'intéresse à ce qu'elle a pu devenir.

Il fronça les sourcils.

— Et où avez-vous rencontré des prostituées ?

— J'ai cherché sur Google pour savoir dans quel quartier elles traînaient.

Il eut l'air peiné.

— Très bien. Je connais un inspecteur. Une femme. Elle acceptera de vous écouter. Prenons un taxi. Je vous emmène au bureau de police.

— Le bus aussi y va. Donnez-moi le nom du flic que vous connaissez, je peux très bien aller le voir seule, de votre part.

— Le bus, vous venez de le rater une deuxième fois. Je ne vous ai rien dit parce que vous mangiez.

Elle soupira.

— Vous n'avez pas l'intention de me lâcher, c'est ça ?

— Pas pour le moment, en tout cas. Venez.

11

Mardi 23 février, 16 h 45

Noah arrêta la voiture devant le cinquième et dernier établissement sur la liste de Jack. Il s'agissait d'un relais d'autoroute situé près d'une station d'essence. Il espéra que c'était le bon.

Donner et Lyons avaient quitté le campus avant leur arrivée et ils ne les avaient pas non plus trouvés chez eux. Ils avaient donc décidé de revenir plus tard à la charge et de se concentrer sur la dernière sortie de Christy. Dans les quatre premiers établissements sélectionnés par Jack, on ne l'avait pas vue. Jack ne disait pas un mot. Il boudait en silence.

Et Noah commençait à perdre patience.

— Dépêchons-nous d'en finir, murmura-t-il.

Mais Jack ne bougea pas et contempla fixement la vitrine de la cafétéria du relais d'autoroute.

— Je suis désolé, Web, dit-il.

— A propos de quoi ?

— J'ai exagéré. Je savais bien qu'Eve n'était pas en train d'essayer de sauver sa peau.

— C'est auprès d'Eve que tu devrais t'excuser. Mais

puisque tu en parles, laisse-moi te dire que je ne comprends pas ce qui t'a pris.

— Ce n'est pourtant pas compliqué à comprendre. Ça fait des mois que je tente d'attirer son attention.

— Tu es jaloux, c'est ça ? Pourtant c'est toi qui m'as conseillé de sortir avec elle.

— J'étais persuadé qu'elle refuserait. Je ne pensais pas qu'elle te tomberait dans les bras au bout d'une journée.

— Tu sais très bien que c'était pour donner le change, rétorqua Noah, tout en songeant que le baiser qu'ils avaient échangé représentait bien plus.

Eve finirait bien par l'admettre. Il suffisait d'attendre.

Jack ouvrit la portière de la voiture.

— De là où j'étais, c'était plus que crédible.

Noah le suivit à l'intérieur de la cafétéria en essayant de se concentrer sur les agissements du tueur, et pas sur ce fameux baiser qui faisait tant parler de lui. Jack avait déjà sorti de sa poche le permis de conduire de Christy. Il le montra à la serveuse postée à l'entrée.

— Nous sommes inspecteurs de police, madame, dit-il. Avez-vous vu cette femme ?

— Non, mais vous, je vous reconnais, répondit-elle en montrant le présentoir des magazines. Vous êtes Jack Phelps.

Jack fit la grimace.

— Peut-on parler au gérant ou à un autre membre du personnel ?

— Asseyez-vous, inspecteurs. Puis-je vous offrir du café ?

— Non, madame, répondit Noah. Nous attendrons ici.

Elle alla aussitôt chercher le gérant, qui arriva au bout de quelques secondes.

— Richard Smith, annonça-t-il. Venez dans mon bureau, je vous en prie.

Ils le suivirent.

— Nous cherchons quelqu'un qui aurait vu cette femme dans la nuit de dimanche à lundi, dit Jack.

— Il faudrait revenir ce soir, pour interroger les employés du service de nuit, répondit Richard Smith.

Ils avaient déjà entendu ça quatre fois.

— Merci, nous reviendrons, dit Noah.

— A moins que..., commença Smith d'un air songeur. Vous pourriez peut-être visionner les enregistrements de la caméra qui se trouve au-dessus de la caisse.

Ça aussi, ils l'avaient déjà entendu, mais le plus souvent la caméra était centrée sur le caissier. Apparemment, on s'inquiétait plus de l'honnêteté des employés que de celle des clients. Et de toute façon la qualité de l'image était en général si mauvaise qu'on ne voyait pratiquement rien.

— Ça nous serait très utile, répondit Jack d'un ton résigné. Merci.

Smith tapotait déjà les touches de son clavier d'ordinateur.

— Dans la nuit de dimanche à lundi, vous dites ?

Noah et Jack échangèrent un regard impressionné.

— Vous avez numérisé l'enregistrement de votre caméra de surveillance ? demanda Noah.

— J'ai investi dans un nouveau système il y a un an de cela, après un vol à main armée dans la station. Le malfaiteur avait blessé un enfant, mais avec les vieilles caméras on ne voyait pas son visage, et il court toujours à l'heure qu'il est. Nous aussi, nous sommes ouverts toute la nuit et nos employés sont à la merci des malfaiteurs. Je me suis donc associé avec le gérant de la station d'essence pour faire l'acquisition d'un système de pointe, et nous nous sommes empressés de le faire savoir. Pour l'instant, ça marche. C'est dissuasif.

Après quelques minutes à manœuvrer les touches, Smith s'arrêta.

— Je crois que je l'ai, dit-il.

— C'est bien Christy, confirma Noah en se penchant vers l'écran. A 3 h 24.

— Voici la liste des employés qui travaillaient ce soir-là, avec leurs numéros de téléphone. Comme ça, vous ne serez pas obligés d'attendre ce soir pour les interroger. Je suppose que vous voulez l'original de l'enregistrement ?

— Merci, dit Noah d'un ton soulagé. Il n'y a pas beaucoup de commerçants qui investissent aussi sérieusement dans la sécurité.

Les yeux de Jack brillèrent.

— Vous avez aussi installé des caméras dans le parking et près de la station d'essence ?

— Oui, confirma fièrement Smith. Vous voulez les enregistrements ?

— Nous voulons ceux qui correspondent au laps de temps entre 1 heure et 5 heures, répondit Jack.

Puis il se tourna vers Noah.

— S'il l'a suivie chez elle depuis le parking, il est fichu.

Mardi 23 février, 17 heures

— Tom ! s'exclama Olivia.

Elle se leva pour l'accueillir. Tom était le fils de la meilleure amie de sa sœur. Il traversait la grande salle où s'alignaient les box de travail. Une jeune fille au regard grave et inquiet l'accompagnait. Que venait-il faire ici ?

— Tu as très bien joué, dimanche, lui dit-elle.

— Merci, répondit-il en souriant. Nous avons besoin de ton aide, Olivia. Je te présente Liza Barkley. Liza, voici l'inspecteur Sutherland.

— Prenez un siège, proposa Olivia.

Liza lui raconta son histoire, en bafouillant un peu, avec des accents déchirants dans la voix.

— Ça a dû vous faire un choc d'apprendre que votre sœur se prostituait, commenta Olivia.

— J'ai si peur…, murmura Liza. Peur qu'elle ait été agressée par un de ses… de ses clients.

Olivia pesa soigneusement ses mots.

— Liza, vous me paraissez suffisamment intelligente et mûre pour assumer la vérité, aussi je ne vais pas vous adoucir le tableau. Le taux de mortalité chez les prostituées est très élevé. Lindsay a disparu depuis deux jours en vous laissant sans nouvelles, et vous me dites que ce n'est pas dans ses habitudes… Ce n'est pas bon signe. De plus, après deux jours, ça risque d'être dur de retrouver sa trace.

Liza avait pâli, mais elle redressa le menton.

— Vous avez une sœur ? demanda-t-elle.

— Oui. Et si elle disparaissait je ne me contenterais pas de la réponse que je viens de vous faire. Je vais vous aider. Puisque Lindsay a été interpellée pour racolage, je vais me renseigner pour savoir si c'était au cours d'une rafle et avec qui elle était. Et aussi pour obtenir le nom de la personne qui aurait éventuellement payé sa caution. Mais en échange je veux que vous me promettiez de ne plus la chercher la nuit dans les quartiers mal famés.

Liza acquiesça docilement.

— Vous me faites signe que oui, mais vous avez l'intention de poursuivre, je le lis dans vos yeux, reprit doucement Olivia.

De nouveau, Liza acquiesça en silence.

Olivia soupira.

— Olivia ? intervint Tom.

Elle sut aussitôt ce qu'il allait lui demander.

— Pas question de vous accompagner, protesta-t-elle.

— Pourquoi ? insista-t-il d'un ton enjôleur. Mia le ferait.

Elle secoua la tête.

— C'est un coup bas, Tom.

— Mais efficace, rétorqua-t-il avec un grand sourire.

— Je vous accompagnerai si je peux. Mais je veux votre promesse, Liza.

— Je promets, répondit Liza.

Mardi 23 février, 17 h 30

Une fois sorti, Tom héla un taxi.

— Je vous raccompagne, dit-il à Liza.

— Et si je ne veux pas que vous sachiez où j'habite ?

— Trop tard. Votre adresse se trouvait sur le rapport de police concernant votre sœur. Je vous ferai déposer et je ne descendrai pas du taxi, c'est juré.

— Dans ce cas, n'y montez pas.

Il fit comme s'il n'avait pas entendu et s'engouffra à l'arrière en annonçant l'adresse au chauffeur.

— Rien ne vous oblige à m'aider, fit-elle remarquer. Merci.

— Quand j'étais petit, mon père battait ma mère. On nous a aidés. Depuis, moi aussi j'aide les gens. Je ne fais que rendre ce qu'on m'a donné. Cessez donc de me remercier.

— Très bien.

Elle se détourna vers la vitre de la portière et fit un effort pour considérer froidement la situation.

— Lindsay est probablement morte, murmura-t-elle. Mais tant que je n'en serai pas certaine, je ne pourrai pas m'empêcher de la chercher.

— Je comprends. A quelle heure êtes-vous sortie pour écumer les bars et les hôtels, hier soir ?

— A 23 heures.

— Mon oncle est en ville et je dois dîner avec lui. Si j'annule notre rendez-vous, il va me demander pourquoi, et il sera furieux si je lui dis que c'est pour arpenter les rues à la recherche d'une prostituée.

Il avait parlé tout bas, pour que le chauffeur n'entende pas.

— Je le quitterai probablement vers 23 heures, poursuivit-il. Minuit au plus tard. Ne sortez pas sans moi. Je viendrai vous chercher en voiture. Promettez-moi de m'attendre.

— Et Olivia ? Vous ne croyez pas qu'elle va tout raconter à votre oncle ?

— Ils ne se sont rencontrés qu'une fois, à un mariage. Donc pas de risques de ce côté-là.

Il glissa un billet de vingt dollars dans son sac.

— Achetez-vous à manger, dit-il.

— Tom… Je… Merci…

Mardi 23 février, 17 h 50

— Je crois que nous l'avons trouvé, annonça Jack en laissant tomber une photo sur le bureau d'Abbott.

Abbott contempla le portrait d'un homme aux cheveux courts qui paraissait avoir un peu plus de quarante ans.

— Qui est-ce ? demanda-t-il.

— Il s'appelle Axel Girard, répondit Noah. Il est optométriste à Edina. Sa voiture a suivi celle de Christy Lewis quand elle quittait le parking de la cafétéria, dans la nuit de dimanche à lundi.

— Il a un casier judiciaire ? demanda Abbott.

— Non, répondit Noah. Tout ce qu'on a trouvé, c'est une amende pour excès de vitesse datant de plusieurs années. Il va régulièrement à l'église et il a été élu citoyen de l'année pour avoir pratiqué des examens gratuits pour les plus déshérités.

Abbott soupira.

— Un optométriste… Et nos victimes ont les paupières collées aux sourcils…

— Exactement, confirma Jack en posant sur le bureau une série de photos horodatées. Ces clichés viennent de la caméra de surveillance, et ils prouvent que notre homme a attendu dans le parking pendant plus d'une heure. Quand Christy est sortie de la cafétéria, elle est passée par la station d'essence qui se trouve juste à côté. Là, il a déplacé sa voiture pour mieux la surveiller. Christy a fait le plein, puis elle est partie. Et il est parti aussi.

— On ne voit pas son visage, fit remarquer Abbott.

Jack lui montra une photo en gros plan de la plaque d'immatriculation.

— On a sa plaque, ça nous suffit.

— Dans ce cas, arrêtez-le. J'en informe aussitôt Ramsey, du bureau du procureur. Bon travail, tous les deux.

Il s'adossa à son fauteuil et dévisagea Noah qui affichait un air préoccupé.

— Tu ne trouves pas que vous avez fait du bon travail ? lui demanda-t-il.

Jack fit la moue.

— Il trouve que c'était trop facile.

Noah haussa les épaules.

— Je suis simplement étonné qu'un type si malin ait commis une erreur aussi grossière.

— Arrêtez-le, répéta Abbott. Nous verrons s'il est malin ou pas.

Comme ils sortaient, il rappela Noah.

— Noah, attends ! J'ai envoyé le mandat pour réclamer

les dossiers d'Eve. Dis-lui que je suis désolé, que je n'avais pas le choix.

Noah acquiesça d'un air las. Il avait le cœur serré à l'idée qu'Eve allait devoir se battre pour entamer une nouvelle vie. Une fois de plus.

— Je le lui dirai.

Mardi 23 février, 18 h 20

— Alors ? Ton verdict ? demanda Eve quand David entra en soufflant sur ses doigts gelés.

— Il y avait des trous dans ce toit, comme on pouvait s'en douter, répondit David. J'ai réparé celui qui se trouvait juste au-dessus de ton lit. Je m'occuperai demain de l'autre.

Il alla se percher sur l'accoudoir du fauteuil.

— Qui est-ce ? demanda-t-il en désignant l'avatar sur l'écran d'Eve.

— Gary Stuart, répondit Eve. Il est assis sur un tabouret, au Neuvième Cercle, et il a l'air complètement décalé.

— Il ne ressemble pas à tes autres avatars et ce n'est pas ton genre d'homme non plus.

— C'est un avatar de base, reconnut-elle. Le genre beau gosse, mais sans personnalité et sans charme.

— Et que comptes-tu faire avec cet avatar ? demanda David d'un ton méfiant.

— Je surveille discrètement, rien de plus. Le soir de sa mort, Christy parlait avec un avatar particulièrement séduisant. Cet avatar est au Neuvième Cercle en ce moment même et il danse avec une femme que je ne connais pas.

— Tu as prévenu l'inspecteur Webster, comme promis ?

— Oui, mais je n'ai obtenu que sa messagerie.

Elle avait failli intervenir en disant à cette femme de

se méfier, mais elle s'était abstenue, pour ne pas se faire remarquer, et elle se sentait terriblement coupable. Gary surveillait, mais ça ne suffisait pas.

— Pourquoi ce Gary ? demanda David.

— Je suis passée à la boutique de Claudio, celui qui a dessiné l'avatar du danseur. Si j'y avais envoyé Greer ou Pandore, Claudio m'aurait tout de suite identifiée et il aurait cru que je venais espionner sa collection de printemps qui vient de sortir. Il est complètement parano, avec ça.

— C'est cher, chez Claudio, commenta David.

— C'est hors de prix, tu veux dire. Mais ne me dis pas que tu achètes chez Claudio…

— Non. J'y vais pour lui piquer des idées. Sur *Shadowland*, je dépense plutôt mon fric en voitures. De course.

Elle lui sourit, d'un air ravi.

— Tu es un coureur automobile ?

— De temps en temps. Il faut que j'augmente la mémoire de mon ordinateur. Le module *Monte Carlo* prend beaucoup de place.

— Tu aurais dû choisir le poker, ça t'aurait évité les problèmes de mémoire.

— Sans doute, mais c'est plus sympa de conduire que de rester assis à une table de poker. Tu joues au casino ?

— Non. Je vais au casino uniquement parce que l'une de mes utilisatrices compulsives y passe ses journées. Mais autrefois, il y a longtemps, j'ai beaucoup gagné. A part ça, tu as raison, c'est plus sympa de conduire.

— Tu ne m'as toujours pas dit ce que tu allais faire chez Claudio ?

— Je voulais savoir à qui il avait vendu l'avatar qui m'intéresse.

David parut sceptique.

— Il ne te l'a tout de même pas dit, n'est-ce pas ?

— Il me l'a dit. Gary a joué les clients exigeants : il a demandé des références et Claudio lui a montré ses plus beaux spécimens. C'est comme ça que Gary a vu passer les pseudos des deux clients qui ont acheté l'avatar qui m'intéresse. Je voudrais communiquer ces pseudos à Noah, mais je n'ai pas réussi à le joindre et il faut que je parte travailler.

David fronça les sourcils.

— Je n'aime pas l'idée de te savoir dehors et sans protection.

— Je passe la soirée dans un bar rempli de flics. Je ne risque rien. Mais si tu es inquiet tu peux venir.

Il secoua la tête.

— Je dîne avec Tom.

Eve fronça les sourcils.

— Tu as de la chance. Moi, je n'arrive jamais à le voir. Les soirs où je ne travaille pas, en général il a un match.

— Prends ta soirée. On se retrouverait tous les trois, comme au bon vieux temps.

Elle fut tentée.

— J'aimerais bien, mais c'est impossible. Je me suis déjà absentée hier et j'ai besoin d'argent.

— Dans ce cas, je te déposerai chez Sal's et je viendrai te chercher. Je ne veux pas que tu circules seule.

— D'accord. Je vais essayer de rappeler Noah une dernière fois. Je ne peux plus l'attendre. Sal sera furieux si j'arrive en retard.

Mardi 23 février, 18 h 45

— C'est une erreur, protesta Joan Girard en se tordant les mains de désespoir.

Elle suivit Noah et Jack qui entraînaient son mari hors de leur belle maison d'Edina.

— Une terrible erreur, insista-t-elle.

— Bien sûr que c'est une erreur, ma chérie, déclara Axel Girard d'un ton qui se voulait rassurant. Appelle notre avocat, il saura quoi faire. Rassure les garçons et dis-leur que je serai rentré à temps pour leur lire une histoire.

— Un conte de fées, sans doute, ironisa Jack. Comme celui que tu es en train de vivre. Ce n'est pas beau de mentir à ses enfants, tu sais… Mais bien sûr, à côté de trois meurtres, qu'est-ce qu'un petit mensonge ?

— Je ne cesse de vous répéter que je ne sais même pas à quoi vous faites allusion, protesta Axel Girard. Joan, rentre à la maison avec les garçons, insista-t-il en se forçant à sourire.

Il désigna du menton la baie vitrée derrière laquelle leurs deux enfants terrorisés pleuraient à chaudes larmes.

Jack le poussa sans ménagement sur le siège arrière de la voiture.

— Laisse tes mains en vue ou je serai obligé de te passer les menottes devant tes gamins, dit-il. Viens, Web, on y va.

— Attends, dit Noah dont le portable vibrait pour la troisième fois en quelques minutes. Il faut que je réponde.

— D'accord, mais dépêche-toi.

Il s'installa au volant et se tourna pour surveiller Girard.

Noah jeta un coup d'œil à l'écran de son téléphone. *Eve*.

— Que se passe-t-il ? dit-il en décrochant.

— Ça fait plusieurs fois que je tente de vous joindre.

— Le moment n'est pas très bien choisi. Je peux vous rappeler ?

— Non. J'avais quelque chose d'important à vous dire et je dois partir travailler. Je ne voulais pas vous appeler de chez Sal's, devant tout le monde. J'ai trouvé l'avatar qui dansait hier avec Christy. Il est en ce moment même au Neuvième Cercle.

Noah regarda l'homme assis dans leur voiture.

— En ce moment même, vous dites ?

— Oui. Je le vois, là, sous mes yeux.

Pourtant…

Noah eut un mauvais pressentiment.

— Vous êtes sûre que c'est bien celui qui dansait hier avec Christy ?

— Pratiquement, oui. Je n'ai pas pu l'approcher, vous me l'avez interdit.

— Vous ne l'avez pas abordé ? Pas même en tant que Nemesis ?

— Je ne voulais pas que vous ayez des ennuis à cause de moi. Mais j'ai réussi à pirater le site et à entrer sur les comptes de Martha et de Gwenivere. Je sais à quel moment précis le tueur a modifié leurs avatars. Vous avez de quoi noter ?

Il sortit son carnet de sa poche. « Je ne voulais pas que vous ayez des ennuis à cause de moi. » Noah s'en voulut de ne pas l'avoir prévenue qu'ils avaient réclamé un mandat pour accéder aux dossiers.

— Oui, dit-il. Je vous écoute.

Elle lui dicta la date et l'heure. Les faits remontaient à trois jours.

— Il est entré sur le compte de Martha après que vous avez découvert son corps, fit-elle remarquer. Je me demande pourquoi. J'ai aussi le pseudo de ce type. Ne vous inquiétez pas, j'ai brouillé mes traces, on ne pourra pas remonter jusqu'à moi.

Noah nota tout. Scrupuleusement.

— C'est incroyable, Eve. Merci.

Il y eut quelques secondes de silence.

— Tout va bien, Noah ?

Non, tout va mal. Il contempla Girard dont les lèvres remuaient. *Il prie.* Joan regardait la voiture depuis le seuil de la porte. Elle pleurait. Quand ils étaient arrivés, ils avaient trouvé l'ordinateur éteint et la famille à table.

— Je ne sais pas trop, répondit-il.

— Ecoutez, Noah, il faut faire vite. Au moment où je vous parle, cet homme aborde des femmes au Neuvième Cercle. Il est peut-être en train de choisir sa prochaine victime.

Noah regarda rêveusement Girard, qui n'était pas en position de choisir quoi que ce soit.

— Oui, je sais, dit-il. Pourriez-vous me rendre un service et appeler Abbott pour qu'il se connecte sur le site ?

— Il sera capable de se connecter ?

— Il apprend vite. Comment faites-vous pour aller chez Sal's, ce soir ?

— J'ai récupéré ma voiture, mais David ne veut pas que je me déplace seule, il va m'y conduire.

— Il a raison. Vous avez retrouvé vos clés ?

— Non. Pourtant, je les ai cherchées partout. J'utilise le trousseau que j'avais confié à Callie.

— Je vais demander aux experts de passer le périmètre de la scène du crime au peigne fin. Eve… Nous avons dû réclamer un mandat pour les dossiers… Je suis désolé.

Il y eut de nouveau un temps de silence.

— Je savais que ça arriverait. Ce n'est pas votre faute, Noah.

— Je suis tout de même désolé. Je passerai chez Sal's plus tard, si je peux.

— Merci, répondit-elle d'une voix blanche avant de raccrocher.

Le cœur de Noah se serra.

Jack fit descendre sa vitre.
— Ça va ? demanda-t-il.
Non.
— Oui, ça va. J'arrive.

Mardi 23 février, 19 h 55

— Mademoiselle Wilson ?

En levant les yeux du verre qu'elle préparait, Eve découvrit une petite rousse perchée sur un tabouret, les mains sagement croisées sur le comptoir. Elle la reconnut. Il s'agissait de Trina, la femme de Brock, le cousin de Noah. Trina venait de temps en temps chez Sal's avec un groupe d'amies et elles partaient en laissant de généreux pourboires. Mais aujourd'hui Trina était seule et elle la dévisageait intensément, d'un air vaguement désapprobateur.

Eve fit un effort pour lui sourire en dépit du nœud qu'elle avait à l'estomac.

— Un chardonnay, c'est ça ?

Trina ne lui rendit pas son sourire.

— C'est ce que je prends d'habitude, vous avez bonne mémoire, mais ce soir je ne suis pas là pour consommer. Quelles sont vos intentions vis-à-vis de Noah ?

— Je ne vois pas de quoi vous parlez…

— Vous l'avez embrassé ce matin au Deli. Et ne prenez pas cet air surpris, vous devriez savoir mieux que personne que les rumeurs circulent à la vitesse d'une traînée de poudre.

— Surtout entre flics, murmura Eve. Ils ne savent pas se mêler de ce qui les regarde. Sans vouloir vous offenser.

Un éclair malicieux passa dans les yeux de Trina.

— Je ne me sens pas offensée… Mais j'attends la réponse à ma question.

— Je pourrais vous répondre que ça ne vous regarde pas.

Trina plissa les yeux.

— Mais vous ne le ferez pas. Je m'intéresse à Noah. C'est quelqu'un de bien.

— Je sais, répondit posément Eve.

— Et apparemment, pour une raison qui m'échappe, ce type bien s'intéresse à vous.

— Je sais, répéta Eve en essayant de passer sur le « pour une raison qui m'échappe ».

Trina cherchait à protéger sa famille, elle ne pouvait pas lui en vouloir.

— Ce baiser…, commença-t-elle.

Ne signifiait rien… Elle aurait bien voulu le dire, mais ç'aurait été un mensonge.

— Etait une erreur, acheva-t-elle. J'ai clairement signifié à Noah que je n'étais pas disponible pour lui.

— Mais vous vous êtes jetée à son cou devant tout le monde, protesta Trina en faisant la moue. Je ne pensais pourtant pas que vous étiez une allumeuse.

— Je ne suis pas une allumeuse, s'indigna Eve.

Alertés par leurs éclats de voix, des clients se retournèrent pour les regarder. Eve se pencha vers Trina.

— Demandez plutôt des explications à Noah, murmura-t-elle. Ce baiser était en rapport avec son travail.

Trina lui jeta un regard méfiant.

— Vous l'aidez ?

— J'essaye. Mais ne vous en faites pas, je n'ai pas l'intention de me cramponner à lui, dit-elle d'un ton railleur.

Pourtant, elle aurait bien voulu.

— Je vois, murmura Trina. Est-ce que vous vous rendez compte que vous pouvez lui faire beaucoup de mal ?

Eve déglutit péniblement.

— Oui. Ça, je l'ai compris. Et je fais de mon mieux pour le ménager.

— Mais il ne vous plaît pas. Pas du tout ?

Bon sang, si, il me plaît !

— Non, dit-elle fermement. Pas du tout.

Trina abandonna brusquement son attitude guindée.

— Vous mentez aussi mal que lui, affirma-t-elle avec un petit sourire.

Eve battit des paupières.

— Pardon ?

Trina tira à elle un bol de cacahuètes.

— Vous le voulez. Il vous veut. C'est quelqu'un de bien. Vous aussi vous avez l'air de quelqu'un de bien. Où est le problème ?

Eve secoua la tête.

— J'ai peur de mal comprendre… Vous voudriez qu'il se passe quelque chose entre nous ?

— Je veux que vous vous cramponniez à lui comme un arapède.

Elle prit quelques cacahuètes.

— Il en a bavé, poursuivit-elle. Et vous aussi, d'après ce que j'ai lu sur internet. Deux âmes perdues, qui se cherchent l'une l'autre… C'est très romantique, ça peut marcher.

Les joues d'Eve s'enflammèrent.

— Ce n'est pas si simple, murmura-t-elle.

Trina haussa ses sourcils roux.

— Et pourquoi, s'il vous plaît ? Vous êtes mourante ? Vous n'avez plus que six mois à vivre ?

Eve faillit s'étrangler.

— Non, non, pas du tout.

— Vous souffrez d'une maladie contagieuse ? Vous faites partie d'un programme de protection de témoins ?

Vous avez un mari caché ? Vous êtes une nonne déguisée en serveuse ?

Eve secoua la tête, avec la sensation d'être passée sous un rouleau compresseur.

— Non.

— Il vous plaît, oui ou non ? insista Trina en la menaçant du doigt. Et ne me mentez pas.

— Il me plaît, avoua Eve dans un souffle. Il me plaît beaucoup.

— Très bien. On avance. Donc il vous plaît, vous le voulez, et il n'existe aucun empêchement objectif à votre relation. Vous aimez le rôti de bœuf ?

Eve n'essayait même plus de lui résister.

— Oui, murmura-t-elle.

— Parfait. Soyez chez nous à 17 heures, dimanche.

Elle sortit de sa poche un papier plié en quatre. Eve le déplia. Il s'agissait d'une adresse, soigneusement imprimée.

— Vous aviez prévu de m'inviter ? demanda-t-elle.

— Oui, répondit Trina en souriant. J'avais promis à Noah de ne pas m'en mêler, et puis je me suis dit que le baiser de ce matin annulait ma promesse. Mais je voulais tout de même vous parler avant, pour savoir si c'était sérieux de votre côté.

Elle redevint grave.

— Je vois que oui. Le temps est précieux, Eve. Noah a suffisamment gaspillé le sien. Arrangez-vous pour régler votre problème. A dimanche.

Elle se laissa glisser du tabouret et partit. Eve la suivit des yeux jusqu'à ce qu'elle ait franchi la porte.

*
* *

Mardi 23 février, 19 h 55

— Tout ce que nous avons pour accuser cet homme de meurtre, c'est sa voiture quittant un parking derrière la voiture de la victime ? demanda le procureur Brian Ramsey.

Il fronça les sourcils, tout en observant à travers la glace sans tain un Axel Girard pâle comme un mort.

— Rien de plus ? insista-t-il.

— Non, répondit Noah.

Girard s'était montré très convaincant. Noah se demanda s'il disait la vérité ou s'il était simplement un excellent comédien.

— Ce n'est pas assez pour le retenir, au moins quelques jours ? intervint Jack.

— Non. Il faudrait un élément concret pour le relier aux victimes ou à l'une des scènes de crime.

Jack soupira de frustration.

— Merde, Brian…

— Tu oublies qu'il a un alibi à l'heure où la victime est morte, fit remarquer Brian.

— Son alibi, c'est sa femme, ricana Jack. Elle assure qu'il a passé la nuit près d'elle. On connaît la chanson. Merde, Brian, les photos ne mentent pas ! Il était sur ce parking.

— Sa voiture y était, corrigea Brian. C'est ce que la défense dira.

— Il n'a pas signalé qu'on la lui avait volée, intervint Abbott. Comment pouvait-il être auprès de sa femme, si sa voiture était dans ce parking ? Ils mentent. Les photos sont très claires.

— On ne peut plus claires, renchérit Jack. Les femmes disent toujours que leurs maris étaient avec elles.

Brian émit un grognement qui signifiait qu'il était d'accord.

— Noah…, dit-il. Je te trouve bien silencieux.

Noah se tourna vers son partenaire. Jack croyait dur comme fer à la culpabilité de Girard, mais il ne savait pas tout. Il ne lui avait pas encore parlé du coup de fil d'Eve. Il avait failli le faire une bonne douzaine de fois, mais… il s'était retenu au dernier moment.

— Je pense que ce n'est pas lui…, dit-il enfin. Pourtant, je ne vote pas pour le relâcher. Parce que je peux me tromper et que je ne veux pas lui laisser la moindre chance de recommencer.

— Il a un alibi pour les autres meurtres ? contra Brian.

— Pour les deux autres meurtres, Ian n'a pas pu déterminer avec précision l'heure de la mort, répondit Noah. Mais de toute façon Girard assure avoir passé la soirée chez lui avec sa femme.

— Nous avons confié des photos des trois victimes aux journalistes, intervint Abbott. Ils vont les diffuser à la télé et dans les journaux. Il ne reste plus qu'à espérer que quelqu'un aura aperçu l'une de ces femmes avec le tueur.

— C'est parfait, grommela Brian. Mais moi, c'est maintenant que je dois prendre ma décision.

Noah fut tenté de lui parler du dernier coup de fil d'Eve. Si Girard avait un alibi sérieux pour le moment où les avatars avaient été modifiés, il serait définitivement innocenté. Mais s'il mentionnait cet élément, Brian voudrait savoir d'où il le tenait.

Il battit des paupières. Le manque de sommeil et le stress lui obscurcissaient l'esprit.

— Noah ? demanda Abbott. A quoi penses-tu ?

Noah se massa les tempes.

— Sa voiture y était, mais ça ne prouve pas qu'il la conduisait. Et s'il ne la conduisait pas, comment est-elle arrivée sur ce parking ? Nous ne possédons pas suffisamment d'éléments pour trancher. On ne pourrait pas le garder encore un peu, le temps d'y voir plus clair ?

Brian secoua la tête.

— Vous ne pouvez pas. Il vous faudrait au moins quelque chose pour le relier à la scène du crime, je vous l'ai déjà dit.

— Merde et merde ! lança Jack.

Il se tourna vers Noah.

— Tu sais aussi bien que moi qu'il va recommencer, si on le relâche.

Brian haussa les épaules.

— Libérez-le, vous n'avez pas le choix.

— Une voiture banalisée stationne devant sa maison, déclara Abbott. Pour l'instant, on ne peut pas faire mieux. Trouvez l'élément concret que vous réclame Brian, ajouta-t-il en se tournant vers Jack et Noah. Mais d'abord, allez vous reposer et vous détendre.

— Je n'ai pas besoin de me reposer, protesta Jack d'un ton écœuré. Je vais à la morgue. Ian a sûrement terminé l'autopsie de Samantha Altman. Il aura peut-être un élément *concret.*

Il sortit en claquant violemment la porte et Noah fit la grimace.

Brian Ramsey lui jeta un regard inquiet.

— Ça va, Web ?

— Trop de café et pas assez de sommeil, répondit Noah.

Sans parler de l'angoisse qui me ronge.

— Merci de t'être déplacé si vite, Brian, ajouta-t-il.

Abbott arborait un air franchement mécontent.

— Je vais relâcher Girard, dit-il. Noah, va m'attendre dans mon bureau. Je te rejoins.

Noah obéit, avec la sensation d'être un collégien convoqué par le directeur.

Dix minutes plus tard, Abbott refermait derrière lui la porte du bureau. Il apportait du café.

— La frontière entre trop et pas assez est parfois mince, dit-il en lui tendant le café.

— Trop de quoi et pas assez de quoi ? demanda Noah.

— J'attends justement que tu me le dises, répondit Abbott en s'installant dans son fauteuil. Et je suis sérieux. Tu as intérêt à cracher le morceau.

Noah acquiesça sagement. Mais il n'ouvrit pas la bouche.

— Qu'est-ce qui se passe entre toi et Jack ?

— Trop et pas assez, murmura Noah.

Puis il rencontra le regard de son patron.

— Eve, avoua-t-il.

Abbott ne parut pas surpris.

— Il s'agit d'une guerre de territoire ou d'une guerre froide ? demanda-t-il.

Noah eut un rire amer.

— Les deux. Ça fait des mois que Jack lui court après.

— Oui, je le sais. Moi aussi je vais chez Sal's. Et aujourd'hui c'est toi qu'Eve a embrassé.

Noah haussa des sourcils étonnés.

— Tu sais ça aussi ?

— Oui, répondit sèchement Abbott. Je sais ça aussi. Parce que figure-toi que j'avais envoyé deux agents en uniforme pour jeter un œil. Et en fait ils se sont rincé l'œil… Qu'est-ce qui t'a pris ? A quoi pensais-tu ?

Je ne pensais pas. Pendant les quelques secondes durant lesquelles il avait serré Eve dans ses bras, il n'avait plus pensé à rien. Juste qu'il avait envie de la garder encore.

— Ce n'était pas prémédité, Bruce. Ce salaud de Buckland est venu la harceler, et ensuite le secrétaire de son directeur de thèse lui est tombé dessus. Elle ne voulait pas qu'ils se doutent qu'elle collaborait avec nous, alors elle a improvisé quelque chose pour donner le change. D'après Jack, c'est uniquement parce qu'elle cherche à protéger sa place à l'université.

— Et ce n'est pas le cas ? demanda Abbott.

Noah secoua la tête.

— Non. Elle sait que ça finira par éclater au grand jour. Elle s'est déjà résignée à être virée du programme de recherche.

— Il y en a d'autres, des programmes de recherche.

— Elle pense qu'elle va figurer sur une liste noire et que personne ne voudra d'elle. Par ailleurs, Jack s'est excusé un peu plus tard. Il a avoué être jaloux de moi.

— Evidemment.

Abbott ne paraissait toujours pas surpris.

— Pourquoi ai-je l'impression que tu es déjà au courant de tout et que tu me mènes en bateau ? demanda Noah.

— Etre capitaine, c'est un peu plus qu'opiner du chef quand tu m'apportes des informations, rétorqua Abbott d'un ton irrité. Je connais mon personnel. Quand je mets deux hommes ensemble, je réunis deux personnalités qui peuvent s'entendre. Jusqu'à cette semaine, Jack et toi, ça collait.

Son visage se radoucit.

— Et puis j'ai vu aussi comment tu regardais Eve quand elle parlait.

— Quand ? demanda Noah qui commençait lui aussi à se sentir agacé.

— Chaque fois qu'elle ouvrait la bouche. Dois-je te retirer cette affaire ?

— Non, répondit Noah en soupirant. Elle t'a prévenu pour l'avatar, n'est-ce pas ?

— Elle m'a prévenu et je me suis connecté.

Il montra du doigt l'écran de son ordinateur.

— Il est toujours là. Il danse le tango. Et s'il est là, en

train de danser sous nos yeux, ça signifie que Girard n'est pas coupable. C'est bien ça ?

— Oui, Bruce, mais il n'y a pas que ça. Quelque chose me tracasse depuis le début. Notre tueur se serait bêtement laissé filmer dans un parking ? C'est un peu gros. Ça ne lui ressemble pas.

— Il ne pouvait pas se douter qu'il était filmé.

— Bien sûr que si, il le pouvait ! Il y avait au moins une centaine de pancartes sur le parking. Les deux commerçants qui se sont associés pour se payer ce système de surveillance sophistiqué comptent sur l'effet dissuasif. Ils veulent que tout le monde sache qu'ils ont pris leurs précautions.

Il se massa la nuque.

— De plus, j'ai le sentiment qu'il est innocent, Bruce. Ça fait longtemps que je fais ce boulot et mon instinct me dit qu'il n'est pas coupable.

— Jack aussi fait ce boulot depuis longtemps, fit calmement remarquer Abbott.

— Tu crois que je ne le sais pas ? demanda Noah en se pressant les tempes. Tu crois qu'il s'est privé de me le rappeler ?

Il soupira.

— Et il y a autre chose… Quelque chose que je n'ai pas osé dire à Jack.

— Parce que tu n'étais pas censé le savoir ?

Noah le regarda droit dans les yeux.

— Tu es décidément effrayant.

— Eve a piraté ShadowCo, reprit posément Abbott. Qu'a-t-elle découvert que nous n'avons pas le droit d'utiliser légalement ?

— Elle sait quand et à quelle heure le tueur a modifié les avatars des victimes.

Abbott écarquilla les yeux.

— Date et heure pour lesquelles Girard devra nous fournir un alibi… Mais pourquoi ne pas en avoir parlé à Jack ?

— Aujourd'hui, Eve nous a proposé de pirater le serveur de l'université pour consulter des dossiers. Son idée était de nous faire gagner du temps. C'est à ce moment-là que Jack l'a accusée de vouloir protéger sa place. Il lui a dit aussi que nous ne pourrions pas utiliser des informations acquises illégalement. C'est vrai… Sauf qu'il y a une semaine il aurait accepté la proposition d'Eve sans hésiter.

— Et maintenant tu te demandes si Jack a refusé la proposition d'Eve pour les motifs qu'il a avancés, ou parce qu'il est furieux qu'elle ne veuille pas de lui. Et tu te demandes aussi si tu es prêt à accepter des informations obtenues illégalement parce que tu veux coincer un tueur, ou parce que tu es amoureux.

Noah se mordilla la joue.

— Tu es rudement bon, avoua-t-il.

— C'est pour ça qu'on me file un gros paquet à la fin du mois. Je vais essayer d'obtenir un mandat pour fouiller la maison de Girard et son bureau. Et aussi pour confisquer son ordinateur.

— S'il est coupable, il va faire disparaître ce soir toutes les preuves compromettantes.

— Dans ce cas, nous passerons par ShadowCo, en espérant qu'ils voudront bien coopérer.

— Ils ont accepté, jusque-là ?

Abbott secoua la tête.

— Non. Quand nous leur avons demandé les dossiers des victimes, ils nous ont rétorqué qu'ils tenaient à ce que leurs utilisateurs sachent que leur anonymat serait préservé en toutes circonstances.

— « Vous aimeriez parfois vous rendre là où personne ne connaît votre nom », récita Noah.

— Exactement. Nous allons surveiller Girard cette nuit. Demain matin vous lui rendrez visite à son travail, pour lui demander ce qu'il faisait à l'heure où le tueur a modifié les avatars. On ne sait jamais.

Noah se leva.

— Olivia et Kane ont fouillé l'appartement voisin de celui de Martha Brisbane ?

— Oui. Il était plein de sacs-poubelle dans lesquels ils ont notamment trouvé le courrier de Martha.

— Le tueur l'a donc obligée à faire le ménage, comme nous le supposions, commenta Noah en fronçant les sourcils. Mais pourquoi ?

— Aucune idée. Je vais en informer Carleton, pour qu'il en tienne compte dans son profil.

— Ils ont trouvé des éléments concernant l'activité de Martha sur *Shadowland* ?

— Pas pour le moment, mais ils n'ont vidé que la moitié des sacs. Micki a fait passer l'aspirateur sur le tapis et elle vérifie en ce moment les empreintes. Mais même si on identifie celles de Kobrecki, ça ne prouvera rien, puisqu'il s'occupe de l'entretien. Elle doit me remettre son rapport préliminaire demain.

Noah se souvint qu'il avait promis à Eve de demander à l'équipe des experts si l'on avait retrouvé ses clés. Puis il songea à sa conversation avec Eve.

— Eve a plusieurs pseudos à nous proposer pour l'avatar qui dansait avec Christy. Elle pense qu'on pourrait s'en servir pour réclamer un mandat.

— Je connais déjà le nom du type. C'est Romeo62.

Noah se pencha sur l'écran d'Abbott.

— Tu as encore changé d'avatar ?

— J'ai mis l'ancien à la poubelle. Je te présente Lola.

Lola était une superbe créature aux cheveux d'un noir de corbeau.

— J'essaye d'appâter Romeo. Avec l'ancien, je n'avais aucune chance.

— Je préfère que ce soit toi qui l'approches, plutôt qu'Eve, commenta Noah.

Eve voulait coincer le tueur pour de bonnes et de mauvaises raisons. Et de toute façon il n'était pas question qu'elle prenne des risques.

— C'est aussi ce que je me suis dit. Si Girard est innocent, nous suivrons la piste Romeo. Règle tes problèmes avec Jack. Je ne veux pas de rivalité entre vous. C'est clair ?

Mardi 23 février, 20 h 45

— Mademoiselle Wilson ?

Eve leva les yeux. L'homme qui venait de la héler se tenait devant le comptoir. Il portait un costume élégant qui tranchait avec le style des autres clients. Elle reconnut son visage. Il venait de temps en temps, mais elle ne connaissait pas son nom et ne parvint pas à se souvenir de sa boisson habituelle.

Elle lui adressa son sourire de serveuse.

— Oui. Qu'est-ce que je vous sers ?

— Je suis le Dr Carleton Pierce. Je suis psychiatre profileur.

Un frisson d'appréhension la secoua.

— Ravie de vous connaître, dit-elle.

Il déposa un papier sur le comptoir.

— Mon sujet de thèse, murmura-t-elle.

— Je travaille avec Noah Webster sur une enquête délicate et il m'a parlé d'un informateur dont il n'a pas voulu me confier le nom. Il craint que je ne dénonce cette personne auprès de ses supérieurs. Je tenais à vous dire que telle n'est pas mon intention.

Eve accusa le coup, mais parvint à afficher un froncement de sourcils surpris.

— Je suis désolée, dit-elle. Je ne comprends pas.

Il sourit gentiment.

— Je veux vous aider, reprit-il. Il ne m'a fallu que cinq minutes pour trouver le libellé de votre sujet dans la bibliothèque *online* de l'université. Votre idée est très intéressante. Je suis persuadé que les jeux de rôle ont un fort potentiel thérapeutique. Malheureusement, votre travail a attiré l'attention d'un dangereux criminel. J'étais sur les lieux du crime, hier. J'avoue que ça m'a secoué. Je ne m'en suis pas encore remis.

Eve revit Christy, se balançant au bout de sa corde. Ses yeux…

— C'est à l'inspecteur Webster que vous devez vous adresser, dit-elle. C'est lui qui détient toutes les informations concernant cette enquête.

— Des informations que vous lui avez communiquées, fit remarquer Pierce. Vous êtes une femme courageuse. Vous risquez des sanctions pour avoir bafoué les règles du protocole en double aveugle, mais je crois que je pourrais arranger ça. Je connais le supérieur du Dr Donner, le Dr Jacoby. Nous sommes de vieux amis.

Elle le regarda fixement.

— Pourquoi feriez-vous ça ?

— Parce que c'est normal de s'entraider. Et puis… Je considère que vous vous êtes trouvée dans une situation très inhabituelle et que vous avez bien réagi. Ce serait injuste de vous pénaliser. Vous avez une grande carrière devant vous, j'en suis persuadé. Je ne veux pas que vous l'abandonniez avant même de l'avoir commencée.

Il sortit une carte de visite de la poche de son beau costume et la fit glisser sur le comptoir. Elle la regarda quelques secondes, hésitante, avant de se décider à la prendre. Puis elle rencontra son regard.

— Merci beaucoup, dit-elle poliment. Je réfléchirai à votre proposition.

Il acquiesça.

— Très bien, dit-il.

Il se détourna pour enfiler son manteau et ses gants.

— Docteur Pierce, est-ce que l'inspecteur Webster est au courant de votre démarche ? demanda-t-elle.

— Non. Mais il ne m'a fallu que quelques minutes pour remonter jusqu'à vous, et je pense que vos supérieurs comprendront vite qui a renseigné la police. Je suppose que je ne vous apprends rien.

— Non, en effet, vous ne m'apprenez rien, murmura-t-elle.

Elle surprit une lueur de respect dans ses yeux.

— Appelez-moi quand vous vous sentirez prête à vous expliquer avec le doyen, proposa-t-il. Et n'attendez pas trop longtemps.

Elle le regarda s'éloigner, tout en tripotant la carte de visite dans sa poche.

— Qui était-ce ? demanda Sal en s'approchant d'elle.

— Un psy qui travaille avec le Hat Squad et que mon sujet de thèse intéresse, expliqua-t-elle.

— Je vois, dit sèchement Sal.

Il paraissait mécontent et blessé. Elle en déduisit qu'il avait écouté leur conversation. Tout le monde avait ses petits défauts. Celui de Sal était la curiosité.

— Qu'as-tu entendu exactement ? demanda-t-elle en soupirant.

— Il a parlé de sanctions. Et je sais que tu étais hier avec le Hat Squad. Que se passe-t-il ?

Elle baissa la voix.

— Sal, quelqu'un se sert de mon projet de thèse pour faire le mal. Mais je ne peux pas t'en dire plus. Je suis désolée.

— D'accord, dit-il d'un ton réticent. Mais pourquoi des sanctions ?

— J'ai obtenu des informations en transgressant certaines règles.

Elle rencontra son regard perçant, le regard de tous ceux qui tentaient de la sonder, un regard qu'elle connaissait bien. Mais venant de Sal cela ne la dérangea pas.

— Et si tu devais le refaire ? demanda-t-il.

— Je n'hésiterais pas une seconde.

— Ça me suffit, dit-il.

Il la regarda d'un air sournois.

— Et au sujet de ce baiser qui défraye la chronique, qu'aurais-tu à me dire ?

Elle leva les yeux au ciel.

— Pour l'amour de Dieu ! soupira-t-elle.

— Je le savais ! murmura-t-il d'un ton ravi. J'ai gagné mon pari.

— De quel pari est-ce que tu parles ?

— Un innocent pari à propos d'un baiser.

— J'aurais dû m'en douter.

Elle s'efforça de maîtriser sa colère. Au fond, elle était simplement vexée, et il n'y avait pas de quoi.

— J'espère que ça va te faire gagner un gros paquet, au moins, dit-elle.

— Une bière, répondit-il.

Puis il redevint grave.

— Eve, qu'est-ce qui ne va pas ?

Rien ne va. Elle songea à cette carte dans sa poche,

qu'elle avait peur d'utiliser. A ce dîner auquel on l'avait invitée et qui l'effrayait. A l'homme qui la désirait alors qu'il n'aurait pas dû — un homme qu'elle n'arrivait pas à repousser fermement et qui allait souffrir. A sa carrière compromise. Et, pour couronner le tout, à ce tueur qui choisissait ses proies parmi les femmes qui lui servaient à collecter des données pour sa thèse.

Elle eut soudain envie de pleurer et recula.

— Rien. Je vais bien. J'aurais juste besoin d'un moment de pause. Tu peux t'occuper seul du bar pendant quelques minutes ?

Elle n'attendit pas sa réponse et lui tourna le dos.

— Merde, l'entendit-elle murmurer.

Il avait raison. Le mot résumait bien la situation.

12

Mardi 23 février, 21 heures

En arrivant à la morgue, Noah trouva un Jack de moins méchante humeur. Ian avait épinglé sur son tableau des photos du corps de Samantha Altman, et ils les examinaient tous les deux.

— Alors ? demanda-t-il en se joignant à eux.

— Même façon de procéder, répondit posément Jack. Elle avait de la kétamine dans le sang et une trace de piqûre sur le cou.

— Et de la terre dans sa bouche, ajouta Ian.

— Quoi ? demanda Noah en se penchant en avant pour mieux voir les photos. De la terre ?

— Oui, de la terre, là, entre les molaires du fond, expliqua Ian. Quand les employés de la maison funéraire m'ont apporté le corps, je leur ai demandé s'ils se souvenaient de quelque chose de particulier.

— Et qu'est-ce qu'ils t'ont répondu ?

— Avant d'exposer le corps pour la famille, ils remplissent la bouche de coton pour empêcher les joues de se creuser. C'est à ce moment-là qu'ils ont remarqué la terre. Ils ont trouvé ça bizarre, mais comme il s'agissait d'un suicide, ils ne s'en sont pas vraiment inquiétés. Ils voient tant de choses ! Un peu comme nous… Il arrive que des gens mangent de la terre avant de se suicider.

— Et tu as trouvé de la terre dans l'estomac de Samantha ? demanda Noah.

— Non. Mais du coup j'ai vérifié dans les échantillons prélevés par Janice lors de la première autopsie. Elle avait gratté sous les ongles, par acquit de conscience, et elle avait trouvé pas mal de terre. Du terreau, plus exactement, comme si la fille avait creusé avec ses doigts.

Il les regarda fixement.

— Si vous avez une explication à ça, je suis intéressé, acheva-t-il.

— Il l'a enterrée vivante, proposa Noah. Parce que c'était de ça qu'elle avait peur.

— Une phobie ? C'est ça l'explication pour le serpent et pour l'eau dans les poumons de Martha ? Il les torture en les obligeant à affronter leurs phobies ? Bon sang, nous avons affaire à un grand seigneur !

— Et on vient de le libérer, fit remarquer Jack d'un ton neutre.

Ian écarquilla les yeux.

— Vous l'avez libéré ?

Noah secoua la tête.

— C'est plus compliqué que ça. Jack, il faut que je te parle.

— Nous parlerons, ne t'en fais pas. Mais finissons-en d'abord ici. Elle avait aussi de la terre dans les poumons, Ian ?

Ian hésita.

— Oui.

— Janice aurait dû s'en apercevoir à la première autopsie, murmura prudemment Noah.

— Oui, elle a laissé passer ça. Je ne sais pas comment ça se fait, mais elle l'a laissé passer.

— Si elle s'en était aperçue, nous aurions tout de suite pensé à un meurtre, marmonna Jack.

Ian acquiesça d'un air douloureux.

— Je sais. Elle ne va pas s'en remettre. C'est une bonne légiste, très rigoureuse. Elle avait sans doute beaucoup de travail et elle était persuadée qu'il s'agissait d'un suicide. Il n'y avait pas tant de terre que ça dans les poumons, mais tout de même, elle aurait dû la voir. J'en ai informé ma hiérarchie, une enquête interne est en cours. Nous aurions pu empêcher deux meurtres… Tu as raison, Jack. Et ça va être dur pour Janice de vivre avec ça.

— Qu'est-ce qui a causé la mort, Ian ? demanda Noah.

— L'étranglement. Apparemment, il lui avait laissé de quoi respirer. Ses gencives étaient écorchées.

— Un tuba ? demanda Noah.

Ian acquiesça.

— Probablement. Ensuite il l'a déterrée et lavée avant de la pendre.

— Mais pourquoi avait-elle de la terre dans les poumons, puisqu'elle pouvait respirer ? demanda Jack.

— Je me suis posé la même question, répondit Ian d'un ton las. On peut tout imaginer… De la terre a pu s'introduire accidentellement dans le tuba. Ou bien il en a jeté un peu pour s'amuser.

Noah préféra ne pas trop approfondir la question.

— Autre chose ?

— Non, répondit Ian en décrochant les photos. Je trouve que c'est bien assez.

Noah acquiesça.

— On reste en contact, dit-il. Merci, Ian.

Il attendit d'être seul dans le couloir avec Jack.

— Je t'offre un café, proposa-t-il. Nous avons quelques points à éclaircir, tous les deux.

Jack acquiesça, mais froidement.
— Très bien, dit-il.

Mardi 23 février, 21 h 30

— Salut, Eve…
Kurt Buckland se hissa sur un tabouret en affichant un grand sourire.
Eve serra les dents. Mais qu'avaient-ils tous à défiler chez Sal's pour l'empêcher de travailler ?
— Monsieur Buckland, murmura-t-elle. Je vois que vous n'avez pas renoncé à me harceler.
— Pas du tout, ma chère. Vous vous méprenez. Je suis installé à un comptoir de bar et j'attends qu'on me serve.
— Eh bien, vous allez attendre.
Elle aurait volontiers demandé à Sal de le mettre dehors, mais il s'était momentanément éclipsé.
— C'était pas mal, votre petit numéro, au Deli, tout à l'heure, ricana Buckland.
Elle haussa les épaules.
— Peu m'importe ce que vous pensez.
— Tout de même, vous avez dû avoir du mal à cacher cette liaison à votre meilleure amie… Elle m'a certifié que vous n'aviez pas d'homme dans votre vie. Vous ne trouvez pas ça bizarre ?
Eve se mit à essuyer le comptoir en s'efforçant de l'ignorer. Elle n'avait pas pensé à prévenir Callie que ce salaud risquait de tenter de lui soutirer des renseignements.
Il posa sur le comptoir une enveloppe kraft.
— J'ai là quelques photos qui devraient vous intéresser.
— J'ai déjà vu vos photos, monsieur Buckland.
— Pas du tout. Rien à voir avec celles de ce matin.

Celles-ci sont destinées à vous montrer que votre inspecteur n'est pas aussi gentil qu'il en a l'air.

Elle secoua la tête en lui tournant ostensiblement le dos.

— Je ne rentrerai pas dans votre petit jeu, Buckland. Partez, maintenant.

Il tendit la main par-dessus le bar et lui saisit le poignet qu'il serra violemment.

— Je ne partirai pas tant que vous n'aurez pas vu ces photos, marmonna-t-il entre ses dents.

Luttant contre la vague de panique qui la submergeait, Eve soutint son regard brûlant de haine.

— Vous n'êtes pas très malin, Kurt. Ce bar est rempli de flics. Il me suffirait de lever le petit doigt pour qu'on vous passe les menottes et qu'on vous embarque. Otez votre sale patte de mon bras. Tout de suite.

Il battit des paupières, comme quelqu'un qui revient brusquement sur terre, et la lâcha tout en s'asseyant de nouveau.

— Je vous prie de m'excuser, dit-il sèchement.

Le pouls d'Eve s'était emballé, mais elle parvint à conserver une voix calme.

— Je n'accepte pas vos excuses. Sortez.

— Eve ?

Jeff Betz s'était approché de Buckland et se penchait au-dessus de lui.

— Tout va bien, Jeff. M. Buckland s'apprêtait justement à partir.

Elle tendit l'enveloppe à Buckland.

— Prenez ça, je n'en veux pas, dit-elle.

Après son départ, elle se massa discrètement le poignet, mais Jeff Betz s'en aperçut.

— Montrez-moi ça, ordonna-t-il.

Elle se força à sourire.

— J'ai eu bien pire.

Il fronça les sourcils.

— Ce n'est pas une raison. S'il revient vous embêter, appelez tout de suite à la rescousse. Je dois partir chercher ma femme. Dites à Sal de vous raccompagner jusqu'à votre voiture quand vous aurez terminé votre service.

— Ce soir, j'ai un chauffeur, mais demain je demanderai à Sal de me raccompagner, soyez-en sûr. Je n'ai pas envie de prendre le moindre risque inutile.

J'en ai suffisamment pris dans ma vie.

Mardi 23 février, 21 h 30

— Pourquoi ne me l'as-tu pas dit plus tôt ? demanda Jack d'un ton las.

Ils s'étaient retrouvés au Deli, mais ils avaient emporté leurs cafés dans la voiture de Noah, pour parler plus tranquillement.

— Parce que tu étais difficile à approcher, aujourd'hui.

— Tu as sans doute raison. Mais si ce n'est pas Girard, qu'est-ce qu'on fait ?

— En ce moment, Abbott fait des heures sup avec son avatar femme sur *Shadowland*. Il essaye de lier connaissance avec le type en question. Il est très convaincant... J'ai même l'impression que ça l'amuse.

Jack eut un petit sourire.

— Je regrette de rater ça.

L'atmosphère se détendit un peu.

— La maison de Girard est sous surveillance cette nuit. Demain, nous irons vérifier son alibi aux heures où le tueur a modifié les avatars de Martha et Gwenivere.

— Même s'il était chez lui ou au travail, il a pu se

connecter discrètement sur internet pour faire son petit trafic, rétorqua Jack. En prétendant qu'il vérifiait sa boîte mail, par exemple. Il a pu aussi s'enfermer aux toilettes avec son ordinateur, s'il possède une connexion sans fil.

— C'est vrai. Mais soyons optimistes… S'il n'a pas d'alibi, nous n'aurons pas de mal à obtenir un mandat pour embarquer son ordinateur et vérifier ses activités *online*.

Jack acquiesça.

— Très juste. Par contre, s'il a un alibi, il faudra trouver autre chose pour le relier à notre affaire.

Aux toilettes… Jeremy Lyons… Noah ferma les yeux. Son cerveau fatigué procédait par association d'idées. Obsédés par la piste Girard, ils en avaient oublié d'autres, tout aussi importantes.

— En prouvant par exemple qu'il a eu accès à la liste d'Eve, murmura-t-il. Et s'il n'y a pas eu accès, nous devrons chercher du côté des gens susceptibles d'avoir consulté cette fameuse liste. En commençant par Jeremy Lyons, le secrétaire du directeur de thèse, celui qui est capable de dire à Eve qu'elle est sujette au vertige.

— Merde ! s'exclama Jack. On a reçu les informations sur le passé de ce type ?

— Elles n'étaient pas sur mon bureau, non. Je vérifierai demain auprès de Faye. Pour l'instant, j'ai besoin de dormir.

— Tu veux que je te raccompagne ? demanda Jack d'une voix pleine de sollicitude.

— Non, ça ira. Mais je te remercie.

— Dans ce cas, je rentre, moi aussi.

Il ouvrit la portière, puis hésita.

— Merci pour le café, dit-il.

Comme il ne se décidait pas à sortir de la voiture, Noah fronça les sourcils.

— Jack ? Vas-y… Katie doit t'attendre.

Jack eut un sourire amer.

— Si j'ai de la chance, dit-il d'un ton désabusé. Elle est là parce que j'ai fait la couverture d'un magazine. Et tout le monde le sait.

Il se retourna pour regarder Noah droit dans les yeux.

— Toi y compris.

Il avait raison… Noah se souvint de ce qu'Eve avait dit à propos de Jack et de son sentiment de solitude.

— Je ne sais pas quoi te répondre, murmura-t-il.

— Je m'excuserai auprès d'Eve, dit Jack. Mais auprès de toi c'est plus difficile. J'ai tant à me faire pardonner.

Emu, Noah détourna le regard.

— Nous formons une bonne équipe, tous les deux, déclara-t-il enfin. Et nous rentrons tous les deux dans une maison vide. La seule différence, c'est que toi tu as quelqu'un pour réchauffer ton lit.

Jack descendit de voiture.

— Tu n'es pas gai, Noah. Je rentre.

Noah sortait du parking, juste derrière Jack, quand son portable sonna.

— Webster.

— C'est Micki. Je viens d'avoir ton message au sujet des clés d'Eve. Nous ne les avons pas trouvées sur la scène du crime. Nous avons fouillé tout le périmètre avec un détecteur de métaux. Elles n'y sont pas.

— Merci, Micki. J'apprécie le mal que vous vous êtes donné.

Il raccrocha. Si les clés n'étaient pas chez Christy, cela signifiait que quelqu'un les avait prises. Et ce quelqu'un pouvait maintenant entrer chez Eve. Elle était à sa merci. Il ne put réprimer un frisson.

Il braqua le volant pour faire demi-tour. Pas question de la laisser à la merci de qui que ce soit.

*
* *

Mardi 23 février, 22 h 15

— Me voilà…

Comme tous les soirs, il servait une tisane à sa femme et la lui apportait au lit. Parce qu'il était galant et qu'elle aimait la tisane. Il y ajoutait même un petit quelque chose. Pour qu'elle dorme bien, mais surtout pour pouvoir aller et venir la nuit sans qu'elle se rende compte de rien. En ouvrant les yeux le matin, elle le trouvait près de lui. C'était simple et efficace. Pas besoin de justifier ses absences. Et si quelque chose tournait mal, elle jurerait de bonne foi qu'il ne l'avait pas quittée.

— Merci, murmura-t-elle.

Elle prit la tasse et fronça les sourcils quand le chat sauta à bas du lit pour se frotter aux jambes de son mari.

— C'est toi que Ringo préfère, commenta-t-elle. Je me demande bien pourquoi. C'est pourtant moi qui l'ai trouvé dans la neige et qui l'ai sauvé d'une mort certaine.

Oui, mais c'est moi qui l'avais déposé devant la maison en sachant que tu le ferais entrer. Pendant qu'il obligeait sa maîtresse à nettoyer son taudis sous la menace de son revolver, le chat de Martha s'était réfugié sur ses genoux ; il eut un sourire satisfait en songeant qu'elle avait dû souffrir de voir que son animal fraternisait avec son assassin.

Il avait décidé de garder ce chat parce que c'était un souvenir qu'il pouvait regarder au vu et au su de tout le monde. Les gens qui lui rendaient visite caressaient la charmante bête sans se douter d'où elle venait. Il s'était arrangé pour que ce soit sa femme qui le trouve — histoire de s'assurer sa complicité sans avoir à donner de la voix.

Il ne l'avait menacée qu'une fois et elle avait vite compris qu'il ne fallait pas s'opposer à lui, mais il y avait d'autres méthodes pour obliger une femme à marcher droit.

— Mes mains doivent sentir le foie, répondit-il en souriant.

Il songea que cette bête, avec son instinct, savait peut-être qu'il avait du sang sur les mains. Métaphoriquement, bien entendu.

— Sans doute, dit-elle en fixant tout de même le chat d'un air dubitatif.

Elle renifla.

— Au moins, quand il s'éloigne, je respire correctement. Je crois que je fais une allergie.

Les poils lui déclenchaient des allergies, raison pour laquelle elle n'avait jamais souhaité avoir un animal de compagnie. Elle préférait les serpents qu'elle étudiait dans son labo. Mais un serpent n'était pas un animal domestique, plutôt une arme. Christy Lewis en savait quelque chose.

— J'ai du travail, dit-il. Bois ton infusion et ne m'attends pas pour dormir.

Mardi 23 février, 23 heures

Eve s'était agenouillée devant un gros carton de bouteilles de bière pour les compter. Elle poussa un soupir agacé.

— Sal, tu aurais dû me dire que tu passais les commandes. Nous n'avons presque plus de vodka.

La vodka disparaissait à une allure incroyable. Les flics buvaient beaucoup.

Excepté Noah, qui s'en tenait à l'eau gazeuse. Mais qui venait quand même dans un bar… *Pour me voir…* Son cœur se serra.

Les chaussures de Sal apparurent dans son champ de vision et elle se rendit compte qu'elle fixait l'intérieur de la boîte, une main sur le cœur.

— Qu'est-ce qui ne va pas, Eve ? demanda-t-il.

Rien ne va.

— Je suis juste un peu fatiguée, dit-elle en s'accroupissant pour le regarder.

Des plis d'inquiétude apparurent sur le front de Sal.

— Rentre chez toi. Il n'y a pas beaucoup de monde. Je ferai l'inventaire tout seul.

Il ne restait que trois clients, mais David avait appelé pour prévenir qu'il serait en retard.

— L'ami qui doit me raccompagner n'est pas encore arrivé, répondit-elle. Autant que je termine ici. Mais merci tout de même de la proposition.

— Jeff m'a raconté ce qui s'était passé avec le journaliste. Tu devrais faire attention…

Elle avait encore mal au poignet.

— Comme si c'était ma faute, marmonna-t-elle.

— Je n'ai jamais dit ça, rétorqua-t-il sèchement. Lève-toi, s'il te plaît, je ne peux pas me baisser, et j'aime autant que nous soyons à la même hauteur pour nous disputer.

Elle se leva aussitôt. La jambe de Sal le faisait toujours souffrir, elle le savait.

— Je n'ai pas l'intention de me disputer avec toi, murmura-t-elle. De plus…

Elle se tut en le voyant sortir une bouteille de derrière son dos et fronça les sourcils en découvrant l'étiquette.

— Sans alcool ? Qu'est-ce que c'est que ça ?

— Une déclaration de paix. Je suis désolé pour le pari, Eve. Je ne comprends pas pourquoi, mais j'ai bien vu que ça t'avait blessée et j'en suis désolé. Tu ne peux vraiment pas me dire ce qui ne va pas ?

Eve en eut les larmes aux yeux. Cet homme lui avait déjà tellement donné.

— Sal…

Elle détourna le regard.

— Il t'est arrivé de désirer une chose qui n'était pas à ta portée ? Une chose que tout le monde possède et dont tu as seulement le droit de rêver ?

— Ça m'arrive tous les jours, répondit-il tout bas.

Elle baissa les yeux vers ses jambes.

Il était entouré de gens qui vivaient son rêve et il les servait avec le sourire.

— Je comprends, dit-elle en s'essuyant les joues du revers de la main.

— Et toi ? demanda-t-il. Toi aussi tu désires quelque chose ?

Elle haussa une épaule.

— Vivre une vie normale, je suppose.

— Tu me prends pour un idiot… Peu importe. Quand tu seras prête à te confier, tu me feras signe.

Il lui mit la bouteille dans les mains.

— Je suis pardonné ? demanda-t-il.

Elle lui embrassa la joue.

— Bien sûr que tu es pardonné. Merci pour la bouteille. Je la boirai avec mon invité.

— Euh… Non. Je te l'offre pour que tu l'apportes dimanche chez Trina. Comme ça, Web pourra trinquer avec vous.

Elle regarda l'étiquette, puis Sal.

— Tu savais, pour Noah ?

— Bien sûr… Je l'ai connu quand il était à l'école de police. A l'époque, il était arrogant et joyeux, comme tous les jeunes fous. C'est après la mort de sa femme qu'il a changé.

Il a sombré dans l'alcool… Mais il a réussi à remonter la pente et il ne s'est plus montré chez moi pendant des années.

Le cœur d'Eve s'arrêta de battre. *Après la mort de sa femme.* A présent, elle comprenait. Pauvre Noah.

— Combien d'années ? murmura-t-elle.

— Neuf ou dix, je crois. Et puis, l'année dernière, l'un de ses amis a fêté son départ à la retraite et il est venu. Il est resté un moment, mais il n'a même pas ôté son manteau.

Eve s'en souvenait. Ce jour-là, elle l'avait vu pour la première fois. Elle l'avait remarqué parce qu'il était resté à l'écart, avec son verre d'eau gazeuse à la main.

Du bout de l'index, Sal lui fit redresser le menton.

— Il t'a regardée toute la soirée. Il pensait sans doute que personne ne s'en était aperçu, mais rien ne m'échappe, tu le sais. Josie et moi, nous veillons sur toi et toute personne qui veut t'approcher doit passer par nous. Je connaissais bien Web et je savais que c'était un bon gars. Ça m'a fait plaisir de constater qu'il sortait du cocon dans lequel il s'était enveloppé depuis la mort de sa femme. Ne lui ferme pas trop vite la porte au nez, Eve. Tu n'as aucune raison de le faire.

Il effleura sa cicatrice.

Elle renifla.

— J'ai de la chance d'être tombée sur un patron gentil comme toi.

— Donc, tu apporteras cette bouteille chez Trina.

Elle songea qu'il n'en était pas question, mais se força à sourire.

— Oui, mentit-elle.

Il ne lui rendit pas son sourire.

— Trina a raison, tu fais une piètre menteuse, grommela-t-il.

La sonnette de la porte la dispensa de répondre. Elle se

retourna instinctivement et se figea en apercevant Noah qui entrait. Elle ne put s'empêcher de le dévorer du regard. De toute façon, peu importait, tout le monde était déjà au courant.

Noah referma la porte derrière lui et elle eut le temps de compter cinq douloureux battements de cœur avant qu'il ne lève les yeux vers elle.

Elle sentit qu'on retirait une bouteille de ses mains qui tremblaient.

— Quand on parle du loup…, commenta Sal d'une voix tranquille. Bon, je m'absente quelques minutes, j'ai des choses à faire.

Noah ôta son chapeau et une lueur de colère passa dans ses yeux. Seigneur… Elle eut tout à coup la gorge nouée. *Pourvu qu'il ne vienne pas m'annoncer une autre victime.*

Il traversa la salle à grands pas et lança négligemment son chapeau sur le comptoir.

Et puis, sans lui jeter un regard ni lui laisser le temps de placer un mot, il lui prit le visage dans les mains. Ensuite sa bouche fut sur la sienne, brûlante et affamée. Elle en eut le souffle coupé et cessa de penser. Au bout de quelques secondes il mit fin à leur baiser, aussi brutalement qu'il l'avait exigé, et se recula pour sonder ses prunelles.

— Ce n'était pas pour donner le change, murmura-t-il d'une voix basse et rauque.

Elle le contempla en silence, le souffle court.

— C'était juste pour toi et moi, ajouta-t-il tout bas.

Il ôta ses mains de son visage et elle se rendit compte que les siennes agrippaient le revers de son manteau. Son poignet droit la faisait souffrir, mais elle ne lâcha pas prise.

Il saisit sa main droite et releva la manche de son chemisier.

— Buckland t'a fait mal, dit-il d'un air sombre.

Le cœur d'Eve se mit à battre plus vite que les ailes d'un

colibri, et ses genoux faiblirent quand elle contempla les marques laissées par les doigts de Buckland.

— Comment l'as-tu appris ? demanda-t-elle.

— Jeff Betz m'a appelé en sortant d'ici. Il était au courant pour le baiser de ce matin, et il s'est dit que tout ce qui pouvait t'arriver avait de l'importance pour moi. Mais tu m'en aurais parlé, s'il ne l'avait pas fait, n'est-ce pas, Eve ?

— Oui, répondit-elle sans hésiter. Buckland m'a broyé le poignet parce que je refusais de regarder des photos qu'il m'avait apportées. Des photos qui, d'après lui, étaient destinées à me montrer que tu n'étais pas aussi gentil que tu en avais l'air.

— Et finalement, tu les as vues, ces photos ?

— Bien sûr que non. J'ai refusé de les sortir de l'enveloppe qu'il me tendait. Mais du coup il s'est énervé. C'est Jeff qui est intervenu pour lui demander de s'en aller. Cet homme est dangereux parce qu'il est déséquilibré. Il avait l'air à bout de nerfs, comme quelqu'un qui est sous pression.

Il eut un petit sourire.

— C'est le diagnostic de la psychologue ?

Mais elle n'avait pas envie de plaisanter.

— Il est dangereux, répéta-t-elle. Fais attention à lui.

Il plissa les yeux et elle comprit qu'il était toujours en colère, même s'il tentait de détendre l'atmosphère en faisant de l'humour.

— C'est moi qui dois faire attention, tu en es sûre ? demanda-t-il en baissant les yeux vers son poignet tuméfié.

— *Nous* devons faire attention, corrigea-t-elle. Il n'a pas l'air sain d'esprit. Pas du tout.

Elle effleura du bout de la langue sa lèvre encore frémissante de leur baiser et en oublia Kurt Buckland.

« Ce n'était pas pour donner le change. »

— Jeff a dû te dire que Trina était passée, reprit-elle.

— Il me l'a dit, oui. Et il m'a aussi rapporté votre conversation.

Elle leva les yeux au ciel.

— Il n'avait pas à nous espionner, protesta-t-elle. Les flics sont vraiment trop curieux.

— S'ils n'étaient pas si curieux, ils n'arrêteraient pas les malfaiteurs. Et tu devrais savoir qu'il n'y a pas moyen de tenir une conversation privée ici. Buckland t'a fait mal ?

— Non. A part ce bleu au poignet.

— Tu vas quand même déposer une plainte, au cas où tu déciderais de réclamer une injonction d'éloignement.

Il avait raison. Elle ne protesta pas.

— Très bien. Puisque tu es au courant pour Trina et pour Buckland, tu l'es aussi pour le Dr Pierce.

Il fit la grimace.

— Je suis désolé. J'ai pourtant fait de mon mieux pour te tenir en dehors de tout ça. J'aurais dû me douter que Carleton n'abandonnerait pas la partie aussi aisément. Il pense être en mesure de t'aider. J'avais l'intention de te parler de sa proposition et de te laisser décider, mais je crois que j'arrive un peu tard.

— Je crois. Peu importe. En tout cas, d'après ce qu'il m'a dit, il pourrait sans doute effectivement m'aider.

— Mais ?

Elle haussa les épaules.

— Je me sens gênée de lui demander ça.

Elle se détourna et s'agenouilla près de la caisse de bière, mais il vint s'accroupir près d'elle. Elle aurait préféré qu'il reste à distance. La présence de ce grand corps tiède si proche lui donnait envie d'un deuxième vrai baiser.

— Quand je t'ai vu, j'ai cru que tu allais m'annoncer un nouveau meurtre.

— Pas d'autres victimes pour le moment, dit-il. Du moins, je l'espère.

— Tant mieux. Il faut que je termine mon inventaire avant qu'on vienne me chercher. Tu devrais rentrer chez toi te reposer.

— Eve…

Comme elle gardait obstinément les yeux baissés, il lui prit le menton pour l'obliger à tourner son visage vers lui.

— C'est moi qui te raccompagne, acheva-t-il.

Il eut son petit sourire en coin, celui qu'elle aurait bien voulu trouver moins séduisant.

— Hunter est arrivé ici en même temps que moi, mais sa camionnette était pleine à craquer, expliqua-t-il. J'ai eu l'impression qu'il transportait une équipe de basketteurs au grand complet.

— Il dînait avec Tom, ce soir. Tom est son neveu et c'est aussi la vedette de l'équipe de Minneapolis, ajouta-t-elle avec une fierté non dissimulée.

— Tom Hunter… Je l'ai vu jouer, en effet. Il est vraiment très bon. Tu le connais ?

Le ton plein d'espoir fit hausser les sourcils à Eve.

— Je sens que tu vas me demander si je peux t'obtenir des places pour un match…

— Je ne dirais pas non.

Elle pouffa et il ne put s'empêcher de sourire.

— Mais sérieusement…, reprit-il. Où l'as-tu connu ?

Elle redevint grave.

— Hier, tu m'as posé des questions sur l'homme qui avait tenté de me tuer il y a six ans.

Il cessa de sourire.

— Oui, et tu m'as répondu qu'il cherchait sa femme et son fils.

Et brusquement il comprit…

— Tom était son petit garçon…

— Oui. Tom et moi, nous vivions dans le même foyer. On pourrait presque dire que nous avons été élevés ensemble. Quand le père de Tom s'est retrouvé en prison, sa mère a épousé le frère de David. Les Hunter ont remplacé ma famille. Si j'ai choisi Minneapolis, c'est entre autres raisons pour suivre Tom.

Il remua un sourcil…

— Choisi Minneapolis ?

— Oui. J'avais décidé de quitter Chicago. J'avais une pièce de vingt-cinq cents dans la main et une carte sur la table. Je m'apprêtais à la lancer. Face, je partais en Caroline du Sud. Pile, en Californie. Puis le téléphone a sonné. Tom venait d'obtenir une bourse pour l'université de Minneapolis. Je me suis dit que je pouvais aussi bien le suivre.

— Je lui dois donc une fière chandelle, murmura Noah en la regardant droit dans les yeux.

Elle rougit et baissa le nez vers sa caisse.

— Où est David ? demanda-t-elle.

— Il devait ramener tous ces jeunes gens sur leur campus, mais il ne voulait pas te faire attendre et il avait prévu de leur demander de se serrer pour te faire une place. Je lui ai donc proposé de te raccompagner.

Il plongea une main dans la poche de son manteau et en retira un sac en plastique.

— En gage de paix, dit-il.

— Apparemment, tout le monde cherche à faire la paix avec moi, ce soir, répondit-elle en plongeant la main dans le sac. Un verrou ?

Il fronça les sourcils.

— Les experts n'ont pas retrouvé tes clés. Quelqu'un a pu les ramasser. Je me propose de changer ton verrou.

Elle eut soudain la chair de poule.

— Je n'avais pas oublié de fermer ma porte hier soir, n'est-ce pas ?

Elle comprit à son regard qu'il pensait la même chose qu'elle.

— Je n'en sais rien, mais mieux vaut se montrer prudent.

— Buckland était hier sur la scène du crime, puisqu'il a pris des photos de ma voiture.

Noah plissa les yeux.

— Tu penses que c'est lui qui a tes clés ?

— C'est possible, non ?

Il pinça la bouche.

— Je dirais même que c'est probable, répondit-il.

Puis il se redressa et la prit par les épaules pour l'attirer à lui.

— Laisse-moi te raccompagner, reprit-il avec des yeux luisants. Je vais remplacer ton verrou. Et ensuite je partirai.

Mercredi 24 février, 0 h 15

Le téléphone portable d'Eve vibra sur l'accoudoir du fauteuil. C'était David, ce qui signifiait qu'il était devant la porte. Elle l'avait appelé pour le prévenir que Noah avait changé le verrou et, en apprenant pourquoi, il avait débité un chapelet d'insultes contre Buckland. Elle ouvrit et le fit entrer.

— Chut, murmura-t-elle.

Elle lui fit signe de la suivre dans la cuisine et passa sur la pointe des pieds devant Noah.

— Il s'est endormi, expliqua-t-elle. Je lui ai préparé à manger pendant qu'il remplaçait le verrou, mais il n'a touché à rien. Je pense qu'il est épuisé.

— Pour s'être endormi là-dessus, il faut qu'il soit épuisé, en effet. La nuit dernière, je n'ai pas pu fermer l'œil.

— Va te coucher dans mon lit. Il finira bien par se réveiller et par rentrer chez lui. Je prendrai le canapé.

— Pas question, tu vas dormir dans ton lit.

Il ouvrit le sac qu'il portait avec lui.

— J'ai acheté un matelas gonflable.

Elle secoua la tête.

— Ça fait trop de bruit quand on le gonfle. Tu vas le réveiller.

— Il faudra bien qu'il se réveille pour rentrer chez lui, fit-il remarquer.

Elle secoua la tête.

— Peu importe, je veux qu'on le laisse tranquille, il a besoin de dormir. Tu prends mon lit.

David cessa de discuter et disparut dans la chambre. Dans le salon, Noah n'avait pas bougé d'un millimètre. Il avait ôté son manteau et sa veste, mais il était toujours en chaussures et cravate. Avec son pistolet à la ceinture.

Il allait attraper un torticolis, dans cette position.

Elle le tira par les pieds en vacillant à cause du poids de ses longues jambes qu'elle hissa sur le canapé. *Tant pis s'il se réveille.* Mais il continua à écraser et ne remua pas un cil quand elle le débarrassa de ses chaussures et qu'elle desserra sa cravate.

Ensuite elle resta là, accroupie près de lui, à contempler son visage. Ses yeux s'attardèrent sur sa bouche. Cette bouche qu'elle avait embrassée une première fois pour limiter les dégâts… soi-disant.

Et embrassée une deuxième fois chez Sal's, et cette fois pour de bon. Elle aurait bien voulu une troisième fois…

Il s'était soigneusement tenu à distance pendant un an et il était là, à sa merci, sur son canapé. *Ça ne se repro-*

duira sans doute jamais... Elle se risqua à suivre du bout des doigts la courbe de sa mâchoire mal rasée, ses lèvres qu'elle trouva douces et souples.

Comme il ne réagissait pas, elle prit de l'assurance et osa effleurer sa joue du revers de la main, écarter quelques mèches de cheveux de son front, tracer du pouce la courbe de ses sourcils. Il était beau. Tout simplement beau.

Elle ne put s'empêcher de sourire en songeant qu'il n'aurait sûrement pas apprécié l'adjectif.

Elle retira vivement sa main avant de prendre trop d'assurance.

— Ne t'arrête pas, murmura-t-il en ouvrant les yeux.

Elle se figea.

— Je... Je croyais que tu dormais.

— Je dormais. Je ne dors plus.

Il lui prit la main et déposa précautionneusement ses lèvres au creux de son poignet, là où battait son pouls. Puis il l'attira à lui tout en enfouissant ses doigts dans ses cheveux.

— Non, protesta-t-elle en se redressant.

Il ne tenta pas de la retenir et se laissa retomber sur le dos. Puis il leva vers elle des yeux qui posaient la question qu'il n'osait pas formuler tout haut. Elle ferma les paupières et la moitié de sa bouche qui lui obéissait esquissa une moue.

— Je n'ai pas à me justifier, dit-elle.

— Non, en effet.

Il se redressa.

— Regarde-moi, Eve.

— Je suis désolée, murmura-t-elle.

Elle se sentait honteuse. Et triste pour eux deux.

Il secoua la tête.

— Tu n'as pas à t'excuser. Tu vas bien ?

— Oui. J'étais en train de surveiller mes joueurs compulsifs.

Il tapota le coussin près de lui.

— Montre-les-moi. J'ai besoin de les comprendre.

Viens, Eve... Donne-toi à moi... Il soupira discrètement quand elle s'éloigna pour aller chercher son ordinateur... Puis elle revint s'installer près de lui en prenant soin de ne pas l'effleurer.

Quand elle lui avait caressé le visage quelques minutes plus tôt, il avait dû faire un effort surhumain pour ne pas la saisir, la caler sous lui, prendre ce qu'il désirait tant. Il s'était retenu, heureusement. Ce soir, Eve avait plus que jamais son regard de biche effrayée. Et pourtant elle avait osé l'approcher. *Je dois me contenter de ça pour aujourd'hui.*

Près de lui, elle poussa un soupir résigné et inclina son écran de manière qu'il puisse voir.

— Ce soir, j'utilise Greer. Elle est au Neuvième Cercle et elle surveille trois de mes joueurs.

Son parfum le déconcentrait. Il fit un effort.

— Trois ? Je croyais que tu m'avais parlé de cinq personnes.

— Oui, mais Rachel se produit au casino ce soir, expliqua-t-elle sur le ton docte d'un professeur. Nathalie est aussi au casino, mais pour jouer au poker. Nous irons y faire un tour quand j'en aurai terminé ici. Tiens, voilà le danseur qui était avec Christy.

Il faillit s'étrangler en s'apercevant que l'avatar masculin qu'elle lui désignait se trémoussait en face de Lola, la sirène aux cheveux noirs d'Abbott. Il allongea un bras sur le dossier du canapé.

— Qu'est-ce qu'ils dansent ?

Elle contempla fixement son bras, par-dessus son épaule. Il ne la touchait pas, mais il avait pénétré son espace intime. Pourtant, elle ne protesta pas et il se détendit un peu.

— La salsa, répondit-elle d'une voix égale. Ce n'est pas aussi facile que ça en a l'air. Il faut manœuvrer plusieurs touches pour exécuter le pas de base. C'est rapide et compliqué. Avec ma main abîmée, je n'y arriverais jamais.

Elle avait dit ces mots d'un ton dégagé, comme si ça ne la perturbait pas le moins du monde. Il songea, un peu agacé, qu'elle se retranchait toujours derrière un mur d'indifférence et que sa voix ne trahissait jamais ses émotions.

Durant les vingt minutes qui suivirent, Greer identifia trois joueuses compulsives et Eve, toujours avec ce ton professionnel et docte, partagea avec lui tous les renseignements qu'elle possédait. Il fut d'ailleurs surpris qu'elle puisse lui en dire autant. Elle savait ce que ces femmes aimaient, ce qu'elles n'aimaient pas, ce qu'elles cherchaient dans le monde virtuel.

— Celle-là, c'est Kathy. Sur *Shadowland*, elle a trente-huit ans et c'est un magnat de l'immobilier. Dans le monde réel elle a aussi trente-huit ans, mais elle est agent immobilier à la retraite.

— A la retraite à trente-huit ans ? Pourquoi ?

— Elle est atteinte d'une maladie qui atrophie les muscles. Elle se déplace en chaise roulante depuis maintenant un an, et son état ne cesse d'empirer.

Elle avala sa salive.

— Elle a raconté tout ça à Pandore en venant acheter son avatar. Sur le site, quand elle n'est pas en train de conclure des affaires, elle joue au tennis. En fait, elle poursuit la vie qu'elle avait autrefois dans le monde réel. Ce n'est que récemment que j'ai découvert qu'elle faisait partie de mon groupe de sujets, après avoir piraté la liste, quand j'ai constaté la disparition de Martha.

— Je comprends..., murmura-t-il d'un air songeur. Elle fait sur *Shadowland* ce qui lui est désormais interdit dans la vie... Mais ce n'est qu'un jeu, rien n'est vrai.

— Parfois, cela peut suffire, répondit-elle.

Puis elle leva vers lui un regard inquiet.

— Noah, Kathy ne peut pas se défendre. S'il décidait de s'en prendre à elle.

Il fronça les sourcils tout en fixant l'écran.

— Elle vit avec quelqu'un ?

— Non, elle vit seule. Avec un chien dressé pour l'aider. Une infirmière passe chez elle une fois par jour.

— Elle ne peut donc pas sortir pour le retrouver à l'extérieur.

— C'est vrai, soupira Eve. Donc, elle ne risque rien.

— Je vais tout de même demander à une voiture de patrouille de circuler régulièrement devant sa maison, et j'y passerai moi-même en partant d'ici.

Il appela Abbott sur son portable. Il ne craignait pas de le réveiller. Et pour cause.

— C'est fait, dit-il en raccrochant.

— Merci, répondit-elle.

Elle s'écarta insensiblement de lui et il fit un effort pour dissimuler sa déception.

— Nous allons au casino, à présent ?

— Oui. Ça ne sera pas long.

J'aurais bien voulu que ça dure toute la nuit.

— C'est parti, dit-il.

Greer se faufilait vers la sortie quand un message apparut en bas de l'écran.

« Puis-je vous offrir un verre ? »

— Je le connais, celui-là, fit remarquer Eve. Tous les soirs, il tente d'aborder Greer.

« Désolée. Je m'apprêtais à partir, répondit-elle. Vous devriez plutôt essayer avec la belle brune qui danse la salsa. Ça fait un moment qu'elle s'agite. Elle doit avoir soif. »

« J'ai essayé. Elle m'a envoyé paître. »

— Il me fait de la peine, dit-elle. Il cherche désespérément à attirer l'attention.

« Je suis désolée, je ne voulais pas vous blesser, répondit-elle. »

« Dans ce cas, acceptez un verre… »

« Pas ce soir, je n'ai pas le temps, vraiment. Mais la prochaine fois, promis. »

L'avatar rougit.

« Je m'en souviendrai, dit-il. »

— Pourquoi accepter de boire un verre une autre fois ? demanda Noah.

— Parce qu'il me fait de la peine, murmura-t-elle.

Elle envoya Greer au casino et remit le son. Noah fut surpris par le bruit et l'agitation. On se serait cru à Las Vegas. Greer s'arrêta devant une table de poker.

— C'est Nathalie, lui apprit Eve.

Une pulpeuse rousse était installée à la table et, à en juger par le paquet de jetons qu'elle avait amassé, ça se passait très bien pour elle. Greer s'arrêta pour l'observer.

— Tu joues ? demanda Noah. En tant qu'avatar, je veux dire.

Eve eut un faible sourire.

— J'ai joué… Mais je n'ai plus le temps. Il y a quelques

années, j'ai été championne de poker. Enfin, Moira, mon avatar, l'était.

— Que signifie Moira ? demanda-t-il.

— C'est une variante de Moires, le nom que l'on donne en Grèce aux trois Parques, les déesses du Destin.

— Ah…

Il demeura silencieux quelques minutes. Elle avait dit « destin ».

— Tu crois au destin ?

— J'aimerais bien, répondit-elle d'un ton neutre. Ce serait beaucoup plus simple.

— Tu joues au poker, dans la vie ?

— Il m'arrive de jouer au Five-Card, mais jamais pour de l'argent. Moira, elle, a gagné beaucoup d'argent.

Il remua. Les ressorts du canapé lui rentraient dans le dos.

— J'espère qu'elle s'était au moins acheté un canapé digne de ce nom.

— Non. Elle a transformé son argent en vrais billets, pour le monde réel.

— Argent que tu n'as pas investi dans un canapé digne de ce nom.

Elle secoua la tête, sans se départir de son sérieux.

— J'ai acheté ma liberté : une voiture qui m'a permis de quitter Chicago, les deux mois de loyer d'avance pour entrer dans cet appartement, le premier trimestre de mon inscription à l'université. Ensuite, j'étais un peu à sec, mais grâce à Sal je m'en suis sortie.

— Je t'ai vue pourtant donner ton argent, l'année dernière, dit-il la gorge nouée.

Elle prit un air innocent.

— Je t'ai vue, insista-t-il. Tu as pris des billets dans le pot de tes pourboires et tu les as tendus à deux femmes. Plusieurs fois. Qui sont-elles ?

— Elles s'occupent d'un foyer d'accueil et quand elles ont besoin d'aide…

— Tu leur donnes régulièrement de l'argent, murmura-t-il en avalant sa salive. Tu es très généreuse.

Elle leva vers lui des yeux noirs et brillants.

— Je ne crois pas au destin, Noah. Je dirais plutôt que nous sommes ballottés par les circonstances : notre naissance, les événements, nos capacités. Ensuite, nous avons le choix d'en faire ce que nous voulons. Je ne crois pas au destin, je crois au choix. Et je crois aussi que nous avons le devoir de rendre ce qu'on nous a donné.

« On a tous besoin d'un but dans la vie », lui avait-elle dit. Mais on avait parfois tout simplement besoin d'une vie. *Et j'en ai été privé depuis trop longtemps.* Eve aussi en avait été privée. Il cherchait un moyen de le lui dire sans avoir l'air de plaider sa cause, quand du remue-ménage à la table de poker attira leur attention.

Eve se tourna vers l'écran en entendant des huées. Nathalie venait de perdre un gros paquet. En face d'elle, un avatar masculin absolument superbe ramassait les jetons.

— Tu le connais ? demanda Noah.

Elle fit la moue.

— C'est Dasich. Il se prend pour un as du poker et il triche.

— Comment peux-tu le savoir ?

— Il gagne trop et trop régulièrement. Je pense qu'il a un complice à la table. Mais dans le monde virtuel c'est difficile à prouver.

— Il ressemble à l'un de tes avatars.

— Il vient de chez moi, en effet. Et il illustre parfaitement ma théorie. Les gens mauvais sont souvent beaux et avenants. Sinon, on se méfierait d'eux et ils ne pourraient pas nuire. Au contraire quand ils ont l'air honnête…

— Et ils inspirent confiance ? proposa-t-il.

Elle acquiesça.

— Oui. Ils sont d'autant plus dangereux parce qu'ils n'ont aucun mal à aller où ils veulent, à chercher la faille pour l'exploiter.

Il se demanda si elle avait conscience que sa voix était devenue sèche et cassante.

— Et moi ? demanda-t-il. Tu me classes parmi ceux qui cherchent à exploiter tes failles ?

Elle leva vers lui des yeux méfiants.

— Oui. Tes intentions ne sont pas mauvaises, mais tu poursuis un but égoïste.

Elle sourit, sans doute pour atténuer la dureté de ses paroles.

— Tu as vécu seul trop longtemps, tu cherches une compagne, et pour une raison qui m'échappe tu as jeté ton dévolu sur moi.

Elle avait décidément le don de tout réduire à la même problématique.

— Mais ? demanda-t-il sèchement.

— Mais c'est impossible, acheva-t-elle calmement tout en pointant un doigt vers l'écran. L'avatar de Nathalie est furieux. Je crois qu'elle porte plainte contre Dasich. Elle n'obtiendra probablement pas justice, mais au moins elle est là, ce qui prouve qu'elle n'a pas donné rendez-vous à un tueur en série. Il nous reste encore Rachel Ward à voir, et nous en aurons terminé pour ce soir.

Noah comprit qu'elle venait de lui signifier de nouveau qu'il n'avait aucune chance. Gentiment. Exactement comme quand elle s'était adressée à l'homme qui proposait de lui offrir un verre.

Elle guidait en ce moment Greer vers le podium où des

danseuses se déhanchaient, avec une lascivité surprenante pour des personnages virtuels.

— Rachel-Delilah devrait danser ce soir, fit remarquer Eve d'un ton inquiet.

— Mais tu ne la vois pas, acheva Noah. C'est ça ?

— Il est encore tôt, murmura Eve. Elle est peut-être en retard.

— Qu'est-ce qu'on fait ? demanda Noah.

— Moi je vais rester là et attendre, répondit Eve. Toi, tu peux partir.

Noah se cala sur le canapé, le plus confortablement possible.

— J'ai tout mon temps, rétorqua-t-il.

— Tu refuses de comprendre, n'est-ce pas ? demanda-t-elle en fronçant les sourcils.

Le cœur de Noah battait fort, mais il s'efforça de prendre un ton dégagé.

— Oui. Tu irais jusqu'à me mettre à la porte ?

Quelque chose changea dans le regard d'Eve.

— Je t'avais préparé un sandwich, tout à l'heure. Il est dans le réfrigérateur.

Il laissa échapper le soupir qu'il retenait.

— Ce n'est pas de refus.

Elle soupira aussi.

— De l'eau gazeuse ?

— Je hais l'eau gazeuse.

— Tu… ?

Elle secoua la tête.

— Du Coca, du jus de fruits, du lait ?

Il se leva en même temps qu'elle.

— Du lait. Et ne faisons pas de bruit. Il ne faudrait pas réveiller David Hunter.

Elle plissa les yeux.

— Tu nous as espionnés. Tu ne dormais pas du tout.

Il sourit tristement.

— Comme tu l'as si bien compris, je ne suis pas animé de mauvaises intentions, mais je poursuis un but égoïste.

Mercredi 24 février, 0 h 45

— Votre sœur a été arrêtée en même temps qu'une prostituée nommée Belle, annonça Olivia en venant chercher Liza et Tom.

Ils n'eurent pas de mal à retrouver Belle dans l'un des bars qui avaient refusé de laisser entrer Liza la veille.

— Inspecteur, comment allez-vous ? demanda Belle en voyant arriver Olivia.

— J'aurais préféré ne pas te trouver ici, répondit gentiment Olivia. Je cherche une femme. Voici sa photo. Elle s'appelle Lindsay Barkley. Tu la connais ?

— Oui. Je la connais. On la surnomme « la petite rousse », à cause de ses cheveux.

— Est-ce que tu l'as vue récemment ? demanda Olivia. Elle n'est pas rentrée chez elle depuis plusieurs jours.

Belle prit le temps de réfléchir.

— Je ne l'ai pas vue depuis ce week-end. Elle travaillait au Hay.

Le Hay Hotel…

— J'y suis passée hier, intervint Liza. Elle n'y était pas. Je vous en prie… Essayez de nous aider… Où aurait-elle pu aller ?

— Vous devriez poser la question à Jonesy, répondit Belle. C'est lui qui surveille…

— Il surveille quoi ? demanda Olivia en plissant les yeux. Et qui ?

— Je n'en sais rien, mais s'il surveille, c'est qu'il a ses raisons. Je vous ai dit tout ce que je savais, je vous assure.

— Qui est Jonesy ? demanda Liza quand ils furent de retour dans la voiture d'Olivia.

— Un petit revendeur de drogue. Je vais demander à mes collègues des stups ce qu'ils savent exactement à son sujet. Vous ne venez pas.

— D'accord, acquiesça Liza. Je reconnais que j'ai besoin de dormir. Vous m'appellerez demain ?

— Si j'ai du nouveau, promit Olivia.

13

Mercredi 24 février, 0 h 50

Rachel Ward posa sur son verre un regard vitreux.

— Encore une vodka, bredouilla-t-elle d'une voix pâteuse.

Le barman secoua la tête.

— Je vous ai servi la dernière il y a cinq minutes. Vous avez assez bu. Je vous appelle un taxi.

Elle lui jeta un regard courroucé, puis baissa de nouveau les yeux vers son verre vide. Elle n'avait cessé de picoler en attendant ce fils de pute de John qui ne s'était pas montré.

— Non. On vient me chercher.

Elle s'éloigna du bar en titubant sur ses talons hauts. Ça faisait longtemps qu'elle n'avait pas porté de talons. Cinq ans. Cinq ans aussi qu'elle n'avait pas foutu les pieds dans un bar. Cinq ans qu'elle n'avait pas fait l'amour.

Elle songea à Bernie qui pourrissait dans sa cellule et une pointe de regret vint se mêler à sa colère. S'il n'avait pas tout foutu en l'air, elle n'en serait pas là aujourd'hui. Sur la route, il avait eu des aventures. Elle avait trouvé dans son camion une quantité de pochettes d'allumettes provenant des bars où il draguait, et dans ses poches, des enveloppes de préservatifs. Il n'avait d'ailleurs jamais nié.

Il me tapotait gentiment la tête en disant que les hommes avaient des besoins.

Quand elle y songeait, son sang se mettait à bouillir, même après toutes ces années. Et, avec ça, ce monsieur aurait voulu qu'elle mène une vie de sainte et qu'elle attende qu'il daigne occuper son lit toutes les deux semaines… Elle n'avait pas signé pour ça, en l'épousant. Elle s'était trompée. Il n'était pas l'homme qu'elle avait cru.

Quand il avait découvert qu'elle avait aussi des liaisons, il avait eu le culot de se mettre en colère. Et il avait réagi avec une telle violence… Jamais elle ne pourrait oublier que des gens étaient morts dans le feu allumé par Bernie. Elle entendait encore leurs cris dans ses cauchemars.

Elle avait fait pénitence pendant cinq ans. Cinq ans de prière et de recueillement. Cinq ans à aller à la messe. Mais aujourd'hui elle avait décidé de mettre fin à cette comédie. Adieu la gentille Rachel. Il était temps qu'elle s'envoie en l'air. Malheureusement, une fois de plus, elle n'avait pas choisi le bon. Pourtant, John lui avait paru gentil et honnête. Et aussi cocu qu'elle.

Et, pour finir, il lui avait posé un lapin. *Peut-être qu'il est entré, qu'il n'a pas aimé ma tronche et qu'il est reparti.* Elle savait que le temps ne l'avait pas épargnée. En cinq ans, elle en avait pris vingt. John était dans les affaires, de passage en ville pour une nuit, il cherchait du sexe. Pas de liens, pas de relation suivie, pas de problèmes avec Bernie.

Parce que, si elle avait un petit ami, Bernie finirait par le savoir. Il la surveillait, depuis sa prison. Dans les lettres qu'il lui écrivait, il faisait allusion à ses habitudes. Quand elle avait obtenu une promotion au boulot, il lui en avait parlé. Quand elle avait eu la grippe, il s'était manifesté pour lui souhaiter un bon rétablissement. Il s'arrangeait pour lui faire comprendre qu'elle ne pouvait rien lui cacher.

Shadowland était la meilleure chose qui lui soit jamais arrivée. Là, elle pouvait être elle-même, vivre pleinement sans se soucier des réactions de Bernie, coucher avec vingt types dans la même soirée sans que personne le sache. « Vous voudriez parfois vous rendre là où personne ne connaît votre nom. » C'était la vérité. *Je crois bien que c'est là que je vais finir ce soir, une fois de plus… Il faudrait que je m'arrête en route pour faire quelques courses.*

Elle se mit à fouiller son sac pour y chercher ses clés et rencontra le regard apitoyé du barman. *Connard.*

— Vous m'avez confié vos clés de voiture quand vous êtes arrivée, madame. Ce serait criminel de ma part de vous les rendre, parce que vous n'êtes pas en état de conduire. Je vous appelle un taxi.

Elle savait qu'il était inutile de discuter, aussi, elle ne protesta pas. D'autant plus qu'elle avait prévu le coup. Il lui fallait sa voiture pour se rendre au travail le lendemain et, au cas où, elle avait caché un double sous la carrosserie.

— Très bien, dit-elle. Mais donnez-moi au moins les clés de ma maison, elles sont sur le même trousseau.

— Entendu.

Il alla pêcher son trousseau dans un saladier, mais il lui échappa des mains quand il voulut extirper les clés de la maison. Quand il se baissa pour le ramasser, elle en profita pour subtiliser une des bouteilles alignées sur le comptoir et la glissa sous son manteau.

C'est ça, mon test de sobriété. Quand un client est encore capable de te voler, c'est qu'il n'est pas aussi soûl que tu le crois.

Elle aurait besoin de boire un coup pour s'endormir. Pour la première fois en cinq ans, elle avait espéré avoir un homme dans son lit. La déception était rude.

Le barman se débattit encore quelques minutes pour dégager les clés de l'anneau, puis il les lui tendit.

— Les voici, dit-il.

Elle les prit en acquiesçant.

— Merci. J'attendrai mon taxi dehors.

— Mais il fait près de zéro degré, madame.

— Je sais, j'ai besoin d'air. Bonsoir.

Mercredi 24 février, 1 h 2

Rachel avait refusé de le retrouver dans une simple cafétéria. Elle lui avait déclaré qu'elle n'avait pas eu rendez-vous avec un homme depuis cinq ans, et elle avait proposé ce bar. Parfait. La caméra de surveillance du parking ne fonctionnait plus depuis longtemps et l'établissement n'avait pas très bonne réputation. Les clients n'auraient pas envie de se manifester, et ils ne se bousculeraient pas pour témoigner.

Il avait déjà fait le plus pénible, en poireautant dehors pendant qu'elle picolait à l'intérieur. Rachel Ward avait pulvérisé le record des précédentes victimes en tenant le coup plus de deux heures. Mais ils allaient bientôt fermer et elle n'allait pas tarder à sortir en titubant.

Justement, elle poussait la porte. Il fronça les sourcils. Elle avait l'air complètement soûle. A se demander si elle arriverait à rentrer chez elle. Il n'aurait pas fallu qu'elle se fasse arrêter pour conduite en état d'ivresse, d'autant plus qu'il s'était donné la peine de tout préparer chez elle.

Elle traversait maintenant le parking et il remarqua qu'elle portait des très hauts talons. Il adorait les femmes en talons. Plus ils étaient hauts et plus ça lui plaisait. Une femme en talons était une femme entravée et, du moins il l'espérait, une femme qui souffrait. Elle se pencha brusquement pour récupérer le double de ses clés de voiture sous le plancher, monta, démarra, et prit la direction de l'autoroute.

Une minute plus tard, il démarrait aussi.

Mercredi 24 février, 1 h 40

— Est-ce que Rachel est arrivée ? demanda Noah.

Eve leva les yeux et se tourna vers l'écran de son ordinateur.

— Non.

L'avatar de Rachel ne s'était toujours pas montré sur la scène et, Dasich étant parti, Nathalie gagnait de nouveau.

— Elle devrait pourtant être là, murmura-t-elle d'un air songeur.

— J'envoie une voiture de patrouille chez elle, dit Noah. Donne-moi son adresse.

Elle la trouva dans la liste.

— Et si elle n'est pas chez elle ?

Il plissa les yeux.

— Nous ferons le pari qu'il va la ramener, ou la suivre. Et nous l'attendrons pour le coincer à son arrivée.

Il appela le bureau, puis se pencha de nouveau sur les graphiques qu'il passait laborieusement en revue.

— Tu as découvert quelque chose d'intéressant ? demanda-t-il. Moi, tout ce que je vois, c'est qu'une thèse en psychologie exige d'engranger une quantité considérable de données.

Après avoir dévoré son sandwich, il avait demandé à consulter les relevés d'Eve pour repérer les sujets qui passaient le plus clair de leur temps sur *Shadowland*. Ils s'étaient installés sur son canapé et épluchaient les graphiques depuis plus d'une heure.

Eve étouffa un bâillement.

— Tu peux emporter ces documents, proposa-t-elle. Mais appelle-moi quand tu auras des nouvelles de Rachel.

Il fronça les sourcils.

— Rien ne t'empêche de te coucher.

Elle plissa les yeux.

— Je ne risque pas de me coucher, tu es assis sur mon lit.

— Tu avais l'intention de dormir sur cet instrument de torture ? demanda-t-il d'un ton incrédule.

— Je n'ai qu'un lit et je l'ai laissé à David. Et tu le sais parce que tu nous as entendus.

— Mais il y a deux chambres, dans cet appartement.

— La deuxième est remplie de cartons de dossiers. Je suis désolée, Noah, mais tu ne peux pas rester ici ce soir.

— Mais si je ne m'étais pas réveillé, tu projetais de dormir où ?

— Dans mon fauteuil. Ecoute… Tu étais supposé changer mon verrou et partir. Je ne voudrais pas te vexer et j'apprécie beaucoup ce que tu as fait pour moi, mais… Je ne suis pas en danger. David a installé une nouvelle caméra de surveillance et il dort à côté. J'ai mon revolver. Et toi, il faut que tu veilles sur Kathy, la fille en chaise roulante, et aussi sur Rachel.

— Une voiture de patrouille a circulé devant la maison de Kathy. Les hommes l'ont vue à travers les carreaux. Elle était devant son ordinateur.

— Comment le sais-tu ? Tu n'as pas reçu de coup de fil.

— Abbott m'a envoyé un texto. Mais j'ai promis d'y passer moi-même, aussi je le ferai en rentrant chez moi, même si les patrouilles ont déjà constaté que tout allait bien.

Il haussa un sourcil.

— Je tiens mes promesses.

— Tu marques un point. Mais je remarque que tu ne m'as pas encore dit que tu allais partir…

— Je vais me déplacer jusqu'au fauteuil, pour que tu puisses t'allonger.

Il prit les dossiers et se laissa tomber dans le fauteuil avec un soupir de satisfaction.

— Il est beaucoup plus confortable que ton canapé. Passe-moi ton arme.

— Pour quoi faire ?

— Je vais vérifier qu'elle fonctionne bien. Quand t'en es-tu servie pour la dernière fois ?

— Il y a trois semaines, quand je me suis entraînée sur des cibles avec Sal. Si mon revolver te paraît correct, tu partiras ?

Il la fit taire d'un geste et elle se décida à plonger la main dans son étui d'ordinateur pour chercher son arme, non sans lever les yeux au ciel. Mais elle ne la trouva pas dans la pochette où elle la déposait d'habitude. Elle la sortit, le cœur battant, avec la sensation que quelque chose clochait.

Noah la prit et vérifia le magasin.

— Je constate qu'elle n'est pas chargée et que ça a l'air de te surprendre autant que moi, fit-il remarquer en la regardant droit dans les yeux.

La peur lui noua le ventre.

— Le barillet était plein quand j'ai quitté la maison, tout à l'heure. J'étais angoissée à cause de ce qui s'était passé avec Jeremy Lyons et Buckland. J'ai vérifié deux fois.

— Quelqu'un a eu accès à tes affaires. Où déposes-tu cet étui, quand tu es au comptoir ?

— Dans un tiroir du bureau de Sal. Et avant que tu ne me poses la question il n'y avait que moi et Sal ce soir derrière le comptoir, mais on peut accéder au bureau par une porte qui donne sur la petite rue dans laquelle on sort les poubelles.

— Donne-moi ça, dit-il en enfilant une paire de gants.

Il tira de l'étui une enveloppe kraft avec le nom d'Eve écrit en lettres capitales, au marqueur.

— On dirait des photos, commenta-t-il.

Le sang d'Eve se glaça dans ses veines.

— C'est l'enveloppe de Buckland, celle que j'ai refusée, dit-elle.

— Voyons donc ce qu'il tenait tant à te montrer, murmura-t-il.

Il ouvrit l'enveloppe en la découpant avec un canif et prit les photos.

— Le salaud, grommela-t-il d'une voix rauque. Le putain de salaud.

Eve se pencha par-dessus son épaule. Il tenait dans les mains une photo de lui avec une petite rousse, sous un porche.

— Trina, murmura-t-elle.

Trina était suspendue au cou de Noah, son visage enfoui contre sa poitrine. Il la serrait contre lui comme s'il ne devait jamais la lâcher.

— Quel salaud, répéta-t-il. Elle me disait au revoir. Rien de plus.

Il jeta un regard inquiet du côté d'Eve.

— J'espère que tu ne crois pas que… Elle est la femme de mon cousin, merde !

— Non, je ne crois pas que…

Elle posa sa main sur la sienne… Il tremblait de rage.

— Je l'ai vue au bar. Je l'ai vue avec toi. Je ne pense pas que vous soyez amants. Calme-toi.

Il reprit aussitôt sa froide assurance.

— Cette photo prouve que Buckland était devant chez Brock dimanche soir.

— Dimanche soir ?

— Enfin, lundi matin très tôt. Il devait être 2 ou 3 heures.

— Qu'est-ce que tu faisais chez Brock à 2 heures du matin ?

Il haussa les épaules d'un air gêné.

— Qu'est-ce que je fais chez toi à 2 heures du matin ?

— Ce n'est pas une réponse, Noah.

— Si. Je suis allé chez Brock parce que j'avais envie de boire. Dans ces cas-là, nous nous enfermons dans sa cave et nous boxons. Pour m'aider à vaincre le manque. Ça m'arrive régulièrement quand je suis passé chez Sal's.

Elle se sentit coupable.

— Et c'est à cause de moi que tu y passes…

Il la regarda droit dans les yeux.

— Oui.

Elle décida d'éclaircir ce point un peu plus tard et en revint à l'heure.

— Lundi à 2 heures du matin… Tu venais tout juste de trouver Martha, Christy était encore en vie, et personne ne savait, pour Samantha.

— Personne à part les membres de mon équipe.

Il resta quelques instants songeur, puis ouvrit de grands yeux.

— Buckland me suivait avant que l'affaire du tueur en série ne fasse la une.

— Il te suivait et il prenait de drôles de photos… Je t'assure qu'il a l'air complètement dingue. Il a dit que je comprendrais que tu n'étais pas aussi gentil que tu en avais l'air. C'est après toi qu'il en a. Je l'intéresse uniquement parce que je fais partie en ce moment de ton entourage.

Noah se massa la nuque.

— Mais pourquoi s'acharnerait-il sur moi ?

— Je l'ignore. Tu as déjà eu affaire à lui ?

— Jamais. Je vais signaler ça à Abbott. Ça tombe mal.

On avait déjà un tueur sur les bras… Et oui, je pense la même chose que toi.

— Ce n'est pas une coïncidence.

— Tu avais raison, ce journaliste n'est pas sain d'esprit. Il t'a menacée et il surveille les membres de ma famille. Je vais appeler Brock, pour m'assurer que Trina et les garçons vont bien.

Il posa la pile de dossiers sur le sol et se leva pour aller et venir, tout en composant le numéro.

Comme il n'obtenait pas de réponse, il jura et en composa un second, puis un troisième.

— Personne ne décroche. Ni à la maison ni sur les portables.

— Il faut que tu ailles sur place. Quand tu y seras, tiens-moi au courant.

Il haussa les épaules en enfilant son manteau.

— Brock et Trina sont des flics. Je suis sûr qu'ils n'ont pas de problème.

— C'est aussi ce que je pense. Je vais m'enfermer et je t'appelle au moindre bruit.

Il s'arrêta sur le seuil et la fixa avec une expression intense.

— Merci, dit-il.

— Merci de quoi ?

— De ne pas avoir cru que j'étais le genre de type à coucher avec la femme de son cousin.

— Je t'en prie… N'en parlons même plus. Noah, préviens-moi dès que tu auras des nouvelles de Rachel Ward.

— C'est promis.

— Merci. Sois prudent.

Elle referma le verrou derrière lui et alla s'installer dans son fauteuil. Elle se sentait brusquement seule. Elle lui avait plusieurs fois demandé de partir, mais il lui manquait déjà.

Je m'habituerais aisément à la présence d'un homme chez moi et dans ma vie.

Il lui avait avoué qu'il devait lutter contre l'envie d'un verre chaque fois qu'il était passé chez Sal's. Il avait donc pris de gros risques pendant un an, rien que pour la voir. Il était obstiné. Il dirait probablement « déterminé ». Bref, il n'allait pas lâcher le morceau aussi aisément.

— Il suffirait que je lui dise tout pour qu'il parte de lui-même, murmura-t-elle.

Et ensuite il ne lui resterait plus que son travail.

Si je ne suis pas virée.

Elle avait encore en poche la carte de visite du Dr Pierce. Il était peut-être temps de limiter les dégâts côté carrière.

Mercredi 24 février, 1 h 45

Rien ne se passait comme prévu. Il contempla Rachel Ward en fronçant les sourcils. Elle était paisiblement assise sur le tabouret haut qu'il avait placé au milieu de la cave. Il n'avait pas eu besoin de lui administrer un sédatif pour lui passer la camisole de force et pour l'attacher à la chaise. L'alcool l'avait rendue docile.

Elle avait tellement bu que c'était à se demander comment elle avait réussi à arriver chez elle sans provoquer un accident. Sur l'autoroute, elle n'avait cessé de zigzaguer d'une file à l'autre — un vrai danger public. Heureusement, elle n'avait pas croisé de flics. Une fois devant sa porte, ç'avait été un jeu d'enfant de la pousser à l'intérieur et de la maîtriser. *Plus de bars. Insiste pour donner rendez-vous dans des cafés.*

Elle le fixait avec des yeux vitreux. Elle aurait dû être déjà terrorisée, mais elle somnolait à moitié.

Il pouvait l'étrangler, la pendre, partir. Ou bien il pouvait attendre qu'elle dessoûle pour lui faire le grand jeu. Il devait bien avoir un produit pour la remettre d'aplomb — façon de parler. Sans la scène de la peur, son plaisir serait gâché. Et il n'aimait pas qu'on lui gâche son plaisir.

Mercredi 24 février, 2 h 10

Eve posa son téléphone portable sur un accoudoir et s'installa, son ordinateur sur les genoux, avec une tasse de café chaud à la main. Buckland avait déchargé son revolver… Pourquoi ? Avait-il prévu de l'agresser ? Ou avait-il simplement voulu l'impressionner en lui montrant qu'il pouvait l'approcher comme bon lui semblait ?

— Juste pour me faire peur, murmura-t-elle.

Mais quel rédacteur en chef digne de ce nom acceptait de collaborer avec un type aussi malfaisant ? Il fallait l'arrêter avant qu'il ne fasse des dégâts. Son poignet était là pour lui rappeler qu'il n'était pas tendre.

Et si elle n'avait pas travaillé dans un bar rempli de flics, si Jeff Betz n'était pas intervenu, il ne se serait probablement pas arrêté là.

Elle posa sa tasse et tapa « Kurt Buckland » sur Google. Elle fronça les sourcils. Il paraissait reconnu dans la profession et écrivait pour le *Mirror* depuis des années, dans la rubrique locale. Evidemment, couvrir une affaire de tueur en série lui permettrait de faire la première page. D'ailleurs, il l'avait eue, sa première page, dans le journal de mardi, avec l'article sur le « tueur à la robe rouge ».

Elle prit soudain conscience que c'était lui qui avait signé l'article qu'elle avait montré à Donner.

Peu importait… Demain, à la première heure, elle

porterait plainte contre lui et le signalerait à son patron. Il fallait qu'il arrête.

Une fenêtre clignota dans le bas de son écran. Celle de *Shadowland*… Quelqu'un cherchait à communiquer avec Greer. Pauvre Greer, qu'elle avait abandonnée sur un tabouret du bar, à guetter Rachel. Elle la reprit aussitôt en main pour s'apercevoir que le barman lui reprochait de ne pas consommer.

« Vous buvez ou vous sortez. »

« Je suis désolée, tapa-t-elle. J'attends quelqu'un. Vous la connaissez peut-être. Il s'agit de Delilah. »

« Cette nulle ? Elle n'est pas là.»

Il n'en dit pas plus et Eve manœuvra Greer pour qu'elle dépose un pourboire dans le pot du barman. Dans le monde virtuel aussi, l'argent déliait les langues.

« Je dois lui parler, insista-t-elle. Qui pourrait l'avoir vue ? »

L'avatar du barman hésita, puis il haussa les épaules.

« La fille, là-bas, avec les cheveux mauves, répondit-il en lui désignant une danseuse au corps nu et peint de rayures de tigresse, dont la couleur jurait avec celle de ses cheveux. Elles s'installent souvent au bar ensemble, le temps d'accrocher un type. »

« Vous voulez dire que Delilah emmène régulièrement des hommes chez elle ? »

« Dix à douze types par soir, vous appelleriez ça régulièrement ? »

Eve n'avait jamais compris cet engouement pour le sexe virtuel.

« Merci », répondit-elle au barman en ajoutant quelques billets dans son pot.

Puis elle envoya Greer du côté de la scène.

« Mademoiselle ? »

La danseuse se trémoussait autour d'une barre verticale, avec un mouvement de hanches qui demandait encore plus de dextérité au clavier que la salsa.

« Je ne prends pas les femmes. Allez voir ailleurs. »

« Je cherche Delilah », répondit Eve.

« Elle n'est pas là. Et elle ne fait pas les femmes non plus. Adressez-vous plutôt à cette fille, là-bas. »

Eve soupira.

« Je ne cherche pas une fille. Je veux parler à Delilah. Vous savez où elle est ? »

« Elle avait un rendez-vous, ce soir, tapa la fille tandis que son avatar cessait de se déhancher. Dans la vie réelle, précisa-t-elle. »

Le cœur d'Eve se mit à battre plus vite.

« Avec quelqu'un qu'elle a rencontré ici ? »

La danseuse fronça les sourcils.

« Je travaille. Fichez-moi la paix. »

Greer glissa quelques billets dans la ceinture de la femme.

« Et maintenant ? » fit-elle.

« Je ne connais pas le nom du type dans le monde réel. Je sais seulement que son avatar s'appelle John et qu'il est de passage pour une nuit en ville. »

« Vous avez déjà eu affaire à John ? »

« Non. Il n'est pas mon genre. Trop sérieux. Des hommes comme lui, j'en rencontre tous les jours au boulot, ça me suffit. A présent, laissez-moi tranquille. Je ne peux pas danser et taper en même temps, et mon numéro est presque fini. »

« Merci », répondit Eve.

Puis elle fit sortir Greer du casino et composa le numéro de Noah.

Mercredi 24 février, 2 h 15

Noah gara sa voiture dans l'allée de Brock et Trina, en s'efforçant de maîtriser son angoisse. Ils ne répondaient toujours pas au téléphone. Ils avaient intérêt à avoir une excuse valable.

Il frappa à leur porte et, en attendant que quelqu'un lui ouvre, il scruta la rue du regard. Rien d'anormal… Il connaissait les voitures des voisins et aurait tout de suite repéré le véhicule d'un étranger. Rien d'anormal… Sauf que Brock et Trina ne répondaient pas.

Il possédait un double de leur clé et se décida à l'utiliser pour entrer. Puis il avança lentement dans la maison sombre et silencieuse, arme au poing. En découvrant les garçons qui dormaient profondément dans leur lit, il poussa un soupir de soulagement. Il alla ensuite gratter à la porte de la chambre des parents et, n'obtenant pas de réponse, il l'entrouvrit précautionneusement. Personne.

Ce fut à ce moment-là qu'il entendit la douche. Ou, plutôt, qu'il entendit qu'on arrêtait la douche. La porte de la salle de bains s'ouvrit et Brock passa une tête maussade. Il était trempé, les cheveux en bataille, et on voyait qu'il avait enfilé à la hâte une sortie de bain sans prendre le temps de se sécher.

— J'espère que tu as une explication valable pour justifier cette intrusion, grommela-t-il.

Noah le balaya du regard.

— Tu ne répondais pas au téléphone.

Brock poussa un soupir exaspéré.

— Et donc tu fais irruption chez moi en plein milieu de la nuit.

— Brock ?

Trina apparut à son tour dans l'embrasure. En voyant Noah, elle recula précipitamment, mais il eut le temps de voir qu'elle était nue, enroulée dans une minuscule serviette.

Il fit la grimace et baissa le nez vers ses chaussures.

— Je vois que je me suis affolé pour rien, dit-il d'un air contrit.

— Tu crois ? rétorqua Brock d'un ton acide.

Puis il fit le tour de la chambre pour ramasser ses vêtements épars, et alla de nouveau se réfugier dans la salle de bains.

— Pour l'amour de Dieu, Noah ! s'exclama Trina. Qu'est-ce qui te prend ?

Noah prit soin de ne pas la regarder.

— Il faut que nous parlions, dit-il.

— Le moment n'est pas vraiment bien choisi.

— Je m'en rends compte, figure-toi.

Il songea aux photos dans sa poche. A Buckland qui rôdait peut-être autour de cette maison avec un téléobjectif.

— Mais c'est vraiment important, insista-t-il.

Elle poussa un soupir d'impatience.

— Très bien. Peu importe. Tu peux me regarder, maintenant.

Il constata avec soulagement qu'elle avait enfilé une sortie de bain.

— Je suis désolé, dit-il. Quand j'ai vu que vous ne répondiez sur aucun de vos téléphones, j'ai paniqué. Brock a un problème ?

— Accident de motoneige, murmura-t-elle. Un gamin est tombé dans un étang gelé. Il était mort quand Brock est arrivé. Il n'avait que quinze ans.

Noah ferma les yeux.

— Je suis désolé, Tree, répéta-t-il. Brock va bien ?

— Il irait encore mieux si tu nous avais laissés finir ce que nous avions commencé, répondit-elle sèchement. Je dirais qu'en ce moment il est plutôt frustré.

— Les vertus thérapeutiques du sexe, murmura Noah en faisant la moue.

Elle acquiesça.

— Sous la douche, les enfants ne peuvent pas nous entendre.

— Trina, protesta-t-il. Epargne-moi les détails.

Elle fit la grimace.

— Tu devrais songer à en profiter, des vertus thérapeutiques du sexe. Comme Brock et moi ce soir.

— Pigé. Je vais faire vite. Un journaliste suit de très près mon enquête.

Il haussa un sourcil.

— Celui dont Eve t'a parlé quand tu lui as rendu visite ce soir chez Sal's.

Trina ne broncha pas.

— Je n'ai pas l'intention de m'excuser pour cette intervention, dit-elle.

— Je m'en doutais. Peu importe. Ce journaliste a tenté de soutirer des informations à Eve, mais elle a refusé. Et ce soir il s'est montré violent.

Trina abandonna son attitude désinvolte.

— Elle n'a rien ?

— Une ecchymose au poignet, mais ça va. Il tenait absolument à ce qu'elle regarde des photos. Ces photos…

Il tendit l'enveloppe à Trina.

— Quel salaud, murmura Trina en sortant les photos.

— Qu'est-ce qui se passe ? demanda Brock en revenant avec une serviette enroulée autour de la tête.

Il avait ôté sa sortie de bain trempée et enfilé un survêtement.

Trina lui tendit les photos.

— Dimanche, j'ai raccompagné Noah sur le pas de la porte.

Les yeux de Brock lancèrent des éclairs.

— Qu'est-ce que c'est que ça ? demanda-t-il en détachant ses mots.

— La manœuvre d'un journaliste qui veut des infos inédites pour écrire un article sur une enquête en cours. Il a glissé ces clichés dans l'étui d'ordinateur d'Eve, et déchargé le revolver qui s'y trouvait. Eve me les a montrés, j'ai pensé qu'il allait vous les apporter, j'ai paniqué.

Il montra gauchement la salle de bains.

— Je suis désolé, dit-il.

Brock se laissa tomber sur le bord du lit.

— Je t'accorde qu'il y avait urgence, dit-il.

Trina passa son bras autour des épaules de Brock.

— Ces photos auraient pu poser des problèmes si Brock n'avait pas été un type intelligent, dit-elle.

— Et qui a confiance en toi, renchérit Noah.

Pas comme Eve, qui l'accusait de poursuivre avec elle des buts égoïstes.

— Mais surveillez tout de même les garçons de près, d'accord ? ajouta-t-il.

— Tu peux compter sur moi, répondit Brock en lui rendant les photos. Tu vas porter plainte contre ce type, n'est-ce pas ?

— Demain matin, à la première heure. Je…

Son portable vibra dans sa poche.

— C'est Eve. Elle tenait à ce que je la rassure.

Il se détourna légèrement de Brock et Trina, plus pour ne pas voir leur petit sourire en coin que pour protéger sa conversation.

— Tout va bien, dit-il à Eve.

— Tant mieux, répondit-elle. Mais je ne t'appelais pas pour ça. Je crois que Rachel a un problème.

Elle lui raconta tout et il l'écouta avec un visage fermé.

— Je croyais que tu ne devais parler à personne sur *Shadowland.*

— Noah, la question n'est pas là… Il faut s'occuper de Rachel. Que t'ont dit tes collègues de la voiture de patrouille ?

Il jeta un coup d'œil à sa montre et fronça les sourcils.

— Je n'ai pas encore eu de leurs nouvelles et ce n'est pas normal. Je les appelle tout de suite.

Il appela le central et une expression catastrophée se peignit sur son visage.

— Dites à une autre voiture de patrouille de se rendre sur les lieux le plus vite possible, ordonna-t-il. Mais sans sirène et sans gyrophare. Je les retrouve sur place.

Il se tourna vers Trina et Brock qui n'avaient plus du tout envie de rire.

— La voiture numéro un est tombée sur un accident. Une voiture qui avait dérapé sur le verglas et heurté un poteau. Les hommes sont restés sur place, avec les victimes.

— C'est le règlement, commenta Trina d'un ton égal. Ils étaient les premiers sur les lieux.

— Je sais, dit tristement Noah. J'espère seulement

qu'on n'arrivera pas trop tard pour Rachel. Prenez soin de vos enfants. Je vous appelle demain, il faut que j'y aille.

Mercredi 24 février, 2 h 20

Seigneur... Rachel voulut respirer, mais ce truc qui lui comprimait la poitrine l'empêchait de remplir ses poumons. Elle se souvint vaguement que l'homme lui avait fait enfiler des manches qu'il avait croisées devant elle. Ensuite, il l'avait mise sur le ventre en tirant violemment sur les manches et en lui enfonçant les genoux dans le dos. Pour finir, il avait dû faire un nœud parce que ses bras étaient complètement immobilisés.

Elle laissa retomber sa tête sur sa poitrine tandis que des images lui revenaient, par à-coups. Du blanc... Elle battit des paupières. Un tissu blanc couvrait son buste jusqu'aux hanches. Et plus loin... Elle vit ses jambes nues, prit conscience de l'air frais qui passait entre ses cuisses. Et comprit qu'elle ne portait rien en dessous de la ceinture.

Son cœur battait la chamade, mais son esprit fonctionnait encore au ralenti. *Crie*. Elle tenta de crier, mais ne produisit qu'un miaulement étouffé. Elle était bâillonnée. Avec un large scotch. *Où suis-je ?* Ses yeux tentèrent de percer les ténèbres. *Dans une cave. Dans* ma *cave.* Installée sur un tabouret provenant de sa cuisine.

Elle tressaillit. Il était derrière elle, elle l'entendait respirer. Puis une étrange odeur emplit ses narines. De l'essence ! C'était fort, ça lui piquait le nez et les yeux. Elle songea à cette affreuse nuit. A la puanteur de la chair brûlée. Aux hurlements. Les hurlements d'agonie de ceux qui n'avaient pas pu échapper aux flammes.

Non. Sors. Sors de là. Elle se tortilla, mais demeura

rivée à sa chaise. *Je suis attachée. Je ne peux pas m'enfuir.* Son cœur cognait si fort. Trop fort. Elle eut un vertige. *Bernie.* Ça ne pouvait être que Bernie. *Il a réussi à sortir de prison.* Il venait se venger.

Il va me tuer. De nouveau, elle tenta de se dégager. Le tabouret vacilla, mais il fut rattrapé et remis d'aplomb avec un bruit sourd.

— C'est mieux, murmura l'homme à son oreille.

Elle tourna la tête pour le voir, mais il était toujours derrière elle. Puis il fit lentement le tour du tabouret et lui prit le menton pour l'obliger à le regarder droit dans les yeux.

Ce n'est pas Bernie.

— Pas suffisamment convaincant, mais nettement mieux, ajouta-t-il.

Sa respiration s'accéléra quand elle aperçut le briquet qu'il tenait dans la main. Il le plaça sous son nez pour l'allumer. Elle rua en arrière, incapable de détacher son regard de la petite flamme. Il eut un sourire condescendant.

— Ça fait un moment que je t'ai à l'œil, Rachel. Tu pensais que ta petite démonstration publique de bonne conduite te permettrait de rester dans l'ombre et de vivre ta vie de débauche dans le monde virtuel. Tu croyais Delilah invisible. Mais personne n'est jamais tout à fait invisible.

Delilah. Shadowland. John. Il lui avait tendu un piège.

Il recula et elle le suivit du regard. Il portait des bottes et, par-dessus son pantalon, un pantalon de pompier trop grand qui bâillait à la taille. Elle l'aurait trouvé ridicule, sans ce revolver pendu à sa ceinture. Derrière lui, elle distingua un extincteur. Et à côté de l'extincteur un sac à dos. Et sur le sac à dos… *Mes chaussures.* Soigneusement alignées.

— La peur, ça me fascine, dit-il.

Elle revint vers son visage. Il souriait et la contemplait avec de petits yeux froids et cruels. *Je vais mourir.*

— Certaines peurs, comme la peur des serpents, sont la manifestation de notre instinct de conservation. C'est quand nous ne sommes plus capables de les contrôler qu'elles deviennent des phobies. Toi aussi, Rachel, tu souffres d'une phobie. Mais je t'accorde que c'est très compréhensible après ce qui t'est arrivé.

Il s'était approché tout près de son visage et elle sentait son écœurant souffle chaud sur ses joues.

— Je pense que ton ex-mari va s'étrangler de rire dans sa cellule quand il apprendra que tu es morte encerclée par des flammes. Mon sens de la justice ne manque pas de poésie, tu ne trouves pas ?

Il tira de sa poche une allumette géante et l'agita comme une baguette. *Non*. Une vague de terreur secoua sa colonne vertébrale et elle ferma les yeux.

— Oh, j'ai failli oublier ! s'exclama-t-il soudain. Je suis vraiment négligent.

Il lui ouvrit un œil de force et déposa une substance humide sur son arcade sourcilière avant d'y presser sa paupière. *De la colle*. Elle se débattit quand il passa à l'autre œil, ce qui lui valut une gifle accompagnée d'un ricanement.

— Tiens-toi tranquille.

Il recula, alluma de nouveau le briquet, promena la flamme au bout de l'allumette.

— Assez de simagrées, murmura-t-il.

Une ligne de feu encercla Rachel. *Tout autour de moi*. Elle se refermait sur elle. *Ça fait mal. Il faut que ça s'arrête*. Que la douleur cesse. Le hurlement qui montait dans sa gorge fut étouffé par le bâillon. Les craquements et les sifflements des flammes emplirent ses oreilles.

Puis l'homme fut près d'elle. Il lui passa une corde autour du cou et elle ne vit plus que ses yeux, vifs et rieurs. Oui, il riait. C'était bien son rire qu'elle entendait résonner au loin. Puis un gémissement. Très, très loin.

Il laissa échapper un long soupir. Il n'avait pas réussi à se contenir, il avait éjaculé… Et cela lui avait procuré un plaisir indicible. Il fut secoué d'un frisson. *Incroyable.*

Ses yeux se trouvaient à quelques centimètres de ceux de la femme. Elle avait à présent un regard vide qui ne voyait plus rien, mais tout à l'heure elle l'avait fixé, avec des prunelles terrifiées. Parce qu'il le lui avait demandé. Une pute vous regardait toujours ainsi. Mais à présent c'était fini, elle ne regarderait plus personne. Il desserra l'étreinte de ses mains et la corde autour du cou de Rachel se détendit. Il reprenait peu à peu ses esprits. Bon sang, oui, ç'avait été un orgasme formidable, mais aussi une folie. Il sortit de la zone en feu qu'il avait soigneusement délimitée et prit l'extincteur pour étouffer les flammes qui menaçaient de se propager. A présent, le feu était éteint. Dans tous les sens du terme.

Il jeta un coup d'œil ennuyé vers son entrejambe. Son pantalon avait probablement contenu le jet de sperme, mais il ne pouvait pas prendre le risque de laisser derrière lui de l'ADN. Il avait de la Javel à l'arrière de sa voiture… Cela suffirait probablement à éliminer d'éventuelles traces.

Mercredi 24 février, 2 h 30

Harvey se réveilla en sursaut quand le téléphone sonna. Il décrocha en tâtonnant.

— Quoi ?

— Debout, papa, fit la voix de Dell. Nos gars se mettent en mouvement.

— Où es-tu ?

— Je ne lâche pas Phelps, comme tu me l'as demandé. Utilise le GPS pour localiser Webster, je t'ai montré comment faire.

Harvey eut un mauvais pressentiment. Cette pointe de satisfaction dans la voix de son fils ne lui disait rien qui vaille. Il fit basculer ses jambes en dehors du lit et attrapa son pantalon. A partir de demain, ils feraient un échange. *C'est moi qui suivrai Phelps.* Avant que Dell ne fasse une grosse bêtise.

Mercredi 24 février, 2 h 45

— C'est là ? Vous en êtes certains ? demanda Noah.

Il se tenait sur le trottoir, près de deux agents en uniforme.

Ils acquiescèrent.

— Oui, inspecteur. L'adresse communiquée par le central mène à cette poste.

Noah jeta un regard las autour de lui. Jack n'était pas arrivé. Il l'avait appelé trois fois sur son portable et trois fois chez lui, sans résultat. Il n'avait pas le moral quand ils s'étaient quittés tout à l'heure après avoir bu un café. Il était peut-être rentré chez lui pour se soûler et maintenant il cuvait.

Ça ne me regarde pas tant que ça n'empiète pas sur son travail. Sauf que là, ça posait un problème. Il aurait dû être joignable. Le temps passait et Rachel était en danger.

— Merci, fit-il aux deux agents.

Il composa le numéro d'Eve.

— Tu peux me redonner l'adresse de Rachel ? demanda-t-il.

— Pourquoi ? Quelque chose ne va pas ?

— Je ne sais pas. Nous ne sommes pas chez Rachel, mais devant une poste restante. J'aimerais que tu vérifies l'adresse. Sur ta liste.

Elle la chercha. C'était bien la même.

— Ce n'est pas son adresse qu'elle vous a communiquée quand elle s'est enregistrée pour participer à votre recherche, soupira-t-il.

— Qu'est-ce que tu vas faire ?

— Ce que j'aurais dû faire depuis longtemps : la chercher sur nos fichiers. Je te tiens au courant.

Il monta dans sa voiture et transmit par radio une demande de renseignements sur la dénommée Rachel Ward.

Puis il rappela Jack, pour ne pas rester à attendre les bras croisés. Toujours pas de réponse. Le central lui donna les adresses de quatre Rachel Ward. L'une d'elles se trouvait tout près de chez Jack. *Merde, Jack, qu'est-ce que tu fous ?*

Il avait besoin de renfort. Ses doigts le démangeaient d'appeler Abbott, mais quelque chose le retint. *Regarde les choses en face, tu n'as pas le courage de signaler ton partenaire.* Il songea brusquement à Olivia qui était en service.

Elle décrocha à la première sonnerie.

— Sutherland.

— C'est Noah. Où es-tu ?

— Je roule au centre-ville. Je cherche un témoin pour un procès qui aura lieu la semaine prochaine. Pourquoi ?

— J'ai besoin de ton aide.

— Où est Jack ?

— Je… Je ne sais pas.

— Oh…

Elle ne fit pas d'autre commentaire, mais c'était suffisamment éloquent.

— Très bien, dis-moi où tu es. Je te rejoins.

— Non. Je voudrais qu'on se partage le boulot. J'ai quatre adresses où pourrait se trouver une victime potentielle.

Il lui conseilla de chercher une fenêtre ouverte du côté des chambres. Si elle en voyait une, cela signifierait qu'ils étaient arrivés trop tard. Et aussi qu'il n'aurait plus qu'à réclamer un nouveau partenaire.

— Et les autres adresses ? demanda-t-elle.

— J'en prends une et j'envoie des voitures sur les autres. On se tient au courant. Merci, Liv.

Mercredi 24 février, 3 h 5

Il recula pour admirer son travail. La cinquième des six victimes. Pendue au bout d'une corde, Rachel Ward était plus belle qu'elle ne l'avait jamais été. Il se demanda combien de temps les flics mettraient à la trouver…

Il alla s'asseoir devant son ordinateur et ouvrit son compte *Shadowland* pour poser la couronne noire sur la porte de l'appartement de Delilah. Ensuite il s'occupa d'elle. Elle ne venait pas de la boutique de Pandore et il ne pouvait pas la maquiller. Il dut se contenter de la pendre au bout de sa corde virtuelle. Il avait de l'entraînement, et l'ensemble de ces manœuvres ne lui demanda que quelques minutes. Après quoi il prit l'ordinateur, et sortit de la maison en refermant le verrou derrière lui.

Il avait déjà roulé quelques mètres et allait quitter la rue de Rachel quand son cœur fit une embardée. Un flic arrivait en face. Et pas n'importe quel flic. Un inspecteur de la criminelle.

Olivia Sutherland. Comment avait-elle su ? Qui lui avait dit de venir ici ?

La voiture ralentit en le croisant et il retint sa respiration. *Du calme, elle n'a aucune raison de s'intéresser à toi.* Depuis que la police avait repéré la voiture du tueur de Christy, il avait changé de véhicule et de plaque. Il avait pensé à tout, comme d'habitude.

Sutherland poursuivit sa route sans l'inquiéter et, tout en soupirant de soulagement, il bifurqua sur l'autoroute déserte, vers l'est, à l'opposé de sa maison, pour éviter de croiser d'autres voitures de flics qui viendraient à la rescousse.

Mais qui avait bien pu deviner, pour Rachel ? A présent que la peur était passée, il y voyait plus clair et il avait sa petite idée sur la question.

Il savait que Noah Webster possédait la liste des sujets participant à la recherche d'Eve, et qu'il surveillait les femmes qui jouaient beaucoup. Webster était plus malin que le flic de base, mais ça n'en faisait pas pour autant une lumière. Et il ne possédait pas le don de double vue.

Ça venait forcément d'Eve. Ce qui ne l'étonnait pas vraiment : son instinct lui avait toujours dit que cette femme représentait un danger. Il l'avait tout de même sous-estimée, une erreur qu'il entendait bien ne pas reproduire.

Il fit un effort pour réfléchir calmement. Eve avait su pour Martha et Christy. Et maintenant pour Rachel. Et soudain il comprit… Eve se promenait sur *Shadowland* sous la forme d'un avatar, c'était la seule explication. *La petite rusée.* Trop rusée… Tant pis pour elle.

Il ne s'était pas inquiété de ce qu'elle parle de *Shadowland* à Webster, mais il avait eu tort. Ce soir, ils avaient failli le coincer. A cause d'Eve. Il fallait l'éliminer d'urgence. L'ennui, c'était qu'elle ne sortait plus seule.

Il ne te reste plus qu'à lui tendre un piège. Encore fallait-il qu'elle baisse un peu sa garde. Il devait la déstabiliser. L'effrayer. Ensuite il l'attirerait à lui et il la tuerait.

*
* *

Mercredi 24 février, 3 h 10

Eve s'en voulait terriblement d'avoir induit Noah en erreur en lui donnant une fausse adresse. *Mais comment aurais-je pu deviner ?* Ce n'était pas sa faute si Rachel avait triché en s'inscrivant… Mais, si elle mourait, elle aurait une victime de plus sur la conscience.

Elle parcourut sa liste en se demandant combien d'autres adresses n'étaient que des boîtes postales et se mit à réfléchir au moyen de les détecter rapidement, pour éviter qu'une telle chose ne se reproduise. *Ça ne doit pas se reproduire. Il faut arrêter ce type.*

Elle zooma sur la colonne des adresses. Puis jura de nouveau quand ses yeux tombèrent sur la colonne voisine. *Les numéros de Sécurité sociale.* Bon sang, elle avait le numéro de Sécurité sociale de chacun des participants. Elle savait déjà que Noah avait obtenu quatre adresses au nom de Rachel Ward. Le numéro de Sécurité sociale lui permettrait de déterminer laquelle était la bonne.

Elle se connecta sur le site qu'Ethan utilisait pour se renseigner sur ses clients et y accéda avec le nom d'utilisateur et le mot de passe qu'il lui avait confiés la veille. Puis elle entra les informations qu'elle possédait. Il ne lui restait plus qu'à attendre que le moteur de recherche fasse son travail.

Comme ça pouvait prendre quelques minutes, elle retourna sur *Shadowland*, avec Greer, en espérant qu'elle s'était inquiétée pour rien… La danseuse déguisée en tigresse avait pu se tromper. Delilah avait peut-être simplement embarqué un superbe joueur de foot dans sa maison virtuelle, pour une orgie virtuelle.

Elle songea à Sal… Il avait raison. « Des aviateurs et des orgies. »

La gorge nouée par l'angoisse, elle guida Greer jusqu'à l'appartement de Delilah. Et là, elle découvrit ce qu'elle avait tant redouté.

Trop tard. C'est trop tard.

Greer recula lentement. Cette fois, Eve ne la fit pas entrer dans l'appartement. Elle n'avait pas oublié le regard fixe de Christy. Elle ne voulait pas contempler une fois de plus l'équivalent virtuel de cette scène.

Quatre.

Samantha, Martha, Christy. Et maintenant Rachel. Quatre victimes. Cet homme avait tué quatre femmes.

Au bas de l'écran, une fenêtre s'ouvrit pour lui annoncer que la recherche avait abouti. *Trop tard.*

Les yeux embués de larmes, elle prit son téléphone et composa le numéro de Noah.

Mercredi 24 février, 3 h 15

Olivia gara sa voiture, puis elle s'approcha à pied de la maison. Aucune lumière n'en filtrait. Il n'en sortait aucun bruit. Elle fit lentement le tour, en avançant sur la pelouse enneigée, et leva les yeux.

Son cœur fit une embardée.

— Merde, murmura-t-elle.

Au premier étage, la fenêtre de ce qui devait être la chambre était grande ouverte.

14

Mercredi 24 février, 3 h 15

Noah vérifia le nom qui s'affichait sur l'écran de son portable. C'était Eve. Il décrocha.

— Je n'ai rien de nouveau, lui dit-il.

— Moi, j'ai du nouveau, répondit-elle posément.

Il arrêta sa voiture.

— Je t'écoute, murmura-t-il en s'attendant au pire.

— J'ai trouvé l'adresse de Rachel.

Elle la lui dicta. C'était celle où il avait envoyé Olivia.

— Comment as-tu fait ? demanda-t-il.

— Nous payons un petit dédommagement aux participants pour le temps qu'ils nous consacrent et ils nous communiquent leur numéro d'assuré social pour que nous puissions le leur verser. J'ai donc fait une recherche et j'ai eu l'adresse de la Rachel qui nous intéresse.

— Mais ?

— Il y a une couronne noire sur la porte de son appartement de *Shadowland*. Nous arrivons trop tard, Noah.

— Tu ne bouges pas de chez toi, ordonna-t-il. Et cesse de te sentir coupable. Je te rappelle dès que possible.

— D'accord, murmura-t-elle. Je suis désolée.

— Oui. Moi aussi.

Il venait à peine de refermer son portable que celui-ci vibra de nouveau. Cette fois, l'appel provenait d'Olivia.

— Tu l'as trouvée, lui dit-il sans lui laisser le temps de placer un mot.

— Je regarde en ce moment une fenêtre ouverte au premier étage. Comment le sais-tu ?

— Eve a vu une couronne mortuaire chez son avatar, dans le jeu. Appelle les gars du labo. J'arrive dans une quinzaine de minutes.

— Et Jack ?

Noah démarra.

— Il ne répond toujours pas.

— Noah, tu ne peux pas continuer à le couvrir. Il faut prévenir Abbott.

— Je sais. N'entre pas sans moi dans la maison. La dernière fois, il avait utilisé un serpent venimeux.

— Décidément, on ne s'ennuie pas avec ce type, fit remarquer Olivia d'un ton amer. C'est un sacré vicelard.

Quand Noah arriva chez Rachel, Olivia l'attendait devant la porte d'entrée. Mais toujours pas de Jack.

— Je crois que ce serait plus facile de passer par-derrière, proposa Olivia.

La porte céda au premier coup d'épaule.

— Police, signala Noah en sortant son arme.

— Tu ne trouves pas que ça sent le brûlé ? s'inquiéta Olivia.

— Oui. C'est la nouveauté du jour, je suppose.

Il abaissa son arme quand ils entrèrent dans la chambre de Rachel. Elle était bien là, pendue à une corde, juste au-dessus de ses chaussures, comme les autres.

— Ses yeux…, murmura Olivia.

On lui avait déjà décrit la scène, mais c'était la première fois qu'elle la voyait. Il y avait dans le regard des victimes quelque chose de surnaturel que les photos ne pouvaient pas transmettre. Elle toucha le bras de Rachel, puis se détourna, avec des yeux horrifiés.

— Noah, elle est encore chaude.

Noah la rejoignit en deux enjambées.

— Elle est là depuis une heure tout au plus, dit-il.

— J'ai croisé une voiture en arrivant, murmura Olivia. Une Honda Civic. Je l'ai raté de peu.

Noah fut atterré. Si Jack avait répondu… Cette fois, il n'eut pas peur de tirer les conclusions qui s'imposaient. *Cette femme serait toujours en vie, et le tueur en prison.*

— Il ne conduisait pas une Honda Civic quand il a suivi Christy, dit-il d'une voix crispée. Mais il a pu changer de voiture.

— Je me souviens de sa plaque d'immatriculation. J'appelle tout de suite.

Pendant qu'elle s'occupait de la plaque, Noah appela Micki, qui était en train de rentrer chez elle.

— Nous en avons une autre, annonça-t-il.

— Serpent ou pas, cette fois ?

Noah s'accroupit pour jeter un coup d'œil aux chevilles de Rachel. Ce qu'il vit lui donna la nausée.

— Non. D'après ce que je vois, Mlle Ward avait peur du feu.

Olivia avait achevé de lancer l'avis de recherche pour la Honda Civic ; elle vint s'accroupir près de lui et fit la grimace.

— Merde, Web…, dit-elle.

— Vous allez me dire ce qui se passe ? demanda Micki.

Noah avala sa salive en contemplant les pieds à vif de Rachel Ward.

— Il lui a brûlé les pieds, répondit-il.

*
* *

Mercredi 24 février, 4 h 15

— Il m'a semblé sentir une odeur de brûlé, fit remarquer David.

Il se pencha sur la cuisinière où Eve avait abandonné une casserole.

— Tu ne vas jamais réussir à nettoyer ça. Tu préparais quoi ?

— Du chocolat chaud.

Son estomac ne supportait plus le café. Rachel était morte. *On a réagi trop tard.*

— J'ai été distraite et ça a attaché.

Il prit la tasse posée près de son coude et goûta.

— Pas mauvais, approuva-t-il.

— Tu peux t'en faire un, si tu veux, murmura Eve.

Il fit comme s'il n'avait pas entendu et continua à boire.

— Où as-tu trouvé la recette ?

— Sur internet, répondit-elle en reprenant sa tasse d'un geste si vif qu'elle renversa quelques gouttes de chocolat. Et retourne te coucher, ajouta-t-elle.

— Je ne peux pas. C'est l'odeur qui m'a réveillé. Je suis pompier, tu comprends, ajouta-t-il avec un petit sourire.

Mais ce trait d'humour ne la fit pas rire.

— Vas-y, raconte-moi ce qui se passe, dit-il d'un ton sérieux.

Elle lui fit un rapide résumé des événements de la nuit, en commençant par Buckland et les photos, et en terminant par Rachel. Il l'écouta sans l'interrompre, avec un air de plus en plus sombre.

— Est-ce que je suis le seul à trouver que l'apparition

de ce Buckland en même temps que le tueur en série n'est sûrement pas un hasard ? demanda-t-il quand elle eut terminé.

— Non. Tu n'es pas le seul. Noah l'a remarqué aussi. Buckland est officiellement sur la liste des suspects. Mais il est journaliste depuis plusieurs années. Il s'occupe des nouvelles locales et de la rubrique nécrologique. Il serait apparemment plutôt sérieux et sans histoire. Qu'il se soit mis à tuer des gens…

Elle haussa les épaules.

— Je crois que je suis trop fatiguée pour réfléchir…

— Dans ce cas, va te coucher, mon chou. Je prendrai le canapé.

— Non. Je ne peux pas dormir. Je n'arrête pas de penser à Rachel et aux autres.

— Ce n'est pas ta faute, dit-il doucement en la prenant par le menton. Tu en es où, avec Webster ?

— Nulle part.

Il se redressa en haussant les sourcils.

— Est-ce qu'il t'a embrassée ?

Il avait dit ça sur un ton si enthousiaste qu'elle aurait dû en rire. Mais de songer à ce baiser qu'ils avaient échangé dans le bar, si possessif… Si nécessaire… Tellement impossible… Elle en avait les larmes aux yeux.

— Arrête, dit-elle.

— Arrêter quoi, Evie ? Tu veux que j'arrête de t'empêcher de commettre une grave erreur ? Il n'est pas question que je te laisse te retrancher une fois de plus derrière ta carapace.

Elle en avait assez qu'ils se sentent tous autorisés à lui donner des leçons. La colère prit le dessus sur le désespoir.

— Je ne me retranche plus derrière une carapace ! protesta-t-elle.

— Tu crois ça ? Tu crois qu'il te suffit d'avoir quitté le foyer de Dana pour pouvoir dire que tu vis ? As-tu une seule bonne raison d'écarter Webster ? Et ne me réponds pas qu'il est trop vieux pour toi, parce qu'il a mon âge et que je n'apprécierais pas !

Elle laissa échapper un long soupir douloureux.

— Tu sais très bien pourquoi je le repousse.

Il la fixa d'un air abasourdi, puis son expression changea brusquement. Il venait de comprendre.

— Oh, Evie… Ne me dis pas que…

— Si, c'est pour ça, coupa-t-elle.

— Ce n'est pas juste. Il ne veut peut-être pas d'enfants. Après tout, à son âge…

— Je croyais que vous aviez le même âge.

— Oui. Et je veux des enfants. Mais si j'aimais une femme et qu'elle me repoussait parce qu'elle croyait savoir ce qui compte le plus pour moi, je serais furieux. Tu es toujours persuadée de comprendre les gens.

Maintenant, il touchait à son orgueil, et ça, c'était pire que tout.

— Je les comprends, dit-elle sèchement.

— Pourquoi ? Parce que tu les étudies ? Parce que tu les observes ? Tu ne sais rien de rien, ma petite. Tu es toujours restée en retrait de la vie, à la regarder passer. On n'apprend rien, de cette manière. Winters t'a abîmée.

Elle tressaillit.

— Tu dépasses les bornes, David.

— Tant mieux, il était temps que quelqu'un se charge de te secouer.

Elle se leva, vibrante de colère.

— Tu te crois en position de donner des leçons ? Tu as laissé la femme que tu aimais en épouser un autre et tu la regardes fonder avec un autre une famille qui ne cesse de s'agrandir.

David sursauta.

— Oui, poursuivit-elle d'un ton amer. J'ai remarqué. As-tu jamais songé à dire à Dana ce que tu ressentais pour elle ?

Il y eut un long silence.

— Je sais qu'elle ne m'aime pas, murmura-t-il enfin. Et qu'elle ne m'a jamais aimé. Sa vie, c'était de s'occuper des autres. Elle n'hésitait pas à se mettre en danger pour les aider, sans jamais penser à elle-même. Et puis elle a rencontré…

Sa voix se brisa et Eve regretta aussitôt de s'être laissé emporter.

— Ethan, acheva-t-elle pour lui.

Il acquiesça tristement.

— C'est seulement à ce moment-là qu'elle a commencé à accorder de la valeur à sa propre vie. Pour Ethan.

Eve se sentit minable.

— David, je suis désolée.

— Non. Tu as raison. Je l'ai regardée se marier parce que je l'aimais. Et c'est pour la même raison que je la regarde maintenant vivre en famille. Mais je te jure que si elle m'avait donné le moindre espoir rien n'aurait pu m'empêcher de me manifester. Et si elle n'avait pas pu avoir d'enfants, ça m'aurait attristé, c'est vrai, mais j'aurais passé outre. Webster n'est peut-être qu'un accident sur le chemin de ton existence. Mais s'il est ta chance d'être heureuse tu aurais tort de la laisser passer, parce que rien ne dit qu'une telle chance se présentera à nouveau. C'est le moment de faire confiance à ton instinct. Je crois que tu peux. Et maintenant je retourne me coucher. Tâche de ne plus brûler de casseroles.

Le cœur brisé, elle le regarda disparaître, tout en songeant qu'il se trompait : quand il s'agissait des hommes, elle ne pouvait pas se fier à son instinct. Et si elle conservait ses distances avec Noah, ce n'était pas uniquement à cause des enfants, mais pour des raisons autrement plus complexes.

Elle soupira et décida de reprendre là où elle en était avant l'intrusion de David. Les graphiques que Noah lui avait réclamés étaient étalés sur la table. Ils contenaient des renseignements qui pouvaient lui permettre de trouver la prochaine cible du tueur. Il ne lui restait plus qu'à se mettre au travail.

Mercredi 24 février, 4 h 25

— Tu aurais dû me dire que Jack ne répondait pas au téléphone, déclara calmement Abbott.

Il ne quittait pas des yeux la petite maison de Rachel que les gars du labo et de l'équipe de Ian avaient envahie. Noah s'adossa à sa voiture et scruta les badauds qui commençaient à se rassembler, tout en se demandant si le tueur ne s'était pas mêlé à eux pour profiter du spectacle.

— Je suis désolé, dit-il. Tu as raison. J'aurais dû.

— La prochaine fois que tu monopolises un de mes inspecteurs sans ma permission, je te mets à pied pendant une semaine, poursuivit-il, toujours aussi calmement.

Abbott n'avait pas apprécié la participation improvisée d'Olivia.

— D'accord. Mais ne t'en prends pas à Olivia. Elle a voulu m'aider.

— Je sais. Aussi, c'est à toi que je m'adresse. Quand allais-tu me prévenir que Jack arrivait systématiquement en retard sur les scènes de crime depuis trois semaines ? Mais peut-être que ça dure depuis plus longtemps que ça… Noah ?

— Oui, avoua-t-il. Depuis beaucoup plus longtemps. Tout dépend de la femme qui occupe son lit.

Il haussa les épaules.

— Mais ce soir, aucune nouvelle, ça n'était jamais arrivé, ça m'inquiète.

— Il est en route. Il prétend que tu ne l'as pas appelé.

Noah battit des paupières.

— Pardon ?

— C'est ce qu'il m'a dit, assura Abbott.

— Il m'a déjà fait le coup, ricana Noah. « Désolé, mon portable ne marche pas bien » !

Il sortit son portable de sa poche et ouvrit son journal d'appels.

— Je l'ai appelé sur son portable et chez lui, sur son téléphone fixe.

Abbott contempla les numéros qui s'affichaient à l'écran.

— Tu n'as pas appelé que lui, à ce que je vois.

Noah referma le téléphone d'un coup sec.

— La journée a été riche en événements, dit-il sèchement.

— C'est le moins qu'on puisse dire. Tu vas me raconter tout ça en détail et ensuite tu rentreras te coucher. Les techniciens en ont pour un moment, inutile que tu traînes ici. Je t'écoute.

Noah lui fit le compte rendu des faits, d'un ton morne qui trahissait sa lassitude. Il commença par Eve qui s'était inquiétée de ce que l'une de ses joueuses compulsives ne se soit pas connectée sur *Shadowland*, et termina par la macabre découverte d'Olivia.

— Il avait préparé la cave, expliqua-t-il. Les soupiraux étaient masqués de façon que personne ne puisse voir les flammes, les détecteurs de fumée étaient déconnectés. Le feu a léché le tabouret sur lequel il l'avait attachée. Elle a été brûlée au troisième degré sur les pieds et les jambes. Micki a appelé des experts en incendie.

— Très bien, dit Abbott. Il faut que j'y aille, à présent. Rentre chez toi, Noah. Tu as une mine de chien.

— D'accord.

Le fait qu'il obéisse sans discuter prouvait qu'il était à bout. Il allait rejoindre sa voiture quand il vit arriver celle de Jack. Il s'arrêta net et attendit avec Abbott. Jack approcha, avec un visage hagard, le dos rond. Noah reconnut l'allure pour l'avoir maintes fois contemplée dans son miroir. Jack avait la gueule de bois.

— Abbott dit que tu m'as appelé, commença Jack d'un ton grave. Mais je te jure que je n'ai rien reçu.

— Je t'ai appelé au moins six fois, merde ! s'exclama Noah.

Jack lui lança un regard contrit, mais il ne se laissa pas attendrir.

— La première fois, il était 2 h 25. Si tu avais répondu, Rachel Ward serait peut-être encore en vie.

Jack secoua la tête.

— Je te jure que je n'ai pas eu d'appels.

Noah s'approcha de lui.

— Tu avais bu combien de verres ? murmura-t-il tout bas.

Les yeux de Jack lancèrent des éclairs.

— Un. Et d'ailleurs ça ne te regarde pas.

— Ça ne me regarde pas, c'est vrai. Mais Rachel ne serait peut-être pas de cet avis. Parce qu'elle était en train de crever pendant que tu sirotais ce petit verre.

Jack devint écarlate.

— Tu n'es qu'un salaud.

Derrière eux, Abbott se racla la gorge et Noah fit un effort pour se maîtriser.

— Olivia a croisé une voiture en arrivant, à 3 h 15.

La plaque d'immatriculation indique que cette voiture appartient à la femme d'Axel Girard.

— Je t'avais dit que c'était lui ! s'exclama Jack. Mais tu n'as rien voulu entendre !

Noah recula de quelques pas pour ne pas lui envoyer son poing dans la figure.

— Où est Girard en ce moment ? demanda Jack en lorgnant le poing crispé de Noah.

— On l'a bouclé, répondit Noah. J'ai appelé la voiture qui était postée devant chez lui. Les hommes ont trouvé les Girard au lit et ils n'avaient pas vu sortir monsieur. Mais au cas où il aurait réussi à filer à l'anglaise, à monter dans une voiture, à tuer Rachel, et ensuite à se téléporter chez lui, je l'ai fait tout de même arrêter, on ne sait jamais.

Il se tourna vers Abbott.

— La réunion de demain matin, c'est 8 heures ?

— Plutôt 9, répondit Abbott. Jack, je veux que tu te procures un nouveau téléphone portable sur-le-champ.

Des hommes sortirent de la maison de Rachel en poussant la civière qui transportait le corps enveloppé dans un sac. Jack le regarda d'un air navré. Puis il fit volte-face et regagna sa voiture sans un mot.

— Je devrais me sentir coupable, murmura Noah. Mais je n'y arrive pas.

— Jack file un mauvais coton, commenta Abbott. On ne peut pas le sauver de lui-même. Il doit absolument se secouer.

— Je suis bien placé pour le savoir, dit tranquillement Noah.

Puis il se rendit compte qu'il avait pensé tout haut. Il n'avait jamais parlé à personne de son problème avec l'alcool. Seuls Brock et Trina étaient au courant. Et maintenant Eve. Il se tourna vers son patron qui le contemplait d'un air calme.

— Tu sais, dit-il.

— J'ai toujours su, répondit Abbott. Je t'ai dit que c'est mon boulot de tout savoir sur mes gars.

— Oui, je me souviens. Et c'est aussi pour ça que tu touches le paquet à la fin du mois.

Abbott eut un petit sourire, mais son regard demeura grave.

— Rentre chez toi et dors. C'est un ordre. Je ne veux pas te revoir avant demain matin 9 heures. Et dis à Eve que je la remercie. Elle a failli sauver Rachel.

Harvey s'était garé sous l'auvent d'une maison à vendre, quelques numéros plus loin. Il abaissa ses jumelles.

— Webster a été à deux doigts de casser la gueule à Phelps, dit-il.

Il se tourna vers Dell, qui venait tout juste d'arrêter sa voiture derrière lui et de le rejoindre dans sa Subaru.

Dell contempla la maison de Rachel à travers son téléobjectif et sourit.

— On dirait qu'il y a une faille dans leur couple.

Le ton fit froncer les sourcils à son père.

— Qu'est-ce que tu sais ? demanda-t-il. Qu'est-ce que tu as fait ?

Dell haussa les épaules.

— J'ai simplement donné le coup de grâce à une équipe qui battait de l'aile.

Harvey demeura silencieux quelques instants.

— Phelps est arrivé très en retard, ce soir, murmura-t-il enfin. Ça fait une heure que tu m'as appelé.

— Apparemment, Phelps faisait un gros dodo, fit remarquer Dell d'un ton enjoué.

Harvey prit le temps de réfléchir au circuit compliqué effectué ce soir par Webster, à son air paniqué quand il s'était arrêté devant l'agence postale. Il avait couru contre la montre pendant que son partenaire dormait, à moins de deux kilomètres des lieux du crime.

Un frisson le parcourut.

— Une femme vient de mourir. Dis-moi que ça ne te laisse pas indifférent.

— Ce qui ne me laisse pas indifférent, c'est la mort de V., rétorqua Dell d'un ton amer.

— Je sais, répondit doucement Harvey. J'y pense tous les jours.

— L'homme qui est responsable de sa mort se promène en liberté. Tu y penses aussi tous les jours ?

Harvey se renversa sur l'appui-tête et ferma les yeux.

— Qu'est-ce que tu as fait ? répéta-t-il en détachant ses mots.

— Je n'ai pas l'intention de te le dire, répondit fermement Dell.

Une main s'abattit sur son col et tira pour l'obliger à tourner la tête, lui coupant le souffle. Il poussa un cri étouffé.

— Tu vas me le dire ! lança Harvey d'un ton furieux en se penchant au-dessus de la boîte de vitesses. Je suis ton père. C'est moi qui t'ai donné la vie et ça me donne le droit…

— De me la retirer, siffla Dell avec des yeux luisants de haine. Tu sais quoi, papa ? Je n'ai plus cinq ans et tu ne me fais plus peur. V. n'est plus là pour prendre les coups à ma place, alors vas-y, tu peux, frappe-moi, vieux débris, si tu l'oses !

Harvey fut envahi d'un sentiment de respect pour son

plus jeune fils qui avait peut-être fini par grandir. Il lâcha son col en le repoussant d'un air las.

— Dis-moi plutôt ce que tu as fait, murmura-t-il.

— Je suis en train de devenir aussi vieux que toi, tellement j'en ai marre d'attendre que ces deux flics fassent une connerie. Aussi, j'ai décidé de prendre le contrôle de la situation. Je leur ai envoyé… un cheval de Troie.

— Sois plus clair !

— Je leur ai envoyé quelqu'un. Une femme. Elle s'est collée à Phelps et s'est arrangée pour lui faire gober qu'elle en pinçait pour lui. Mais elle le surveille, pour nous.

— Et ce soir ?

Dell haussa les épaules.

— Elle a glissé quelques médocs dans son verre de whisky. Juste pour qu'il dorme. Elle a eu la main légère, parce qu'il s'est tout de même réveillé, cette fois.

— Pas les autres fois ?

— Ça fait quelques semaines qu'il ne répond pas toujours présent. Son partenaire est furieux. Encore quelques épisodes et ils vont se jeter l'un sur l'autre, comme des chiens furieux qu'ils sont.

Si Jack Phelps s'était réveillé, cette femme ne serait peut-être pas morte…

— Mais comment as-tu su qu'il y avait du mouvement, puisque Phelps ne bougeait pas ?

— Elle avait mis le téléphone de Phelps sur vibreur et elle surveillait ses appels.

— C'est comme ça que tu as appris qu'ils allaient chez la fille Brisbane, dimanche soir ? Pas grâce aux GPS.

— Je peux suivre leurs déplacements avec leurs GPS, assura Dell. La fille, c'est juste par précaution. Il m'arrive de ne pas entendre le bip du GPS, quand je dors.

— Donc, elle surveille les appels et ensuite, au lieu de

prévenir Phelps, elle écoute les messages et elle te tient au courant.

— Ouais. Et elle efface les messages de Phelps et aussi les traces des appels entrants sur le journal du téléphone. Mais ce soir quelqu'un a dû rappeler après qu'elle a eu remis la sonnerie, et ça l'a réveillé.

— C'est de la connerie, ton système. S'ils se renseignent auprès de la compagnie téléphonique, ils verront que Web a appelé. Et ils se douteront que quelqu'un essaye de les manipuler.

— Ça pourrait arriver, oui. Mais en ce moment, vois-tu, ils ont d'autres chats à fouetter. Et même s'ils le font, ça n'est pas grave, parce que Phelps lui-même s'amuse à effacer des messages quand il n'a pas envie de répondre, et il prétend ensuite que son téléphone ne fonctionne pas bien. Ce type est un salaud. J'en ai juste rajouté une couche.

— Sauf qu'aujourd'hui ce n'est pas Phelps qui a effacé les messages. Une femme est morte. S'il y a une enquête, la pute que tu as envoyée à Phelps sera la première à être soupçonnée. Et si tu n'as pas déjà compris qu'elle te dénoncera aussitôt, c'est que tu es encore plus crétin que je ne le pensais.

— Elle ne parlera pas et je ne suis pas un crétin. J'ai tout prévu. Ne t'en fais pas pour ça.

Harvey contempla son fils en songeant qu'il était temps de le remettre dans le droit chemin.

— Ça va pour cette fois, dit-il enfin. Mais je ne veux plus qu'il y ait des victimes à cause de toi. Sinon j'arrête tout.

— Tu as raison, déclara Dell d'un ton affable. Et maintenant je te laisse, je dois y aller.

Il sortit de la Subaru et monta dans sa voiture. Harvey le laissa partir, l'angoisse au ventre.

*
* *

Mercredi 24 février, 5 h 15

Noah avait décidé d'ignorer l'ordre d'Abbott et de s'arrêter au bureau pour rendre visite à Axel Girard. Il le trouva en train d'arpenter sa cellule comme un lion en cage. Quand il entra, Girard leva vers lui un regard paniqué.

— Je n'ai rien fait ! gémit-il. Vous êtes en train de foutre ma vie en l'air.

— Je suis venu pour vous aider, déclara Noah d'un ton conciliant. J'ai besoin de vous parler. Si vous pouviez vous arrêter de marcher et accepter de m'écouter…

Girard s'arrêta, mais son corps continua à vibrer d'énergie contenue. On le sentait prêt à bondir.

— Qu'entendez-vous par m'« aider » ? demanda-t-il.

— Il y a eu un autre meurtre cette nuit, expliqua Noah. Et une voiture immatriculée au nom de votre femme a été aperçue dans le voisinage de la scène du crime.

Girard pâlit et se laissa tomber sur le lit de camp de sa cellule.

— Pourquoi ?

— Excellente question. Voyez-vous pourquoi on essaierait de vous coller ces meurtres sur le dos ? Vous avez des ennemis ? Vous vous êtes disputé récemment avec quelqu'un ?

Girard écrasa son poing contre sa bouche.

— Non. Je n'ai pas de problèmes avec mes patients, je m'entends bien avec mes voisins. Je ne me connais pas d'ennemi. Vous allez me garder longtemps ?

— Je n'en sais rien. Il faut que je trouve un lien entre vous et l'assassin.

— Seigneur…, murmura Girard en lui lançant de nouveau un regard paniqué. Ma femme et mes enfants…

— Des inspecteurs en civil surveillent en ce moment votre maison, assura Noah. Votre famille ne risque rien.

Il cessa de torturer le pauvre Girard et sortit dans le couloir, où il tomba nez à nez avec Abbott qui l'attendait, les sourcils froncés.

— Il fallait que je lui parle, se justifia-t-il. Pour découvrir ce qu'il sait.

— Et ?

— Il prétend ne rien comprendre à ce qui lui arrive et je serais tenté de le croire. S'il sait quelque chose, il n'en a pas conscience. Ce type est propre et net. Et de toute façon, entre le moment où Olivia l'a vu et celui où nos gars ont fait irruption dans sa chambre, il n'aurait pas eu le temps de rentrer chez lui et de se mettre au lit.

— Tu lui as dit qu'il y avait une nouvelle victime ?

— Oui. Il avait l'air surpris et il m'a paru sincère.

— Très bien. Je vais lui parler, moi aussi, mais pas tout de suite. Je vais le laisser cogiter sur les ennemis qu'il n'a pas. Et à présent rentre chez toi. Pour de bon. Et dors.

Mercredi 24 février, 5 h 15

Il s'était lavé, débarrassé de l'odeur de fumée et des vêtements qu'il portait, lesquels pourrissaient dans le trou de sa cave. Il alla déposer avec précaution les chaussures de Rachel près des Nike d'homme qu'il avait placées là le matin. Il prit soin d'aligner la chaussure droite, bien perpendiculairement à l'étagère, puis inclina les lunettes rondes disposées à l'intérieur d'une des Nike pour qu'elles accrochent la lumière. *C'est mieux.* Il aimait les choses bien faites.

Les flics étaient déjà chez Rachel, mais ils ne trouveraient rien. Avec Rachel aussi, il avait bien fait les choses.

Il avait eu le temps de réfléchir à sa rencontre avec Sutherland qui, tout compte fait, n'était pas si grave. Les inspecteurs du Hat Squad savaient, pour *Shadowland*, et ils possédaient la liste des participants, ça n'était pas nouveau. *Mais ils ne sont pas sur ma piste.*

Par contre, Eve avait réussi à cibler précisément Rachel et ça, ça lui posait un problème. Sauf qu'il avait une idée pour y remédier. La victime numéro six serait une parfaite inconnue, histoire de brouiller les pistes. Elle ne figurerait sur aucune liste.

Tout de même, la présence d'Eve l'avait obligé à accélérer les choses. Du coup, les journaux n'avaient pas eu le temps de suivre, donc pas de gros titres dénonçant les failles de l'enquête. Le public n'était au courant de rien, la réputation du Hat Squad n'avait même pas été égratignée. Il prévoyait maintenant de laisser passer quelques jours, le temps pour la presse de cerner les détails de l'affaire.

Il en profiterait pour souffler. Il avait encore la fougue de la jeunesse, il lui manquait l'énergie. Vingt ans plus tôt, il aurait traversé tout ça sans même s'en rendre compte. Mais à présent… Il ressentait le besoin de se calmer. D'apaiser son corps et son esprit. De se concentrer sur Eve.

Il ouvrit le tiroir dans lequel il conservait les portables de ses victimes. Il en possédait toute une collection, comme pour les chaussures. C'était amusant de constater à quel point la technologie avait fait des progrès au cours des dix dernières années. Au fond du tiroir, il y avait les bipeurs — complètement dépassés. Mais sur le dessus il trouva l'appareil qu'il cherchait.

Il le glissa dans sa poche. Il ne comptait pas appeler de sa cave, bien entendu. Du temps des bipeurs, c'était plus facile, on ne risquait pas d'être localisé, mais maintenant c'était différent. Il appellerait donc dans un endroit qui ferait tourner les flics en bourrique. Il allait leur présenter un leurre, en même temps qu'une menace. Deux pour le prix d'un. Ça promettait d'être drôle.

Mercredi 24 février, 6 heures

Eve se réveilla en sursaut. Elle se redressa lentement et constata qu'elle s'était assoupie, la tête posée sur la table de la cuisine, le nez sur ses graphiques. Elle jura tout bas. Elle avait renversé sa tasse de chocolat sur ses feuilles.

Heureusement, toutes ces données se trouvaient sur son disque dur et il ne lui restait plus qu'à imprimer de nouveau les pages inutilisables. Elle les passa rapidement en revue et tomba sur l'une d'elles, qui était restée miraculeusement intacte.

Elle détecta l'anomalie au premier coup d'œil. Elle eut un coup au cœur et se laissa tomber dans son fauteuil. Le tracé révélait une activité stable de plus de seize heures, puis plus rien. Il datait de trois semaines.

La peur au ventre, elle alla consulter sa liste sur l'ordinateur. Le sujet 036 était Amy Millhouse. Elle tapa son nom sur Google. Le résultat ne la surprit pas vraiment, mais ce fut avec angoisse qu'elle ouvrit l'article pour le lire dans son intégralité.

> *Amy Millhouse, de West Calhoun, a été trouvée morte dimanche 7 février. Elle s'est…*

— Pendue, murmura-t-elle.

Elle ferma les yeux.

Bien sûr qu'elle s'est pendue.

Elle prit son portable d'un geste las et appela Noah. Une fois de plus.

— C'est Eve. Il faut que je te parle.

— J'arrive tout de suite.

— Non, je… Attends…

Trop tard, il avait raccroché. Elle referma son téléphone et fut à peine étonnée d'entendre frapper à sa porte quelques secondes plus tard.

Il se tenait sur son paillasson, le chapeau dans une main, le portable dans l'autre. Il avait l'air de… *De tout ce que j'ai toujours désiré.*

— Ça fait quinze minutes que je suis là, à hésiter à frapper, avoua-t-il avec un petit sourire en coin. Tu es sûre que tu ne crois pas au destin ?

Elle ouvrit la porte en grand.

— Non. Entre.

Il entra et posa son chapeau sur l'étagère, à sa place habituelle.

— « Non », tu n'es pas sûre ? Ou « non », tu n'y crois pas ?

Elle le fixa d'un air hagard. Elle avait mal à la tête.

— Quelle était la question, déjà ?

Il lui effleura la joue et elle dut se retenir pour ne pas pleurer.

— Qu'est-ce qui ne va pas ? demanda-t-il.

Elle ne voulait pas lui dire. Pas tout de suite. Elle enfouit son visage dans la paume qui le caressait et inspira profondément. Puis elle leva vers lui des yeux horrifiés.

— Rachel avait peur du feu, murmura-t-elle.

Il acquiesça, avec un regard douloureux.

— Oui.

— Il aurait fallu arriver quand, pour la sauver ?

— Une heure plus tôt. Peut-être deux.

Elle recula d'un pas.

— Pendant que nous mangions nos sandwichs, que nous consultions les graphiques, que nous parlions de Kurt Buckland et que je cherchais la bonne adresse, elle…

Il acquiesça de nouveau en avalant péniblement sa salive.

— Oui, répondit-il.

Elle se rendit compte, un peu tard, qu'elle aurait mieux fait de se taire. C'était lui qui avait découvert Rachel, lui qui avait contemplé l'horrible scène. Elle ne faisait que lui compliquer la tâche.

— Je suis désolée, dit-elle.

Elle ne sut pas lequel des deux initia le mouvement, mais elle se retrouva dans ses bras. Il la serrait fort contre lui. Elle aussi le serrait fort, les poings fermés contre son dos.

— Pourquoi es-tu venu ? murmura-t-elle.

Il inspira profondément et son torse poussa contre ses seins.

— Je suis d'abord rentré chez moi, répondit-il, si bas qu'elle l'entendit à peine. Mais je me suis senti seul et désœuvré. Il n'y avait rien pour moi dans ma maison.

Elle resta contre lui encore quelques secondes, puis s'écarta. Il fallait qu'elle lui dise. Mais les mots refusaient de franchir la barrière de ses lèvres et elle dut faire un effort surhumain pour les articuler.

— Il n'y a rien pour toi ici non plus.

— Je ne te crois pas, murmura-t-il d'un ton fiévreux.

Elle secoua tristement la tête.

— Crois ce que tu veux. Ça ne change rien.

Il ferma les yeux.

— Dans ce cas, pourquoi m'appelais-tu ?

Son cœur se serra.

— Je crois que j'ai découvert une victime. Elle s'appelle Amy Millhouse.

Il ouvrit les yeux et posa sur elle le regard absent qu'elle avait tant de fois remarqué chez Sal's.

— Je t'écoute, dit-il.

Il la suivit dans la cuisine et elle lui montra le graphique, puis la notice nécrologique d'Amy. Il parut abattu.

— J'ai pourtant lu tous les rapports concernant les suicides récents, mais je ne me souviens pas d'une mise en scène semblable à celle de Martha et de Samantha, et…

Il se figea.

— Et ?

— Je n'ai pas tout lu, en fait… J'en ai confié la moitié à Jack et en ce moment il fait n'importe quoi. Ce soir, je n'ai pas pu le joindre pour lui demander de filer chez Rachel. C'est bien dommage, parce qu'il habitait tout près et qu'il aurait peut-être pu la sauver. Il prétend ne pas avoir reçu mes coups de fil. Il dormait.

— Un soir, chez Sal's, je l'ai vu regarder trois fois son téléphone avant que tu viennes le chercher.

— Je sais. Brock me l'a dit.

— Tu vas le signaler à ton supérieur ?

— Je l'ai déjà fait, dit-il d'un air encore plus abattu. Je n'avais pas le choix.

— Je suis désolée.

Il tourna la tête pour la regarder droit dans les yeux.

— Cesse de répéter ça, grommela-t-il.

— Assieds-toi, Noah. Il faut que je t'explique quelque chose.

La chaise de cuisine grinça sous son poids. Elle s'installa, elle aussi, en croisant sagement les mains sur la table.

— Eh bien ? demanda-t-il sèchement.

— Je cherche mes mots… Je pourrais simplement te

dire que tu n'y es pour rien, que c'est moi qui déraille, mais tu ne serais pas satisfait de la réponse. J'ai essayé de t'expliquer que j'étais brisée, mais ça non plus, tu ne l'acceptes pas. Tu as lu ce qui m'était arrivé avec Winters.

— Oui. Et si un de ses codétenus ne l'avait pas tué en prison, je crois que je m'en serais chargé.

— Tu n'es pas le seul. C'était vraiment un homme mauvais. Mais très séduisant. Il avait beaucoup de charisme. Il était très apprécié de ses voisins. Il était flic.

— Je sais. J'ai lu tout ce qui concernait l'affaire. Tu m'as dit qu'il cherchait sa femme et son fils.

— Caroline et Tom. Ils s'étaient enfuis, pour vivre une nouvelle vie. Tom et moi nous sommes devenus amis. Il s'est confié à moi. Il m'a raconté tout ce qu'il avait enduré, dans le détail. Il haïssait son père.

— On peut le comprendre…

— Sa mère s'est enfuie avec lui jusqu'à Chicago. Dana, la femme qui s'est occupée de moi, aidait des femmes comme Caroline à repartir de zéro.

Elle hésita, puis haussa les épaules.

— Elle leur fournissait de fausses identités et des numéros d'assuré social.

Il haussa les sourcils.

— On peut dire qu'elle s'investissait à fond. Et Hunter ?

— Il était au courant de tout. Il n'a jamais participé au versant illégal des activités de Dana. Il s'occupait de l'entretien du foyer d'accueil.

— En réparant le toit, par exemple ?

Elle sourit tristement.

— Oui. Mais c'était bien après l'arrivée de Caroline. Quand je l'ai rencontrée, Caroline avait décroché un emploi à l'université et elle préparait un diplôme. J'ai travaillé pour elle, dans le bureau du département d'histoire. Avec elle, j'avais l'impression de faire partie d'une famille.

— Et ensuite ?

— Le chef du département est mort et c'est le frère de David, Max, qui a été nommé pour le remplacer.

Noah fronça les sourcils.

— Max Hunter… Le nom me dit quelque chose.

— Il a joué dans l'équipe des Lakers, il y a bien longtemps. Il était grand, beau, ténébreux. Un peu torturé.

Comme toi, songea-t-elle. Mais elle le garda pour elle.

— Max a eu un accident qui a mis fin à sa carrière sportive. Il a repris les études, il est devenu professeur d'université et, plus tard, directeur du département d'histoire dans lequel Caroline et moi étions employées. Et bien sûr il m'est arrivé ce qui serait arrivé à n'importe quelle jeune fille de dix-huit ans normalement constituée.

— Tu es tombée amoureuse de lui ?

— Follement. Mais lui n'avait d'yeux que pour Caroline. Quand je m'en suis aperçue, je leur ai dit des choses… Des horreurs. Avec n'importe qui d'autre, j'aurais été immédiatement renvoyée, mais Caroline avait de l'affection pour moi.

Sa voix se brisa. Elle se racla la gorge.

— Nous ne nous doutions pas que l'ex-mari de Caroline l'avait retrouvée. Il voulait récupérer son fils et il voulait aussi qu'elle paye pour ce qu'elle lui avait fait. Un jour où je passais voir Caro pour m'excuser, je suis tombée sur Winters. Tom était parti pour le week-end, camper avec des amis, je crois. Winters a tout de suite compris que j'étais jeune, un peu stupide, très vulnérable. Il s'est fait passer pour un type du service de maintenance et a prétendu s'appeler Mike. Il disait qu'il comprenait que je sois tombée amoureuse de Max. Il disait aussi qu'il me trouvait séduisante.

— Tu l'étais sûrement, interrompit Noah d'un ton fiévreux. Tu l'es encore.

— Je l'étais, corrigea-t-elle sèchement. Il m'a proposé de sortir avec lui. Il m'a soûlée. Il remplissait mon verre dès que je l'avais vidé, et moi je buvais tout jusqu'à la dernière goutte. Je n'avais pas l'âge de boire de la bière, c'était illégal, mais je m'en fichais complètement. Je l'ai emmené chez moi, de mon plein gré, et je lui ai fait des avances.

Noah tressaillit, mais il se tut.

— Le lendemain matin, il a voulu partir. J'ai fait tout ce que j'ai pu pour qu'il reste, pour qu'il me désire de nouveau.

Elle ferma les yeux. Elle revoyait la scène dans les moindres détails.

— J'ai enfilé son manteau, j'ai dansé pour lui. Une photo est tombée de sa poche. Une photo de Tom bébé.

— Et là, tu as compris, dit-il posément.

Elle ouvrit les yeux et remarqua qu'il avait pâli.

— Oui, j'ai compris. Le reste, tu le sais déjà. Il m'a poignardée, lacérée, étranglée, laissée pour morte. Je suis morte deux fois. J'ai de la chance d'être encore ici.

— Eve…, commença-t-il d'un ton hésitant.

— Ce n'est rien, Noah. Tout ça est derrière moi. Je te le raconte parce que j'ai besoin que tu comprennes. Personne ne traverse une telle épreuve sans en sortir changé. J'en avais déjà bavé avant d'arriver dans le foyer de Dana. Ma mère était une droguée, elle aurait vendu son âme pour une dose.

— Elle aurait aussi vendu sa fille ? demanda Noah d'une voix rauque.

— Elle ne m'a pas vendue parce que je me suis enfuie. J'ai été arrêtée à plusieurs reprises, placée dans des foyers. Chaque fois, je m'arrangeais pour repartir. J'ai fini par atterrir à Chicago. Déjà, rien qu'avec ce passé-là, ça n'aurait pas été facile pour moi d'avoir une relation normale avec un homme. Mais à présent c'est tout simplement impossible.

Il la regarda droit dans les yeux.

— Pourquoi ? Je ne comprends toujours pas.

Elle rougit.

— Très bien. Après Winters, j'ai subi une hystérectomie.

Il soupira.

— C'est ça, le problème ?

Elle le contempla fixement. Il paraissait immensément soulagé.

— Non, ce n'est pas ça. Mais ça en fait partie.

— Tu ne peux pas avoir d'enfants… Peu m'importe, Eve.

— C'est ce que tu dis.

— Je le dis parce que je le pense.

Elle lui sourit, pour atténuer la dureté de ses paroles.

— Tu crois le penser. Et s'il n'y avait que ça je crois que je te laisserais une chance de découvrir par toi-même que c'est plus important que tu ne le crois. Mais… Noah…

Elle haussa les épaules. Elle ne souriait plus.

— La nuit, je me réveille en hurlant parce que j'ai l'impression qu'il est là. Et je suis… violente. Très violente.

— Tu as peur de me faire du mal ? demanda-t-il d'un ton incrédule.

— Je me réveille parfois debout dans la cuisine, avec un couteau à la main. Au foyer, je m'enfermais à clé pour être sûre de ne pas blesser quelqu'un par accident. La plupart du temps, je ne dormais pas du tout. J'étais devenue une créature de la nuit.

Elle se força à sourire.

— Je récupérais pendant la journée. Ça m'arrive encore.

Il acquiesça lentement.

— Et c'est tout ?

Elle leva les yeux au ciel.

— Bon sang… Mais que faut-il pour que tu renonces ?

— Plus que ça. Est-ce que c'est tout ?

— Non.

Elle se leva et se servit une tasse de café froid avant de se rasseoir.

— Je ne veux pas vivre avec quelqu'un, tout simplement. Tu ne peux pas accepter ça ?

— Eve, regarde-moi.

Sa voix était douce, chaude, réconfortante. Elle se tourna vers lui avec réticence, le dos raide, comme si une main géante l'avait obligée à obéir. Elle rencontra son regard, parce qu'elle n'avait pas le choix. Il avait des yeux brillants.

— Si tu me dis que tu ne veux pas de moi, je te promets de partir.

Elle aurait voulu le dire, mais ses lèvres refusaient de bouger. Aussi, elle ferma les yeux et se tut.

— C'est bien ce que je pensais, dit-il posément. Tu as besoin de temps, et moi j'ai tout mon temps. Tu as besoin de liberté. Je te laisserai ta liberté. Et si tu me demandes un jour de sortir de ta vie et que je voie que tu es sincère je disparaîtrai. Mais pour l'instant je suis là. Je reviendrai parce que j'ai besoin de toi et que tu as besoin de moi.

Il referma ses bras autour d'elle et appuya sa joue contre ses cheveux. Elle essaya encore, parce qu'il le fallait. Pour lui.

— Noah, tu n'as pas tiré le bon numéro.

— Toi non plus. Cessons donc de nous poser des questions et voyons où ça nous mène, d'accord ?

— Je vais te faire du mal, murmura-t-elle d'une voix blanche.

— Je cacherai les couteaux, dit-il d'un ton amusé.

La plaisanterie ne la fit pas rire.

Il y avait plus, beaucoup plus, mais elle ne trouva pas les

mots pour le dire. *Il comprendra tout seul et il abandonnera la partie. Et tu pourras lui dire que tu l'avais prévenu.*

Elle s'écarta de lui.

— Tu as mangé ?

Il fronça les sourcils.

— Je crois que la dernière fois que j'ai mangé, c'était avec toi.

— Je vois…

Elle allait ouvrir le réfrigérateur, quand son téléphone se mit à pépier.

— Un texto, dit-elle en ouvrant le message.

Puis elle se figea.

Noah lui prit l'appareil des mains.

> Tes parents ne t'ont jamais dit qu'il ne fallait pas monter dans la voiture d'un étranger ?

Eve était au bord de la syncope et elle ne résista pas quand Noah tira une chaise pour la faire asseoir.

— C'est la phrase que Rob Winters a prononcée avant de m'étrangler, murmura-t-elle.

15

Mercredi 24 février, 6 h 30

Il referma le téléphone et l'éteignit en souriant. Le message qu'il lui avait envoyé avait dû la secouer. Il était satisfait. Il remonta dans sa voiture et prit le chemin de sa maison. Dans quarante-cinq minutes, le réveil de sa femme allait sonner. Si elle ne le trouvait pas dans la cuisine, en train de lire son journal du matin, elle lui poserait des questions auxquelles il n'avait aucune envie de répondre.

Il avait de la chance que son épouse dorme si bien. Bien sûr, le sédatif qu'il ajoutait à sa tisane y était pour quelque chose. Le jour, c'était encore plus simple : elle était tellement absorbée par son travail qu'elle ne prêtait aucune attention à lui. De plus, elle ne lisait jamais un journal et ne s'intéressait qu'à l'actualité scientifique.

Elle vivait dans sa bulle. Au bout de vingt ans de mariage, elle ne se doutait de rien.

Personne ne se doutait de rien.

Parce que je prends mes précautions et que je suis très fort.

* * *

Mercredi 24 février, 7 h 5

— Eh bien ? demanda David Hunter.

Quand Eve avait reçu ce texto, elle était devenue si pâle que Noah avait cru un instant qu'elle allait s'évanouir. Il avait donc réveillé David. Heureusement, Eve s'était ressaisie. A présent, Hunter préparait le petit déjeuner avec la fébrilité d'un homme possédé. Ou terrifié.

— Qu'est-ce que vous comptez faire pour le coincer ? insista-t-il.

Noah se passa la main sur le visage.

— Nous cherchons à déterminer d'où vient le texto. Mais pour l'instant il semblerait qu'il provienne d'un téléphone non enregistré.

— Un prépayé ? demanda Hunter.

Noah haussa un sourcil.

— Probable. Tout le monde en achète, de nos jours.

Hunter leva les yeux au ciel.

— Touché, murmura-t-il.

— Ce n'est pas la question, s'excusa Noah. Je dis n'importe quoi. Je suis simplement fatigué.

Hunter déposa devant lui une omelette mœlleuse et dorée.

— Quand avez-vous eu une nuit complète pour la dernière fois, Noah ?

— Bon sang… C'est si loin que je ne m'en souviens même plus. Samedi soir, peut-être ?

— Vous allez vous effondrer si vous ne vous accordez pas un peu de repos. Vous travaillez à quelle heure, aujourd'hui ?

— A 9 heures.

Il avala une bouchée d'omelette et soupira d'aise.

— C'est vraiment bon, dit-il.

— Merci. Quand vous aurez fini, allez vous allonger dans la chambre d'Eve. Je veillerai sur elle.

Eve s'était réfugiée sous la douche, toujours aussi pâle, avec le regard hanté de quelqu'un qui a vu un fantôme. Ce qui était probablement le cas.

— Eve aussi a besoin de dormir, murmura Noah.

— Elle ne dormira pas tant qu'elle ne se sentira pas en sécurité, rétorqua tristement Hunter. Elle va s'assoupir dans son fauteuil, je la connais.

— Vous devriez cacher les couteaux, fit remarquer Noah.

Hunter lui lança un regard surpris.

— Elle les conserve dans une boîte fermée à clé. Je les y remettrai quand j'aurai fini de cuisiner.

— Très bien, je prends le lit, dit Noah en luttant pour garder les yeux ouverts. Qui pouvait savoir, à propos de la dernière phrase prononcée par Winters ?

— Nous, sa famille, parce qu'elle nous en a parlé. Mais ça n'est jamais venu aux oreilles des journalistes. Du moins à ma connaissance.

— Pourtant, quelqu'un l'a su, insista Noah d'un air sombre.

Il jeta un coup d'œil du côté de l'ordinateur.

— Je peux m'en servir ? demanda-t-il.

Hunter hésita.

— Prenez plutôt le mien. Quand il s'agit de son ordinateur, elle est un peu… Vous voyez ce que je veux dire.

Quand Hunter revint avec son ordinateur, il surprit Noah en train de racler son assiette.

— Vous en voulez une autre ? proposa-t-il.

Noah acquiesça.

— Volontiers, si ça ne vous dérange pas.

Il ouvrit l'ordinateur.

— Vous êtes un excellent cuisinier, ajouta-t-il.

— J'ai de l'entraînement. Je prépare à manger pour mes camarades, à la caserne.

— Ils ont de la chance, vos camarades. Je me nourris essentiellement de plats réchauffés au micro-ondes, sauf le dimanche quand je dîne chez mon cousin et sa femme. Si vous êtes toujours là dimanche, vous serez le bienvenu à notre table.

Hunter eut un petit sourire.

— C'est très gentil, mais non… Je pense que vous serez soulagé d'apprendre que je m'en vais vendredi.

La boutade ne fit pas rire Noah.

— Eve va vous regretter, murmura-t-il.

— J'espère que je ne lui manquerai pas, parce qu'elle sera occupée à autre chose, répliqua sèchement Hunter. Si vous voyez ce que je veux dire…

— Vous marquez un point.

Puis il fronça les sourcils en découvrant sur l'écran les résultats de la recherche qu'il venait d'effectuer.

— Le nom de Rob Winters me mène vers de nombreux sites parlant de tueurs en série. On lui attribue combien de meurtres ?

— Au moins six. Eve aurait été sa septième victime.

Noah ravala la bile qui lui montait à la gorge.

— Mais il a été tué en prison, c'est bien ça ?

— Oui. Je suppose que Tom avait toujours espéré que les autres détenus pulvériseraient Winters quand ils sauraient qu'il était flic. Ils l'ont réduit en charpie, on a eu du mal à rassembler ses restes pour les mettre dans un sac.

La voix de David s'était durcie et Noah se souvint que Winters avait martyrisé sa femme et son fils.

— Il était incarcéré à Chicago ?

— Non, en Caroline du Nord. Je ne me souviens pas dans quelle prison, mais mon frère Max pourrait vous le dire.

— J'espère ne pas avoir à lui rappeler ce triste épisode de sa vie.

Hunter versait dans une poêle les œufs qu'il venait de battre. Un muscle de sa mâchoire tressaillit.

— Quand mon frère a trouvé Winters, ce salaud s'apprêtait à étrangler Caroline. Il l'avait tellement battue qu'elle était méconnaissable. Soyez tranquille, quand il s'agit de Winters, il n'a rien oublié.

Noah songea à Susan et au bébé, qui aurait eu douze ans. Il ne se passait pas une nuit sans qu'il rêve d'eux.

— Vous avez raison, dit-il. Je suis désolé.

— Ne vous excusez pas. C'était une très sale période, mais c'est fini.

— De toute façon, je pense obtenir mon renseignement en suivant une autre piste. Buckland a dû faire des recherches sur le passé d'Eve. On peut supposer qu'il est tombé sur cette phrase en consultant des archives. Est-ce que Winters a reçu des journalistes, avant de mourir ?

— Probablement, répondit David entre ses dents serrées. Ce salaud aimait s'écouter parler.

Noah se mit à chercher les interviews accordées par Winters en prison. Elles n'étaient pas nombreuses, Winters n'ayant pas vécu longtemps derrière les barreaux. *Ce n'est que justice. J'espère qu'il a souffert avant de mourir.*

— J'ai trouvé, dit-il enfin.

Il avait sous les yeux l'intégralité d'un entretien au cours duquel Winters racontait ses agressions dans le détail. On y trouvait effectivement la phrase reprise dans le texto. Noah serra les poings. *J'espère vraiment qu'il en a bavé avant de crever.*

— Buckland n'a pas dû avoir beaucoup de mal à trouver cette citation, dit-il enfin.

Il revit le regard d'Eve, son visage ravagé. Sa peur. Sa honte.

— Le fait qu'il ait songé à l'utiliser pour déstabiliser Eve en dit long sur le personnage, poursuivit-il.

Hunter lui servit sa deuxième omelette.

— Qu'allez-vous faire ?

Noah s'obligea à desserrer les poings pour attraper sa fourchette.

— J'ai envoyé un avis de recherche cette nuit, quand je me suis aperçu qu'il avait déchargé son arme. Tout à l'heure, Eve déposera une plainte contre lui. Croyez-moi, quand on le coincera, je lui ferai regretter d'avoir choisi d'être journaliste.

Hunter acquiesça.

— Ça me plaît.

— Qu'est-ce qui te plaît ?

Ils se tournèrent vers Eve qui s'encadrait dans la porte. Ses cheveux courts étaient mouillés et en bataille. On voyait qu'elle avait pleuré. Hunter fit un pas vers elle, mais elle l'arrêta d'un geste de la main.

— Pas maintenant. Je t'en prie. De quoi parliez-vous ?

Noah referma la page qu'il consultait, puis l'ordinateur de Hunter.

— De la plainte que tu vas déposer tout à l'heure, celle qui enverra Buckland derrière les barreaux.

— Je t'accompagnerai, affirma Hunter. Mais pour l'instant assieds-toi. Il faut que tu manges, et Webster a besoin de dormir. Si vous ne prenez pas soin de vous, tous les deux, vous allez craquer.

Le côté mobile de la bouche d'Eve s'étira en un sourire.

— David s'occupe des gens quand il est angoissé, murmura-t-elle.

David fit la moue. Elle vint s'asseoir, en prenant soin de ne pas les effleurer au passage.

— J'accepte de manger, mais je refuse que tu m'accompagnes, dit-elle.

Ils ouvraient la bouche pour protester, mais elle leva de nouveau les mains pour les arrêter.

— Vous n'aurez qu'à me suivre si ça vous rassure, mais je prends ma voiture. De toute façon, je filerai ensuite sur le campus où je serai seule dans la foule. J'ai un cours aujourd'hui. A 10 heures. Je ne veux pas le rater. On ne sait jamais… Je ne serai peut-être pas virée de l'université et je ne voudrais pas échouer à mes examens.

Hunter dévisagea Eve, puis Noah.

— Vous allez la laisser faire ? marmonna-t-il enfin.

Le visage d'Eve paraissait calme et détendu, mais son regard brillait d'émotion. Noah comprit qu'elle avait besoin de ce vestige de sa liberté.

— Je suis bien obligé, répondit-il à Hunter. Mais je veillerai sur elle. Et je garde ton revolver, comme preuve, ajouta-t-il en se tournant vers Eve.

— Pas de problème. J'en ai un autre. Plusieurs autres.

— Je n'en suis pas surpris, murmura Noah. Encore un réflexe de survivante. Promets-moi de te garer dans un endroit bien en vue, et de ne t'isoler sous aucun prétexte.

Elle acquiesça.

— Je te le promets.

— Pour l'amour de Dieu ! s'exclama Hunter.

Il se détourna vers le comptoir et se mit à découper des poivrons verts avec une furie vengeresse.

— Puisque tu as l'intention de faire des folies, prends au moins ma camionnette, grommela-t-il.

— Et pourquoi ? demanda Eve en s'efforçant de conserver son calme.

— Buckland va guetter ta Mazda. De plus, ta voiture a besoin de quelques réglages. Je m'en charge. Ça m'occupera l'esprit et je m'inquiéterai un peu moins du tueur qui est à tes trousses.

Elle se leva et alla poser une main sur le bras de Hunter, qui cessa de couper frénétiquement ses poivrons.

— Je sais que tu te fais du souci parce que tu m'aimes. Et je sais aussi, mieux que personne, que je ne suis pas invincible. Mais si je reste ici à me terrer il aura gagné la partie. Je te donnerai de mes nouvelles toutes les heures, et si je vois Buckland j'appelle aussitôt le 911. Mais je refuse de me cacher, même si c'est toi qui me le demandes.

Hunter prit un air contrit et Noah se racla la gorge.

— Je la suivrai. Elle se garera dans le parking réservé au personnel. S'il est derrière elle, je lui tomberai dessus.

— Et après le bureau de police ?

— Je m'arrangerai pour qu'elle soit surveillée et protégée.

Hunter acquiesça.

— S'il ne peut pas obtenir des hommes pour te protéger, tu me préviens, entendu ?

Elle se pencha en avant pour lui embrasser la joue.

— C'est promis.

Noah se leva, le cœur serré. Avec David, elle était spontanée, à l'aise... Il mesura à quel point elle n'avait pas baissé sa garde avec lui. Mais il avait promis de lui laisser du temps et décida de ne pas lui en faire le reproche.

— Je vais tâcher de dormir un peu, annonça-t-il. Ne pars pas sans moi.

Mercredi 24 février, 9 heures

Noah entra dans le bureau d'Abbott en saluant Jack d'un bref hochement de tête. Il n'avait dormi qu'une heure, mais ça lui avait fait le plus grand bien. Il se sentait de nouveau capable de réfléchir.

Ils attendaient Abbott, lequel était encore avec les huiles. En ce moment, Noah ne lui enviait pas le « gros paquet » qu'il touchait à la fin du mois.

Un étrange silence s'installa tandis qu'ils patientaient. Micki et Olivia regardaient Noah, puis Jack, d'un air inquiet. Le partenaire d'Olivia, Kane, arborait l'expression de quelqu'un qui prend conscience que quelque chose lui échappe, mais il ne posait pas de questions parce qu'il savait qu'Olivia le mettrait au courant plus tard. Olivia et Kane avaient d'excellentes relations. Noah les envia.

Ian avait travaillé toute la nuit sur la scène du crime de Rachel et il était complètement défait. Le seul qui paraissait reposé autour de cette table, c'était Carleton Pierce. Mais lui aussi se rendait compte que l'ambiance n'était pas normale.

— Que s'est-il passé ? demanda-t-il. Et je ne parle pas de l'enquête.

— Nous sommes arrivés trop tard chez la dernière victime pour la sauver, répondit Noah. Elle était morte depuis quarante minutes.

Carleton fronça les sourcils.

— Qui l'a trouvée ?

— C'est moi, intervint Olivia. J'ai raté le tueur d'une dizaine de minutes.

— Je ne comprends pas. Comment saviez-vous où le chercher ?

— Nous avons eu un tuyau de notre informateur, répondit Jack.

— Il est au courant, Jack, soupira Noah. Carleton, je sais que tu es allé la voir hier. Nous avons compris qu'il allait s'en prendre à Rachel, mais de petits contretemps nous ont empêchés de la sauver.

— Je vois, dit Carleton en jetant un coup d'œil du côté de Jack qui avait pâli.

Abbott entra.

— Dites-moi qu'il y a du nouveau, murmura-t-il.

Il referma la porte derrière lui. Il était presque aussi pâle que Jack.

— Mettez un peu de baume sur les coups que je viens de recevoir, ajouta Abbott. Ian ?

— Je viens de terminer l'autopsie. La victime avait plus de deux grammes d'alcool dans le sang.

— Bigre ! s'exclama Micki. Elle était aussi bien conservée qu'un cornichon. Mais ça ne m'étonne pas. Nous avons trouvé une bouteille de vodka vide sous le siège de sa voiture.

— Je n'ai pas encore les résultats de l'analyse de sang, poursuivit Ian. Mais je n'ai pas trouvé de trace de piqûre au niveau du cou. Par contre, ses coudes étaient enflés, comme ceux de Christy, et donc je suppose qu'il a encore utilisé une camisole de force. Rien au niveau des mains, mais des marques aux chevilles, probablement dues à des liens. Elle était attachée à une chaise quand ses pieds ont brûlé.

Noah se souvint avec dégoût de l'odeur de chair calcinée qui flottait dans la maison.

— Il lui a brûlé les pieds ! murmura Carleton. Mais quelle horreur !

— Les pieds et les mollets, précisa Ian. Son urine contenait des amphétamines.

— Elle les avait prises elle-même ou elle a eu droit à un traitement spécial ? demanda Noah.

— La trace de piqûre sur son bras droit m'incline à penser qu'il lui en a injecté pour contrer les effets de l'alcool.

— Il voulait qu'elle soit consciente, murmura Micki.

— Parce qu'il avait prévu de la terroriser avec le feu, intervint Jack. J'ai fait quelques recherches. Il y a cinq ans, le mari de Rachel a mis le feu au motel dans lequel elle se trouvait avec son amant. L'homme est mort, ainsi que deux voisins de chambre. Rachel a failli mourir, mais elle s'en est sortie avec des brûlures et une intoxication.

— Ça explique les anciennes lésions que j'ai notées au niveau de ses poumons, intervint Ian. Je me demandais d'où elles venaient.

— Et où se trouve cet ex-mari ? demanda Olivia.

— Dans un pénitencier d'Etat. Il a pris perpète avec une peine incompressible de vingt-cinq ans. Il est dans sa cellule. J'ai appelé le directeur pour vérifier.

— Il suffisait donc de quelques recherches sur le passé de cette femme pour deviner qu'elle avait peur du feu, fit remarquer Carleton. On peut supposer que le tueur avait fait ces recherches.

— Ou qu'il possédait ceci, dit Noah.

Il posa sur la table les questionnaires qu'il avait trouvés sur son bureau le matin.

— Les questionnaires remplis par les sujets qui participent à la recherche d'Eve, expliqua-t-il.

— Je peux ? demanda Carleton.

Il allongea le bras vers la pile et se mit à passer les feuilles en revue.

— « Qu'est-ce qui vous effraye le plus ? », lut-il. « Pourquoi ? » Ah… Je vois que Samantha avait peur d'être enterrée vivante parce que…

Il passa à la page suivante.

— Intéressant… Parce que enfant son cousin l'avait enterrée dans le sable en lui enfonçant un tuba dans la bouche pour qu'elle puisse respirer.

— Et donc, le tueur l'a enterrée vivante, dit Abbott.

— Avec du terreau que l'on peut se procurer n'importe où, fit remarquer Micki. Et, au fait, c'était dans la baignoire.

J'ai envoyé une équipe chez elle. Son appartement n'avait pas encore été reloué. Nous avons trouvé des résidus de terreau collés au joint de la baignoire et aussi dans le siphon.

— Et Martha Brisbane ? demanda Abbott.

— Elle avait peur de l'eau, répondit Carleton.

Son visage prit une expression attendrie.

— Son père est mort noyé, devant ses yeux, quand elle avait cinq ans.

Noah serra les dents.

— J'ai toujours l'impression que ma haine pour ce type a atteint le maximum, et pourtant elle ne cesse d'augmenter. Quand je pense qu'il a lu ça et qu'il en a profité pour…

— C'est un sociopathe, commenta Carleton d'un ton détaché. Un sociopathe et un sadique. Il prend plaisir à voir souffrir les autres. Christy Lewis avait peur des serpents…

Il leva les yeux et haussa les épaules.

— Pour aucune raison précise, apparemment.

— Elle ne mentionne aucun événement traumatique ? demanda Jack.

— Peut-être n'avait-elle pas envie de le raconter, suggéra Carleton. Et peut-être aussi qu'il n'y en avait pas eu. Je vois régulièrement des patients qui déclarent avoir une peur panique des serpents sans pouvoir m'expliquer pourquoi. Il y a une part d'instinct… Les serpents sont dangereux, en avoir peur est une manifestation de l'instinct de conservation.

— Et Rachel Ward ? demanda Abbott. Elle dit pourquoi elle avait peur du feu ?

— Non, elle mentionne l'aile extrémiste des Républicains, ce qui est une manière de ne pas répondre à la question. Les sujets se cachent souvent derrière l'ironie quand ils ne veulent pas vous dire la vérité.

— Mais le tueur avait dû chercher sur Google, comme

Jack, et il savait donc pourquoi elle avait peur du feu, intervint Olivia.

— Je n'ai pas trouvé aussi facilement que tu sembles le croire, Olivia, répondit Jack en fronçant les sourcils. Avec son nom à elle, ça n'a rien donné. Ensuite, je me suis rendu compte qu'elle avait été mariée et c'est en tapant le nom de son mari que j'ai compris.

Noah approuva Jack d'un bref hochement de tête, comme pour le féliciter, et Jack le remercia du regard.

— Donc, le tueur s'est douté que cette histoire de Républicains était bidon et il a cherché plus loin, proposa Noah. Ça me paraît bizarre.

— Pourquoi ? demanda Abbott.

— Eh bien, oui, pourquoi..., reprit Noah. C'est le mot juste. Pourquoi n'a-t-il pas cherché tout simplement une autre victime ? Il y a cinq cents noms sur cette liste. Pourquoi s'acharner sur Rachel Ward ?

— Parce qu'elle était *online* tous les soirs, suggéra Jack.

— Possible, soupira Noah. J'ai interrogé hier quelques voisins et ils m'ont tous dit qu'elle ne sortait jamais, qu'elle était très introvertie. Sur *Shadowland*, elle était danseuse de cabaret et elle ramenait chez elle tous les soirs une douzaine d'hommes.

— Je ne comprends pas bien l'intérêt de cette histoire de sexe virtuel, intervint Abbott en fronçant les sourcils. C'est courant ?

— Ce n'est pas exceptionnel, d'après Eve, répondit Noah. Il surprit des regards amusés.

— Mais elle ne pratique pas, s'empressa-t-il d'ajouter. Abbott leva les yeux au ciel.

— Rachel avait bu, on peut donc supposer qu'il lui avait donné rendez-vous dans un bar. Trouvez-moi ce bar.

— C'est vrai qu'il n'y a pas beaucoup de bars en ville,

commenta Jack d'un ton ironique. Mais c'est tout de même un début.

— Et la voiture que j'ai croisée la nuit dernière ? demanda Olivia. La Honda Civic.

— On ne l'a pas retrouvée, intervint Micki. Et la voiture de Mme Girard n'a pas quitté le garage.

— Je voudrais bien savoir quel est le lien entre Girard et le tueur, dit Noah.

— Qui est Girard ? demandèrent en même temps Ian et Carleton.

— Axel Girard est le propriétaire de la voiture qui a suivi Christy le soir où elle est morte, répondit Jack d'un ton morne.

— Et la voiture que j'ai croisée en arrivant chez Rachel était immatriculée au nom de Mme Girard.

— Girard est un optométriste, ajouta Abbott. Et un citoyen exemplaire.

— Un optométriste ! s'exclama Ian. Quand on sait que le tueur colle les paupières des victimes pour leur garder les yeux ouverts… Ce n'est sûrement pas une coïncidence. Je suppose qu'il a un alibi sérieux, sinon vous l'auriez déjà arrêté.

— Son alibi était discutable pour Christy, mais pour Rachel il est en béton, expliqua Noah. Deux de nos gars surveillaient sa maison et il n'en a pas bougé.

— En effet, c'est un alibi, commenta Carleton. Il n'a pas pu sortir sans qu'on le voie ?

— Il aurait pu, répondit Noah en haussant les épaules. Mais nos hommes sont entrés chez lui quelques minutes après qu'Olivia a vu la voiture de sa femme, et ils l'ont surpris au lit.

— Et où est-il en ce moment ? demanda Carleton.

— Je l'avais fait arrêter, plus pour le protéger qu'autre

chose. Nous avons dû le laisser sortir, faute de motif d'inculpation. Bien entendu, il est surveillé.

— Parlez avec lui et essayez de comprendre pourquoi le tueur voudrait le faire plonger à sa place, ordonna Abbott. Notre homme ne fait rien à la légère, il n'a sûrement pas choisi Girard au hasard. Par exemple, j'aimerais bien savoir si Girard aurait pu avoir accès à la liste d'Eve… Et à part ça, autre chose ?

— Il faudrait interroger le Dr Donner et Jeremy Lyons, intervint Jack. Pour l'instant, ce sont eux qui ont un accès direct à la liste.

— Vous ne les avez pas encore interrogés ? s'étonna Olivia.

— Nous ne les avons pas trouvés, expliqua Noah. Ni sur le campus ni chez eux. Ensuite nous avons été accaparés par Axel Girard, et nous n'avons pas eu le temps de nous occuper d'eux.

— Retournez-y aujourd'hui et vérifiez leurs alibis pour les trois meurtres, ordonna Abbott. Et notre renifleur de petites culottes ? Taylor Kobrecki ?

— Nous avons rendu visite à ses deux copains, intervint Kane qui ouvrait la bouche pour la première fois. Il a pris la poudre d'escampette.

— Il appellerait de Bozeman, dans le Montana, expliqua Olivia. Il y était encore ce matin. Si c'est bien lui qui utilise son portable, il n'a pas pu tuer Rachel. Nous avons tout de même donné son signalement à la police de Bozeman.

Kane haussa les épaules.

— Ce ne serait pas la première fois qu'un malfaiteur confierait son portable à quelqu'un pour se procurer un alibi.

— Ça m'étonnerait qu'il soit suffisamment malin pour songer à une telle manœuvre, intervint Carleton. Je me suis renseigné à son sujet. Il a fait une partie de son cursus scolaire dans des classes pour élèves en difficulté. Franchement, je pense que vous devriez vous concentrer sur quelqu'un d'autre.

— Je suis d'accord, approuva Abbott. Autre chose ?

— Peut-être, répondit Noah. Un des sujets d'Eve est passé brusquement de seize heures de *Shadowland* à rien. Nous avons vu ça en consultant des graphiques. Elle s'appelait Amy Millhouse.

Jack parut contrarié.

— « S'appelait » ?

— Oui. Elle s'est suicidée il y a trois semaines.

— Nous avons lu tous les rapports concernant les suicides, fit remarquer Jack.

— Je sais. C'est bien pour ça que je dis « peut-être ». Il va falloir vérifier.

Abbott contempla Noah d'un air pensif.

— Faites-le. Trouvez Donner et Lyons. Intéressez-vous à tous ceux qui auraient pu avoir accès à cette foutue liste. Olivia, Kane, à vous de savoir où Rachel avait rendez-vous la nuit dernière. Quelqu'un l'aura peut-être aperçue. On se retrouve ici à 17 heures. Vous pouvez y aller. Web, tu restes, je veux te parler.

Ils sortirent.

— Pour Amy, je viens tout juste de l'apprendre, déclara Noah. J'aurais dû te prévenir sur-le-champ, je le sais.

Abbott s'adossa à son siège.

— Et pourquoi ne l'as-tu pas fait ?

— Après t'avoir croisé ce matin en sortant de la cellule de Girard, j'ai reçu un appel d'Eve. Je suis allé chez elle. Elle me montrait la courbe de fréquentation d'Amy quand elle a reçu un texto — de Kurt Buckland, probablement. Ce texto reprenait une phrase prononcée par Winters, l'homme qui l'a agressée autrefois à Chicago. Ça l'a complètement bouleversée.

— Je m'en doute. Et ?

— Buckland tente de faire pression sur elle pour lui soutirer des informations sur l'affaire.

Il lui parla du passage de Buckland chez Sal's et des photos.

Abbott l'écouta, les sourcils froncés.

— Je vais mettre quelqu'un là-dessus. Toi, tu te concentres sur les meurtres. Compris ?

— Compris.

— Et la prochaine fois, quand tu auras une nouvelle aussi importante à annoncer, informe ton partenaire avant le groupe.

Noah se raidit, mais acquiesça.

— Très bien.

Mercredi 24 février, 9 h 10

Après son agression, Eve avait pris l'habitude de se réfugier dans la salle de bains. Sous le jet de la douche, elle pouvait pleurer sans qu'on l'entende, et l'eau limitait le gonflement de ses yeux.

Aujourd'hui aussi, elle avait passé un certain temps sous la douche. Aussi se sentait-elle d'attaque pour porter plainte contre ce salaud de Buckland.

— Je suis l'agent Michaels, dit en souriant l'homme qui la recevait. Je vous reconnais. Vous êtes la serveuse qui travaille chez Sal's.

— Je vous reconnais aussi : « Une Bud Light », dit-elle en se forçant à lui rendre son sourire.

— Je suis bien obligé de faire attention à ma ligne, plaisanta-t-il.

Puis il redevint sérieux.

— Que s'est-il passé la nuit dernière ?

Il l'écouta raconter la visite de Buckland sans l'interrompre, mais elle remarqua qu'il paraissait de plus en plus sceptique.

— Et pour finir il m'a envoyé un texto ce matin, conclut-elle. L'inspecteur Webster a déjà tenté d'en retracer la provenance, mais il n'a pas pu.

Elle surprit le regard incrédule de Michaels.

— Vous ne me croyez pas ?

— Non, ce n'est pas ça du tout. Il se trouve simplement que je connais Kurt et que ce comportement ne lui ressemble pas.

Eve retroussa sa manche pour lui montrer son ecchymose au poignet.

— Voilà ce qu'il m'a fait, dit-elle. J'ai un témoin, un de vos collègues, Jeff Betz.

— Mais je ne mettais pas votre parole en doute. Jamais je n'aurais cru ça de Looey, c'est tout.

— Looey ?

— Oui. C'est comme ça qu'on le surnomme. Ne me demandez pas pourquoi, je l'ignore. Il portait déjà ce surnom avant que je le connaisse.

Looey… Il y avait un Looey qui venait de temps en temps chez Sal's, il buvait de la bière Michelob et il avait dans les cinquante ans. Mais le Buckland qu'elle avait rencontré n'avait pas plus de trente ans.

— A quoi ressemble votre Kurt Buckland ? demanda-t-elle.

Michaels reposa son stylo.

— Pourquoi cette question ?

— Je me demande si nous parlons du même homme.

Celui qui m'a broyé le poignet a la trentaine, il mesure environ un mètre quatre-vingts, il est brun aux yeux marron.

L'expression de Michaels était suffisamment éloquente, elle tira ses conclusions sans attendre sa réponse.

— Ce n'est pas votre Kurt Buckland, murmura-t-elle.

— Non, répondit Michaels d'un air inquiet. Je vais prendre votre déposition, mademoiselle Wilson. Ensuite je m'occuperai de voir si Kurt, je veux dire Loœy, va bien.

L'homme qui l'avait menacée n'était donc pas Kurt Buckland, le journaliste du *Mirror*. Cette découverte avait quelque chose de terrifiant.

— Vous auriez un crayon et un papier ? demanda-t-elle.

Michaels les lui donna et elle esquissa à la hâte un portrait de l'homme qui se faisait passer pour Buckland. Un portrait maladroit, moins bon que ce qu'elle aurait fait autrefois, mais tout de même suffisamment ressemblant.

— Voilà, dit-elle.

— Pas mal, approuva Michaels. Je n'ai jamais vu cet homme, mais je montrerai ce portrait à Loœy. Peut-être que lui le connaît.

Mercredi 24 février, 9 h 40

En arrivant devant son bureau, Noah trouva Jack en train de fourrer rageusement ses affaires dans un carton.

— Mais qu'est-ce que tu fabriques ? demanda-t-il.

Jack leva les yeux vers lui, la bouche pincée.

— Je me barre.

Noah saisit le bras de Jack pour l'empêcher de lancer un livre dans le carton.

— On peut savoir pourquoi ?

Jack parut désarçonné.

— Je… Je croyais… Je pensais que tu avais réclamé un nouveau partenaire.

— Merde, Jack ! Abbott m'a demandé de rester pour m'engueuler, pas pour me parler de toi. Il m'a reproché de ne pas t'avoir mis au courant pour Amy Millhouse. Je m'en excuse… Mais je ne l'ai su que ce matin, et ensuite j'ai eu un contretemps.

Il lui parla de Kurt Buckland.

— Abbott s'en charge, conclut-il.

Jack soupira.

— Eve a l'intention de porter plainte ?

— Elle doit être en train de le faire en ce moment. Tu as acheté un nouveau portable ?

La question revenait à lui tendre un rameau d'olivier. Un tout petit.

— Oui, ça fait partie de mes priorités pour aujourd'hui. Je compte m'arrêter tout à l'heure dans une boutique, quand nous quitterons le campus après avoir interrogé Donner et Lyons.

Il regarda Noah droit dans les yeux.

— Je n'avais bu qu'un verre, Noah.

Noah haussa une épaule.

— Ça suffit parfois pour s'effondrer. N'en parlons plus. Allons-y.

— Attends, dit Jack en regardant derrière Noah.

Noah se retourna. Eve avançait vers eux, le visage fermé. Elle avait un problème. Un nouveau. Un de plus.

— Tu me donnes une minute ? demanda-t-il à Jack.

— Oui. Je t'attends dans la voiture.

Eve salua Jack de la tête quand elle le croisa, puis elle fixa Noah. Il comprit qu'elle avait une mauvaise nouvelle à annoncer.

— Je viens de faire enregistrer ma plainte contre Kurt Buckland, dit-elle.

— Très bien, approuva-t-il en l'entraînant dans une pièce vide.

Il referma la porte derrière eux, puis lui prit le bras et retroussa sa manche pour regarder son poignet.

— Tu as montré ça à l'agent qui t'a reçue ?

Elle se dégagea d'un geste.

— Oui. Ecoute… Cette nuit, j'ai fait une recherche Google à propos de Buckland. Il travaille depuis toujours pour le journal *Mirror*, dans des rubriques mineures. C'est avec l'article sur l'affaire du tueur en série qu'il a fait la une pour la première fois.

— Je vois. Il fait la brute et il pratique le chantage pour obtenir de l'avancement. C'est un peu extrême, mais ça marche.

— C'est aussi ce que je me suis dit. Mais… Tu sais quoi ? L'agent Michaels, qui a enregistré ma plainte, connaît bien Buckland. Il a la cinquantaine, et son surnom est Loœy.

Noah fronça les sourcils.

— Loœy ? Je le connais aussi. Il est excellent aux fléchettes. C'est lui, Buckland ?

— Il semblerait, oui.

— Mais qui est donc le type qui prend toutes ces photos et qui t'a menacée ?

— C'est ce qu'il faudrait savoir. N'oublie pas qu'il t'en veut, Noah. C'est personnel.

— Super, murmura-t-il. Je vais avoir de quoi m'occuper. Je commençais justement à m'ennuyer.

— Qu'est-ce que tu comptes faire ?

— A propos du faux Buckland ? Je veux le trouver et lui faire passer un mauvais quart d'heure, mais je n'ai pas le temps. Pour le moment, je vais laisser l'agent faire son travail et je vais te suivre jusqu'au campus. De toute façon, je dois y aller avec Jack pour parler à Donner et à Lyons.

— D'accord, mais partons tout de suite, parce que je suis en retard.

Il acquiesça, mais ne bougea pas. Elle non plus.

— Nous ne nous sommes pas embrassés, hier soir, dit-il.

— Si. Chez Sal's.

— Un tout petit baiser auquel tu as à peine répondu, se plaignit-il.

— J'étais sous le coup de la surprise, murmura-t-elle en frissonnant quand il lui caressa la joue.

Jack l'attendait, ils avaient du travail, mais il décida de s'accorder quelques minutes. Pour lui et pour Eve. *Pour nous deux.*

— Dans ce cas, considérons qu'il s'agissait d'une vague ébauche, dit-il.

Il posa sa bouche sur la sienne et attendit qu'elle réponde. Ce qu'elle fit, en se haussant sur la pointe des pieds, comme au Deli. Elle se suspendit à son cou sans aucune retenue, et il l'attira à lui, pour ajuster son corps au sien. C'était doux et tiède, et il aurait voulu beaucoup plus. Mais ce n'était ni le moment ni l'endroit, aussi s'obligea-t-il à s'écarter d'elle.

Elle demeura quelques secondes haletante, les yeux fermés. Ses doigts tremblèrent en glissant le long de ses bras. Arrivée au bout, elle tint ses mains dans les siennes et y pressa son front.

— Pourquoi ? murmura-t-elle.

Si bas qu'il dut se pencher pour l'entendre.

— Pourquoi quoi ? demanda-t-il d'un ton bourru.

Elle leva vers lui un visage dévasté.

— Pourquoi moi ? Pourquoi est-ce moi que tu veux ?

— Ce serait trop long à t'expliquer. Dîne avec moi ce soir, je te dirai tout.

— Je travaille.

— Après ton travail. Je t'attendrai.

— Très bien, dit-elle en repoussant gentiment sur son torse ses mains croisées. Partons, maintenant. Je ne voudrais pas rater mon cours.

Mercredi 24 février, 10 h 25

— Inspecteurs, j'ai appris que vous me cherchiez hier. Je suis désolé. Asseyez-vous, je vous en prie.

Le Dr Donald Donner leur désigna deux chaises, de l'autre côté de son bureau en désordre.

— Vous êtes dur à trouver, fit remarquer Jack.

Donner eut un vague sourire.

— Je m'étais absenté pour rendre visite à la mère de ma femme qui est malade, dit-il.

Noah dut se forcer pour sourire poliment à cet arriviste sans scrupules. Il n'arrivait pas à oublier l'entretien que lui avait rapporté Eve. Mais il avait déjà rayé Donner de sa liste des suspects : cet homme n'était pas assez vigoureux pour soulever une morte et la pendre au plafond.

— Nous voulions également parler à votre secrétaire, M. Lyons, mais il est demeuré introuvable, comme vous.

Donner fronça les sourcils.

— Hier, il a pris son après-midi. Ce matin il n'est pas venu. Ça ne lui ressemble pas. C'est quelqu'un de très fiable. Je ne sais pas ce que je ferais sans lui.

Tu vas devoir chercher un autre valet pour tes corvées, songea Noah. Mais, pour l'instant, pas question d'agresser leur interlocuteur : ils venaient pour vérifier ses alibis et ils avaient l'intention de se montrer corrects.

— Vous supervisez une recherche qui est régulièrement

mentionnée au cours de l'enquête que nous menons en ce moment. Une recherche pour laquelle vous avez engagé des sujets qui jouent sur *Shadowland*.

— Oui, il s'agit en effet du travail de l'une de mes étudiantes, Eve Wilson.

Il pinça les lèvres.

— Mais je suppose que vous le savez déjà. Peu importe. Comment puis-je vous aider ?

— En commençant par nous dire où vous étiez la nuit dernière, répondit Noah.

— Pourquoi ? demanda Donner.

Il paraissait sincèrement surpris. Jack fronça les sourcils.

— Nous enquêtons sur une série de meurtres, professeur. Quatre femmes ont été tuées.

— Et qu'est-ce que ces meurtres ont à voir avec mon département de recherche ?

— Les quatre victimes participaient à l'étude menée par Mlle Wilson, déclara Noah en se demandant si l'étonnement de Donner était feint ou non. Et toutes quatre étaient des joueuses compulsives.

Donner s'adossa lourdement à son siège. Son visage affichait une expression incrédule.

— Vous plaisantez, murmura-t-il.

— Nous n'avons pas pour habitude de plaisanter, professeur, répliqua Jack. Surtout quand il s'agit de meurtres.

Donner devint pâle.

— Quatre femmes ? reprit-il d'une voix blanche.

Il parut tout à coup comprendre le sens de la question de Noah et deux ronds rouges apparurent sur ses joues.

— Si je comprends bien, inspecteur, vous me demandez de fournir un alibi ? Je figure donc parmi vos suspects ?

— Nous vérifions les alibis de tous ceux qui participent de près ou de loin à cette recherche, professeur, répondit

Noah. Et vous nous faciliteriez la tâche en nous répondant clairement.

— Bien entendu, murmura Donner d'un ton distrait. Je dormais, j'étais avec ma femme.

Noah prit note.

— Et dans la nuit de dimanche à lundi, entre minuit et 5 heures du matin.

— Je dormais. Ma femme pourra également vous le confirmer.

Il s'agita dans son fauteuil.

— Très bien, déclara calmement Noah.

Donner se calma.

— Nous pensons que le tueur a accès à la liste des sujets et au questionnaire qu'ils ont rempli en s'inscrivant, expliqua Noah.

— Qu'est-ce qui vous fait dire ça ?

— Il a utilisé les informations du questionnaire pour les torturer, répondit Jack d'un ton morne.

Donner tressaillit.

— Pour les torturer ? Il les a torturées ? Qui sont ces quatre femmes ?

Noah fronça les sourcils.

— Vous ne lisez pas les journaux, docteur Donner ? Les noms de trois de ces femmes ont fait la une hier.

Donner désigna d'un geste vague les journaux entassés sur son bureau.

— Je ne m'intéresse pas beaucoup à l'actualité, dit-il.

Noah décida donc de le renseigner.

— Ces femmes sont Samantha Altman, Martha Brisbane…

Noah s'arrêta net en voyant pâlir Donner.

— Professeur ?

— Vous avez dit Martha Brisbane ? demanda Donner

d'un ton hésitant. Seigneur… Mais je pensais qu'elle s'était suicidée.

Puis il se tut, comme s'il venait de se rendre compte qu'il en avait trop dit.

— Je croyais que vous ne lisiez pas les journaux, fit remarquer Jack d'un ton ironique.

— C'est Eve Wilson qui… Elle est venue m'en parler. Je n'ai pas voulu croire sur le moment que sa recherche avait un rapport avec la mort de cette femme. Et les autres ?

— Christy Lewis et Rachel Ward, énonça Jack.

— Je vois, murmura Donner en regardant Jack droit dans les yeux. Qu'attendez-vous de moi ?

— Les noms de ceux qui pourraient avoir accès à cette liste et aux questionnaires.

— Mais je… Je ne suis pas en mesure de vous répondre. C'est mon secrétaire qui a entré les noms dans le programme, puis le comité les a séparés en deux groupes. Quand je consulte les résultats, je ne vois que des numéros. C'est le protocole d'un test en double aveugle.

— Et les questionnaires ? demanda Noah. A quoi servent-ils ?

— Ils nous servent de point de référence. Ils constituent le profil de départ du sujet.

— Quelqu'un les a lus ? demanda Jack.

— De nombreux étudiants les consultent régulièrement, mais ils ne voient pas les noms des sujets, seulement leur numéro.

Cet entretien ne les avançait pas à grand-chose. Ils se levèrent.

— Merci, dit Jack. Nous essayons pour le moment de cacher à la presse ce que nous savons, notamment au sujet du rôle de *Shadowland* et de votre université. Ce serait bien que vous restiez discret, de votre côté.

Donner acquiesça. Son visage avait pris une couleur de cendre.

— Bien sûr, murmura-t-il. Si vous voyez Mlle Wilson, dites-lui que… Dites-lui que je suis désolé. J'aurais dû l'écouter.

— Je n'y manquerai pas, répondit Noah. Si votre secrétaire vous appelle, prévenez-nous sur-le-champ.

— Oui, dit Donner.

Ils l'abandonnèrent, la tête dans les mains, tremblant.

— Eh bien ? demanda Jack quand ils furent près de leurs voitures.

— Trop fragile pour être coupable de ces meurtres.

— Psychologiquement ou physiquement ?

— Les deux.

Jack acquiesça.

— Je suis de ton avis. Vérifions l'alibi de Donner et trouvons Jeremy Lyons.

Noah serra les dents.

— Bon sang, ce que je regrette de ne pas l'avoir embarqué, hier !

— On était un peu perturbés, hier. Mais aujourd'hui on va se concentrer sur Donner et Lyons. Et pour commencer rendons visite à leurs femmes respectives.

16

Mercredi 24 février, 11 h 20

— Ce n'est pas grave, Callie, dit Eve en posant son plateau sur l'unique table libre du Deli.

Elle s'assit et cala son étui d'ordinateur entre ses pieds.

— Tu n'es pas responsable, ajouta-t-elle. J'aurais dû t'appeler pour te prévenir. Mais je n'ai pas pensé une seconde que ce type viendrait te solliciter.

Buckland avait encore frappé… Une Callie ulcérée était venue attendre Eve à la sortie de son cours de psychopathologie pour lui annoncer que Noah était marié.

— Dire que je lui ai fait confiance, gémit Callie. Mais tu comprends, quand il m'a dit que la femme de Webster s'appelait Susan…

Susan… C'était donc son nom… Mais Susan était morte dix ans plus tôt, d'après ce que lui avait dit Sal.

— Laisse tomber, dit-elle à Callie en lui tapotant gentiment la main. Donne-moi une seconde, il faut que j'envoie un texto à Noah pour lui dire que tout va bien.

— Je suis terrorisée à l'idée que ce type a osé lever la main sur toi. Tu envoies un texto ? Pourquoi ne pas appeler ?

Eve évitait les textos à cause de sa main.

— Il travaille. Je ne voudrais pas le déranger pendant qu'il interroge un témoin.

— Donne-moi ton téléphone. Je vais taper pour toi. Qu'est-ce que tu veux lui dire ?

— Euh… « Au Deli avec Callie. Accompagnée par un ex-lutteur appelé Jose. Surveillée par une armée de flics. En sécurité. Ne t'inquiète pas. »

Callie lui jeta un regard intrigué avant d'envoyer le message.

Puis elle fronça les sourcils.

— C'est quoi ce message que tu as reçu ce matin ? Ça venait de Buckland ?

— Oui.

Elle en tremblait encore.

— Il suit Noah depuis quelque temps et je suis souvent avec lui, c'est comme ça qu'il m'a repérée. Mais toi ? Comment a-t-il fait pour arriver jusqu'à toi ?

— Je l'ignore. Et je sens que je vais faire une piètre avocate. J'ai gobé tout ce qu'il m'a dit. Sans me poser la moindre question.

— Ne t'en veux pas. Il était question de ta meilleure amie, tu pouvais difficilement rester calme et détachée. Comment a-t-il pris contact avec toi ?

— Il m'a d'abord appelée sur mon portable, mais j'étais en cours et je n'ai pas répondu. Il m'avait laissé un message pour me demander si je te connaissais, mais je ne l'ai écouté qu'après l'avoir vu.

— Il s'est montré brutal ?

— Non. Il m'attendait à la sortie de mon cours. Il m'a collé sous le nez une photo du mariage de Noah en me disant que tu avais une liaison avec un homme marié. Je lui ai répondu que non, que tu n'avais de liaison avec personne, et sûrement pas avec un homme marié. Il m'a laissé sa carte et il est parti. C'est tout.

Eve se pencha vers Callie.

— Il avait donc ton numéro de portable, fit-elle remarquer.

Callie haussa les sourcils.

— Tu as raison… Qui a pu le lui donner ?

— Sans doute le jeune homme d'hier, intervint une voix derrière elles.

Elles se retournèrent pour voir qui parlait. C'était le barman avec lequel Eve avait échangé quelques mots la veille, au sujet du magazine *MSP*.

— De qui parlez-vous ? demanda Eve.

— Du petit avec les lunettes rondes, répondit le barman. Celui avec lequel vous vous disputiez avant que votre petit copain arrive.

Il sourit.

— Et vous embrasse devant tout le monde, ajouta-t-il.

Jeremy Lyons… Eve allait demander des précisions au barman, mais Callie intervint.

— Qui l'a embrassée ?

— L'un des flics de l'article de *MSP*, répondit le barman. Pas le beau mec de la couverture, un autre.

Callie afficha un grand sourire. Eve rougit.

— Peu importe, dit-elle sèchement. Quand nous sommes partis, le journaliste a parlé avec le jeune homme aux lunettes ?

— Oui. Et celui-ci ne s'est pas fait prier pour dégoiser. Il lui a dit que votre numéro de tourtereaux, c'était du bidon, et qu'il comptait le prouver. Qu'il suffisait de demander à votre meilleure amie.

Il se tourna vers Callie.

— Le journaliste lui a donné sa carte et il est parti.

— Parti où ? demanda Eve.

— Il est monté dans sa voiture et il a pris la même direction que vous.

Eve fronça les sourcils.

— Parce que vous nous avez suivis des yeux ?

— Ma petite, quand vous êtes sortis tous les deux, tout le monde vous a suivis des yeux.

Eve couvrit ses joues brûlantes de ses mains.

— Seigneur… Quelle honte…

— Mais non, assura Callie. C'est passionnant, au contraire. Qu'avez-vous vu d'intéressant, en la suivant des yeux ? demanda-t-elle au barman.

— Votre amie a quitté ce bar dans les bras du type du Hat Squad, répondit le barman d'un ton de conspirateur. Et le délicieux inspecteur Phelps les attendait dans la voiture. Ça m'a fait ma joie de la journée.

Il jeta un coup d'œil moqueur du côté d'Eve.

— Vous ne m'aviez pas dit que vous le connaissiez.

Eve haussa les épaules.

— Désolée. Mais de toute façon vous n'êtes pas son genre.

— Je m'en doutais. Quel gâchis… Bon, il faut que je retourne derrière le comptoir. Je suis venu vous parler parce que j'ai vu que vous étiez contrariée et que je voulais vous aider.

— Merci, dit Eve. Merci beaucoup.

Après le départ du barman, Callie se mit à boire son café à petites gorgées, en silence. Elle attendait visiblement des confidences.

Eve leva les yeux au ciel.

— Il fallait bien que Jeremy Lyons me lâche. Il pensait que je coopérais avec la police et les journalistes. J'ai voulu le détromper.

— Il s'agissait donc d'une ruse ! s'exclama Callie, qui

avait l'air de beaucoup s'amuser. Il ne t'a embrassée qu'une fois, juste pour tromper Lyons.

Eve baissa les yeux sur ses mains qu'elle ne cessait de triturer et Callie poussa un petit cri ravi.

— Il n'y a pas eu qu'un seul baiser ? demanda-t-elle.

Il n'y avait pas eu qu'un seul baiser et les lèvres d'Eve ne l'avaient pas oublié. Pas plus que son corps n'avait oublié la chaleur de celui de Noah.

— Non, murmura-t-elle.

Callie soupira.

— Et tu vas trouver une excuse pour m'expliquer que rien n'est possible entre vous. Une excuse stupide à laquelle tu vas t'accrocher comme les hommes s'accrochent à… A ces petits trucs ronds en latex.

Eve ne put s'empêcher de sourire.

— Tu parles des préservatifs ?

— Chut, fit Callie sans la moindre honte. Dis-moi au moins que tu lui as donné une chance.

— On croirait entendre parler David.

— Décidément, ce David est aussi intelligent que séduisant. Quelle est donc ton excuse, Eve ? Je serais curieuse de savoir comment tu as réussi à te convaincre que ça ne pouvait pas marcher avec Webster. Tu ne lui fais pas confiance ?

Eve haussa les épaules d'un air gêné.

— Je lui ai fait confiance au premier coup d'œil. C'est bien là le problème.

— En quoi est-ce un problème ? insista Callie d'un ton suprêmement agacé.

— C'est que… Normalement, je ne fais pas confiance. Surtout pas aux hommes comme lui.

— Aux hommes comme lui… Tu veux dire aux hommes séduisants ?

— Aux hommes qui paraissent fiables, avoua Eve. Je sais, c'est stupide.

— Peut-être que tu lui fais confiance simplement parce qu'il est l'homme de ta vie, suggéra Callie d'un ton radouci.

— Si tu savais comme j'aurais envie de le croire, murmura Eve.

Elle rougit en songeant de quoi elle avait eu vraiment envie la dernière fois qu'il l'avait embrassée.

— Mais ce serait de la folie…, acheva-t-elle.

— Et depuis quand serais-tu devenue raisonnable ? Il y a deux jours, tu voulais grimper sur ton toit.

— Il s'agissait d'un toit, pas de…

Pas de dévorer Noah à pleine bouche. Elle était en feu chaque fois qu'elle songeait à leurs baisers. Et elle avait accepté de dîner avec lui. *Qu'est-ce qui m'a pris ?*

— Changeons de conversation, gémit-elle.

— Pas d'accord, protesta Callie. Moi, ça m'excite de te voir dans cet état. Alors, c'était comment, de l'embrasser ?

Le téléphone d'Eve sonna et elle s'empressa de décrocher, ravie de cette interruption qui la dispensait de répondre.

— Noah, dit-elle en ignorant le sourire ravi de son amie. Que se passe-t-il ?

— Rien. J'ai reçu ton texto et je voulais m'assurer que tout allait bien de ton côté.

— Tout va bien. Noah… Buckland a pris contact avec Callie.

— Bon sang… Il l'a menacée ?

— Non. Il voulait lui soutirer des informations, mais il n'est pas allé jusqu'à la menacer. Il lui a dit que tu étais marié et que ta femme s'appelait Susan. Que j'entretenais avec toi une liaison adultère. Tout ça pour que Callie lui confirme que nous n'étions pas amants et que nous avions joué la comédie hier quand, quand… Tu vois de quoi je parle.

— Oui, je vois.

Sa voix se crispa.

— Tu avais raison. Ce type a quelque chose de personnel contre moi. Il a dû se donner du mal pour dénicher cette information.

— Tu finiras par savoir ce qu'il te veut, dit-elle posément.

— Probablement. Je voulais aussi te dire que tu n'as pas à t'inquiéter au sujet de Donner. Il m'a chargé de l'excuser auprès de toi.

Elle l'entendit claquer sa portière de voiture.

— Tu as demandé ta soirée à Sal, pour le dîner ? demanda-t-il.

— Non.

Elle jeta un coup d'œil du côté de Callie, qui la fixait avec une curiosité amusée.

— Mais je crois que je pourrai trouver quelqu'un pour me remplacer.

— Tu as besoin de quelqu'un pour te remplacer ce soir chez Sal's ? demanda Callie quand elle eut raccroché.

— Il m'invite à dîner.

— Je serai chez Sal's ce soir, affirma Callie sans la moindre hésitation. J'ai besoin d'argent, et toi d'une soirée romantique. Bien sûr, si tu ne veux pas y aller, je peux prendre ta place au dîner.

— Pas la peine, rétorqua sèchement Eve. Mais ton esprit de sacrifice me va droit au cœur. Dis donc, est-ce que le faux Buckland t'a donné une carte ?

— Oui. Je l'ai sur moi.

Elle ouvrit son sac à main.

— Ne la touche pas. J'ai jeté celle qu'il m'avait laissée. Je vais la porter à l'agent qui a enregistré ma plainte. Ils pourront peut-être tirer des empreintes de celle-ci.

Callie haussa les sourcils.

— Pourquoi ne pas la donner tout simplement à Noah.

— Il est un peu occupé, vois-tu, en ce moment.

Elle fouilla dans son sac à dos et en sortit une enveloppe vide.

— Enfile tes gants et mets cette carte là-dedans, dit-elle.

Callie obéit.

— Tu t'amuses, on dirait, commenta-t-elle avec un petit sourire.

— Un peu, avoua Eve. Je mène une vie trop sage depuis trop longtemps. Du moins dans le monde réel.

Elle rassembla ses affaires.

— Monde dans lequel il faut toujours se dépêcher. Je dois y aller.

Mercredi 24 février, 12 heures

— Jeremy Lyons a disparu ? demanda Abbott.

Noah se laissa tomber dans un fauteuil.

— Nous sommes passés chez lui. Sa femme était là. Il n'est pas rentré hier soir et elle ne l'a pas vu depuis hier matin. Il n'est pas passé chercher leur fille à la garderie hier et il n'a donné aucune nouvelle. Ni coup de fil, ni texto, ni mail. Rien. Elle dit que ce n'est pas son habitude.

— Elle nous a laissés fouiller la maison, ajouta Jack. Mais nous n'avons rien trouvé de suspect.

— Et Donner ?

— Je parierais sur Lyons plutôt que sur Donner, fit remarquer Jack. Donner n'est ni assez jeune ni assez costaud pour étrangler des femmes et les pendre.

— Et Lyons a disparu, murmura Abbott d'un air songeur. Vérifiez ses comptes. Voyez s'il n'a pas reçu récemment des versements louches.

— Tu penses qu'il aurait pu vendre la liste ? demanda Jack.

Puis il haussa les épaules.

— C'est possible, après tout.

— Toujours suivre la piste de l'argent, déclara Abbott d'un ton sentencieux. J'ai consulté hier les relevés de compte de Girard. Nous pourrons les comparer à ceux de Lyons. J'aimerais bien comprendre pourquoi le tueur a pris ce pauvre type pour cible.

On frappa légèrement à la porte du bureau d'Abbott et Faye passa sa tête dans l'entrebâillement.

— J'ai le rapport de police de l'affaire Millhouse, Noah.

— Merci, Faye, répondit Noah en parcourant les feuillets du rapport.

Il fronça les sourcils.

— C'est moi qui ai lu ce rapport, Jack, le soir où nous avons trouvé Martha. Je ne me souvenais pas du nom de la femme, mais je me souviens parfaitement du mot qu'elle avait laissé : « Que Dieu me pardonne pour le chagrin que je vais causer à ma famille et à mes amis. »

— Mais nous n'avions pourtant pas vu de rapport mentionnant des chaussures rouges ou une fenêtre ouverte.

— Quand la police est arrivée, la famille avait déjà dépendu Amy. Les hommes l'ont trouvée allongée sur son lit. Regarde la photo. Des vêtements décents et pas de maquillage.

— Ses yeux ? demanda Abbott.

— On ne parle pas de paupières collées, répondit Noah.

— Qui l'a trouvée ? demanda Jack.

— Sa mère.

— Allez l'interroger sur-le-champ, ordonna Abbott. Ensuite, vous rendrez visite à Girard.

— On se retrouve devant la maison de la mère d'Amy,

dit Jack à Noah. Ensuite, quand nous en aurons terminé avec elle, j'irai m'acheter un nouveau portable.

— Je croyais que c'était déjà fait.

Jack haussa une épaule.

— Je me suis arrêté à la boutique, mais il y avait trop de monde.

Noah le regarda s'éloigner en se demandant s'il finirait par redevenir normal. Puis il se retourna. Abbott posait sur lui un regard attendri.

— A toi de jouer, Web, dit-il seulement.

Mercredi 24 février, 12 h 20

En entrant dans le box d'Olivia, Eve la surprit les pieds — ou plutôt les bottes — sur son bureau. Olivia ressemblait tant à sa sœur Mia qu'Eve dut faire un effort pour se souvenir à qui elle s'adressait. Sur le plateau surchargé du bureau trônait le buste d'une déesse grecque, affublé du chapeau d'inspecteur d'Olivia, légèrement posé de travers, à la manière d'un béret.

— Salut, dit Eve.

Olivia leva les yeux et sourit en la reconnaissant.

— Evie. Pardon… Eve.

— Un vieil ami passe quelques jours chez moi et il m'appelle aussi Evie, je suis habituée. Tu te souviens de David Hunter, n'est-ce pas ?

— Il n'est pas de ceux qu'on oublie facilement, rétorqua Olivia d'un ton narquois. Nous étions tous les deux témoins au mariage de Mia.

— Oui, je m'en souviens. Vous avez remonté l'allée ensemble, c'était superbe.

Olivia sourit.

— Sans doute, mais toutes les filles me fusillaient du regard et je n'étais pas rassurée. David est donc en ville ?

— Il est venu pour réparer mon toit qui fuyait.

— Tu le salueras de ma part, dit Olivia en s'adossant à son fauteuil. Qu'est-ce qui t'amène ici ?

— Je venais voir l'agent Michaels, mais il s'est absenté et j'ai un cours dans une heure. Je ne peux pas l'attendre.

Elle lui raconta ce qui s'était passé la veille.

— Ce type t'a agressée ? s'exclama Olivia en fronçant ses sourcils blonds.

— Oui. Il a également rendu visite à mon amie, à qui il a laissé une carte de visite.

Elle sortit la carte de son sac, ainsi qu'une feuille de papier pliée.

— Il devrait y avoir ses empreintes sur la carte et sur cette photo qu'il m'a laissée hier, en me menaçant de la publier si je ne lui disais pas ce que je savais au sujet des meurtres en série.

Olivia déplia la page et tressaillit.

Puis elle soupira.

— Bon sang, Eve. Je suis désolée.

— Ce n'est pas grave. Je sais que c'est affreux, mais c'est vraiment à ça que je ressemblais. On devine toujours la cicatrice sur ma joue, en regardant bien.

— Je sais, dit Olivia en haussant les épaules d'un air gêné. J'ai déjà regardé.

— Je m'en doute, répondit Eve d'un ton ironique. Quand les gens me lorgnent, je m'en aperçois. Peu importe. Je suis venue pour te confier ces deux documents. Tu pourrais les passer aux experts, ils en tireront peut-être des empreintes.

Olivia eut un petit sourire en coin.

— Tu regardes trop de séries policières à la télé.

Eve lui rendit son sourire.

— Tu acceptes de t'en charger ?

— Bien sûr. Je vais les apporter à Micki Ridgewell et en informer l'agent Michaels. Et si ce sale type de Buckland revient à la charge, n'hésite pas à me prévenir.

Eve sourit de nouveau, d'un air las cette fois.

— Oui. Je t'ajoute sur ma liste de personnes à prévenir. Liste sur laquelle Noah figure en tête.

Olivia haussa un sourcil.

— A propos de Noah… Qu'est-ce qui se passe entre vous, exactement ?

— Je ne sais pas trop, murmura Eve.

Olivia hésita.

— Tu sais que Mia me demande de tes nouvelles chaque fois que je l'ai au téléphone.

— Le contraire m'aurait étonnée. Elle m'a ramassée dans la rue… Mais tu le savais, je suppose ?

— Non, je ne le savais pas. Elle ne me l'a jamais dit.

— Je vivais dans la rue. Mia n'était pas encore inspecteur. J'étais avec une bande de gamins de mon âge, quand quelqu'un a crié : « Les flics ! » Nous nous sommes éparpillés. Je suis tombée sur Mia et elle m'a embarquée dans sa voiture de patrouille.

Olivia sourit.

— Elle t'a arrêtée ?

— Non. Elle m'a passé un savon, puis elle m'a dit qu'elle allait me déposer dans un endroit où on m'apprendrait à marcher droit. Elle parlait du foyer d'accueil de Dana et Caroline, comme tu peux t'en douter.

— Je vois qu'en effet tu marches droit, à présent. Bravo.

— C'est elles que tu devrais féliciter. Qu'est-ce que tu réponds à Mia quand elle te demande de mes nouvelles ?

— Que je te vois régulièrement chez Sal's et que tu as l'air bien et en bonne santé. Mais elle veut aussi savoir si tu es heureuse, et je suis obligée de lui répondre que je l'ignore. Tu es heureuse ou pas ?

— La prochaine fois que tu l'as au téléphone, tu pourras lui dire que je ne suis pas malheureuse, murmura Eve.

Elle jeta un coup d'œil à sa montre.

— Je dois y aller, c'est bientôt l'heure de mon cours.

Elle allait partir, quand une liste de bars sur le bureau d'Olivia attira son attention.

— Tu cherches un bar pour organiser une fête ? Sal va être vexé.

— Nous pensons que la victime d'hier soir a rencontré le tueur dans un bar.

— Il s'agit sûrement d'un établissement qui ferme très tard. J'en connais quelques-uns. Quand je fais la fermeture chez Sal's, certains clients me réclament un dernier verre, comme s'ils ne devaient plus jamais voir d'alcool de leur vie. D'autres partent tranquillement en m'annonçant qu'ils vont finir la soirée ailleurs.

Elle parcourut la liste et lui indiqua quelques endroits.

— Merci, dit Olivia. Tu nous fais gagner du temps.

— Tant mieux. Bon, il faut vraiment que j'y aille, mon cours est à 13 heures. Ne dis pas à Noah que je suis passée. Je suis censée me déplacer avec une escorte, mais c'est insupportable.

— Web se fait du souci et c'est normal, rétorqua Olivia en reposant ses bottes sur le sol, dans un mouvement aussi puissant que gracieux. Je n'ai pas encore mangé. Je te suis jusqu'au Deli.

Mercredi 24 février, 13 h 5

— Merci de nous recevoir, madame Millhouse, dit Noah.

Geraldine Millhouse acquiesça d'un bref hochement de tête.

— Je suis toujours prête à collaborer avec la police.

Jack avait perdu, pour une fois, et c'était donc à lui de mener l'entretien. Il se racla la gorge.

— Madame, nous sommes venus vous parler de la mort de votre fille.

— Ma fille s'est suicidée. Que voulez-vous savoir de plus ?

— Nous avons quelques questions à vous poser, répondit Jack. D'après le rapport, elle s'est pendue, mais la police l'a trouvée allongée sur son lit. C'est vous qui l'avez descendue ?

Pendant quelques secondes, ils crurent qu'elle allait nier, mais elle acquiesça, de nouveau.

— Oui, dit-elle en poussant un soupir. Je ne pouvais pas supporter…

Sa voix se brisa.

— Je n'ai pas pu supporter de la voir comme ça.

— Justement, madame, nous avons besoin de savoir exactement ce que vous avez vu quand vous êtes entrée dans sa chambre. C'est important.

— Elle était pendue, vous le savez. J'ai coupé la corde et je l'ai installée sur son lit.

— L'avez-vous changée, madame Millhouse ? insista Jack.

Elle tressaillit.

— Non.

Elle se leva en tremblant.

— Partez, je vous prie.

Ils restèrent assis.

— Madame Millhouse, il faut nous dire la vérité, reprit Jack. Nous pensons que votre fille ne s'est peut-être pas suicidée.

Mme Millhouse se laissa retomber dans son fauteuil, pâle comme la mort.

— Qu'est-ce que vous racontez ?

— Avez-vous lu les journaux, ces derniers temps ? demanda gentiment Noah.

— Non. Mes yeux ne sont pas en très bon état.

Son dos et ses mains non plus. Noah avait déjà repéré des signes d'arthrose. Cette femme n'avait pas pu s'occuper seule du cadavre de sa fille.

— Il y a eu plusieurs meurtres de femmes, récemment, reprit Jack. Des meurtres maquillés en suicides. Je vous en prie, il faut nous dire la vérité. Nous avons besoin de savoir ce que vous avez trouvé quand vous êtes entrée dans la chambre de votre fille.

Mme Millhouse se couvrit le visage de ses mains et un sanglot étouffé lui échappa.

— Elle était pendue, habillée comme une prostituée. C'était insoutenable.

— Avez-vous appelé quelqu'un ? demanda Jack.

— Mon fils, Larry. Il est venu et s'est occupé de tout.

— Nous devons interroger Larry, madame, reprit Jack d'une voix douce. Où est-il en ce moment ?

— A son travail. Il est chimiste. Employé chez 3M.

Noah se retint de sursauter. La société 3M fabriquait de la colle. Il jeta un coup d'œil du côté de Jack et comprit à son expression que celui-ci pensait la même chose que lui.

Jack esquissa un sourire triste et encourageant.

— Madame, vous nous aideriez vraiment en nous suivant au bureau de police pour faire une déposition. Nous vous ramènerons chez vous quand ce sera terminé.

Elle acquiesça en tremblant.

— Je préviens mon fils et j'enfile mon manteau, murmura-t-elle.

Noah et Jack se levèrent en même temps qu'elle.

— Laissez-moi vous aider à enfiler votre manteau,

proposa Noah. Et donnez-moi le numéro de votre fils, je le préviendrai moi-même, si vous le permettez.

Mercredi 24 février, 13 h 10

Eve s'installa discrètement à l'une des places libres, tout au fond de l'amphithéâtre. Ce cours portait sur des questions d'éthique et faisait partie d'un séminaire mené par Donner. Elle craignait le pire. Noah lui avait dit que son professeur s'était excusé, mais tout de même…

Heureusement, Donner était encore plus en retard qu'elle. Cela lui arrivait régulièrement en ce moment. Parfois, il se montrait d'une humeur massacrante, sans que les étudiants sachent pourquoi. Il était lunatique et on le craignait. Autrefois, il avait été admiré et certains le considéraient même comme un ami. Mais ce n'était plus le cas.

Le portable d'Eve vibra. C'était Olivia.

— Je ne peux pas parler, murmura Eve. Je suis en cours.

— Je suis dehors, devant le bâtiment. Il faut que tu viennes tout de suite.

Le ventre d'Eve se noua.

— Noah ?

— Non. Loœy. Kurt Buckland. Il a disparu. Il faudrait que tu viennes pour une déposition. Je te suis, ou tu montes dans ma voiture, comme tu veux.

Eve avait déjà ramassé son étui d'ordinateur.

— J'arrive.

*
* *

Mercredi 24 février, 14 h 30

Pour la deuxième fois en vingt-quatre heures, il songea que la chance lui souriait. S'il était resté quelques minutes de plus chez Rachel, l'inspecteur Sutherland l'aurait arrêté. Et maintenant il arrivait juste à temps.

Il avait décidé de passer chez Eve avec l'intention de l'enlever et de l'emmener dans sa cave. Mais, quand il s'était engagé dans sa rue, il avait vu sa voiture qui démarrait. Il l'avait suivie, tout en se demandant si elle avait lu son texto et si elle avait peur.

Il espérait qu'elle avait peur, ou au moins qu'elle était en colère, car la colère rendait imprudent. Il n'aurait pas de mal à pousser sa voiture hors de la route pour l'obliger ensuite à grimper dans la sienne.

Ses amis de la police ne tarderaient pas à s'apercevoir de sa disparition, et ils remueraient ciel et terre pour la retrouver. Dommage pour eux, ils n'avaient pas de piste, pas un indice, rien. Parce qu'il ne laissait jamais rien derrière lui.

Mercredi 24 février, 15 heures

Jack arrêta sa voiture derrière celle de Noah, puis le rejoignit sur le trottoir, devant la maison de Girard.

— Tu as un nouveau téléphone ? demanda Noah.

Jack brandit un appareil flambant neuf.

— Oui, mais je n'ai pas eu le temps de manger.

— Je suis passé au Deli, dit Noah. En espérant que notre journaliste s'y montrerait.

— Et tu l'as vu ?

— Non. Mais je t'ai acheté un sandwich, au cas où tu n'aurais pas mangé.

Jack le regarda droit dans les yeux, pour la première fois depuis le début de la journée.

— Merci. J'apprécie le geste.

Il se tourna vers la maison des Girard.

— Je ne suis pas pressé d'y aller, murmura-t-il.

— Moi non plus, mais j'aimerais bien savoir ce que Girard vient faire dans notre histoire. Il n'a pas pu tuer Rachel, pas de doute. Je pense qu'il sera plus disposé à collaborer que sa femme.

— Qu'est-ce qui te fait dire ça ? demanda Jack en plissant les yeux.

— Je suis passé le voir dans sa cellule, hier. J'ai pensé que je lui devais des explications pour l'avoir tiré de son lit en pleine nuit. Je lui ai dit que la voiture de sa femme avait été vue près des lieux du crime et je lui ai demandé de réfléchir à qui pouvait bien lui en vouloir. J'aurais dû te le dire plus tôt, mais j'ai été pris dans un tourbillon.

Jack parut mécontent, mais il tâcha de ne pas le manifester.

— Je suppose que je devrais te remercier de me le dire maintenant.

Noah soupira.

— Jack…

— Laisse tomber. Nous n'avons pas beaucoup de temps. L'avion du fils Millhouse atterrit dans une heure.

Le patron de Millhouse avait accepté — avec réticence — de les renseigner. Larry Millhouse se trouvait en ce moment à trente mille pieds d'altitude et il ne pouvait ni leur échapper ni utiliser son téléphone.

Comme ils l'avaient prévu, Joan Girard ne fut pas ravie de les voir.

— Allez-vous-en, dit-elle posément en leur claquant la porte au nez.

Noah frappa de nouveau.

— Madame Girard, pourriez-vous dire à votre mari que nous sommes là ?

— Non ! hurla-t-elle à travers la porte. Allez-vous-en !

Jack s'apprêtait à faire demi-tour, mais Noah secoua la tête.

— Axel Girard va venir, je te dis.

En effet, la porte s'ouvrit au bout de quelques minutes et ils virent apparaître le visage défait et hagard d'Axel Girard.

— Entrez, dit calmement celui-ci.

Mme Girard était postée dans l'entrée, les bras croisés sur la poitrine. Elle demeura silencieuse, mais les fusilla du regard.

— Suivez-moi dans le salon, proposa Girard.

— Avez-vous rapporté à votre femme notre conversation d'hier soir ? demanda Noah. A propos de la dernière victime ?

Axel acquiesça.

— Je l'ai fait.

— Mon mari n'est pas coupable, murmura Joan d'un ton furieux. Mais vous l'avez embarqué en pleine nuit, menottes aux mains, devant nos enfants !

— Je suis désolé que vos enfants aient assisté à cette scène, répondit calmement Noah. Mais nous avons cinq cadavres sur les bras et nous cherchons toujours l'assassin. Vos voitures ont été repérées à deux reprises à proximité des scènes du crime. Je ne pense pas que votre mari soit l'assassin, madame, mais il faut bien qu'il y ait un rapport entre l'assassin et lui. Si vous savez quelque chose, il faut nous aider, avant qu'il fasse une autre victime.

— Nous avons réfléchi, mais nous ne voyons personne qui pourrait nous haïr au point de nous faire ça, soupira

Axel Girard d'un air abattu. Je me suis récemment disputé avec Mme Rickman au sujet de son chien qui entrait dans notre jardin, mais rien de plus.

— Vous avez des contacts avec l'université Marshall ? demanda Noah.

— J'y ai suivi quelques cours, répondit Joan. Mais pas longtemps. Pourquoi ?

— Et vous, monsieur Girard ? demanda Noah.

— Je ne suis jamais entré sur ce campus, répondit Axel Girard. Pourquoi ?

— Nous voulions aussi vous parler de ce soir, reprit Noah pour changer de sujet.

Axel plissa les yeux.

— C'est-à-dire ?

— Nous avons l'intention de surveiller votre maison.

Joan ouvrait la bouche pour protester. Noah l'arrêta net.

— Songez que cela vous fournirait un alibi en cas de problème. Hier, une voiture banalisée stationnait devant chez vous. Aujourd'hui, nous voudrions que les inspecteurs soient installés à l'intérieur.

— Des policiers chez nous ? demanda Joan d'un ton ulcéré. Dans notre maison ?

— Joan…, intervint son mari en posant ses mains sur les siennes. Si ça peut nous aider à nous débarrasser de cette histoire, laissons-les faire. C'est d'accord, inspecteurs. Autre chose ?

— Non, ce sera tout pour le moment, répondit Noah. Nous restons en contact.

Ils prirent congé des Girard. Il n'y avait plus rien à attendre d'eux.

Une fois dehors, Noah soupira.

— Je me doutais bien que ce ne serait pas facile d'établir un lien entre Girard et l'assassin.

— Moi aussi, murmura Jack en ouvrant la portière de sa voiture. Direction l'aéroport ?

— Oui. L'avion de Millhouse arrive à…

Il fut interrompu par son téléphone qui vibrait et fronça les sourcils en lisant l'indicatif de l'appelant — 708.

— Webster, dit-il.

— Webster, c'est David Hunter.

Au ton de la voix, Noah détecta qu'il se passait quelque chose d'anormal.

— Hunter, vous avez un problème ?

— J'ai déjà appelé le 911 et on m'envoie une ambulance, répondit Hunter. Une voiture, une SUV noire, m'a suivi, puis m'a obligé à quitter la route. Une Lincoln Navigator, il me semble, un modèle d'il y a deux ans. Je lui ai cassé un phare avant. J'ai ralenti, en croyant qu'elle voulait me dépasser, mais elle m'a poussé hors de la route au premier tournant. Je… J'ai fait un tonneau. Putain, ça fait mal…

— Vous pensez être gravement blessé ? demanda Noah.

— Ma tête a heurté le pare-brise. Je ne peux pas sortir de la voiture. La porte est blo… bloquée.

Noah frissonna.

— Vous êtes dans la voiture d'Eve, fit-il remarquer.

— Oui. Exactement. Il ne faut plus la lâcher d'une semelle, Noah.

— Je vais m'assurer qu'elle est bien en cours, comme prévu. Ensuite je passerai vous voir à l'hôpital.

— D'accord, approuva Hunter dont la voix faiblissait. Bon sang, ce que j'ai mal… Je crois que j'ai le bras cassé.

— Restez au téléphone avec mon partenaire pendant que je l'appelle. Et n'arrêtez pas de parler, Hunter.

Noah tendit son téléphone à Jack.

— Quelqu'un a fait sortir Hunter de la route, dit-il en tentant de contenir sa colère. Il conduisait la voiture d'Eve.

Quelqu'un a tenté de tuer Eve.

— Donne-moi ton téléphone, il faut que je l'appelle.

Ils échangèrent leurs téléphones et Noah composa le numéro d'Eve, mais il n'obtint qu'un répondeur. Si elle était en cours, elle avait dû éteindre son téléphone. Mais si elle avait un problème…

— Elle ne répond pas. Je file à l'université.

Jack hésita, puis il pressa le bras de Noah.

— Ne t'inquiète pas, lui dit-il. Et occupe-toi d'elle. Je t'appellerai dès que j'aurai vu Larry Millhouse.

— Merci, répondit Noah.

Il reprit son téléphone et continua à parler à Hunter, tout en roulant vers le campus et en priant pour y trouver Eve.

17

Mercredi 24 février, 15 h 10

— C'est ça, c'est bien lui, affirma Eve en fixant l'écran du portraitiste de la police.

— Je le fais circuler, dit Olivia en prenant l'exemplaire qui sortait déjà de l'imprimante.

— Votre croquis m'a grandement facilité la tâche, lui dit le portraitiste. Ça va nous donner un peu d'avance.

— A condition que Loœy soit toujours en vie, murmura Eve.

Elle frissonna en songeant au regard mauvais du faux Buckland quand il était entré chez Sal's. *Ç'aurait pu être moi, sa victime.*

L'agent Michaels avait trouvé du sang dans l'appartement du vrai Buckland. Il avait donc signalé une suspicion d'homicide et Olivia avait pris le relais.

Kane, le partenaire d'Olivia, s'occupait en ce moment de montrer la photo de Rachel Ward dans les bars qui ouvraient jusqu'à une heure tardive de la nuit. Eve savait que l'enquête sur les meurtres demeurait une priorité, mais elle se sentait tout de même soulagée qu'Olivia se charge de Kurt Buckland.

— Eve, appela Olivia qui revenait accompagnée d'un

vieil homme au teint terreux. Je te présente Jim Rosen, le patron du journal pour lequel travaille Kurt Buckland. Asseyons-nous, nous serons plus à l'aise pour parler.

— Je suis vraiment désolé, murmura Rosen. Nous n'étions pas au courant des agissements de cet homme.

— Vous avez accepté d'imprimer l'article sur le suicide de Martha dans le journal de lundi, fit remarquer Eve.

— Kurt m'a appelé dimanche. Il m'a assuré qu'il avait un tuyau… Qu'une femme s'était prétendument suicidée, mais que les flics fouillaient son appartement et qu'une voisine, une certaine Sarah Dwyer, lui avait assuré que la police avait laissé entendre qu'il s'agissait d'un meurtre.

— Mais ce papier ne mentionnait que la thèse du suicide, fit remarquer Eve. Et il ne faisait pas la première page.

— Le rédacteur de la section locale et moi-même avons jugé qu'il valait mieux s'en tenir au suicide tant que nous n'avions pas d'autres échos par la police. Ensuite, Kurt m'a envoyé des mails pour m'annoncer qu'il détenait des preuves pour deux autres victimes, Samantha Altman et Christy Lewis. Il avait parlé à leurs parents. Je connaissais Kurt depuis des années et j'avais confiance en lui. Je l'ai suivi.

— Il vous a apporté l'article ? demanda Olivia.

— Non. Il me l'a envoyé par internet. Mais, comme je vous l'ai dit, je le connaissais depuis longtemps et je n'avais aucune raison de me méfier.

— Lui avez-vous parlé depuis le meurtre de Martha Brisbane ?

— Non. Je le croyais à son bureau. Et le rédacteur de la section locale le croyait avec moi. Je n'arrive pas à y croire.

Il paraissait vraiment dévasté.

— Est-ce que Kurt est mort ?

— Nous enquêtons sur sa disparition, répondit seulement Olivia.

Elle prit le portrait-robot du faux Buckland.

— Avez-vous déjà vu cet homme ? demanda-t-elle.

Le téléphone d'Eve vibra dans sa poche, mais elle l'ignora. Elle était suspendue aux lèvres de Jim Rosen.

— Je ne crois pas, dit-il enfin. Je suis désolé.

— S'il vous appelle de nouveau, jouez le jeu, dit Olivia. Et ensuite, prévenez-moi.

— Je n'y manquerai pas.

Il se leva et jeta un regard désolé du côté d'Eve.

— J'ai cru comprendre que cet homme vous avait molestée la nuit dernière. Le Kurt Buckland que je connais n'aurait pas fait de mal à une mouche. De plus, notre journal ne tolère pas ce genre de tactiques.

— Merci, dit Eve. J'espère que l'on retrouvera M. Buckland sain et sauf.

Rosen acquiesça.

— Si vous voulez, nous pouvons publier ce portrait en première page, suggéra-t-il.

— Pas pour le moment, répondit Olivia. S'il sait que nous le cherchons, il risque de disparaître. Par contre, s'il pense que nous croyons encore au personnage de Buckland, il va prendre de l'assurance. Je vous tiens au courant.

Quand il fut parti, Eve scruta le visage d'Olivia.

— Buckland est mort, n'est-ce pas ?

— A en juger par la quantité de sang que nous avons trouvée dans son appartement, oui.

Eve frissonna.

— Je n'ai pas eu peur, chez Sal's, hier soir. Parce que je me sentais en sécurité, là-bas, entourée de policiers. Mais aujourd'hui c'est différent.

— Tant mieux. Je préfère que tu aies peur. Comme ça, tu ne te déplaceras plus seule. Et peu importe que ça t'agace d'être entourée d'une escorte. Compris ?

— Je n'ai même pas besoin que tu me le dises, crois-moi. Vous avez pu tirer des empreintes de la carte de visite et de la photo ?

— Pas encore. J'ai demandé à Micki d'envoyer des gars du labo chez Sal's pour relever des empreintes sur le comptoir. On ne sait jamais.

— Inutile. J'ai nettoyé le comptoir hier, comme chaque soir.

Elle se raidit. Son téléphone venait de vibrer de nouveau. Cette fois, elle le sortit de sa poche.

— C'est Noah, dit-elle.

— Réponds, conseilla Olivia.

— Allô, dit Eve en s'efforçant de mettre une note gaie dans sa voix. Je vais bien, ne t'inquiète pas.

Puis elle se tut et Olivia la vit se décomposer.

— Où l'ont-ils emmené ? demanda-t-elle enfin.

— A l'hôpital Northwest General, répondit Noah. J'ai parlé aux infirmiers qui se sont occupés de lui. Son état est stable, mais il a pris un sérieux coup sur la tête. Eve… Il conduisait ta voiture.

Eve inspira, mais l'air resta bloqué dans ses poumons. *Respire…*

— Je viens d'y penser. Noah, je suis avec Olivia. Ils pensent que le vrai Kurt Buckland est mort. Ils ont trouvé du sang chez lui. Beaucoup de sang.

Sa voix se mit à trembler.

— Noah, il a tué Buckland. Et il vient de tenter de me tuer.

— Passe-moi Olivia, ordonna Noah d'un ton fiévreux.

Elle tendit le téléphone à Olivia. Sans un mot. Son pouls se mit à battre si fort que la voix d'Olivia ne lui parvenait plus que de très loin.

— C'était moi qu'on visait, lui murmura-t-elle.

Olivia lui pressa le bras.

— Je sais. Mets ton manteau. Je te conduis à l'hôpital.

Mercredi 24 février, 15 h 45

Il avait garé sa SUV et il était assis derrière le volant, à tambouriner nerveusement des deux mains. Il allait devoir faire réparer son phare avant. D'urgence.

Il avait raté son coup. Ce n'était pas Eve Wilson qui conduisait la voiture, mais Hunter. Il ne s'en était aperçu qu'une fois arrivé à sa hauteur. Cela l'avait tellement surpris qu'il avait sursauté et que le volant avait failli lui échapper des mains, juste au moment où il amorçait son tête-à-queue.

La petite voiture était tout de même sortie de la route et avait fait un tonneau. Un seul, au ralenti. Le seul point positif de cette minable intervention, c'était qu'on ne risquait pas de l'identifier. Sa SUV était équipée de vitres teintées et Hunter n'avait pu voir son visage.

Mais atteindre Eve allait devenir extrêmement compliqué. La police ne la quitterait plus des yeux. Il lui faudrait se rabattre sur une méthode plus radicale, une méthode dont l'efficacité n'était plus à prouver.

Il allait tout simplement lui tirer dessus.

Webster n'apprécierait pas. A en croire la rumeur, il se passait quelque chose de sérieux entre ces deux-là. Le bel inspecteur voudrait sûrement se venger. Pas grave. Lui aussi aurait droit à une balle, si nécessaire.

Mais tout ça viendrait après la sixième et dernière victime, celle qui devait brouiller les pistes, celle qui ne respecterait aucune des règles du jeu.

*
* *

Mercredi 24 février, 15 h 45

Olivia et Eve suivirent l'infirmière. Elle les mena jusqu'à une petite chambre. David Hunter était allongé, le visage tuméfié, un œil enflé, un large pansement autour de la tête. L'un de ses bras était immobilisé par une attelle. A part ça, il avait l'air en un seul morceau.

Olivia soupira de soulagement. Derrière elle, Eve en fit autant. Olivia ne put s'empêcher de constater qu'elle tenait remarquablement bien le coup. *Mieux que je ne l'aurais fait à sa place.*

— Tu vois, murmura-t-elle avec une voix dont le calme était seulement feint. Je t'avais dit qu'il n'aurait rien.

— Il est conscient ? demanda Eve à l'infirmière.

— Oui, je suis conscient, répondit David.

Il ouvrit un œil, celui qui n'était pas gonflé.

— Trop de lumière…, se plaignit-il.

Eve se cramponna à la rambarde du lit.

— Qu'est-ce que tu as, exactement ?

— Des bleus, des coupures, une fracture au bras. Ils sont en train d'examiner mes radios du cou et de la colonne, mais pour l'instant je n'ai apparemment rien d'autre.

Il aperçut Olivia derrière Eve et son unique paupière battit d'étonnement.

— Olivia…, murmura-t-il.

Elle avança d'un pas, avec un sourire amical.

— Ça fait longtemps, dit-elle.

— Comment vas-tu ? demanda-t-il posément.

Le cœur d'Olivia se serra lentement, comme le jour où elle l'avait vu pour la première fois.

— Toujours pareil. Tu ne peux pas en dire autant… Je t'ai déjà vu en meilleure forme. La dernière fois, tu portais une queue-de-pie avec un œillet à la boutonnière, et toutes les filles de l'église se pâmaient en te regardant.

— Tu ne m'as pas vu le lendemain matin ! ricana-t-il. Je crois que j'avais autant mal au crâne qu'aujourd'hui. Et je devais avoir une sale tête.

— Tu avais bu trop de champagne, il me semble.

Le regard de David s'assombrit et elle se demanda s'il se souvenait de ce qu'il avait fait et dit ce soir-là.

— Mais tu ne devrais pas t'inquiéter à propos de la sale tête, tu avais de la marge…

— Merci, dit-il.

Puis il se tourna vers Eve.

— C'est elle qui t'a accompagnée ?

Eve acquiesça.

— Elle m'a accompagnée et réconfortée. Tu m'as fait une de ces peurs ! J'étais terrifiée.

— Heureusement que c'était moi au volant. Pas toi.

— C'est ça, oui…

Elle aurait voulu plaisanter, mais le ton resta lugubre.

— J'oubliais que tu es M. Mario Andretti, grand coureur automobile dans le monde virtuel. Tu me fais penser aux gamins qui jouent à Super Mario.

Il parut gêné.

— J'ai couru aussi dans le monde réel, protesta-t-il.

— Oui, quand tu tenais encore ton garage, fit paisiblement remarquer Olivia.

Avant que tu n'abandonnes tout pour devenir pompier.

Il eut l'air surpris, et sans doute comprit-il, cette fois, qu'elle se souvenait de tout ce qu'il lui avait confié ce soir-là…

— Déjà, à l'époque, tu trafiquais des voitures pour les rendre plus nerveuses.

— Le champagne m'avait délié la langue, apparemment, fit-il remarquer d'un ton bourru. Je suppose que je dois être soulagé que tu n'aies pas signalé à tes collègues que je dépassais régulièrement les limitations de vitesse.

Il ferma les yeux.

— Tu te rends compte que c'est toi qui étais visée, Evie…

— Oui, murmura Eve. Je…

— Si tu me dis que tu es désolée, je te botterai les fesses dès que je serai capable de me lever. Qu'est-ce que Webster compte faire pour coincer ce salaud ?

— Ce n'est pas Webster qui est chargé de l'affaire, intervint Olivia. C'est moi.

David ouvrit de nouveau son œil.

— Très bien. Que comptes-tu donc faire pour coincer ce salaud ?

— Je vais commencer par tenter de comprendre son mobile. Pourquoi Eve ? Pourquoi maintenant ?

— C'est Noah qu'il veut atteindre, à travers moi, fit remarquer Eve.

— En admettant que vous ayez raison, ça ne me dit pas pourquoi il voudrait atteindre Noah, marmonna Olivia.

Elle n'avait pas l'air convaincue.

— Tu n'y crois pas, fit remarquer David. Tu ne crois pas qu'il s'intéresse à Eve uniquement à cause de Noah.

— Avec ce qui vient de se passer, non, j'avoue que j'ai un peu de mal. De plus, Buckland a disparu. Le type qui a molesté Eve hier n'est pas un journaliste. Nous pensons qu'il a agressé Buckland. Peut-être même qu'il l'a tué.

David devint encore plus pâle qu'il ne l'était déjà.

— Seigneur…, murmura-t-il.

— Nous allons protéger Eve et il ne lui arrivera rien, assura Olivia. Mais je ne voulais pas te mentir.

— Merci, répondit-il.

Il contempla fixement Eve.

— Tu ne vas plus nulle part sans être accompagnée. Pas même aux toilettes. C'est compris ?

— Je ferai tout ce qu'ils me demandent. Je te le promets.

Elle écarta timidement quelques mèches de cheveux de son front.

— Je vais appeler ta mère pour la prévenir, dit-elle.

— Pas question, protesta David. Ce serait mettre toute la famille en ébullition pour rien. Ils vont tout laisser tomber pour se précipiter ici. Ce sera comme à Chicago. Pire, même, parce que sans les Cubs.

Eve hésita, puis elle acquiesça à regret.

— Très bien. Les médecins assurent que tu vas t'en sortir sans la moindre séquelle, je m'abstiendrai donc de prévenir ta mère. J'ai déjà prévenu Tom, mais je n'ai obtenu que son répondeur. J'essayerai tout de même de le joindre à nouveau.

— Merci. Tu n'as pas l'intention d'aller travailler ce soir, j'espère ?

— Non. Callie prend mon service. Je… J'ai des projets.

David plissa les yeux d'un air méfiant, puis son expression changea.

Olivia regarda par-dessus son épaule. Noah était là et, avec lui, la pièce parut aussitôt plus exiguë. En le voyant, elle ne douta plus une seconde de ses sentiments pour Eve. Le pauvre en pinçait drôlement pour elle.

— Je voudrais m'entretenir quelques instants avec David, lui dit-elle. Tu pourrais emmener Eve boire une tasse de café ?

— Bien entendu, répondit Noah en prenant tendrement Eve par les épaules.

Elle se laissa aller contre lui sans protester.

— Je reviens, David.

Olivia attendit qu'ils sortent, puis elle approcha une chaise du lit de David et sortit son calepin.

— Très bien. Tu vas me dire ce qui s'est passé. Tout ce dont tu te souviens.

David eut l'air abattu.

— Pas grand-chose, malheureusement. J'avais pris la voiture d'Eve pour la tester. Le moteur avait besoin de quelques réglages. Hank passait à la radio et je chantais à tue-tête.

Elle fit la moue.

— En effet, quand c'est Hank qui passe, il vaut mieux chanter. Ensuite ?

— Je roulais très vite et la route n'était pas à double voie. Cette SUV noire me collait au train et j'ai cru qu'elle voulait me dépasser. Seulement, arrivé à ma hauteur, le conducteur a donné un coup de volant. Un seul.

— Tu as eu le temps de voir les plaques d'immatriculation ?

— Non. Mon aile arrière gauche l'a heurté à l'avant, à droite. Je lui ai cassé un phare. Je suis tombé dans un fossé, j'ai fait un tonneau, j'ai terminé sur le toit. Je veux qu'Eve soit protégée vingt-quatre heures sur vingt-quatre.

— J'y veillerai. Tu as ma parole.

— J'ai confiance en toi. Je… Je suis content que tu sois chargée de cette enquête. Merci.

La main de David était posée bien à plat sur le lit, tout près d'elle, et elle fut tentée de la caresser. De caresser ce visage auquel les femmes ne pouvaient pas résister. Puis elle se souvint de ce qu'il avait dit le soir du mariage de Mia… Il aimait Dana depuis toujours. La seule femme qui avait su retenir son attention était aussi la seule qui n'avait pas succombé à son charme.

Olivia avait de l'amour-propre. Elle conserva ses distances.

— Nous prendrons soin d'Eve, déclara-t-elle d'un ton un peu brusque. Je laisse mon numéro à ton infirmière. Appelle si tu te souviens de quoi que ce soit.

Elle s'était levée pour partir quand il la retint.

— Olivia, attends… Je voudrais te dire quelque chose.

Quand Noah était entré dans la chambre de David, Eve n'avait pas eu besoin de se retourner pour savoir qu'il était là. Elle avait senti sur elle le poids de son regard, comme quand il venait chez Sal's. Une fois dans le couloir, elle se tourna vers lui et glissa ses mains sous son manteau. Il referma ses bras sur elle et la tint contre lui, sans rien dire.

Elle se laissa aller, la joue contre son torse, tandis qu'il posait la sienne sur son crâne. *Voilà ce qui me manquait… Ce qu'ont trouvé Caroline, Dana et Mia. Les bras d'un homme. Pour se reposer. Pour être protégées. Pour ne plus être seules au monde.*

Elle se rendit compte qu'elle aurait bien voulu qu'il soit là pour toujours et s'autorisa à espérer. Pour la première fois.

— Quand j'ai vu que tu ne répondais pas au téléphone, j'ai eu la peur de ma vie, murmura-t-il. Ne me fais plus jamais ça.

En ce moment, elle était plutôt agacée qu'on ne cesse de s'inquiéter à son sujet. Mais la tendre sollicitude de Noah lui fit l'effet d'un bon feu par une glaciale soirée d'hiver.

— Je ne voulais pas t'effrayer, dit-elle. J'étais en train de parler avec l'employeur du vrai Buckland et je n'ai même pas sorti mon téléphone.

— Je sais. Olivia me l'a dit.

Elle se pressa un peu plus fort contre lui.

— Pourquoi te hait-il à ce point ? Et qu'avait-il contre

Looey ? Seigneur, Noah, ce pauvre Looey est probablement mort…

— Je sais, murmura-t-il. Nous trouverons ce salaud. Mais en attendant je ne te quitte pas d'une semelle.

— Entendu.

Elle resta dans ses bras, jusqu'à ce qu'Olivia les rejoigne et se racle discrètement la gorge pour signaler sa présence.

— Il veut te parler, Noah, dit-elle. Viens, Eve. Nous irons boire ce café toutes les deux.

Noah s'appuya à la rambarde du lit.

— Vous n'avez pas l'air trop mal en point, fit-il remarquer à Hunter. Ç'aurait pu être pire.

Hunter était toujours allongé. Il avait fermé les yeux.

— Si Eve avait été au volant, elle serait morte. Avec sa main handicapée, elle n'aurait pas eu assez de force pour redresser le volant.

Noah laissa échapper un soupir.

— Je sais. Mais Olivia s'occupe de l'affaire et c'est un excellent flic.

— La nuit dernière, j'ai demandé à Eve si quelqu'un avait pensé à faire le rapprochement entre ce type et les meurtres. Elle m'a dit que oui.

— Tout le monde fait le rapprochement. Je le fais et Olivia aussi. Nous savons que nous devons coopérer.

— J'ai du nouveau pour vous. Je viens d'en parler à Olivia. Lundi soir, quand vous êtes passé, j'avais placé des caméras de surveillance.

— Oui, ces trucs roses pour surveiller les bébés à distance, je me souviens.

— J'ai laissé croire à Eve que c'était à cause de l'enquête. Mais j'avais une autre raison. Je n'ai pas voulu lui en parler pour ne pas l'inquiéter. Elle vous a dit qu'elle avait des problèmes avec son propriétaire ?

— Elle m'a dit que son toit fuyait.

— Il laisse cette maison se transformer en passoire. Et il y a pire. Je suis monté sur le toit pour évaluer les dégâts. Les fuites ne sont pas de simples fuites. Quelqu'un a percé des trous. Volontairement.

Noah le regarda fixement.

— Vous croyez que le propriétaire d'Eve pourrait être l'homme que nous cherchons ?

— Bon sang, non, je n'ai pas dit ça, mais… ça paraît tellement dingue que j'ose à peine mentionner mes soupçons.

— Vous avez bien fait de m'en parler, assura Noah. Olivia et moi, nous allons nous intéresser à lui. On ne sait jamais.

— Olivia m'a assuré qu'Eve serait désormais protégée jour et nuit par la police.

Noah se souvint de la terreur qui l'avait submergé quand Eve n'avait pas répondu au téléphone.

— Oui, dit-il, elle sera protégée.

Par moi.

Hunter ouvrit son œil valide pour fixer Noah.

— Par vous ou par quelqu'un d'autre ?

— Par quelqu'un d'autre si elle le demande. Sinon, par moi.

— Très bien. Je lui ai dit de vous laisser une chance, mais après tout, c'est à elle de décider. Je ne voudrais pas qu'elle…

Il se figea.

— Qu'est-ce que c'est que cette bague ?

Noah baissa les yeux vers sa main droite qui agrippait la rambarde.

— Ma bague d'étudiant, pourquoi ?

— Je n'ai pas vu le visage de mon agresseur, à cause

des vitres teintées, mais j'ai vu ses mains sur le volant, à travers le pare-brise.

Le pouls de Noah fit une embardée. *Enfin, un indice…*

— Et il portait une bague comme la mienne, c'est ça ?

— Oui, répondit Hunter d'un ton grave. Une bague absolument identique.

— Ce n'est pas un bijou très original, mais c'est tout de même un début. Je vais en parler à Olivia. On verra bien où ça nous mène.

Une infirmière entra.

— Pardon, inspecteur, mais je dois accompagner ce patient pour un scanner. Vous pouvez vous installer dans la salle d'attente.

— Très bien, répondit Noah.

Il se pencha vers David.

— Ne vous inquiétez pas. Avec moi, elle ne risquera rien.

Eve tendit un gobelet de café à Noah qui venait de les rejoindre.

— J'ai rajouté du sucre. Je suppose que ça ne suffira pas pour toi, mais on ne pourra pas tirer mieux de cette machine.

— Merci, dit-il. Venez, trouvons un endroit pour discuter tranquillement tous les trois.

Ils allèrent s'installer dans un coin de la salle d'attente.

— Eve, commença aussitôt Olivia. Je sais que tu es persuadée qu'il ne s'intéresse à toi que pour atteindre Noah, mais nous devons tout de même envisager la possibilité que tu sois sa cible principale.

— Tu peux l'envisager tant que tu veux, mais tu te trompes, rétorqua Eve.

— Nous tenons tout de même à ce que tu dresses une

liste de tous ceux qui pourraient t'en vouloir, à commencer par ton propriétaire, insista Noah.

Eve fit les yeux ronds.

— Myron Daulton ? Tu plaisantes… Si c'est David qui t'a mis ça en tête, c'est qu'il est plus atteint que nous ne le pensons.

— Tu empêches Daulton de vendre sa maison et de conclure une affaire juteuse, commenta posément Noah.

— Je sais, mais…

Elle soupira.

— Très bien. Vous aurez votre liste. Mais le type qui se fait passer pour Buckland n'est pas Daulton ; ça, je peux déjà vous le dire. Myron a la cinquantaine et il ressemble à Homer Simpson. Et les empreintes sur la carte de visite ?

— Nous avons relevé des empreintes sur la carte de visite et sur la vieille photo que tu nous as confiées. Elles correspondent à celles que nous avons trouvées chez Looey, mais elles ne sont pas répertoriées dans nos fichiers.

Noah haussa un sourcil amusé.

— Je vois que tu n'as pas chômé, aujourd'hui, fit-il remarquer à Eve.

— C'est vrai, répondit-elle. Je voudrais vraiment comprendre pourquoi ce type a usurpé l'identité de Looey et s'il a quelque chose de personnel contre toi. Qu'est-ce que tu as bien pu lui faire ? J'ai déjà vu un tueur qui cherchait à se venger, et celui-là, crois-moi, m'a fait l'effet de quelqu'un qui avait des comptes à régler. Il veut te faire payer quelque chose.

— Tu devrais jeter un coup d'œil avec Jack sur vos vieilles affaires, suggéra Olivia.

— S'il s'agissait de quelqu'un que nous avons arrêté, nous aurions ses empreintes dans notre base de données.

— Pas s'il était mineur, rétorqua Eve. Et pas s'il venge quelqu'un d'autre.

Olivia et Noah échangèrent un regard amusé.

— Tu veux prendre mon poste, Eve ? demanda Olivia.

Eve sourit tristement.

— Ça me plairait. Mais avec ma main je ne risque pas.

Olivia lui tapota gentiment le genou.

— Ce n'est pas aussi bien qu'on le dit. Et on n'a pas le temps de s'occuper de ses démons intérieurs, puisqu'on est toujours en train d'essayer de comprendre ceux des autres.

Elle se tourna vers Noah.

— Il est presque 17 heures, l'heure de notre réunion. Que fait-on d'Eve ?

— Elle nous accompagne.

— Pas question, protesta Eve. Je ne vais nulle part. Je reste ici avec David.

— Les médecins ne te permettront pas de rester dans sa chambre, fit remarquer Noah. Il va être sous surveillance médicale toute la nuit, et ils te demanderont de partir. De plus, je te rappelle que tu dînes avec moi.

Callie…

— Et mon amie, Callie ? demanda-t-elle en tentant de maîtriser son angoisse. Il a réussi à se procurer son téléphone portable. Il sait peut-être où elle habite.

Olivia fronça les sourcils.

— Comment s'y est-il pris, pour avoir son numéro de portable ?

— Il est passé par Jeremy Lyons. Jeremy n'a pas cru une seconde que je sortais avec Noah et il a donné les coordonnées de Callie à Buckland. Pour que celui-ci aille l'interroger au sujet de notre faux couple.

— Et où est Callie en ce moment ? demanda Olivia.

— Chez Sal's. Elle a pris mon service.

Olivia acquiesça.

— Elle ne risque rien. Je vais prévenir pour qu'on retienne ce type chez Sal's s'il a le culot de s'y montrer, et aussi pour que des hommes raccompagnent Callie à la fin de la soirée. Quant à toi, on veut bien te laisser ici, si tu jures de ne pas quitter cette salle d'attente. On déposera une copie du portrait-robot du faux Buckland à la sécurité de l'hôpital.

— Je ne bougerai pas, promit Eve. Je ne suis pas complètement stupide.

Mercredi 24 février, 16 h 55

— Tout va bien pour Eve ? demanda Jack quand Noah s'installa près de lui autour de la table ronde du bureau d'Abbott.

Il était 17 heures et tout le monde était déjà en place, sauf Ian, qui n'avait pas terminé l'autopsie de Rachel.

— Oui. Au moment où je tentais de la joindre, elle était en train d'établir un portrait-robot du type qui usurpe l'identité de Kurt Buckland.

Jack ouvrit des yeux étonnés.

— Quelqu'un usurpe l'identité de Buckland ? Et c'est maintenant que tu me le dis ?

Noah soupira. Il était persuadé d'en avoir déjà parlé à Jack. Il était tellement lessivé qu'il ne savait plus ce qu'il faisait.

— Je suis désolé, Jack…, dit-il. Nous n'avons pas eu le temps de parler aujourd'hui, d'autant plus que nous avons dû nous séparer.

Abbott se racla la gorge et se poussa pour faire une place à Olivia.

— Nous sommes là pour partager les informations,

dit-il en jetant un regard noir du côté de Jack et Noah. C'est aussi à ça que sert une réunion. Du nouveau sur la dernière scène de crime ?

— Nous avons la composition des deux accélérateurs de feu qu'il a utilisés, commença Micki. Bien entendu, comme vous vous en doutez, ce sont des produits communs qu'on peut se procurer n'importe où. Impossible de remonter jusqu'à lui avec ça. Après quatre scènes de crime, si l'on compte Samantha, nous n'avons toujours rien qui permette de confondre ce type. Pas un cheveu, pas une empreinte, pas un poil.

— Il doit se raser entièrement, fit remarquer Carleton. C'est un réflexe classique chez les tueurs en série. Ils savent comment faire pour ne pas laisser de traces.

— Nous sommes ravis d'apprendre qu'ils sont intelligents, déclara Abbott d'un ton sarcastique. Et Rachel Ward ? Savons-nous où elle a rencontré le tueur ?

— Au Last Call Bar, répondit Kane. Remercions au passage Eve, qui nous a signalé les bars ouverts tard dans la nuit, ce qui nous a fait gagner un temps précieux.

Carleton se tourna vers Kane.

— Rachel Ward était une habituée de ce bar ?

— Non. Le barman ne l'avait jamais vue avant hier soir. Elle a attendu un homme qui n'est pas venu et s'est soûlée. Ensuite, il a gardé ses clés de voiture et lui a appelé un taxi. Mais elle ne l'a jamais pris. Je me suis renseigné auprès de la compagnie de taxis. Quand la voiture est arrivée, Rachel avait déjà filé.

— Des caméras de sécurité ? demanda Abbott.

— Hors d'usage, probablement depuis longtemps, répondit Kane. Rien à attendre de ce côté-là. Je compte y retourner ce soir et interroger les clients, pour voir si quelqu'un n'aurait pas remarqué une voiture qui stationnait dans le parking avec un homme au volant.

— Tu peux toujours essayer, soupira Abbott. Bon, soyons clairs, parce que je dois faire un compte rendu détaillé à nos supérieurs dans la soirée et que je ne voudrais pas leur raconter de bêtises. Les experts n'ont rien tiré des scènes de crime. La femme de Donner lui a fourni un alibi, et nous avons fourni un alibi à Girard. A part Jeremy Lyons qui a disparu, tout le monde a un alibi solide, y compris le frère d'Amy Millhouse, la dernière victime, ou plutôt la première.

— Je croyais que vous aviez vérifié tous les rapports concernant les récents suicides ? s'étonna Carleton.

— Nous l'avons fait, répondit Noah. Si nous ne nous sommes pas intéressés à Amy, c'est parce que son frère l'avait allongée sur un lit, démaquillée, changée.

— Tu as embarqué ce frère, Jack ? demanda Olivia.

Jack acquiesça.

— Il est dans la salle d'interrogatoire numéro quatre avec son avocat. Il revient tout juste d'un voyage d'affaires à Chicago. Mais j'ai pensé qu'il avait pu faire l'aller-retour entre ici et Chicago, pour donner le change.

— Pas mal, approuva Carleton. Et tout à fait dans l'esprit de ce que pourrait faire notre tueur. Et donc ?

Jack soupira.

— Millhouse a quitté son hôtel à 7 heures ce matin pour assister à une réunion qui a duré jusqu'à 8 heures, et ensuite il a pris l'avion. Il n'a pas pu être à Chicago à 7 heures, ni même à 8, en partant d'ici après le meurtre de Rachel. Sa société fabrique de la colle, mais il n'est pas notre assassin.

— Il a parlé de l'addiction d'Amy à *Shadowland* ? demanda Noah.

— Non. Il n'a pas dit un mot. Il a appelé son avocat.

Abbott fit la moue.

— D'après Ramsey, on pourrait l'accuser d'avoir maquillé la scène du crime, mais on ne le fera pas. Je propose de l'interroger, puis de le libérer.

— Et l'appartement d'Amy ? demanda Noah.

Jack secoua la tête.

— Il a déjà été reloué. Nous ne trouverons rien. Le gérant l'a fait entièrement rénover, y compris les peintures et la moquette. C'est un quartier chic.

— Est-ce que nous savons à quoi ressemblait la scène du crime avant l'intervention du frère ? demanda Micki.

— Nous savons seulement ce que nous en a dit la mère, c'est-à-dire qu'Amy était habillée comme une prostituée. Ian doit nous appeler pour nous lire le rapport d'autopsie. Amy a été incinérée, nous ne pouvons plus l'exhumer.

— Tant mieux, murmura Noah.

— Je suis de ton avis, acquiesça Jack.

— Nous avons une bonne nouvelle, déclara Abbott avec une expression qui démentait ses paroles. Les relevés bancaires de Girard mentionnent une carte de crédit qui lui aurait été envoyée il y a deux mois à une boîte postale, dans Saint Paul.

— C'est un peu gros, fit remarquer Noah. Ça me fait penser à sa voiture stationnant dans un parking surveillé le soir où Christy Lewis est morte. Trop facile.

— Tu ne te trompes pas, répondit Kane. J'ai réclamé un mandat pour cette boîte postale, mais elle était vide. Tout le courrier était renvoyé sur une autre boîte, puis de cette autre vers une troisième.

Abbott désigna la fenêtre du doigt.

— Une troisième en face de chez nous, juste de l'autre côté de la rue ; on voit l'enseigne d'ici.

— Celle-ci était pleine, poursuivit Kane. De publicités, surtout. Mais la carte de crédit s'y trouvait.

— Et personne ne s'en était servi, conclut Abbott.

— Il a monté tout ça pour nous occuper, dit Olivia.

— Tu ne crois pas si bien dire, grommela Kane en secouant la tête. J'ai parcouru la ville tout l'après-midi pour mettre la main sur cette carte, et ça m'a empêché d'interroger les collègues de Rachel Ward.

— Et en quoi est-ce une bonne nouvelle ? demanda Micki.

— Ça correspond au profil que nous avons établi jusque-là, intervint Carleton. Cet homme s'amuse avec nous. Et il n'a pas fait un seul faux pas.

— Pour le moment, intervint Noah.

— Pour le moment, répéta Carleton. Cet homme, car c'est probablement un homme, a un besoin maladif de dominer et de contrôler. Les indices que vous trouvez sont ceux qu'il laisse volontairement derrière lui : la robe, les chaussures, la mise en scène. Pas de cheveux, pas de poils, pas de fibres de vêtements. Il sait ce que vous cherchez, il connaît les techniques que vous employez.

— Il a peut-être trop regardé la télévision, grommela Jack.

— Peut-être, admit Carleton. Mais on peut envisager une autre possibilité.

Abbott s'adossa à son fauteuil d'un air contrarié.

— Tu penses qu'il pourrait s'agir d'un flic ?

— Peut-être, reprit Carleton. Le besoin de dominer et de contrôler est fréquent dans la police… Sans vouloir vous offenser, ajouta-t-il précipitamment en voyant tout le monde se renfrogner. Je détecte aussi dans ses agissements un certain mépris pour les femmes et une bonne dose de cruauté. Deux éléments qui témoignent encore en faveur de son désir de domination.

— Pourquoi mépriserait-il les femmes ? demanda

Abbott. Est-ce qu'il faut chercher du côté de sa mère, ou un truc dans le genre ?

— Tous les hommes qui haïssent les femmes n'ont pas haï leur mère, Bruce, fit remarquer Carleton. Il est possible que ce mépris soit la conséquence d'une relation affective pauvre avec la mère. Ou bien de maltraitances ou de sévices sexuels. Etant donné ce qu'il fait subir à ces femmes, je pencherais pour la maltraitance et les sévices.

— Et les yeux collés ? demanda Micki.

Carleton soupira.

— Il veut que ces femmes le regardent. Il veut qu'elles sachent qu'il les domine.

— Mais il ne les viole pas, fit remarquer Jack. Pourquoi ?

— Il n'en ressent pas le besoin, affirma Carleton. Il est fort. Il sait se maîtriser.

— Pas du tout, intervint Olivia.

Tout le monde se tourna vers elle.

— Je dirais plutôt qu'il a peur d'elles, ajouta-t-elle.

Carleton haussa les sourcils.

— Pardon ?

Olivia haussa les épaules.

— Sans vouloir te vexer, doc, je pense que tu te trompes. Il déshabille ces femmes, il leur passe une camisole de force, mais il ne les viole pas… Ensuite il les habille, il les maquille, il les déguise en prostituées. Il a peur, c'est tout.

Noah prit un air songeur.

— Il choisit des femmes seules qui n'ont pas eu de rapports sexuels depuis longtemps et les transforme en putes, mais sans les toucher.

— Et ensuite il les pend et il attend qu'on les trouve, acheva Jack. Il attend qu'on découvre une victime pour passer à la suivante.

— Toujours ce besoin d'ordre, fit remarquer Carleton.

Ta théorie ne manque pas d'intérêt, Olivia, mais je ne vois pas de peur dans ce que tu décris. Juste de l'intelligence et une grande maîtrise de soi.

— Et aussi de l'arrogance, ajouta Kane. Il est tout de même allé jusqu'à envoyer du courrier en face du bureau de police. Il nous provoque.

— En général, les provocateurs ne sont pas très patients, fit remarquer Noah. Martha est restée une semaine pendue à son plafond avant qu'on la découvre. Tu crois qu'il s'est impatienté ? Que ferait-il, Carleton, si les choses ne se passaient pas comme il voulait ?

— Tout dépend des raisons qui le poussent à faire ce qu'il fait. Il vous titille avec des indices qui ne vous mènent nulle part. Peut-être qu'il hait tout simplement les flics.

— Ou qu'il a peur d'eux, intervint Olivia d'un air buté.

Carleton sourit.

— Si tu veux, dit-il d'un ton condescendant. J'ai étudié les archives de la police et je n'ai trouvé aucun cas similaire. Nous avons affaire à un spécimen unique.

— Nous en sommes ravis, déclara Abbott d'un ton ironique.

— Capitaine ?

Faye passa sa tête à la porte et entra sur un signe d'Abbott.

— Nous venons de recevoir un coup de fil d'une personne qui regardait les informations. C'est une femme. Elle dit avoir vu Martha Brisbane le 13 février.

— La nuit où elle est morte, fit remarquer Noah. Qui est cette femme ?

— Elle s'appelle Priscilla Bolyard. Elle était installée dans une cafétéria avec son mari et elle a remarqué Martha, qui a longuement attendu quelqu'un et qui a fini par partir, à 21 h 15.

— Comment peut-elle se souvenir aussi précisément de l'heure ? s'étonna Noah.

— Son mari voulait rentrer pour regarder un match et ils sont partis tout de suite après Martha. J'ai leurs coordonnées. Priscilla et Stuart Bolyard.

Elle prit une mine contrite.

— Mme Bolyard a demandé à être interrogée par, je cite, « ce bel inspecteur qui faisait la couverture de *MSP* ». Elle ne veut parler qu'à toi, Jack.

Jack se tassa sur sa chaise.

— C'est super, murmura-t-il.

— Nous irons, dit Noah.

— Attendez, intervint Abbott comme Noah faisait mine de se lever. Personne ne bouge. Il faut encore parler de Buckland. On veut tout savoir, Noah.

Mercredi 24 février, 17 h 15

Eve s'installa sur une banquette en vinyle de la salle d'attente et alluma son ordinateur. David était toujours au scanner, elle avait donc du temps. Elle se connecta sur *Shadowland* et constata avec soulagement que Kathy s'amusait comme une petite folle au Neuvième Cercle. Toutes les joueuses compulsives étaient en danger, mais le handicap de Kathy la rendait particulièrement vulnérable.

Elle sursauta en entendant du bruit derrière elle et regarda par-dessus son épaule.

— Sal !

— Tu vas bien ? demanda-t-il.

Il fit le tour pour s'asseoir près d'elle, tout en scrutant son visage.

— Je viens d'apprendre ce qui est arrivé à ton ami. Ç'aurait pu être toi.

— C'était supposé être moi, corrigea-t-elle. Je suis désolée, Sal… J'aurais dû te prévenir, rien que pour te dire de te méfier de ce type s'il se montrait au café.

Sal plissa les yeux.

— Ne t'inquiète pas de ça. J'ai affiché son portrait-robot dans la salle. S'il a le culot de venir, on va tous lui tomber dessus.

Sal se montrait rarement agressif. Elle comprit qu'il avait peur pour elle. Et aussi qu'il avait de la peine.

— Je suis désolée, pour Loœy, murmura-t-elle.

Il se racla la gorge.

— Loœy était un bon gars qui n'aurait jamais fait de mal à personne. Jeff Betz est furieux de ne pas avoir étranglé le salaud qui se fait passer pour lui. Eve… Qu'est-ce qui se passe, exactement ? Tout ça est complètement dingue…

— Je sais, répondit-elle d'un ton morose. Promets-moi d'être prudent. S'il revient…

— S'il revient, il n'aura plus l'occasion de harceler personne.

— Sal, insista-t-elle en se cramponnant à son bras. Promets-moi que tu ne feras rien de…

— Rien de quoi, Eve ? coupa-t-il d'une voix trop calme. Rien de stupide ?

— Rien qui puisse te mettre en danger, Sal, supplia-t-elle. Tu comptes beaucoup pour moi.

Il soupira.

— Merde, Eve ! Quand je pense qu'il a osé te bousculer dans mon bar.

— Je sais…

Elle hésita.

— Toi et Josie… Vous avez tant fait pour moi… Vous m'avez traitée comme… comme votre fille. Il ne faudrait pas que vous me fassiez faux fond en disparaissant. Je ne me le pardonnerais jamais.

Il demeura silencieux quelques instants.

— Très bien. C'est Callie qui tient le bar, ce soir. Nous allons veiller sur elle.

— Merci. Sal, il est entré dans ton bureau, hier. Il a glissé quelque chose dans mon sac. Tu devrais vérifier que la porte de derrière est bien fermée à clé.

Il émit un grognement mécontent, mais quand il parla, ce fut posément.

— Je n'y manquerai pas. Tu veux que je reste un peu avec toi ?

Elle secoua la tête.

— Je me sentirais plus tranquille si tu étais auprès de Callie. Olivia a signalé ce type au personnel de sécurité de l'hôpital. Je ne risque rien.

Il se leva.

— Très bien. N'hésite pas à m'appeler si tu as besoin de moi. Je viendrai tout de suite.

— Merci.

Elle le regarda s'éloigner, en priant pour qu'il ne sorte pas de ses gonds en cas de problème. Elle aurait bien voulu que le faux Buckland se montre de nouveau au bar où une cinquantaine de flics lui sauteraient dessus sans ménagement. Mais elle voulait aussi qu'il n'approche pas ceux qu'elle aimait.

Trop nerveuse pour rester sans rien faire, elle tapa machinalement le nom de Noah.

Olivia avait beau dire, elle restait convaincue que le faux journaliste en voulait personnellement à Noah. Restait à savoir pourquoi, et pourquoi il se manifestait maintenant. La recherche la mena d'abord vers de nombreux liens se référant à l'article sur le Hat Squad, lequel remontait à trois semaines. *Trois semaines.* La première victime, Amy Millhouse, était morte trois semaines plus tôt. Etait-ce une coïncidence ?

Eve se mit à réfléchir. Cet article avait attiré l'attention sur les inspecteurs du Hat Squad. Certains, comme Sal et elle, étaient fiers de les côtoyer et admiraient leur travail.

Mais après tout on pouvait imaginer qu'un malfaiteur avait pu être mécontent qu'on vante le travail de la police.

— Evie… Evie…

Eve leva les yeux. C'était Tom, qui entrait en courant dans la salle d'attente. Il était accompagné d'une jeune fille au teint pâle, aux yeux fatigués et cernés de rouge. Eve posa son ordinateur et se leva.

— Il va bien, dit-elle en prenant les mains de Tom. Respire.

Tom laissa échapper un soupir.

— Je viens juste d'écouter tes messages, je suis désolé, dit-il.

— Où étais-tu ? demanda-t-elle. Et qui est cette jeune fille ? murmura-t-elle en se penchant vers lui.

— C'est Liza, répondit Tom. Une amie. Où est David ?

— Ils sont en train de lui faire passer un scanner. Détends-toi. Il va bien.

Elle tendit la main à Liza qui se tenait en retrait, d'un air embarrassé.

— Eve, dit-elle.

Liza lui serra timidement la main.

— Tom m'a parlé de vous, bredouilla-t-elle.

Eve garda la main de Liza dans la sienne en la dévisageant. La pauvre enfant paraissait désespérée et épuisée. Sur le point de s'évanouir.

— Liza, quand as-tu mangé pour la dernière fois ? demanda-t-elle.

Elle fit la grimace.

— Je ne m'en souviens pas.

Tom lui lança un regard de reproche.

— Je t'avais dit de t'acheter à manger.

— Je l'ai fait, protesta la gamine. Mais j'ai oublié de manger.

— La cafétéria est au premier étage, dit Eve. Allez-y.

— D'accord. Tu veux que je te rapporte quelque chose ?

— Non. J'ai déjeuné. Et si David n'a pas besoin de moi je… Je suis invitée à dîner.

Tom ouvrit de grands yeux.

— Invitée à dîner ? Par un homme ?

Elle se sentit rougir.

— Oui. Par un homme.

— Il était temps… Qui est-ce ? Tu vas me le présenter ?

— Je crois que ça lui plairait parce qu'il fait partie de tes admirateurs. Allez chercher de quoi vous restaurer et revenez vite, j'ai hâte de faire connaissance avec mademoiselle.

Elle les regarda s'éloigner d'un air songeur. Elle savait reconnaître le désespoir et la terreur dans un regard. Celui de Liza exprimait les deux. Elle savait aussi que Tom ne pouvait s'empêcher d'aider les gens qui avaient des ennuis. Elle espéra qu'il n'était pas en train de mettre les pieds dans une affaire compliquée et dangereuse.

Evidemment, je suis très mal placée pour le critiquer…

En ce moment même, David passait un scanner parce qu'elle était mêlée à l'affaire des meurtres de *Shadowland*, parce qu'elle côtoyait Noah, parce qu'elle était poursuivie par un maniaque qui leur voulait du mal.

Elle soupira et reprit sa recherche au sujet de Noah.

Il y a forcément quelque chose. Il ne me reste plus qu'à trouver quoi.

18

Mercredi 24 février, 17 h 30

En entendant sonner à la porte, Harvey repoussa l'assiette qu'il venait de réchauffer au micro-ondes. Webster était au bureau de police, il en avait donc profité pour filer chez lui se restaurer. L'inspecteur faisait des heures supplémentaires, ces derniers temps. Et lui aussi, par voie de conséquence.

En ouvrant, il eut la surprise de découvrir sur le seuil la femme qu'aurait dû épouser son fils aîné. Si Webster et Phelps ne l'avaient pas tué…

— Katie, ma chérie… Qu'est-ce que tu viens faire ici ?

Katie marcha jusqu'au salon. Elle était pâle. Il l'aida à s'asseoir dans un fauteuil.

— Je te croyais chez tes parents. Tu as un problème ?

Katie le fixa intensément, avec des yeux agrandis par la peur.

— Où est Dell ? demanda-t-elle.

Harvey s'installa près d'elle. L'angoisse commençait à lui nouer le ventre.

— Je ne sais pas. Pourquoi ?

— C'est incroyable, murmura-t-elle en secouant la tête. Tu savais ce qu'il mijotait ?

— Je n'en suis pas très sûr. Explique-moi.

Elle pressa son poing contre sa bouche.

— Je savais qu'il perdait un peu les pédales, mais je n'aurais jamais imaginé qu'il… Dell a des ennuis. Il faut le retrouver et l'obliger à quitter la ville.

— Pourquoi ? Qu'est-ce qu'il a fait ?

— Les flics disent qu'il a tué quelqu'un.

Ce fut au tour d'Harvey de secouer la tête.

— C'est impossible. Mon fils n'est pas un assassin.

— Ils assurent pourtant qu'il a tué un journaliste. Kurt Buckland.

Harvey fronça les sourcils.

— Ce nom me dit quelque chose.

— C'est lui qui a rédigé l'article sur l'enterrement de V. C'est un habitué d'un bar. Chez Sal's.

Le bar où Webster se rend une fois par semaine.

— Je connais cet endroit. Dell a tué ce journaliste là-bas ?

— Non. Mais les flics qui fréquentent ce bar disent que Dell harcèle une des serveuses et qu'il a tenté de la tuer hier. Ils disent aussi qu'il se fait passer pour Buckland depuis le début de la semaine, mais que le vrai Buckland a disparu et qu'ils ont trouvé du sang chez lui. Ils disent que c'est Dell qui a fait ça…

Elle devenait hystérique.

— Calme-toi, ordonna Harvey. Et pour commencer explique-moi plutôt d'où tu tiens toutes ces informations.

Elle battit des paupières, comme si la question la surprenait.

— Ça fait trois semaines que je me rends dans ce bar. Pendue au cou de Jack Phelps, pour que Dell puisse le piéger. Ça fait partie de votre plan, non ?

Harvey la contempla fixement.

— C'est toi, le cheval de Troie de Dell ?

Elle acquiesça.

— Je ne le lâchais plus d'une semelle. Je devais l'espionner de l'intérieur.

— Et le droguer pour qu'il dorme, ajouta Harvey d'un ton morne.

— Ça, c'était aussi pour me préserver. Je ne supportais pas l'idée de coucher avec lui.

— Il te bousculait ? ricana Harvey.

— Non. Mais c'est un obsédé. Pour baiser, il laissait même tomber son boulot. Comme le dit Dell, il allait finir par se griller, avec ou sans notre aide ; nous n'avons fait que donner un coup de pouce.

Harvey s'adossa à son fauteuil.

— Donc, tu étais censée aider Dell à faire tomber Phelps, en *couchant* avec lui.

Elle tressaillit.

— Ce salaud le méritait. A cause de ce qu'il a fait à V. Je ne regrette rien.

— Et pourquoi Dell aurait-il tué Buckland ? Ça n'a aucun sens.

— Bien sûr que si, papa. Réfléchis un peu.

Harvey et Katie se retournèrent d'un bond. Dell se tenait dans l'embrasure de la porte de la cuisine. Il venait d'entrer par l'arrière de la maison.

— Qu'est-ce que c'est que cette histoire, Dell ? demanda Harvey. Pourquoi es-tu soupçonné de meurtre ?

Dell posa sur lui un regard qui lui glaça le sang.

— C'est à toi de me le dire, railla-t-il. Tu m'as dénoncé.

Il fallut à Harvey quelques secondes pour comprendre, puis il se leva d'un bond.

— Serais-tu en train d'insinuer que je t'aurais dénoncé aux flics pour le meurtre de Buckland ? C'est absurde ! Je ne savais même pas que tu te faisais passer pour lui.

— Non, mais tu savais, pour hier soir, et tu n'étais pas

content parce que je ne jouais plus selon tes règles. Tes stupides règles. Tu voulais que je reste assis à contempler ces deux crétins, en attendant qu'ils fassent une bêtise. Tu es pathétique.

— Je n'ai pas prévenu les flics, Dell, reprit Harvey en avançant d'un pas. Pourquoi aurais-je fait une chose pareille ?

— Parce que tu as perdu l'esprit. Je n'étais plus ton « petit garçon ». Ton plan débile n'avait rien donné en un an, et moi j'ai obtenu des résultats au bout de trois semaines. Tu n'as pas pu le supporter.

— Ne prends pas ce ton avec moi, Dell, dit-il.

Mais sa voix était mal assurée.

— Je prends le ton qui me plaît et je fais ce que je veux, ricana Dell. Tu ne peux pas m'arrêter. Personne ne le peut.

— Dell…, intervint Katie. Il faut que tu quittes la ville. Tu n'as pas reçu mes messages ? J'ai essayé de te prévenir. Les flics ont affiché un portrait-robot de toi chez Sal's.

— Ta gueule, lança Dell en se retournant pour lui envoyer un coup de poing du revers de la main.

Elle tomba sur le canapé et se mit à pleurer.

— Tout ça, c'est ta faute, sale pute, acheva-t-il.

Il allait la frapper de nouveau, mais Harvey lui saisit le bras.

— Arrête. Arrête ça tout de suite. Je ne sais pas ce qui t'arrive, mais je ne te laisserai pas frapper une femme.

Dell ne tenta pas de libérer son bras. Ils restèrent quelques minutes face à face, nez contre nez, les yeux dans les yeux, et pour la première fois de sa vie Harvey sut ce qu'était la peur.

— Je comprends, dit doucement Dell. Tu ne supportes pas de voir frapper une femme, mais tu trouvais tout naturel de tabasser tes gosses. Tu sais quoi, papa ? Je ne suis plus un gosse. Et tu n'aurais pas dû me dénoncer.

Le cœur d'Harvey s'emballa.

— Je ne t'ai pas dénoncé ! protesta-t-il. Je ne t'ai pas dénoncé. Dis-moi que tu n'as tué personne et je t'aiderai à te cacher. Je dirai aux flics que je ne sais pas où tu es.

— Je n'ai pas l'intention de fuir, parce que je n'en ai pas terminé. Toi ! aboya-t-il en se tournant vers Katie qui tentait de filer discrètement. Reviens ici. Je n'en ai pas fini non plus avec toi.

Katie voulut s'enfuir, mais il la rattrapa par les cheveux et la jeta sur le canapé.

— J'ai dit que je n'en avais pas terminé avec toi, répéta-t-il.

Harvey fit un pas en avant, mais le poing de Dell s'abattit sur sa mâchoire, l'obligeant à reculer. Puis Dell sortit de sa poche un revolver et des menottes. Harvey se figea.

— Je me suis équipé, commenta posément Dell.

Il passa les menottes à Katie et l'allongea, face contre le canapé.

— Voilà. Comme ça, je suis sûr que tu te tiendras tranquille.

— Dell…, protesta son père. Qu'est-ce qui te prend ? Katie ne t'a rien fait.

Le rire sardonique de Dell le fit frissonner.

— Tu croyais V. innocent, mais tu te trompais. C'est bien lui qui a tiré sur ce type. Mais sais-tu pourquoi il a braqué ce magasin ?

— Non, répondit Harvey sans quitter des yeux le revolver que son fils tenait toujours à la main. Mais tu vas me le dire, je suppose.

— Parce qu'il avait besoin d'argent pour couvrir sa douce fiancée de cadeaux. Il craignait qu'elle ne le quitte pour un autre s'il ne se montrait pas à la hauteur. Et tu sais quoi ? Il avait raison de se méfier. Elle l'utilisait. Elle lui faisait dépenser tout son fric et ça n'était pas encore assez.

— Ce n'est pas vrai, protesta Harvey. Katie n'aurait jamais trompé V. Elle l'aimait.

Dell tira Katie par les cheveux pour l'obliger à s'asseoir.

— Katie, raconte-lui ce que tu faisais quand V. est mort.

— J'étais avec toi, murmura Katie d'un ton terrifié.

Dell secoua la tête.

— Plus fort. Je crois qu'il n'a pas bien entendu.

— J'étais avec toi ! hurla Katie. Avec toi. Dans le lit de V. J'étais avec toi !

Harvey en eut le souffle coupé.

— Tu dormais avec la fiancée de ton frère ?

— Elle ne dort pas souvent, cette fille-là, répondit Dell d'un ton méprisant. Ces trois dernières semaines, elle n'a pas beaucoup dormi non plus.

— C'est avec elle que tu passais tes nuits quand tu découchais ? demanda Harvey d'une petite voix.

— Oui, pendant que Phelps ronflait dans la pièce à côté. Je sais. C'est écœurant.

Mais il n'avait pas l'air écœuré, plutôt satisfait. Et complètement fou…

— Comment as-tu pu, Dell ?

Dell secoua lentement la tête.

— V. a toujours été le plus fort de nous deux. Je ne compte plus les fois où il m'a épargné tes coups en endossant la faute à ma place.

Il avait l'air un peu calmé et à bout de souffle. Harvey se prit à espérer qu'il pourrait peut-être lui ôter son arme en profitant d'un moment d'inattention.

— J'ai toujours voulu être V., poursuivit Dell d'un ton mélancolique. Toutes les filles étaient pour lui. Alors quand Katie m'a fait des avances… J'ai pris ce qu'elle m'offrait. Ça a duré plus d'un an.

— Tu as fait des avances à Dell ? murmura Harvey. Et il est encore ton amant ?

Les larmes roulaient sur les joues de Katie.

— V. travaillait tout le temps. Je me sentais seule. C'est arrivé comme ça… Je n'avais rien prémédité.

Harvey la contempla fixement.

— Et ça continue…

— Il a dit qu'il avait besoin de moi pour coincer Phelps. Je voulais que Phelps paye.

— T'inquiète, il va payer, intervint Dell. Et tu seras aux premières loges, fais-moi confiance.

Harvey leva les yeux vers son fils. La lueur de folie qui animait tout à l'heure son regard avait disparu, mais le détachement amusé qui l'avait remplacée le terrifia encore plus.

— Qu'est-ce que tu as l'intention de faire ? demanda-t-il.

— J'ai longuement réfléchi et je me suis dit que ça serait pas mal que Phelps se suicide après s'être fait virer pour faute professionnelle. Et du coup ça m'a donné une autre idée. Phelps aime les femmes. Ce serait encore mieux qu'on le retrouve au lit avec sa nouvelle conquête. Elle et lui avec une balle dans la tête. Tu imagines la photo en couverture ? Il ferait les gros titres des journaux. Le monde entier le verrait enfin tel qu'il est.

— Tu ne peux pas faire ça, protesta vigoureusement Harvey.

Dell plissa les yeux.

— Tu ne m'en crois pas capable ?

— Non, non, ce n'est pas ça…, bredouilla Harvey qui cherchait à gagner du temps.

Sur le canapé, Katie sanglotait maintenant de peur.

— Je veux dire que tu ne peux pas te contenter de punir Phelps. Webster était là, lui aussi. Tu as pensé à lui ?

— Ne t'inquiète pas, je n'oublie pas Webster, répondit Dell en faisant un pas en avant.

— Pourquoi avoir tué Buckland ? demanda Harvey d'une voix qui tremblait.

Dell sourit. Il se délectait visiblement de la peur d'Harvey.

— Il fallait bien qu'on publie ce que je voulais.

— Tu as tué un journaliste et tu t'es fait passer pour lui, uniquement pour écrire à sa place ?

— Je l'ai tué parce qu'il refusait d'écrire l'article que je lui demandais. Il ne cessait de parler de son éthique professionnelle, il voulait vérifier ses sources. Vérifier ses sources, tu parles ! La suite a prouvé que j'avais raison.

Il fit un autre pas en avant, en pointant son arme sur Harvey.

— Mais je n'avais pas terminé. J'avais encore des tas de choses intéressantes à raconter. Tu n'aurais pas dû me dénoncer, papa.

— Je ne t'ai pas dénoncé, je le jure…

Il y eut un claquement sourd et Harvey baissa les yeux vers sa poitrine. Une tache rouge s'élargissait sur sa chemise. Il ne pouvait plus bouger. Ni respirer.

Dell s'approcha de lui.

— Tu n'aurais pas dû nous frapper comme tu l'as fait pendant toutes ces années, papa. Cette balle, c'est de ma part et de celle de V.

Il tira Katie pour la faire lever. Elle n'avait pas cessé de sangloter.

— Il est temps d'y aller, dit-il.

Mercredi 24 février, 17 h 30

Abbott avait écouté Olivia et Noah sans les interrompre.

— Vous croyez que le faux Buckland est aussi le tueur que nous recherchons ? demanda-t-il.

Carleton secoua la tête.

— Ça m'étonnerait. Ils n'ont pas du tout le même tempérament. Le faux Buckland est un impulsif, tandis que notre tueur est calme et méticuleux. Ils sont dangereux tous les deux, mais c'est leur seul point commun.

— Dommage, grommela Abbott. Parce que nous avions le portrait-robot de l'imposteur… Mais c'était trop beau pour être vrai… N'empêche que ce n'est sûrement pas une coïncidence si ces deux-là se manifestent au même moment.

— Qu'a vu exactement Hunter ? demanda Micki.

— Une SUV noire, répondit Olivia.

— Et une bague, ajouta Noah.

Il avait déjà parlé de la bague à Olivia et elle l'avait ajoutée à la description accompagnant l'avis de recherche.

— Une bague identique à celle-ci, précisa-t-il en levant la main pour que tout le monde puisse voir. C'est ma bague d'étudiant, mais je ne suis pas le seul à en porter.

Kane leva aussi la main en agitant son index.

— J'avais la même, dit-il.

Olivia leva vers lui des yeux attendris.

— J'ignorais que tu avais suivi des cours à la fac, Kane…

Kane eut un sourire gêné.

— Des cours de danse. Ça m'aidait pour le foot.

— Moi aussi j'en porte une, dit Carleton en montrant sa main droite. Ça ne va pas être facile de coincer ce type, si nous n'avons que ça pour l'identifier.

— Je sais, déclara Noah d'un ton las.

— Ses empreintes ne sont pas dans nos fichiers, mais nous avons son portrait, dit Olivia.

— On n'a toujours pas retrouvé le corps de Buckland ? demanda Abbott.

— Non, répondit Olivia.

Elle paraissait sincèrement attristée.

— Les gars du labo suivent la piste de l'article envoyé par mail au rédacteur du *Mirror*. Apparemment, il est parti de l'ordinateur de Buckland.

— Très bien, soupira Abbott. Donc nous voilà revenus au point de départ. Pas de suspect, pas d'indices, et pas la moindre idée de l'identité de la prochaine victime. La question que je vous pose est la suivante : faut-il parler de *Shadowland* à la presse ? Qui est pour ? Qui est contre ?

— Je suis pour, répondit aussitôt Noah. Ça permettrait de mettre en garde les femmes qui participent à la recherche d'Eve. Nous pourrions leur dire de ne pas sortir seules, et de ne surtout pas accepter de rendez-vous avec des hommes rencontrés sur le site.

Olivia leva les yeux au ciel.

— Dire qu'il faut rappeler des précautions aussi élémentaires !

— Contre, répliqua Jack. On dévoile notre seule piste.

— Je suis de son avis, renchérit Carleton. Le tueur risque de changer de tactique. Il nous précède toujours de quelques pas, ne l'oubliez pas.

— C'est aussi ce que pense Eve, murmura Noah. C'est pour ça qu'elle ne voulait pas que les journalistes sachent qu'elle nous aidait.

— Tu es pour ou contre, Noah ? demanda Abbott. Je ne te suis plus.

— Eve nous a fait gagner quelques jours, mais nous n'en sommes plus là. Nous n'avançons pas, et cet homme peut recommencer du jour au lendemain. Il faut avant tout protéger les victimes en passant par la presse.

Carleton haussa les épaules.

— Evidemment, si ces femmes ne sortent plus de

chez elles, elles seront protégées. Mais d'un autre côté nous gâchons toutes nos chances de coincer le meurtrier. Il ne se gênera pas pour partir à l'autre bout du pays et recommencer le même scénario. A toi de trancher, Bruce.

Abbott croisa les mains et les pressa contre sa bouche — l'image même d'un homme qui a une pénible décision à prendre.

— A ta place, je déciderais de tout divulguer aux journalistes, insista Noah. Cet homme a déjà tué cinq femmes. Je ne voudrais pas en trouver une sixième.

Abbott haussa les sourcils.

— Jack ?

— Là, il a raison. Je vais déjà vivre avec la mort de Rachel sur la conscience…

Il déglutit péniblement.

— Je ne sais pas si je supporterais d'arriver trop tard une deuxième fois.

Abbott acquiesça.

— Entendu. Je parlerai aux journalistes, en espérant que les femmes inscrites sur *Shadowland* prendront l'avertissement au sérieux.

— Il y a deux femmes à haut risque, intervint Noah. Nous devrions les appeler personnellement.

— Donne-moi leurs coordonnées, dit Abbott.

Il soupira quand le téléphone sonna sur son bureau et décrocha tout en enclenchant le haut-parleur.

— Ian, nous sommes tous là, nous t'écoutons.

— Les échantillons de sang de l'autopsie d'Amy Millhouse contiennent de la kétamine. D'après le rapport, elle est morte par étranglement, comme les autres. L'originalité, c'est que ses ongles et ses mains étaient abîmés. Il y avait des photos dans le dossier, j'ai pu les examiner.

— Abîmés suite à une lutte ? demanda Jack.

— Non. D'après ce que j'ai vu, je dirais plutôt qu'elle a gratté une paroi dure.

— Elle avait peur des espaces clos, murmura Carleton.

— C'est très possible, répondit Ian. Voilà, c'est tout. Je vous rappelle si j'ai du nouveau.

Abbott raccrocha.

— Je vais faire une déclaration à la presse, annonça-t-il. Noah et Jack, vous irez interroger le frère de Millhouse, puis rendre visite au couple qui a vu Martha quitter la cafétéria le soir de sa mort.

— Et Jeremy Lyons ? demanda Noah. On ne sait toujours pas où il est.

— Je n'ai décelé aucune anomalie dans ses relevés de compte, fit remarquer Abbott. Kane, tu te charges de Lyons. Olivia, tâche de savoir si quelqu'un a vu sortir ou entrer un inconnu chez Buckland. Avons-nous prévenu ses proches de sa disparition ?

— Il n'était pas marié, il n'avait pas d'enfants. Sal saura peut-être qui nous devons prévenir.

— Kane, je veux aussi que tu passes au bar où se trouvait Rachel hier soir. Essaye de savoir si on aurait remarqué quelqu'un qui attendait dehors. Je vous laisse. J'ai une autre réunion à l'étage.

Il se leva.

— Tenez-moi informé de tout, ajouta-t-il d'un air las.

Mercredi 24 février, 18 h 10

Eve sursauta quand une main se posa sur son épaule. Elle leva le nez. Pierce était là. Elle ôta les écouteurs de ses oreilles.

— Docteur Pierce, vous m'avez fait peur.

— Je vous ai appelée, mais vous étiez tellement absorbée par votre ordinateur que vous ne m'avez pas entendu.

— J'écoutais de la musique pour tuer le temps…

C'était faux. Elle était en train de consulter des archives de la télévision locale. Elle passait en revue les affaires traitées par Noah, mais pour l'instant ça n'avait rien donné.

— J'ai appris que votre ami avait eu un accident, poursuivit Carleton. J'espère qu'il va bien.

— Il va s'en tirer.

Elle se leva et posa sur lui un regard intrigué. Souvent, les clients du bar lui paraissaient différents quand elle les rencontrait à l'extérieur. Mais Pierce demeurait égal à lui-même. Il portait comme d'habitude un costume chic et des boutons de manchette en or.

— Merci, ajouta-t-elle.

Il recula d'un pas et la fixa d'un air attendri.

— Vous traversez une période difficile, Eve. Je revenais du bureau, j'ai pensé que ce serait bien de m'arrêter pour prendre de vos nouvelles.

— C'est très gentil de votre part.

Cet homme ne lui inspirait pas confiance, et elle se demanda pourquoi il s'intéressait tant à elle. Puis elle eut honte.

Reprends-toi, Eve. Tu deviens parano.

— Je vais bien, mais j'irai encore mieux quand on aura arrêté le tueur.

— J'ai reçu un coup de fil de Dean Jacoby, aujourd'hui, dit-il.

Eve plissa les yeux. Jacoby était le supérieur hiérarchique de Donner. Le doyen de l'université.

— Que voulait-il ? demanda-t-elle.

— Il m'appelle régulièrement parce qu'il est mon ami, répondit Carleton avec un sourire indulgent. Mais aujourd'hui son appel avait un but. Il me propose de reprendre le cours de Donner le trimestre prochain. Donner prend sa retraite.

— Donner prend sa retraite ? répéta-t-elle d'un ton incrédule.

— Oui. Apparemment, ça fait déjà quelques semaines qu'il l'a annoncé à la hiérarchie, mais ce n'est pas encore officiel. Je compte sur vous pour rester discrète.

— Bien entendu, murmura-t-elle.

— Pour information, je n'ai pas parlé de vous à Jacoby, mais il a mentionné votre recherche. L'université a reçu hier un mandat réclamant les dossiers se rapportant à votre thèse. Jacoby sait que je travaille pour le Hat Squad. Il m'a demandé comment la police avait pu remonter jusqu'à des données appartenant au département de psychologie de l'université.

— Et qu'avez-vous répondu ? demanda calmement Eve.

— Que je n'avais pas le droit de le renseigner sur une enquête en cours. Mais je tenais à ce que vous sachiez qu'ils commencent à se poser des questions. Je dîne ce soir chez Jacoby, avec ma femme. Vous pourriez vous joindre à nous… Cela vous donnerait l'occasion de vous expliquer avant d'être accusée. Parce que s'ils lancent une procédure, ce sera difficile à arrêter…

Il eut un sourire contrit.

— Et puis vous goûteriez les meilleures côtes de bœuf de la ville. Si je me souviens bien de mes années d'étudiant, je me nourrissais surtout de sandwichs.

Elle se força à lui rendre son sourire.

— J'apprécie beaucoup le mal que vous vous donnez pour moi, monsieur, mais je ne veux pas quitter l'hôpital. Mon ami aura peut-être besoin de moi, vous comprenez… J'ai conservé votre carte et j'ai failli vous appeler une dizaine de fois. Mais les événements ont tendance à se précipiter…

Elle désigna la salle d'attente autour d'elle.

— Je n'ai pas trouvé le temps de m'isoler pour composer votre numéro.

— Vous êtes sûre de faire le bon choix, Eve ? insista-t-il d'un air grave. Le Hat Squad veut mettre en garde les femmes inscrites sur *Shadowland*. On va bientôt annoncer à la presse que c'est sur ce site que le tueur choisit ses victimes. Les détails de l'affaire éclateront bientôt au grand jour, que vous le vouliez ou non…

Les épaules d'Eve s'affaissèrent.

— J'avais envisagé cette éventualité. Je…

— Eve ?

Tom était revenu, toujours suivi de Liza. Elle avait l'air revigorée, mais lui paraissait paniqué.

— David a un problème ? haleta-t-il.

Elle comprit qu'il prenait le Dr Pierce pour un médecin de l'hôpital.

— Pas du tout. Il n'est pas encore redescendu du scanner. Cet homme n'est pas l'un de ses médecins.

Elle hésita.

— Je te présente le Dr Pierce. Docteur Pierce, voici Tom, un ami. Tom, le Dr Pierce s'entretenait avec moi de questions scolaires.

— Ravi de faire votre connaissance, murmura Tom d'un ton méfiant.

Pierce acquiesça poliment, puis se tourna vers Eve.

— N'attendez pas trop longtemps, dit-il.

— De quoi parliez-vous exactement ? demanda Tom quand Pierce fut parti.

Eve se laissa tomber sur son siège. Elle avait mal à la tête.

— C'est une longue histoire…, soupira-t-elle.

Tom vint s'asseoir près d'elle.

— J'ai tout mon temps, Evie.

— Ton amie a repris des couleurs, fit remarquer Eve.

— Oui. Toi, par contre, tu as une sale mine. Qui était ce type ?

— Tom, je… J'ai fait quelque chose qui… Je risque d'être renvoyée de l'université.

Il la contempla fixement.

— Je t'écoute.

— Tu as entendu parler des récents meurtres de femmes ? Ceux que le tueur maquille en suicides ? Les victimes participaient à ma recherche en tant que cobayes.

— Merde… Mais on ne peut pas te pénaliser pour ça, tout de même !

— Non. On va me pénaliser parce que j'ai consulté des dossiers que je n'aurais pas dû consulter. Je voulais me procurer l'identité de certains sujets que je sentais en danger et… Ce serait trop long à expliquer. Ce qui compte, c'est que j'ai violé le protocole de recherche et que je risque vraiment le renvoi.

Le visage de Tom se décomposa.

— Non, Eve. C'est impossible… Tu as travaillé tellement dur…

Elle lui tapota la main.

— Je sais. Mais si ça peut te consoler, je ne regrette pas ce que j'ai fait. Et je retomberai sur mes pieds, quoi qu'il arrive.

— Tu retombes toujours sur tes pieds, commenta-t-il posément. C'est ce que j'admire le plus chez toi.

La gorge d'Eve se noua.

— Merci, Tom. Ça me fait du bien d'entendre ça.

Il passa un bras autour d'elle et la serra affectueusement contre lui.

— J'ai toujours pensé que Dana ou ma mère auraient

des ennuis pour avoir enfreint la loi. Je ne me doutais pas que tu les coifferais au poteau.

Eve sourit tristement.

— Tu devrais aller voir David, dit-elle. Il a dû redescendre du scanner, à présent.

— Je veux que tu me présentes ton ami, dit-il. Pour m'assurer qu'il te mérite.

— Je te le présenterai quand il viendra me chercher, promit-elle. Et maintenant disparais.

Elle le regarda s'éloigner en songeant aux ennuis qui s'accumulaient... Dean Jacoby qui commençait à se poser des questions... Les journaux qui parleraient bientôt de *Shadowland*... Buckland qui avait disparu et qui était probablement mort à l'heure qu'il était...

Elle s'efforça d'oublier sa peur et reprit machinalement son portable sur ses genoux. *Réfléchis*... Buckland avait disparu... Elle avait fait une recherche Google pour Noah, mais Kurt Buckland aussi était une victime. La veille, elle avait à peine survolé ses articles.

Il était temps de s'y intéresser de plus près.

Mercredi 24 février, 18 h 10

L'avocat de Millhouse se leva en voyant entrer Noah et Jack.

— C'est honteux, protesta-t-il. Mon client...

— Est libre de partir, coupa Noah. Mais nous lui serions reconnaissants de répondre d'abord à quelques questions.

— Ma sœur s'est suicidée, murmura Millhouse. Je ne comprends pas pourquoi on m'a retenu ici comme un criminel.

Noah vint s'asseoir près de lui.

— Votre sœur ne s'est pas suicidée, dit-il.

Larry Millhouse parut abasourdi.

— Seriez-vous en train de dire qu'on l'aurait tuée ?

— Oui, répondit Jack. C'est exactement ce que nous sommes en train de dire. Il faudrait nous décrire avec précision l'état dans lequel vous avez trouvé votre sœur.

Millhouse détourna le regard.

— Elle était habillée comme une prostituée, avec une robe courte et surtout ce maquillage ignoble… Ce n'était pas du tout son genre. Et ses yeux… Ils étaient grands ouverts… Les paupières collées aux sourcils.

— Et les chaussures ? demanda Jack.

— Des talons aiguilles. Rouges. Jamais Amy n'aurait choisi des chaussures pareilles.

— Et la fenêtre ? intervint Noah.

— Elle était grande ouverte.

— Elle avait laissé un mot ? demanda Jack.

Millhouse secoua la tête.

— Non, avoua-t-il d'un ton misérable. Le mot, c'est moi qui l'ai écrit. Ma mère était tellement bouleversée… Je me suis dit que ça lui ferait du bien de croire que sa fille avait pensé à elle avant de mourir.

Jack le fixa d'un air dur.

— Tous ces éléments sont communs à quatre autres meurtres commis ultérieurement. En modifiant la scène du crime, vous nous avez peut-être empêchés de sauver quatre femmes. Et vous avez au moins retardé notre enquête.

Millhouse jeta un regard angoissé du côté de son avocat.

— Est-ce qu'on peut me poursuivre pour ça ? s'inquiéta-t-il.

— Le procureur ne souhaite pas vous poursuivre, donc vous êtes libre, répondit Jack.

Mais Millhouse ne fit pas mine de bouger. Il avait fermé les yeux, son visage était pâle.

— Quelqu'un a tué ma sœur ? murmura-t-il comme s'il venait de prendre conscience de ce que cela impliquait. Mais pourquoi ?

— Nous l'ignorons, répondit Noah. Tout ce que nous savons, c'est qu'il choisit ses victimes sur un site nommé *Shadowland.*

Larry Millhouse tressaillit.

— Qu'est-ce que ça signifie ? demanda-t-il.

— Vous avez entendu parler de ce jeu ? répliqua Jack.

Millhouse acquiesça, insensiblement.

— C'est moi qui l'ai fait découvrir à Amy. Et ensuite elle est devenue complètement accro.

— Elle jouait beaucoup ? demanda Noah.

— Elle se faisait de l'argent sur ce site, aussi incroyable que cela puisse paraître. Moi, je jouais pour m'amuser. Mais elle, elle gagnait sa vie.

— Elle la gagnait comment ?

— Elle jouait au casino. Au poker, au black-jack, elle touchait à tout, en fait. Elle a amassé beaucoup d'argent qu'elle a réinvesti dans le monde réel, en achetant des propriétés dans un quartier chic. Au point qu'elle envisageait de quitter son travail.

— Elle passait donc le plus clair de son temps au casino. Vous aurait-elle parlé de quelqu'un qu'elle aurait rencontré sur place ?

— Non. Nous nous disputions souvent à propos du temps qu'elle passait sur *Shadowland.* Je ne comprenais pas ce qui lui arrivait. Elle était devenue une magouilleuse, je ne la connaissais pas sous cet angle. Quand je l'ai trouvée pendue dans sa chambre…

Sa voix se brisa.

— Dans cette tenue…

— Vous avez éprouvé le besoin de la vêtir décemment, acheva Jack d'une voix douce.

— Oui, dit Millhouse dans un souffle.

Il se couvrit le visage de ses mains et se mit à sangloter.

— Elle était ma petite sœur… C'était moi qui l'avais incitée à jouer. Je me sentais coupable.

Son avocat lui tapota l'épaule.

— Pouvons-nous y aller, à présent ? demanda-t-il à Noah.

— Dans une minute, répondit Noah avec douceur. Monsieur Millhouse, le tueur a emporté les ordinateurs des autres victimes. Avez-vous remarqué quelque chose à propos de celui de votre sœur ?

Millhouse ôta ses mains de son visage et fit un effort pour se maîtriser.

— Je ne sais pas… Je ne crois pas… Nous étions… en pilotage automatique, vous comprenez ? Ma mère souffrait de douleurs cardiaques. Moi, j'étais écrasé de culpabilité. Je… J'ai brûlé la robe et j'ai chargé ma femme de se débarrasser du reste.

Evidemment… De toute façon, le tueur n'avait probablement rien laissé derrière lui.

Noah se leva.

— Merci, monsieur Millhouse.

— Vous avez des suspects ?

— Oui, prétendit Noah. Nous vous appellerons pour vous tenir au courant des avancées de l'enquête.

Il sortit, suivi de Jack, et referma la porte derrière eux.

— Martha et Christy passaient leur temps au Neuvième Cercle. Rachel naviguait entre le bar et le casino. Amy Millhouse ne fréquentait que le casino.

— Nous savons que le tueur a rencontré ses victimes au casino et au Neuvième Cercle. Mais à quoi est-ce que ça nous avance ?

— Je l'ignore.

Mais il connaissait quelqu'un qui pouvait l'aider à comprendre. Il consulta sa montre.

— J'ai un rendez-vous pour le dîner. Je te laisse. On se retrouve devant la maison des Bolyard à 20 h 30.

Jack mit son chapeau.

— J'avais dit à Katie que je n'étais pas libre ce soir. Je vais voir s'il y a moyen de rattraper le coup.

— Bonne chance, répondit Noah.

Jack eut un sourire las.

— Bonne chance à toi aussi, murmura-t-il.

Mercredi 24 février, 18 h 40

— Eve ?

Eve leva la tête et ses yeux rencontrèrent ceux de Noah qui s'était accroupi devant elle.

— J'ai essayé de t'appeler plusieurs fois, mais tu ne répondais pas.

Elle plongea la main dans son sac pour en sortir son portable.

— Désolée, j'avais mis mon téléphone sur vibreur et je l'avais complètement oublié. Je ne voulais pas te faire peur.

Il la couva d'un regard brillant et elle ne put s'empêcher de frissonner.

— Comment va David ? demanda-t-il.

— Mieux. Tom est auprès de lui. Noah, je crois que je l'ai trouvé.

— Qui ?

— L'homme qui te hait. Assieds-toi, je vais te montrer.

Il s'installa et la prit par la taille, sous prétexte de se pencher sur l'écran. Son visage était à présent tout proche du sien et elle sentit que son pouls s'emballait — effet qu'il avait probablement recherché. Elle s'efforça de regarder droit devant elle, et lui montra la photo qu'elle avait téléchargée, celle d'un homme à la barbe parsemée de poils blancs, à la bouche amère, aux yeux froids.

— Tu le reconnais ? demanda-t-elle d'une voix altérée.

— Non, murmura-t-il en tournant son visage vers le sien.

Sa bouche n'était plus maintenant qu'à quelques centimètres de la sienne.

— Je devrais ?

— Oui, répondit-elle en se raclant la gorge. Concentre-toi, Noah.

— Je me concentre.

Il se pencha pour effleurer ses lèvres et elle fut aussitôt inondée de douceur. Elle ferma les yeux et se laissa aller contre lui, tout en levant une main pour lui caresser timidement le visage. Leur baiser fut plus lent, plus profond et plus calme que les précédents. Plus dévastateur. Somptueux. Et d'une évidence absolue.

Evidence qui rendrait d'autant plus dure la séparation.

Elle s'écarta lentement, tout en gardant sa joue dans sa paume. Il la sonda du regard tandis qu'elle luttait contre les larmes. Ils avaient tous passé une épouvantable journée. C'était tout naturel d'avoir les nerfs à fleur de peau.

— Parfois, quand tu étais derrière le comptoir, tu fixais les clients avec un air tellement triste…, murmura-t-il. Je me suis toujours demandé pourquoi. Et je me le demande en ce moment.

Elle fit un effort pour ravaler ses larmes.

— Et pourquoi ne m'as-tu jamais posé la question ?

Un éclair de regret passa dans ses yeux.

— Si tu savais combien de fois j'ai failli… Mais j'avais compris à quel point tu étais fragile et vulnérable.

— Je ne suis pas vulnérable, protesta-t-elle.

— Si, tu l'es. Et moi aussi.

Il hésita.

— Eve... Ma mère était alcoolique. Quand j'étais enfant, je ne cessais de me répéter que je ne serais jamais comme elle. Je me suis toujours efforcé d'être fort et discipliné. Je me suis engagé dans l'armée. Je suis parti. Quand je suis revenu, j'ai décidé d'entrer dans la police, comme mon père. Il est mort en service, quand j'avais cinq ans. C'est là que ma mère a commencé à boire.

— Et puis tu t'es marié, poursuivit-elle.

Il acquiesça.

— Mais ta femme est morte, ajouta-t-elle. Dans quelles circonstances ?

— Accident de voiture, répondit-il dans un souffle. Et je me suis mis à boire. Comme ma mère.

Il n'avait pas bougé, son visage était toujours à quelques centimètres du sien.

— Comment as-tu fait pour décrocher ? demanda-t-elle.

— Je me suis tourné vers mon cousin Brock. Enfant, je passais plus de temps chez lui que chez moi, parce que ma mère était trop souvent soûle. C'est Brock qui m'a traîné à ma première réunion d'alcooliques anonymes. Il m'a soutenu quand j'étais sur le point de lâcher. Ma mère s'était inscrite des milliers de fois, mais elle avait toujours abandonné. J'étais déterminé à ne pas suivre son exemple. Mais c'était dur. Très dur. Quand ma mère m'a vu lutter avec tant de détermination, ça l'a poussée à changer. Nous avons assisté aux réunions ensemble.

— Et elle ne boit plus ?

— Elle ne boit plus et moi non plus. Ça fait dix ans. Elle vit dans le Sud. Elle vient me voir l'été.

— Tu l'aimes, dit Eve avec une pointe d'envie dans la voix. C'est bien.

— Oui, c'est bien. Eve, j'ai grandi dans le chaos… La discipline et l'ordre, c'est important pour moi. Quand tu étais derrière ce comptoir, je t'observais et j'étais fier d'avoir le courage de me tenir à distance, de ne pas te perturber avec mes démons intérieurs. Je me rends compte maintenant que j'avais surtout peur. Peur de perdre le contrôle si je te faisais une place dans ma vie. C'est pour ça que je suis resté à distance.

— Pendant toute une année ?

— Tu ne m'as pas vraiment encouragé, fit-il remarquer sèchement. Tu ne me regardais jamais. Pourquoi ?

Il avait été sincère avec elle, elle lui en devait autant.

— Parce que j'en crevais d'envie, murmura-t-elle. Parce que tu m'attirais. Et ça me paniquait. Ça me panique toujours.

— Je le sais, dit-il tendrement. Mais nous avons tout notre temps.

Il s'intéressa de nouveau à la photo sur l'écran.

— Pourquoi devrais-je reconnaître cet homme ? demanda-t-il.

Elle s'obligea à détourner le regard et à concentrer son esprit sur la photographie.

— Toi et Jack vous avez failli arrêter son fils l'année dernière, murmura-t-elle. Il s'appelle Harvey Farmer. Son fils, c'était Harvey Farmer Jr, mais ses amis l'avaient surnommé « V. ».

Noah acquiesça lentement.

— Oui… Je me souviens de V. Farmer. Il était entré dans une épicerie et il avait tué le gérant, d'une balle en plein visage. Quand nous l'avons trouvé, il se cachait chez un ami. Il s'est enfui, nous l'avons poursuivi. Jack était à ses trousses, V. a traversé une autoroute en courant pour lui échapper.

— En pleine nuit, sous la neige, précisa Eve.

Elle l'avait appris en lisant un article de Buckland qu'elle avait fini par trouver après avoir passé en revue des pages et des pages de résultats sur internet.

— Le camion qui l'a écrasé n'a pas eu le temps de freiner, conclut-elle.

— C'est ça, dit Noah. V. est mort et nous avons classé l'affaire. Comment le sais-tu ?

— Le journaliste qui a couvert l'enterrement de V. s'appelait Kurt Buckland. Il a publié un article dans la section locale du *Mirror*.

Elle se pencha pour lire.

— « Harvey Farmer Jr, connu sous le nom de "V.", a été enterré aujourd'hui. Son père, Harvey Farmer, et son frère, Dell Farmer, l'ont accompagné jusqu'à sa dernière demeure. »

Elle se tourna vers Noah.

— Tu connais aussi Dell. Tu l'as même rencontré très récemment…

Il comprit aussitôt.

— C'est lui, notre faux journaliste ? Comment le sais-tu ?

— Je vais te montrer. Regarde cette photo du père, prise par Buckland.

Elle cliqua sur la photo.

— Dell est sûrement près de lui, mais on ne le voit pas.

Elle ouvrit la page d'un logiciel de dessin où elle avait déjà importé la photo de Farmer père en l'agrandissant. La définition n'était pas excellente, mais on le reconnaissait tout de même.

— Imagine-le sans barbe, avec des cheveux noirs, enlève quelques rides et rapproche un peu ses yeux…

Tout en parlant, elle modifiait l'image.

— Voilà. Nous avons notre faux journaliste. Dell Farmer.

Noah battit des paupières, stupéfait.

— C'est impressionnant. Jamais je n'aurais pu soupçonner une ressemblance à partir de la minuscule photo de départ. Ce n'était vraiment pas évident. Comment as-tu fait ?

Son admiration lui réchauffa le cœur.

— Je connais les visages, ne l'oublie pas. Tu te souviens de ce que je t'ai dit à propos des traits et des expressions qui inspiraient confiance ?

— Oui. Je me souviens aussi que tu as utilisé tes connaissances pour dessiner les avatars de la boutique de Pandore et leur donner du caractère.

Elle haussa les épaules.

— Ça aura au moins servi à quelque chose.

Il la contempla fixement.

— Le visage de Rob Winters t'inspirait confiance, murmura-t-il.

Elle tressaillit.

— Oui. J'étais une jeune écervelée.

— Et tu ne veux plus te tromper.

— J'ai vieilli et j'espère avoir un peu de plomb dans la cervelle.

Il la fixait toujours, avec intensité.

— Et tu ne feras plus jamais confiance à un homme ?

— Je te fais confiance, assura-t-elle. Sinon je n'aurais jamais accepté de monter dans ta voiture.

— Mais tu te méfies de ton instinct qui te dicte de me faire confiance.

Elle acquiesça, soulagée qu'il ait compris, mais aussi attristée.

Il se leva.

— Je vais transmettre cette information à Olivia.

— Tu ne veux pas arrêter cet homme toi-même ?

— C'est elle qui est chargée de l'affaire. Si elle a besoin de mon aide, elle me le dira.

— Bien sûr…

Elle écarta son ordinateur.

— Si tu pouvais me ramener au bureau de police, pour que je récupère la camionnette de David… Callie travaille ce soir, je vais aller chez Sal's. Là-bas, il se trouvera bien quelqu'un pour nous escorter jusque chez nous.

— Eve, dit-il avec des yeux luisants de détermination. Allons dîner. Ensuite, tu décideras de l'endroit où tu veux passer la nuit. Donne-moi ton sac, je vais le porter.

Il avait compris, mais ça ne l'empêchait pas d'insister.

— Il faut d'abord passer voir Tom, dit-elle. Il veut te rencontrer et je lui ai promis de faire les présentations avant de quitter l'hôpital.

— Le basketteur ? Génial !

Il la prit par les épaules.

— Dois-je en conclure que tu me présentes à ta famille ?

— Oui. Quelque chose comme ça.

19

Mercredi 24 février, 19 h 20

— J'aime beaucoup ta maison, déclara Eve.

Noah referma la porte du four, tandis qu'elle s'installait sur une chaise de la cuisine. Elle ne lui en voulait plus.

— Et moi, j'ai beaucoup apprécié ton ami.

— Les places pour le match de samedi n'y sont sûrement pas pour rien, commenta-t-elle avec un petit sourire.

Il sourit aussi.

— En effet.

Il redevint sérieux.

— Tu n'es plus fâchée ?

Elle haussa les épaules.

— Je n'étais pas fâchée. Juste surprise. Je pensais que nous dînerions dehors.

— J'ai rendez-vous avec Jack tout à l'heure, nous n'avons pas beaucoup de temps. Au restaurant, il aurait fallu attendre qu'on nous serve. La prochaine fois, je t'emmènerai dans un endroit chic, avec des nappes et des plats recherchés.

— La pizza surgelée, ça me va très bien.

Elle était nerveuse. Il alla s'asseoir près d'elle et lui prit la main.

— J'irai droit au but, déclara-t-il. Tu dis me faire confiance… J'aimerais savoir pourquoi.

— Je ne saurais pas dire pourquoi.

— Tu ne saurais pas dire pourquoi… Et c'est pour ça que ça t'effraie tant ?

Il lisait dans ses grands yeux de biche un désir mêlé d'appréhension.

— Il y a six ans, je me suis comportée comme une idiote, en suivant mes impulsions, murmura-t-elle. Je l'ai payé très cher et je le paye encore. Depuis, je me méfie de moi-même.

— Tu as choisi la prudence. Du moins avec les hommes.

— Oui, ça résume assez bien ma position.

Elle redressa le menton.

— Et je n'ai pas l'intention de m'en excuser.

Il comprit qu'elle était de nouveau sur la défensive et décida de l'approcher autrement.

— Tu m'as raconté que tu t'étais cachée pendant deux ans, après l'agression.

Elle ne tressaillit pas, cette fois.

— Je vivais dans un foyer qui recueillait des femmes battues. Et je n'en sortais pratiquement jamais, puisque je prenais le service de nuit.

— Parce que tu avais peur de dormir.

Peur de rêver. Peur d'agresser quelqu'un au cours d'une crise de somnambulisme.

— Oui. Je m'occupais des bébés, ceux qui étaient trop petits pour s'effrayer de mes cicatrices.

— Et au bout de deux ans que s'est-il passé ?

Il le savait, mais il voulait l'entendre de sa bouche.

— Nous avons laissé entrer sans le savoir une meurtrière dans le foyer, une femme qui avait enlevé son enfant.

Mais tu es déjà au courant, si tu as consulté les archives de la police.

Il les avait consultées et en avait eu la chair de poule.

— Tu as sauvé l'enfant, mais tu as failli mourir.

— Alec était un gosse courageux. Il m'a aidée à nous en sortir.

— Où est-il, maintenant ?

Elle sourit.

— A Chicago. Il est étudiant. Il s'est bien adapté, il est heureux.

— Que s'est-il donc passé, une fois que tu as sauvé ce garçon ?

— Dana et Ethan ont livré la femme à la police. Après m'avoir servi d'agent de probation, Dana est devenue ma mère et ma grande sœur. Elle est la meilleure amie de la belle-sœur de David, Caroline, et de la sœur d'Olivia, Mia.

— Tu aimes ceux que tu as laissés derrière toi à Chicago. Eux, ils ont su gagner ta confiance.

Elle plissa les yeux.

— On devrait te décerner un diplôme en psychologie.

— J'essaye seulement de comprendre, dit-il avec douceur. Tu es à Minneapolis depuis deux ans, l'épisode de la meurtrière dans le foyer remonte à quatre ans en arrière… Où étais-tu pendant les deux ans intermédiaires ?

— Je me cachais, avoua-t-elle.

Elle haussa un sourcil.

— C'est ma spécialité, vois-tu…

— J'avais cru comprendre. Et tu te cachais où ?

— L'épisode de la meurtrière avait fait un peu trop de publicité au foyer de Dana, qui était censé recueillir des femmes qui fuyaient leur mari. Elle a dû le fermer et elle a acheté avec Ethan une grande maison qui reçoit maintenant des orphelins. J'aurais pu la suivre, mais j'avais besoin d'autonomie. J'ai trouvé un travail. Dans un endroit qui me convenait à merveille… Dans un centre de rééducation pour aveugles.

Noah fronça les sourcils. Elle le lui apprenait.

— Tu as choisi ce centre parce que les pensionnaires ne pouvaient pas te voir, c'est ça… ?

— Oui. Avec eux, j'étais parfaitement à mon aise. Le soir, je travaillais pour préparer mes examens. Je ne mettais pas le nez dehors.

Il refoula une bouffée d'indignation.

— Pendant deux ans ? Tu n'es pas sortie pendant deux ans ? Et pourquoi es-tu finalement partie ?

— L'un de nos pensionnaires m'a fait réfléchir. C'était un ancien chirurgien qui avait perdu la vue dans un accident. Il ne pouvait plus exercer et il était complètement déprimé.

— Il a sombré ?

— Non. Il était incapable d'opérer, mais il avait bien d'autres cordes à son arc. Il a fini par remonter la pente et par entamer une nouvelle vie.

— Grâce à toi, je suppose.

Elle secoua la tête, gênée…

— Non. Je l'ai soutenu, rien de plus. J'étais son amie.

— Je vois ça…

En dépit de tout ce qu'elle avait traversé, Eve trouvait le moyen de s'occuper des autres.

— Tu sais prendre soin des gens. C'est un don.

Il se rendit compte que le compliment la surprenait.

— Merci, dit-elle.

— Ton ami a donc quitté le centre de rééducation ? demanda-t-il.

Elle acquiesça.

— A présent, il enseigne. Mais avant de disparaître il a tenu à me mettre face à la vérité. Il m'a reproché de m'être réfugiée dans le noir. Ça m'a touchée. Dana et les autres me l'avaient déjà dit, mais venant de lui ça avait plus de poids.

— Lui aussi avait gagné ta confiance.

— Oui.

— Donc, pour revenir au début de notre conversation, tu as confiance en moi, mais tu ignores pourquoi.

Il se pencha vers elle.

— De quoi as-tu peur exactement ?

Ses joues rougirent, ce qui eut pour effet de faire blanchir la cicatrice qu'elle dissimulait avec tant de soin sous son maquillage. Il aurait pu lui dire que ça ne le dérangeait pas — que même l'ancienne cicatrice, avant l'opération, ne l'avait pas dérangé —, mais elle ne l'aurait pas cru. Il était trop tôt.

— Eve ? insista-t-il comme elle ne répondait pas. Aurais-tu peur de perdre le contrôle avec moi ?

Les yeux d'Eve brillèrent et il sut qu'il avait fait mouche. Il décida de poursuivre plus avant. Il sentait que s'il voulait l'atteindre, c'était maintenant ou jamais. Une fois qu'elle se serait éloignée, ce serait trop tard. Ou trop compliqué.

— Tu as peur de ressentir quelque chose ? Après six ans de solitude ?

— Non, répondit-elle brusquement.

Mais elle ne s'éloigna pas.

— Dans ce cas, de quoi as-tu peur ?

— J'ai peur d'être dépendante, grommela-t-elle.

Elle se leva d'un bond, en repoussant sa chaise.

— Il vaut mieux vivre seule, plutôt que de dépendre de quelqu'un, même de quelqu'un qu'on aime. Ceux qui prétendent qu'il faut aimer, quitte à perdre ceux qu'on aime, sont des crétins. Je ne veux pas souffrir. C'est mon droit.

Il s'adossa à sa chaise, le cœur battant, sans la quitter des yeux.

— Tu me désires, Eve ?

— Oui, avoua-t-elle dans un souffle. Je te désire depuis la première fois que je t'ai vu. Tu m'as regardée dans les yeux et si tu savais à quel point c'est rare, tu comprendrais ce que ça a signifié pour moi.

— Mais je n'ai pas fait un pas vers toi, murmura-t-il. Et tu as cru que tu ne m'intéressais pas.

— Si tu avais manifesté ton intérêt pour moi, ça aurait flatté mon ego, mais ça n'aurait rien changé.

Elle se détourna sous prétexte de vérifier la cuisson de la pizza, mais ses mains tremblaient.

— Il ne serait pas raisonnable d'aller de l'avant ensemble, si nous ne cherchons pas la même chose. Tu avais une femme. Je suppose que tu veux te remarier. Que tu cherches à fonder une famille.

— Nous avons déjà parlé de ça, répondit-il patiemment. Je t'ai dit que ça ne me gênait pas que tu ne puisses pas avoir d'enfants. Je t'ai dit aussi que je cacherais les couteaux la nuit pour que tu ne m'agresses pas pendant mon sommeil.

Il lui adressa un clin d'œil.

— De plus, j'ai le sommeil léger.

Puis il redevint grave.

— Tout ça n'a aucune importance pour moi, Eve.

— Tu es sans doute sincère. Mais un jour tu voudras savoir ce que ça fait d'être papa.

— Je sais ce que ça fait, dit-il d'un ton plus sec qu'il n'aurait voulu. J'avais un fils. Il aurait eu quatorze ans en novembre prochain.

Elle se figea.

— Il est mort dans l'accident, lui aussi ?

— Oui. Et le perdre en même temps que sa mère a été la pire chose qui me soit arrivée. Tu as raison. C'est terrible de perdre ceux qu'on aime. Mais je suis content qu'ils aient fait partie de ma vie.

Il soupira.

— Je n'ai pas besoin d'avoir des enfants. Si nous avions un bébé, je l'aimerais. Mais je peux m'en passer.

— Je ne te crois toujours pas, dit-elle en effleurant sa manche d'une main tremblante. Mais je sais que tu es sincère…

Elle fit la moue pour ne pas pleurer.

— Je n'ai pas très faim… Tu ne voudrais pas me raccompagner jusqu'à la camionnette de David ?

Il s'était promis de la laisser partir si elle le lui demandait.

— D'accord. J'enverrai une voiture de patrouille surveiller ce soir l'endroit où tu dors. Où que ce soit.

Il prit une manique et sortit la pizza du four, puis contempla tristement Eve.

— Tu m'as demandé ce matin pourquoi je t'avais choisie et je t'ai répondu que je te le dirais au dîner. Puis-je au moins tenir cette promesse, même si nous ne dînons pas ?

— Bien sûr, murmura-t-elle d'une voix à peine audible.

— La première fois que je t'ai vue, c'était il y a un an. Un de mes collègues avec organisé une fête chez Sal's pour son départ à la retraite. J'y suis allé.

— Je m'en souviens.

— Tu étais derrière le comptoir et je t'ai tout de suite trouvée jolie. Ma dernière relation amoureuse s'était éteinte d'elle-même et je n'avais trouvé personne de suffisamment intéressant. J'envisageais de t'aborder pour t'inviter à sortir avec moi. Puis une femme est entrée… Elle avait une tête d'alcoolique. Elle était sale, elle puait le whisky. Tu te souviens d'elle ?

— Oui. Des clients ont voulu la jeter dehors.

— Mais tu t'es interposée. Tu l'as fait asseoir, tu lui as offert du café, tu l'as écoutée parler. Tu as même pleuré.

— L'un de ses fils venait de mourir. C'est dur, Noël, pour ceux qui ont perdu un proche.

— Je sais. Je pensais que tu lui appellerais un taxi quand elle aurait terminé son histoire… Mais tu l'as encouragée à poursuivre, tu l'as questionnée, tu t'es arrangée pour savoir comment joindre son autre fils. Il est venu la chercher. Il était gêné, mais reconnaissant que tu n'aies pas jeté sa mère dehors dans la neige.

— Tu l'aurais jetée dehors, toi ?

Il se tourna vers elle.

— Des douzaines de barmans l'ont fait à ma mère pendant des années. Régulièrement, je recevais un coup de fil d'un voisin me prévenant qu'elle errait dans les rues sans manteau. Je partais à sa recherche et j'apprenais que les cafés l'avaient refusée parce qu'elle avait l'air d'une clocharde. C'était vrai, elle avait l'air d'une clocharde, mais elle était tout de même ma mère. Tu as été bonne pour cette femme, Eve. Pourtant, rien ne t'y obligeait.

— J'ai fait ce que tout le monde devrait faire.

— Mais peu le font. Ensuite, je suis revenu chez Sal's avec Jack, une fois par semaine. Je commandais une eau gazeuse et je te regardais. Avec le temps, j'ai eu l'occasion de constater que tu aidais régulièrement des gens dans le besoin. Tu m'as demandé pourquoi je venais dans un bar, puisque je ne buvais que de l'eau… Je venais parce que je ne pouvais pas m'en empêcher. Et à présent je m'en veux de ne pas t'avoir approchée.

Elle se tut et il comprit qu'il ne devait pas insister. Pour le moment.

— Je vais chercher ton manteau, poursuivit-il. Et ensuite je te déposerai où tu voudras.

Il se dirigea vers la porte, mais elle ne fit pas mine de bouger. Son visage exprimait l'incertitude et il eut une bouffée d'espoir.

— Nous partons ou nous restons ? demanda-t-il.

— Tu m'as mise sur un piédestal et je me sens incapable de relever le défi. Si j'essayais… tu serais sûrement déçu.

Il revint vers elle et posa ses mains sur ses épaules.

— Peut-être. Et moi aussi, je risque de te décevoir. Seulement, si nous n'essayons pas, nous ne saurons jamais.

Il se pencha pour l'embrasser et elle se hissa sur la pointe des pieds pour répondre à son baiser. Mais il recula.

— Tu n'en as pas assez de regarder vivre les autres ? demanda-t-il.

Elle paraissait calme, et pourtant il remarqua son pouls qui battait à la base de son cou.

— Je voudrais que tu me promettes quelque chose, dit-elle.

— Si je peux.

— Si je te déçois un jour, il faudra que tu partes. Même si tu penses que je ne m'en remettrai pas.

Il appuya son front contre le sien et ses mains pétrirent ses épaules.

— Tu te fais trop de souci, Eve.

— Je sais, dit-elle. Mais toi aussi. On pourrait considérer que c'est notre terrain d'entente.

Il prit son visage dans ses mains.

— Nous pourrions trouver mieux, comme terrain d'entente. J'ai même une idée…

Il hésita. Il ne savait pas s'il avait le droit de la caresser.

— Est-ce que je peux ? demanda-t-il.

Il sentit sa mâchoire se crisper sous ses paumes.

— Je ne sais pas, avoua-t-elle.

— Il y a eu quelqu'un depuis… ?

Elle haussa les épaules.

— Oui. Mais ça ne s'est pas très bien passé.

Il fit la moue.

— Je ne veux pas te brusquer. Tu es prête à me suivre ?

Ses yeux noirs s'assombrirent et il crut y déceler une lueur d'appréhension. Mais elle acquiesça tout de même.

— Oui, je suis prête à te suivre, dit-elle d'un ton décidé.

— Dans ce cas. Prends ton manteau.

Mercredi 24 février, 19 h 45

Quand on se manifestait auprès des flics pour témoigner dans une affaire de tueur en série, la moindre des choses était de fermer sa porte à clé. Mais les Bolyard n'avaient pas jugé utile de se montrer prudents. Ça leur avait coûté cher. Ils étaient morts.

En les tuant pour les empêcher de témoigner, il venait d'abattre une partie de son jeu. Les flics se demanderaient comment il avait su, pour les Bolyard, et ils seraient bien obligés de conclure qu'il avait obtenu l'information de l'intérieur. Ils ne se soupçonneraient pas entre eux, parce que ce n'était pas dans leur mentalité. Et donc…

Mais il savait comment couper court à leurs soupçons. Un simple coup de fil judicieusement choisi suffirait. *C'est moi qui mène la danse. Eux, ils ne font que suivre.*

A présent, la seule véritable menace, c'était Eve. Elle était intelligente et méfiante. Il était temps de secouer sa cage.

*
* *

Mercredi 24 février, 19 h 45

Eve avait éclaté de rire en découvrant dans le garage une Dodge Charger en piteux état. Elle avait réussi à se faufiler entre les pièces qui jonchaient le sol et à s'installer à l'arrière. Elle attendait que Noah la rejoigne.

Il grimpa sur la banquette en soufflant comme un bœuf, et son haleine resta suspendue dans l'air glacial.

— Tu vois, je t'avais dit que ce serait marrant, dit-il.

— Tu vas avoir besoin d'un chiropracteur !

Il cala son grand corps contre le sien.

— Tu sous-entends que je suis trop vieux pour ça ?

— Pas trop vieux. Trop grand.

Il haussa un sourcil avec un sourire coquin.

— Qu'est-ce que tu en sais ?

Elle secoua la tête, en tentant de dissimuler son sourire.

— Il fait froid et cette voiture a connu de meilleurs jours. Nous n'irons nulle part avec cette carcasse.

— Mais il n'est pas question de rouler.

Il passa son bras autour de ses épaules, et sa main gantée la tapota gentiment à travers l'épais tissu de son manteau.

— Nous restons là.

Elle leva les yeux vers lui.

— Mais tu es dingue !

Son sourire devint si doux qu'elle en eut le vertige.

— Tu as ri, dit-il. Rien que pour ça, je ne regrette pas, même si je dois passer par le chiropracteur.

Emue, elle détourna le regard.

— Elle est à toi, cette voiture ? demanda-t-elle.

— Elle est à moi, oui, répondit-il en caressant le morceau de rembourrage en vinyle du toit qui pendouillait à l'intérieur. Je l'ai achetée il y a deux ans, mais je n'ai pas vraiment eu le temps de m'en occuper.

— Pourquoi avoir acheté cette carcasse ? Elle est en plus mauvais état que la mienne.

— Tu te trompes. Elle a un moteur musclé.

— Un moteur qui fut musclé, mais dont les muscles sont atrophiés.

Il pouffa.

— J'en conduisais une comme ça quand j'étais jeune.

Il lui jeta un regard entendu.

— J'ai fait quelques trucs passionnants sur une banquette identique à celle-ci.

Cela sonnait comme une promesse, et elle en fut troublée.

— Je ne pense pas que tu feras quoi que ce soit de passionnant ce soir, à moins d'être prêt à supporter des engelures dans des endroits mal placés.

— Tu n'as jamais flirté dans une voiture quand tu étais adolescente ? demanda-t-il d'un ton enjôleur.

En dépit de ses vêtements d'hiver et de la chaleur de son corps contre le sien, elle frissonna.

— Non. Les garçons que je fréquentais n'avaient pas de voitures. Sauf quand ils en volaient.

Elle laissa aller sa tête sur son épaule. Elle se sentait bien.

— Il va falloir que tu m'expliques comment on procède, murmura-t-elle.

— C'est assez simple. J'irai aussi loin que tu me le permettras. Bien sûr, le froid est un problème, donc on peut aussi se contenter de se bécoter. Comme ça…

Il se pencha sur elle et l'embrassa jusqu'à ce qu'elle ait l'impression que ses os se liquéfiaient. Elle avait horriblement chaud et son pouls battait fort, comme chaque fois qu'il la serrait dans ses bras.

Elle retira un de ses gants, pour lui caresser le visage et sentir sa peau sous ses doigts. Elle tressaillit quand il posa sa bouche au creux de sa paume, puis il revint à la bouche, pour donner encore, sans rien demander. Elle commençait à trouver qu'il aurait pu être plus exigeant… Ses mains ne s'aventuraient pas. L'une était posée sur son épaule, l'autre lui malaxait le dos, mais il n'avait pas ôté ses gants.

Elle s'écarta de lui, un peu, juste assez pour voir ses yeux. Ils brillaient dans la pénombre, et le désir qu'ils exprimaient lui coupa une fois de plus le souffle.

— Et ensuite ? demanda-t-elle.

— Tout dépend de toi.

C'était donc à elle de mener le jeu. Le défi lui parut à la fois terrifiant et excitant.

— Essaye autre chose, dit-elle. On verra bien si je t'arrête.

Il demeura immobile quelques secondes, puis l'attira brusquement pour l'installer à califourchon sur ses genoux. Elle baissa ses yeux vers lui. Il leva les siens vers elle. Ses mains étaient devenues plus aventureuses. Elles caressaient maintenant son dos, ses fesses, ses cuisses. Ses doigts se mirent à la titiller. Légèrement, pour éviter qu'elle ne panique. Mais de manière suffisamment appuyée pour que son cœur s'accélère.

— Ton canapé est déplorable, murmura-t-il. Mais ton fauteuil a enflammé mon imagination.

Elle se prit soudain à songer à sa peau nue contre la sienne et se pencha pour écraser sa bouche sur ses lèvres, en pressant ses hanches contre lui. Son corps tressauta en rencontrant son pénis. Il avait dit qu'il la désirait. Elle constatait qu'il n'avait pas menti.

Elle ouvrit les yeux et découvrit son visage dur, son expression affamée. Il était en érection, mais ses lèvres se dérobaient pour l'obliger à se pencher vers lui.

— Tu me taquines, murmura-t-elle contre sa bouche.

— Oui.

Il agrippa ses cuisses et la serra de nouveau, lui arrachant un gémissement étouffé. C'était si bon… Mais pas encore suffisant. Elle défit à la hâte la fermeture Eclair de son manteau et il vint à la rescousse pour s'occuper de celle du vêtement qu'elle portait en dessous. Avec ses gants, il était maladroit. Il les ôta pour glisser ses mains nues sous son pull et les poser sur ses seins, en plongeant ses yeux dans les siens.

— C'est toujours oui ? demanda-t-il d'une voix rauque.

— Toujours oui, murmura-t-elle.

Il restait le fin tissu de coton du soutien-gorge sur ses seins… Elle gémit quand il le fit remonter.

Ses pouces titillaient maintenant ses tétons et elle se pencha. Il haletait et gémissait.

Puis, brusquement, il s'arrêta et mit de la distance entre eux. Elle prit soudain conscience du froid et des vitres couvertes de buée. Noah avait les yeux fermés, le visage crispé. Elle comprit qu'il était sur le point de perdre le contrôle et cela l'excita encore plus.

— Pourquoi t'arrêtes-tu ? demanda-t-elle d'une voix rauque comme il rajustait ses vêtements.

— Parce que je le pouvais encore. J'étais sur le point d'aller beaucoup plus loin.

— Ça m'aurait peut-être plu.

Il déglutit.

— Nous aurions gelé, dit-il posément.

Avec des mains tremblantes, elle caressa son front en sueur et écarta quelques mèches.

— Est-ce que tu as déjà… ? Enfin… ? Sur une banquette arrière… ?

Il eut un sourire éclatant.

— A cette période de l'année ? Jamais.

Il lui tapota gentiment les fesses et ils allaient recommencer, quand son portable vibra dans sa poche de pantalon. Ils sursautèrent.

— C'est sûrement Jack, dit-il.

Elle descendit de ses genoux et il sortit le téléphone. Après avoir décroché, il écouta en silence quelques minutes, puis jeta un coup d'œil vers elle.

— Non. Elle est avec moi. Tu me donnes l'adresse ?

Il la nota, d'un air las et résigné.

— J'appelle Jack et je te retrouve là-bas.

Il raccrocha.

— C'était Olivia, dit-il à Eve tout en composant un numéro. Elle a trouvé Harvey Farmer. Décroche, Jack…

— Elle a fait vite, commenta Eve.

— Pas assez. Il est mort… Merde, Jack, tu ne décroches jamais ! J'attends de tes nouvelles.

Il descendit de voiture, tout en composant un autre numéro, pour laisser un deuxième message à Jack sur son téléphone fixe. Puis il appela Abbott et ouvrit la porte du garage.

— Bruce, dit-il en s'effaçant pour laisser passer Eve. C'est Noah. Tu as eu Olivia ? Tant mieux. Je n'arrive pas à joindre Jack. Pas plus chez lui que sur son portable. Je te préviens, comme promis. Et je vais chez Farmer.

Il raccrocha et fila vers la sortie, en ramassant au passage l'ordinateur d'Eve.

— Allons-y, dit-il.

Ils coururent jusqu'à la voiture.

— Est-ce qu'Olivia a trouvé Dell ? demanda Eve tout en bouclant sa ceinture.

— Non. C'est pour ça que je t'emmène avec moi.

— Et comment a-t-elle déniché le père ?

— Par les coups de fil passés depuis le portable de Buckland.

Elle songea qu'il ne lui avait fallu que quelques minutes pour redevenir l'inspecteur de police en service.

— De quoi est mort Harvey ?

— Une balle dans la poitrine. Et toutes les fenêtres de la maison étaient ouvertes.

Elle se sentie soudain glacée.

— Mais Dell ne peut pas être le tueur en série, Noah. Il est instable et nerveux, tout le contraire de votre homme, qui prépare méticuleusement ses meurtres.

— Je sais. Carleton Pierce est de ton avis.

— A propos de Pierce… Il est passé me voir à l'hôpital pour me dire que la presse saurait bientôt, pour *Shadowland*.

— J'aurais dû t'en parler. Je suis désolé.

— Peu importe. J'espère seulement que ça sauvera quelques femmes.

Mercredi 24 février, 20 h 25

— Reste près de la porte et ne touche à rien, dit Noah à Eve.

— Très bien, répondit-elle en regardant fixement le corps d'Harvey Farmer.

— Ne regarde pas.

Il songea qu'il n'aurait pas dû la faire entrer. Mais, pour se concentrer, il avait besoin de l'avoir sous les yeux, de la savoir en sécurité.

— C'est trop tard, dit-elle en lui faisant signe qu'il pouvait s'éloigner. Je vais bien, ne t'inquiète pas.

Elle mentait, pour ne pas peser sur lui et le laisser travailler en paix.

Il alla s'accroupir auprès du cadavre.

— Une balle dans la poitrine, expliqua Olivia. Tirée

par un gros calibre. Il est encore chaud. On dirait qu'il a pris un coup de poing dans la figure. J'ai appelé l'équipe médicale et les experts.

— J'ai déjà vu la Subaru bleue qui est garée dehors, dit-il. Elle nous a suivis, Jack et moi, quand nous avons quitté le Deli avec Eve, l'autre jour. C'est celle du fils Farmer.

— Une minute, intervint Eve depuis la porte d'entrée. Dell Farmer ne pouvait pas se trouver au volant de la Subaru qui nous suivait. D'après le barman du Deli, il est resté après notre départ pour parler avec Lyons. Quand il est parti, nous étions loin, et la Subaru nous suivait déjà.

Noah échangea un regard admiratif avec Olivia.

— Elle n'a pas une épine dans le cerveau, murmura Olivia.

— En effet, murmura Noah. La voiture de Dell, c'est sans doute la SUV noire qui a poussé David. La Subaru doit appartenir au père.

— Je n'étais pas au courant pour la Subaru, commenta Olivia. J'ai envoyé des hommes interroger les voisins au sujet d'une SUV noire. La SUV n'est pas immatriculée dans le Minnesota, donc Dell l'a probablement…

— Noah, coupa Eve d'un ton altéré.

Il fut aussitôt près d'elle.

— Que se passe-t-il ?

— Regarde…

Elle montrait du doigt une photo encadrée.

— C'est V. Le fils d'Harvey. Celui qui est mort. Et la jeune femme qui est dans ses bras…

Elle se tourna vers lui, avec des yeux agrandis par la peur.

— C'est Katie. La Katie de Jack. Noah… Ils n'en ont pas seulement après toi. Jack aussi est visé.

— Où est Jack ? demanda Olivia.

— Il ne répond pas au téléphone, répondit Noah dont le cœur s'était mis à battre furieusement. Je vais…

— File, coupa Olivia. Je t'envoie du renfort chez Jack.

Mercredi 24 février, 20 h 30

Délicieuse ironie du sort, c'était Eve qui lui avait soufflé l'idée sans le savoir. Il était assis dans sa voiture et regardait une vidéo d'archives appartenant à une chaîne d'Asheville, en Caroline du Nord.

Cette vidéo avait un peu moins de six ans. C'était parfait.

« Et qu'avez-vous fait ensuite ? » demandait le journaliste en essayant de dissimuler son écœurement.

La caméra fit un gros plan sur le séduisant visage d'un des plus violents tueurs en série qu'il ait jamais étudiés.

« Je l'ai tuée, répondit Rob Winters avec un rictus satisfait. Je l'ai bloquée sur son lit, et je lui ai demandé : “Tes parents ne t'ont jamais dit qu'il ne fallait pas monter dans la voiture d'un étranger?” Ensuite j'ai passé une corde autour de son cou et j'ai serré. Comme elle se débattait, j'ai dû la poignarder. Six fois, il me semble. »

« Huit, corrigea le journaliste en pâlissant légèrement. Huit fois, dans l'abdomen. »

« Vous devez avoir raison, concéda Winters, toujours avec son petit sourire en rictus. C'est vous le journaliste, je suppose que vous avez pris vos renseignements. Je l'ai donc poignardée et elle a tenté de me griffer. »

Le souvenir lui arracha un sourire.

« Elle avait du cran, cette petite. J'ai lacéré sa main avec mon poignard. Puis son visage. »

« Pourquoi le visage ? demanda le journaliste d'une voix blanche. Elle était déjà pratiquement morte. »

« Je ne sais pas trop, répondit Winters en haussant les épaules. Parce qu'elle se croyait jolie, parce que j'en ai eu envie, parce que c'était facile. Elle a cessé de lutter, alors j'ai tiré de nouveau sur la corde. J'ai cru qu'elle était morte, mais elle s'en est tirée. Peu importe. Je suis ici, derrière les barreaux, et elle dehors… Mais ce n'est pas pour autant qu'on peut dire qu'elle vit. »

Ses yeux noirs brillèrent d'un éclat froid.

« Aucun de nous deux n'est libre. Ça me va. »

« Je vois. Poursuivons. Que s'est-il passé ensuite ? »

Winters ne se fit pas prier. Il se délecta à détailler l'agression. L'histoire se terminait par son arrestation.

Deux semaines après cette interview, on l'avait retrouvé poignardé dans sa cellule.

Il a mal fini parce qu'il avait perdu le contrôle… Quelle honte… Et quel dommage… *J'aurais bien voulu le rencontrer…*

Winters était mort, mais Eve avait toujours peur de lui. On le devinait à ses yeux. Il suffisait de savoir regarder.

Il sortit de sa poche le téléphone qui lui avait servi le matin à lui envoyer un texto, puis fit reculer la vidéo jusqu'au moment qui l'intéressait. Ensuite il composa le numéro d'Eve. Elle ne répondit pas. Il aurait apprécié d'entendre le cri qu'elle pousserait en entendant la voix de son ancien persécuteur. Peu importait, il ne tarderait pas à constater les effets de cette intervention quand il la lui ferait écouter, en la regardant droit dans les yeux.

Quand il entendit le bip du répondeur, il enclencha la vidéo et approcha le téléphone de son ordinateur. Il laissa filer quelques secondes, puis raccrocha avec un sourire satisfait.

Ensuite il démarra et mit sa radio de flic en marche. Il voulait être prévenu quand Webster découvrirait les Bolyard.

Il songea que Webster serait terrifié quand Eve lui parlerait de son nouveau message. Il ne la quitterait plus, ce qui posait tout de même un problème.

Sauf que…

Webster n'allait pas tarder à se précipiter chez les Bolyard, en bon petit soldat qu'il était, avec la belle Eve qu'il ne lâchait plus d'une semelle.

Je serai prêt.

Mercredi 24 février, 20 h 45

— Oh, mon Dieu…

Noah sortit de sa voiture et fit le tour pour ouvrir la portière d'Eve. Puis il s'arrêta net, le cœur au bord des lèvres. Les techniciens de l'équipe du légiste sortaient déjà de la maison. Ils portaient une civière. Avec un corps dans un sac.

Abbott les accueillit à la porte.

— Jack n'est pas mort, annonça-t-il aussitôt.

Noah montra le brancard du doigt.

— Qui est-ce ?

— Katie. Elle a pris une balle dans la tête. Le coup a été tiré par une arme appartenant à Jack.

— Il n'a pas pu faire ça, protesta Noah d'un ton fiévreux.

Abbott l'arrêta d'un geste.

— Jack est en route pour l'hôpital. Son état est critique.

Noah sentit ses jambes trembler et fit un effort pour verrouiller ses genoux.

— Que s'est-il passé ? demanda-t-il.

— Nous avons trouvé une bouteille d'alcool vide près de son lit. Les infirmiers pensent qu'il a pris aussi des cachets, mais nous n'en avons pas trouvé.

Noah eut envie de protester que Jack ne se serait jamais suicidé, mais il se tut. Au fond, il n'en aurait pas juré.

— C'est Jack qui a poursuivi Farmer, fit posément remarquer Eve. Ce scénario fait partie de la vengeance de Dell.

— Tu sais bien que Jack n'a pas tué Katie, ajouta Noah.

Abbott acquiesça.

— Mais nous suivons tout de même la procédure légale. Il ne faudrait pas qu'on nous accuse d'avoir voulu le couvrir. Noah, Jack est ton partenaire, je ne peux pas te laisser entrer.

Noah ferma les yeux. Il savait qu'Abbott avait raison.

— Dis-moi ce que tu as vu, murmura-t-il.

— Katie était allongée sur le lit, une balle dans la tête, répondit Abbott.

Il parut hésiter à poursuivre, puis se décida.

— Elle avait été battue. Jack était près d'elle, allongé lui aussi, sans connaissance, son arme sur la table de nuit, près de la bouteille. Si nous l'avions découvert demain, il serait mort. Tu as bien fait de me prévenir qu'il ne répondait pas. Et vous, Eve, je vous félicite. Olivia m'a dit que vous aviez retrouvé les Farmer en consultant des archives de journaux. Bon travail. La photo de Katie qui se trouve chez les Farmer aidera à innocenter Jack.

Eve acquiesça posément, et la main qu'elle posa sur le dos de Noah ne trembla pas.

— Vous pensez que c'est Dell qui a tué son père ? demanda-t-elle.

— Oui, répondit Abbott. Pourquoi ?

— Parce que je me demande pourquoi il a fait ça. Et qui d'autre se trouve sur sa liste.

— Toi, tu dois y être, murmura Noah.

— Et toi aussi, rétorqua-t-elle. Où ont-ils emmené Jack ?

— A l'hôpital du comté, répondit Abbott. Mais personne

n'a le droit de le voir. J'ai prévenu son père et je m'apprête à le rejoindre là-bas.

— Je dois parler à Jack, protesta Noah. Tout à l'heure, il a cru que j'avais réclamé un nouveau partenaire. La mort de Rachel Ward l'a secoué. Je veux qu'il sache que je le soutiens.

— Tu le lui diras quand il ira mieux, répondit fermement Abbott. Pour l'instant, fais ton travail, tu seras plus utile.

— Tu as raison. Je vais rendre visite au couple qui veut témoigner pour Martha. J'emmène Eve.

— Pas de problème, acquiesça-t-elle. J'ai mon ordinateur. Je peux m'occuper, où que je sois.

Abbott les raccompagna jusqu'à leur voiture. Il attendit qu'Eve soit installée et qu'elle ait refermé sa portière, puis il fit signe à Noah de s'éloigner de quelques mètres avec lui.

— Même si Jack s'en sort, il ne sera pas sur pied avant plusieurs mois, lui dit-il. Tu vas avoir besoin d'un nouveau partenaire pour te seconder dans cette enquête.

Noah n'avait pas envie d'un nouveau partenaire, mais il savait qu'Abbott avait raison.

— Tu penses à qui ?

— Je n'ai pas encore d'idées. Je t'aurais proposé Olivia, mais Kane ne prend sa retraite que dans quelques mois. Je vais donner quelques coups de fil et je te tiendrai au courant.

Il jeta un coup d'œil du côté d'Eve qui attendait dans la voiture.

— Il faut l'envoyer dans un endroit protégé, ajouta-t-il.

Noah songea à toutes ces années qu'elle avait passées à se cacher dans un foyer d'accueil.

— Je ne pense pas qu'elle acceptera, murmura-t-il.

— Tâche de la convaincre, insista Abbott. Tu ne vas pas pouvoir la traîner partout avec toi.

Noah acquiesça en silence. Il n'y avait rien à dire.

— Autre chose ? demanda-t-il.

— Concentre-toi sur ton enquête. Nous avons cinq cadavres sur les bras.

— Je ne l'ai pas oublié, Bruce, protesta Noah en haussant le ton.

L'arrivée d'une Mercedes attira son attention.

Carleton Pierce en sortit, le visage décomposé par l'inquiétude.

— Que se passe-t-il ?

Abbott haussa les sourcils.

— Qu'est-ce que tu fais là, Carleton ?

— J'avais un truc à régler avec Jack, répondit Carleton.

— C'est-à-dire ? insista Abbott.

Mais Carleton venait d'apercevoir la civière.

— Seigneur… Est-ce que Jack… ?

— Quel genre de truc ? reprit Abbott.

— Je ne peux pas te répondre, murmura Carleton en fixant toujours le brancard.

— Ce n'est pas Jack, déclara Noah.

Carleton fit volte-face vers lui.

— Qui est-ce ?

— Sa petite amie, répondit Abbott. Qu'est-ce que tu venais faire ici ? Il faut me le dire.

Carleton se redressa.

— Je ne peux pas, Bruce, je suis désolé, n'insiste pas. Où est Jack ?

— Il doit arriver en ce moment aux urgences, répondit Abbott d'un air sombre.

Carleton ouvrit de grands yeux.

— Aux urgences ? Mais pourquoi ?

— Il aurait avalé de l'alcool et des cachets, répondit Abbott entre ses dents.

Carleton poussa un soupir.

— Bon sang… Il a des chances de s'en tirer ?

— Assez peu, répondit Abbott tout en suivant des yeux les gars de l'équipe de Ian qui chargeaient le corps de Katie dans une camionnette. Je ne voudrais pas te paraître grossier, Carleton, mais nous avons du travail.

— Très bien. S'il s'en sort, dites-lui que je suis passé, d'accord ? Je vous retrouve demain, à l'heure de la réunion.

Il leur tourna le dos et partit.

— Un psychiatre malheureux, commenta Noah.

— Je ne suis pas chargé de le rendre heureux, fit remarquer Abbott.

— Il n'est pas autorisé à divulguer les informations de ses patients, Bruce. Sa présence ici prouve que Jack était bien plus mal en point que nous ne le pensions.

— Je sais, répondit tristement Abbott. Et c'est un mauvais point pour Jack.

— Quand Jack se réveillera, dis-lui que je ne crois pas qu'il ait fait ça.

Le visage d'Abbott se radoucit.

— Promis. A présent, pars et occupe-toi de ton enquête. Tiens-moi au courant de tout. Et débrouille-toi pour qu'Eve accepte un endroit sûr où elle sera protégée.

Mercredi 24 février, 20 h 45

— Ton oncle a l'air vraiment sympa, commenta Liza.

Ils avaient quitté l'hôpital à la fin des heures de visite et ils roulaient maintenant vers le centre-ville.

— Je suis contente qu'il s'en sorte bien.

— Je n'arrive pas à croire que quelqu'un ait tenté de le tuer, grommela Tom. Lui ou Eve.

— Tu as de la chance d'avoir une famille, dit-elle tristement.

— Ne perds pas espoir. Lindsay n'est peut-être pas morte. Et votre mère, comment va-t-elle ?

— Elle va bien. Je ne lui ai encore rien dit. Elle est fragile, en ce moment.

Liza s'en voulut de lui mentir, mais si elle lui avait avoué qu'elle vivait seule il l'aurait obligée à s'installer ailleurs, sous la surveillance d'un adulte. Et elle tenait à conserver la liberté d'aller et venir. Pour chercher Lindsay.

— Si tu veux passer du temps en famille, ce n'est pas grave, dit-elle. Je peux chercher moi-même ce Jonesy.

Olivia n'avait pas rappelé.

— Pas question. Je t'accompagne. Je me fais déjà du souci pour Eve. Je ne voudrais pas m'en faire aussi pour toi.

Mercredi 24 février, 20 h 55

— J'admire ton calme, commenta Noah en démarrant.

— Ce n'est qu'une apparence, reconnut-elle. Mais je pense que je ne t'aurais pas rendu service en m'évanouissant. Que faisait Pierce ici ? Et qu'est-ce que t'a dit Abbott pour que tu fasses cette tête ?

— Carleton avait une réunion avec Jack ce soir.

— Une « réunion »... Tu veux dire un « rendez-vous » ou plutôt une « consultation »... Carleton s'occupait de lui... Voilà qui ne va pas aider à réfuter la thèse du suicide.

— Exactement. Voilà pourquoi je n'ai aucune raison d'avoir l'air réjoui.

— Ce n'est pas tout, Noah, insista-t-elle. Je suis sûre qu'il y a autre chose. Que t'a dit Abbott à mon sujet ?

Noah lui jeta un regard en coin.

— Pourquoi cette question ?

— Parce que j'ai remarqué qu'il regardait dans ma direction tout en te parlant.

Noah soupira.

— Il veut t'envoyer dans un endroit où tu seras protégée.

— Il n'en est pas question, protesta-t-elle d'un ton ferme.

Il allait répliquer, mais elle lui coupa la parole.

— Et toi ? Est-ce que toi, ça va ?

Il mit quelques secondes à répondre.

— Non, dit-il enfin. Je n'avais pas de très bonnes relations avec Jack ces derniers temps.

— Je suis au courant et ça ne me surprend pas. D'après Sal, Jack avait éclusé la patience de plus d'un partenaire.

— C'est vrai seulement depuis quelques années, protesta Noah.

— Noah, même si Katie ne s'est approchée de Jack que pour l'espionner, c'est tout de même lui qui l'a laissée entrer chez lui. Il a baissé sa garde pour une femme qu'il connaissait à peine.

Noah lui jeta un long regard appuyé.

— Amy Millhouse était bien la première victime, fit-il pour changer de conversation. Son frère avait maquillé la scène du crime, c'est pour ça que nous n'avons rien trouvé en lisant les rapports. Il nous a appris qu'elle passait beaucoup de temps au casino. Elle jouait et gagnait gros.

— Rachel avait rencontré John au casino… J'ai sur ma liste une autre femme qui passe son temps au casino. Elle y était hier. Elle fait peut-être partie des cibles du tueur.

— Tu parles de Nathalie, se souvint Noah. Celle qui jouait à la table du tricheur.

— Dasich, murmura-t-elle d'un air sombre. Il faut que je vérifie que Nathalie est bien là.

Elle sortit son portable.

— Tu peux vérifier d'ici, depuis la voiture ?

— Je possède une carte Wi-Fi.

— Quand tu auras vu Nathalie, passe donc chez Amy, pour voir s'il y a une couronne noire sur sa porte.

— Entendu.

Elle envoya Greer au casino. L'avatar de Nathalie se trouvait bien à sa table habituelle. Dasich était là aussi et il avait déjà accumulé pas mal de jetons.

— Nathalie perd, mais elle est là, c'est l'essentiel. Voyons chez Amy, à présent.

Greer arriva bientôt chez Amy.

— Oui, la couronne noire est accrochée à sa porte, commenta Eve en fronçant les sourcils. Et pourtant elle n'y était pas hier.

Elle se tourna vers Noah.

— Il a posé cette couronne chez Christy et Rachel tout de suite après les avoir tuées, mais pour Martha et Samantha il a attendu que vous les trouviez. Il n'y avait pas de couronne chez Amy ce matin… Donc, il a su entre-temps que vous aviez compris. Mais comment ? Les journaux n'en ont pas parlé.

— Comment a-t-il su pour Martha et Samantha ? demanda-t-il d'un ton agacé.

— Pour Martha, Christy et Samantha, il a pu l'apprendre en lisant les articles du faux Buckland. Rachel, on en parlait ce matin à la radio. Mais pour Amy je ne vois pas.

— J'ai rendu visite aujourd'hui à la mère d'Amy, avec Jack. Ensuite Jack a intercepté son frère à l'aéroport pour le conduire au bureau. S'il nous suivait, il en a tiré ses conclusions.

Il ralentit et gara la voiture.

— Pourquoi t'arrêtes-tu ? demanda-t-elle.

— Nous sommes devant la maison des Bolyard. Ils sont

peut-être les derniers à avoir vu Martha vivante. Tu viens avec moi, je ne veux pas te laisser seule dans la voiture.

— J'ai mes écouteurs, dit-elle. Je les mettrai si tu veux leur parler tranquillement.

— Oui, c'est une bonne idée.

Il mit son chapeau et elle s'autorisa à l'admirer quelques secondes.

— J'aime ce chapeau, fit-elle remarquer d'une voix rauque. J'ai toujours trouvé que les chapeaux t'allaient bien.

Il la fixa longuement. Le rebord du chapeau dissimulait ses yeux dans l'ombre, mais elle sentit la chaleur de son regard.

— Allons-y, dit-il enfin. J'aimerais qu'il nous reste un peu de temps pour nous ce soir.

Il sortit, contourna la voiture, et l'aida à s'en extirper. Elle le suivit dans l'allée et se tint un peu en retrait quand il sonna à la porte.

Comme on ne répondait pas, il frappa.

— Ils sont peut-être sortis, suggéra-t-elle d'un ton incertain.

Il fronça les sourcils.

— Ils nous attendaient, répondit-il. Et la femme était impatiente de rencontrer Jack, ajouta-t-il d'un ton amer.

Elle lui caressa légèrement le dos pour le réconforter. Il se redressa.

— Ça va, dit-il. Je suis bien obligé de tenir le coup.

Il fit demi-tour dans l'allée et se hissa sur la pointe des pieds pour regarder par la fenêtre du garage. Puis il revint vers elle.

— Suis-moi, dit-il d'une voix dure.

— Qu'est-ce qui se passe ? demanda-t-elle en le suivant derrière la maison, dans la neige.

— J'ai vu leurs deux voitures dans le garage. Ils sont chez eux.

Ils se trouvaient maintenant derrière la maison. Noah arrêta Eve d'un geste.

— Reste là, dit-il.

Elle acquiesça et se força à respirer lentement, tandis qu'il s'approchait de la porte de la cuisine, arme au poing. Puis elle l'entendit jurer. Elle avança de quelques pas.

— Seigneur, murmura-t-elle.

A travers la porte vitrée, elle voyait un couple affalé sur la table, dans une mare de sang. Noah ouvrit et entra. Elle ne fit pas mine de le suivre quand il alla vérifier leur pouls. Il ne tarda pas à revenir.

— Ils sont morts, dit-il d'un air morne. Allons-y.

Elle le suivit de nouveau, cette fois pour regagner la voiture. Il appela aussitôt les renforts, les experts, l'équipe du légiste. La routine…

Puis il s'accouda au volant et pressa ses pouces sur ses tempes.

Elle lui caressa doucement le bras.

— Qui savait qu'ils avaient vu Martha Brisbane ? demanda-t-elle.

— Mon équipe, la personne qui a pris leur appel, et toute personne à qui ils ont eu envie de se confier. Ils étaient tellement contents de rencontrer Jack, à cause de ce fichu article…

Il fit la grimace.

— Ils s'en sont peut-être vantés à tort et à travers, qui sait ? murmura-t-il.

— D'accord, mais tous ceux à qui ils l'ont dit n'ont pas décidé de les empêcher de parler.

Il la fixa intensément.

— Tu veux dire qu'ils connaissaient le tueur sans le savoir, murmura-t-il.

Elle lui lança un regard éloquent et il en eut l'estomac noué.

— Ou bien que c'est *toi* qui le connais, corrigea-t-elle.

20

Mercredi 24 février, 21 h 30

Webster était là. Eve aussi. Exactement comme il l'avait prévu. Ils venaient de découvrir les corps des Bolyard et ils étaient encore sous le choc. Les renforts n'étaient pas encore arrivés. S'il parvenait à atteindre Webster, il n'aurait plus qu'à emmener Eve.

Mais Webster s'était garé trop loin. Il abaissa son revolver en poussant un soupir de frustration. D'ici, il risquait de le rater et n'osait pas s'approcher. En bon flic, Webster riposterait aussitôt, et il devait reconnaître que l'inspecteur tirait mieux que lui. *Si je le manque, je suis mort.* Il n'avait pas prévu de mourir. En tout cas, pas ce soir.

Phelps, par contre, avait peu de chances de s'en tirer. Il comptait là-dessus pour mettre le feu aux poudres. Les journalistes allaient se ruer sur la nouvelle et la commenter en détail. Quelqu'un finirait bien par écrire que l'inspecteur Phelps s'était suicidé parce qu'il se sentait coupable de la mort de Rachel Ward. Le moment était parfait pour porter le coup fatal au Hat Squad.

La police s'apprêtait à annoncer que le tueur chassait sur un site internet. Qu'il suffisait de ne pas fréquenter ce site pour être à l'abri.

Mais d'ici à demain on découvrirait une autre victime, une femme qui n'était pas inscrite sur *Shadowland.* Les gars du Hat Squad ne sauraient plus à quel saint se vouer, ils seraient complètement perdus.

La presse allait les crucifier. Tout le monde comprendrait qu'ils tâtonnaient. Ils seraient humiliés. Il leur faudrait justifier leur incompétence. Et en même temps on les accuserait d'avoir couvert le comportement irresponsable de Jack Phelps. Ils allaient être occupés !

Ils allaient se démener pour redorer leur blason, chercher fébrilement des suspects. Il avait espéré qu'Axel Girard sèmerait la confusion quelques jours de plus, mais il était, hélas, définitivement innocenté. Pas grave. Il n'avait jamais pensé faire plonger à sa place ce brave père de famille insignifiant.

Il avait déjà semé des graines pour proposer deux autres suspects à la police. Ça promettait d'être divertissant, de voir le Hat Squad se creuser les méninges à leur sujet.

La première voiture de patrouille arrivait chez les Bolyard. L'endroit n'allait pas tarder à grouiller de flics. Il allait devoir se retirer discrètement. Déçu, mais indemne.

Eve ne le dérangerait plus avec ses incursions sur *Shadowland.* Il n'avait plus besoin de la museler.

Mais tout de même il aurait sa peau. Pour se venger, bien sûr, mais pas seulement.

L'interview de Winters racontant comment il l'avait étranglée lui avait mis l'eau à la bouche. *Je la veux. Je veux la voir lutter pour survivre. Je veux sentir sa gorge sous mes mains.* Et puis… C'était aussi une question d'ego. Il voulait réussir là où un célèbre tueur en série avait échoué.

Il démarra lentement et disparut dans la nuit sans être inquiété.

*
* *

Voilà qui devient intéressant, songea Dell tout en suivant la voiture qui s'éloignait à travers le zoom de son appareil photo. *Quelqu'un hait Noah Webster autant que moi, on dirait.*

L'homme qui conduisait cette voiture ne s'était pas rendu compte qu'il était observé, sinon il n'aurait pas pointé son arme en direction de Webster. Mais il n'avait pas tiré. Il s'était dégonflé.

Il nota le numéro d'immatriculation de la voiture et s'intéressa de nouveau à Webster, lequel était toujours assis derrière son volant. Il paraissait abattu, et il y avait de quoi. Son partenaire venait tout juste d'être retrouvé au lit avec le cadavre de sa petite amie. Ça ferait un titre formidable. L'ennui, c'était que Phelps avait survécu…

De plus, il était furieux de ne pas pouvoir rédiger l'article sur cette affaire. Si son crétin de père ne l'avait pas dénoncé aux flics, il aurait pu continuer à envoyer au journal des mails signés du faux Buckland.

« Je ne t'ai pas dénoncé »… *Quelle connerie !* Harvey avait menacé de le dénoncer et il l'avait fait. Mais, quand le moment était venu de payer, il avait pleurniché comme un gosse.

V. avait toujours dit qu'ils pouvaient le mettre à genoux en unissant leurs forces. *Mais j'avais trop peur.* Ce soir, il n'avait pas eu peur.

Sauf que maintenant Webster sait qui je suis. Webster avait trouvé Harvey. Il avait entendu les flics sur sa radio. Ils le recherchaient. Mais ils se trompaient de voiture. Ils croyaient qu'il roulait dans une Lincoln Navigator noire.

Justement, le type qui avait visé Webster sans tirer roulait dans une Lincoln Navigator noire. Dell sourit. Il commençait à comprendre. Le type dans la Navigator était le tueur recherché par le Hat Squad. Bon sang ! Il posa son appareil photo et sortit son BlackBerry pour chercher l'identité du propriétaire de la voiture à partir de la plaque d'immatriculation. Un nom apparut. Il fronça les sourcils.

Donald Donner… Donner, ça lui disait quelque chose… Mais oui… C'était le nom qu'il avait lu sur la porte, derrière le bureau de ce crétin de Jeremy Lyons, à l'université.

— Je suis désolé, docteur Donner, murmura-t-il. Il est à moi. Je l'ai vu le premier.

Mais d'abord les gros titres. Il ne pouvait pas les écrire, mais il allait s'arranger pour que quelqu'un le fasse. Il activa l'un des numéros de la liste de contacts de Buckland.

— Salut… J'ai un tuyau pour vous…

Mercredi 24 février, 21 h 55

Noah avait mis le chauffage au maximum, mais Eve claquait tout de même des dents.

Elle avait vu aujourd'hui quatre cadavres — en comptant le sac contenant Katie. *Dire qu'elle était chez Sal's dimanche et que je l'ai traitée de bimbo du jour…* Elle se demanda ce que Katie avait fait pour que Dell se retourne brusquement contre elle. Mais peut-être qu'il n'y avait pas de réponse et que Dell avait tout simplement perdu la tête.

Il avait tué son père… *Et il a tenté de me tuer.* David en savait quelque chose. Elle poussa un gémissement… David… Il devait être malade d'angoisse. Il était temps de le rassurer. Elle plongea sa main dans son sac pour en sortir son téléphone portable et fit la grimace en découvrant la liste de ses appels manqués.

— Je suis désolée, dit-elle sans laisser à David le temps

de se plaindre. Je n'ai pas eu le temps. Ce type qui a poussé la voiture…

— Je sais. Olivia m'a mis au courant. Elle a envoyé des hommes pour me protéger.

Eve se figea.

— Elle pense qu'il pourrait s'en prendre à toi ? Mais c'était moi qu'il visait…

— Elle dit qu'elle ne veut courir aucun risque. Ça va, toi ?

— Ça va. Sauf que j'ai vu quatre cadavres en une seule soirée.

— Webster t'a laissée voir ça ? protesta-t-il d'un ton ulcéré.

— Il ne veut pas que je le quitte d'une semelle. Je vois tout ce qu'il voit.

Il émit un grognement.

— Tom m'a dit que vous aviez un dîner ensemble. Ça s'est bien passé ?

Eve ne put s'empêcher de sourire.

— Pas trop mal.

— Venant de toi, « pas trop mal », c'est déjà beaucoup. Je suis content. Tu le mérites.

— Tu devrais dormir. Je ne risque rien.

Après avoir raccroché, elle allongea le bras dans son sac pour en sortir son ordinateur, et sa main effleura le dur canon du revolver enfermé dans la pochette intérieure. Elle revit Harvey Farmer, allongé sur le sol de son salon, un trou dans la poitrine. Dell était là, dehors, quelque part. Dans le sac, son arme ne lui servait à rien.

Elle la sortit et regarda autour d'elle avant de la glisser dans la poche de son manteau. Elle se sentait déjà un peu rassurée et ouvrit son portable en soupirant. Elle voulait vérifier que Kathy et Nathalie étaient saines et sauves, en sécurité. De nouveau, elle soupira, cette fois de soulagement.

L'avatar de Kathy était juché sur un tabouret du Neuvième Cercle, celui de Nathalie n'avait pas quitté la table de poker.

Nathalie était en train de perdre gros. Dasich, en revanche, avait accumulé une montagne de jetons. *Ce n'est pas juste, ce type triche.* Eve s'intéressa au jeu. La main suivante fut remportée par Cicely, l'avatar qui était toujours assis auprès de celui de Nathalie. Eve avait déjà vérifié : Cicely ne faisait pas partie de ses sujets d'étude.

Du moins, pas à sa connaissance… Un frisson la parcourut.

Bon sang… *J'ai des douzaines d'avatars. Mes sujets aussi peuvent en avoir plusieurs.* Elle songea avec angoisse qu'elle n'avait peut-être pas identifié toutes les joueuses compulsives. Mais comment faire pour les repérer ? La tâche paraissait impossible.

Un brouhaha du côté du casino lui fit baisser les yeux. Cicely venait encore de rafler la mise, sauf que cette fois elle n'aurait pas dû. Soit elle avait une veine incroyable, soit elle était la reine du bluff, soit elle trichait.

Nathalie penchait visiblement pour la troisième solution, parce qu'elle protesta. Une dispute s'ensuivit. Décidément, il y avait de l'amb…

Eve sursauta quand on frappa à la vitre de sa portière. Elle la fit descendre.

— Capitaine Abbott, vous m'avez fait peur…

Cet aveu ne fit pas sourire Abbott.

— Web vous a parlé de mon intention de vous transférer dans un endroit sûr ?

— Oui. Et je vous remercie de vous soucier de ma sécurité.

Abbott ouvrit la portière.

— Je vous y conduis tout de suite. Venez avec moi.

Elle s'adossa à son siège d'un air résolu, en secouant la tête.

— J'ai trouvé une solution de remplacement, protesta-t-elle.

— Vous ne pouvez pas rester ici, c'est une scène de crime.

Elle leva les yeux vers lui en s'efforçant de conserver un visage impassible, même si cet empressement lui paraissait suspect.

— Je partirai avec la personne qui a accepté de m'héberger.

Le visage d'Abbott se ferma.

— Et peut-on savoir de qui il s'agit ? demanda-t-il d'un ton sévère qui fit frémir Eve.

— Sal, mentit-elle.

— Entendu, mais vous devez partir au plus vite, reprit-il d'un air buté. Votre présence empêche Web de se concentrer sur l'enquête. Nous avons suffisamment de problèmes comme ça avec Jack.

— Comment va Jack ? demanda-t-elle pour changer de sujet avant qu'il ait l'idée d'appeler Sal.

— On lui a fait un lavage d'estomac, mais il n'est pas sorti d'affaire. Ne changez pas de conversation, Eve. Vous ne pouvez pas rester, je vous le répète. Nous avons affaire à un tueur particulièrement dangereux. Votre présence pourrait distraire Noah et mettre sa vie en danger. Sa vie ou la vôtre.

Evidemment... Il n'avait pas tort. Elle comprenait mieux sa démarche.

— Je vois, dit-elle.

— Vous acceptez donc de vous éloigner de lui tant que cette affaire ne sera pas élucidée ?

Eve étudia son visage éclairé par un réverbère.

— Je vous promets de ne pas le déranger, murmura-t-elle.

Il la regarda fixement. Il avait compris qu'elle refusait tout de même de le suivre.

— Je compte sur vous, reprit-il sèchement.

Il avait refermé la portière, quand Noah sortit de la maison des Bolyard, suivi de Mick. Ils avaient tous les deux une triste mine. Eve coupa le son de son ordinateur. A travers sa vitre restée entrouverte, elle pourrait entendre leur conversation.

— Heure de la mort ? demanda Abbott à Noah.

— Entre 19 et 20 heures, d'après Micki, répondit Noah.

Eve eut le cœur serré en pensant que les Bolyard étaient morts pendant qu'elle et Noah s'embrassaient sur le siège arrière de sa vieille voiture.

— Vous n'avez trouvé aucun élément à propos de ce qu'ils avaient à nous dire ?

— Non, dit Noah en se massant la nuque. Mais ils ont passé un coup de fil à 19 h 45.

Micki montra une camionnette de la télévision locale qui arrivait.

— A cette chaîne, justement.

Une femme s'approcha d'eux. Elle était enveloppée dans un élégant manteau et portait des talons hauts.

— Je suis Regina Forest, dit-elle. Pouvez-vous me dire ce qui se passe ici ?

— Vous êtes sur une scène de crime, répondit sèchement Noah. Vous devez partir.

Forest affecta une expression horrifiée qui dissimulait mal sa curiosité.

— M. Bolyard ? demanda-t-elle.

— Pas de commentaires, répondit Noah.

Il voulut s'éloigner, mais Regina lui emboîta le pas.

— Stuart Bolyard nous a appelés, dit-elle. Il a parlé à l'un de nos journalistes.

Elle plissa les yeux, à la manière d'une chatte.

— Si vous me promettez l'exclusivité, je vous dis tout ce que je sais.

— Tout dépend de ce que vous savez, riposta Noah.

— M. Bolyard avait lu l'article sur celui qu'on appelle « le tueur à la robe rouge ». Il disait avoir vu l'une des victimes, dans une cafétéria, le soir de sa mort. Il m'a assuré en avoir informé la police qui devait passer le voir. Je lui ai demandé pourquoi il n'avait pas tout dit tout de suite à la police, au téléphone, mais il m'a répondu que sa femme tenait à rencontrer Jack Phelps, parce qu'il était une star. Où est Jack Phelps ?

— Il n'est pas en service, répondit Abbott. Que vous a-t-il dit d'autre ?

— Qu'un homme avait quitté la cafétéria juste après eux et la victime.

Elle eut un sourire malin.

— Et que ça vous l'ignoriez encore…

— Madame, dit Noah. Vous n'êtes pas sans savoir que nous enquêtons en ce moment sur une délicate affaire de meurtres. Ne jouez pas avec nous, je vous prie.

— Je n'y songe même pas. Le journaliste qui avait pris l'appel de Bolyard me l'a passé et, quand je me suis présentée, il a déclaré que sa femme voulait aussi me rencontrer et passer à la télévision. J'ai insisté pour qu'il m'en dise plus en prétextant que je ne me déplaçais pas pour rien. Il m'a donc révélé avoir revu cet homme plus tard, dans la même cafétéria. Il s'agirait d'un professeur d'université, la cinquantaine, portant des lunettes d'écaille et un nœud papillon. Il a ajouté que ses mains tremblaient quand il buvait son café.

Donner, songea Eve tout en admirant le calme de Noah qui n'avait pas cillé.

— Vous voyez qui ça pourrait être, inspecteur ? demanda Forest.

Noah ne daigna pas lui répondre.

— Est-ce que M. Bolyard a approché cet homme ? demanda-t-il.

— Oui. Aujourd'hui, quand il l'a rencontré à la cafétéria, il lui a demandé si c'était bien lui qui était sorti derrière la femme qui avait été assassinée. Le professeur l'a mal pris. Il a nié et s'est mis en colère. Le connaissez-vous, inspecteur, oui ou non ?

Elle le menaça du doigt.

— Et ne me répondez pas par une autre question. Ce ne serait pas correct.

— Nous le connaissons peut-être, répondit Noah. Et dès que nous aurons une certitude c'est vous que je préviendrai. Mais vous attendrez pour diffuser ce que votre assistant est en train de filmer en ce moment, n'est-ce pas ?

Forest le scruta du regard.

— D'accord. Mais n'essayez pas de me doubler.

— Je n'y songe même pas, murmura Noah, juste au moment où une voiture s'arrêtait derrière la camionnette de la télévision en faisant crisser ses freins.

Deux hommes en sortirent. L'un d'eux brandissait un appareil photo. Il traversa la rue en courant, en direction de leur petit groupe.

— Inspecteur Webster ? appela-t-il. Qu'avez-vous à dire sur le meurtre commis par l'inspecteur Phelps et sur sa tentative de suicide ?

Forest haussa les sourcils et les yeux de Noah lancèrent des éclairs.

— Pas de commentaires, répondit-il d'une voix tranquille.

— Je vais considérer que vous m'avez doublée, commenta Regina Forest, d'une voix tout aussi tranquille.

Elle fit signe à son assistant de filmer le journaliste qui approchait, et celui-ci parut contrarié de constater que la télé l'avait pris de vitesse.

— Je suis Nelson Weaver, du *Mirror*, dit-il. Est-il vrai que Jack Phelps a assassiné sa petite amie et qu'il a ensuite tenté de se suicider en avalant des cachets et de l'alcool ?

— Pas de commentaires, intervint Abbott d'un ton ferme.

Forest eut une moue de dédain.

— Nelson, je crois que nous devrions aller prendre un café ensemble. Nous avons des choses à nous dire.

Elle s'éloigna et Nelson la suivit, avec un air perplexe.

— Merde, murmura Abbott. Pour ce qui est de rester discret à propos de Jack, c'est foutu.

— Mais nous tenons notre assassin, répondit Noah d'un ton étrangement détaché. Je vais arrêter Donner.

Abbott se tourna lentement vers la voiture de Noah, comme s'il se rappelait brusquement la présence d'Eve.

— J'envoie une voiture de patrouille chez Donner pour m'assurer qu'il ne va pas s'enfuir. Ensuite je l'arrêterai moi-même. Toi, tu déposes Eve chez Sal's et tu me rejoins.

Décidément, la soirée était riche en événements. Dell observait à travers son zoom le journaliste du *Mirror* qu'il avait prévenu, mais la présence de la poulette de la télé était une surprise. Apparemment, Phelps aurait droit à une belle publicité.

Qu'il meure ou pas, on ne verra que lui aux informations et dans les journaux. Un flic commettant un meurtre et tentant de se suicider, c'était du saignant. Ça pouvait même intéresser CNN. Voire Yahoo.

Tout le monde à Minneapolis avait lu l'article de *MSP* et les gens adoraient Phelps. Ils allaient bientôt apprendre qu'il était un meurtrier et un lâche. Ils allaient bientôt savoir la vérité.

— A présent, au tour de Webster, murmura-t-il avec un grand sourire.

Il avait prévu de frapper là où ça lui ferait le plus mal. Webster avait le sens de la famille…

Mercredi 24 février, 22 h 15

Noah conduisait agrippé au volant.

— Que t'a dit Abbott ? demanda-t-il à Eve.

— Il veut que je prenne le large pour ne pas risquer de te distraire de ta tâche. Je lui ai dit que j'étais d'accord.

Noah dut faire un suprême effort pour ne pas exploser.

— En allant chez Sal's ?

— J'ai pensé que Sal accepterait de me garder. Abbott proposait de m'emmener sur-le-champ dans un endroit protégé et je ne voulais pas le suivre.

Elle soupira.

— Noah, je ne sais pas quoi dire…

Il lui jeta un regard dur.

— A quel sujet ?

— Ces gens… Les Bolyard… Ils ont été assassinés pendant que nous…

Elle haussa les épaules.

— Je sais, murmura-t-il. J'y ai pensé aussi. Mais tu trouvais que Jack avait fait le mauvais choix en accueillant dans son lit une femme qu'il connaissait à peine. Les Bolyard aussi ont fait le mauvais choix. S'ils nous avaient dit au téléphone ce qu'ils savaient, nous aurions pu arrêter Donner avant qu'il ne les tue. Mais ils voulaient leur heure de gloire.

— Ils l'auront, commenta-t-elle tristement. Mais pour en revenir à toi, Abbott a raison, ma présence te déconcentre. Dépose-moi chez Sal's. J'irai dormir chez Callie et je demanderai à un client de nous escorter ce soir. Je peux même t'appeler quand on sera chez elle, pour te rassurer.

— J'ai une meilleure idée, dit Noah. La maison de Brock et Trina.

Elle secoua vigoureusement la tête.

— Non. Ils ont des enfants. Je ne vais pas prendre le risque d'attirer Dell chez eux. Je préférerais encore la maison d'Abbott.

Son cœur se serra. Il n'avait pas anticipé cette réponse, mais elle ne le surprenait pas.

— Ils vont envoyer les enfants chez le père de Brock pour la nuit, dit-il. C'est un ancien flic et il comprend la situation. Les garçons seront en sécurité chez lui. J'ai déjà prévenu Brock, quand j'étais chez les Bolyard. Il est d'accord.

Il haussa un sourcil.

— Trina est une excellente cuisinière, tu sais.

— Je ne voudrais pas les vexer en refusant, soupira-t-elle. Et Callie ?

— Elle peut aller aussi chez Brock et Trina. Comme ça, vous papoterez entre filles en vous faisant les ongles.

Elle rit, tout en secouant la tête.

— Et toi tu aurais l'esprit tranquille ?

— Oui.

— Dans ce cas, j'accepte. Merci de t'être occupé de ça.

Elle scruta son visage d'un air sérieux.

— Tu crois vraiment que Donald Donner a tué ces cinq femmes ?

Il lui jeta un regard en coin.

— Et toi ?

Elle le menaça d'un doigt.

— Ce n'est pas correct de me répondre par une question, railla-t-elle en imitant la voix de la journaliste.

Puis elle haussa les épaules.

— Non. Je n'arrive pas à croire que c'est lui. C'est un teigneux… Mais il est dans la lune. Parfois, il s'arrête de parler en plein cours et se met à rêvasser, le regard dans le vague. Il oublie les devoirs qu'il nous a donnés. Son obsession, c'est d'être publié. Il n'a pas le profil psychologique de notre tueur. Et pas assez de force pour maîtriser une femme.

Noah acquiesça d'un air songeur.

— C'est vrai qu'il n'est plus tout jeune.

— Mais tu comptes quand même l'arrêter.

— Oh oui, dit-il d'un ton las.

— C'est sûrement au Deli que ce couple a vu Martha, parce que c'est là que déjeune Donner. Par contre, j'ignore s'il y va aussi le samedi soir.

— Espérons que la caméra de surveillance du Deli pourra nous renseigner.

Il jeta un regard en coin vers l'ordinateur posé sur ses genoux.

— Est-ce que Donner connaît *Shadowland* ? Je veux dire, est-ce qu'il joue ?

— Je ne sais pas ce qu'il fait chez lui. Mais chaque fois que je lui parle de mes travaux je suis obligée de lui expliquer comment fonctionne le jeu. Si son ignorance est feinte, il est vraiment bon comédien.

— Tu as vérifié que tes joueuses compulsives étaient en ligne aujourd'hui ?

— Oui.

Elle lui pressa la main.

— Je suis désolée, pour les Bolyard. Et aussi pour Jack. Pour tout ça.

— Tu n'y es pour rien.

— Je ne voulais pas dire que j'étais responsable. Je suis simplement triste de penser que tu es obligé de côtoyer tous ces cadavres. Je sais que ça te fait du mal.

Cette déclaration émut profondément Noah. Il se rendit compte à quel point il avait besoin de quelqu'un qui le comprenne et le soutienne. La gorge nouée, il pressa la main d'Eve contre sa joue. Sans un mot.

Mercredi 24 février, 22 h 30

Donner était plus prudent que les Bolyard. Lui, il fermait ses portes.

Il cassa un carreau de celle qui donnait sur le sous-sol, allongea le bras, tourna la poignée depuis l'intérieur. Une fois entré, il eut vite fait de constater que Donner et sa femme n'étaient pas chez eux. *Merde. Pourquoi n'est-il pas là ?* Ils avaient pourtant rendez-vous. *Ce salaud m'a posé un lapin…*

J'aurais dû passer chez lui avant d'éliminer les Bolyard. Cette absence risquait de le mettre dans une situation délicate. Il espéra que Donner n'aurait pas un alibi en béton, où qu'il soit.

Après tout… Il n'aurait peut-être pas à éliminer Donner. Ça ne l'amusait pas plus que ça de tuer des gens et ça ne faisait pas partie de son plan initial. Les Bolyard, pourtant, il n'avait pas eu le choix.

J'aurais dû attendre Martha à l'extérieur, comme les autres. Mais il faisait si froid qu'il avait craint d'attirer l'attention en restant assis dans sa voiture. A présent, il avait deux meurtres de plus à son actif, avec tout ce que ça supposait de tracas.

Il avait intérêt à se dépêcher. C'était lui qui avait appelé la journaliste de la télé, en se faisant passer pour Stuart Bolyard. Elle avait dû déjà débarquer pour réclamer l'interview qu'il lui avait fait miroiter. Mais en fait d'interview elle avait trouvé une scène de crime et des flics. Flics qui n'allaient pas tarder à arriver chez Donner si elle leur avait dit ce qu'elle savait — ou plutôt ce qu'elle croyait savoir.

Il entra dans la salle de bains et fronça les sourcils. Les brosses à dents avaient disparu, ainsi que d'autres affaires de toilette, comme en témoignaient les espaces vides sur les étagères. Les Donner n'étaient pas simplement sortis.

Dans la cuisine, il ne put retenir un sourire en découvrant un verre à pied vide. Il le renifla. Donner avait bu un bourbon. Il prit la bouteille et la mit dans un sac en plastique. Les flics la trouveraient bientôt chez sa sixième victime.

Webster ne croyait pas à la culpabilité du vieux Donner. Mais devant certaines preuves il serait bien obligé de s'incliner.

Restait maintenant à savoir où se trouvait Donner. Il prit le téléphone sans fil de la cuisine et appuya sur le bouton qui composait le dernier numéro appelé. Il le lut et sortit son BlackBerry pour chercher sur l'annuaire inversé à qui appartenait ce numéro.

Ah… Adele Donner… La mère de Donald. Le brave professeur s'était donc réfugié chez sa mère.

Il composa le 411, puis raccrocha quand l'opérateur répondit. Comme ça, les flics ne pourraient pas retrouver le dernier numéro composé par Donner. Ils allaient se procurer ses relevés téléphoniques, bien entendu, mais ça leur prendrait du temps. Et donc ça lui en ferait gagner.

Il sortit par où il était entré. Juste à temps. En tournant au coin de la rue, il vit arriver au loin une voiture de patrouille, avec le gyrophare, mais sans sirène.

— Désolé, les gars. Il n'est pas là.

Mercredi 24 février, 23 heures

— C'est accueillant, comme endroit, murmura Eve.

Brock et Trina vivaient dans une jolie maison de brique avec une cheminée qui fumait. Mais Eve avait l'angoisse au ventre.

— Ceux qui l'habitent aussi sont accueillants, répondit Noah. Pourquoi es-tu si nerveuse ?

— Parce qu'ils font partie de ta famille.

— Mais tu les connais déjà…

— Oui, mais là, c'est différent… C'est personnel.

— Tu as raison, c'est différent. Et après ? Tu m'as bien présenté Tom.

— Je sais.

Elle était encore rouge de honte quand elle songeait au regard sévère que Tom avait posé sur Noah — comme s'il était son père et elle une gamine de seize ans.

— Il y est allé un peu fort, murmura-t-elle.

— Il t'aime. Et j'ai eu de la chance, il m'a jugé acceptable, ajouta-t-il en haussant un sourcil amusé.

Puis il sourit.

— Trina t'a déjà adoptée, je le sais. Tu n'as aucune raison de t'en faire.

— J'ai été sur le qui-vive toute la journée, je suis à bout de nerfs. Je ne sais pas comment vous faites, vous les flics, pour supporter cette pression.

Il fit le tour pour lui ouvrir la portière.

— Ce n'est pas tout le temps comme ça, dit-il. Il nous

arrive de rester enfermés dans un bureau à faire de la paperasse. N'oublie pas ton téléphone.

L'étui de son portable était tombé sur le côté et son téléphone avait glissé sur le plancher de la voiture. Elle le ramassa et l'ouvrit, machinalement.

— J'ai des millions d'appels manqués, dit-elle.

— Tu auras le temps d'écouter tes messages une fois à l'intérieur, fit-il remarquer avec un brin d'impatience dans la voix.

Elle se rendit compte qu'il avait à faire et qu'elle le retardait.

— Désolée… Quand je suis nerveuse, je fais de la résistance passive.

— Tu n'as aucune raison d'être nerveuse, insista-t-il.

Il la prit par les épaules et elle se laissa aller contre lui, hanche contre hanche, sa tête sur son épaule. Ils avancèrent ainsi jusqu'à la porte d'entrée.

— On est bien, non, tous les deux ? lui murmura-t-il à l'oreille.

Elle frissonna. Oui, ils étaient bien. Et cela aussi la rendait nerveuse.

Il soupira.

— Profite sans te poser de questions, d'accord ?

Elle se rendit compte qu'elle retenait sa respiration.

— Mon Dieu…, gémit-elle. Pourquoi est-ce si difficile ?

— Détends-toi. En ce moment, je devrais être le cadet de tes soucis.

— Facile à dire, grommela-t-elle.

Le téléphone de Noah vibra dans sa poche et elle sursauta.

— Eve…, soupira Noah. Cesse de t'angoisser. Trina ne mord pas. Du moins, plus maintenant.

Il sourit, mais son visage se renfrogna quand il découvrit l'identité de l'appelant.

— C’est Abbott, dit-il.

Ils avaient atteint le porche. Il recula et se détourna pour répondre.

Mais Eve n’avait aucune envie d’écouter sa conversation. Les émotions de la journée la rattrapaient et elle avait soudain l’impression d’être complètement dépassée. *Plus de mauvaises nouvelles. Assez pour aujourd’hui.* Mais la conversation de Noah se prolongeant, elle décida de s’occuper en vérifiant ses propres appels.

Seigneur... Elle chercha Noah du regard. Il faisait le va-et-vient devant le porche, en parlant à voix basse, pour qu’elle n’entende pas. D’une main tremblante, elle actionna le répondeur et colla son téléphone à son oreille.

« Tes parents ne t’ont jamais dit qu’il ne fallait pas monter dans la voiture d’un étranger ? »

Elle eut un coup au cœur, ses genoux se dérobèrent, elle se laissa tomber sur une marche du porche, abasourdie. C’était sa voix. C’était lui. Mais non... Impossible. Il était mort.

Et pourtant c’était bien lui. Elle aurait reconnu entre mille cette voix qui venait encore la narguer dans ses cauchemars. Le téléphone lui échappa des mains et le bruit qu’il fit en tombant alerta Noah.

Il se précipita pour venir s’agenouiller près d’elle.

— Que se passe-t-il ?

— C’est lui, lui..., répondit-elle en secouant la tête, comme pour mettre de l’ordre dans ses idées.

— Dell Farmer ?

— Oui. Non. Seigneur...

Elle haletait tant qu’elle était au bord du malaise et elle s’obligea à fermer la bouche pour respirer par le nez.

— C’était un message vocal. Avec la voix de Winters.

Noah resta quelques secondes abasourdi, puis il réagit.

— Tu en es sûre ?

— Certaine ! Cette voix, je l'entends presque chaque soir dans mes rêves. Et…

— Chut…, fit Noah.

Il ramassa le téléphone et composa le numéro de la messagerie. Puis il referma le téléphone d'un air sombre et le mit dans sa poche, tout en aidant Eve à se lever.

— Je vais en parler à Olivia. Nous le trouverons, Eve, ne t'en fais pas.

— Mais comment a-t-il su ?

Elle se rendit compte que sa voix était suraiguë et tenta de se maîtriser.

— Comment a-t-il su ? demanda-t-elle plus calmement.

— Je l'ignore. Sans doute s'est-il procuré un extrait d'une vieille interview. J'en ai vu quelques-unes sur internet, ce matin. Essaye de respirer, ma chérie. Ce ne sont que des mots. Winters ne peut plus te faire de mal.

Il avait passé ses bras autour d'elle et la serrait.

— Il ne peut plus te faire de mal, insista-t-il.

Elle songea à Harvey Farmer et à Katie. A Kurt Buckland. A David.

— Mais Dell peut, lui, murmura-t-elle. Et il n'a pas l'intention de laisser tomber.

— Respire, insista-t-il tout en frappant bruyamment à la porte de Brock et Trina.

Comme personne ne venait ouvrir, il frappa une deuxième fois, plus fort, en faisant un vacarme à réveiller les morts.

— Ouvrez, bon sang ! s'exclama-t-il.

Le battant s'entrouvrit et la tête de Trina apparut.

— Noah, dit-elle d'un ton enjoué. Et Eve ! Quelle surprise…

Partez, articula-t-elle silencieusement. *Tout de suite*.

— Bon sang, Trina ! Ce n'est pas le moment de me

dire que vous êtes nus et en train de faire l'amour. Laisse-nous entrer.

Il ouvrit la porte d'un coup d'épaule.

Eve songea dans une sorte de brouillard que Trina avait un drôle de regard, comme si elle voulait les avertir d'un danger… *Cours.* Son pouls se mit à battre à cent à l'heure, elle recula, mais trop tard. Une main tira Trina en arrière, il y eut un bruit sourd, puis la main réapparut pour lui saisir le bras et l'entraîner dans la maison.

— Non ! hurla Noah en tentant de la retenir.

Elle se débattit comme un chat sauvage, puis se figea en sentant le canon froid d'un revolver contre sa tempe.

Noah aussi s'était figé.

— Dell Farmer, dit-il posément.

Le corps d'Eve était immobilisé, mais son esprit se remit à fonctionner. Ils ne s'étaient pas attendus à trouver Dell ici…

Dell passa un bras autour de sa gorge et serra pour l'empêcher de bouger.

— Le merveilleux Noah Webster ! ricana-t-il. Celui qui ne retrouverait pas un éléphant dans un couloir.

— Il me semble que je t'ai retrouvé, répondit posément Noah sans quitter des yeux le visage de Dell.

Dell ricana de nouveau.

— C'est vrai. Mais c'est uniquement parce que mon père m'a dénoncé.

— Il ne t'a pas dénoncé, répondit Noah d'un air surpris.

Eve aperçut Trina, pieds et poings liés, allongée au sol. Mais où était Brock ?

Puis elle cessa de s'inquiéter pour Brock quand Dell la souleva en appuyant un peu plus le canon contre sa tempe.

— Ne me mens pas, Webster !

Eve recouvra sa voix.

— Il ne ment pas. C'est moi qui vous ai trouvé. Ce n'était pas si difficile.

Dell se raidit et, pendant quelques secondes, la pression au niveau de la tempe d'Eve se relâcha. Mais Dell se reprit et elle grimaça de douleur quand le canon revint appuyer, encore plus violemment.

— Tu mens, toi aussi, dit-il.

— Non. J'ai trouvé un vieil article de Buckland, avec une photo de votre père, près de la tombe de votre frère. Vous lui ressemblez.

Elle se tut, pour ménager son effet.

— Vous lui ressembliez, avant de le tuer, corrigea-t-elle. Maintenant, avec le trou qu'il a dans la poitrine, je ne sais pas si on pourrait faire le rapprochement entre vous deux.

— Ta gueule ! hurla-t-il.

Mais elle avait senti trembler la main qui tenait l'arme.

Noah les regardait fixement, visiblement prêt à bondir. Elle comprit qu'il attendait le bon moment et songea au revolver dont elle sentait le poids dans sa poche. Il lui suffirait d'un moment d'inattention de Dell et…

— Vous avez tué votre père pour rien, poursuivit-elle d'une voix douce. Il ne vous avait pas dénoncé.

A présent, Dell tremblait de tous ses membres.

— La ferme. Je ne veux plus t'entendre.

— Il vous a dit qu'il était innocent, je suppose… Il a dû vous supplier de l'épargner. Mais vous avez tiré quand même.

Le bras autour de sa gorge se resserra. Elle se hissa sur la pointe des pieds pour tenter de respirer.

— Lâche-la, Farmer, dit calmement Noah.

— Non. Pas question. Tout ça, c'est ta faute, Webster.

— Je n'ai pas tué ton frère, Dell, répondit Noah. Il s'enfuyait. Nous l'avons poursuivi. C'était un accident.

— Il n'avait rien fait, protesta-t-il d'un ton qui se voulait assuré.

Mais Eve sentit l'odeur rance de son désespoir.

— Il avait tué un homme de sang-froid, répondit Noah d'un ton conciliant. Tu le sais.

— C'était à cause d'elle.

— Elle ? Tu veux dire Katie ?

— Oui. Il n'était pas mauvais. V. n'était pas mauvais.

Mais il ne paraissait plus aussi sûr de lui. Eve sentit que c'était le moment de passer à l'action. Elle se laissa aller contre lui de tout son poids et décolla ses pieds du sol. Il ne put la soutenir et elle glissa à terre.

— Lâche ton arme, Farmer, cria Noah au moment où elle heurtait le sol.

Elle se recroquevilla et jeta un coup d'œil prudent du côté des deux hommes. Noah pointait son arme sur Dell, et Dell pointait la sienne sur elle. Ils se jaugeaient du regard, immobiles.

— Je vais la tuer, affirma Dell d'un ton froid et railleur. Sous tes yeux. De toute façon, tu vas tirer. Tu vas me tuer comme tu as tué V. Alors j'emmène ta copine en enfer avec moi.

Eve glissa discrètement sa main dans sa poche et prit son revolver. Puis elle se redressa d'un bond, sur les genoux, en le pointant sur Dell.

— Non, protesta-t-elle. Je ne pars pas avec toi.

Dell tourna la tête vers elle, avec des yeux écarquillés. Noah n'avait pas besoin d'autre chose. Il se jeta sur Dell, lui saisit le poignet et l'obligea à s'allonger au sol, tout en lui collant son arme dans le dos. Dell se débattit comme un sauvage, mais Noah tint bon en le bloquant. Mais il n'avait pas encore réussi à lui arracher le revolver qui visait Eve.

— Va-t'en ! hurla-t-il à Eve. Tout de suite.

— Je vais vous tuer, vociféra Dell. Toi ou elle. Peu m'importe.

Eve avança à genoux vers Dell et pointa son revolver sur sa tête.

— Ça suffit, dit-elle. Arrête. Ou je te fais sauter la cervelle. Tu ne veux pas mourir, Dell, j'en suis sûre. Et moi non plus, je ne veux pas mourir.

Dell leva vers elle des yeux pleins de haine. Mais il avait cessé de se débattre. Noah lui prit son arme sans qu'il proteste et lui passa les menottes dans le dos. Ensuite il le bloqua avec un genou et se tourna vers Eve.

— « Va-t'en », tu ne sais pas ce que ça veut dire ?

— Je n'ai pas entendu, protesta Eve. Il criait trop fort qu'il allait nous tuer.

Noah leva les yeux au ciel et appela les renforts. Entre-temps, Trina avait réussi à se hisser en position assise.

— Où est Brock ? demanda Noah.

— Dans la chambre, répondit-elle. Dell avait prévu de nous tuer devant toi. Il voulait que tu assistes à notre exécution.

Eve se leva d'un bond.

— Je vais chercher Brock.

Avec une assurance qui la surprit, elle courut chercher un couteau de cuisine et rejoignit Brock dans la chambre. Il était allongé sur le sol, ligoté et bâillonné. Elle commença par lui arracher le bâillon.

— Tout le monde va bien ? demanda-t-il aussitôt.

— Oui. Et vous, vous n'avez rien ?

Elle fit la grimace.

— A part cette énorme bosse sur le crâne.

Il leva les yeux au ciel.

— Il vous faudra combien de temps pour oublier que vous m'avez trouvé dans cette humiliante position ?

Elle rit, tout en coupant ses liens.

— Je ne sais pas. On peut négocier.

21

Mercredi 24 février, 23 h 20

Noah poussa un soupir de soulagement en voyant revenir Brock avec Eve.

— Tu as de la chance qu'ils n'aient rien, petite merde, murmura-t-il à Dell.

— Je regrette de ne pas les avoir tués sous tes yeux, jeta Dell d'une voix mauvaise.

Noah eut du mal à se retenir de frapper. Il lui avait récité ses droits, mais Dell n'avait pas écouté et n'avait cessé de vociférer. Quand il sortit de sa poche une deuxième paire de menottes, en plastique cette fois, pour les lui passer aux pieds, Brock vint l'aider et Dell redoubla d'invectives.

Eve libéra Trina de ses liens et l'aida à s'asseoir sur le canapé, tandis que Dell continuait à leur promettre vengeance, en criant si fort que les vitres en tremblaient.

— Vous avez besoin de soins ? demanda Noah à Brock et Trina.

Ils vérifièrent qu'ils n'avaient rien et firent signe que non.

— Pas la peine, répondit Brock. Un peu de glace suffira. D'après Eve, j'ai une grosse bosse sur le crâne.

Il haussa un sourcil.

— Mais si elle ne me l'avait pas dit je ne m'en serais pas rendu compte.

Noah jeta un coup d'œil à Eve et son cœur chavira. Elle était là, calme et maîtresse d'elle-même, avec dans la main un des couteaux à viande de Trina. Il se leva, en grimaçant, et la rejoignit. Elle avait une ecchymose au menton.

— Il t'a frappée, dit-il.

— Je suis O.K. Ne t'en fais pas.

— Tu étais bien plus que ça, murmura-t-il.

Il eut envie de la prendre dans ses bras, mais se retint à cause des regards curieux de Brock et de Trina. Il recula même d'un pas.

— Je préviens tout de suite Abbott, dit-il. Pendant ce temps, occupez-vous d'appliquer de la glace sur vos bleus et bosses.

Brock aida Trina à se lever.

— J'apprécierais un bourbon avec ma glace, dit-il à Eve.

— Je ne suis pas en service, répondit-elle du tac au tac, tout en riant.

Ils disparurent tous les trois dans la cuisine.

Noah ne put s'empêcher de l'admirer. Elle se tenait souvent en retrait, à observer les autres, et on aurait pu la croire timorée. Mais, quand elle passait à l'action, elle était surprenante.

Il dut reconnaître que oui, elle l'empêchait un peu de se concentrer sur l'affaire, mais cette distraction était bienvenue. Et maintenant que Dell serait sous les verrous, elle ne risquerait plus rien. Il n'y avait plus aucune raison de la mettre à l'abri.

Elle pouvait désormais rentrer chez elle. *A moins qu'elle ne vienne chez moi.* Ils reprendraient peut-être là où ils en étaient restés, sur la banquette arrière. Mais il avait d'abord quelques questions urgentes à régler.

Il sortit son téléphone de sa poche. Abbott lui avait déjà annoncé que Donner n'était pas chez lui, mais il était censé le rejoindre au plus vite.

— Bruce, c'est Noah, dit-il quand Abbott décrocha.

— Où es-tu ? demanda Abbott d'un ton âpre. Et qu'est-ce que c'est que ce boucan derrière toi ?

— Je suis chez Brock et Trina. Le boucan, c'est Farmer. Je voulais laisser Eve ici, mais quand je suis arrivé Farmer nous attendait déjà. C'est une longue histoire. Pour faire court, je te dis simplement qu'il est à mes pieds, menotté.

— Seigneur ! s'exclama Abbott d'un ton plus amène. Personne n'est blessé ?

— Brock a pris un coup sur la tête. Trina, Eve et moi, ça va, à part quelques ecchymoses. Farmer est vivant, comme tu peux l'entendre.

Deux agents en uniforme entrèrent.

— Les renforts arrivent maintenant, dit Noah à Abbott.

— Bon sang… C'est agréable de penser que ce salaud va pourrir en prison. Je préviens Olivia.

— Et Donner ?

— Aucun signe de lui, répondit Abbott.

Farmer cessa de hurler et se contorsionna au sol avec un rire de hyène.

— Attends, dit Noah à Abbott.

Il alla s'accroupir près de Farmer.

— Qu'est-ce qui te fait rire comme ça ?

— Tu cherches Donner, mon vieux… C'est comique ! Tu sais qu'il a failli te tuer ?

— De quoi parles-tu ?

Farmer haussa les épaules avec un rictus de mépris.

— Tu verras. Ou alors tu ne verras rien et… Pan ! Bonsoir, Noah et sa jolie Eve !

Noah se pencha vers lui.

— Dis-moi ce que tu sais, murmura-t-il calmement. Ou bien…

Le rictus de Farmer se transforma en un sourire moqueur.

— Ou bien quoi ? A part me tuer, je ne vois pas de quoi tu pourrais me menacer. Alors tu peux aller te faire foutre.

Noah se releva et fit signe aux agents.

— Emmenez-le et récitez-lui de nouveau ses droits. Il gueulait comme un putois quand je l'ai fait, et je ne voudrais pas qu'un tordu d'avocat prétende qu'il ne les avait pas entendus. Ne lui ôtez pas les menottes et surveillez ses pieds, il a tendance à ruer, ajouta-t-il comme ils s'éloignaient.

— Que voulait-il dire par « Bonsoir, Noah » ? demanda Abbott.

— Je l'ignore. Mais Dell a l'air de savoir qui est Donner.

Il prit le temps de réfléchir.

— Bien sûr… Il est passé à l'université et il a rencontré Jeremy Lyons. Il a sans doute vu Donner aussi. Qu'est-ce que vous avez trouvé, chez notre professeur ?

— Une vitre brisée à l'arrière de la maison, personne dedans. On dirait qu'il est parti. Avec sa femme.

— Merde… Où ?

— J'ai demandé à ce qu'on vérifie ses appels et j'ai lancé un avis de recherche. Nous avons interrogé les voisins. Personne ne sait où il aurait pu aller.

Noah soupira.

— Je croyais vraiment qu'il ne pouvait pas être notre homme, mais entre sa disparition et ce que m'a dit cet agité de Farmer je commence à douter de mon instinct. J'aurais dû le faire surveiller plus tôt.

— A propos de surveillance, j'ai envoyé une voiture de patrouille chez les deux femmes que tu m'as signalées, Nathalie Clooney et Kathy Kirk. Toutes les femmes qui jouent sur *Shadowland* ont été prévenues par un communiqué. Tu peux rentrer te reposer. Tu as eu une dure journée.

Noah ne protesta pas.

— Nous avons tous eu une dure journée, non ? Comment va Jack ?

— Toujours dans un état critique. Les médecins disent qu'ils ne se prononceront pas avant demain. Je t'appelle dès que j'ai du nouveau.

Jeudi 25 février, 0 h 25

Noah avait arrêté sa voiture devant chez lui. Ils ne bougeaient pas. Ils ne disaient pas un mot. Autour d'eux, tout était calme. Eve songea qu'ils avaient eu de la chance.

Ou bien c'était le destin qui leur avait souri. Eve ne savait plus si elle devait y croire ou pas.

Quand il n'avait pas pris la bifurcation qui aurait pu la mener chez elle, elle n'avait rien dit. Pendant tout le trajet, elle n'avait cessé de penser à ce qui s'était passé sur la banquette arrière de sa vieille voiture.

Elle contempla la porte du garage pendant une très longue minute et se décida à jeter un coup d'œil du côté de Noah. Il avait la mine sombre.

— Noah, tu as l'air épuisé, dit-elle. Tu devrais me ramener chez moi et te reposer, comme te l'a ordonné Abbott.

— C'est ce que tu veux ? demanda-t-il.

Le cœur d'Eve battait déjà fort. Il battit encore plus fort.

— Si nous entrions sur la pointe des pieds, que se passerait-il ? murmura-t-elle.

Il ne cilla pas.

— Nous pourrions dormir. Ou pas. C'est toi qui déciderais.

— Et si je ne veux rien décider et attendre simplement de voir ce qui se passe ?

— C'est possible aussi, dit-il.

Il renvoyait de nouveau la balle dans son camp.

— C'est que…

Elle haussa les épaules.

— La dernière fois que j'ai fait l'amour avec un homme, il a tenté de me tuer.

Cette fois, il battit des paupières.

— Tu m'avais dit qu'il y avait eu quelqu'un après.

— Je t'ai dit aussi que ça ne s'était pas très bien passé. En fait, ça ne s'est pas passé du tout.

Il haussa les sourcils, si haut qu'ils disparurent sous le rebord de son chapeau.

— Et pourquoi ?

— Parce qu'il n'a pas pu. Il a essayé… Mais il n'a pas pu.

— Tu l'aimais ?

— Non. Il s'agissait plutôt d'un service que nous nous rendions mutuellement. Entre amis.

Elle fit la moue.

— C'est ça. On peut le dire comme ça.

Noah repoussa son chapeau pour mieux la fixer.

— Je ne comprends toujours pas.

— Tu te souviens du chirurgien ? Celui qui était devenu aveugle ?

— Tu as couché avec lui ?

— Eh bien non, justement. En parlant, nous en étions arrivés à discuter de ça. Je me demandais si j'étais toujours normale… Si… Enfin si tout marchait bien. Lui aussi se posait des questions pour lui… Il a proposé de… Enfin, tu vois…

— Drôle de type, commenta sèchement Noah.

Eve eut un rire gêné.

— Oui, enfin… Je peux en rire maintenant, mais nous n'avons pas trouvé ça drôle sur le moment. J'étais désolée. Encore plus pour lui que pour moi.

— Pas étonnant, murmura-t-il.

— Il y a un an environ, il m'a appelée. Il avait rencontré quelqu'un et il était heureux. Et tout à fait… opérationnel.

Elle eut un drôle de sourire.

— Il a tenu à ce que je le sache, ajouta-t-elle avec un brin d'amertume.

— Drôle de type, répéta Noah.

Il la prit par le menton et se pencha pour l'embrasser, avec tant d'ardeur qu'elle en tressaillit jusqu'au bout des ongles.

— Alors, Eve, tu veux entrer sur la pointe des pieds, ou te jeter à l'eau ?

Ses yeux brillaient de défi, mais elle savait qu'il ne lui en voudrait pas si elle choisissait la première solution.

— Me jeter à l'eau, dit-elle.

Une lueur de triomphe passa dans le regard de Noah. Elle aussi, d'ailleurs, avait la sensation de triompher de quelque chose.

Noah s'arrêta dans l'entrée pour mettre le verrou et débarrasser Eve de son ordinateur et de son manteau. Puis il lui prit la main et l'entraîna dans sa chambre. Droit vers le lit.

Il avait eu une révélation en arrivant avec elle, quelques instants plus tôt, chez Brock et Trina. Derrière son calme apparent, Eve cachait une timidité presque maladive. Et sa peur. Elle avait passé les six dernières années de sa vie à avancer sur la pointe des pieds.

Mais il avait eu l'occasion de constater qu'elle était capable de réagir quand elle n'avait pas le choix. Et qu'elle s'en sortait bien. Il lui fallait juste un coup de pouce. *Comme moi*. Lui, il avait eu besoin d'un invraisemblable concours de circonstances pour oser l'approcher. On pouvait appeler ça la chance, le destin, le hasard… Peu importait. Il n'avait pas l'intention de passer un jour de plus à l'observer par-dessus son verre d'eau gazeuse.

Il s'arrêta devant le lit et ôta son revolver qu'il posa sur la table de nuit. Puis il glissa ses mains dans ses cheveux et s'empara de sa bouche. Elle poussa un long gémissement étouffé et se hissa contre lui, sur la pointe des pieds, en saisissant ses poignets pour ne pas perdre l'équilibre. Puis ses mains glissèrent le long de ses bras, sous son manteau, contre son dos. Ses baisers la mettaient à l'aise. Il espéra qu'elle serait aussi à l'aise avec ce qui allait suivre.

— Voici les règles du jeu, murmura-t-il. Tu as le droit de me demander d'arrêter ou d'attendre. Et moi je dois obéir. Mais si tu ne dis rien je continue. Ça te va ?

— Ça me va, répondit-elle dans un souffle, tout en lui pétrissant le dos. Mais dépêche-toi.

Il n'avait pas l'intention de se dépêcher. Il leur avait donné le coup de pouce dont ils avaient besoin, ce n'était pas pour voyager trop vite sans prendre le temps de profiter du paysage. Il s'attarda longuement sur sa bouche, qu'il explora très loin, avec application, jusqu'à ce que les doigts qui caressaient son dos se déplacent vers son torse et autour de son cou. Là, il passa aux joues. A celle qui avait encore de la sensibilité, mais aussi à l'autre, celle qui ne sentait plus rien.

Puis ses lèvres s'attardèrent sur le cou, plus bas que le collier de cuir qu'elle n'ôtait jamais, jusqu'à atteindre l'encolure de son pull. Pendant ce temps, elle avait repoussé son manteau de ses épaules et tirait maintenant sur sa chemise pour la sortir de son pantalon. Il dut faire un effort surhumain pour ne pas la jeter sur le lit.

Mais il avait décidé de prendre son temps et il tint bon. Il n'avait pas besoin de la brusquer, elle progressait d'elle-même. A présent, elle s'attaquait aux boutons de la chemise et il recula pour lui laisser la marge de manœuvre nécessaire.

Elle leva les yeux et posa sur lui un regard intense.

— Je ne suis pas très adroite de mes mains, dit-elle.

— Peu importe.

Quand elle eut fini, il ôta sa chemise.

Pendant quelques secondes elle le contempla sans un mot et il se sentit étrangement humble.

— Je me suis si souvent demandé comment tu étais bâti, murmura-t-elle. Je ne pensais pas le découvrir un jour.

— Tu t'étais trompée…

Elle lui sourit, timidement, les mains jointes. Il comprit qu'elle se sentait de nouveau nerveuse, mais elle ne lui demandait pas de s'arrêter. Alors il reprit, depuis le commencement, par un baiser, jusqu'à ce qu'elle y réponde, les deux mains à plat sur son torse.

C'était si bon, si doux… Ça lui avait tellement manqué.

Il posa sa tête sur son épaule.

— Ne t'arrête pas, dit-il.

— Je n'ai pas l'intention de m'arrêter, répondit-elle.

Elle poursuivit en promenant ses paumes sur lui.

Il vit à son expression qu'elle aussi trouvait que c'était bon et doux. Que ça lui avait manqué.

— J'adore l'été, dit-il soudain.

Elle leva les yeux, surprise.

— Pourquoi ?

— Parce que tu portais cet été un adorable chemisier.

Il glissa ses doigts sous le pull et lui caressa le ventre.

— Un chemisier court. Et quand tu te tournais d'une certaine manière on apercevait un bout de ton tatouage. Qu'est-ce que c'est ?

— Tu peux regarder.

— Je regarde, d'accord.

Il fit passer son pull par-dessus sa tête, révélant un soutien-gorge en coton, tout simple, qui n'aurait pas dû lui mettre l'eau à la bouche. Et pourtant… Il la fit reculer jusqu'au lit et s'allongea avec elle, tout en caressant du bout des doigts la peau qu'il venait de dénuder.

Il posa ses lèvres entre ses seins, puis s'obligea à lever la tête pour le regarder.

— Ce truc m'a rendu littéralement fou, murmura-t-il.

Des feuilles de lierre s'échappaient de la taille de son jean pour grimper ici et là le long de son ventre.

Elle retint sa respiration. En caressant l'une des branches, il sentit dessous une peau dure. Il comprit. Ce tatouage recouvrait ses cicatrices. Huit coups de couteau. Huit longues tiges de lierre.

Pour chercher de nouveau son regard, il attendit que la peine et la colère s'effacent de ses yeux. Il voulait qu'elle ne puisse y lire que l'admiration. Et le désir.

— Ce tatouage est magnifique, dit-il enfin d'une voix rauque.

La respiration d'Eve s'accéléra.

— Il va beaucoup plus loin, murmura-t-elle. Vers le bas.

Il fit descendre un peu le jean, pour voir jusqu'où ça allait.

— En effet, commenta-t-il.

Elle poussa un soupir.

— Dépêche-toi, Noah.

Mais il n'avait pas prévu de se dépêcher, bien au contraire. Il revint embrasser la peau entre ses seins, puis juste en dessous, lentement, jusqu'à ce qu'elle se hisse sur les coudes pour attirer son visage à elle. Il céda et prit un de ses seins, à travers le tissu de coton qu'elle ne tarda pas à écarter.

Quand il passa au deuxième sein, elle ne put s'empêcher de gémir.

— Plus loin, murmura-t-elle. Tu peux aller plus loin. Je t'en prie… Ne me fais plus attendre.

Il fit glisser, en tremblant, son jean et sa culotte en dentelle le long de ses jambes, la laissant nue. Puis il attendit sa réaction.

Il voulait être sûr qu'elle n'avait plus peur.

— Je me suis toujours demandé comment tu étais faite sous tes vêtements, dit-il. Mais je ne pensais pas le découvrir un jour.

Elle ne répondit pas et resta immobile. Il la désirait, mais il ne fit pas un geste.

— Eve, ça dépasse tout ce que j'avais imaginé. Tu es très belle.

Elle ferma les yeux.

— Dépêche-toi, murmura-t-elle.

Il comprit qu'elle était terrifiée et regretta de ne pas avoir devant lui l'homme qui l'avait abandonnée avec cette angoisse et ces cicatrices. Mais ça ne les aurait pas aidés à aller plus loin maintenant.

Je ne dois pas la brusquer.

Il se débarrassa de son pantalon, qui tomba au sol avec un tintement métallique, celui de ses clés. Elle tressaillit, à peine, mais cela ne lui échappa pas. Alors il se contenta de s'allonger près d'elle et se remit à l'embrasser, à la caresser tendrement, jusqu'à ce qu'elle se détende.

— Je t'en prie…, murmura-t-elle encore. Je suis prête.

Mais elle n'avait pas ouvert les yeux.

— Non, tu n'es pas encore prête, dit-il d'une voix douce. Regarde-moi, Eve.

Elle obéit et il sonda son regard. Dans ses yeux, il y avait du désir, mais aussi de l'angoisse. Encore. Il lui prit les mains et les posa sur ses hanches, puis sur son sexe.

— C'est si bon…, murmura-t-il d'une voix rauque. Je veux que tu sois bien, que tu oublies ta peur.

Une fois de plus, il posa sa bouche sur la sienne, tout en glissant un doigt en elle, puis deux, quand elle l'encouragea en poussant de petits cris de plaisir.

Maintenant. Maintenant, il pouvait. Il la pénétra lentement, tout en surveillant l'expression de son visage. Quand il rencontra son regard, une vague de joie et de soulagement le submergea. Le désir avait gagné. Elle avait gagné.

Il se mit à aller et venir en elle, sans quitter ses yeux, et, quand le plaisir voila ses prunelles, il eut la sensation d'avoir vaincu le monde entier. Puis elle se cabra, et il cessa de se retenir.

Ensuite il resta là, la tête sur son épaule, légèrement étourdi. Il avait eu de plus violents orgasmes, mais aucun ne l'avait rendu aussi heureux. L'extase, ce serait pour plus tard. Ils avaient le temps. Ils roulèrent sur le côté, savourant ce moment.

Eve soupira.

— Je suis contente que ce soit fait, murmura-t-elle.

Surpris, il battit des paupières.

— Pardon ?

Elle fit la grimace.

— Je veux dire… Que nous ayons plongé dans l'eau froide. Pas marché sur la pointe des pieds. J'avais peur, mais tu t'es montré si patient, si précautionneux… Tu n'as pas dû prendre beaucoup de plaisir.

Elle haussa les sourcils.

— Mais tu étais parfaitement opérationnel.

Il rit.

— Sache que j'y ai pris beaucoup de plaisir. Autant que toi.

Elle eut un sourire timide et touchant.

— C'est vrai que j'y ai pris du plaisir.

— L'essentiel était de plonger. La prochaine fois, ce sera encore meilleur.

— La prochaine fois ? Et c'est prévu pour quand ?

Il rit de nouveau.

— Laisse-moi quelques minutes.

— Merci, murmura-t-elle. Merci d'avoir compris que j'avais besoin de me jeter à l'eau.

— Merci de m'avoir fait confiance, rétorqua-t-il. Et merci… Pour tu sais quoi…

— Je sais quoi. Et je suis partante pour un deuxième essai, si tu n'es pas contre.

— Je crois que je pourrais faire cet effort.

Jeudi 25 février, 0 h 30

En passant devant la maison d'Adele Donner, il eut la satisfaction d'apercevoir la voiture de Donald. Les fenêtres n'étaient pas éclairées et il en déduisit que tout le monde dormait. Donner passait donc la nuit avec sa femme et sa mère. Ça faisait un alibi très discutable.

Il allait donc diriger le Hat Squad vers Donner. Les inspecteurs l'interrogeraient en prenant leurs voix de méchants. Donner nierait en tremblant. Ils décideraient peut-être de l'arrêter, mais Donner avait les moyens de payer une caution pour sortir. Là, il s'occuperait de lui. Il l'embarquerait là où personne ne pourrait le retrouver.

Les flics se mettraient à chercher. Et pendant ce temps la presse se déchaînerait et l'admiration du public pour ces « chevaliers des temps modernes » en prendrait un coup. Et quand leur réputation serait suffisamment amochée, on trouverait Donner pendu, avec un mot avouant ses crimes.

Webster serait obligé de clore le dossier, vaincu et honteux. *Et tout recommencera comme avant.*

Il s'éloigna de la maison d'Adele Donner. Le moment était venu de s'occuper de la sixième victime.

Jeudi 25 février, 0 h 30

Virginia Fox contempla son reflet dans le miroir en poussant un soupir contrarié. Elle n'était pas une beauté. Et ça, ça comptait plus que tout pour les hommes. Elle espérait vaguement que celui qu'elle s'apprêtait à rencontrer serait différent, tout en sachant que c'était impossible. Son pseudo était Dasich, son vrai nom John.

Quand il avait rejoint la communauté de *Shadowland*, il avait eu besoin d'un guide. Elle lui avait montré les ficelles du jeu, persuadée qu'il la laisserait tomber dès qu'il serait capable de voler de ses propres ailes. Aussi avait-elle été surprise quand il lui avait proposé une rencontre. Une vraie.

Et encore plus surprise quand elle avait appris qu'il vivait tout près, dans le Wisconsin. Il lui avait donné rendez-vous tard dans la nuit en prétextant qu'il travaillait tard, mais Virginia n'était pas dupe. Elle connaissait la chanson. Il était marié et il trompait sa femme. Mais elle s'en fichait. De toute façon, ils ne coucheraient probablement pas ensemble.

En général, les hommes la fuyaient dès qu'ils posaient les yeux sur elle.

— Je ne suis pas une beauté, comme Nathalie, mais je me trouve présentable..., grommela-t-elle au visage qui la fixait depuis le miroir.

Puis elle appliqua son rouge à lèvres d'un geste rageur.

Nathalie est belle. Nathalie est intelligente. « Je viens

d'avoir une promotion et une augmentation. Je suis ton nouveau patron. » Marre de Nathalie.

— Va te faire foutre, Nathalie, jura-t-elle en jetant le rouge à lèvres dans son sac.

Elle avait incité Nathalie à s'inscrire sur *Shadowland* dans l'espoir que là, au moins, elle la dominerait. Mais un mauvais génie avait dû s'en mêler, parce que cette pute était bonne aussi au poker. *Elle a conclu un pacte avec Satan, c'est pas possible !*

Elle m'a utilisée. Je lui ai tout appris et elle m'a piqué ma place.

Elle m'a dénoncée pour tricherie. C'était injuste. J'avais passé des mois à accumuler des points pour mon avatar. Des mois… Et maintenant tout était à recommencer. A cause de…

A cause de Nathalie.

Je hais cette salope.

John l'avait très bien cernée depuis le début.

Elle m'a utilisée. Elle s'est foutue de ma gueule.

Mais rirait bien qui rirait le dernier. Déjà, ce soir, elle avait rendez-vous avec un homme pendant que Nathalie passait la soirée seule devant son ordinateur. A jouer au poker.

Et si Nathalie devenait accro au jeu, au point de perdre son travail ? Le visage de Virginia s'illumina. Oui, après tout, c'était possible. Nathalie dirait adieu à sa belle maison et à sa belle voiture. Et où viendrait-elle pleurnicher et se réfugier ?

— Ici, déclara triomphalement Virginia en refermant derrière elle la porte d'entrée.

Et là, elle lui ferait tout payer d'un coup.

Elle lança son sac dans la voiture, si violemment qu'il rebondit.

— Je te foutrai dehors avec un coup de pied aux fesses,

tu peux me faire confiance ! Tu as eu le culot de me dire que je ne devais pas accepter de rencontrer John… Sous prétexte que c'était dangereux…

Nathalie était gourmande… Elle voulait tout pour elle. Tout. Les hommes, l'argent, le pouvoir.

Eh bien, au moins, elle n'aurait pas John.

Jeudi 25 février, 0 h 45

En entrant dans le parking, il constata avec soulagement que la voiture de Virginia s'y trouvait déjà. Ça n'avait pas été difficile de la piéger. Elle était si jalouse de sa copine Nathalie… Nathalie ne se doutait sûrement pas que son « amie » la méprisait à ce point. Nathalie avait tout. Elle avait tout obtenu facilement, dans la vie. La famille… Le travail… Les hommes… Tout ça lui semblait tout naturel, comme il lui avait semblé naturel de faire subir le récit de ses exploits à cette pauvre Virginia qui n'avait rien.

Virginia avait invité Nathalie à découvrir la table de poker de *Shadowland* pour la plumer et l'humilier. Hélas, Nathalie était une excellente joueuse. Lui-même devait le reconnaître, il n'avait jamais affronté un partenaire d'une telle envergure. Ce don pour le poker avait sans doute sauvé la vie de Nathalie Clooney. Pas question de la tuer. Quand il en aurait terminé avec le Hat Squad, il s'achèterait un nouvel avatar et reviendrait s'asseoir à la table de Nathalie. Simplement parce qu'il y était bien.

Et cette fois il n'y aurait pas Virginia pour lui gâter le plaisir du jeu. Quand il était arrivé, Virginia était déjà prête à être cueillie. Il n'avait pas eu de mal à la convaincre de l'aider à rafler la mise en le renseignant sur le jeu de Nathalie. Il n'avait pas non plus été difficile de l'inciter à parler de sa vie, de son patron qui était contre elle, de sa peur du noir, de son thérapeute qui était nul. Son thérapeute… Le pauvre… Dire qu'il était obligé de subir les jérémiades de cette femme pendant d'interminables séances.

Il méprisait les femmes qui passaient leur temps à gémir et à se plaindre. Comme sa mère autrefois. Sa mère, il avait fini par s'en fatiguer. Aucun doute, ceux qui côtoyaient Virginia devaient en avoir plus que marre de prêter l'oreille à ses doléances.

Grâce à lui, ces gens-là auraient bientôt la paix.

Jeudi 25 février, 1 h 45

Eve était allongée, la tête sur l'épaule de Noah. Elle caressait doucement son torse qui montait et descendait au rythme de sa respiration.

Elle était réveillée. Elle n'avait pas sommeil. Noah n'avait pas menti. La seconde fois, ç'avait été encore mieux. Elle en frissonnait encore rien que d'y songer.

La première fois, ils étaient entrés timidement dans l'eau… Mais, la deuxième, ils avaient plongé.

Au moment où elle avait cédé au plaisir, elle s'était sentie invincible. Et, quand il l'avait suivie, elle avait regardé son visage et s'était de nouveau sentie belle et désirable.

Et maintenant, dans le silence et le calme de la nuit, elle se demandait si elle était déjà allée aussi loin avec quelqu'un. Callie avait suggéré que Noah pouvait être l'homme de sa vie. Elle avait peut-être raison. Mais, qu'il le soit ou pas, elle lui était reconnaissante de ce qu'il lui donnait aujourd'hui.

Son regard tomba sur une photo encadrée posée sur la table de nuit et, sans penser à mal, elle tendit le bras pour l'attraper, en prenant soin de ne pas réveiller Noah. Les lampes de chevet n'étant pas allumées, elle dut rouler au bord du lit pour présenter la photo à un rayon de lune qui passait par la fente des rideaux. Il s'agissait d'une femme, avec un petit enfant… Elle caressa le cadre lisse. Très lisse. Il l'avait souvent tenu dans ses mains, assis sur ce lit, probablement, seul avec son désespoir.

Elle se sentit soudain beaucoup moins importante, beaucoup moins belle et désirable.

Jamais elle ne pourrait lui donner une famille…

— C'est Susan, dit-il d'une voix douce.

Elle sursauta.

— Et Noah. Mon fils.

Elle tira le drap pour se couvrir et il suivit le mouvement d'un air distrait, avec ce regard vague qui dissimulait ce qu'il avait dans le cœur.

— Je ne voulais pas te réveiller, dit-elle.

Il se redressa et cala un oreiller dans son dos.

— Je ne dormais pas. Je profitais de ce moment avec toi dans mes bras. Ça faisait longtemps que je n'avais pas vécu ça.

Elle lui tendit la photo et il la prit, toujours avec cette expression vague.

— Susan était expert en balistique, dit-il. Je venais de terminer l'école de police et j'étais complètement fauché. Mais je lui plaisais.

La gorge d'Eve se noua. Elle n'avait aucun mal à imaginer pourquoi il lui avait plu.

— Elle était belle, murmura-t-il. Et Noah Jr aussi.

Il soupira.

— Noah le cinquième. Pauvre garçon.

— Noah, le cinquième… ? Ta mère ne t'a donc pas

appelé Noah en l'honneur de Noah Webster, le célèbre lexicographe ?

— Ma mère n'est pas capable d'épeler le mot « lexicographe », dit-il avec des accents de tendresse dans la voix. Elle est intelligente, mais pas très cultivée. Le choix de mon prénom n'a rien à voir avec le grand Noah Webster, du moins en ce qui concerne ma génération. Mais il est possible qu'un de mes ancêtres ait jugé que la référence en imposerait.

— Elle en impose, dit-elle. Et le prénom te va bien.

— C'est mon prénom, voilà tout. Ma mère m'a appelé Noah pour respecter la tradition familiale et j'ai fait de même avec mon fils.

Il contempla la photographie en soupirant.

— Quand je les ai perdus, j'ai cru que ma vie était fichue.

Elle eut l'impression qu'il avait envie de se confier, aussi l'encouragea-t-elle à poursuivre.

— Ils ont eu un accident de voiture, murmura-t-elle.

— Oui. Un gamin stupide revenait avec ses copains d'un match de foot. Ils avaient mis la radio à fond et ils s'amusaient comme des petits fous. Ils ont grillé un feu rouge. J'ai braqué pour les éviter, j'ai glissé sur une plaque de verglas, on est partis dans le fossé.

Il avait récité les faits d'une voix monocorde, comme s'il lisait un rapport de police.

— Et le gamin stupide ?

— Il a pris la fuite, mais on l'a retrouvé par la suite.

Elle eut soudain froid et se recroquevilla sous les couvertures.

— Et après ?

— Nous avons fait un tonneau et je me suis évanoui. Quand j'ai ouvert les yeux, Susan était au-dessus de moi.

Elle saignait beaucoup. Elle pleurait en me demandant de m'occuper du petit. Mais il était trop tard.

Il reposa la photographie sur la table de nuit.

— J'ai longtemps entendu sa voix qui me suppliait de le sauver, murmura-t-il.

Des larmes roulèrent sur les joues d'Eve.

— Ce n'était pas ta faute, murmura-t-elle.

— Je sais.

Elle posa son menton sur ses genoux.

— J'entends moi aussi la voix de Winters. C'est comme une affreuse litanie qui ne veut pas me laisser tranquille. Pourtant, il est mort en prison. Un détenu l'a poignardé.

— Je sais. Et c'est tant mieux, parce que je crois que je m'en serais chargé moi-même.

Il paraissait on ne peut plus sérieux et elle se sentit protégée.

— Le jour où il est mort, Caroline, la mère de Tom, a organisé un pique-nique sur sa pelouse. Je n'ai pas voulu y aller; Dana est restée avec moi à la maison. Je ne me sentais pas capable d'affronter leurs regards.

— Ça peut se comprendre.

Elle soupira.

— Je me suis souvent demandé si elle n'aurait pas dû me forcer à sortir. Peut-être que je n'aurais pas passé tant d'années dans le noir.

— Tu ne le sauras jamais. Moi aussi, j'ai perdu beaucoup de temps à me demander ce qui se serait passé si j'avais agi autrement. Et chaque fois, j'ai terminé en contemplant le fond d'une bouteille vide.

— Tu as raison. Je n'en veux à personne, tu sais. Sauf peut-être à moi-même.

— Eh bien, il faut que tu cesses de t'en vouloir,

murmura-t-il en lui essuyant les joues du revers du pouce. Tu as survécu. Tu as pris le dessus.

— Toi aussi, fit-elle remarquer.

— Presque. Et j'ai été aidé par ma famille. En tout cas, nous sommes là tous les deux. Ensemble.

Eve contempla par-dessus son épaule la photo de la femme et de l'enfant qu'il avait perdus.

— Je ne pourrai jamais te donner une famille, murmura-t-elle.

— Je t'ai dit que ça n'avait pas d'importance.

— Et moi je t'ai dit que je ne te croyais pas. Tu es un homme bien. Ce serait dommage qu'un enfant n'en profite pas. Si tu changes un jour d'avis à ce sujet, je le comprendrai…

Dans la pénombre, elle vit que ses yeux lançaient des éclairs.

— Eve, je ne veux plus entendre parler de ça.

Il s'allongea sur le dos et contempla le plafond. Puis il soupira.

— Tu vas rester assise toute la nuit ?

— Non, répondit-elle prudemment.

— Viens.

Elle alla se blottir contre lui, sa tête sur son épaule.

— Tu ne voudras peut-être plus de moi un jour, fit-il remarquer d'un ton qui se voulait détaché.

Mais sa voix trembla un peu.

— Un homme plus jeune que moi s'intéressera à toi… Tu auras envie de le suivre… On ne peut pas savoir de quoi sera fait l'avenir. Mais pour l'instant nous sommes là.

Elle renversa la tête en arrière pour le regarder.

— Pour l'instant, c'est de toi que j'ai envie.

Son regard exprimait tant d'émotions qu'elle renonça à les décrypter.

— Tant mieux, dit-il. Et à présent il est temps de dormir. Ensuite, nous verrons. A chaque jour suffit sa peine.

Elle se pelotonna contre lui et posa sa paume sur les poils noirs qui recouvraient son torse. Jamais elle n'aurait pensé sentir un jour cette douce toison sous sa main, son cœur battant avec régularité sous ses doigts. Elle inspira son odeur d'homme et se rendit brusquement compte qu'elle était pleinement heureuse.

— Eve ?

— Oui ?

— C'est comment, de mourir ?

Elle leva la tête pour le regarder droit dans les yeux.

— Je pense que c'est différent pour chacun, murmura-t-elle.

— Oui, mais pour toi, c'était comment ?

Elle comprit qu'il posait la question pour eux, pour ceux qui se trouvaient sur cette photo. Cela devait être atroce de voir mourir sa femme et son fils sans rien pouvoir faire.

— Je…

Elle prit le temps de trouver les mots justes.

— C'était attirant. Reposant. Mais j'avais peur et j'étais en colère. Je n'avais que dix-huit ans. Je ne voulais pas lâcher prise. J'ai franchi deux fois la frontière. La première fois, j'entendais les infirmiers me crier de rester avec eux et j'avais envie de leur répondre : « J'essaye, j'essaye… » Mais j'étais dans des sables mouvants et je n'arrivais pas à me dégager. La deuxième fois, j'ai failli abandonner et me laisser aller. Mais je me suis battue tout de même. Et j'ai réussi à revenir. C'est ce que tu voulais entendre ?

— J'ai toujours espéré qu'elle n'avait pas souffert. Pas eu peur. Et qu'elle avait lutté.

Eve lui caressa la joue.

— Elle t'aimait ?

— Oui.

Il l'avait dit avec une telle assurance qu'elle en eut les larmes aux yeux.

— Dans ce cas, je suis certaine qu'elle a lutté. Mais quand elle n'a plus eu la force elle s'est sentie bien. Et ton fils aussi.

— Merci, murmura-t-il tout bas.

Elle l'embrassa avec douceur.

— De rien.

Elle allait reposer sa tête sur son épaule, mais il l'en empêcha et l'embrassa de nouveau, d'abord tendrement, puis avec passion. Et, comme sur le siège arrière de sa voiture, il la prit par les hanches pour la placer sur lui à califourchon.

— S'il te plaît, dit-il d'une voix rauque tandis qu'elle lui dévorait la bouche.

C'était lui qui suppliait, cette fois, et elle se sentit forte.

Il était en érection et elle prit son sexe en elle. Elle poussa un cri étouffé quand il la manœuvra pour la pénétrer plus avant.

— C'est si bon…, murmura-t-elle.

Il posa les mains sur ses seins et se cala sur son rythme en murmurant son nom comme un chant, en la suppliant de ne pas s'arrêter.

Elle n'aurait pu s'arrêter, même si elle l'avait voulu. Elle était emportée par une vague d'une incroyable force et se laissa hisser jusqu'au sommet, jusqu'à ce qu'il gémisse en se redressant pour prendre l'un de ses seins dans sa bouche, tout en lui caressant le dos.

Quand la vague se brisa, elle poussa un cri et enroula ses bras autour de sa tête, tandis qu'il criait aussi, en se cabrant contre elle, secoué par le plaisir. Puis il enfouit sa tête entre ses seins, en frissonnant, le temps de revenir sur terre avec elle.

Sans un mot, il se laissa retomber sur son oreiller en l'entraînant avec lui, le souffle court.

Elle laissa échapper un rire liquide et joyeux. Un rire de pur bonheur.

— Tu es toujours aussi opérationnel, inspecteur Webster ?

— Non, répondit-il en déposant un baiser sur sa tempe. C'est toi qui me fais cet effet. Tu me fais du bien.

C'était simple. Et facile.

— Toi aussi, tu me fais du bien.

Il fit glisser ses mains sur ses fesses et la cala contre lui. Et enfin le sommeil les emporta.

Jeudi 25 février, 3 h 15

Il poussa un soupir tremblant et gémit. *Bon Dieu…* Après le meurtre de Virginia Fox, il avait eu besoin de ça. Le cœur battant, il lâcha la gorge qu'il serrait et se redressa pour contempler la femme allongée sur le petit lit crasseux de sa cave. Il ne connaissait même pas son nom et ça n'avait aucune importance.

Il sauta à terre, le corps encore frémissant de plaisir. Il avait failli jouir chez Virginia, au moment où elle rendait son dernier souffle. Mais il avait réussi à se retenir, parce qu'il avait vu le visage d'Eve à la place de celui de Virginia. Son visage. Sa gorge. Sa terreur.

Il avait habillé Virginia et l'avait pendue en tremblant comme un gosse. Mais il avait tenu bon jusqu'au bout et fignolé le moindre détail pour sa dernière victime. Sa pièce maîtresse.

Six.

Il avait accompli sa tâche. Mais il était tellement excité qu'il avait dû aller chercher une pute en ville pour se soulager. A présent, il se sentait de nouveau capable de réfléchir. Il regarda le cadavre de l'inconnue. Bientôt, Eve prendrait sa place. Et sa peur le rendrait fou de désir.

Demain, il contemplerait le regard de Webster quand il lèverait les yeux vers Virginia. Webster n'oublierait jamais ce qu'il allait voir. Il se sentirait responsable. Coupable. Ils avaient tous cru qu'ils pouvaient anticiper, prévoir, comprendre. Ils avaient eu l'audace de prévenir les prétendues futures victimes.

Mais ils ne savaient rien. Ils ne comprenaient rien. Et il se chargeait de le leur faire savoir et de ronger leur confiance, jusqu'à ce qu'il n'en reste rien.

Il avait passé une bonne soirée. A présent, il pouvait rentrer chez lui. En dépit de la fatigue, il se sentait bien. Il en avait terminé avec la sixième. Les inspecteurs du Hat Squad allaient passer pour des incompétents. Il ne lui resterait plus qu'à profiter tranquillement du spectacle.

Il ouvrit la trappe et fronça les sourcils. Apparemment, trop de corps à la fois, cela ralentissait le processus. Il grimaça en apercevant la main de Jeremy Lyons qui dépassait de la couche de terre et de chaux.

Il coupa les liens qui entravaient sa dernière proie, puis s'arrêta net, pour fixer son visage. Puis un autre visage se superposa. Celle de dimanche, celle des chiens… Une rousse aux yeux bleus. Pourquoi pensait-il à elle ?

Il avait vu aujourd'hui une rousse aux yeux bleus… Mais où ? A l'hôpital ! Et, tout bien réfléchi, elle n'était pas seulement rousse aux yeux bleus, elle ressemblait à celle de dimanche, celle des chiens…

Elle lui avait paru fatiguée et terrifiée. Il abandonna le cadavre et se dirigea vers le tiroir où il conservait les téléphones portables de ses victimes. Il contenait aussi un certain nombre de portefeuilles et de permis de conduire. Il trouva aisément le permis de la pute de dimanche. Lindsay Barkley. Son téléphone aussi était là, dans un autre tiroir. Il l'alluma et consulta son album de photos. Et il la vit. La fille de l'hôpital.

Mais que faisait-elle à l'hôpital ? Il fit un effort de mémoire. Elle était avec un jeune homme, un gars immense. Il poussa un juron. Le jeune homme en question connaissait Eve Wilson.

Cette petite rousse ne savait peut-être rien. Mais si elle savait quelque chose… Pas question de prendre de risques. Il lut l'adresse sur le permis de conduire de Lindsay. Voilà, il savait où habitait la fille de l'hôpital. Il ne lui restait plus qu'à faire, le lendemain, un petit détour par chez elle. Il n'aurait aucun mal à lui régler son compte.

Il attrapa les chevilles de la pute et la jeta dans le trou qui était presque plein. Il restait tout de même suffisamment de place pour la sœur de Lindsay et pour Eve, lesquelles étaient grandes, mais minces.

Et ensuite il s'accorderait une pause. Ça ne lui posait pas de problème. Une fois qu'il aurait ridiculisé le Hat Squad, il serait capable d'attendre plusieurs mois avant de reprendre.

Jeudi 25 février, 3 h 30

Olivia s'était endormie sur un des lits de camp du bureau. Elle faisait un beau rêve quand son téléphone sonna. Dell Farmer avait la dent dure et refusait de parler. Abbott et Kane avaient pris le relais pendant qu'elle se reposait. Elle battit des paupières, tout en ouvrant le téléphone.

— Sutherland, dit-elle.

— Olivia, c'est Tom. Tom Hunter.

Elle se redressa et alluma la lampe près du lit de camp.

— David va bien ? demanda-t-elle aussitôt.

Evidemment qu'il allait bien… S'il avait eu le moindre problème, l'hôpital l'aurait prévenue.

— Oui, répondit Tom. Je pense. Quand je l'ai quitté vers 22 heures, il s'apprêtait à dormir.

Il soupira.

— Tu ne vas pas être contente et tu risques de me traiter de parano.

— J'ai envoyé des agents pour surveiller sa chambre, fit gentiment remarquer Olivia. Il est en sécurité.

— Il ne s'agit pas de lui. Olivia, je suis sorti ce soir avec Liza.

— Sorti comment ? demanda-t-elle en fronçant les sourcils. Sorti en amoureux ou pour chasser les criminels ?

— La deuxième option. Attends, avant de te fâcher, laisse-moi t'expliquer. Nous avons trouvé Jonesy, le type dont parlait la prostituée qui connaît Lindsay.

— Et c'est maintenant que tu me le dis ?

— J'avais peur que tu gueules parce que nous étions sortis sans toi.

— Bien sûr que j'aurais gueulé ! Ta mère m'a chargée de veiller sur toi, Tom. Tu me mets dans une position impossible !

— J'ai tout de même vingt ans, rappela-t-il posément.

Il n'avait pas tort. Il avait vingt ans et la vie l'avait forcé à mûrir avant l'âge. Elle se calma.

— Très bien, répondit-elle plus doucement. Je t'écoute. Vous l'avez trouvé. Il a vu la sœur de Liza ?

— Oui. Il relève les plaques d'immatriculation des voitures dans lesquelles montent les prostituées. S'il s'avère que le client est un type plein de fric…

— Il le fait chanter. Super. Donc, il a vu Lindsay monter dans une voiture ?

— Oui. Mais il dit qu'il n'a plus sa liste parce qu'il l'a vendue. Il ne se souvenait plus de la marque ou du modèle de la voiture, mais il n'avait pas oublié la date et l'heure. Je ne l'ai pas cru, mais je lui ai tout de même demandé à qui il avait vendu sa liste.

Olivia soupira. Elle connaissait bien Jonesy.

— Et tu l'as payé combien, pour ce précieux renseignement ?

— Cent dollars.

— Tom…

— Je sais, coupa Tom d'un ton agacé. Il m'a donc dit l'avoir vendue à un certain Damon. Et avec cent dollars de plus j'ai obtenu l'adresse de Damon.

Olivia tressaillit.

— Attention, Tom. Tu avances en terrain miné. Damon est un gros dealer.

— Je m'en suis aperçu. Je suis allé voir Damon et je lui ai expliqué ce que je voulais. Il a regardé sur sa liste. Et c'est là que tu vas me trouver parano. Il a vu monter Lindsay dans une SUV noire. Une Lincoln Navigator.

Olivia battit des paupières. Combien pouvait-il y avoir de Lincoln Navigator dans les rues de Minneapolis-Saint Paul ?

— Comme celle qui a poussé David dans le fossé, ajouta Tom face à son silence.

— Je sais… Et je vois où tu veux en venir. C'est bizarre, mais pas impossible.

Ils avaient arrêté Dell Farmer, mais ils n'avaient pas retrouvé la SUV noire. Dell conduisait une vieille Corolla toute cabossée, et quand elle lui avait parlé de la SUV il avait éclaté de rire.

— Je sais que c'est bizarre, poursuivit Tom. Mais je me

suis dit qu'il valait mieux te déranger pour rien, plutôt que de laisser passer quelque chose d'important.

— Damon ne t'a pas donné le numéro de la plaque ?

— Non. Et je n'ai pas osé insister. Il me foutait la trouille.

— C'est la première parole sensée que tu prononces depuis le début de cette conversation. Il n'aurait pas hésité à te planter un couteau dans le ventre, Tom. Je suis même étonnée qu'il ait accepté de te répondre, pour la SUV.

— C'est un fan de basket, répliqua Tom d'un ton las. J'avais des tickets pour le prochain match dans ma poche. Si tu n'arrives pas à le coincer avant, je sais au moins où il sera assis samedi.

Olivia se massa les tempes.

— Ta mère va me tuer.

— C'est elle qui m'a donné l'exemple. Avec Dana. Toutes ces années passées dans ce foyer, à fournir de fausses identités, à transporter des femmes et des enfants la nuit. Elle ne dira rien.

— Tu marques un point. Très bien… Voici le marché : je ne dis rien à ta mère, mais en échange tu ne sors plus le soir avec Liza.

— Je l'ai raccompagnée chez elle. Jusqu'à la porte d'entrée, ajouta-t-il.

— Tu es un gentil garçon. Peut-être même trop. Cesse de jouer les détectives, d'accord ?

— D'accord. Merci, Olivia.

— Tom… Attends. Et les parents de Liza, dans tout ça ?

— Sa mère est malade et elle ne veut pas l'inquiéter. Le père, je ne sais pas. Il n'est pas dans les parages, apparemment.

— Entendu. Je vais voir ce que je peux faire. Va te coucher, à présent.

Troublée, elle raccrocha et appela un de ses collègues des stups, en espérant qu'il aurait de quoi coffrer Damon, le temps qu'elle découvre ce qu'il savait vraiment.

22

Jeudi 25 février, 4 heures

Il arrêta sa voiture dans le garage, près de la BMW de sa femme. Il était tellement vidé qu'il fut tenté de s'endormir sur le siège, mais elle se serait demandé où il était, si elle ne l'avait pas trouvé près d'elle en se réveillant. Il ne la détestait pas. La cohabitation avec elle n'était pas compliquée. Elle respectait à la lettre les termes de leur tacite contrat : elle profitait de son argent et, en échange, elle se montrait à son bras quand il le fallait, elle ne cherchait pas à coucher avec lui, elle gardait le silence sur son secret.

Du moins sur ce qu'elle croyait savoir de son secret. Depuis vingt ans, elle le pensait homosexuel. Il aurait pu trouver mieux comme excuse, mais elle s'en contentait, puisque cela justifiait le fait qu'il ne la touche pas. Il referma la porte de la cuisine et fronça les sourcils en allumant la lumière. Qu'est-ce qui était différent… ? Il ne lui fallut que quelques secondes pour découvrir que le bol du chat n'était plus à sa place.

Elle savait pourtant qu'il détestait qu'elle change les objets de place… Il ne l'avait bousculée qu'une fois depuis qu'ils étaient mariés. Parce qu'elle avait dérangé ses affaires.

Depuis, elle avait appris qu'on ne plaisantait pas avec ça et elle n'avait jamais recommencé.

Il ouvrit le buffet sans faire de bruit, soucieux de ne pas la réveiller. Il était important qu'elle ne se doute pas qu'il sortait la nuit. Elle était sa couverture. Elle n'avait jamais été autre chose. Il ne trouva pas le bol du chat. Elle l'avait peut-être cassé et espérait sans doute qu'il ne s'en apercevrait pas.

Il grimpa l'escalier en bouillant de rage. La fatigue lui portait sur les nerfs, et il fit un effort pour se calmer. Il verrait ça demain, quand elle se serait réveillée en le trouvant endormi près d'elle.

Il lui avait apporté sa tisane au lit, comme toujours. Avec une dose suffisante de somnifère pour qu'elle dorme jusqu'au matin, comme chaque fois qu'il avait prévu de sortir. Il ouvrit la porte de la chambre et la referma soigneusement derrière lui.

Et là, il s'arrêta net. Elle n'était pas dans le lit. Il se tourna lentement.

Elle était installée dans un fauteuil en chintz, près de la fenêtre, et elle tenait un revolver. Son cœur se mit à battre. Le revolver, il le reconnaissait. Il venait de chez lui. De sa cave. Elle était allée chez lui.

— Qu'est-ce que c'est que ça ? demanda-t-il posément.

— Je n'ai pas bu ma tisane ce soir, répondit-elle. Ni hier soir. Ni avant-hier.

Elle se tut et inclina la tête de côté.

— Ni la nuit d'avant.

— Et pourquoi ? demanda-t-il en prenant un ton contrarié, comme s'il était blessé par cette trahison.

Elle était petite et facile à manipuler. Il n'aurait aucun mal à lui reprendre cette arme. De gré ou de force.

— A cause du chat. Je ne cessais de renifler, alors j'ai pris un antihistaminique.

— Et quel est le rapport avec la tisane ?

Il fit un pas en avant et elle leva lentement le revolver pour le pointer vers lui. Intéressant. Au bout de vingt ans de mariage, il découvrait qu'elle était capable de tenir une arme. Il se rendit compte qu'il avait eu tort de ne jamais aborder le sujet avec elle.

— Ne t'approche pas de moi, lui dit-elle en guise d'avertissement.

Sa voix trahissait sa peur. Et aussi son dégoût.

— Et garde tes mains en vue. Les cachets contre l'allergie n'ont pas fait bon ménage avec le produit que tu avais versé dans ma tisane. J'ai vomi. Et quand tu es rentré, dimanche, j'étais réveillée. Enfin, lundi matin, plutôt. Parce que tu avais passé la nuit dehors.

— J'étais avec un patient.

— Tu avais fait l'amour. Je le sens, quand tu as fait l'amour. J'ai d'abord pensé que tu avais eu rendez-vous avec un nouveau petit ami et ça ne m'a pas dérangée plus que ça. Mais lundi tu as découché aussi, et quand tu t'es glissé dans le lit tu sentais le parfum. Le parfum de femme. J'étais d'accord pour te servir de couverture si tu étais obligé de cacher tes préférences sexuelles, mais je n'étais pas d'accord pour être cocue. Alors quand j'ai compris que tu me trompais… Avec des femmes…

Il inclina la tête de côté en affectant un air surpris. Le revolver… Il lui fallait le revolver…

— Tu es en colère parce que je ne suis pas homosexuel ?

— Ne fais pas le malin, dit-elle d'un air écœuré. N'essaye pas de me manipuler. Je sais tout. Je t'ai suivi.

Il plissa les yeux.

— Et ?

— Je sais ce que tu as fait. Je t'ai vu hier soir. Je t'ai suivi jusqu'à ton autre maison, je t'ai vu changer de voiture, j'étais là quand tu as attendu cette femme devant le bar et quand tu l'as suivie chez elle.

Elle s'adossa et le jaugea calmement.

— J'ai d'abord pensé que tu avais un autre foyer, une autre femme, une autre vie. Je me disais : « C'est pour ça qu'il ne veut pas de moi. » Je ne cessais de ruminer, alors aujourd'hui, j'ai décidé d'entrer dans cette maison.

Il ferma les poings.

— Tu n'avais pas le droit, protesta-t-il.

Elle eut un rire forcé.

— Eh bien… Tu ne manques pas d'aplomb… Tu oses te planter devant moi et me parler de droits… J'ai vu ta cave. Tes chaussures… Seigneur… Tu es un monstre… Depuis combien de temps… ? Depuis combien de temps assassines-tu des femmes ?

— Trente ans, murmura-t-il.

Il se sentait étrangement soulagé de le dire enfin à quelqu'un.

Elle secoua la tête avec une expression abattue.

— J'ai ouvert la trappe. Je n'arrête pas d'y penser. Cette main, qui dépassait de la terre… Je la vois chaque fois que je ferme les yeux. Pourquoi ?

— Parce que j'y prenais du plaisir, répondit-il simplement.

De nouveau, elle secoua la tête, d'un air incrédule.

— Tu es un monstre, répéta-t-elle. Tu es un monstre et personne ne le soupçonne. Tu as trompé tout le monde. Sauf moi. Je sais qui tu es et je ne te laisserai pas t'en sortir comme ça.

Elle voulut appuyer sur la détente, mais il la prit de vitesse. Il bondit en avant et lui arracha l'arme qu'il jeta sur le lit — ce revolver n'était pas muni d'un silencieux, et il ne voulait pas ameuter tout le voisinage.

Elle poussa un petit cri à peine audible quand il passa un bras autour de sa gorge. Puis il sortit son silencieux de sa poche, la fit entrer dans la salle de bains, monter dans la baignoire.

— Une question... Où est mon chat ?

Elle se retourna pour le défier du regard.

— Il est mort.

Il serra les dents.

— Salope.

Puis il lui tira une balle dans la tête, en reculant au moment où elle s'effondrait, pour ne pas être éclaboussé par le sang.

— J'aurais dû rester célibataire, murmura-t-il en haletant. Merde...

A présent, il allait devoir expliquer son absence à leurs amis.

Jeudi 25 février, 7 heures

Noah fut réveillé par une délicieuse odeur de café qui lui chatouillait les narines. Tout en songeant que le sexe et le café suffisaient à faire le bonheur d'un homme, il se laissa rouler à bas du lit. Il avait quelques courbatures, à cause de Dell, mais il se sentait l'esprit reposé. Il n'avait pas reçu d'appel pendant la nuit, ce qui signifiait que Nathalie Clooney et Kathy Kirk étaient saines et sauves.

Il ne croyait toujours pas que Donner avait tué cinq femmes, mais il avait pourtant la sensation que les moqueries de Dell n'étaient pas de la simple provocation. Il savait de quoi il parlait. Donner était impliqué d'une manière ou d'une autre, sinon il n'aurait pas pris la fuite.

Il enfila son pantalon et trouva Eve dans la cuisine. Elle avait emprunté une de ses chemises et lisait le journal en fronçant les sourcils. Il lui embrassa la nuque, tout en glissant un regard entre ses seins.

— Elle te va bien, ma chemise, murmura-t-il.

Elle lui jeta un coup d'œil inquiet par-dessus son épaule.

— Assieds-toi, dit-elle seulement.

Elle lui tendit la première page et il émit un sifflement.

— Je suppose qu'il fallait s'y attendre, murmura-t-il.

UN INSPECTEUR DU HAT SQUAD
TENTE DE SE SUICIDER APRÈS AVOIR
ASSASSINÉ SA COMPAGNE.

Il parcourut l'article, en s'efforçant de rester calme.

— Ils ont l'air de dire que nous savons que Jack est coupable.

Elle se leva pour lui servir du café et vint poser une tasse près de lui en se penchant par-dessus son épaule, sa joue contre la sienne. Elle lui apportait le soutien et la tendresse qui lui avaient tant manqué, et il les accepta avec gratitude.

— Ils parlent de l'arrestation de Farmer, dit-elle. Et aussi du meurtre de son père. Mais ils ne font pas le lien avec l'affaire de Jack et Katie.

— Nous aurions dû leur en parler hier.

— Pourquoi ne l'avez-vous pas fait ?

— Parce que ça relève maintenant d'une enquête interne, soupira-t-il. Enquête qui, je l'espère, innocentera Jack.

— J'ai appelé l'hôpital ce matin. Ils n'ont pas voulu me renseigner sur l'état de santé de Jack.

— Abbott a promis de me prévenir dès qu'il aurait des nouvelles. Pour l'instant, pas de nouvelles, bonnes nouvelles. Cet article de *MSP* avec Jack en couverture a été pour nous une catastrophe. C'est lui qui a attiré l'attention de Dell. Quand tu es montée pour libérer Brock, hier soir, Dell n'a cessé de me répéter que « ce putain d'article nous avait fait passer pour des dieux ».

— Je croyais que le journaliste vous avait comparés à des chevaliers des temps modernes, murmura-t-elle en lui embrassant la tempe. Tu veux des œufs ? Et au fait où sont les couteaux ? Je ne les ai pas trouvés.

— Comme tu as parlé dans ton sommeil, je me suis levé pour les enfermer dans le coffre où je range mon arme. Je te donnerai un double de la clé de ce coffre.

Elle soupira.

— Je suis désolée…

— Ne t'excuse pas. Moi aussi j'ai un passé chargé. Et je fais des cauchemars.

Il hésita.

— Et ils étaient particulièrement moches, les soirs où j'étais passé au bar.

Elle détourna le regard.

— Donc, si nous…

Elle tira sur sa chemise.

— Si ça dure entre nous, je vais devoir laisser tomber le bar.

— Je ne t'en demande pas tant, Eve. Je sais ce que Sal et Josie représentent pour toi, et aussi ce que tu représentes pour eux. Mais je ne pourrai pas aller te voir là-bas.

Il la tira par la taille pour la faire asseoir sur ses genoux.

— Si ça dure entre nous, nous devrons faire quelques concessions… Ton travail, mes couteaux… Ce n'est pas grand-chose.

Elle posa sa tête sur son épaule.

— J'ai rêvé de lui la nuit dernière.

— Je sais. J'en ai eu la chair de poule.

Il avait eu du mal à se rendormir.

— J'aimerais bien que ces mauvais rêves cessent.

— Ils cesseront. Et les voix aussi.

Il lui prit la main et leurs doigts s'entrelacèrent.

— Tout ira bien, tu verras.

Elle porta leurs mains à ses lèvres.

— Je te crois, murmura-t-elle.

Puis elle s'arrêta net, avec une expression angoissée.

— Dell Farmer ne portait pas de bague, dit-elle.

Noah contempla sa main.

— En effet, murmura-t-il. Il ne portait pas de bague.

— David a dit que l'homme qui conduisait la Lincoln noire portait une bague comme la tienne. Soit il s'est trompé, soit Farmer a perdu sa bague. Soit…

— Soit ce n'est pas lui qui a poussé David hors de la route, acheva Noah.

Il ferma les yeux et fit un effort de mémoire.

— Le père non plus n'en portait pas, il me semble.

Il sortit son portable de sa poche.

— J'appelle Olivia, dit-il.

Il composait le numéro, quand on frappa à la porte. Il alla ouvrir. C'était Olivia. Avec à la main son téléphone qui sonnait.

— Il faut qu'on parle, Web, dit-elle.

Elle entra sans attendre qu'il l'y invite et s'arrêta net en apercevant Eve.

— Bonjour, lança-t-elle.

Eve s'apprêtait à s'enfuir dans la chambre, elle y renonça et s'adossa au mur, les bras croisés, les jambes nues, rougissante.

— Olivia, dit-elle d'un ton méfiant.

— J'allais te demander si tu avais passé une bonne nuit, Noah, mais je vois que oui, plaisanta Olivia.

Elle se tourna vers Eve.

— Je saurai quoi répondre à ma sœur, la prochaine fois qu'elle me demandera si tu es heureuse.

Noah se passa la main sur le visage.

— Donne-nous une minute pour nous habiller, dit-il. Il y a du café, sers-toi. Je t'appelais justement à propos de Dell Farmer.

— C'est aussi pour parler de lui que je suis ici. Il surveillait ta voiture et celle de Jack. J'ai trouvé un traceur sous les moteurs de vos voitures.

— Voilà qui explique beaucoup de choses, commenta Noah. Je me demandais comment il s'y prenait pour se trouver toujours au bon endroit au bon moment. Il était sur toutes les scènes de crime et aussi chez les familles que nous interrogions.

— J'ai vérifié les appels de Katie, poursuivit Olivia. Elle prévenait Dell chaque fois que tu cherchais à joindre Jack. Depuis trois semaines.

— Depuis la parution de l'article de *MSP*, fit remarquer Eve.

— Elle prévenait Dell chaque fois que Jack recevait un appel, répéta Noah d'un air songeur. Tu as eu des nouvelles de Jack ?

— Non, tout ce que je sais, c'est qu'il n'a pas repris conscience.

— Farmer ne porte pas de bague, fit remarquer Noah.

— Ce n'est pas lui qui a poussé la voiture de David, renchérit Eve.

Olivia ne parut pas étonnée.

— Farmer n'était pas au volant d'une SUV noire, hier.

Et il a paru franchement amusé quand je lui ai posé des questions au sujet de cette voiture.

— Il m'a dit que Donner avait failli m'avoir la nuit dernière, déclara lentement Noah.

Il venait de comprendre.

— Tu as retrouvé l'appel passé par Dell au journaliste du *Mirror* ?

Olivia eut une moue écœurée.

— Celui qui a écrit cet article infâme sur Jack ? Oui. Il l'a appelé, quinze minutes avant qu'il débarque.

— Le journaliste est venu directement chez les Bolyard, poursuivit Noah. Parce qu'il savait qu'on y était. Et la première question qu'il nous a posée concernait Jack, pas les Bolyard.

— Dell y était, murmura Eve. Il était chez les Bolyard et il a vu quelqu'un qui te guettait.

— Qui *nous* guettait, corrigea Noah. Parce que ce quelqu'un a d'abord essayé de t'avoir, toi, hier.

— Dell et le tueur se trouvaient devant la maison des Bolyard, conclut Olivia. Ils étaient deux à vous surveiller.

Elle se frotta les yeux.

— Désolée, dit-elle. La nuit a été longue.

— Mais pourquoi moi ? demanda Eve.

Elle posait la question, mais Noah vit à son regard qu'elle connaissait la réponse.

— Tout ça est en rapport avec *Shadowland*, dit-il. Ta thèse. Tes sujets.

— Nous avons failli le coincer, chez Rachel, intervint Olivia. A cause de toi, Eve.

Eve s'adossa au mur, sous le choc.

— Et maintenant il veut ma peau. Seigneur… On dirait que je les attire.

— Dell s'est fichu de moi quand il m'a entendu parler

de Donner, et les Bolyard ont affirmé à la journaliste de la télévision que c'était Donner qui avait suivi Martha, le soir de sa mort.

Eve secoua la tête.

— Je n'arrive toujours pas à croire que Donner ait pu tuer cinq femmes, Noah. Je n'y arrive pas.

— J'ai moi aussi du mal à l'imaginer en meurtrier, mais tant que nous ne l'aurons pas retrouvé nous ne pourrons pas savoir.

— Est-ce que Dell pourrait nous dire où il est ? demanda Eve.

Olivia secoua la tête.

— Dell ne parlera pas. Et je ne veux pas lui proposer de marché.

— Il faut discuter de tout ça en équipe, reprit Noah. Habillons-nous et partons.

Jeudi 25 février, 7 h 30

— Dépêche-toi, murmura Liza en dégringolant l'escalier de son immeuble. Tu es en retard. En retard.

Si elle manquait son bus scolaire, elle n'aurait plus qu'à se rendre à pied au lycée — cinq kilomètres — et elle raterait l'examen du premier semestre. Elle sortit en courant de l'immeuble et soupira de soulagement en apercevant des élèves qui attendaient à l'arrêt, au bout de la rue.

— Pourquoi tu es pressée comme ça ? fit une voix d'homme dans son dos.

Quelque chose de dur lui rentra dans les côtes.

— Si tu cries, tu es morte, prévint la voix.

Elle voulut hurler, mais une main se posa sur sa bouche et la tira violemment en arrière. L'homme était fort et n'eut aucun mal à la traîner dans la ruelle qui longeait son immeuble. La peur lui donna des ailes, elle se débattit et parvint à le mordre. Le canon du revolver disparut de ses côtes, mais elle reçut un violent coup à la tempe. Etourdie, elle tenta de se rebiffer, mais une aiguille s'enfonça dans son cou.

Quelques secondes plus tard, il l'emportait sous son bras, en la traînant dans la neige. Au loin, elle aperçut la silhouette d'une voiture de couleur sombre. Elle tenta de crier, mais ne put remuer les lèvres. Elle était paralysée. *Tom*. Elle songea avec désespoir qu'il ne s'apercevrait pas de sa disparition avant plusieurs heures.

L'homme lui ferma les paupières, et ensuite il lui fut impossible de les ouvrir.

— Ta sœur est morte, lui murmura-t-il à l'oreille. Et tu vas bientôt la retrouver.

Puis il la jeta sur le plancher, à l'arrière de sa voiture.

Jeudi 25 février, 8 heures

Installés dans le bureau d'Abbott, ils n'attendaient plus que lui pour commencer la réunion. L'ambiance était morose. Noah avait laissé Eve devant son propre bureau, avec l'ordre de n'en bouger sous aucun prétexte.

Olivia et Kane avaient passé la nuit à interroger Dell, et ils paraissaient épuisés et découragés. Micki aussi avait l'air au bout du rouleau, avec toutes ces scènes de crime à mener de front. Ian s'était assoupi sur sa chaise. Quatre nouveaux corps à la morgue. Lui non plus n'avait pas dormi de la nuit.

Carleton contemplait la chaise vide de Jack d'un air abattu.

Abbott arriva enfin. Il suffisait de le regarder pour se

rendre compte que sa réunion avec ses supérieurs ne s'était pas bien passée. Evidemment… Tous ces cadavres et pas de suspect, c'était difficile à justifier.

Il jeta sur la table les journaux du jour. Jack faisait la une un peu partout, mais chacun avait sa version au sujet de l'affaire du « tueur à la robe rouge ». On parlait aussi des deux témoins poignardés, en soulignant le fait que la police n'avait aucune piste.

Ian sursauta quand Micki lui tapota la main.

— L'état de Jack est stationnaire, commença Abbott d'un air sombre.

Il ne fit pas de commentaires à propos des journaux, les titres parlant d'eux-mêmes.

— Les médecins ne sont pas optimistes. Son père est près de lui.

Noah ferma les yeux, le temps de ravaler sa colère.

— On sait ce qu'il a pris ?

Abbott fit la grimace.

— C'est un sujet délicat. Les affaires internes sont chargées de l'enquête, même si nous savons tous que Jack a été piégé. J'ai obtenu l'autorisation de vous transmettre des informations, en faisant valoir qu'elles étaient peut-être connectées à Dell Farmer et à Donner.

— Et peut-être au meurtre de cinq femmes, ajouta Noah d'un ton amer. Les gars des affaires internes sont donc prêts à collaborer avec nous ?

— Avec réticence, mais ils n'ont pas le choix. Il y avait de l'Oxycodone et du Valium dans la bouteille de whisky de Jack. Les flacons vides ont été retrouvés dans la voiture de Dell.

— Quand il nous a rejoints chez Rachel, il m'a juré qu'il n'avait bu qu'un verre, fit remarquer Noah d'un ton sinistre. Ça devait faire un moment que Katie rajoutait des produits dans son alcool. Et dire que je ne cessais de lui reprocher d'être en retard…

Olivia lui pressa le bras.

— Tu ne pouvais pas savoir, Noah.

— Jack avait commencé à arriver en retard avant de fréquenter Katie, murmura Micki. Je suppose qu'il a été choisi parce qu'il était vulnérable.

Carleton acquiesça d'un air triste.

— Probablement…, dit-il.

— On a trouvé les empreintes de Dell, dans la maison de Jack ? demanda Noah.

— Oui. Par contre, il n'y en avait pas une seule chez Donner.

— A propos de Donner, tu as obtenu le relevé de ses appels téléphoniques ?

— Je l'attends, répondit Abbott. Quand nous aurons terminé cette réunion, nous irons fouiller son bureau de l'université et rendre visite à ses proches. J'ai tous les mandats nécessaires.

— Nous ? demanda Noah.

— Nous, confirma Abbott. Je fais équipe avec toi jusqu'à nouvel ordre.

La journée allait être longue.

— D'accord.

— Content de voir que ça te fait plaisir, fit sèchement remarquer Abbott. Kane, du nouveau du côté de Jeremy Lyons ?

— La sécurité de l'université Marshall a trouvé sa voiture dans le parking la nuit dernière, répondit Kane. Il n'a toujours pas appelé chez lui et pas utilisé sa carte de crédit.

— Donc, soit il a filé, soit il est mort, commenta Abbott. Mais ça ne nous dit pas qui aurait pu le tuer. Le seul point positif de la journée, c'est que les deux victimes potentielles signalées par Eve n'ont pas été approchées et sont toujours en vie.

— Il a pu décider de s'arrêter là, suggéra Olivia. On a failli le coincer chez Rachel, ça l'a peut-être calmé.

Carleton parut sceptique.

— Je ne pense pas qu'il s'arrêtera de lui-même. Sauf s'il a atteint le but qu'il s'est fixé.

— Et quel serait ce but ? demanda Abbott, exaspéré.

— Et si c'était la police qui était visée ? proposa calmement Carleton. S'il cherchait à faire plonger le Hat Squad ? A le ridiculiser ?

— Dans ce cas, on pourrait dire qu'il fait du superboulot, grommela Abbott. Mais je vois où tu veux en venir. J'espère que nous aurons des réponses quand nous trouverons Donner.

— Pourvu que ce soit lui le coupable, murmura Noah.

— Tu n'arrives toujours pas à l'imaginer en assassin et je te comprends, déclara Abbott en haussant les épaules. Après tout, le tueur nous a lancés sur la fausse piste Axel Girard. Donner pourrait être aussi une fausse piste. Nous devons absolument faire parler Farmer. Que sait-il ? Comment le sait-il ?

— Il faut se montrer prudent avec Farmer, intervint Carleton. C'est un déséquilibré, il n'est pas fiable.

— Pour l'instant, nous n'avons rien de mieux, fiable ou non, grommela Abbott. Ian, du nouveau ?

— Les Bolyard ont été tués avec la même arme, un 9 mm. Harvey Farmer et Katie Dobbs ont été tués avec une arme de plus gros calibre. Le visage de Katie présentait des traces de coups.

Il hésita.

— Katie avait eu une relation sexuelle une heure avant sa mort. Et pas avec son consentement.

— Jack ne l'a pas violée, protesta Noah. C'est Dell, probablement.

— C'est ce que j'ai dit aux gars des affaires internes, répondit Ian. Jack était probablement inconscient quand Dell a tiré sur Katie. Nous pouvons le déterminer à partir des analyses de sang, mais si nous étions arrivés quelques heures plus tard, avec la fenêtre ouverte, nous n'aurions pas pu le savoir.

— Fenêtre ouverte chez Harvey et chez Jack… Nous sommes obligés de nous poser la question… Est-ce que Dell pourrait être notre tueur ?

Carleton secoua la tête.

— Je dirais plutôt qu'il a emprunté ce détail à notre tueur, fit-il remarquer. Dell apprend vite. Il a réussi à écrire des articles à la place de Buckland et à les faire accepter par le rédacteur en chef du journal. Il est loin d'être idiot.

— Il n'est pas idiot, mais c'est un déséquilibré, commenta Abbott. Olivia, Katie était la fiancée de son frère, mais il l'a utilisée pour fragiliser Jack. Je suis sûr qu'on peut se servir de ça pour l'énerver et le faire parler. Je veux absolument savoir ce qu'il a vu hier soir. Micki, du nouveau du côté de la scène de crime chez les Bolyard ?

— La porte d'entrée n'a pas été forcée. Nous n'avons pas trouvé d'indices. Il semblerait que le tueur les ait surpris en plein repas. La balle qui a atteint la femme a été tirée depuis la porte, elle est tombée le nez dans son assiette. L'homme est tombé sur elle. Sans doute a-t-il cherché à la protéger.

— Il aurait mieux fait de la protéger en n'abordant pas Donner au Deli, grommela Abbott. Quoi d'autre ?

Micki montra un petit sac en plastique.

— Les poils de chat trouvés sur le tapis de Rachel proviennent du même animal que ceux que nous avions ramassés chez Martha. Ce n'est pas ça qui nous mettra sur la piste de l'assassin, mais ça fera un élément de plus pour le procureur quand nous l'aurons coincé. Tout comme celui-ci…

Elle posa une photo sur la table.

— Christy, quittant le restaurant. Regardez ses chaussures.

Ils froncèrent les sourcils.

— Eh bien quoi, ses chaussures ? demanda Noah.

— Ce sont des Manolo à quatre cents dollars la paire, répondit Micki.

— Ce n'est pas donné, commenta Olivia. Mais ça ne nous dit pas en quoi elles sont si importantes.

— On ne les a pas retrouvées chez elle, répondit Micki.

— Il doit les conserver en souvenir, suggéra Carleton. Les tueurs en série aiment garder un souvenir de leurs victimes et les chaussures font partie de la panoplie classique. En effet, ça aidera à le confondre quand nous l'aurons arrêté, mais ce n'est pas ça qui nous permettra de le débusquer.

Micki parut vexée.

— J'ai fini, dit-elle sèchement.

— C'est du bon travail, Micki, lui dit Abbott pour compenser la dureté du commentaire de Carleton.

Carleton fit la grimace.

— Désolé, je ne voulais pas te froisser, Mick. Mais ça ne nous avance pas de savoir qu'il collectionne les chaussures.

Il consulta sa montre.

— J'ai un patient à 9 heures. Appelez-moi si vous avez des nouvelles de Jack.

— Nous n'y manquerons pas, répondit Abbott.

Puis il se tourna vers l'équipe réunie autour de la table.

— Aujourd'hui, on se concentre sur Donner et sur Dell Farmer. Noah, toi et moi, on file au bureau de Donner. Olivia et Kane, à vous de faire parler Farmer.

— Et le Deli ? demanda Noah. D'après la journaliste de la télévision, Bolyard y aurait vu Donner. Eve m'a confirmé qu'il y déjeunait régulièrement. Ils ont sûrement des enregistrements. On pourrait commencer par là.

Abbott secoua la tête.

— Je suis déjà passé au Deli ce matin, à l'ouverture. La caméra de surveillance est centrée sur la caisse, et le barman ne se souvient pas de Martha, de Bolyard ou de Donner. On se retrouve ici à 14 heures pour faire le point. Débrouillez-vous pour avoir du nouveau.

Il soupira.

— Le nom du tueur, ce serait pas mal. Web, on y va.

Noah fit un détour par son bureau pour prendre son manteau et son chapeau. Il trouva Eve concentrée sur son ordinateur.

— Qu'est-ce que tu fais ? demanda-t-il.

— Je m'occupe. Nathalie a gagné gros au casino hier soir parce que Dasich et sa complice se sont fait virer pour tricherie.

Elle fit la moue.

— Je chatte. Le Dr Pierce est passé me voir avant de partir. Il m'a dit qu'il avait dîné hier avec Dean Jacoby. Ils savent que c'est de moi que vous tenez vos informations. D'après lui, Jacoby voudrait me voir ce matin. Mais je lui ai dit que tu m'avais interdit de quitter ce bureau.

Il se sentit embarrassé.

— Eve, tu as fait ce que tu devais faire. Quoi qu'il arrive.

— Je sais, répondit-elle en souriant d'un air triste. Heureusement, je me débrouille pas trop mal comme serveuse et je pourrai toujours me rabattre là-dessus si nécessaire. Je te laisse ton bureau. Je sais que tu as du travail.

— Pas la peine, je m'en vais, dit-il en boutonnant son manteau.

Elle se leva.

— Noah ! protesta-t-elle. David va sortir aujourd'hui de l'hôpital et je dois le conduire à la maison. Je ne peux pas rester ici pour toujours.

Abbott commençait à s'impatienter. Il intervint.

— Je demanderai à quelqu'un de la véhiculer, promit-il. Allons-y.

— Attendez, capitaine !

Faye se précipitait vers eux, une feuille dans la main.

— J'ai le relevé des appels de Donner. Le dernier était pour le 411 à 22 h 40, mais le précédent était pour sa mère, vers 18 heures. Voici son adresse. Vous voulez que je demande à la police locale de vous rejoindre sur place ?

Abbott prit le papier avec une expression avide.

— Oui. Préviens-les, mais dis-leur de ne pas se manifester tant que nous ne sommes pas arrivés. Merci, Faye. Noah, on file, cette fois.

Jeudi 25 février, 8 h 30

Olivia et Kane s'apprêtaient à rejoindre Dell Farmer pour reprendre l'interrogatoire, quand elle reçut un appel de la brigade des stupéfiants.

— Que se passe-t-il ? demanda Kane lorsqu'elle raccrocha.

Elle lui parla de Tom, et de Damon qui avait peut-être des renseignements à propos d'une plaque d'immatriculation.

— Cette histoire de voiture, c'est sans doute une coïncidence, mais on ne peut pas prendre le risque. C'était un vieux copain des stups, au téléphone. Ils ont bouclé Damon.

— Qu'est-ce qu'ils ont contre lui ? demanda Kane.

— Usage de drogue. Ce n'est pas grand-chose, mais il

est en probation et ça suffit pour le mettre sérieusement en difficulté. Je veux savoir s'il a le numéro de cette Navigator.

— Il va nous proposer un marché, fit remarquer Kane d'un air morose.

Quand il faisait cette tête, il ressemblait à Eeyore, le personnage de *Winnie l'ourson*.

— Je sais, dit-elle. Allons demander au procureur ce qu'il nous laisse comme marge de manœuvre.

Kane s'arrêta devant la porte de leur *open space*.

— Et elle ?

Olivia se tourna vers Eve, qui était toujours installée au bureau de Noah, penchée sur son ordinateur.

— Elle cherche dans ce jeu… Elle espère trouver quelque chose d'utile.

— J'aimerais bien ne jamais avoir entendu parler de ce fichu jeu, commenta Kane tout en se dirigeant vers l'ascenseur.

Olivia appuya rageusement sur le bouton d'appel de l'ascenseur.

— Tu n'es pas le seul.

Jeudi 25 février, 8 h 45

Liza hurla. Elle avait beau courir, elle ne parvenait pas à échapper à Lindsay qui la poursuivait, avec son horrible visage gris et décharné. *Elle est morte. Elle est morte.* Elle aurait voulu crier, mais elle ne pouvait pas. Son corps refusait de lui obéir. Elle se rendit compte qu'elle était attachée, pieds et mains liés. Elle ne respirait plus que par le nez.

Sa bouche… Il lui avait mis un bâillon. *Lui.* L'homme qui avait posé sa main sur sa bouche, puis lui avait planté une aiguille dans le cou. *Qu'est-ce qu'il m'a fait ? Où suis-je ?*

Elle entrouvrit les yeux et fut soulagée de constater que ses paupières, au moins, réagissaient. Il faisait sombre et ça bougeait. Une voiture. Elle se souvint de la voiture. Il l'avait poussée à l'arrière, sur le plancher. *Et maintenant je suis dans le coffre.*

Ne perds plus connaissance… Elle se concentra sur sa respiration. Comme elle commençait à reprendre ses esprits et que son pouls se calmait un peu, elle prit conscience d'un corps à ses côtés et sentit… Une odeur de sang…

Seigneur… Lindsay… Elle referma les yeux, pour ne pas regarder. *Il a menti pour te faire peur et t'obliger à le suivre. Elle est encore en vie et elle a besoin de toi. Ouvre les yeux. Courage. Ouvre-les !*

Le cœur battant, elle se força à ouvrir les yeux et battit des paupières pour scruter la pénombre. Puis elle vit.

Elle se figea. Les yeux qui la fixaient étaient bien ceux d'une morte.

Lindsay est morte. Et je vais mourir aussi.

Jeudi 25 février, 9 h 15

Noah approcha arme au poing de la voiture garée dans l'allée d'Adele Donner.

— Elle est couverte de neige. Il n'a pas bougé de la nuit.

Il prit avec Abbott par l'avant de la maison, pendant que deux agents passaient par-derrière. Toutes les issues étaient bloquées.

Abbott cogna à la porte.

— Police ! appela-t-il. Montrez-vous, Donner.

La porte s'ouvrit sur deux femmes. L'une devait avoir dans les quatre-vingt-dix ans, l'autre la cinquantaine.

— Nous nous appelons toutes les deux Donner, répondit la plus vieille d'un ton de défi. Que voulez-vous ?

Ils comprirent qu'ils avaient affaire à la mère de Donner et à sa femme. La femme avait les yeux rouges et enflés. La mère posait sur eux un regard glacial.

Abbott tenta de regarder par-dessus leurs têtes.

— Veuillez vous écarter pour nous laisser entrer, mesdames, dit-il.

— Vous avez un mandat ? demanda la mère.

— Oui, répondit Abbott.

— Madame Donner, intervint Noah. Vous savez pourquoi nous sommes ici. Ne nous compliquez pas la tâche.

Le menton de la vieille femme trembla.

— Mon fils n'est pas là, dit-elle.

— Comment ça, pas là ? protesta Abbott. Sa voiture est là. Sa femme est là. Où est-il ?

La femme de Donner s'essuya les yeux.

— Dehors. Derrière la maison. L'étang.

Noah se mit à courir. On devinait dans la neige des traces de pas, à moitié recouvertes, qui devaient dater de plusieurs heures. Elles s'éloignaient, mais ne revenaient pas. Donner avait quitté la maison et n'était pas rentré.

Il suivit les traces, en faisant signe aux agents en uniforme de lui emboîter le pas. Arrivé devant l'étang, il s'arrêta net et contempla le banc installé sur la rive verglacée. Il abaissa son arme. Il n'en avait plus besoin.

— Merde..., jura l'un des agents en s'arrêtant à temps pour ne pas mettre le pied sur ce qui avait dû être le cerveau de Donner. Qu'est-ce que ça signifie ?

Noah pinça les lèvres et ravala la bile qu'il avait dans la bouche. Il restait suffisamment de Donner pour apercevoir une main, sans bague, crispée sur un revolver.

Il se détourna. Abbott était là et contemplait lui aussi

le spectacle d'un air affligé. Ensemble, sans même s'être concertés, ils firent demi-tour vers la maison. Cette fois, la mère de Donner les laissa entrer.

— Nous voulons en finir avec ça, déclara-t-elle d'un ton digne.

Elle posa leurs chapeaux sur une console et les conduisit au salon où la femme de Donner sanglotait sur une chaise. Puis elle se laissa tomber sur un canapé et parut soudain beaucoup plus que son âge.

— Il souffrait d'une tumeur au cerveau, murmura-t-elle. D'après les médecins, il avait environ trente pour cent de chances de s'en sortir. Tout ce qu'il aurait voulu, c'était qu'on publie une dernière fois ses travaux avant sa mort.

Elle tendit à Noah une enveloppe scellée.

— Il vous a écrit une lettre, dit-elle. Il tenait beaucoup à ce que je vous la remette en mains propres.

— Il n'aurait jamais fait de mal à personne, murmura la femme de Donner. Il ne supportait pas l'idée que ces femmes soient mortes à cause de lui…

— A quelle heure s'est-il suicidé ? demanda Noah.

— Vers 20 heures, hier soir. Il aimait s'asseoir sur ce banc pour contempler l'étang.

20 heures… Avant l'appel vers le 411.

— Vous avez entendu le coup de feu ? demanda Abbott.

Elles acquiescèrent.

— Nous avons compris que c'était fini, dit la mère de Donner. C'était ce qu'il voulait. Il aurait beaucoup souffert. Je n'ai pas pu lui dire non.

— Pourquoi n'avez-vous pas appelé le 911 ? demanda Abbott d'une voix plus douce.

Adele Donner jeta un bref regard du côté de sa belle-fille.

— Je ne conduis pas la nuit, et hier soir elle… Elle

n'était pas en état de conduire. Nous avions décidé de nous rendre ce matin chez le shérif.

La femme de Donner ferma les yeux.

— Ma belle-mère voulait appeler le 911, dit-elle. Mais moi, je ne voulais pas être là quand ils l'emporteraient.

Noah se leva. Il se sentait oppressé.

— Nous allons demander à l'un de nos hommes de s'occuper de lui.

Ils regagnèrent leur voiture.

— Ce suicide ne prouve pas qu'il n'était pas l'assassin, murmura tristement Abbott.

— Je sais. Mais tu le crois vraiment coupable ?

— Non. Qu'est-ce qu'il dit, dans sa lettre ?

Noah la parcourut rapidement.

— Rien de très original. Entre autres, il transmet ses amitiés à Eve.

Abbott mit le moteur en route.

— Je suis sûr que tu n'oublieras pas de faire passer le message, bougonna-t-il.

— Qu'est-ce que tu as contre elle, brusquement ? demanda Noah. Si elle ne nous avait pas aidés, nous n'en serions pas là dans notre enquête.

— Elle ne s'est pas présentée spontanément, c'est nous qui l'avons traînée au bureau.

— C'est faux. Qu'est-ce qui te prend ? Quel est le problème ?

— Le problème, c'est qu'elle te déconcentre.

— Je me soucie d'elle parce que le tueur l'a prise pour cible.

— Dans ce cas, emmenons-la dans un endroit sûr. C'est la seule solution, et tu le sais.

Il avait raison.

— Si tu ne le fais pas, c'est moi qui m'en chargerai,

poursuivit calmement Abbott. Et je suis sérieux, tu peux me croire.

Noah acquiesça.

— Très bien. Elle ira se réfugier chez Brock. Ça te va ?

— Je l'y accompagnerai, reprit Abbott d'un ton exaspéré. Je veux que tu te concentres sur notre affaire. Et je te jure que si je suis obligé de te le répéter encore une fois… Eh bien… Je ne te le répéterai pas. Je te retirerai cette enquête.

— D'accord, dit Noah entre ses dents. J'ai compris.

Jeudi 25 février, 10 h 45

— Je n'irai pas chez Brock, protesta Eve en rangeant son ordinateur dans son sac. On ne peut pas éloigner les enfants indéfiniment, et je ne voudrais pas que ma présence les mette en danger.

Elle se tourna vers Abbott d'un air résigné.

— J'irai dans votre endroit sûr, dit-elle.

— Eve…, protesta Noah.

Mais elle l'arrêta d'un geste.

— Il y aura la télévision et le câble ? demanda-t-elle à Abbott.

Au grand étonnement de Noah, celui-ci sourit.

— Oui. Et un accès Wi-Fi.

Elle fit la moue.

— Je pourrai commander ce que je voudrai pour manger ?

— N'exagérez pas, Eve, grommela Abbott. Il faut y aller, maintenant.

— Attendez, dit-elle. Et David ? Qui prendra soin de lui ?

— Son frère Max, répondit Noah. Il restera avec lui et ils repartiront ensemble pour Chicago quand David sera en état de voyager.

Elle ouvrit des yeux ronds.

— Tu as appelé Max ?

Noah secoua la tête.

— Non, c'est Tom qui s'en est chargé. Et quand il a su ce qui était arrivé Max s'est mis aussitôt en route.

Elle eut un sourire forcé, et il comprit à quel point cet éloignement lui pesait.

— Tu viendras me voir ? murmura-t-elle.

Il l'embrassa sur le front, sans se préoccuper du regard d'Abbott.

— Bien sûr que je viendrai.

Il l'aida à enfiler son manteau et elle s'éloigna, le menton fier — une attitude qu'il avait appris à anticiper.

Le téléphone sonna sur son bureau et il décrocha, sans la quitter des yeux.

— Webster.

— Inspecteur Webster, je m'appelle Nathalie Clooney. L'agent que je… L'agent que j'ai vu hier… m'a dit… Il m'a dit que je pouvais vous appeler en cas de… En cas de problème.

Noah posa sa main en coupe sur le récepteur, la peur au ventre. Le ton hystérique de Nathalie ne lui disait rien de bon.

— Eve… Dis à Abbott de revenir.

Puis il parla dans l'appareil.

— Je vous écoute, mademoiselle Clooney.

— Mon amie Virginia… Elle… Elle est morte.

Noah se laissa tomber dans son fauteuil, les yeux rivés sur Abbott qui approchait d'un air abattu.

— Comment ?

— Elle… Elle est pendue…

Nathalie éclata en sanglots.

— Ses yeux… Elle n'a plus ses yeux…

*
* *

Jeudi 25 février, 11 h 10

Noah avait essayé de se préparer à ce qu'il trouverait chez Virginia, mais on ne pouvait pas être prêt à affronter un tel spectacle. Il regarda fixement les orbites vides de la victime numéro six, en priant pour ne pas vomir.

— Donner n'a pas pu faire ça, dit-il d'une voix rauque.

— Non, il n'a pas pu, renchérit tristement Abbott.

— Et pourquoi ? demanda Carleton Pierce qui venait juste d'arriver avec Ian Gilles et son équipe.

Il s'arrêta net en entrant dans la pièce.

— Bon sang ! s'exclama-t-il.

— Donald Donner s'est suicidé hier soir vers 20 heures.

Carleton eut l'air d'accuser le coup.

— Il s'est… quoi ?

— Il s'est suicidé, ce n'est pas clair ? demanda Noah, agacé.

Puis il se reprit.

— Désolé, Carleton… J'ai passé une sale matinée. Donner était mourant. Il souffrait d'une tumeur au cerveau. Il s'est tiré hier soir une balle dans la tête.

— Je ne sais pas pourquoi je me donne la peine de photographier cette scène, murmura Micki. Elle est identique aux autres.

— A un détail près, corrigea Noah. Ses yeux.

Virginia portait une robe rouge, les chaussures habituelles, elle était outrageusement maquillée. Mais ses yeux avaient disparu.

— Et elle n'était pas sur la liste d'Eve, ajouta-t-il.

— Tu en es sûr ? demanda Carleton.

— Eve vient de m'appeler. Elle est en ce moment assise à mon bureau, en train de vérifier cette foutue liste. Cette femme n'y figure pas. Et si on ne trouve pas le tueur Eve pourrait bien être sa prochaine victime.

— Elle ne sera pas la prochaine victime, intervint Abbott. Kane l'emmène dans un endroit sûr.

— Tu as raison, soupira Noah.

Il se tourna vers Carleton.

— Virginia n'était pas sur la liste, mais elle était l'amie de Nathalie, une joueuse compulsive qui passait son temps au casino de *Shadowland*. Pourquoi a-t-il changé sa manière de procéder ? Jusque-là, toutes les victimes venaient de la liste. Pourquoi pas celle-ci ?

— Je n'en sais rien, répondit Carleton d'un ton morne. Pour nous déstabiliser, sans doute.

— Si c'est le cas, c'est réussi…

Il se rendit dans le salon où Nathalie était effondrée sur le canapé, pâle comme la mort.

— Mademoiselle Clooney, je dois vous poser quelques questions, dit-il.

— Bien sûr, murmura Nathalie avec des lèvres exsangues.

— Vous dites que Mlle Fox était programmatrice en informatique.

— Assistante, plutôt. Nous avons débuté dans la même société.

— Vous étiez dans le même bureau ?

— Non. J'ai obtenu une promotion il y a quelques années. Je suis maintenant directrice d'un département. Virginia faisait partie de mon équipe.

— Vous aurait-elle parlé d'un nouveau petit copain, d'une nouvelle relation ?

— Non. Enfin, oui, mais pas dans la vie réelle.

— Sur *Shadowland* ?

— Oui. Elle avait rencontré un type à la table de poker. Seigneur…

Elle se remit à pleurer.

— Je lui avais parlé de la mise en garde du capitaine Abbott, mais elle n'a rien voulu savoir. Elle était persuadée que je cherchais simplement à l'empêcher de vivre. Et maintenant elle est morte…

Elle se couvrit le visage, tout en se balançant lentement d'avant en arrière.

— Je sais que c'est dur, murmura Noah. Mais j'ai encore besoin de vous. Vous jouiez ensemble sur *Shadowland* ?

Nathalie abaissa ses mains et poussa un long soupir.

— Elle avait commencé par parier à Las Vegas, mais elle avait perdu beaucoup d'argent récemment, alors elle s'est mise au jeu virtuel. Parce que c'était moins onéreux.

— Pourquoi vous êtes-vous proposée pour les expériences menées sur *Shadowland* ?

— Elle avait vu la publicité dans un journal et elle m'a conseillé de m'inscrire. Elle disait que ça allait me plaire. Je lui ai demandé si elle comptait s'inscrire elle aussi, mais elle m'a répondu que non, qu'elle avait déjà donné avec les psys. Mais elle paraissait vraiment tenir à ce que je participe, alors je me suis portée volontaire.

— J'ai cru comprendre que vous étiez un as du poker.

— Je n'avais jamais joué avant *Shadowland*. Mais j'apprends vite. Nous nous retrouvions tous les soirs, Virginia et moi, à la table du casino. La nuit dernière, nous nous sommes disputées. Vraiment disputées.

— Je vous écoute.

— Au début, elle avait l'air contente que je gagne. Mais il y a quelques semaines elle a fraternisé avec un autre joueur et elle a changé.

Il songea à ce que lui avait raconté Eve.

— Dasich, murmura-t-il. Virginia et Dasich ont été exclus du casino pour tricherie. Elle était complice avec Dasich et le renseignait sur votre jeu. C'est pour ça que vous vous êtes disputées.

Nathalie parut surprise.

— Comment le savez-vous ?

— Nous vous surveillons depuis un moment, dans le monde virtuel autant que dans le monde réel. Mais nous ne savions pas pour Virginia. Avait-elle une phobie, mademoiselle Clooney ?

— Elle avait peur du noir, répondit Nathalie d'une toute petite voix. Elle était terrifiée à l'idée de rester dans le noir.

— Savez-vous pourquoi ?

— Oui. Sa famille vivait au Japon en 1995, lors du grand tremblement de terre de Kobe. Elle s'est trouvée bloquée sous les décombres pendant trois jours, entourée de cadavres. Depuis, elle ne supportait pas de rester dans le noir. Il lui fallait au moins une petite lumière.

C'est pour ça que ce fils de pute a emporté ses yeux.

— Merci. Je vais demander à un agent de vous raccompagner chez vous.

23

Jeudi 25 février, 11 h 10

— Je voudrais revoir encore une fois cette liste..., dit Eve en s'installant de nouveau devant le bureau de Noah.

Olivia et Kane attendaient pour l'emmener sur-le-champ dans une maison protégée — ordre du capitaine —, mais elle ne voulait pas partir. *Pas tout de suite. J'ai besoin de me concentrer pour réfléchir.*

— Mais Mlle Fox n'est pas sur votre liste, fit remarquer Kane. Vous avez déjà vérifié plusieurs fois.

— Exactement. Il a fait ça pour nous désorienter. Il sait que nous avons la liste.

— Il n'y a pas de « nous », protesta Olivia en fronçant les sourcils. Toi et nous, justement, ça fait deux. Tu n'as plus rien à voir avec ça, Eve. Je te rappelle que tu es déjà suffisamment en danger.

— Et je le serai tant que nous ne l'aurons pas coincé. Et Jeremy Lyons ? Où peut-il bien être ?

— Mystère, répondit Kane. Il n'a toujours pas eu de contacts avec sa famille ou ses amis. Toujours pas utilisé sa carte de crédit.

Jeremy Lyons pouvait être l'assassin. Mais il pouvait aussi être mort.

— Donner est innocenté, poursuivit-elle. Il s'était déjà suicidé quand Mlle Fox a été tuée.

Olivia et Kane échangèrent un regard.

— Eve, il faut y aller, reprit posément Olivia en la tirant par le bras.

Eve se dégagea d'un coup sec.

— Laisse-moi réfléchir, murmura-t-elle. Virginia n'était pas sur ma liste, mais elle était amie avec Nathalie, qui y était. Assieds-toi, Olivia, je t'en prie… Il faut absolument que j'aille jusqu'au bout de mon raisonnement. J'ai la sensation que la réponse est à portée de main.

Elle contempla la liste affichée sur son écran pendant quelques minutes, puis, jugeant sans doute que la réponse qu'elle cherchait se trouvait ailleurs, elle se connecta sur *Shadowland.* Olivia prit un fauteuil et s'y laissa tomber en poussant un soupir résigné.

— Ça va me valoir une mise à pied, murmura-t-elle.

Eve ne répondit pas. Elle consultait des comptes d'utilisateurs.

— Qu'est-ce que vous faites ? demanda Kane en se penchant au-dessus d'elle.

Elle se frotta le front.

— Ne me le demandez pas, d'accord ? Je pirate, voilà ce que je fais.

— Pas mal, dit Kane d'un ton admiratif.

— Ne l'encourage pas, lui dit Olivia entre ses dents.

Puis, de nouveau, elle soupira.

— Tu cherches quoi, exactement ?

— Je ne sais pas trop. Voici le compte de Virginia. Et voici Cicely, l'avatar avec lequel elle jouait au poker l'autre soir.

Elle pointa un doigt vers l'écran.

— Cicely était toujours assise près de l'avatar de Nathalie.

Mais elle avait aussi d'autres avatars, qui jouaient eux aussi au poker. Celui-ci, je crois qu'il vient de ma boutique.

Eve plissa les yeux et son cœur se mit à battre plus fort.

— Impossible, murmura-t-elle.

— Qu'est-ce qui est impossible ? demanda Kane en se penchant de nouveau.

Elle cliqua sur l'avatar qu'elle venait de désigner.

— Elle a changé son visage et mon code.

— L'assassin aussi change les visages et les codes, fit remarquer Olivia.

— Est-ce que c'est comme une empreinte, ce changement de code ? demanda Kane.

— Non. Pas tout à fait. Mais les modifications de code sont similaires à celles que j'ai pu constater pour les avatars de Martha et Christy. Donc, c'est Virginia qui a montré au tueur comment s'y prendre, ou le contraire.

— Et comment savoir ? insista Kane.

Eve chargea la page des messages.

— On peut envoyer des messages privés, d'avatar à avatar.

— Virginia a envoyé des messages ? demanda Olivia, tout à coup intéressée.

— Oui, apparemment, répondit Eve.

Elle cliqua pour les ouvrir.

— On a de la chance qu'elle ne les ait pas effacés. Voilà celui où elle renseigne sur la manière de modifier un avatar.

Elle se tourna vers Olivia pour la regarder droit dans les yeux.

— Il date de trois semaines.

— Ça correspond au premier meurtre, déclara Olivia. Et à qui a-t-elle envoyé ce message ?

Eve ouvrit l'en-tête.

— A Dasich... Merde, je savais que ce type n'était

pas net. Cicely et Dasich ont été exclus hier du casino pour tricherie.

— Et comment remonter jusqu'à la personne en chair et en os qui correspond à Dasich ? demanda Olivia.

— Je vais accéder à son compte, répondit Eve en tapotant son clavier.

— Comment allez-vous vous y prendre, puisque vous ignorez qui il est ? s'enquit Kane, étonné.

Eve hésita.

— Accéder à un compte en partant du nom de l'avatar n'est pas facile. N'oubliez pas que *Shadowland* est l'endroit où personne ne vous connaît…

— Mais toi, tu pourrais ? intervint Olivia.

— Oui. Mais en effectuant la manœuvre depuis l'avatar, je vais probablement alerter les *webmasters* de ShadowCo.

Elle se tourna de nouveau pour regarder Olivia.

— Je ne voudrais pas que ça vous crée des ennuis…

— Et toi ? Ça ne risque pas de te créer des ennuis ?

Elle haussa les épaules.

— Ils peuvent me poursuivre en justice, mais si ça doit nous permettre de coincer le tueur, peu m'importe… Et puis je deviendrai une vedette parmi les pirates du Net… De toute façon, c'est trop tard, j'ai déjà lancé la recherche. Et nous avons un gagnant… L'avatar de Dasich appartient au compte d'une certaine Irene Black.

— Irene Black serait donc un homme ? demanda Kane.

— Irene Black pourrait être n'importe qui. J'ai déjà expliqué à Abbott que beaucoup de gens n'utilisent pas leur véritable nom pour créer un compte. Moi-même…

Elle ouvrit la page d'accueil d'Irene Black.

— Irene possède cinq avatars, commenta-t-elle. Ils viennent tous de la boutique de Pandore, sauf un. Voilà Dasich, le joueur de poker.

Elle cliqua sur les avatars, puis se renversa contre le dossier de sa chaise.

— Seigneur ! s'exclama-t-elle.

— Qu'est-ce qu'il y a ? demanda Olivia en se penchant pour regarder l'écran.

— Cet avatar… C'est celui qui passe son temps au Neuvième Cercle à offrir des verres à toutes les femmes qu'il croise. Il a abordé Greer un certain nombre de fois.

— Tout ça, c'est bien beau, s'impatienta Olivia. Mais s'il n'a pas utilisé son véritable nom pour s'enregistrer, comment faire pour l'identifier ?

— Suivre l'argent, murmura Kane. Vous pourriez accéder au compte d'Irene Black ?

Eve effectua plusieurs manœuvres, puis fronça les sourcils.

— Compte bloqué, soupira-t-elle en se tournant vers Kane. Je ne peux pas y accéder. Apparemment, ce n'est pas si facile que ça de rentrer dans un compte bancaire. Les *webmasters* de ShadowCo ont dû déjà me repérer.

Elle se déconnecta.

— S'ils sont doués, ils savent déjà où je me trouve. Merde…

— On s'en arrangera, assura Olivia. Nous avons un nom. Irene Black.

Elle repoussa sa chaise et se leva.

— Enfile ton manteau. Kane, emmène-la avant qu'Abbott débarque. Sinon, on va se faire tirer les oreilles.

Eve boutonna son manteau.

— Tu ne viens pas ?

— Non. Je vais informer Abbott de ce que tu viens de découvrir, et ensuite j'irai rendre visite à Dell. Je passerai te voir plus tard. Avec un gâteau dans lequel je cacherai une lime, plaisanta-t-elle. Je sens que nous tenons le bon bout. Tout ça sera bientôt réglé.

— Je l'espère…, murmura Eve. Dis à Noah de…

Elle rougit.

— Dis-lui d'être prudent.

— Ne t'inquiète pas pour ça. Et maintenant disparais. Avec Kane, tu ne risques rien.

Olivia les regarda s'éloigner, tout en réfléchissant. Six cadavres de femmes, deux Lincoln Navigator, un prisonnier caractériel, un dealer. Et maintenant une Irene Black pour corser le tout. Elle avait sorti son téléphone pour appeler Abbott quand il sonna, dans sa main. C'était le bureau du procureur.

— Sutherland, dit-elle.

— Brian Ramsey à l'appareil. J'ai une bonne nouvelle. Je suis autorisé à négocier avec Damon. Arrange-moi un entretien dans vingt minutes. J'espère que tu obtiendras ce que tu veux.

— Oui, moi aussi…

Elle sortit pour rejoindre Ramsey, tout en appelant Abbott.

Jeudi 25 février, 11 h 30

Tout en prenant l'ascenseur pour rejoindre le parking et la voiture de Kane, Eve ne cessait de réfléchir.

— Nous avons une Irene Black, c'est entendu, dit-elle. Mais nous n'avons toujours pas résolu l'énigme principale… Le tueur a accès à ma liste et nous ignorons qui et comment.

— Jeremy Lyons y avait accès et il a disparu, fit remarquer Kane.

Eve soupira.

— Donner aussi y avait accès. Et il est mort. Maintenant que je sais qu'il était malade, je comprends mieux certaines de ses réactions. Le temps lui était compté.

— Il voulait laisser une trace, murmura Kane. Comme beaucoup de gens.

— C'est vrai. Je me demande s'il pensait vraiment que nous suivions suffisamment nos sujets ou s'il essayait de s'en persuader. Je n'ai cessé de lui répéter que notre expérience avait un retentissement sur la vie des gens, mais sans les tests de personnalité je ne pouvais pas le lui prouver.

— Ça n'aurait pas changé grand-chose, la rassura Kane.

Elle leva les yeux vers lui, au moment où la porte de l'ascenseur s'ouvrait.

— Que voulez-vous dire ?

Kane haussa les épaules.

— Il était mourant. Désespéré. Les gens désespérés ont des comportements inattendus. Il aurait peut-être ignoré les résultats, s'ils le dérangeaient.

— Non, il ne les aurait pas ignorés. Il ne les aurait même pas vus. Les résultats sont directement transmis à un consultant indépendant qui les analyse et les répercute au comité de l'université. C'est une garantie de neutralité. Et le comité aurait arrêté l'expérience s'il avait jugé qu'elle déstabilisait les sujets.

— Ma voiture est sur la droite, fit Kane en entrant dans le parking. Et qui est ce thérapeute indépendant ?

Eve s'arrêta net.

— Je l'ignore… Je ne suis pas censée connaître son nom. Comme il n'est pas censé connaître le nom des sujets.

— Et cette personne aurait pu avoir accès à la liste ?

Eve ouvrit la bouche pour répondre, mais elle n'en eut pas le temps. Kane s'effondra comme une masse sur le sol en béton du parking. Elle leva les yeux, stupéfaite.

Un homme portant un chapeau à large bord se tenait entre deux voitures. Il glissa posément un club de golf dans la poche de son manteau.

— Je dirais que oui, déclara-t-il. Il a certainement accès à cette liste.

Elle contempla fixement ce visage qu'elle connaissait bien et qui ne lui avait jamais inspiré confiance. Puis son instinct prit le dessus. *Cours !* Elle balança son ordinateur contre le bras de l'homme. Il lâcha son arme, qui fut projetée à quelques mètres. Son grognement de douleur résonna dans le parking.

Elle n'attendit pas et se mit à courir. Puis tomba à genoux en poussant un hurlement. Il avait tiré sur elle et l'avait touchée à la cuisse. Elle s'était relevée et courait de nouveau, quand il apparut entre deux voitures et la tira en arrière en passant un bras autour de sa gorge, lui coupant le souffle.

Elle s'agrippa à ce bras, pour l'écarter, pour respirer. Mais quelque chose la piqua au niveau du cou. En quelques secondes, son corps devint mou, sa vision se brouilla. De très loin, elle entendit sa voix, ralentie et déformée.

— Tes parents ne t'ont jamais dit qu'il ne fallait pas monter dans la voiture d'un étranger ?

Jeudi 25 février, 12 h 10

Noah fit irruption dans l'*open space* de la brigade criminelle, suivi d'Abbott et de Micki. Son cœur battait si fort qu'il avait l'impression qu'on pouvait le voir pulser à travers ses vêtements. Eve avait disparu.

— Mais que s'est-il passé, merde ?

Kane était assis devant son bureau, un pack de glace sur la tête. Olivia se tenait debout près de lui. Elle était pâle, mais son regard restait clair et lucide.

— Bilan ? demanda Abbott.

Il avait hurlé des ordres dans son portable et dans la radio de la voiture durant tout le trajet de retour, pendant que Noah roulait à tombeau ouvert.

— Le parking est bouclé, répondit Olivia d'un ton ferme. J'ai envoyé l'avis de recherche, toutes les voitures de patrouille de la ville sont alertées. Des hommes surveillent les gros carrefours et les artères principales, les entrées d'autoroutes. La patrouille d'Etat arrive, avec des hélicos.

Abbott acquiesça d'un air tendu.

— Bon travail, dit-il.

Il balaya Kane du regard.

— Tu ne l'as pas vu ?

Kane secoua la tête d'un air misérable.

— Non.

— Que s'est-il exactement passé ? s'écria Noah.

Kane leva vers lui un regard désespéré.

— Nous parlions, et puis je me suis réveillé à terre et elle n'était plus là.

Olivia s'assit près de lui.

— Kane est revenu environ sept minutes après être sorti avec Eve et il a tout de suite donné l'alerte. J'ai immédiatement regardé la vidéo de surveillance. Un homme a surgi derrière lui et l'a frappé avec un club de golf. Eve a frappé l'homme avec son ordinateur et elle s'est enfuie. Il avait lâché son revolver, il l'a ramassé et s'est lancé à sa poursuite.

Elle hésita. Le cœur de Noah cessa de battre.

— Et ensuite ? Ensuite ?

— Il lui a tiré une balle dans la cuisse et l'a embarquée.

Les mains d'Olivia tremblaient.

— On le perd quelques secondes, puis on le voit sur une autre caméra : il l'a obligée à monter dans une BMW appartenant à Donner, d'après les plaques.

Noah s'efforça de ne pas penser aux yeux creux de

Virginia Fox. Ni à ce que le tueur était peut-être en train de faire subir à Eve, à l'instant même.

Pourvu qu'il ne lui fasse pas de mal…

Mais il allait lui en faire. Il allait la tuer.

Il saisit son crâne à deux mains et s'obligea à ouvrir les yeux.

— Elle saignait beaucoup ?

— Pas trop, répondit Olivia. La balle n'a pas touché d'artère.

Mais elle est blessée.

— Je suis désolé, Web, dit Kane d'une voix rauque.

— Ce n'est pas ta faute, répondit Noah en se laissant tomber dans un fauteuil. A quoi ressemblait-il ? On voit bien quelque chose, sur cette vidéo, pour l'amour du ciel !

Olivia secoua la tête.

— Quand il a frappé Kane et poursuivi Eve, il est resté entre les voitures. Ensuite, il était courbé en deux. Impossible de voir son visage. Tout ce que je peux te dire, c'est qu'il est plutôt petit, qu'il portait un manteau beige dont il avait remonté le col, et un chapeau noir à large bord qui dissimulait son visage. J'ai déjà demandé qu'on nous transmette les extraits de l'enregistrement vidéo. J'ai lancé un avis de recherche avec les détails. Tout le monde est à ses trousses.

— Mais comment est-il sorti du parking ? Il a bien fallu qu'il paye…

— Il est resté moins de trente minutes, donc il n'avait rien à payer, répondit Olivia d'un air accablé. Désolée, Noah.

— Ça veut dire qu'il avait fait des repérages. Il savait qu'en restant moins de trente minutes il n'aurait pas à sortir sa carte de crédit, ni à passer par la guérite du gardien.

— J'y ai pensé. Des hommes vérifient en ce moment

les enregistrements vidéo pour chercher une BMW qui aurait utilisé le parking ces jours-ci.

— J'ai envoyé une équipe dans le garage, ajouta Micki. Au cas où il aurait laissé des traces.

Noah acquiesça d'un air hébété.

— Dell, murmura-t-il. Il sait quelque chose. Il faut le faire parler.

— Nous avons essayé toute la nuit, fit remarquer Olivia d'un ton dur. Il ne parlera pas.

Confiez-le-moi, je me charge de lui faire cracher ce qu'il sait.

— Ne le demande même pas, intervint Abbott qui avait deviné à sa mine féroce à quoi il pensait.

Noah détourna le regard.

Réfléchis…

— Qu'avez-vous trouvé dans la voiture de Dell ? demanda-t-il.

— L'écran GPS correspondant aux appareils traceurs dissimulés sous le plancher de vos voitures, répondit Olivia. Le téléphone portable de Kurt Buckland, plusieurs téléphones prépayés, une copie de *MSP,* de vieux articles de journaux parlant de Jack et toi, et concernant vos précédentes enquêtes.

— Des photos, ajouta Micki. Il vous photographiait depuis des mois. Il y avait un appareil dans sa voiture et un autre dans celle d'Harvey. Ils vous surveillaient tous les deux.

— Montrez-moi ces photos, dit Noah d'une voix morne.

— Pas question, tu rentres chez toi, ordonna Abbott. Tout le monde cherche ce type, nous n'avons pas besoin de toi, nous le trouverons.

— Je veux voir ces putains de photos, répéta Noah d'un ton mauvais.

Abbott haussa les épaules.

— Très bien. Va les chercher, Micki.

Micki s'exécuta aussitôt.

— Faye, appela Abbott. Peux-tu faire monter le chef de la sécurité avec les vidéos ? J'ai besoin de les visionner.

Ils se déplacèrent dans le bureau d'Abbott et Micki les rejoignit bientôt avec les photos réclamées par Noah. Elle les lança sur la table.

— Je ne vois pas ce que tu espères y trouver, Web, murmura-t-elle.

— Moi non plus, répondit-il. Où sont les appareils ?

— Dans la pièce des indices, répondit Micki. Je vais te les chercher aussi.

Au moment où elle sortait, le téléphone d'Olivia sonna.

Olivia fit la grimace en lisant le numéro qui s'affichait.

— Merde, c'est Ramsey. Il m'attend pour interroger Damon.

— Vas-y, dit Abbott. Et bonne chance.

Noah ne parut pas remarquer son départ. Il passait déjà les photos en revue, une par une, méticuleusement. *Il y a forcément un indice là-dedans.*

Jeudi 25 février, 12 h 10

« Tes parents... »

Eve ne respirait plus. Winters tirait sur la corde qui lui enserrait le cou. *Je vais mourir. Encore. « Tes parents ne t'ont... » Non... Je ne veux pas.*

Elle ouvrit les yeux en sursautant et découvrit, à quelques centimètres du sien, le visage de Carleton Pierce. Il souriait d'un air réjoui tout en lui tapotant les joues pour la réveiller.

Elle tenta de le mordre, mais sa tête était comme prise dans de la mélasse.

— Qu'est-ce que vous m'avez injecté ? demanda-t-elle d'une voix lente.

— De la kétamine, mais ne t'inquiète pas, les effets vont rapidement se dissiper. Et il n'y a aucune accoutumance au produit. Enfin, je ne sais pas pourquoi je prends la peine de te le préciser… Tu n'as plus suffisamment de temps à vivre pour te soucier d'une addiction.

— Noah… Noah va vous retrouver.

Pierce éclata de rire.

— Non, ma chère, il ne va pas me retrouver, mais si ça te fait du bien de le croire ne te gêne pas. Comment va ta jambe ?

— Comme une jambe qui a reçu une balle, répondit-elle entre ses dents.

Elle était allongée sur la banquette arrière de sa voiture et sa cuisse la brûlait atrocement.

— Je t'ai pourtant mis un pansement, dit-il d'un ton gentiment moqueur. Je ne voulais pas que tu te vides de ton sang… Je n'en ai pas terminé avec toi. Je n'ai même pas vraiment commencé.

Il sourit et Eve reçut un coup au cœur. Ce sourire lui rappelait celui de Winters. *Avant qu'il me tue…*

— Très bien, dit-il. Je vois que tu as déjà peur. Tu as apprécié mes messages ?

Elle se força à inspirer et l'air lui fit mal en pénétrant dans ses poumons.

— Je pensais qu'ils venaient de Dell, murmura-t-elle.

— C'était ce que je voulais. Mais maintenant je veux que tu saches qu'ils étaient bien de moi.

Il fouilla dans sa poche et en sortit une seringue. Elle se débattit pour rouler sur elle-même, s'éloigner, lui échapper par n'importe quel moyen, mais il lui bloqua les cuisses avec ses genoux.

— Tu auras moins mal si tu ne résistes pas, dit-il.

Il plongea l'aiguille dans son cou.

— Ça te fera tenir tranquille jusqu'à ce qu'on arrive à destination, ajouta-t-il. Tiens, écoute ça…

Il approcha de son oreille un petit appareil enregistreur et le mit en marche.

Et, de nouveau, elle entendit la voix de Winters.

« Je l'ai poignardée et elle a tenté de me griffer. Elle avait du cran, cette petite. J'ai lacéré sa main avec mon poignard. Puis son visage. »

« Pourquoi le visage ? demanda une autre voix. Elle était déjà pratiquement morte. »

« Je ne sais pas trop, répondit Winters. Parce qu'elle se croyait jolie, parce que j'en ai eu envie, parce que c'était facile. »

Elle se sentait partir. Vite. Plus vite que la première fois. Elle battit des paupières et il arrêta l'appareil. Puis il se pencha vers elle.

— Je vais te tuer, murmura-t-il. Parce que c'est facile. Parce que j'en ai envie. Parce que ça me donnera du plaisir. Tu verras, je vais prendre mon temps. Tu me supplieras de t'achever. Tu auras hâte de mourir, Eve…

Il recula en inspirant une bouffée d'air frais. Bon sang, ce que ça allait être bon ! Depuis qu'il avait fait monter Eve à l'arrière de sa voiture, il était en érection. Et l'idée que Liza et sa femme voyagent dans le coffre côte à côte… Bon sang !

Eve était déjà morte deux fois et il avait l'intention de lui faire revivre ce qu'elle avait vécu avec Winters, seconde par seconde. Il voyait déjà ses mains autour de son cou. Il serrerait, il la lâcherait au dernier moment, pour qu'elle respire de nouveau, puis il recommencerait. Encore et encore. Ça allait être grandiose.

Il quitta le siège arrière et jeta un coup d'œil alentour. Personne en vue. Il s'était arrêté sur une route secondaire, en dehors de la ville… D'après la radio, les flics le cherchaient à Minneapolis et sur l'autoroute. Jamais ils ne songeraient à venir jusqu'ici. Mais il avait intérêt à se dépêcher. Il était encore à vingt minutes de chez lui.

Il prépara une dernière seringue pour administrer une dose à Eve en arrivant. Elle était grande et plus forte qu'il n'y paraissait. Dans le parking, elle avait failli lui échapper… *Salope*. Il massa son bras endolori… Son ordinateur était aussi dur qu'une brique. Voilà pourquoi il choisissait d'ordinaire de petites femmes. Elles étaient plus faciles à maîtriser et lui laissaient toute son énergie pour la suite. Il ne voulait plus avoir à se battre avec Eve. Il voulait pouvoir l'attacher à son petit lit crasseux sans avoir à se démener. Ensuite… Il aimait les voir lutter contre la peur et la mort, ça oui… Plus elles résistaient et plus c'était bon. Eve allait être le plus grandiose de ses meurtres. Il le sentait.

Il alla jeter un coup d'œil dans le coffre, à ses deux autres passagères. Sa femme n'avait pas bougé. Normal, vu qu'elle était morte. Liza était encore sous l'influence de la kétamine, elle ne lui donnerait pas beaucoup de mal. Elle frôlait la catatonie depuis qu'elle avait ouvert les yeux sur le cadavre qui lui servait de compagne de voyage. Elle pensait probablement qu'il s'agissait de sa sœur. Cela le fit sourire.

— Tu aurais dû laisser ta sœur où elle était au lieu de remuer ciel et terre pour la retrouver, murmura-t-il. Et elle, elle n'aurait pas dû faire la pute. Mais voilà… Elle était une pute, tu as voulu la chercher… Et maintenant vous êtes là, toutes les deux.

Il referma le coffre et s'installa au volant. Il était temps de filer. Il avait perdu sa matinée à régler des détails pour justifier l'absence prolongée de sa femme. Il avait eu de la chance de se trouver dans sa voiture au moment où la radio des flics annonçait la découverte d'un nouveau cadavre : cela lui avait permis de se rendre sur place et de contempler le regard horrifié de Webster quand il avait trouvé Virginia. Ça lui avait aussi permis d'apprendre que Donner s'était suicidé.

Et surtout… Surtout, il avait entendu qu'ils s'apprêtaient à envoyer Eve dans un endroit bien protégé, là où il n'aurait pas pu l'atteindre. Du moins, pas sans éveiller les soupçons.

Il avait pris un risque en l'enlevant dans ce parking, mais il n'avait pas eu le choix. Au nez et à la barbe de ces crétins du Hat Squad : il devait reconnaître que ça lui avait procuré un petit frisson supplémentaire. Mais le vrai frisson restait à venir. Le vrai frisson, ce serait tout à l'heure, avec Eve.

Jeudi 25 février, 12 h 45

Noah enfouit sa tête dans ses mains. Toute la police de la ville était sur les dents, mais pas la moindre trace d'Eve ou du tueur. Une heure déjà qu'il l'avait enlevée. Ils pouvaient être loin…

— Où est Pierce ? demanda-t-il brusquement. Il faudrait préciser le profil.

— Je vais l'appeler, répondit Abbott.

Noah se remit à passer les photos en revue, tandis que Micki revenait avec deux appareils équipés de téléobjectifs.

— Voilà, dit-elle. Et je crois savoir pourquoi Dell t'a ri au nez en assurant que Donner avait failli t'avoir.

Elle montra l'écran à Noah. Et, surprise… Celui qui visait Noah se trouvait assis au volant d'une SUV noire.

— Il avait son revolver pointé vers vous, commenta Micki.

— Nous l'avons échappé belle, murmura-t-il.

— Les dernières photos ont été prises hier soir, devant la maison de Jack et devant celle des Bolyard, poursuivit-elle. Mais elles sont toutes là, dans la carte mémoire.

— Je n'ai pas encore tout regardé, soupira-t-il.

Il reprit la pile de photos.

Abbott les rejoignit.

— J'ai laissé un message à Carleton, dit-il. Donne-moi ce tas, Noah. Ça fait déjà deux fois que tu le regardes. Prends-en un autre.

Noah lui tendit les photos qu'il avait en main, celles prises devant l'immeuble de Martha Brisbane, et s'empara du reportage Christy Lewis du lundi soir. Les clichés étaient en désordre, il les classa, tout en essayant de revoir ce qui s'était passé ce soir-là.

Jack et lui étaient arrivés en premier. Il y avait une photo de lui sortant Eve de l'arrière de la voiture de patrouille, avec l'adjoint au shérif qui lui ôtait les menottes. Il avait emmené Eve dans sa propre voiture, puis le reste de l'équipe l'avait rejoint par vagues — d'abord Micki, puis Ian et Carleton.

C'était la fois où Jack avait eu peur du serpent. Un autre cliché le montrait sortant seul de la maison. Ensuite, c'était Ian qui était parti, suivi de près par Carleton. Noah fronça les sourcils : il ne se souvenait plus de tout et ne trouvait plus la place de certaines photos dans la chronologie.

Il resta longuement fixé sur l'une d'elles.

— La voiture d'Eve garée devant chez Christy, dit-il en la montrant à Micki. Mais qui est à côté ?

Il la plaça sous la lampe. Un homme se penchait vers l'un des enjoliveurs.

— C'est Carleton, répondit Micki. Je reconnais ses Bruno Maglis.

— Tu es décidément obsédée par les chaussures, intervint Abbott d'un ton exaspéré.

— Les chaussures de Christy, c'est un détail qui se révélera peut-être important plus tard, répondit-elle d'un ton sec. Peu importe ce qu'en pense notre cher Dr Pierce. Noah, ça va ?

Noah avait approché la photo et plissait les yeux.

— Cette photo est toujours dans l'appareil de Farmer ?

— Oui… Pourquoi ? demanda-t-elle, tout en la cherchant déjà.

Le cœur de Noah s'était mis à battre.

— Je voudrais un gros plan. Au niveau de la main de Carleton.

Il lui prit l'appareil, en s'efforçant de maîtriser le tremblement de sa main.

— Il porte la même bague que moi, murmura-t-il.

— Et après ? demanda Abbott. Il nous l'a montrée hier.

— Il tient les clés d'Eve. Celles qu'on lui avait volées.

Abbott fronça les sourcils.

— Tu plaisantes, Noah…

— Eve avait perdu ses clés chez Christy, insista Noah. Micki, tu m'as bien dit que vous aviez passé au détecteur de métaux le périmètre autour de la maison, mais que vous n'aviez rien trouvé ?

Abbott secoua la tête.

— En admettant que ce soient vraiment les clés d'Eve qu'il ait à la main, ça ne prouve rien.

— Pas « en admettant », reprit Noah d'un air buté. Ce sont ses clés. Elle m'a dit qu'il y avait un sifflet de police sur le porte-clés, et je vois un sifflet de police, là. La nuit où nous l'avons interrogée, quelqu'un est entré chez elle sans forcer la porte. Avec ses clés. Cette personne est revenue rôder autour de chez elle plus tard. Nous pensions qu'il s'agissait de Buckland.

— Tu veux dire Dell, corrigea Abbott.

— Peu importe. Ecoute-moi… Quand j'ai trouvé hier le cadavre des Bolyard, je me suis demandé qui pouvait bien savoir qu'ils s'apprêtaient à témoigner. Et l'idée m'est venue que ça pouvait être quelqu'un de notre équipe.

— C'est absurde, voyons… Bolyard a vu Don…

Il se tut, l'air atterré.

— Bolyard n'a jamais adressé la parole à Donner. Ce n'est pas lui qui a appelé la journaliste de la télévision. C'est quelqu'un qui cherchait à faire porter les soupçons sur Donner.

— Exactement. Les Bolyard avaient peut-être parlé à quelqu'un d'autre de l'assassin, mais le seul qui avait intérêt à les éliminer, c'était l'assassin lui-même, celui qu'ils avaient vu. Et il ne s'agissait pas de Donner. Et puis… Pierce était là, ce matin, chez Virginia. Comment a-t-il su ? C'est toi qui l'as appelé, Bruce ?

Abbott secoua lentement la tête.

— Je pensais que c'était toi.

Micki et Kane s'agitèrent.

— Ce n'est pas non plus Olivia, intervint Kane. J'en suis sûr parce que nous ne nous sommes pas quittés jusqu'à ce que… Jusqu'à ce que je descende avec Eve dans le parking.

Noah acquiesça.

— Aucun de nous ne l'a donc prévenu et Virginia ne

figurait pas sur la liste d'Eve. Pourtant, il a su où aller. Et il est venu. Ce salaud voulait voir la tête qu'on ferait.

— Je n'arrive pas à y croire, protesta Abbott. Je connais Carleton depuis des années… Des années…

Noah se pencha vers lui.

— Réfléchis, Bruce. Tu as dit devant lui, chez Virginia, que nous avions l'intention de mettre Eve à l'abri. Puis il est parti. La suite, tu la connais.

Abbott fit la moue.

— Il a eu l'air très contrarié par le suicide de Donner… Parce que évidemment ça dérangeait ses plans…

Kane se figea.

— Avant qu'il me frappe, dans le parking, je parlais avec Eve. De sa thèse. Elle me disait que Donner avait engagé un thérapeute indépendant pour dépouiller les résultats des tests de personnalité, mais qu'elle ignorait qui. Je lui ai demandé si cette personne pouvait avoir accès à la liste.

Abbott se crispa.

— Donner avait choisi un psychiatre indépendant… Quelqu'un devait bien savoir qui, tout de même.

— Jeremy Lyons, proposa Noah. Mais il a disparu. Où est-il ? Nous avons obtenu les relevés de ses appels téléphoniques ?

Abbott fouilla dans les papiers entassés sur son bureau.

— Oui. Faye me les avait transmis hier, mais nous nous sommes précipités chez Donner et j'ai oublié de les regarder.

Il les tendit à Noah.

— Je ne vois que des relevés concernant les téléphones fixes, fit remarquer Noah. Nous avions bien réclamé aussi ceux du portable, non ?

— Lyons n'avait pas de portable et sa femme non plus, répondit Abbott.

— Ils achetaient des téléphones prépayés, expliqua

Kane. Parce qu'ils faisaient attention à leurs dépenses, d'après Mme Lyons.

Noah consulta la liste des numéros et l'un d'eux attira son attention.

— Eve a reçu un texto de ce numéro, dit-il. Et ensuite un message vocal.

— Ce même numéro appelait régulièrement la maison des Lyons, exactement à 17 heures, jusqu'à lundi, commenta Abbott en regardant par-dessus l'épaule de Noah.

— Que disaient le texto et le message vocal pour Eve ? demanda Kane.

— Ils répétaient une phrase prononcée par Rob Winters, murmura Noah. Une phrase qui terrorise Eve et qu'elle entend encore dans ses cauchemars. Je croyais que ça venait de Dell, mais en fait c'était Lyons…

— Ça venait sans doute du portable prépayé de Lyons, mais rien ne prouve que c'était bien lui qui l'utilisait, objecta Kane.

Noah se tourna vers lui.

— Tu le crois mort ?

Kane osait à peine regarder Noah en face. Mais il acquiesça.

— Il était odieux avec Eve, mais il adorait ses enfants. Il n'aurait pas disparu comme ça.

Noah se leva.

— Je vais chez lui. Chez Pierce.

— Et ensuite ? demanda Abbott. Une chaussure près d'un trousseau de clés, ça ne suffit pas pour obtenir un mandat.

— Je m'en fous, répondit Noah en attrapant son chapeau.

Abbott lui saisit le bras.

— Assieds-toi, Noah, dit-il d'un ton cinglant. Pas question de partir comme ça, à l'aveuglette. Appelons Ramsey et demandons-lui ce qu'il lui faudrait pour un mandat. Kane et Micki, allez fouiller le bureau de Donner pour voir s'il mentionne Pierce quelque part dans ses papiers, et essayez de savoir si quelqu'un l'aurait vu avec lui.

— Il n'est pas question que je reste assis à ne rien faire, protesta Noah.

Sa voix tremblait, mais il n'en avait pas honte.

— Tu vas rester assis, reprit Abbott d'un ton qui n'admettait pas de réplique. Mais pas à ne rien faire. Tu vas appeler la femme de Donner et lui demander si elle aurait un agenda ou un répertoire appartenant à son mari. Et si le numéro de Pierce y figure. Nous allons faire ça dans les règles. Micki, Kane a l'air encore un peu sonné, donc c'est toi qui conduis. Tiens-moi au courant, même si vous n'avez rien. C'est parti.

Jeudi 25 février, 13 h 5

— C'était du bon travail, déclara Brian Ramsey tandis qu'un gardien raccompagnait Damon dans sa cellule. J'ai lâché beaucoup moins que prévu, et tu as eu ce que tu voulais.

Olivia relut le numéro que Damon venait de leur livrer.

— J'espère que c'est légal, ce qu'on fait là, murmura-t-elle.

— Ne t'en fais pas pour ça. Si nous tombons sur un brave monsieur, il ne cherchera pas à se plaindre du procédé… Il n'aura pas envie que sa femme sache qu'il fait monter dans sa voiture des filles qui font le trottoir.

— Merci, Brian. Je vais faire une recherche à partir de cette plaque, pour voir à qui elle appartient.

Brian reposa sa mallette.

— J'avoue que je suis curieux de le savoir, dit-il.

Puis il leva les yeux au ciel quand son portable sonna.

— Zut… Comment se fait-il que mon portable n'ait jamais de problèmes de réception ?

Olivia s'éloigna pour le laisser parler tranquille, et en profita pour composer le numéro de Faye.

— Faye, c'est Olivia, dit-elle. J'ai une plaque d'immatriculation venant du Wisconsin… Je voudrais que tu me trouves le propriétaire.

— Tu devrais revenir ici, Olivia, lui dit Faye. C'est la panique.

Olivia se redressa, l'angoisse au ventre.

— De qui s'agit-il ? De Jack ? D'Eve ?

— Non. Rien de nouveau de leur côté. Ils viennent de regarder des photos et ils pensent que c'est Pierce.

— Quoi ? s'exclama Olivia en se laissant tomber assise sur un coin de table.

— Tu m'as bien entendue. Carleton Pierce, le Dr Pierce. Donne-moi le numéro de la plaque.

Olivia le lui donna et sentit bouger la table quand Ramsey la rejoignit. Elle se tourna vers lui. Il la regardait et paraissait aussi abasourdi qu'elle.

— C'était Abbott, dit-il. Il veut nous voir tous les deux dans son bureau.

Le téléphone collé à l'oreille, elle le suivit. Ils étaient dans le couloir quand la voix de Faye se fit entendre de nouveau.

— La voiture appartient à une certaine Irene Black, soixante-deux ans ; l'adresse est une boîte postale, à Eau Claire, dans le Wisconsin. Ça te dit quelque chose ?

— Oui.

Encore *Irene Black.*

— Transmets l'information à Abbott. J'arrive avec Ramsey.

Ramsey lui jeta un coup d'œil, tout en trottinant près d'elle en direction de la sortie.

— A qui appartient la SUV ?

— Au type qui traque les femmes sur *Shadowland.*

— Nous avons son adresse ?

Elle secoua la tête.

— Une boîte postale. Il a déjà fait le coup. C'est un jeu sans fin. Je te retrouve chez Abbott.

Elle était à quelques pas de sa voiture, quand son téléphone sonna de nouveau.

— Sutherland.

— C'est Tom.

Il n'était pas au courant pour Eve. Et David non plus.

— Le moment n'est pas très bien choisi, Tom.

— C'est important. J'ai essayé d'appeler Liza, mais elle ne répondait pas au téléphone. Comme je m'inquiétais, j'ai appelé son lycée. Elle ne s'est pas montrée en cours aujourd'hui.

Olivia appuya son front contre le capot de sa voiture.

— J'envoie une voiture chez elle, dit-elle.

— J'y suis en ce moment. Olivia, elle n'est pas là. D'après les voisins, sa mère est morte l'année dernière. Elle vivait seule avec sa sœur.

Elle l'entendit pousser un soupir angoissé.

— J'ai frappé à toutes les portes de son immeuble en montrant une photo d'elle. Une vieille femme a dit qu'elle l'avait vue monter dans une voiture avec un homme et qu'elle avait l'air malade.

Le cœur d'Olivia se serra.

— Quel genre de voiture ?

— Une BMW noire.

Olivia eut un goût de bile dans la bouche.

— Viens me rejoindre au bureau. Ne pose pas de questions. Monte dans ta voiture et viens.

— Tu sais quelque chose. Quoi ? Qu'est-ce que tu sais ?

— Tom, il faut que tu restes calme. J'ai besoin que tu restes calme. Eve a disparu.

Il poussa de nouveau un soupir angoissé.

— Est-ce que David est au courant ?

— Pas encore. Viens me rejoindre tout de suite et cesse de discuter.

Jeudi 25 février, 13 h 20

Eve soupira. La deuxième fois, elle avait eu plus de mal à émerger. Les images avaient été plus fortes, plus présentes. La voix de Winters plus réelle. « Parce qu'elle se croyait jolie, parce que j'en ai eu envie, parce que c'était facile. » Et elle était restée là, à l'écouter, impuissante, paralysée.

Comme cinq ans, onze mois et onze jours plus tôt.

Elle songea brusquement qu'elle n'avait pas crié quand Winters l'avait agressée.

Je n'ai pas ouvert la bouche. Pas appelé à l'aide. Je suis restée allongée et je l'ai laissé faire.

Aujourd'hui, dans le parking, elle avait couru, mais elle n'avait pas non plus appelé au secours. *Si seulement j'avais crié…*

Elle reprenait lentement ses esprits. Le brouillard se dissipait.

Autrefois, avec Winters, ça n'aurait pas changé grand-chose qu'elle crie. Dana habitait un quartier mal famé et les voisins n'auraient probablement pas bougé le petit doigt. Mais aujourd'hui… *Aujourd'hui, j'étais dans le parking de la police et je n'ai même pas pensé à appeler.*

Mais à présent peu importait. Sa respiration était devenue plus calme, elle inspirait lentement l'air froid et sec qui lui piquait le nez et lui brûlait la gorge. L'intérieur de sa bouche était en coton. Elle sentait la sueur et le vomi.

J'ai froid. Elle souffla lentement, pour conserver son calme. Puis une vague de panique la submergea. *Je suis nue.* On lui avait attaché les poignets derrière la tête. Ses chevilles aussi étaient attachées. Entre elles et au lit.

Elle n'osait pas ouvrir les yeux.

Derrière elle, elle entendit un tintement métallique. Puis une sorte de grincement. Ce bruit…

De nouveau, la panique la submergea. Il était là. Et il aiguisait un couteau.

— J'adore ton tatouage, dit-il d'un ton aimable.

Elle n'ouvrit pas les yeux. *Pourquoi moi ?* Mais il le lui avait déjà dit. *Parce qu'il en a envie. Parce qu'il va éprouver du plaisir.* Il se servait de ses peurs pour la dominer. Il était psychiatre. Il savait comment fonctionnait l'esprit humain.

— Vous avez utilisé les phobies de vos victimes pour les terroriser, dit-elle d'une voix que la sécheresse de l'air altérait. Pourquoi ?

— Parce que ça m'amusait. Et avec toi aussi je vais m'amuser.

Elle tressaillit en l'entendant approcher. Elle sentit d'abord la chaleur qui émanait de son corps, puis l'odeur métallique du couteau qu'il lui passa sous le nez.

— Ouvre les yeux, Eve. Ou bien je te les ouvre de force.

Elle se souvint des yeux ouverts de Christy Lewis, de ses paupières collées, et s'obligea à lui obéir en retenant un gémissement. Son visage était à quelques centimètres du sien. Ses yeux brillaient de joie anticipée. Il agita son couteau, puis suivit sa cicatrice du bout de la lame.

— On dirait une carte routière, commenta-t-il. Je n'ai plus qu'à suivre le tracé. Mais je pourrais aussi dessiner de nouvelles routes, non ?

Elle chercha quelque chose à répondre, quelque chose qui aurait pu le déstabiliser. Il fallait gagner du temps. Olivia et Noah la cherchaient.

— Je sais qui vous êtes.

— Je m'en doute. Je t'ai donné ma carte.

— Non… Je veux dire qui vous êtes sur *Shadowland*. Vous passez votre temps à supplier les femmes de boire un verre avec vous.

Il prit un air blasé.

— Tu parles d'avatars, Eve. Les avatars ne sont qu'une apparence.

— Pas vraiment. Certains avatars ont une épaisseur. Du style… Vous n'aviez aucun style, Dasich.

Il tressaillit et elle comprit qu'elle l'avait pris de court. Mais il recouvra aussitôt ses esprits.

— Tu as raison, c'était bien moi… Greer…

Il fit un pas en arrière et, de nouveau, elle retint un gémissement de terreur. Lui aussi était nu. Pourtant, il n'avait jamais violé ses victimes. Noah le lui avait dit. Mais il était bien en érection.

— Vous n'avez jamais eu de rapports sexuels avec vos victimes, dit-elle d'une voix ferme.

Il la regarda fixement.

— Pas avec celles que tu connaissais, répondit-il enfin en souriant. Mais elles étaient spéciales. Elles faisaient partie d'un projet à part.

Eve déglutit en s'efforçant de ne pas regarder son sexe. Ni son couteau. Elle ne voulait pas céder à la peur, lui donner du pouvoir sur elle.

— Vous avez pendu ces femmes dans leur propre chambre, poursuivit-elle. Pourquoi m'avoir amenée ici ?

— Je te l'ai dit, ne te compare pas à elles, elles étaient

spéciales. J'en ai amené d'autres ici, des déchets humains, des putes… Elles sont mortes.

Il la prit par les cheveux et l'obligea à tourner la tête.

— Regarde, dit-il d'un ton railleur. Et essaye de ne pas hurler de terreur, surtout.

Un cri horrifié sortit de sa gorge.

Des chaussures… Le mur était couvert d'étagères qui croulaient sous les paires de chaussures. De nouveau, sa respiration devint haletante et son cœur s'accéléra.

— Tu reconnais les tiennes ? demanda-t-il en se penchant vers elle.

Mes bottes…

Elles étaient posées au bout de la rangée, bien alignées, avec le mollet soigneusement replié. Elle tenta d'inspirer, mais faillit s'étouffer.

Il prit une bouteille d'eau et l'obligea à boire quelques gouttes.

— D'habitude, je ne sers pas de rafraîchissements à mes invités. Mais comme tu en as pour un petit moment…

Il reposa la bouteille et son couteau, et s'installa sur elle, à califourchon. Puis il se pencha et referma ses mains sur sa gorge. Ce fut à ce moment-là qu'elle se rendit compte qu'il lui avait ôté son collier de cuir.

— Je me suis toujours demandé ce que ça faisait de mourir, murmura-t-il.

Ses mains restaient posées sur sa gorge, comme pour l'étrangler, mais il ne serrait pas. *Il s'amuse.* Comme il s'était amusé avec Noah et le Hat Squad. L'article du *MSP* avait attisé la haine de Dell. La première victime de Pierce correspondait à la parution de cet article. Lui non plus n'avait pas apprécié qu'on fasse l'éloge du Hat Squad.

— J'aurais bien voulu voir votre tête quand vous avez

lu l'article de *MSP*, lança-t-elle en s'efforçant de prendre un ton méprisant.

Le mépris. Il fallait qu'il sente son mépris.

— Les inspecteurs du Hat Squad collectionnent les chapeaux, poursuivit-elle en haussant un sourcil. Et vous, les chaussures de femmes. Vous n'êtes pas très viril… Où avez-vous trouvé le chapeau que vous portiez aujourd'hui ? On ne vous l'a sûrement pas offert, vous ne le méritez pas.

Elle poussa un cri étouffé quand il la frappa de son poing et eut un goût de sang dans la bouche, mais elle éprouva un sentiment de triomphe.

Il était toujours installé à califourchon sur son ventre et sa poitrine s'élevait et s'abaissait au rythme furieux de sa respiration. Elle jeta à la dérobée un regard du côté de son sexe. De ce côté-là, en revanche, ça s'était calmé.

— Tu es intelligente, admit-il en glissant de nouveau ses mains autour de sa gorge.

— Je ne suis qu'une étudiante. Le psychiatre, c'est vous.

Elle eut un sourire de pitié.

— Mais vous n'êtes pas très équilibré.

Sa tête valsa sur le côté quand il la gifla de nouveau, puis ses mains revinrent sur sa gorge et, cette fois, il serra. Elle ne pouvait plus respirer. Des lumières blanches dansaient devant ses yeux.

Il approcha son visage du sien. Ses yeux luisaient de haine.

— Tu n'es rien. J'ai sur toi pouvoir de vie et de mort. Tu n'es rien.

Elle resta d'abord immobile, inerte. Puis la panique la submergea et elle se redressa, tête en avant, pour le faire tomber. La pression sur sa gorge s'accentua et sa vision s'assombrit. Tout devint noir. Et brusquement il la lâcha.

Elle poussa un cri et respira à grandes goulées.

Il se redressa, le visage crispé, le regard dur.

— Tu es attachée sur un lit, dans un endroit où personne ne viendra te chercher, déclara-t-il posément. Tu es à moi. Tu finiras par te soumettre.

Il se pencha et caressa sa trachée.

— Même si je dois te tuer pour ça.

Eve trouva suffisamment de salive pour lui cracher au visage — en le remerciant intérieurement de lui avoir donné à boire. Il sursauta et leva le poing, avec un éclair de rage dans les yeux. Puis il se ravisa.

— Ce n'est pas très malin, ça, mademoiselle Wilson. Vous m'excitez de plus en plus, et je sens que je vais adorer vous dominer.

Il sauta à terre et alla chercher une seringue dans la poche de son pantalon, qu'il avait posé sur la rambarde de l'escalier. Elle se raidit. Il sourit.

— Qu'est-ce que je vais bien pouvoir te murmurer à l'oreille, cette fois ?

— Non, non…, supplia-t-elle en se tortillant. Plus de drogue, je vous en supplie.

Fais-le, salaud. Fais-le.

Il revint vers elle et lui planta l'aiguille dans le cou.

— Quand tu te réveilleras, je serai en train de sculpter ton visage comme une lanterne d'Halloween. Je vais tellement bien t'arranger que plus personne n'osera te regarder en face.

Elle songea à Martha et à Christy. Puis la pièce devint floue.

Il prit le couteau qu'il avait posé sur la table et retourna vers l'escalier. La forme recroquevillée dans un coin remua légèrement. Il s'arrêta et la retourna, en souriant quand elle poussa un gémissement de douleur.

— Tu seras la prochaine.

Puis il attrapa son pantalon et monta à l'étage, en claquant violemment derrière lui la porte de la cave. Il se rendit dans la cuisine et s'approcha de la fenêtre pour contempler la forêt qui entourait la maison.

Je l'ai sous-estimée. Elle a réussi à me déstabiliser.

Elle allait le payer. Il tira à lui son ordinateur, effectua une rapide recherche, sélectionna une photo prise par un journal à scandale — un portrait d'Eve après l'agression. Il l'imprima. Il était un homme de parole. Quand il en aurait fini avec elle, elle ressemblerait de nouveau à ça.

La photo lui avait remonté le moral. Il se prépara un sandwich et s'installa devant la télévision pour regarder les informations. On ne parlait que de Virginia Fox et du tueur en série. Le journaliste annonçait une conférence de presse à 15 heures. Il se promit de ne pas la manquer.

Pour le moment, il avait besoin de se calmer et de reprendre ses esprits. Il se connecta sur *Shadowland*, par habitude, puis hésita. Elle savait qu'il était Dasich. Donc Webster le savait aussi. Les flics surveillaient peut-être le site.

Peu importait. Il suffisait de créer un nouveau compte, un nouveau profil. Après tout, *Shadowland* était l'endroit idéal quand on voulait se rendre là où personne ne vous connaissait. Il ne lui restait plus qu'à acheter un nouvel avatar, retourner au casino, repartir de zéro. Il aimait le poker. Il avait déjà gagné beaucoup d'argent dans des salles de jeu clandestines, suffisamment pour prendre une retraite anticipée. Maintenant que sa femme était morte, il n'aurait même pas à partager avec elle. Bon, quel pseudo allait-il prendre pour son tout nouvel avatar ?

Il songea aux femmes qui attendaient dans sa cave. *Iblis*, tapa-t-il en souriant. Eve s'était appelée Greer… Une femme qui choisissait Greer comme pseudo aurait su qu'Iblis était une forme ancienne de Lucifer. *Lucifer a anéanti son Eve. Je vais anéantir la mienne.* Comme il avait anéanti celles qui croupissaient dans sa cave et les autres, les pendues en robes rouges.

Il songea à Irene, se balançant à sa branche, autrefois. Il aurait voulu qu'elle y reste longtemps, qu'on ne la trouve pas tout de suite, pour que les vautours aient le temps de la dépecer. Mais John était arrivé à l'improviste et, en bon fils qu'il était, il avait appelé le shérif. Mais il ne l'avait pas dénoncé. *Parce qu'il la haïssait autant que moi.*

Enfin, tout ça, c'était du passé. Irene lui avait au moins rendu un service en lui apprenant qu'un bon meurtre vous nettoyait l'esprit. Elle lui avait aussi appris les règles du poker.

Il décida de retourner sur *Shadowland* et de jouer quelques minutes. Pour se détendre. Et ensuite… *Ensuite je descendrai dans la cave prendre ce qui me revient.*

24

Jeudi 25 février, 13 h 20

— Vous voudriez un mandat en vous appuyant sur quels éléments ? demanda Brian Ramsey en posant son attaché-case sur le bureau d'Abbott.

Noah était assis, pâle. Il ne se retourna même pas. Il regardait défiler sur une petite télévision l'enregistrement de la caméra de sécurité du parking. Il était penché en avant, le visage à quelques centimètres de l'écran, la main crispée sur la télécommande.

Olivia tressaillit en voyant Kane s'effondrer sur le béton, devant une Eve stupéfaite. Elle avait déjà visionné une dizaine de fois cette scène, mais chaque fois elle avait la nausée au moment où l'homme tirait sur Eve, puis lui plantait une seringue dans le cou, avant de la traîner pour la jeter dans sa voiture. Elle préférait ne pas imaginer ce que ressentait Noah… En tout cas, il paraissait tenir le coup.

— C'est un peu maigre, répondit tristement Abbott. On compte sur ton sens de l'improvisation. Une photo d'une chaussure près des clés d'Eve, chaussure appartenant à Pierce.

Il fit glisser la photo vers Ramsey.

— Eve avait justement perdu ses clés ce soir-là et

quelqu'un est entré chez elle en les utilisant. Par la suite, ce quelqu'un est revenu rôder autour de son immeuble.

Ramsey secoua la tête.

— On ne peut pas prouver que la chaussure est bien celle de Pierce. Ensuite ?

Abbott parut mécontent. Noah ne fit aucun commentaire et resta rivé à l'écran. Olivia eut envie de lui prendre cette télécommande et d'éteindre la télé. Mais elle comprit qu'il avait besoin de faire quelque chose…

— Des pages de l'agenda de Donner que sa femme a scannées pour nous, et qu'elle nous a envoyées par e-mail. Il avait noté six rendez-vous avec C.P. Le dernier était prévu pour hier, mais Donner était déjà mort. Mme Donner nous a confié que son mari voyait un psy depuis qu'il savait être atteint d'un cancer. Elle savait qu'il connaissait Pierce, mais elle pensait qu'il s'agissait d'une simple relation.

— Avec ça, je peux faire quelque chose, murmura Ramsey. Où se trouve cet agenda ?

— La police locale l'a récupéré chez Mme Donner, répondit Abbott. Elle est secouée par le suicide de son mari, mais elle se montre très coopérative.

— Très bien. Quoi d'autre ?

— La BMW noire, poursuivit Abbott. Mme Pierce en possède une. D'après la plaque d'immatriculation, celle qui est entrée dans notre parking aurait dû appartenir à Donner. Sauf que celle de Donner est garée en ce moment devant la maison de sa mère, à des kilomètres d'ici.

— Fausses plaques, fit remarquer Ramsey. D'accord. Continue.

— Je n'ai rien d'autre ! s'exclama Abbott. Ça ne te suffit pas ?

— Moi, j'ai autre chose, intervint Olivia. Liza Barkley a été enlevée ce matin dans une BMW noire.

Elle leur parla du coup de fil de Tom.

— La sœur de Liza, Lindsay, a été vue pour la dernière fois alors qu'elle montait dans une BMW noire enregistrée au nom d'Irene Black.

Ramsey haussa un sourcil.

— Qui est Irene Black ?

Olivia se tourna vers Abbott qui haussa les épaules.

— Explique-lui, dit-il.

Olivia jeta un coup d'œil du côté de Noah.

— Eve a trouvé le pseudo utilisé par le tueur sur *Shadowland*, en consultant les messages de Virginia. Elle a réussi à entrer sur son compte. Le nom d'utilisateur de ce compte est Irene Black. Elle n'a pas pu accéder à la page de son adresse ou de ses comptes bancaires.

Ramsey ferma les yeux.

— Elle a piraté le site, c'est ça ?

Noah se raidit, preuve qu'il suivait la conversation. Il avait remis la vidéo au début et la regardait de nouveau. Olivia songea qu'il se torturait inutilement.

— Oui, avoua Olivia. Quand on lui aura sauvé la vie, tu pourras l'arrêter.

— Mais nous avons une adresse pour Irene Black, intervint Abbott.

— Une boîte postale, dans le Wisconsin. Et cette adresse correspond également à une SUV noire dont le conducteur aurait enlevé une prostituée que nous recherchons.

Elle regarda Ramsey droit dans les yeux.

— Voilà qui ajouterait un élément intéressant au profil psychologique de notre bon Dr Pierce.

Ramsey eut l'air contrarié.

— Ça ne suffit pas. Je ne peux tenir compte que de l'agenda de Donner et de la BMW noire de la femme de Pierce. Le reste, c'est du poison.

— La plaque d'immatriculation de la SUV, ce n'est pas du poison, insista Olivia.

— Mais c'est avec ce qu'a trouvé Eve qu'on peut faire le lien avec la BMW, fit remarquer Ramsey.

Il paraissait terriblement frustré et déçu.

— J'aimerais bien vous aider, mais je ne peux pas. Aucun juge n'acceptera de signer un mandat sur la base de telles informations.

Il se leva en repoussant la photo vers Abbott.

— Appelez-moi dès que vous aurez du nouveau.

Olivia le regarda s'éloigner, le cœur au bord des lèvres.

— Merde, c'est pas croyable…, murmura-t-elle.

— Rappelez-le, grommela Noah dont le visage était presque collé à l'écran de télévision. Rappelez-le tout de suite.

Olivia se précipita. Ramsey était déjà devant l'ascenseur. Il avait l'air misérable.

— Brian ! appela Olivia. Viens. Vite.

Quand ils revinrent dans le bureau d'Abbott, celui-ci était penché sur l'écran de télévision. Noah avait arrêté l'image au moment où Eve était entraînée par une silhouette enveloppée dans un grand manteau dont le col était remonté, la main posée sur la poignée de la portière arrière d'une BMW noire.

— Regardez la vitre, leur dit Noah en faisant un gros plan.

Dans la vitre, on distinguait nettement le reflet d'un visage. Celui de Carleton Pierce.

— Ça te suffit ? demanda Noah en tournant vers Ramsey un regard vide.

— Largement, répondit Ramsey. Partez, je vous préviens dès que j'ai le mandat en main.

Abbott enfilait déjà son manteau.

— Liv, tu viens avec moi. Noah, tu restes ici.

Noah se leva.

— Sûrement pas. Je suivrai tes ordres une fois sur place. Mais je vous accompagne.

Abbott hésita, puis acquiesça.

— Très bien. Un seul faux pas, et tu es viré. C'est clair ? Olivia, tu demandes à Kane de suivre la trace de cette boîte postale dans le Wisconsin et tu nous rejoins, avec Micki. Merci, Brian.

— Je vous rejoindrai quand j'aurai vu Tom Hunter, répondit Olivia. Il doit arriver d'une minute à l'autre. J'ai besoin de lui pour diffuser par radio une description précise de Liza Barkley. Micki peut partir avant moi.

Jeudi 25 février, 13 h 50

— Nous avons le mandat, annonça Abbott tout en sortant de la voiture.

Micki était déjà garée devant la belle maison de Pierce, avec l'équipe de la police scientifique.

— Il n'est pas là, annonça-t-elle.

Noah s'y était attendu, mais il reçut tout de même un coup au cœur.

— Un voisin l'a vu partir ce matin, au volant de la voiture de sa femme, une BMW noire. Dans le garage, il n'y a que la Mercedes.

— Noah, tu prends l'étage, dit Abbott. Je m'occupe du rez-de-chaussée ; Micki, tu descends au sous-sol. Allons-y.

La maison de Pierce était silencieuse comme une tombe. Abbott annonça leur arrivée, tandis que Noah grimpait l'escalier en courant, le cœur au bord des lèvres. Mais il avait la certitude qu'ils ne trouveraient pas Eve ici.

Elle est encore en vie. Il devait le croire. Pour ne pas devenir fou.

Il trouva deux chambres d'amis, vides, puis la chambre du couple. Le lit était soigneusement fait, tout paraissait à sa place. Mais une odeur d'eau de Javel planait. Il entra dans la salle de bains et poussa un cri étouffé. L'odeur y était plus forte, ses yeux le brûlaient.

Il recula, en prenant soin de ne toucher à rien, et descendit pour rejoindre Micki. Elle était dans la cuisine et ouvrait des placards.

— Rien au sous-sol à part des toiles d'araignée, annonça-t-elle. Ces placards sont particulièrement bien rangés, tous les aliments enfermés dans des boîtes étiquetées. Notre bon docteur est un maniaque.

Elle lui montra une boîte de nourriture pour chats.

— Je n'ai pas vu de chat. Et toi ?

Au diable le chat !

— Je me fous du chat, grommela-t-il. Quelqu'un a utilisé de la Javel pour nettoyer la salle de bains attenante à la chambre de Pierce. Et pas qu'un peu.

Elle fit la grimace.

— Merde… J'y vais dans une seconde.

Elle ouvrit la poubelle et la fouilla, puis elle en sortit une boîte de nourriture pour chats, entamée, mais pas vide, et un objet brillant.

— Regarde, dit-elle.

Noah commençait à perdre patience.

— Je me fous du chat, répéta-t-il.

— Regarde ! s'exclama-t-elle. C'est le nom du chat de Martha.

Il prit le collier.

— Ringo, murmura-t-il.

— En passant en revue le courrier de Martha, j'ai trouvé des factures de vétérinaire, expliqua Micki. Son chat s'appelait Ringo. Pierce avait pris son chat.

— Ça prouve qu'il aime les animaux, ricana-t-il. Merde, Micki, ce n'est pas ça qui nous aidera à trouver Eve !

— Tu ne réfléchis pas en flic, Noah. Tout est important. Tu te souviens que Pierce s'est moqué de moi en réunion quand j'ai parlé des poils de chat ?

— Oui, tu as raison... Et il a voulu te tourner en ridicule quand tu as mentionné les chaussures de Christy.

— Il a dit que les tueurs en série conservaient des souvenirs de leurs victimes et que les chaussures, c'était très courant. Evidemment, le chat, c'est plus original. Ce salaud se moquait de nous. Nous allons passer du Luminol dans la salle de bains pour savoir ce qu'il voulait nous cacher avec son eau de Javel. On verra aussi si c'est le même produit qui a été utilisé chez Rachel.

— Tout est important, murmura Noah. Tu as raison. Je suis désolé.

— Ce n'est pas grave. Va rejoindre Abbott. Avec lui, tu seras obligé de te concentrer.

Abbott se trouvait dans le bureau de Pierce.

— Je crois qu'il a tué quelqu'un, là-haut, dans la salle de bains, lui dit-il. Ça pue l'eau de Javel.

Abbott parut réfléchir à la question.

— Je ne pense pas qu'il ait emmené Eve ici, Web. Les voisins l'ont vu partir ce matin avec la BMW. Il n'a pas dû revenir depuis.

Noah laissa échapper le soupir qu'il retenait.

— Merci. J'avais besoin de l'entendre.

— C'est bon. Je ne sais pas si je me comporterais aussi bien que toi, à ta place. Je ne trouve rien de compromettant dans ce bureau, juste de vieilles factures et des feuilles d'impôts.

Noah repoussa le tas de paperasses qu'Abbott venait de passer en revue.

— Je vois là des fiches de paye de sa femme. Nous savons donc où elle travaille. Elle n'est pas là et il a pris sa voiture ce matin.

— Et la salle de bains pue l'eau de Javel, compléta Abbott. Je vais appeler l'employeur de Mme Pierce. Continue à chercher.

Noah fit le tour du bureau, lentement. En apercevant une porte recouverte de papier peint et dont on devinait à peine les contours, il eut une bouffée d'espoir. Une chambre secrète. Mais la porte s'ouvrit aisément sur un simple cagibi et il se sentit amèrement déçu. *Réfléchis en flic…* Il baissa les yeux et remarqua un long sillon dans la moquette, à quelques centimètres d'un meuble contenant des dossiers, comme si celui-ci avait été récemment déplacé.

Il le poussa et fut surpris qu'il glisse aisément. Derrière le meuble, encastré dans le mur, il vit apparaître un coffre-fort.

— Je crois que j'ai trouvé, murmura-t-il.

Il revint dans le bureau, juste au moment où Abbott raccrochait.

— La femme de Pierce ne s'est pas présentée ce matin à son travail, dit-il.

— Pourquoi l'aurait-il tuée justement maintenant ? D'après leurs impôts, ils sont mariés depuis vingt ans.

— Je ne sais pas, mais je viens d'apprendre quelque chose qui va t'intéresser. Madame est biologiste dans un laboratoire qui pratique des tests sur animaux. Et devine ce qu'ils ont, entre autres, comme bestioles ? Des serpents à sonnette.

Christy Lewis.

— Elle lui a fourni le serpent, ou bien il l'a volé en se servant de son accès.

— Son patron ne pense pas qu'elle aurait volé un animal. Il dit qu'elle est intègre et passionnée par son travail. Les employés possèdent des cartes magnétiques et il peut vérifier les accès récents aux serpents. Ils vont aussi les compter, pour s'assurer qu'il ne leur en manque pas.

Abbott frissonna.

— Bon sang…

Noah songea à Jack que cette conversation aurait probablement terrifié.

— Pierce a dû bien rire de la phobie de Jack, murmura-t-il d'un ton amer. J'ai trouvé un coffre-fort dans le cagibi. Appelons un technicien pour l'ouvrir.

Jeudi 25 février, 13 h 50

— Où est-elle ? Où est Eve, Olivia ?

Olivia leva les yeux vers les trois grands gaillards qui fonçaient vers son bureau. Deux bruns, l'un s'appuyant sur une canne et l'autre le bras en écharpe. Un blond, très maigre et paraissant plus vieux que son âge. Les Hunter venaient de débarquer. Il y avait David, son grand frère Max, et Tom, qui avait les yeux rouges comme s'il avait pleuré. Deux inspecteurs s'étaient déjà jetés sur David et tentaient de l'empêcher d'avancer.

— Ça va, dit-elle. Lâchez-le.

Olivia prit le temps de rassembler son courage pour trouver la force de les recevoir en flic, mais aussi comme l'amie dont ils allaient avoir besoin. Puis elle se leva et alla les embrasser tour à tour.

— Nous ne savons pas où elle est, mais nous savons qui l'a enlevée. Venez, je vais vous dire tout ce que je peux.

Elle les conduisit dans la petite pièce où elle avait reçu Eve, la veille, pour parler avec le directeur du *Mirror*.

— Asseyez-vous, s'il vous plaît. Je suis trop fatiguée pour rester tête en l'air à vous regarder.

Ils comprirent qu'il ne s'agissait pas d'une boutade et obéirent sans discuter. Max se plaça au milieu.

— Nous exigeons de savoir ce qui se passe, déclara Max avec une tranquille autorité.

En tant que frère aîné de David et beau-père de Tom, il avait pris la situation en main.

— Et tout de suite.

— Bien entendu. Comment vont ta main et ta tête ? demanda-t-elle à David.

— Une fracture et des élancements, répondit David entre ses dents. Tu connais mon frère Max.

Elle rencontra les yeux gris acier de Max, pareils à ceux de David.

— Je vous ai vu au mariage de Mia. Bon, voilà ce que je sais. Tout d'abord, nous avons arrêté Dell Farmer hier soir une fois qu'il a tenté de tuer Eve et l'un de nos inspecteurs.

— Le Farmer qui a failli tuer David, fit remarquer Max.

Olivia secoua la tête.

— Non. Il a pas mal de méfaits à son actif, mais pour David ce n'était pas lui.

David était devenu tout pâle.

— Si ce n'était pas Farmer, c'était… C'était le type de *Shadowland.*

Olivia acquiesça.

— Oui. Nous nous apprêtions à emmener Eve dans un endroit sûr quand elle a été enlevée.

David se leva d'un bond.

— Mais comment est-ce possible ? Webster m'avait promis de veiller sur elle.

— Assieds-toi, David, murmura Olivia.

Il obéit, vibrant de peur et de colère.

— Noah était occupé sur une scène de crime, poursuivit-elle.

David avait l'air au bord de l'évanouissement.

— Numéro six, murmura-t-il. La sixième victime.

Olivia hésita.

— Oui.

— Il a fait d'autres victimes que ces six femmes ? demanda Max d'une petite voix.

Olivia acquiesça.

— Oui.

— C'est lui qui a enlevé Liza ? demanda Tom.

Il paraissait plus calme que ses deux aînés.

— Oui. Et je ne sais pas quel est le lien entre tout ça, aussi ne me demande pas de te l'expliquer. Mais il y en a un. Ta SUV noire est un élément important de l'affaire, Tom.

David et Max se tournèrent vers Tom.

— Quelle SUV noire ? demanda David.

— Qui est Liza ? demanda à son tour Max. De quoi parlez-vous ?

Olivia regarda Tom droit dans les yeux.

— Tu as joué le protecteur de la veuve et de l'orphelin ; tu ferais mieux de tout leur dire. Mais plus tard. Je dois y aller, et vous aussi. J'ai du travail.

Max la regarda fixement.

— Vous avez dit que vous saviez qui tenait Eve.

— Oui. Mais je ne peux pas vous donner cette information. Inutile d'insister.

Il y eut du remue-ménage de l'autre côté de la cloison, puis l'un des inspecteurs qui avaient tenté de retenir David passa sa tête à la porte.

— Quelqu'un demande à te voir, Sutherland.

Sal le bouscula pour entrer.

— Je suis au courant, Olivia. On en parle au bar.

Il avait les yeux rouges.

— Bon sang, Olivia, qu'est-ce qui s'est passé ?

— Sal…

Elle lui fit un bref résumé, puis se leva.

— Vous ne pouvez pas rester ici, leur dit-elle.

Elle leva la main pour faire taire le concert de protestations qui s'élevait.

— Sal, emmène-les au bar. Vous serez les premiers informés s'il y a du nouveau, je vous le promets. A présent, partez et laissez-moi faire mon travail.

Jeudi 25 février, 14 h 20

— Le test au Luminol s'est révélé positif, déclara Micki en rejoignant Noah et Abbott dans le bureau de Pierce. La baignoire était pleine de sang. Un technicien vérifie en ce moment les canalisations.

Elle passa sa tête dans le cagibi.

— Comment ça se passe, pour le coffre, Sugar ? demanda-t-elle.

— Ça irait plus vite si tu me laissais me concentrer, répondit Sugar d'un ton irrité.

Le va-et-vient de Noah commençait à dessiner un sillon sur le tapis, mais il s'arrêta brusquement devant un rayonnage de livres. Un titre venait d'attirer son attention.

— Ce livre est en allemand, dit-il.

Abbott s'approcha.

— J'ai aussi trouvé des livres en français. Carleton est un homme intelligent et cultivé, hélas pour nous…

Mais Noah n'écoutait pas.

— En voici un de Freud, poursuivit-il. *Das Ich und das Es.*

Il comprit brusquement.

— *Das Ich*… Dasich… C'est le nom de l'avatar qui jouait au poker avec Nathalie Clooney et Virginia Fox.

— Que signifie *das ich* ?

Noah prit son portable pour chercher sur Google.

— *Le Moi et le Ça*, c'est un essai. La thèse développée est que le travail du Moi est de trouver un équilibre entre les instincts primitifs du Ça et le principe de réalité.

— L'instinct de tuer serait à classer parmi les instincts primitifs, je suppose, fit remarquer Abbott. Le salaud…

— C'est ce que disait Eve à propos de Dasich, murmura Noah.

Elle a disparu depuis trois heures.

— Ne pense pas à elle, ordonna Abbott. Nous touchons au but.

Un cri de satisfaction provenant du cagibi vint confirmer ses dires. Micki et Sugar en sortirent avec, dans les bras, une pile d'épais dossiers.

— Donnez-moi ça, dit Noah.

Ils déposèrent les dossiers sur le bureau de Pierce et se mirent à les consulter.

— Relevés de banque. Il avait un compte à son nom.

— Et sa femme un autre, ajouta Micki. Il lui transférait régulièrement de l'argent depuis le compte principal, juste assez pour faire les courses et payer les factures. Il contrôlait tout. C'est à l'image de ce que nous avons vu dans la cuisine.

— L'ordre et le contrôle, murmura Noah. Il nous a longuement expliqué que le tueur aimait l'ordre. Il ne se trompait pas.

— Le besoin de tout contrôler sert à masquer la peur, dit Micki. Quand Olivia disait qu'il avait peur de ses victimes, peur des femmes, elle non plus ne se trompait pas.

Abbott laissa échapper un long sifflement.

— Regardez ça… Il avait un paquet de fric de côté. Nous allons geler ses comptes. Ça rendra sa fuite plus compliquée.

« Il s'arrêtera quand il aura atteint le but qu'il s'est fixé… »

Noah tâcha de ne pas penser à la phrase prononcée par Carleton et repoussa la vision de ses victimes aux yeux écarquillés. Il ouvrit un autre dossier.

— Des rapports d'un officier de probation, murmura-t-il. Hugh Robard. Officier qui surveillait un certain John Black, originaire de Fargo, dans le Dakota du Nord.

— Il faut trouver John et Irene Black, déclara Abbott d'un air sombre.

— Et l'officier Hugh Robard.

— Ça m'étonnerait qu'on puisse joindre Robard, intervint Micki. Le dernier rapport remonte à dix ans. Mais on peut toujours essayer, s'empressa-t-elle d'ajouter d'un ton encourageant.

Noah comprit que son désespoir se voyait et qu'elle tentait de lui remonter le moral.

— Rentrons au bureau pour passer nos coups de fil, proposa Abbott. J'ai une conférence de presse à 15 heures. Je vais annoncer que nous avons trouvé le coupable et que nous lançons un mandat d'arrêt contre Carleton Pierce.

Jeudi 25 février, 14 h 20

La douleur… Cette douleur était insupportable. Elle éleva les mains vers son visage et sentit des os. Ses doigts étaient couverts de sang. *Il m'a lacérée. Mon visage. Mon visage.*

Non.

Elle renversa la tête en arrière et ouvrit la bouche pour

respirer. Mais l'air ne voulait pas entrer dans ses poumons. Quelque chose lui couvrait la bouche. Elle se débattit, pour se libérer.

— Calme-toi, ne crie pas.

Elle retomba sur le dos, en frissonnant. Ce n'était pas un bâillon qui couvrait sa bouche, mais de la peau, un bras. Elle inspira par le nez en acquiesçant avec véhémence. Le bras s'éloigna et un corps s'effondra en travers de ses jambes, réveillant la douleur de sa blessure à la cuisse.

— Si tu cries, il va revenir, fit une voix suppliante.

Eve tenta de lever la tête, puis elle poussa un cri de surprise.

— Liza !

Liza était attachée, les pieds et les mains derrière le dos. Elle respirait par le nez, par brefs à-coups.

— Qui est ce type ? demanda-t-elle.

— Un profileur de la police, répondit Eve.

— Il a tué ma sœur, expliqua Liza en levant vers Eve un regard rempli d'horreur. Elle est morte. J'ai vu ses chaussures sur les étagères. Il me les a montrées.

Il fallut à Eve quelques secondes pour dissiper totalement le brouillard dans son crâne, puis elle comprit. Pour elle, ces chaussures n'étaient que des reliques conservées par un tueur malade. Mais Liza avait vu les chaussures de la sœur qu'elle aimait. Seigneur… La pauvre enfant…

— Il faut fuir, dit-elle.

Liza lui jeta un regard dur.

— Comment ? Nous sommes attachées. Il a pris le couteau.

— Je ne sais pas encore.

— J'étais enfermée dans son coffre, reprit Liza. Il y avait un corps avec moi. Il m'a dit que c'était celui de sa femme. Il l'a mise dans sa fosse.

Eve frissonna. Elles n'étaient donc pas au bout de l'horreur.

— Quelle fosse ?

— Il y a une trappe dans le sol. Avec une poignée. Il suffit de tirer pour la faire coulisser. Il a jeté sa femme là-dedans. Il a dit que ma sœur y était aussi. Et qu'il y avait encore de la place pour nous deux.

Ne panique pas. Ne panique pas.

— Nous n'allons pas mourir. Comment es-tu arrivée jusqu'à moi ?

— J'ai roulé sur moi-même. Je voulais t'empêcher de crier.

— Tu as bien fait.

Elle parvint à soulever sa tête, mais elle ne voyait tout de même presque rien de la pièce.

— Il n'y a rien qui pourrait nous servir d'arme ? demanda-t-elle à Liza. Cherche quelque chose de pointu.

— Il y a des tiroirs derrière toi, mais pour les atteindre il faudrait que je puisse tenir debout, ce qui est impossible.

Il y eut un bruit au-dessus de leur tête et elles levèrent les yeux vers le plafond.

— Il arrive, dit Eve dans un souffle. Retourne à ta place. Fais la morte s'il le faut.

— C'est ce que je fais depuis le début. Il croit que je suis dans une sorte de léthargie, sous le choc. Qu'est-ce que tu comptes faire ?

— Je ne sais pas encore, mais ne lui laisse pas deviner que tu es éveillée. Ne lui montre pas ta peur. Il a besoin de nous faire peur, et il ne nous tuera pas tant qu'il n'aura pas réussi. File, maintenant.

Liza obéit et roula jusqu'au coin où l'homme l'avait jetée en arrivant. Pendant ce temps, Eve réfléchissait à un moyen de fuir, de s'en sortir.

Il faut comprendre comment il fonctionne. Elle avait

marqué un point en lui parlant de l'article de *MSP*, mais ça ne marcherait pas une deuxième fois. Elle leva la tête pour regarder les chaussures, des paires de femmes, pour la plupart. Elle remarqua d'autant plus la paire de Nike d'homme, à trois paires de ses bottes. Des lunettes étaient posées dans l'une des chaussures et dépassaient légèrement.

Elle crut reconnaître celles de Jeremy… Kane ne s'était pas trompé. Jeremy était mort.

Elle ferma les yeux et rassembla toute son énergie pour lutter contre le désespoir qui gagnait du terrain. *Noah, où es-tu ?* Il la cherchait, elle en était certaine. *Regarde encore.* Elle leva de nouveau la tête. A l'exception des chaussures de Jeremy et d'une paire de bottes de travail, il y avait surtout des chaussures à talons, assez vulgaires.

Il avait parlé de déchets de la société… Des prostituées. Bien sûr… Ces chaussures avaient appartenu à des prostituées. Il en avait assassiné un nombre impressionnant. Elle parcourut du regard les étagères, en s'arrêtant sur chaque paire, jusqu'à arriver à la première, la toute première, sur la première étagère, tout en bas.

Celles-là étaient vieilles et usées. Plates. Moches. Probablement celles de sa première victime.

Irene Black… Le nom lui vint aussitôt à l'esprit et elle se demanda s'il représentait un peu plus pour Pierce qu'un faux nom d'utilisateur pour un compte sur *Shadowland*.

La porte s'ouvrit et Pierce apparut dans l'escalier. Il était de nouveau nu. Elle reposa sa tête sur l'oreiller et ferma les yeux, tout en se préparant mentalement.

— Trop tard, docteur Pierce, dit-elle d'un ton provocateur. Je suis déjà réveillée, vous avez raté le spectacle.

— Non !

Il descendit en courant les marches qui le séparaient d'elle, en posant au passage son pantalon sur la rambarde.

— C'est impossible, protesta-t-il en la saisissant par les cheveux. Tu n'as pas crié. Elles crient toujours.

Merci, Liza.

— J'ai peut-être développé une sorte d'accoutumance. Ou bien vous ne m'avez pas administré la bonne dose.

— Je pourrais *peut-être* te lacérer le visage tout de même, dit-il sur le même ton railleur qu'elle. Ah… Tu as peur, je le vois. Tu bats des paupières, quand tu as peur.

Il avait rechargé ses batteries. Et il était de nouveau en érection. Il s'installa à califourchon sur elle et posa ses mains sur sa gorge. Elle rua pour tenter de le désarçonner, mais cela le fit rire.

— C'est bien, Eve. Plus tu te débats, plus ça me plaît.

— Ça vous plaît ? rétorqua-t-elle d'un air moqueur. Mais vous n'avez jamais fait l'amour avec vos victimes. Vous ne seriez pas impuissant, par hasard ?

Tu peux le faire craquer. Comme tout à l'heure. Vas-y.

— Tu veux que je te viole, pour te montrer si je suis impuissant ? demanda-t-il.

Mais elle avait eu le temps de voir un éclair de rage passer dans ses yeux. Elle était sur la bonne voie.

— Je crois que je n'ai pas grand-chose à craindre, ricana-t-elle.

Le visage de Pierce se rembrunit.

— Tu me supplieras bientôt d'arrêter, murmura-t-il d'un ton menaçant.

Il referma ses mains autour de sa gorge, lui coupant le souffle. Elle se débattit, mais il la maintint fermement en enserrant ses côtes avec ses cuisses, comme un cavalier maîtrisant son cheval. Ses mains se refermaient de plus en plus, son visage se rapprochait, il commençait à remuer les hanches. Son sexe dur poussait contre sa cage thoracique.

Elle lutta de plus belle, en se tortillant, et entendit au loin son rire mauvais. Elle sentait l'odeur écœurante et musquée de son sexe. *C'est comme ça qu'il prend du plaisir. Il y est presque.* Elle rassembla toutes ses forces pour poser la question qui la sauverait peut-être. *Qui… ?* Mais le son qui sortit de sa bouche ressembla à un vague grognement.

Il s'arrêta en haletant. Il lui soufflait son haleine chaude en plein visage et elle eut une bouffée de dégoût.

En dépit de l'effort musculaire qu'il devait fournir pour la maintenir immobile, il arborait une moue de triomphe.

— Tu voulais appeler à l'aide ? ricana-t-il. Tu t'apprêtais à me supplier ?

Il relâcha un peu la pression de ses mains et se remit à pousser, plus fort, plus vite.

— Crie, supplie, et je te laisserai la vie sauve, haleta-t-il.

Elle inspira autant d'air qu'elle put.

— Qui est… Qui est Irene Black ?

Il s'arrêta net et une expression d'intense surprise se peignit sur son visage.

— Quoi ? demanda-t-il d'un ton mauvais.

Ses mains ne la serraient plus du tout et son sexe s'était nettement ramolli.

— Irene Black, répéta-t-elle avant d'inspirer de nouveau. Je vous ai demandé qui était Irene Black.

Son visage s'éloigna de quelques centimètres et elle constata qu'il faisait des efforts pour afficher un air indifférent.

— Personne, dit-il.

Elle eut un rire rauque.

— Vous mentez très mal. Qui est-elle ?

— Comment as-tu obtenu ce nom ?

— Ça vous intéresse vraiment ?

Il la secoua violemment.

— Dis-le-moi !

— Détachez-moi et je vous le dirai.

Il la gifla.

— Dis-le-moi ou je te tue.

— Vous allez me tuer, de toute façon. Allez au diable.

Il lui saisit la gorge et la secoua de nouveau.

— Dis-le-moi. Qui d'autre est au courant ? C'est Webster qui t'a parlé d'Irene Black ?

Des lumières blanches revinrent danser devant ses yeux, mais il cessa de l'étrangler et la prit d'une main par les cheveux pour la gifler de l'autre. Son estomac émit un bruit, puis elle vomit.

Sur lui.

— Merde, murmura-t-il.

Il leva une dernière fois la main pour la gifler de plus belle. La pièce se mit à tourner et tout devint noir.

Jeudi 25 février, 14 h 45

— J'ai deux éléments nouveaux, capitaine, annonça Faye quand Abbott entra dans son bureau, suivi de Noah. Mme Pierce devait prendre ce matin un avion pour Los Angeles, mais elle ne s'est pas présentée à l'embarquement.

— Trouve quand et comment elle avait réservé ce billet, ordonna Abbott.

— En liquide, hier après-midi, répondit Faye. Elle l'a acheté directement au comptoir de l'aéroport. J'ai déjà demandé. Deuxième élément : le lieutenant Tyndale, de la police de Fargo, est sur la ligne numéro un.

Dès qu'ils avaient quitté la maison de Pierce, Abbott avait appelé la police de Fargo pour se renseigner au sujet de John Black. La recherche de Kane concernant la boîte postale d'Irene Black avait mené à une autre boîte, à New Germany, une petite ville proche de Minneapolis-

Saint Paul. Kane tentait maintenant de remonter la piste vers une troisième boîte.

Et Eve est à la merci de Pierce…

Noah vint s'asseoir sur le bureau d'Abbott qui posa sur lui un regard aigu.

— Je vais faire comme si tu n'étais pas là, d'accord ? lui dit-il.

Abbott avait tenté de le renvoyer chez lui, mais il l'avait supplié de le laisser rester. A quoi bon rentrer pour arpenter sans fin sa maison et se torturer l'esprit ?

— Je comprends, répondit-il. Mais fais vite, je t'en supplie.

Abbott appuya sur le haut-parleur.

— Capitaine Abbott, dit-il. Qui est à l'appareil ?

— Lieutenant John Tyndale, de la police de Fargo. John Black est avec moi. Je dois d'abord vous dire qu'il a eu une adolescence mouvementée, mais qu'il est devenu quelqu'un de bien. Je le connais depuis plus de vingt ans.

— Connaissez-vous l'homme dont nous vous avons envoyé la photo ?

— Il ne s'appelle pas Carleton Pierce, mais Edward Black, intervint John Black. C'est mon frère cadet. Je n'ai plus eu de contacts avec lui depuis vingt-sept ans. Depuis la mort de notre mère.

— Votre mère s'appelait Irene Black, n'est-ce pas ? demanda Abbott.

— Oui. Ed la haïssait. Il l'a tuée et il a maquillé son meurtre en suicide.

John Black soupira.

— Je ne l'ai jamais dénoncé… Il avait ses raisons. Nous avions tous deux des raisons de la haïr.

— Quelles raisons ? Et pourquoi êtes-vous persuadé qu'elle ne s'est pas suicidée ?

— Ma mère était alcoolique, répondit John Black. Et elle jouait. Les seuls moments où elle était à jeun, c'était quand elle avait des cartes en main. Elle emmenait parfois Ed avec elle. Il était petit, mais très malin. Personne ne se doutait qu'elle se servait de lui pour tricher.

— Avez-vous été maltraités ?

— Tout dépend de ce qu'on entend par là. Nous étions très pauvres. Nous vivions dans une vieille caravane infestée de rats. Elle échangeait des tickets de nourriture contre de l'alcool… Donc, oui, on peut dire qu'elle nous maltraitait.

— Votre frère haïssait toutes les femmes, ou seulement votre mère ?

— Toutes les femmes. Il avait du mal à trouver des filles. Il disait que c'était parce qu'il était petit, mais je pense qu'elles avaient peur de lui. Une fois, il a menacé un camarade de classe avec un couteau et ça lui a valu un an de détention dans une prison pour mineurs.

— Vous dites qu'il aurait maquillé le meurtre de votre mère en suicide. De quelle manière ?

— Je l'ai trouvée pendue à un arbre, devant notre caravane. Mais je ne vois pas comment elle aurait pu se pendre.

— Laissez-moi deviner, coupa Abbott. L'objet qui lui aurait servi à se hisser jusqu'à la branche n'était pas assez haut ?

— Comment le savez-vous ? demanda Black d'un ton méfiant.

— Il a reproduit le même scénario ici. Avec six femmes. Il n'y a donc pas eu d'enquête après la mort de votre mère ?

Black se tut.

— Je l'ai décrochée de sa branche. Personne ne s'est douté de rien.

Noah commençait à s'impatienter. Tout ça ne les avançait à rien.

— Pourquoi ? demanda Abbott.

— Parce qu'elle ne méritait pas que je me batte pour elle, répondit John d'un ton dur. Elle ne nous avait pas vendus, ça non, mais elle ramenait des hommes à la maison. Du moment qu'ils avaient une bouteille d'alcool, ça lui allait. Il arrivait que le type quitte son lit pendant la nuit et… J'étais suffisamment âgé pour me défendre, mais Eddie était jeune… En grandissant, j'ai pris l'habitude de sortir avec des amis le soir pour échapper à cette ambiance. Eddie, lui, n'avait pas d'amis. Je sais que certains des compagnons de ma mère l'ont violé. Un en particulier… Il m'est arrivé de rentrer et de le trouver recroquevillé dans un coin, comme un animal apeuré. Une fois, j'ai compris à son regard ce qui s'était passé. J'aurais dû en parler… J'aurais dû… Mais…

Il soupira.

— Le type était fort et méchant. Je n'avais que quatorze ans, à l'époque. J'ai quitté la maison. Je suis parti vivre chez un ami dont la mère ne buvait pas. Chez eux, il y avait à manger et on dormait dans des draps propres. J'ai sauvé ma peau, quoi. Aussi, quand j'ai trouvé ma mère pendue à cet arbre, j'ai coupé la corde et j'ai dit aux flics ce qu'il fallait pour qu'ils classent l'affaire. Je croyais agir pour le mieux. Je ne pensais pas qu'Eddie deviendrait un assassin.

— Pourquoi l'a-t-il tuée ce jour-là ? demanda Abbott.

Il y eut de nouveau un long silence.

— Il avait réussi à décrocher un rendez-vous avec une fille. Je crois que… Je crois qu'il n'a rien pu faire avec elle… J'en ai entendu parler parce qu'elle s'est moquée de lui et qu'elle a raconté à tout le monde qu'il était impuissant. C'est pour ça qu'il a tué notre mère. Il la rendait responsable de ses problèmes. Moi aussi, à sa place, je l'en aurais rendue responsable. Et si je l'avais dénoncé, il serait allé en prison et Dieu sait ce qu'il aurait subi là-bas. Je me suis dit qu'il avait suffisamment payé comme ça, et sans doute aussi que je me sentais coupable de ne pas l'avoir aidé. Je regrette de ne pas avoir dit la vérité. Si j'avais su…

Moi aussi, j'aurais bien voulu que tu dises la vérité à ce moment-là, songea Noah.

— Qu'est devenu votre frère, après la mort de votre mère ? demanda Abbott.

— Je suis allé m'installer à Fargo, pour repartir de zéro. Je n'ai plus jamais entendu parler de lui.

— Il est devenu psychiatre, répliqua Abbott.

Black mit quelques secondes à digérer l'information.

— Il s'en est bien tiré, comme d'habitude. Il était supposé rester en prison plus longtemps, mais un psychiatre l'a aidé à obtenir une libération anticipée. Eddie avait dû l'embobiner. J'ai assisté à l'audience, en tant que témoin. Le psy portait un beau costume, il utilisait des mots savants, il a embrouillé le juge. Je me souviens du commentaire d'Eddie. D'après lui, ces types-là, les psys, détenaient le pouvoir. Et les flics n'étaient que des brutes qu'on pouvait réduire à néant en leur enlevant leur flingue. Je crois qu'il avait dû rencontrer pas mal de brutes, en prison. Il voulait étudier et devenir l'un de ces types qui détenaient le pouvoir. Je me souviens lui avoir répondu que ce n'était pas à sa portée.

— Pourquoi ?

— Parce que les universités n'acceptent pas les garçons comme lui. Les pauvres. Avec un casier judiciaire. Il m'a cru, sans doute. Et il s'est arrangé pour devenir quelqu'un d'autre.

Tout ça ne les aiderait pas à retrouver Eve.

Grouille ! articula Noah.

Abbott lui lança un mauvais regard.

— Nous le cherchons, dit-il dans l'appareil. Il vient d'enlever encore deux femmes.

— Je sais. Le lieutenant Tyndale me l'a dit. Je voudrais bien vous aider, mais je n'ai pas la moindre idée de l'endroit où il pourrait se cacher. Ça fait près de trente ans que je ne lui ai plus adressé la parole.

— Merci tout de même de vous être déplacé pour me parler, lui dit Abbott. Vous devriez vous tenir sur vos gardes, monsieur Black. Nous avons trouvé chez lui un dossier concernant votre famille : vous, votre femme, vos enfants. N'oubliez pas que vous êtes la seule personne qui serait susceptible de l'identifier.

Abbott raccrocha.

— Ce coup de fil n'a servi à rien, commenta Noah d'un air abattu.

— Faye recherche en ce moment s'il n'y aurait pas une propriété au nom d'Irene Black dans les environs, et nous avons placé des barrages un peu partout, répondit calmement Abbott. Va nous chercher du café, ajouta-t-il gentiment.

Il aurait plutôt eu besoin d'un verre. *Un seul. Pour me calmer les nerfs.* Mais un seul n'aurait pas suffi à l'apaiser. Et ensuite, s'ils ne retrouvaient pas Eve à temps…

Il acquiesça tristement et se dirigea vers la machine à café de *l'open space*. Puis il resta là, à contempler la cafetière, en résistant au désir de la fracasser. De tout casser dans ce bureau. Et ensuite d'aller chercher quelque chose de sérieux pour se désaltérer. Pour lui donner du courage. Ou simplement pour oublier sa souffrance.

Il revit les victimes se balançant au bout de leur corde. Chaque fois qu'il tuait une femme, Pierce tuait de nouveau sa mère. *Et maintenant il a Eve*. Il ne pouvait plus réfléchir comme un simple flic. *C'est au-dessus de mes forces.*

— Noah…

Noah leva les yeux. Brock avançait vers lui, il était en uniforme.

— Je suis venu dès que j'ai su. Des nouvelles ?

— Non, rien.

Brock le prit par les épaules et l'entraîna vers l'ascenseur.

— Viens avec moi. Boire un vrai café à la cafétéria.

— Je suis désolé. Je n'ai même pas pensé à t'appeler.

— Noah, reprit Brock sur un ton de réprimande. Eve est forte et intelligente. Elle tiendra le coup.

Noah regardait droit devant lui, mais il ne voyait rien.

— Et si je ne la retrouve pas ? Comment est-ce que je vais tenir le coup, moi ?

Brock soupira.

— Tu n'en es pas là. A chaque jour suffit sa peine.

Les portes de l'ascenseur s'ouvraient pour les laisser passer, quand le portable de Noah vibra dans sa poche. Il le sortit. Son pouls s'accéléra quand il vit le nom qui s'affichait à l'écran.

— Olivia, qu'est-ce qui se passe ?

— Je viens d'avoir Abbott au téléphone…

Elle hésita.

— Il m'a demandé de ne rien te dire. J'espère que je ne fais pas une bêtise.

— Bon sang, Olivia… Crache le morceau !

— Faye a eu le vétérinaire de Martha au téléphone. A propos de son chat.

— Mais on se fout de ce putain de chat ! explosa Noah.

— Ecoute, coupa Olivia. Le chat de Martha a été déposé hier devant un chenil de New Germany. La caméra de surveillance a filmé la personne qui l'a abandonné. Il s'agissait d'une femme et elle conduisait la BMW de Mme Pierce.

Noah se figea.

— New Germany. C'est là qu'était renvoyé le courrier d'Irene Black.

— Je sais, Kane me l'a dit.

— Pourquoi Mme Pierce aurait-elle voulu se débarrasser de ce chat ? Et comment savent-ils qu'il s'agit de celui de Martha ?

— Pour Mme Pierce, je ne peux pas te répondre. Mais pour ce qui est du chat, Martha lui avait fait implanter une puce électronique, et le vétérinaire du refuge n'a eu aucun mal à retrouver le nom de sa propriétaire. Je vais là-bas.

— Merci, dit-il d'un ton fervent.

Puis il raccrocha et entra dans l'ascenseur dont Brock avait bloqué la porte.

— Je vais à New Germany, annonça-t-il.

— J'avais compris, répondit Brock. Tu vas me dire pourquoi ?

— Ça dépend… Tu as l'intention de me dénoncer à Abbott ?

Brock le fixa, tandis que l'ascenseur commençait à descendre.

— Je pensais plutôt te proposer de te servir de copilote, dit-il.

Noah acquiesça.

— Merci.

Jeudi 25 février, 15 heures

Il était assis dans la cuisine et contemplait les bois depuis la fenêtre. Il s'était douché pour se laver des obscénités d'Eve. D'habitude, le balancement des arbres le calmait. Mais pas aujourd'hui.

Irene Black… Comment Eve pouvait-elle connaître ce nom ? Et à qui en avait-elle parlé ? *Est-ce qu'ils peuvent faire le lien avec mon passé ?*

Irene Black était un nom assez répandu, et la boîte postale au nom d'Irene se trouvait dans un autre Etat. Il y avait très peu de chances pour qu'ils remontent jusque-là. Les flics du Hat Squad n'étaient pas des lumières.

Sans Eve, ils n'auraient jamais avancé aussi loin dans leur enquête. Il serra les poings sur la table. Elle allait le payer. La prochaine fois qu'il descendrait, il lui mettrait du scotch sur la bouche et collerait ses yeux. Il voulait qu'elle le supplie, et elle le supplierait quand il lui aurait lacéré le visage. Une fois qu'elle serait défigurée, il lui ôterait le bâillon et se délecterait à écouter ses gémissements.

Mais il devait d'abord l'empêcher de semer le trouble dans son esprit. Elle en savait trop. Il ne fallait plus lui laisser ouvrir la bouche.

L'empêcher de parler et lui coller les yeux, voilà ce qu'il devait faire.

Il se rendit compte qu'il avait eu tort de ne pas procéder avec elle comme avec les autres, en commençant par les yeux.

Pourquoi ?

Parce qu'il voulait qu'elle les ouvre elle-même. De terreur.

Elle était une adversaire de taille, mais c'était tout de même lui qui dictait les règles du jeu. Lui qui avait le pouvoir. Elle allait lui dire comment elle avait su, pour Irene Black. Mais de toute façon il n'avait pas à s'inquiéter. On ne pouvait pas faire le rapprochement entre lui et Irene. Pas plus qu'entre Irene et cette maison.

Son seul petit problème pour le moment, c'était la disparition de sa femme. Il avait écrit un texto au patron d'Ann pour lui dire qu'elle avait une affaire de famille à régler. Dans une heure, en rentrant chez lui, il s'arrêterait dans un relais d'autoroute pour l'envoyer. Et dans quelques jours il lui transmettrait une lettre de démission. Il avait déjà rencontré le patron d'Ann, un homme froid et efficace. Il engagerait aussitôt quelqu'un pour la remplacer et l'oublierait. Pendant ce temps, le corps d'Ann se décomposerait lentement dans sa fosse.

Du mouvement sur l'écran de télévision attira son attention. *La conférence de presse...* Il attrapa la commande à distance et monta le son. Les journalistes allaient crucifier les flics. Six cadavres, pas de suspect, pas d'indices, un tueur dans la nature. Il avait hâte de voir ça.

Abbott monta sur l'estrade. Il avait l'air lugubre.

« Merci d'être venus, dit-il aux journalistes. Comme vous le savez, un tueur sadique recrute depuis trois semaines ses victimes sur *Shadowland.* »

Un tueur sadique. C'était un bon début. Mais un peu pauvre. Il se promit de fournir à Abbott des termes techniques durant la réunion de demain — histoire d'enrichir son vocabulaire pour qualifier le tueur.

« Nous avons découvert ce matin le cadavre d'une sixième victime, poursuivit Abbott. Elle s'appelait Virginia Fox. Nous avions conseillé hier aux femmes participant à une recherche initiée par l'université Marshall de se méfier. Nous savons aujourd'hui que notre homme ne se limite pas à *Shadowland.* »

— Je vous ai eus ! triompha Pierce. Il faut revoir votre copie. Tout le monde est concerné.

L'un des journalistes se leva.

« Pouvez-vous commenter le mandat d'arrêt que vous venez de lancer ? »

Pierce se pencha vers la télévision, les sourcils froncés.

Donner était mort, Lyons avait disparu, Girard était innocenté. Contre qui Abbott avait-il lancé un mandat d'arrêt ?

« Oui », répondit Abbott.

L'écran se divisa en deux. Avec Abbott d'un côté et de l'autre…

Moi !

« Nous avons lancé aujourd'hui à 14 h 30 un mandat d'arrêt contre Carleton Pierce. »

Les flashs crépitèrent… Pierce fixa l'écran sans comprendre. Puis il se leva d'un bond, en repoussant son fauteuil.

— Non ! hurla-t-il. Non !

« Ce n'est pas une démarche facile pour nous, poursuivit Abbott. Le Dr Pierce était notre collègue et ami. Nous ignorons ce qui l'a poussé à agir ainsi, mais nous avons maintenant la certitude que c'est lui le coupable. Il détient probablement trois autres femmes en ce moment, et nous lançons un appel à témoins. »

Le visage d'Abbott disparut et trois photos le remplacèrent.

« Le Dr Ann Pierce, épouse du tueur. Mlle Eve Wilson, étudiante à l'université Marshall. Mlle Liza Barkley, lycéenne. »

Il continua à parler, avec les photos en fond d'écran, à côté de celle de Pierce.

— Enlevez ma photo, merde ! Enlevez-la !

Mais ils ne l'enlevaient pas, pour que tout le monde ait le temps de la voir. C'était impossible. Impossible. Il n'arrivait pas à y croire.

C'est pourtant vrai.

« Le suspect a été aperçu pour la dernière fois au volant d'une BMW. Il se déplace également dans une Lincoln Navigator noire. Nous avons établi la liste des plaques d'immatriculation qu'il utilise et nous l'avons transmise à la presse. »

Les photos disparurent et il n'y eut plus que le visage grave d'Abbott.

« Cet homme est armé et dangereux. Si vous l'apercevez,

appelez immédiatement le 911. Nous mettons à votre disposition un numéro vert. »

Il soupira.

« Bien entendu, nous transmettons nos condoléances et nos plus vifs regrets aux familles des victimes. Et nous prions pour retrouver vivantes les femmes que nous recherchons. A présent, je suis prêt à répondre à vos questions. »

Pierce se laissa retomber dans son fauteuil et prit son visage dans ses mains.

Ils savent. Comment est-ce possible ? Ils vont venir. Ils vont venir m'arrêter.

— Reprends-toi ! hurla-t-il en tapant du poing sur la table basse. Réfléchis !

Les flics ne connaissaient pas cette maison, qui n'était pas au nom d'Irene, ni de qui que ce soit de leur connaissance. *Ils ne me trouveront pas ici*. Il avait encore le temps d'organiser sa fuite.

— Il faut envoyer ton argent là où ils ne pourront pas l'atteindre, murmura-t-il.

Ensuite, il partirait dans la vieille Civic qu'il avait achetée pour piéger Axel Girard. La Civic n'était pas recherchée. Eve et la fille lui serviraient d'otages.

Mais où aller ?

A présent, tout le monde connaissait son visage et son nom. A cause de cet enfoiré d'Abbott.

Pourtant, Abbott n'était pas le principal responsable de sa chute. Et Webster non plus. La responsable se trouvait en bas. Dans la cave.

Calme-toi. Reste concentré. Pense à ton fric.

Il chargea la page de son compte bancaire. Et là, son cœur s'arrêta de battre. *Gelé. Fonds indisponibles.*

Ils avaient gelé ses comptes. Ils avaient fouillé sa maison. *Mes affaires. Mes papiers.* Ses relevés bancaires, il les conservait dans son coffre, avec toutes les informations concernant John.

Tout crétin qu'il était, Webster ne manquerait pas de faire le rapprochement entre John et Irene Black.

Il se sentit brusquement acculé. Désespéré. Il devait filer. Tout de suite. Il attrapa son couteau et se dirigea vers l'escalier menant à la cave.

Eve entendit des éclats de voix à l'étage. Pierce avait l'air furieux. Il jurait. C'était bon signe. Noah n'allait pas tarder à arriver. Il suffisait de gagner du temps.

Elle entrouvrit les yeux et aperçut Pierce qui descendait les marches. Il était tout habillé, il avait les cheveux humides, un couteau dans la main, des couvertures sous le bras. Elle ferma les yeux, en espérant qu'il la croirait inconsciente. Elle s'était évanouie, quelques instants plus tôt, mais pas longtemps. Depuis, elle n'avait pas réussi à communiquer avec Liza, qui ne lui répondait plus. Elle espéra que Pierce ne l'avait pas tuée pendant le laps de temps où elle avait perdu connaissance.

Pierce passa derrière elle, puis revint en portant Liza sur son épaule, enroulée dans la couverture. Elle était parfaitement immobile. Il remonta l'escalier avec elle. S'il était pressé de partir, cela signifiait que la police n'allait pas tarder à arriver. Elle décida de faire l'impossible pour ralentir sa fuite et l'obliger à rester ici, dans ce sous-sol, là où Noah pourrait aisément le piéger.

Pierce allait devoir couper ses liens pour la faire sortir. Elle pria pour qu'il ne lui administre pas de nouveau un sédatif. Endormie, elle ne pourrait plus lutter contre lui. Et elle avait justement l'intention de se battre. Elle comptait profiter du moment où il la détacherait pour attaquer.

Elle entendit claquer une porte à l'étage. Puis il revint. Cette fois, il se déplaçait plus lentement, comme s'il était fatigué. Monter ce corps avait dû le vider de ses forces. Elle s'efforça de garder les yeux fermés et de ne pas se crisper.

Pourvu qu'il ne me pique pas.

Il approcha, et cette fois s'arrêta près d'elle.

— Réveille-toi, ordonna-t-il en la giflant.

Il se pencha et posa la lame de son couteau sur son cou.

— Voyons un peu si tu es une bonne actrice ou si tu dors vraiment…

25

Jeudi 25 février, 15 h 15

— Tu sais au moins où tu vas ? demanda Brock.

Ils roulaient vers New Germany, à toute allure, et Noah ne cessait de penser qu'Eve était peut-être là-bas. Blessée ou… *N'y pense pas. N'y pense surtout pas.*

Il jeta un coup d'œil en coin du côté de Brock.

— Le refuge s'appelle Green Gables.

— Je connais cet endroit. Ils dressent des chiens de chasse. C'est très grand, ça s'étend sur plusieurs acres.

— Olivia m'a dit qu'une femme conduisant la BMW d'Ann Pierce s'y est arrêtée hier pour déposer le chat de Martha. En admettant que ce soit Ann Pierce, pourquoi aurait-elle choisi ce refuge ? A moins d'être passée devant, pour se rendre quelque part.

— Peut-être qu'elle le connaissait parce qu'elle chasse, suggéra Brock. Mais poursuivons ton raisonnement. Même si c'était sur son chemin, la route continue sur plusieurs kilomètres et les maisons se trouvent disséminées dans la campagne, au bout de longues allées. Vous avez trouvé dans le coin une propriété au nom de Pierce ?

— Non. La seule maison à son nom, c'est celle qu'il habite.

— Le refuge est là, sur ta droite, coupa Brock.

Noah jeta un coup d'œil dans l'allée menant au refuge, mais il ne s'y arrêta pas. Il venait de reconnaître la voiture d'Olivia.

— On dirait que ta copine est arrivée avant toi, fit remarquer Brock.

— Je sais. Je ne veux pas qu'elle ait des ennuis.

— Tu ne pourras pas le trouver tout seul, Noah. Il te faudrait une vue aérienne pour localiser les habitations. Une équipe de recherche, des chiens…

— Je sais, murmura Noah tout en fixant le véhicule qui venait de s'arrêter devant eux. Sauf si… Sauf si je me débrouille avec un postier.

Le postier en question, un vieil homme, était en train de mettre des lettres dans une boîte. Il leva la tête, surpris, quand Noah s'approcha de lui en lui montrant son badge.

— J'essaye de retrouver quelqu'un qui habite dans le coin, dit Noah. Il s'agit d'un témoin qui pourrait nous aider dans une enquête.

— J'ai déjà vu votre visage, dit l'homme. Je livre *MSP*.

— Je suis l'inspecteur Webster, répondit Noah. Et je cherche M. Pierce.

Le vieux postier secoua la tête.

— Je ne connais pas de Pierce, désolé. Je ne peux rien pour vous.

Il s'éloignait déjà, mais Noah l'arrêta d'un geste. Le désespoir lui nouait la gorge.

— Attendez, je vous en prie… Si vous savez qui je suis, vous savez aussi sur quoi nous enquêtons en ce moment.

Le postier acquiesça.

— Je lis les journaux, mais Pierce, ça ne me dit rien.

— Très bien, dit Noah tout en réfléchissant intensément.

Si Pierce faisait envoyer le courrier d'Irene Black ici,

cela signifiait qu'il y venait. Sa femme connaissait le refuge pour animaux, donc elle était passée ici, elle aussi. Le lien n'était pas évident, mais ça valait le coup d'être tenté.

— Et les journaux ? Vous livrez *MSP*… Et d'autres magazines ?

Le postier fronça les sourcils.

— Je n'ai pas le droit de vous répondre.

Noah ferma les yeux quelques secondes pour ne pas sortir de ses gonds.

— L'homme que nous cherchons a tué six femmes, peut-être plus. En ce moment, il détient deux autres femmes qui sont sans doute encore en vie. Aidez-moi, je vous en prie. Je ne dirai pas qui m'a renseigné. Je vous le promets. Je vous en prie.

Le postier détourna le regard, puis se décida.

— Quel genre de magazines ?

— Psychologie, informatique, jeux en ligne…

Noah se concentra… La femme était biologiste.

— Magazines sur les animaux. Les chiens, les chats, les serpents…

Le postier secoua la tête.

— Non… Je ne vois pas. Mais beaucoup de gens font envoyer leurs magazines vers des boîtes postales, vous savez.

C'était probablement ce qu'avait fait Pierce. Noah repartit vers sa voiture, puis revint sur ses pas. Si près du but… Il y avait bien quelque chose, bon sang…

— Qu'est-ce qu'on ne peut pas recevoir par une boîte postale ? demanda-t-il.

— Les colis. Les boîtes postales sont trop petites.

Les colis. Noah soupira et regarda sa buée qui restait suspendue dans l'air — comme le jour où il avait levé les yeux vers le cadavre de Martha Brisbane. Il la revit, avec sa robe rouge, ses talons aiguilles…

Les robes, les chaussures… Le tueur les avait commandées sur un site internet, d'après Micki.

— Et des colis venant de Fashion Club, ça vous dit quelque chose ? Vous avez dû en avoir il y a quelques semaines. Ils contenaient des robes et des chaussures.

Le postier se figea.

— Des chaussures rouges à talons aiguilles ?

Noah acquiesça en s'efforçant de conserver son calme.

— Oui.

— J'avais déposé le paquet devant la porte. Quelques jours plus tard, j'en ai livré un deuxième, mais le premier était toujours là. Il avait neigé dessus et le carton trempé tombait en lambeaux. C'est comme ça que j'ai vu qu'il contenait des chaussures rouges. Plusieurs paires. Je me suis dit que ça devait être pour une troupe de danse ou un truc dans le genre.

Le cœur de Noah battait à cent à l'heure.

— Et où avez-vous livré ce paquet ?

— A environ trois kilomètres d'ici. Je vais vous faire un schéma.

Deux minutes plus tard, Noah revenait dans la voiture. Il claqua la portière tout en mettant le moteur en route.

— Tu as trouvé ? demanda Brock.

— Je crois. Je l'espère.

Il rappela Olivia qui répondit aussitôt.

— Noah ! vociféra-t-elle. Tu devais rester au bureau.

— Je l'ai trouvé, coupa Noah.

Il lui donna l'adresse exacte et lui expliqua comment le rejoindre. Il apercevait déjà le chemin que lui avait indiqué le postier.

— J'y suis. J'entre tout de suite. Viens.

— Noah !

Il referma son téléphone et le tendit à Brock.

— Si elle rappelle, c'est toi qui décroches, dit-il.

Brock lui lança un regard inquiet.

— Tu vas te faire virer, pour ça.

— Pas si je gagne.

Il songea à Eve, à Liza, à toutes les femmes que Pierce avait torturées. Aux orbites vides de Virginia.

— Et si je perds, je m'en fous, d'être viré.

Jeudi 25 février, 15 h 30

N'aie pas peur. Ne bouge pas. Même si ça fait mal. Elle sentit une odeur de métal, puis celle de son propre sang. Il l'avait entaillée. Sur sa joue qui ne sentait rien. *Ma cicatrice...*

Un vent de panique la submergea et elle lutta pour ne pas se laisser emporter. Est-ce que l'entaille était profonde ? *Ça n'a pas d'importance.* Elle avait plu à Noah quand elle avait encore sa cicatrice. Et si ça n'avait pas d'importance pour lui... *Si je suis encore en vie pour m'inquiéter de mes cicatrices, ce sera bon signe.*

— Elle est vraiment inconsciente, grommela Pierce.

Elle avait réussi à le convaincre...

Pendant qu'il la détachait du lit, elle se concentra pour respirer calmement. Mais ses poignets étaient toujours liés entre eux. *Il ne m'a pas libéré les mains.*

Il abaissa ses bras et les posa sur son ventre. Puis il s'arrêta quelques minutes. *Il m'observe. Il attend.* Elle continua à respirer, les yeux fermés, en priant pour ne pas se trahir.

Noah arrêta sa voiture derrière le garage, de manière à en bloquer la sortie. Une Lincoln Navigator était garée à l'intérieur, près d'une BMW et d'une Civic dont le coffre était ouvert.

Le cœur battant, il s'extirpa sans bruit de derrière le volant, l'arme à la main. Brock le suivit, en le couvrant. A l'intérieur du coffre, ils distinguèrent une forme enveloppée d'une couverture. *Pourvu que ce soit Eve. Et qu'elle soit en vie.* Il souleva la couverture et laissa échapper un soupir en reconnaissant le visage de la jeune fille qu'il avait vue la veille avec Tom Hunter. Elle était nue, bâillonnée, attachée, et elle le fixait avec un regard désespéré. Elle était bleue de froid.

Il lui arracha son bâillon.

— Dépêchez-vous, murmura-t-elle en claquant des dents. Il est avec Eve, dans la cave. Il a un couteau.

Noah l'enveloppa de nouveau dans la couverture et ôta son manteau pour le poser sur elle. Elle était sur le point de mourir de froid.

— Combien de portes pour accéder à la cave ?

— Une seule. Elle donne sur la cuisine.

— Reste avec elle, ordonna-t-il à Brock.

Il partit en courant, en ignorant les protestations de Brock qui lui demandait d'attendre les renforts.

Il régnait dans la maison vide une atmosphère irréelle. La télévision était allumée. On y voyait Abbott qui venait juste de terminer sa conférence de presse.

Pierce savait probablement qu'on le recherchait. Il n'avait donc plus rien à perdre. Noah était devant la porte menant à la cave quand il entendit un bruit terrible — comme un mur qui s'effondre. Il poussa le battant et se jeta dans l'escalier.

Eve se redressa, le souffle court, en battant des paupières. Sa jambe la faisait terriblement souffrir, mais elle faillit sourire en découvrant la scène qu'elle avait devant les yeux. Les étagères de chaussures venaient de s'effondrer. Elle avait attendu que Pierce se penche pour couper la corde qui enserrait ses chevilles, puis elle s'était jetée à bas du lit, en se recroquevillant, avant de le repousser avec ses pieds, de toutes ses forces. Il n'avait pas eu le temps de réagir et était parti en arrière, droit sur les étagères qui n'avaient pas résisté au choc.

Il avait reçu une planche sur la tête et ne bougeait plus. Son corps disparaissait sous les chaussures et le bois. On ne voyait plus que ses pieds. Eve eut l'image des chaussettes rouge et blanc à rayures de la méchante sorcière du *Magicien d'Oz*. Elle n'aurait pas été étonnée de voir ses orteils se recroqueviller.

— Eve !

Elle leva lentement la tête vers l'escalier et la pièce se mit à tourner autour d'elle. Noah descendait les marches quatre à quatre. *Mon preux chevalier…* Elle ramassa le couteau de Pierce et allait couper les liens qui lui entravaient encore les chevilles, quand elle vit quelque chose bouger.

— Noah !

Pierce s'était levé et se ruait vers l'escalier. En deux enjambées, Noah fut sur lui, en brandissant son arme. Puis Eve entendit un bruit affreux, un bruit de métal écrasant des os, et Noah s'effondra à genoux, tandis que Pierce restait debout, une pelle à la main.

Pierce leva sa pelle pour porter le coup de grâce, mais Noah se jeta à terre. La pelle l'atteignit à l'épaule, au moment où il se jetait sur les pieds de Pierce qui s'effondra à son tour.

Noah était maintenant à quatre pattes. Pierce rampait pour lui échapper quand il abattit son poing sur son visage. En sentant son nez qui s'écrasait comme une motte de beurre, Noah ne put s'empêcher de sourire. Mais Pierce réagit en se levant et se trouva une fois de plus au-dessus de lui. Quand Noah se retourna, il était nez à nez avec un 9 mm muni d'un silencieux.

— Les mains en l'air, Noah, dit Pierce. Et bien en vue.

Noah leva les mains. Son arme était trop loin, il l'avait lâchée en recevant le premier coup de pelle. Il ne quittait plus Pierce du regard. Eve comprit qu'il attendait le bon moment pour lui sauter dessus.

— J'ai longtemps rêvé de cet instant, reprit Pierce d'un ton railleur.

En dépit de son nez qui coulait comme une fontaine, il souriait.

— A genoux. Et regarde-moi.

Noah haletait. Il se sentait encore sonné. Ses oreilles tintaient.

— L'endroit est bouclé, Pierce, dit-il. Même si tu me tues, tu es fichu.

— Mais j'aurai au moins eu le plaisir de t'avoir tué, répondit tranquillement Pierce. Et j'ai une otage.

L'expression qui s'afficha brusquement sur le visage de Pierce, Noah ne pourrait jamais la décrire. Un mélange de surprise et de… mécontentement déçu. Il bondit pour lui ôter son arme, mais il n'eut pas à la lui arracher. Pierce tomba à genoux, puis s'effondra face contre terre — avec Eve sur lui. La main gauche d'Eve resta crispée sur le couteau qui était planté dans le dos de Pierce, à travers son manteau maintenant souillé de sang.

— Non, tu n'as pas d'otage, murmura-t-elle.

Puis elle leva les yeux vers Noah.

— Ça va ? demanda-t-elle.

Il rampa vers elle et la palpa fébrilement, cherchant ses blessures.

— Ça va. Et toi ? Qu'est-ce qu'il t'a fait ?

— Je ne sais pas, dit-elle tristement. A toi de me le dire.

— Il t'a frappée… Eve…

Son œil ressemblait à celui de Brock l'autre soir.

Elle s'agrippa à son bras.

— Mon visage ? Qu'a-t-il fait à mon visage ?

Noah essuya sa joue ensanglantée.

— Pas grand-chose. Ça ne se verra même pas…

Il remarqua brusquement les chaussures.

— Bon sang… Micki avait raison… Ces chaussures…

Eve battit des paupières.

— Elles appartenaient à ses victimes. Il a tué toutes ces femmes. Elles sont là. Juste sous nos pieds.

Il songea qu'il s'occuperait de ça plus tard. Pour l'instant, il ne voulait penser qu'à Eve, qui paraissait sous le choc. Il tenta de se lever, mais retomba sur les genoux. La pièce tournait autour de lui. Il rampa pour attraper une couverture, près du lit. Il enveloppa Eve et la serra contre lui, pour la réchauffer.

— Tu es gelée, dit-il.

Elle ne quittait pas des yeux le dos de Pierce, avec ce manche de couteau sur le manteau ensanglanté.

— Je l'ai tué ?

— Je l'espère, répondit-il d'un ton féroce.

Olivia descendait l'escalier, le revolver à la main, elle s'arrêta net en les voyant.

— Putain ! murmura-t-elle.

Elle alla s'agenouiller près de Pierce et posa ses doigts sur sa gorge pour vérifier son pouls.

— Il bat, dit-elle. Mais faiblement.

Elle décrocha sa radio de sa ceinture pour réclamer trois civières, puis vint s'agenouiller près de Noah.

— Tu peux la lâcher, Webster, dit-elle.

Noah secoua la tête. La pièce tourna de nouveau.

— Non, protesta-t-il.

— Noah, insista-t-elle gentiment. Tu as une énorme entaille à l'arrière du crâne et tu saignes comme un bœuf. Dans trois minutes, tu vas t'évanouir. Lâche-la, que je puisse couper cette corde.

Il obéit à regret. Olivia libérait les chevilles et les mains d'Eve, quand une équipe médicale dévala l'escalier. Ils la hissèrent sur une civière.

— Il a tué sa femme, murmura Eve à Noah. Elle est en dessous, avec les autres. Tout le monde est là. Jeremy Lyons aussi.

Deux infirmiers soulevèrent Noah pour le placer sur la deuxième civière.

— Attendez, dit-il.

Il battit des paupières en scrutant le sol, puis distingua une poignée.

— Ouvrez ça, ordonna-t-il.

Olivia tira sur la poignée et poussa un cri quand la dalle coulissa.

— Seigneur…, murmura-t-elle en se couvrant la bouche. C'est sa femme. Ann Pierce.

Une main d'homme dépassait de la couche de terre.

— Jeremy Lyons, murmura Noah. Kane avait raison. Et Micki aussi.

Olivia referma la trappe.

— Tu le leur diras quand on t'aura recousu. Emmenez-le, ajouta-t-elle en se tournant vers les infirmiers. Et empêchez-le de parler.

Noah se laissa faire quand ils l'allongèrent sur le côté, pour soulager sa tête.

— Rendez-moi un service, dit-il.

— Le médecin vous fera une anesthésie locale avant

de vous recoudre, répliqua l'un des infirmiers. Ne vous inquiétez pas.

— Non, ce n'est pas ça…

Il montra Pierce qui respirait à peine.

— Quand vous le ramènerez, prenez tout votre temps.

Jeudi 25 février, 18 h 15

— Oh, Eve…

Eve était allongée dans son lit d'hôpital. Elle se tourna vers la porte. Callie se tenait sur le seuil, l'air désemparé.

— Tu devrais voir la tête du tueur, plaisanta-t-elle d'une voix rauque d'émotion.

— J'ai essayé, répondit Callie avec le plus grand sérieux. A la morgue, ils ne nous ont pas laissés entrer. Sal voulait être sûr qu'il était bien mort, mais le légiste nous a répondu qu'on allait devoir le croire sur parole.

Carleton Pierce était décédé dans l'hélicoptère qui le transportait à l'hôpital.

— Je ne regrette rien, dit Eve. Je suppose que je devrais, mais je n'y arrive pas. Je me sens merveilleusement bien, au contraire.

Callie vint s'asseoir précautionneusement sur le bord du lit.

— Tu as raison. Et Noah ?

— Il est au téléphone, répondit Eve en souriant.

Les ecchymoses qu'elle avait au visage la faisaient encore souffrir. Et aussi la taillade sur sa joue. Elle s'efforça de ne plus y penser.

— Jack s'est réveillé, dit-elle. Il a tout de suite demandé à voir Noah. Ils sont en train de parler.

Callie lui pressa gentiment la main.

— C'est bien. J'espère que Jack va se reprendre. Ecoute,

il y a une foule qui attend pour te rendre visite. Tu te sens d'attaque ?

Eve posa la main sur son cou. Pierce lui avait enlevé son collier, sa cicatrice était à nu… Puis elle haussa les épaules.

— Après tout…, murmura-t-elle. Tu peux faire entrer les visiteurs.

— Je suis passée chez toi, dit Callie. J'ai pris des vêtements de rechange, une robe de chambre et ça…

Elle fouilla dans sa poche et en tira un tour de cou.

Eve en eut les larmes aux yeux.

— Merci. Merci d'avoir pensé que ce serait important pour moi.

— Ne pleure pas, sinon je vais pleurer aussi, gémit Callie.

Elle aida Eve à enfiler la robe de chambre et à attacher le collier.

— Sal doit trépigner d'impatience. Il a même fermé le bar pour être le premier à entrer dans ta chambre. Il m'a autorisée à passer devant lui, parce que j'apportais de quoi te rendre présentable. Il a passé son temps à remonter le moral des autres ; il a pris soin de tes amis de Chicago.

Elle baissa la voix.

— Et quand il a su que tu t'en étais tirée, il a craqué et s'est mis à pleurer. Jeff Betz aussi.

Eve renifla.

— C'est touchant…

— Tes amis de Chicago étaient si pressés d'arriver que Betz les a conduits à l'hôpital dans sa voiture de patrouille. Avec sirène et gyrophare, s'il te plaît.

— Je sais, soupira Eve. On m'avait endormie pour extraire la balle que j'avais dans la cuisse, et quand je me suis réveillée en sortant de la salle d'opération j'ai ouvert les yeux sur le visage de David.

Elle fit la grimace.

— J'ai eu une très désagréable impression de déjà-vu. Chaque fois que je suis agressée par un dingue, c'est David que je trouve à mon réveil…

Mais elle avait été soulagée de le savoir près d'elle. Et aussi Max et Tom. Sa famille.

— Tu aurais pu ouvrir les yeux sur un visage beaucoup plus moche, fit remarquer Callie. A ta place, je n'oserais pas me plaindre. J'aimerais bien, moi, ouvrir les yeux sur le beau David chaque fois que je me réveille. Tu es prête ?

Eve soupira.

— Vas-y. Fais-les entrer.

Elle avait à peine prononcé la phrase que Sal faisait irruption dans la chambre. Il la prit dans ses bras et elle se rendit compte qu'il tremblait. Non… Qu'il pleurait… Du coup, elle ne put retenir ses larmes.

— Je vais bien, murmura-t-elle en lui tapotant le dos. Parfaitement bien.

Il acquiesça, le visage enfoui dans son cou.

— Ne me fais plus jamais une peur pareille, grommela-t-il.

Puis il se recula et s'essuya les yeux sans la moindre honte.

Callie lui tendit un mouchoir.

— Ou il te vire, dit-elle. Il l'a répété au moins cinq ou six fois.

Sal lui jeta un mauvais regard.

— J'ai dit ça sous le coup de l'émotion, protesta-t-il.

Eve lui caressa la joue.

— Tu es adorable, mais irresponsable, financièrement parlant. Tu as fermé le bar un soir de match ! C'est du suicide.

— Il n'y avait personne, de toute façon, lança Noah depuis la porte.

Comme toujours, elle eut le souffle coupé en le voyant. Peu importait sur quel seuil il apparaissait : il produisait toujours sur elle le même effet.

— Parce qu'ils sont tous en bas, acheva-t-il. Ils veulent te voir.

Sal se tourna vers Noah, puis vers Eve, avec un petit sourire de triomphe.

— Alors ? Tu vas l'apporter, cette bouteille, chez Trina ?

Elle plongea ses yeux dans ceux de Noah et y découvrit tout ce dont elle avait toujours rêvé.

— Je suppose que oui, répondit-elle en se redressant sur ses oreillers. Et mes visiteurs, ils viennent quand ? J'espère qu'ils ont pensé aux fleurs… La dernière fois qu'on m'a offert des fleurs, c'était lors de ma première agression.

Jeudi 25 février, 20 h 30

Olivia accepta avec gratitude le gobelet que Kane lui avait rapporté de la machine à café de l'hôpital.

— Merci, dit-elle. J'en avais vraiment besoin.

— Il faut rentrer chez toi te reposer, Liv, dit-il gentiment.

— Je vais rentrer, mais je voudrais d'abord voir Eve et Liza.

— Micki est toujours sur la scène du crime ?

Ils avaient tous été atterrés en découvrant ce que recelait la cave de Pierce. Ce qu'elle avait vu là-bas resterait pour toujours gravé dans sa mémoire.

— Oui, et elle en a pour plusieurs jours. Si ça ne t'ennuie pas, je préfère ne pas en parler pour l'instant.

— Très bien.

Il se tut et attendit qu'elle se sente prête à reprendre la conversation.

— J'ai appelé les services sociaux et j'ai trouvé un foyer d'accueil pour Liza, dit-elle enfin.

— C'est bien.

Elle détourna le regard. Elle était au bord des larmes.

— Kane… Les corps, dans cette fosse… C'était atroce.

La grosse main de Kane caressa ses cheveux.

— Va les voir. Ensuite, je te ramène chez toi.

— Il me semble que tu as pris un coup sur la tête, aujourd'hui. Tu n'as tout de même pas la prétention de me servir de chauffeur… Je peux rentrer seule. Mais merci tout de même.

Elle soupira.

— Allons-y.

Ils entrèrent d'abord dans la chambre de Liza, qui était consciente et se souvenait de tout, Olivia n'en douta pas. Ils la trouvèrent immobile, assise sur son lit, les bras croisés. Elle regardait droit devant elle. Sa sœur était morte. Elle avait désormais une longue route à parcourir en solitaire.

Tom veillait sur elle, discret et silencieux. Il se leva en les voyant.

— Il y avait foule chez Eve, dit-il. Alors je suis venu ici.

Olivia posa sa main sur l'épaule de Liza.

— J'ai trouvé un endroit pour vous, dit-elle. Un foyer. La directrice est une amie. Elle prendra soin de vous.

Liza leva vers elle des yeux absents.

— Merci, murmura-t-elle. Pour tout.

Olivia croisa le regard de Tom. Il paraissait désespéré. Elle comprenait.

— Vous avez mon numéro, tous les deux. N'hésitez pas à m'appeler. Je vous laisse vous reposer, Liza. Je viendrai vous chercher demain, quand vous sortirez.

Elle allait sortir, quand Liza la rappela.

— Inspecteur ? Il est en vie ?

C'était la seule bonne nouvelle de la journée.

— Non.

Les yeux de Liza brillèrent.

— Ma sœur ? On l'a trouvée ?

— Oui.

Elle revoyait encore son cadavre. Elle ne l'oublierait jamais.

Liza acquiesça.

— Je comprends.

— Vous nous avez aidés, tous les deux. Sans vous, on ne l'aurait peut-être pas retrouvé à temps. Tâchez de dormir, maintenant, Liza. Tom, on se voit plus tard.

Une fois dehors, elle s'adossa au mur en soupirant.

— Il ne restait pas grand-chose de sa sœur, n'est-ce pas ? demanda Kane.

— Non, rien que des ossements.

— Jennie est en bas et elle m'attend.

Jennie était la femme de Kane.

— Tu viens chez nous. On ne te laisse pas seule ce soir, Liv.

Elle voulut protester, mais il insista.

— Je t'emmènerai de force s'il le faut.

Elle acquiesça.

— D'accord, dit-elle. Mais juste pour une nuit.

Il avait raison, elle n'avait pas envie d'être seule.

— Allons chez Eve, à présent. Je n'en ai pas pour longtemps.

Jeudi 25 février, 20 h 45

Eve n'en revenait pas qu'ils soient tous là.

Quinze minutes plus tôt, elle était encore seule avec Noah, lui avec son bandage autour de la tête et elle avec sa jambe surélevée.

Et puis la horde avait débarqué. *Toute ma famille*. Dana,

Ethan, Caroline, Max, Mia avec Reed, son mari. David les avait prévenus et ils avaient accouru sans hésiter. Et maintenant ils l'entouraient.

Ils sont là pour moi…

En les voyant, les larmes qu'elle avait retenues jusque-là s'étaient déversées en un torrent intarissable. Mais ça n'avait pas d'importance, parce qu'ils avaient tous pleuré, à un moment ou à un autre. Dana s'était installée avec son gros ventre sur le lit et l'avait serrée comme si elle ne devait plus jamais la lâcher — pendant que tout le monde considérait Noah d'un air méfiant. Le pauvre avait dû avoir l'impression d'être un extraterrestre.

Un murmure de bienvenue s'éleva quand Olivia entra.

— Je suis venue vérifier que notre patiente va bien, dit-elle d'un ton faussement enjoué.

Elle s'arrêta net en voyant Mia près de la fenêtre, aux côtés de son mari.

— Je ne savais pas que tu étais là, murmura-t-elle.

Puis elle éclata en sanglots et voulut s'enfuir, mais elle heurta la massive silhouette de Kane.

Mia la prit dans ses bras.

Mia était elle aussi inspecteur de police, et elle avait une vague idée de ce qu'ils avaient pu traverser aujourd'hui.

— Viens, murmura-t-elle à Olivia. On te ramène à l'hôtel avec nous. On boira un chocolat chaud, ça nous fera du bien.

Elle échangea un regard entendu avec Kane.

— On prend soin d'elle, ne vous en faites pas.

Puis elle se tourna vers Eve.

— Quant à toi, tâche de rester un peu à l'abri, compris ?

Eve les regarda partir avec un brin de nostalgie. Mia était venue pour Olivia autant que pour elle. Et c'était bien comme ça.

— Mia saura comment lui remonter le moral, dit-elle. Je n'arrive pas à imaginer…

Je ne veux pas penser à cette fosse. Pas ce soir.

Dana la serra dans ses bras.

— Tu es là, dit-elle d'un ton ferme. Tu t'en es bien tirée.

— Et tu as réussi à pirater toute seule ShadowCo, ajouta Ethan en faisant mine d'essuyer une larme d'émotion. Je suis fier de toi. Je vais les appeler lundi et leur dire qu'ils ont un petit problème de sécurité.

— Je veux la moitié de ce que tu toucheras pour régler le problème, lui dit Eve.

— Un tiers, protesta Ethan.

Dana lui donna un coup de coude.

— D'accord, la moitié.

— Tu as réussi à l'entraîner dans ton univers de pirate du Net, commenta Caroline d'un ton amusé.

Max fit la moue.

— J'ai l'impression que nous commettons tous des actes que la loi réprouve, fit-il remarquer. Mais c'est pour aider les gens. Et à propos d'aider les gens… Où est Tom ?

— Il est avec Liza, dit Eve. Pauvre enfant… J'espère que…

Dana posa sa tête sur l'épaule d'Eve.

— Nous serons là pour elle, ne t'en fais pas.

Dana était toujours là pour tout le monde.

— Je sais, répondit Eve.

Caroline se leva.

— Il faut partir, à présent. Mais nous reviendrons demain. Notre hôtel n'est qu'à trois rues de l'hôpital. Quand tu sortiras, nous fêterons le futur accouchement de Dana. Et ensuite il faudra rentrer.

Elle se tourna pour regarder Max.

— Ta mère doit s'arracher les cheveux avec les gamins.

Entre les petits de Caroline et de Dana, les orphelins de Dana, et le fils adoptif de Mia, la mère de David et de Max avait dix enfants à garder. Eve sourit.

— Maman est ravie, j'en suis certain, affirma Max. Même si elle se plaint.

Il se pencha sur Eve pour lui embrasser le front.

— Trois fois, ça devrait suffire : tâche de ne plus te faire enlever, d'accord ?

Eve ne put s'empêcher de sourire.

— Je vais faire de mon mieux.

Vendredi 26 février, 15 heures

— Carleton Pierce avait emprunté son nom à un gamin pauvre d'une petite ville du Colorado, annonça Abbott.

Ils s'étaient réunis autour de la table ronde de son bureau. Il y avait Olivia et Kane, Ian et Micki. Et Eve, assise près de Noah, qui les écoutait rassembler les éléments épars de l'affaire.

Jack était le grand absent. On ne savait pas encore quand il pourrait reprendre le travail. Mais il s'en était sorti, et c'était le plus important.

Dell Farmer aurait à répondre d'une tentative de meurtre contre Jack, ainsi que des meurtres de Katie Dobbs, Harvey Farmer et Kurt Buckland. *MSP* allait faire paraître un article expliquant son rôle dans l'affaire, article qui innocenterait définitivement Jack aux yeux du public.

Mais Noah n'avait pas l'intention de le lire.

Au cours du seul mois de février, Pierce avait pris la vie de six femmes en tant que « tueur à la robe rouge », et de quatre autres personnes pour se protéger — Ann Pierce, Jeremy Lyons, le couple Bolyard. A quoi il fallait ajouter les femmes qui se trouvaient dans sa fosse. Noah s'efforça de ne pas penser à elles et se concentra sur Abbott, qui leur faisait le résumé des découvertes de ces dernières vingt-quatre heures.

— Carleton Pierce, le vrai, avait obtenu son diplôme peu après la mort de la mère d'Eddie Black. Nous avons trouvé son adresse sur un document que lui avait envoyé son université. Il avait perdu ses parents dans un accident, une famille l'avait recueilli, et une association caritative de la ville avait contribué à subvenir à ses besoins. Il était sorti du lycée major de sa promotion et il avait obtenu une bourse pour ses études. L'association qui l'aidait lui avait fourni de l'argent, une voiture d'occasion, et avait organisé une fête en son honneur le jour de son départ pour l'université. Ensuite, plus personne ne l'a jamais revu.

— Il a envoyé une carte de remerciement et quelques cartes à Noël, mais il n'a jamais remis les pieds dans sa ville natale, intervint Kane. L'université nous a envoyé une photo. Leur Carleton Pierce ne ressemblait pas du tout au nôtre.

— Que lui est-il arrivé ? demanda Ian.

— Nous ne le saurons sans doute jamais, répondit Noah. Mais nous pouvons raisonnablement supposer qu'il est mort.

— Mme Pierce a été tuée d'une balle de 9 mm, leur apprit Ian. Comme Jeremy Lyons et les Bolyard.

Il se tourna vers Eve.

— Comme celle que vous aviez dans la cuisse.

Noah essaya de ne pas penser qu'elle avait failli mourir.

— Nous avons reconstitué l'emploi du temps d'Ann Pierce avant sa mort, dit-il.

Il avait rencontré son employeur ce matin.

— Elle avait emprunté de l'argent à une amie pour réserver son billet sur un vol pour L.A., sous un faux nom.

Nous pensons qu'elle a abandonné le chat parce qu'elle avait prévu de tuer son mari et qu'elle ne voulait pas laisser l'animal tout seul.

— Je ne comprends pas pourquoi Carleton avait éprouvé le besoin de conserver ce chat, murmura Ian.

— Pierce collectionnait les souvenirs, fit remarquer Micki.

Elle était pâle et elle avait les yeux cernés. Ils n'étaient pas au bout de leur peine, avec la fosse.

— En plus des chaussures, nous avons trouvé dans sa cave des permis de conduire, des portefeuilles, des téléphones portables, poursuivit-elle. Le chat aussi devait être un souvenir.

Abbott soupira.

— Trois douzaines de paires de chaussures, murmura-t-il. D'après les permis de conduire, son terrain de chasse s'étendait de Chicago à Omaha. Pierce avait été consulté en tant que profileur pour plusieurs de ses crimes. Brian Ramsey s'arrache les cheveux. Il a envoyé plusieurs innocents en prison et toutes les affaires dans lesquelles Pierce est intervenu doivent être rejugées en appel. Ça va prendre un certain temps.

— Nous allons pouvoir clore de vieux dossiers, dit Noah. Je pense notamment à Roger Eames, vingt ans, homme à tout faire, dont la disparition date d'une vingtaine d'années. Son permis de conduire faisait partie de la collection de Pierce.

— Ses bottes de travail aussi, ajouta tristement Olivia. Il y avait encore du ciment sur les semelles. Pierce avait dû l'engager pour creuser la fosse.

— La maison était louée à son nom, renchérit Abbott.

— Comment Pierce a-t-il eu l'idée de s'en prendre aux

femmes qui s'étaient portées volontaires pour votre thèse, Eve ? demanda Ian.

— Quand le cancer de Donner a été diagnostiqué, son médecin traitant lui a indiqué une liste de thérapeutes, expliqua Eve.

Elle avait appelé ce matin la femme de Donner et sa mère, pour tenter de comprendre pourquoi les choses avaient si mal tourné.

— Donner a eu la malchance de choisir Pierce. Il lui a parlé de la recherche en cours et lui a proposé de devenir consultant indépendant, pour le dépouillement des tests de personnalité. Pierce a accepté.

— Quand Pierce a appris que nous possédions la liste des participants, il a décidé d'éliminer Jeremy Lyons, expliqua Noah. Donner étant de plus en plus malade, c'était à lui qu'il s'adressait le plus souvent. Il savait que nous finirions par le découvrir.

— Nous avons trouvé l'ordinateur portable de Lyons dans la maison de New Germany, intervint Micki. L'e-mail dans lequel Lyons avait transmis la liste à Pierce, avec les noms des participantes, s'y trouvait encore.

— Martha se servait du Neuvième Cercle pour recruter ses clients de Siren Song, poursuivit Abbott. On n'arrive pas à déterminer si elle fréquentait le site pour alimenter le téléphone rose, ou si le téléphone lui permettait de gagner l'argent qui lui servait à se payer sa vie rêvée sur *Shadowland*. En général, elle travaillait tard dans la nuit pour Siren Song, ce qui explique qu'elle ait donné rendez-vous à Pierce tôt dans la soirée, à l'inverse des autres victimes.

— C'est un détail, mais aucun détail n'est à négliger, fit remarquer Micki en haussant un sourcil.

— Tu avais raison, pour le chat et les chaussures, reconnut Noah. Et toi, Kane, tu avais raison pour Jeremy.

Pierce avait utilisé son téléphone pour terrifier Eve. Quand il a envoyé le texto, il était devant le commissariat. A nous faire la nique…

— Comme *Das Ich*, renchérit Eve. Dasich. Je n'arrive pas à croire que ça m'ait échappé. Je choisis les noms de mes avatars en fonction du sens, et je n'ai pas pensé une seconde que Dasich pouvait avoir une signification.

— Vous n'êtes pas la seule à avoir commis des erreurs, assura Abbott. Nous avons vérifié l'ordinateur de Pierce, il avait deux avatars et les deux se trouvaient généralement en même temps sur le site. Et il ne s'est jamais douté que nous l'observions.

— Et Axel Girard ? demanda Ian. Que vient-il faire là-dedans ?

Noah soupira.

— Axel était l'optométriste de Pierce. Il l'a choisi comme bouc émissaire, parce que c'était un homme sans histoire. Pierce n'avait pas supporté l'article de *MSP* parce qu'il faisait notre éloge, mais ne le mentionnait pas…

— C'est cet article qui a tout déclenché, assura Eve. Pour Pierce autant que pour Dell.

— A l'avenir, nous réfléchirons à deux fois avant d'accepter une interview, grommela Abbott.

— Nous réfléchirons et nous refuserons, assura Noah.

— Quand allez-vous rendre les corps des victimes de Pierce ? demanda Eve.

— Aujourd'hui, répondit Ian. Pourquoi ?

— Eve…, intervint Abbott. J'espère que vous ne vous sentez pas responsable de la mort de ces femmes…

— Non, répondit-elle en souriant tristement. Mais elles étaient vulnérables parce qu'elles n'avaient pas de vie. Elles cherchaient le bonheur dans le monde virtuel parce qu'elles étaient malheureuses dans le monde réel. Je sais ce qu'elles ont vécu. Je voudrais leur dire adieu.

— Si vous voulez que quelqu'un vous accompagne, je peux venir avec vous, proposa Abbott avec une lueur d'admiration dans le regard.

Elle parut surprise et émue.

— Avec plaisir, capitaine. Merci.

— Eve, intervint Olivia. Tu as eu des nouvelles de l'université Marshall ?

— Oui… Pierce m'avait menti quand il prétendait que le doyen voulait me parler. Il cherchait à m'isoler pour m'enlever. Dean Jacoby m'a appelée ce matin. Il considère que les circonstances étaient exceptionnelles et aucune sanction ne sera prise contre moi. Nous allons nous réunir pour mettre en place d'autres outils de recherche. Ma thèse se poursuit…

Abbott soupira de soulagement.

— Je crois que nous avons fait le tour de la question, dit-il. Vous pouvez tous rentrer chez vous pour aujourd'hui.

Eve se leva en s'aidant de sa canne.

— Nous allons chez Sal's, dit-elle. Mon amie va bientôt accoucher et elle organise sa fête prénatale là-bas. Vous êtes tous invités, bien entendu. C'est Sal qui offre à boire.

Noah avait décidé de ne pas y assister… Quand il avait expliqué pourquoi à Dana, elle avait voulu organiser la fête ailleurs, mais Sal aurait été terriblement vexé. Mais il dînait en famille ce soir. Sans alcool.

Et, en attendant l'heure du dîner, il avait prévu de rendre visite à Jack à l'hôpital. Ils devaient parler.

*
* *

Vendredi 26 février, 20 h 30

— C'était vraiment agréable, ce dîner, commenta Noah en aidant Eve à monter dans la voiture. J'ai adoré les anecdotes concernant ta folle jeunesse.

— Ils ont un peu exagéré le tableau. Et je suppose que Brock en aurait autant à dire à ton sujet.

— Tu marques un point, avoua-t-il en déposant un baiser sur ses lèvres.

Il eut un petit sourire malin.

— Mais je me demande ce que diraient Dana et Caroline si elles savaient que tu t'es inspirée d'elles pour dessiner des avatars.

Elle fit la grimace.

— Tu as vu ça, toi ?

— Quoi ? Que Pandore ressemble à Caroline et Greer à Dana ? Je l'ai vu à la minute où elles ont franchi la porte de ta chambre d'hôpital. Mais je ne te dénoncerai pas, sois tranquille. Je voudrais juste savoir si je figure aussi dans ta collection d'avatars.

Il avait voulu plaisanter, mais il la vit hésiter.

— Eve ?

— Eh bien… Tu te souviens du jour où tu m'as demandé s'il fallait un mandat virtuel pour entrer dans l'appartement d'un autre avatar ? Je t'ai répondu que j'avais quelques connaissances…

Il lui lança un regard moqueur.

— Je suis habillé correctement, au moins ?

Elle rit.

— Je n'ai pas oublié le chapeau, ne t'en fais pas. Le reste… Je ne m'étais pas trompée en ce qui concerne ce que tu caches sous ton uniforme. Il faudra que je te montre ça un jour…

Il éclata de rire.

— Où allons-nous ? demanda-t-il.

— Chez moi.

— Chez moi, le toit ne fuit pas, fit-il remarquer.

— Mais j'ai besoin de prendre quelques affaires, protesta-t-elle.

Elle haussa un sourcil.

— De plus, nous avons des choses en cours à propos d'un certain fauteuil, ajouta-t-elle.

Il jeta un coup d'œil à la dérobée du côté de sa jambe. Il avait brusquement chaud.

— Tu es en état ?

— Je suis jeune. Je cicatrise vite et bien. Et toi, tu es en état ?

De nouveau, il rit.

— Je suis opérationnel. Parfaitement opérationnel.

— Dans ce cas, on y va, Web.

Ils arrivèrent chez elle en un temps record. Il la porta dans l'escalier qui menait à son appartement, d'abord comme une jeune mariée, puis, après un étage, comme un sac, sur l'épaule, ce qui la fit beaucoup rire.

— C'est la dernière fois que je fais ça, commenta-t-il en haletant quand il la déposa.

Il était épuisé, mais il ne regrettait pas. Le son joyeux de son rire l'avait largement récompensé de sa peine.

— Ouvre la porte, que je puisse m'évanouir, ajouta-t-il.

En ouvrant ils se trouvèrent nez à nez avec David, lequel avait justement pris possession du fauteuil qu'ils convoitaient.

— Je croyais que tu étais rentré chez toi, murmura Eve.

— Je suis rentré, répondit-il avec un petit sourire.

Noah plissa les yeux.

— Tu as l'intention de t'installer ici ? Avec Eve ?

David pouffa.

— Pas exactement. J'habite à l'étage du dessous.

— Tu es le locataire de ce vautour de Myron Daulton ? s'exclama Eve.

— Non. *Tu* es *ma* locataire. Dans six mois, ton bail expire. Si tu veux le prolonger, je vais devoir augmenter ton loyer.

Il sourit.

— J'ai acheté la maison.

Eve en resta bouche bée.

— Tu as acheté la maison ? Mais elle tombe en ruine, David !

— Elle n'est pas en si mauvais état que tu le penses. Mardi, quand je suis monté sur le toit pour le réparer… Au fait, je te signale au passage que les fuites viennent de trous qui ont été faits par quelqu'un, exprès.

— Je m'cn doutais ! Mais quand je l'ai dit à Callie, elle m'a traitée de parano.

— Bref, j'étais sur le toit quand Myron est arrivé dans une belle voiture en me disant qu'il était le propriétaire de la maison et que je n'avais aucun droit de toucher à ce toit.

— Il ne voulait pas que tu répares le toit ? s'étonna Noah.

— Eh non, répondit tranquillement David. Parce que ce salaud voulait qu'elle parte pour vendre. C'est pour ça que je lui ai proposé d'acheter.

— Comme ça ? demanda Eve. Tu décides d'acheter une maison sur un coup de tête, toi ?

Il eut un sourire innocent.

— Oui. Pourquoi pas ? C'est un investissement.

Elle lui rendit son sourire.

— C'est gentil. Sauf en ce qui concerne l'augmentation de mon loyer.

— Bah… Il s'agirait d'une augmentation symbolique…

Quelques dollars… Pas grand-chose. Mais tu n'habiteras peut-être plus ici.

Eve s'installa sur le canapé.

— Attends une minute… Et tu fais comment, pour payer ?

— Je n'ai pas payé très cher. Myron ne voulait pas que je le dénonce pour avoir saboté son toit ; il a accepté de baisser son prix.

— Mais comment est-ce que tu fais pour payer ? insista-t-elle. Je sais que tu n'es pas riche.

David la regarda fixement.

— J'ai vendu mon garage.

— Ton garage ? Celui que tu avais depuis des années à Chicago ?

— Oui. Quelqu'un le gérait à ma place depuis que j'étais entré dans le corps de pompiers. Et ce quelqu'un voulait justement l'acheter. Alors je le lui ai vendu.

— Sur un coup de tête… Mon Dieu…

— Et j'ai donné ma démission à mon capitaine, ajouta David.

Noah vint s'asseoir près d'Eve.

— Mais pourquoi ? demanda-t-il. Tes blessures ne t'ont pas laissé de séquelles, pourtant.

— Rien à voir avec ça, assura David. J'ai même demandé à entrer dans la caserne de Saint Paul.

Eve était abasourdie.

— David… Je n'arrive pas à y croire.

— C'est pourtant toi qui m'as donné le coup de pouce dont j'avais besoin. Tu avais raison, je vivais la tête dans le sable, à Chicago. Comme une autruche. Il était temps pour moi de démarrer une nouvelle vie. Comme toi.

Il lui adressa un clin d'œil.

— Je voudrais te ressembler, plus tard, quand je serai grand.

— Et si tu n'arrives pas à obtenir un poste de pompier ? objecta Eve.

— Je réparerai cette maison, je la louerai, j'achèterai la maison voisine, et ainsi de suite. Tu as su inventer une nouvelle Eve. Il était temps que je suive ton exemple.

— Et moi ? murmura Noah. Il faudrait aussi que je suive cet exemple ?

Elle lui sourit.

— Non. Pas la peine. David, je vais rassembler quelques affaires et m'installer quelque temps chez Noah. Je tiens à emporter le fauteuil dans lequel tu es assis. Le reste, tu peux le garder.

— Le reste est bon à jeter au feu, dit David en secouant la tête.

— Si je décide de ne pas rester ici, avec mon nouveau propriétaire, corrigea-t-elle en haussant un sourcil. « Si Mahomet ne peut pas aller à la montagne… », dit-elle à Noah d'un air entendu.

— Je vois, répondit-il avec un petit sourire en coin.

— Je m'en doute.

— Je préfère ne pas voir, commenta David.

— Tu as parfaitement raison, approuva Eve. La famille ne peut pas tout voir.

Sur ce, elle fila dans sa chambre pour préparer ses affaires. David la suivit des yeux d'un air songeur.

— Rends-la heureuse, Noah, murmura-t-il.

— C'est prévu, répondit Noah.

Il fixa David pendant quelques secondes.

— Tu répares les voitures, à ce qu'on m'a dit.

— Oui, répondit David d'un air intéressé. Pourquoi ?

— J'ai une Dodge Charger de 1969 qui dort dans mon garage.

Hunter acquiesça.

— Je peux faire quelque chose. D'ailleurs, ça me donne une idée… Si je n'obtiens pas ce poste de pompier, je pourrais peut-être monter un garage.

Il soupira d'aise.

— Ce n'est pas mal du tout, de tout reprendre à zéro.

— Il nous arrive à tous d'avoir besoin d'un coup de pouce, commenta Noah.

Eve revenait avec un sac sur l'épaule. Il se leva.

— La vie est trop courte pour qu'on se contente de la regarder passer, conclut-il.

Elle inclina la tête et eut ce demi-sourire qu'il trouvait tellement séduisant.

— On ne marche plus sur la pointe des pieds, conclut-elle. A partir de maintenant, c'est le grand plongeon, en eau glacée, pour tout le monde.

Il rit, tandis que David faisait la grimace.

— En eau glacée, c'est un peu rude.

Eve déposa un baiser sonore sur la bouche de Noah.

— Pas si glacée que ça, je te rassure, dit-elle à David. Plutôt chaude, même. N'est-ce pas, Noah ?

Plutôt chaude. Il était bien d'accord.

Note de l'auteur

Les Roses écarlates met en scène des inspecteurs de police pas tout à fait comme les autres : ceux du Hat Squad.

Je me suis inspirée du Hat Squad d'Atlanta, en Géorgie, dont les membres reçoivent leur premier chapeau quand ils ont résolu leur première affaire, comme mes héros. Cette tradition fut initiée par le lieutenant Danny Agan, aujourd'hui retraité. Comme il le dit si bien : « Quand on enfile le costume de l'emploi, on obtient de meilleurs résultats parce qu'on inspire le respect. Les gens se disent : Ce type-là en impose, il va mettre un peu d'ordre dans tout ça. »

J'ai voulu, dans ce livre, rendre hommage au Hat Squad. Mes inspecteurs de Minneapolis sont des personnages de fiction, mais ils prennent exemple sur ces hommes qui luttent chaque jour pour la justice.

REMERCIEMENTS

A Danny Agan, pour le Hat Squad. Merci d'avoir répondu patiemment à mes questions sans fin sur les procédures de police.

A Marc Conterato, qui met ses connaissances médicales à mon service et à ma portée.

A Sonie Lasker, qui m'a tout appris sur le monde virtuel.

A Pamela Bolton-Holifield, pour ses précisions sur l'embaumement. C'est promis, nous la ferons un jour, notre course de brancards.

A Lynn Gutierrez, Colleen Trip et Janet Ware, pour avoir partagé avec moi leurs expériences de serveuses et tant de croustillantes anecdotes.

A TinMan, pour le jargon du piratage informatique.

A Terri Bolyard et Kay Conterato, pour leur oreille toujours attentive.

A Karen Kosztolnyik, Robin Hue et Vicki Mellor. Pour tout, tout simplement.

A Martin Hafer, pour son aide concernant les protocoles utilisés par la recherche en psychologie. Et pour m'avoir apporté mon dîner quand je travaillais.

A paraître le 1er juillet

Best-Sellers n°470 • suspense

Ombres sur Black Falls - Carla Neggers

Hannah Shay est enfin parvenue à montrer aux habitants de Black Falls, le petit village de montagne où elle est née, ce dont elle est capable : le café qu'elle y a ouvert est un succès et elle va bientôt devenir magistrate. Mais quand son établissement se retrouve au cœur d'une enquête sur une série de crimes violents perpétrés dans le domaine montagneux des Cameron, Hannah est pétrifiée d'angoisse. D'autant plus que Bowie, son ami d'enfance est soupçonné par la police d'être mêlé à ce cauchemar… Hannah refuse d'y croire, et les soupçons de Sean Cameron, revenu à Black Falls pour tenter de démasquer l'assassin de son propre père, l'une des victimes, n'y changeront rien. Sean… Un homme intrépide qu'adolescente, elle aimait en secret, et qui tente aujourd'hui de la convaincre de participer à ses recherches. Que faire ? Car tout comme Sean, Hannah sent que le tueur va bientôt frapper… et il pourrait bien se trouver plus près d'eux qu'ils ne le pensent.

Best-Sellers n°471 • suspense

Face au danger - Brenda Novak

Traumatisée par la violente agression dont elle a été victime trois ans auparavant, Skye Kellerman a mis du temps à surmonter ses angoisses. Ce n'est que depuis peu qu'elle reconstruit son existence autour de l'association d'aide aux victimes qu'elle a créé en Californie avec deux amies. Mais quand elle apprend que son agresseur, Olivier Burke, est sur le point d'être libéré pour bonne conduite, bien avant la fin de sa peine, toutes ses peurs ressurgissent brutalement : comment oublier que c'est son propre témoignage qui a permis d'envoyer cet homme derrière les barreaux ? Lui n'a certainement pas oublié qu'il a tout perdu par sa faute. Le temps presse et Skye n'a qu'une solution : faire ce qu'il faut pour que Burke ne sorte pas de prison, en commençant par prouver son implication dans trois affaires de meurtres survenues à l'époque de son agression, et qui n'ont jamais été résolues... Heureusement, elle peut compter sur l'aide et le soutien inconditionnel de l'inspecteur David Willis, qui est venu la trouver. Car lui aussi en est convaincu : Burke n'en restera pas là.

Best-Sellers n°472 • thriller

La proie du silence - Karen Rose

L'incendie criminel de Minneapolis dans lequel Tracey, une adolescente atteinte de surdité, a trouvé la mort en pleine nuit, est un véritable choc. Ecœurée par le sort de cette toute jeune fille que son handicap a sans doute empêché de fuir suffisamment tôt, l'inspectrice Olivia Sutherland se sent prête à tout pour retrouver les coupables. D'autant plus que ses recherches l'orientent rapidement vers d'autres agissements sinistres : ceux d'un maître chanteur qui n'hésite pas à tuer les proies qui lui résistent. Perturbée par son enquête, Olivia l'est encore plus quand elle doit interroger David Hunter, le pompier qui a risqué sa vie lors de l'incendie pour tenter de sauver Tracey. David, un homme secret et mystérieux qu'elle a aimé autrefois, et qui lui a brisé le cœur. Elle accepte pourtant l'aide qu'il lui propose pour mettre la main sur ce criminel cynique et calculateur. Un criminel toujours proche mais jamais visible – et qui sème la mort sur son passage.

Best-Sellers n°473 • roman

Le printemps des rêves - Debbie Macomber

Séparée de son mari depuis peu, Rosie a bien du mal à prendre un nouveau départ. Non seulement Zach revendique la garde de ses enfants, mais les deux adolescents tumultueux lui mènent la vie dure. Heureusement, son métier d'institutrice la passionne et elle peut compter sur l'aide et la compréhension de son entourage. D'autant qu'elle n'est pas la seule à traverser une période de doute et de remise en question : Grace, qui habite non loin de là, essaye elle aussi de prendre un nouveau départ, même si elle a encore du mal à s'y retrouver dans sa vie sentimentale depuis la disparition brutale de son mari. Elle-même sait pouvoir compter sur sa meilleure amie Olivia, qui semble vouloir donner une nouvelle chance à sa relation avec Jack. Ainsi que sur sa fille aînée Maryellen qui, après des relations houleuses avec Jon, vient de mettre au monde une merveilleuse petite Katie. Bref, c'est tout un univers chaleureux qui aide Rosie à prendre en main son avenir et celui de ses enfants. Un univers où les gens finissent toujours par se retrouver car, à Cedar Cove, on n'est jamais très loin les uns des autres…

Best-Sellers n°474 • paranormal

Le papillon des ténèbres - Gena Showalter

Gideon, ténébreux guerrier mi-ange mi-démon, possède le pouvoir de détecter le mensonge et la tromperie. Pourtant, quand l'immortelle Scarlet se présente à lui, couronnée de sa chevelure d'ébène, il perd tous ses moyens. Envouté par son parfum d'orchidée, captivé par tant de beauté, il écoute son incroyable histoire, incapable de savoir si elle lui dit la vérité. Mais comment la croire quand elle lui affirme qu'elle a un jour été sa femme alors qu'il n'a aucun souvenir d'elle ? Et surtout, comment la protéger sans mettre en danger ses compagnons et sans se détourner de sa propre quête, celle qu'il poursuit comme prince des seigneurs de l'ombre ? Une force irrésistible le pousse néanmoins à vouloir connaître la vérité et comprendre ce qui l'attire en elle. Car bien au-delà du désir, Gideon sent qu'un lien très particulier l'unit à Scarlet. Un lien qui, s'il le découvrait, pourrait détruire celle qu'il commence à aimer…

Best-Sellers n°475 • thriller

Piège de neige - Lisa Jackson

Prisonnière du criminel pervers qu'elle traque depuis des semaines dans l'hiver glacial du Montana, l'inspecteur Regan Pescoli n'a plus qu'une obsession : s'échapper coûte que coûte. Aussi essaie-t-elle, dans le cachot obscur et froid où elle est enfermée, de dominer la terreur grandissante qui menace de la paralyser. Car ce n'est pas seulement sa vie qui est en jeu, mais également celle d'autres captives, piégées comme elles et promises à la mort.

Pour les sauver, autant que pour retrouver ses enfants et Nate Santana, l'homme qu'elle aime, Regan est déterminée à découvrir le point faible du tueur. Pour cela, il lui faudra aller au bout de son courage, de sa résistance physique… Et vaincre définitivement ce maniaque, avant qu'il ne soit trop tard.

Best-Sellers n°476 • historique

Lady Secret - Nicola Cornick

Angleterre, Yorkshire, 1805.

A la seconde où elle est entrée dans la somptueuse salle de bal de Cole Court, Marina a senti son regard posé sur elle. Le regard d'un homme sûr de lui, déterminé à percer ses secrets. Et, dès qu'il s'est avancé, elle a su que cet homme sombre et arrogant était le mystérieux inconnu de Londres. Celui qu'elle a embrassé dans la taverne, quelques mois plus tôt. Un baiser enivrant dont le seul souvenir suffit à faire naître en elle un délicieux frisson.

Pourquoi est-il ici ? A-t-il découvert sa véritable identité ? Les questions fusent dans l'esprit de Marina tandis que l'inconnu approche, un sourire prédateur aux lèvres. Car si cet homme venait à découvrir les raisons de son séjour à Londres, il ne tarderait pas à déchirer le voile de mensonges derrière lequel elle se cache depuis des années…

Best-Sellers n°477 • roman

L'été des secrets - Susan Wiggs

Quand elle aperçoit les premiers rayons du soleil scintiller sur le lac des Saules, Claire Turner, une jeune infirmière, est envahie par un sentiment de bien-être presque irréel. Venue pour prendre soin de George Bellamy, un vieux monsieur qu'elle adore, elle ne s'attendait pas un instant à se retrouver, le temps d'un été, dans ce cadre enchanteur. Malgré tout, sa mission s'avère délicate. Elle a en effet promis à George de l'aider à réaliser son rêve de toujours : se réconcilier avec son frère sur les lieux de leur enfance, là où, cinquante ans plus tôt, s'est joué le drame qui les a conduits à se perdre de vue. Heureusement pour Claire, Ross Bellamy, le petit-fils de George, semble prêt à tout pour aider son grand-père à réaliser ses souhaits les plus chers. Ross qui hante ses rêves depuis le jour de leur rencontre. Même si, hélas, elle sait que de terribles obstacles liés aux secrets de son passé se dresseront, quoiqu'il arrive, entre elle et lui.

Composé et édité par les
éditions Harlequin
Achevé d'imprimer en mai 2011

BRODARD & TAUPIN

La Flèche
Dépôt légal : juin 2011
N° d'imprimeur : 62861

Imprimé en France